U0133611

瀛 社 會 志

總 編 纂　林正三

執行編輯　許惠玟

助理編輯　黃仁富　李國昌

校　　對　黃仁富　李國昌

臺灣瀛社詩學會叢書

文史哲出版社印行

藏以名山

王金平

台灣瀛社詩學會會志發刊紀念

臺灣瀛社詩學會會志紀念

百年詩史

郝龍斌 敬題

詩教之光

臺灣瀛社詩學會會志紀念

臺北市文化局

李永萍

臺灣瀛社詩學會會志發刊紀念

瀛壖詩史

臺北市政府民政局局長 黃呂錦茹

瀛社瀛社第一次例會

明治42（1909）年4月4日（農曆閏2月14日）於新
北門街（今臺大醫院）洪以南宅第舉開。
【洪啟宗先生提供】

瀛社觀菊會

明治43年10月16日午後三時，開觀菊會於
大龍峒王慶忠氏別墅。
【自《臺灣日日新報》掃描】

創立四十週年聯吟大會

民國38年3月13日，瀛社創立四十週年，社友
李建興為兼祝其母白太夫人八秩壽辰，以瀛
社名義，召開全省聯吟大會於瑞三大樓。
【周猜女士提供】

全島詩人聯吟大會

昭和7年（民國21年）3月20日開於臺北大龍峒
孔子廟。【卞鳳奎先生提供】

◀ 於瑞三大樓舉開迎春雅集

民國41年2月於瑞三大樓舉開迎春雅集。
【掃瞄自李建興紀念集】

民國四十一年二月在瑞三大樓舉開瀛社迎春雅集合影　與院長于、賈院長、謝汝銓、魏潤庵等

夏季聯吟大會

民國44年，瀛社夏季聯吟大會於碧潭竹林。
【掃瞄自李建興紀念集】

創立五十週年紀念會

民國48年詩人節召開全國大會於太平國民學
校，次日於靜心樂園舉行五十週年紀念會。
【掃瞄自瀛社創立六十週年紀念集】

瀛社創立六十週年社友合照

民國58年1月26日於北投蓬萊別館。【掃瞄自瀛社創立六十週年紀念集】

會大人詩界世屆二第
SECOND WORLD CONGRESS OF POETS

民國六十二年秋第二屆世界詩人大會

◀第二屆世界詩人大會
國62年11月11日起，一連七天在臺北舉開。
12日於中山堂中正廳行開幕典禮。
【掃瞄自李建興紀念集71.10.13】

▶第二屆世界詩人大會
民國62年11月16日，李社長以中華民國詩社聯合
社理事長身分假大龍峒孔廟召開全國吟會招待
與會代表。【掃描自李建興紀念集71.10.13】

民國六十二年秋於台北市孔廟舉行全國詩人詩聯大吟會並邀
世界詩人代表蒞臨盛觀先生應推為大會主席致開會詞

瀛社創立六十週年
中華民國五十八年三月

創立六十週年紀念大會

民國58年3月29日（農曆2月12日）於臺北市敦化北路3號民眾團體活動中心禮堂
【周猜女士提供原件翻攝】

創立七十週年紀念大會

民國68年3月11日假臺北重慶南路2段20號民眾
團體活動中心大禮堂舉行。
【許哲雄先生提供】

創立七十五週年花朝吟會

民國73年3月18日假侯硐礦場舉開花朝吟會。
【許哲雄先生提供】

創立八十週年社員合影

民國78年花朝,全體社員於中山堂合影。
【林正三提供】

創立八十週年聯吟大會

民國78年3月19日於臺北市中山堂光復廳舉開創
立八十週年全國詩人聯吟大會,會場一角。
【許哲雄先生提供】

創立八十五週年

頒贈壽屏予九秩社友鄭指薪。【許哲雄先生提供】

◀ 創立九十週年社慶

民國88年3月28日假臺北市濟南路開南商工大禮堂舉開全國詩人聯吟大會。
【許哲雄先生提供】

發起人會議

民國95年1月7日，假臺北市文山區興隆路二段萬芳醫院五樓會議室召開發起人會議。

第二次籌備會議

95年3月3日，假臺北市民權西路53號三千貿易公司會議室召開第二次籌備會議。

臺灣瀛社詩學會成立大會

95年4月16日假臺北市大同區國慶區民活動中心舉開，內政部社會司視察陳美杏致詞。
【藍均屏攝】

瀛社成立於日治時代明治42年，即西元1909年。成立之初，約有80名左右的社員，其中有力而有名的更有20多人，其他的也多是台灣的知名儒者。

日治時代初期，台灣有志之士揚心外來統治，會造成中華文化逐漸喪失，因此藉著詩社傳習漢文。民間創社的設立一時蔚成風氣。當時心中櫟社、台灣南社與臺北瀛社鼎立，厥為啟迪台灣傳統詩界的牛耳。

但百年來歷經統治者對詩心文學作品潮流幾變化，南、櫟二社相繼式微，只有瀛社仍舊傳承且屹...

此未曾間斷。瀛社成立至今，已有97個年頭，而在95年4月16日正式向內政部登記立案，成立「台灣瀛社詩學會」。

近百年世界各文學邁進，各方都有急遽的變化，早期加歐洲的文藝復興，及國內五四新文學運動等；近年更有網路資訊科技的衝擊，在在都影響著傳統詩的走向。因此古典詩社在臺灣雖然為何能夠長青不衰？這正像瀛社成立百年老店，之所以能夠歷久彌堅，自然必有其旺盛的生命力，益使極何有關單位申請立案登記，之確值得探究。

現任瀛社社長林正三表示，瀛社之所以能歷久不衰，主要原因在於古典詩的衆達形式及內涵，能貼近一般庶民文化，例如平日的諺語、歌謠、禮儀、酬唱對答，藝術，都發現到詩詞，此外，本省關南、客家兩大語系群，於近年更有新資訊科技的資訊，即使最庶民文學藝術創作的瓶頸，數年瞬間動越發學習喜怒上網。此外，林正三也正致力於古典詩歌的時代傳承，推動學院與民間詩社相互交流。

而研究瀛社的專家，政大中文系教授黃美娥關說，從台灣詩社的發展來看，早年有很多咸員是富裕顯士家的「台灣日新報」的記者。他們還能請官方遊覽園林，有過蘊藉的詩社活動。所以日治時代讓他們不是早年的詩社，即是台北縣大的詩社。

「這個詩社怎麼能夠成立那麼久？尤其在古典文學式微的當代，簡直有點古澀的味道。自己又是個活的古詩，因而它還是一直持續地活動？」黃美娥的見解獨到。

她說，瀛社生命力強韌，且與越時空變革，面對台灣新舊文學論戰，我們看到瀛社是意識的，也和政府保持良好的關係，早年有很多咸員是富裕顯士家的「台灣日新報」的記者。他們還能請官方遊覽園林，有過蘊藉的詩社活動。所以日治時代讓他們不是早年的詩社，即是台北縣大的詩社。

論點，得新社。相較把台中峰林的櫟社，台南連雅堂的南社對很多成員是富裕顯士家的「台灣日新報」的記者，黃美娥認為瀛社的作品表現不如櫟社驚奇。即瀛社有其悠久而不能割裂...

來自各行各業的社員 皆受古典詩感動

在瀛社這個具有文學素養及歷史悠久的社團內，究竟是哪些人在參與呢？特別的是，瀛社成員來自各行各業，共同之處就是愛好古典詩，其中更不乏許多在簡單有趣的企業家。

姚詩甲與陳碧霞夫婦，是賢伉儷，都來自於詩。他們不但自己寫詩，還用書法寫自己的詩。姚詩甲說，寫詩的樂趣快樂，一邊查典故、資料，一邊思考如何用字遣詞，當一想到的用字就開心不得了。他們夫婦一開始只是愛得得古典文學作，於是到上林社員大學課程，後來愈學愈有興趣，又因為對詩，就摩玩出自己要的意境，寫出來的就感到令人很開心。

4點鐘就會起床練書法寫詩，享受創作的成就感及內心的平靜。

本身是台聯賓業公司總經理的許育繙，因為父的關係而對書法情有一處衷趣，更會寫一首詩做紀念。許育繙認識臺灣對於日常生活的公文處理是書寫幫助非常大，用字遣詞可以更簡單。此外他很驕傲，詩詞吟唱都要用閩南語，所以不懂的人看詩詞，好像是中國化，但事實上卻是實實在在的本土化。

瀛社社員歌頌開代訓功，他自幼中時代有舊日本文化有些出生，感覺到日本人對於會吉漢詩的人非常尊敬。日本詩分和歌、俳句、川柳、漢詩，其中漢詩（即古典詩）會寫漢詩，代表家學源淵高尚，是武士家庭出身。而日本社會以家業為傳而非財富家產，故文學在京都、東京都俱興盛。目前日本寫詩的人口約3、4百萬，約占總人口3％，但台灣卻可能萬為之一部不多，歐陽開代認為如何讓台灣人對漢詩有興趣，進而能延續漢詩，非常重要。尤其漢詩究平仄、對仗、押韻，是世界上少有的優美藝術，台灣人認識多不了解開始，來保存漢詩藝術。

林翠鳳是台中技術學院應用中文系教授，她是新加入的瀛社社員。她認為學術與藝術研究，若自己也創作，即能融合學術與藝術，不但研究時可避免艱澀，又能以研究的成果最義創作。學界對民間創作者的交流越多，台灣詩壇的榮景就是可被認知的。林翠鳳認為，吟詩可享受到愉快美好的感覺，就像吃一塊方糖，可以讓你甜到心裡，而且越久，只要你願意靠近它，古典詩的鬼水池，能帶給人們很多美好快樂。

瀛社社長林正三整理瀛社歷史，也是瀛社首前社員洪以南曾孫的洪啓宗，目前是萬芳醫院麻醉科醫師，瀛社於今年1月份在萬芳醫院舉行書畫展，是洪啓宗促成，洪啓宗說，他從小在大家庭長大，總到很多曾祖父的故事，加上後來房子拆掉，他也即將收集曾祖父的資料，其中他發現很多歸社的珍貴照片當然是透過文學保留古詩社中，詩社使成為倫理道德的中堅份子，周透過了解祖先的價值觀，也對社會、文化家更倫理有所助的。

社員陳碧霞詩作《銀髮版》　　社員歐陽開代詩作《景福門》　　瀛社副社長俞正雄詩作《淡河海》　　社員姚詩甲詩作《鯉躍洞湖》

民間詩壇集會 經常舉辦各種寫作比賽

目前臺灣民間詩壇集會聯誼方式，是每次集會前先出課題，詩體為五律或七律，邀請參與者在家先作。集會當天交卷。經續抄成範圍打字後，再請詞宗（詩學造詣精深或年高德劭者）評選出初選、初、擇定。

詩會當天，現場再出題聯詠，以考驗詩人的文字功力。擊缽詩則定經句（四句）、現代擊缽詩一般由一小時的時間完詩。最後抽籤前三名一齊由鑼同以茲鼓勵，而前後幾名的作者也都有獎品，場面活澄又熱開。

「擊缽詩」一詞的由來，是南朝文人場早作品，會殷擊金盤做的詩，在缽聲出的嗚嗚聲完全消失之前，就要把一首詩完成。

▲本次比賽的右眼（第二名）洪澤南先生。

◀ 臺灣瀛社詩學會成立大會
95年4月16日於國慶區民活動中心合影。
【藍均屏攝】

▶ 第一屆第一次理監事合影
民國95年4月16日於國慶區民活動中心。
【藍均屏攝】

◀九十五年中秋組例會
95年10月22日假基隆靈泉禪寺舉開。
【周福南攝】

▶ 推廣班結業典禮
96年9月15日第一屆推廣班結業典禮，於
長安西路四十巷民安里區民活動中心。
【林正三提供】

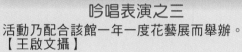

吟唱表演之二
會場並有園遊會。【王啟文攝】

吟唱表演之三
活動乃配合該館一年一度花藝展而舉辦。
【王啟文攝】

推廣班始業典禮
97年3月1日第二屆推廣班始業典禮，
於長安西路四十巷九號，民安里區民
活動中心。【林正三提供】

吟唱表演之一
97年97年3月28日應國立歷史博物館之邀，於
該館舉行詩詞吟唱表演及書法揮毫。
【王啟文攝】

瀛社百年座談會會
97年10月9日於臺北市文獻委員會。

環鏡樓

樓位基隆，為顏雲年所有，大正元年
（1911）11月，顏氏於該樓舉開瀛社
大會，是為全島詩人大會之濫觴。

陋園
顏雲年氏基隆別邸，主人在世時，瀛社常於此舉辦詩人雅集。
【引自網路日治時期住宅與庭園】

萬芳畫廊 瀛社詩書畫展

展期：95年1月1日～1月25日
臺北醫學大學‧萬芳醫學中心 敬邀
展出地點：台北市文山區興隆路二段111號2樓
（捷運木柵線萬芳醫院站下車）
洽詢電話：(02)2930-7930轉8818
社　長　林正三：台北市信義區松山路515巷2弄8號2樓
電　話：(02)2727-5986
總幹事　洪淑珍：台北市重慶北路三段136巷42號3樓
電　話：(02)2591-8211

展出的話

詩之與書，同屬藝術之一環。我國歷代文人，既知詩矣，於書準一道，亦莫不嫻擅。僅知詩而不知書，要非善書者；僅知書而不知詩，更足滿商之匠。惟願我瀛社自一九○九年創立，迄今展品百件，其中於書準一道盛享令名者如陳祚年、洪以南、林知義、倪希炎、王少濤、陳槐澤、張純甫、葉蘊甫，可謂不勝枚舉。爾來社匪中華工於書之，希睹有人。正三自幸及社務伊始，細思推動藝術與社區之聯結，此次商借萬芳醫院院位之聯展，策成詩書畫展，以期鼓勵創作，並就教於詞壇先進與書道方家，尚祈不吝指導，是所至盼。

瀛社簡史

本社成立於日本明治四十二年（西元一九○九）農曆二月十六，乃民俗花朝節之翌日，故以花朝為社慶之日。成立之初，社員約八十人左右，就中領有茂才以上功名者即達二十餘人，其他亦皆為高中碩儒。以洪以南為北臺名士，推為首任社長。嗣後亦有關倡優及旅日僑商慕名加入，可說是僅才濟濟。當時與臺南之「南社」、臺中之「櫟社」，鼎足而成全臺三大詩社。其後於民國五六十年代，「南社」與「櫟社」相繼停止活動，唯我瀛社歸然獨存，且活動並未曾稍戢。成立迄今，歷經各任社長洪以南、謝汝銓、魏清德、李建興、杜萬吉、黃鷗波、陳焙焜暨全體社員之戮力經營，適得維持詩學風氣於不墜，有鑑於詩文藝術與時空環境結合之必要，本社近亦成立網站，積極推動與社區之結合，並籌劃向有關機關申請社團法人登記，以期更便於詩教之弘揚。深望社會賢達，詩界先進，多加指教與鞭策。

林正三謹志

瀛　社　會　志

目　　次

臺灣瀛社詩學會會志

序

　　百載滄桑，萬事轉燭，瀛社卻是巋然獨存！

　　與臺中櫟社、臺南南社鼎足而三的臺北瀛社成立雖然略晚，但後來居上，且持續不懈，歷久不衰，在臺灣詩社史上創造了空前的紀錄。

　　為保存史料，社長林正三先生首撰《瀛社社史之整理纂修與研究》一文，並聘請成大許惠玟助理教授編修《臺灣瀛社詩學會會志》。許教授精研詩史，勇於任事，認真負責，歷時一年，終於完成任務。

　　這本會志篇幅多達四百五十餘頁，除前言和結論外，最大的貢獻在二至五章。

　　第二章以「多社聯吟」部份最可稱道，編者在「區域性聯吟會」一目中追述「瀛桃聯吟會」、「瀛桃竹三社聯吟會」、「瀛星聯吟會」、「五社聯吟會」，於「全島詩社聯吟會」一目則記敘首由瀛社主辦的過程。

　　第三章「瀛社活動記事」不僅從成立日（明治四十二年三月七日）記載，更溯及「緣起」時間（同年二月十八日）、命名由來，而後綿亙百年，至今歲八月。

　　第四章「相關團體」分跨社、衍社二節，前者述社員之原屬母社，凡十社；後者介紹次級團體，有六會；以見其社員來源廣，影響大，向心力強。

　　第五章「社友小傳」含歷任社長、理事長、社友，最早出生的張藏

英（西元一八四二，道光二十二年），最年輕的陳建宗（一九八二），兩人差距一百四十載，至于今之二〇〇八，竟跨越了三世紀！

　　茲值全臺涵蓋面最廣、吸納性最強、包容性最大、成員最多、歷時最久詩社百壽前夕，敬綴數語，不僅爲瀛社慶，且爲《會志》喜。

　　　　　龔顯宗謹序於中山大學　二〇〇八‧八‧廿二

序

　　國有國史，家有家乘，方輿、團體則有志書之作，揆其功用則一，蓋欲明統緒、辨源流、昭先德、存龜鑑也。

　　吾臺數百年以來之文學，自始即以詩為主流。茶歌、山歌，莫非詩也。海澨山陬，無方不在；樵夫牧豎，無人不歌。回顧詩教之興，溯自延平之開府臺南，有明遺老沈斯庵、徐孚遠、盧若騰輩流寓來臺，將皇漢文化散播斯土，就中以沈公文開之貢獻尤多，故被目為臺灣文獻之初祖。泊乎清末，因朝政不綱，甲午敗績而剪鶉割土，使我全臺子民淪於異族。有志之士，深慮文化滅絕，乃競相結社，鼓吹詩學，期維斯文於不墜。我瀛社詩學會創立之根緣，亦在於此。

　　本會成立於日明治四十二年（一九〇九），原名「瀛社」。乃當時任職《臺灣日日新報》之林（湘沅）、李（書）、謝（汝銓）諸先賢，為提振風雅而倡立者。成立以來賢才匯聚，儼然執北臺騷壇之牛耳，與臺中櫟社、臺南南社鼎足而居瀛壖詩壇領導地位。數十年來，南、櫟二社，皆已相繼走入歷史，唯本會延續至今而活動未曾稍戢。揆其原因，除洪以南、謝汝銓、魏清德、李建興、杜萬吉、黃鷗波、陳焙焜諸社長之積極領導外，亦賴全體社員之協力經營，方得有此成就。百年瀛社正可以見證我臺詩學衍變之概況及文學發展軌跡。

　　回顧本會成立以來，將屆百歲，尚未有一本完整之志書，且筆者自七十年代初期入會，二十餘年來，目睹社中耆舊，相繼凋零。深知再不積極從事，則資料一旦流失，永難再得，將是國家與地方文史重大之損

失。由於社中留存之史料有限，諸如成立經過，創社成員，活動概況，及社友之生平資料與吟詠作品等，皆未妥善保存，只有從當時報刊、雜誌之零星報導中去尋繹整理，寸楮片簡，彌足珍貴，乃不揣拙陋任此艱鉅，冀望能救史料之將亡。自九十一年起，著手於史料之蒐求，並於九十三年獲臺北市文化局藝文補助，完成近三十萬言之〈瀛社社史之整理纂修與研究〉一文。後續又徵得部分出土史料，原擬敦請臺中東海大學文獻學權威吳福助教授偏勞代爲編纂，奈吳教授以教學與研究兩忙而固辭。請之再三，不得已轉介成功大學博士後研究員許惠玟老師擔此重任。數月以來，在許老師及助理之積極任事下終告完成。其中更以〈「瀛社」相關團體〉及〈先賢小傳〉諸章創獲尤多，而〈參與成員〉、〈活動記事〉諸章亦多所補綴。於此，正三謹代表全體會友，向許老師之研究團隊，致以最深摯之謝意。

　　自我瀛社創立以來，會中成員已逾五百餘氏。諸多先賢用血汗凝聚而成的幽光，皆值得吾人加以珍視與保存。然由於時間跨越數代，早期成員如非較爲活躍或有詩作存世者，則其人既沒其跡亦泯。欲再蒐求，或恐匪易。故經許老師團隊多方之蒐羅與增補，猶有部分會友之生平資料，無法盡得，唯有俟諸來日。治史之學，原屬接力工作，恆須綿延不斷黽勉以求，對於許老師團隊求真精神與勤勞任事，再一次表達由衷的感佩與萬分的謝意。

　　　　　　　　　民國九十七年季秋林正三於惜餘齋

序

　　在成大的時間不算短，擔任「《全臺詩》蒐集、整理、編輯、出版計畫」的專任助理三年，回來接任「臺灣古典詩的詮釋與多元視角」博士後研究員的工作也已邁入第二年。這幾年的工作經驗，是我研究生活的重要里程。因為處理《全臺詩》而邁入清代臺灣古典詩的研究，博士論文《道咸同時期臺灣本土文人詩作研究》於是產生，原以為短期之內會持續在清代古典詩的研究中摸索，但是在接下「臺灣古典詩的詮釋與多元視角」博士後研究員的不久之前，吳福助老師的一通電話，卻讓我的研究範圍一下子下拉到日治，那就是《瀛社詩學會會志》的撰寫，這個契機也成為我研究生命的另一項轉折。隨著資料的閱讀及整理，除了「瀛社」本身豐碩的資料讓人意識到日治時期的古典詩人別集仍能有所開發外，分散於臺灣各地的詩社團體，也有很大的研究空間，因此伴隨會志的撰寫，我也跟著開展了原本的研究範圍，這是當初始料未及的收穫。

　　而隨著《瀛社詩學會會志》的處理已接近尾聲，工作也即將告一段落，有太多這段時間中的「貴人」，需要一一感謝：

　　感謝林正三理事長給我這個機會接觸日治至今最重要的古典詩社，本文是在林理事長《瀛社社史之整理纂修與研究》基礎上再作增補及撰寫，若沒有前面這份「基本功」，會志的架構不可能這麼的清晰，定位不會這麼明確。理事長當初整理撰寫社史時，是逐一翻閱《臺灣日日新報》及其他報刊雜誌而完成，人力與心神的花費並不比我輕鬆。也正是因為這樣踏實的工作態度，愈加鞭策我以更嚴謹的信念去完成會志，並在期

限之內交稿；也要感謝吳福助老師的引介與提攜，讓我有了新的學習機會與成長。

感謝成功大學臺灣文學研究所研究生黃仁富的全力協助，讓我在撰寫的過程中，可以因為校對的仔細，而將錯誤減至最低，而他統籌底下的工作進度與工讀生工作概況，都是使這本會志能夠順利完成的重要因素；當然還有李國昌的大力幫忙，國昌謹慎謙遜，專一不苟，亦值得記上一筆；而鄭博成、李顯宗的不定時支援、劉虹弦的雜務幫忙，也都是這一本會志的幕後功臣，在此一併銘謝！

感謝同為博士後研究員的好同事林珊妏，在這一年的共事中互相砥礪照顧，讓我體驗了不同的生活；感謝好朋友劉玉森、薛建蓉、林麗美的扶持關注；也要感謝楊曳耕的爸爸全力支持，除了提供豐沛的資源與協助外，其不求回報的精神，也讓我銘感在心；感謝中正大學博士生李知灝提供《詩文之友》及《中國詩文之友》的資料，讓「瀛社」的戰後資料得以補足。

感謝成功大學「臺灣古典詩的詮釋與多元視角」計畫的二位主持人：廖美玉教授、施懿琳教授二位老師的體諒與關照，讓我在一年多的工作中學習到許多，而伴隨計畫所獲得到的資源，同樣為會志的撰寫提供許多便利；也要感謝指導教授龔顯宗老師的惠賜序文與不定時的關心；感謝我的父母與家人在會志撰寫期間給予我的包容。

感謝天上的　神，主耶穌，如果沒有這份最大的精神支柱，就不會有這本會志的順利產生，也願將這份榮耀歸給天上的神。

民國九十七年九月許惠玟於成功大學

第一章 前 言

第一節 研究動機

　　臺灣自 1895 年爲日本統治之後，全省各地士紳與知識分子，爲了保存中國固有文化，於是競相設立私塾，組織詩社。由於有志之士，多爲地方領導人物，故登高一呼而望風響應。各地詩社，蠡然蔚起，全臺最保守估計約至 370 社[1]左右。其中以臺南「南社」、臺中「櫟社」、臺北「瀛社」爲箇中翹楚，鼎足而居領導地位。歷經數十年遞嬗變遷，南、櫟二社，聲欬相繼燼熄。其中南社創立於 1906 年，至 1951 年併入「延平詩社」，活動宣告終止。「櫟社」創立於 1902 年，至 1949 年林獻堂赴日本之後活動逐漸式微，唯獨「瀛社」巋然獨存，且活動未曾稍戢。「瀛社」自明治 42 年（1909）創立以來，將屆百歲，由於本身留存的史料有限，如成立經過，創社成員，活動概況，及社友之生平資料與詩作等皆未完整保存，因此只能從當時報刊、雜誌之零星報導中去尋繹整理，寸楮片簡，也就彌足珍貴，而若不再積極蒐求，則一旦流失，永難再得，將是文史上的重大之損失。加上社中耆舊相繼凋零。因此希望能藉由會志的整理與撰寫，保存「瀛社」的相關資料。

　　由於參與創社及爾後陸續加入之社友，皆屬學有深基之士。就中領有科舉功名者，即逾 20 名，其他亦皆飽學之碩儒，爲謀保存固有文化，

---

1 黃美娥〈日治時代臺灣詩社林立的社會考察〉提到：「許俊雅《臺灣寫實詩作之抗日精神研究》文中曾統計全臺在日治時代共出現二百九十個詩社，唯近年來筆者查閱日治時代報刊發現當時以詩社、吟社或詩學研究會為名的詩社群體，應該超過三百七十個以上……」，見氏著《古典臺灣—文學史‧詩社‧作家論》，國立編譯館，2007 年 7月，頁 184。

使不爲異國所消滅，故借詩社爲漢文傳習之所。誠如林熊祥先生之序《瀛社創立六十週年紀念集》云：

> 瀛社之於日據時期也，臺人言語動觸忌諱。因取言之者無罪，聞之者足以戒之方，發爲吟詠，互通聲氣，宏揚我固有文化，用以保持我民族精神⋯⋯[2]

社中先賢的苦心孤詣，無不是爲了延續斯文之一脈。也希望借詞婉而意隱之詩，以紓發〈黍離〉、〈麥秀〉之悲。並互通聲氣，嘗試維持民族精神與固有文化於不墜，如此文墨相濡而綿延弗替。然而隨著時日益久，社友佳什如果沒有個人專著以資保存而任其流失，勢將湮沒不聞，且社友之生平履歷，如未予以記載留存，必將與草木同朽，因不忍前賢幽光，驟爾熄熄，故盡力多方蒐羅整理，以求垂之久遠。

第二節　文獻檢討

關於「瀛社」研就究，最爲相關的學術資料，當屬黃美娥〈北臺第一大社－日治時代的瀛社及其活動〉及張端然《日治時期瀛社之研究》二文，其中黃美娥一文分別就「日治時代瀛社的發展概況」及「日治時代的瀛社社員」進行論述。「日治時代瀛社的發展概況」一節從「瀛社」的成立，「瀛社」的組織化過程、規模的擴大與組織的分化進行分析，至於「瀛社」的活動簡史部分，因爲限於篇幅，故只能略舉帶過，這一部分將在本會志中盡量予以補足。至於「瀛社」的活動樣態，黃美娥提到「由一社獨唱到多社聯吟」及「由課題詩到擊鉢吟」二項特色，這二點點出「瀛社」的活動演變歷程，且這二種樣態在部分時間上也有所重疊，關於這部分的分析，筆者將於結論進行論述；張端然《日治時期瀛社之

---

2 瀛社編委會，《瀛社創立六十週年紀念集》，瀛社辦事處發行，1969 年。

研究》一文除卻前言及結論外，正文部分第二章為〈日治時期臺灣詩社之發展〉，屬於背景陳述，而和「瀛社」密切相關的為三至五章，其中第三章〈瀛社之研究〉從「瀛社成立之動機與經過」、「瀛社的組織架構」、「瀛社活動的性質與集會方式」、「瀛社的發展」及「瀛社詩人」五個小節進行介紹，然而或許受限於人力，第二節〈瀛社的組織架構〉中，最應該逐一介紹的「瀛社」次級團體，卻反而略而未談。第四節第一小節〈日治時期瀛社之活動（以見於《臺灣日日新報》者為主）〉表格錯誤極多，而第二小節〈瀛社的發展〉雖分成「茁壯期」、「發展期」、「興盛期」、「戰爭期」四期進行「瀛社」發展概述，卻未對分期的時間斷限及分期名稱作清楚說明，這部分雖約略提及次級團體，但皆只是帶過，並未詳細說明。第五節〈瀛社詩人〉的傳略表格錯誤亦多，不只部分詩人生平錯置，詩人的名字亦多所錯誤，第四章〈瀛社詩人與作品〉則分別就 6 位「瀛社」詩人進行作品分析與生平介紹：謝汝銓、魏清德、林佛國、劉克明、黃純青、楊仲佐，然而日治時期超過 150 位的成員，重要者並不止於這 6 位，在比例上仍嫌不足。黃美娥與張端然的論文重點均放在「日治時期」的「瀛社」活動，關於戰後的發展並未觸及，關於這部分，從賴子清〈瀛社〉、林子惠、張作梅、莊幼岳〈瀛社記述補遺〉二篇期刊論文可以約略得知戰後初期情況，不過可惜的是，雖然二文的著者均為「瀛社」社員，但這二篇文章畢竟只是單篇記述，因此無法涵蓋戰後至今 50 年左右的發展。緣此，本會志站在「瀛社」百年來史料蒐集的立場，希望可以補前人研究之不足，以使百年來「瀛社」發展清晰呈現。

　　詩人專論部分，與本文有關者為孫吉志《羅尚《戎庵詩存》研究》，這也是學位論文中，唯一一本以「瀛社」詩人作為對象的作品，然而羅尚加入「瀛社」是在戰後，戰前社員如林佛國、李建興、黃純青、謝汝銓、黃水沛、林錦銘、劉克明、謝尊五、魏潤庵、楊仲佐、林景仁、高文淵、陳宗賦等有個人別集傳世；新竹市立文化中心 1998 年出版的《張純甫全集》以及臺北縣文化局於 2004 年出版的《王少濤全集》都以全集

的型態問世，但都缺乏學位論文或單篇論文的關注，顯示這幾位詩人都尚待研究，且其重要性並不亞於羅尙。從日治到戰後共 500 多位詩人，不管是以殊相（個人研究）或是共相（集團研究）的方式入手，亦顯示「瀛社」詩人研究上是很可以期待的。

一、日治時期傳統詩社與詩歌研究

　　關於日治時期傳統詩或詩社方面的研究，目前可知有王文顏《臺灣詩社之研究》、廖雪蘭《臺灣詩史》、陳丹馨《臺灣光復前重要詩社作家作品研究》；區域性詩歌研究方面，有張淑玲《臺灣南投地區傳統詩研究》、武麗芳《日據時期竹塹地區詩社研究》、吳淑娟《臺灣基隆地區古典詩歌研究》、張作珍《北港地區傳統詩社研究》；而單一詩社研究方面，王幼華《日治時期苗栗縣傳統詩社研究－以栗社爲中心》、曾絢煜《栗社研究》、王玉輝《日據時期高雄市詩社和詩人之研究－以旗津吟社爲例》、鐘美芳《日據時代櫟社之研究》、吳毓琪《臺灣南社研究》、陳芳萍《彰化應社及其詩作研究》、潘玉蘭《天籟吟社研究》、林正三《松山地區之古老詩社－松社》、張端然《日治時期之瀛社研究》等，在在顯示北中南地區重要詩社均有研究者予以關注，尤其是日治時期三大詩社亦是如此，然而與日治時期全臺 370 多個詩社的數量相較，這樣的比例仍然相當懸殊，表示在日治時期詩社研究的區塊上，尙有可以發揮的空間。

　　單一詩社方面，與本會志相關者，除了前述張端然論文之外，吳淑娟《臺灣基隆地區古典詩歌研究》、潘玉蘭《天籟吟社研究》、林正三《松山地區之古老詩社－松社》均與本文有關，吳淑娟《臺灣基隆地區古典詩歌研究》雖爲區域性詩歌研究，但內容涉及「小鳴吟社」、「網珊吟社」等「瀛社」社員的「原屬母社」，並有專節討論「瀛社」，認爲其爲「雨港詩社之重要推手」，給予正面肯定。潘玉蘭與林正三則是分別就「瀛社」社員的「原屬母社」中，「天籟吟社」及「松社」進行專文整理。目前陳欣慧撰寫中〈「詩」的權力網絡：日治時期桃園地區傳統詩社的文學／文

化／社會考察～桃園吟社、以文吟社爲研究對象〉則提到與「瀛社」聯
吟最爲密切的「桃園吟社」，當然，撰寫中尚未完成的各地詩社研究或許
還有，但總數量仍未及日治詩社的十分之一，這塊頗值得開發的領域，
希望能藉由本會志的拋磚引玉，吸引其他學者進行後續研究。

二、日治至戰後報刊與文學雜誌

　　「瀛社」詩人的資料，日治時期主要見諸《臺灣日日新報》、《詩報》、
《風月報》、《南方雜誌》等報刊。戰後則有《詩文之友》、《中國詩文之
友》、《中華詩苑》、《中華藝苑》、《古典詩雙月刊》、《中華詩壇》等雜誌，
可以稍稍補活動記錄之不足。遺憾的是，民國 34 年至 42 年期間，因當
時並無報刊、雜誌以爲之登載，詩社活動情形與吟會作品無從得悉，民
國 82 年《中國詩文之友》停刊前後至 84 年《古典詩雙月刊》出刊以前，
所有活動亦無記錄留存，其吟會作品，除少部分存稿外，亦多散佚，殊
爲可惜。至於中華民國傳統詩學會編《傳統詩集》1~8 集，則收集了部
分「瀛社」詩人的生平簡歷及作品，亦具參考價值。

三、詩社社員別集

　　目前可見「瀛社」詩人別集，戰前社員部分有林佛國《長林山房吟
草》、李建興《紹唐詩集》、黃純青《晴園詩草》、謝汝銓《雪漁詩集》、
《奎府樓詩草》、《蓬萊角樓詩存》；黃水沛《黃樓詩》、顏雲年等《環鏡
樓唱和集》、林錦銘《承澤樓詩草》、蘇水木《清林詩草》、劉克明《寄園
詩集》、謝尊五《夢春吟草》、魏潤庵《潤庵吟草》、楊仲佐《網溪詩集》、
林景仁《林小眉三草》、高文淵《昴末齋吟草》、陳宗賦《篔竹遺藝》；臺
北縣文化局出版《王少濤全集》，新竹市立文化中心出版《張純甫全集》，
李遂初等蒐編《李碩卿先生紀念集》等，是研究這些詩人生平的重要一
手資訊。

四、詩社社員合集

「瀛社」社員合集，主要以瀛社編委會所編，《瀛社創立六十週年紀念集》、《瀛社創立七十週年紀念集》、《瀛社創立八十週年紀念集》、《瀛社創立九十週年紀念集》、《瀛社癸未年擊缽集》、《甲申風義錄》、《乙酉題襟集》、《丙戌年題襟集》、《丁亥年題襟集》等詩人合集為主，保存大多數社友在戰後以來的作品。而他社社員合集，則有陳鐓厚編《天籟吟集》，及李逯初等蒐編《李碩卿先生紀念集》後面的「門人和韻篇」可供參考。

五、研究者對於「瀛社」的相關研究成果

（一）「瀛社」社友相關資料與生平記載

目前記載相關的一手資料，應是由瀛社辦事處所編《瀛社歷年名冊通訊錄》，惟這是社內未公開文書，且記載內容只是社員自 1964、1975、1985 年至 2003 年為止的出年月、通訊地址與聯絡電話，其他資料則闕如，關於社員生平資料，則必須藉由 1960 年臺北市文獻委員會出版的《臺北市志》卷七《人物志》予以補足，這份資料影響後來 1991 年同樣由臺北市文獻委員會出版，由廉永英、崔仁慧合著的《臺北市志》卷九《人物志·賢德篇》及《臺北市志》卷八《文化志·文學篇》2 本方志著作。基隆社友方面，則有李進勇總纂《重修基隆市志》卷七《人物志·列傳篇》、陶一經編《基隆市志·藝文篇》及陳曉齋等編《基隆市志·文教志·藝文篇》三文，然而這些雖都為《基隆市志》，但因為 3 本方志並非同 1 人編纂，因此出入亦不少，至於基隆詩學會編輯《雨港古今詩選》、唐羽編撰《基隆顏氏家乘·文徵篇》，亦是補充基隆詩人生平不可或缺的材料。其餘如戴書訓編纂《重修臺灣省通志》卷十《藝文志·文學篇》、黃淵泉編纂《重修臺灣省通志》卷十《藝文志·著述篇》、毛一波纂修《臺北市

志稿》卷八《文化志·文化事業篇》亦提供不少詩人生平。

　　自 1979 年開始，由中華民國傳統詩學會出版《傳統詩集》至 2004
年為止共出版 8 集，這 8 冊著作中除刊載近年來古典詩作品外，每位作
者下的作者小傳，也是我們據以參考的記錄，《臺灣歷史人物小傳－明清
暨日據時期》、邱秀堂編撰《鯤海粹編》中的〈臺北七君子詩〉、林欽賜
輯錄《瀛洲詩集》、鷹取田一郎輯《臺灣列紳傳》、賴子清《圓機活法古
今詩粹》、王國璠編《中華民國詩人及其詩》、吳建民等主編《松友月刊
（1～4 期）》至於黃美娥《日治時期臺北地區文學作品目錄》、鄭喜夫〈臺
北著述志稿〉二文則能增補詩人著作，使其生平更趨完備。

　　期刊論文部分關於黃贊鈞的生平有吳逸生〈劉得三、黃贊鈞詩文
選〉、連曉青〈黃贊鈞其人其事其詩〉二文可資參考；關於黃純青則有江
夏生〈晴園老人黃純青先生略傳〉、邱麟翔〈墨學傳人－黃純青〉；至於
陳廷植則有心禪、心印〈劉銘傳的門生陳廷植先生訪問記〉、黃式杰〈耆
宿故陳廷植事略〉二文；黃玉階有鄭喜夫〈黃冥華先生年譜初稿〉、王一
剛〈黃玉階的生平〉；顏雲年則有唐羽編著《基隆顏家發展史》、王一剛
〈顏雲年、顏國年〉；其餘如陳驚癡〈天籟吟社與林述三〉、劉篁村〈倪
希昶、王雲滄詩文選〉、吳逸生〈劉得三、黃贊鈞詩文選〉、吳逸生〈王
采甫、黃菊如二先生詩文選〉、廖毓文〈張純甫及其作品〉、王一剛，盛
清沂〈趙一山傳稿〉、盧嘉興〈日據時期為臺灣倡設詩社的林湘沅〉；而
屬於詩人片斷性資料者，如〈稻江茂才陳篔竹對聯選錄〉、黃師樵〈陳祚
年遺藝彙編〉、林佛國〈補刊高黃連李四先生詩文序〉亦有簡單詩人生平
介紹。

　　屬於詩人通論的期刊論文，目前可見如黃文虎〈艋舺舊文人回憶
錄〉、劉篁村〈艋舺人物志〉、劉龍岡〈稻江人物小誌〉、賴子清〈北市科
舉題名錄〉、王一剛〈日籍紳商人物誌〉、劉篁村〈北臺詩話小談〉、古月
〈日據時期北臺列紳傳〉、賴子清〈臺灣科甲藝文集（北臺篇）〉等文。

（二）臺灣詩社與「瀛社」相關記錄

目前前人研究成果中，期刊論文部分以社員簡介及詩社介紹最多，其中以《臺北文物》4 卷 4 期的「本市詩社專號」最爲重要，如劉克明〈詠霓詩社〉、賴子清〈瀛社〉、陳世慶〈星社〉、李騰嶽〈趙一山先生與劍樓吟社〉、春暉〈婆娑會〉、龍岡老人、駱子珊〈高山文社〉、醴若〈淡北吟社〉、黃師樵〈聚奎吟社〉、文山遺胤〈臺北詩社之概觀〉、〈臺北市詩社座談會〉等，除此之外，陳明〈歐劍窗與北臺吟社〉、駱子珊〈顏笏山先生與高山文社〉、黃鶴仁著《貂山吟社史研究》、林連銘〈松社與松山吟詠〉等，對於「瀛社」社員的「原屬母社」提供許多可資參考的資訊。

區域性詩社介紹，主要有臺北市文獻會主辦的〈臺北詩社座談會紀錄〉，另外則有賴子清〈古今北臺詩社〉及〈古今臺灣詩文社〉、王國璠〈臺北藝苑〉及〈淡北詩論〉、邱奕松〈北臺詩苑〉、毛一波〈臺北縣詩略〉、賴鶴洲〈臺灣古代詩文社〉、劉遠智〈臺灣詩社的淵源與流衍〉等文，則是針對北臺及全臺詩社做全面性整理，其中關於「瀛社」部分雖然不多，但是從相關文章都道及「瀛社」的情形來看，也可一窺「瀛社」的重要性。

第三節　篇章安排

本會志主要以「瀛社」百年來「史料」蒐羅與整理爲主，故著重在歷史事件的蒐尋與記載，並在力求齊全的情形下進行整理。然而儘管有著希求全備的目標，卻由於時間跨幅久遠，原始資料散佚，難免有所不足，這是本會志的侷限，也是往後可以努力的空間所在。正因爲會志重點在於史料的蒐羅，故本文並不涉及詩人作品評論。

正文部分共分爲四章，第二章〈「瀛社」成立時間與參與成員〉共分

爲三節進行整理，第一節〈「瀛社」成立的時間地點〉分別就「瀛社」成立年份、日期及地點進行分析，從不同研究者的資料進行比對，並輔以《臺灣日日新報》上的一手資料，歸納出真正的創立時間與地點。第二節〈「瀛社」的參與成員〉分成「日治時期」及「戰後至今」二個階段，嘗試爬梳「瀛社」百年來社員出入情形，其中「日治時期」分成二期，主要以大正 13 年 9 月的第一次會籍整理作爲分界，其中「明治 42 年 3 月至大正 13 年 9 月」爲第一期，此期屬於混沌期，因爲缺乏參與社員名單，故只能從當時《臺灣日日新報》中參與課題的成員，以及「編輯日（謄）錄」或「例會情況」進行整理，然而由於報紙缺頁及社外社內成員區分的困難，這部分社員的名單，仍有很大的增補空間。而「大正 13 年 9 月至昭和 14 年 10 月」爲第二期，由於《臺灣日日新報》已經陸續刊載社員輪值名單，因此對於當時參與的社員，能夠有比較清楚的了解。至於「戰後至今」的社友由於當時適逢二次戰後，百事待舉，且歷經二二八事件，政治情勢尚未穩定，傳統詩界中又缺乏如日治時期《臺灣日日新報》、《詩報》、《風月報》之類的報章雜誌，因此初期活動與詩作，除卻個人之詩集外，皆未保有留存記錄，此種情況，一直延續到民國 40 年代，傳統詩界的詩學期刊如《詩文之友》、《中華詩苑》、《臺灣詩壇》等相繼發行，「瀛社」活動及擊鉢吟會之作品，始陸續揭載其上。加以「瀛社」於此之後，開始有系統整理社員通訊方式，因此彌補部份戰後初期社友經歷的不足。第三節〈「瀛社」的活動形式與組織架構〉分成三節敘述，其中「社內經常性活動－例會與大會」，主要針對「瀛社」的固定活動「例會」及「大會」進行討論；「社外不定期活動－多社聯吟」則涉及詩社對外活動的舉辦，其中以聯吟會爲主，又可分「區域性聯吟會」及「全島詩社聯吟會」，活動範圍及規模均由小至大；「區域性聯吟會」主要分成「瀛桃聯吟會」、「瀛桃竹三社聯吟會」、「瀛星聯吟會」到「五社聯吟會」、「其他聯吟會」等；「成員職掌」則分別就日治與戰後詩社幹部進行整理，惟該節另可參見張端然《日治時期瀛社之研究》一書，故爲

節省篇幅，不再細述。

　　本會志第三章〈瀛社活動記事〉分為二大節，分別為第一節〈日治時期活動記事〉及第二節〈戰後至今活動記事〉：第一節主要整理自《臺灣日日新報》、《詩報》及《風月報》關於「瀛社」活動概況，第二節則以戰後《詩文之友》、《中華詩苑》、《中華藝苑》以及「瀛社」社內活動記錄為主。

　　第四章〈「瀛社」相關團體〉共分為二大節，第一節〈跨社－「瀛社」社員之原屬母社〉是指許多社員同時橫跨其他詩社，或是先參加其他詩社，俟「瀛社」成立之後再行加入，因此多數社員具有二個詩社以上社員的身份，為凸顯上述特質，本節遂以「跨社」標示之。這些「瀛社」社員的「原屬母社」，多是全社加入「瀛社」，與「瀛社」融為一體，有的甚至因為過於投入，反使「原屬母社」消失。就中以「瀛東小社」、「萃英吟社」最為明顯，另外如「星社」、「天籟吟社」、「小鳴吟社」、「高山文社」、「淡北吟社」、「潛社」均曾以全社名義參與「瀛社」例會輪值，儼然成為「瀛社」一員，至於「聚奎吟社」、「松社」也因多數社員和「瀛社」重疊，形成互相交融的情形。第二節為〈衍社－隸屬「瀛社」下之次級團體〉，這些是直接在「瀛社」底下另外開設「瀛社」的附屬組織，成為其次級團體的，在此我們以「衍社」稱之，將其視為「瀛社」組織的「衍生」及「附屬」。依時間先後順序，主要有「中央部擊鉢吟會」、「食飯會」、「婆娑會」、「同意吟會」、「漢詩文研究會」、「有志吟會」等，除「漢詩文研究會」未創設成功之外，其餘都在「瀛社」活動中佔有一席之地。

　　第五章〈社友小傳〉部分，第一節為〈歷任社長及理事長〉介紹，第二與第三節為「瀛社」歷年來社員簡歷，本節主要以過世與否作為區分，已過世之社友歸為先賢，置於第二節〈先賢社友小傳〉，其排列順序原則上依出生年份先後順序排列，至於生卒年不詳的社友則依姓氏筆畫排列，置於節末。第三節〈社友簡歷〉則多以社友自述為主，部分摘自詩

人合集的簡歷，本節處理盡量保持社友交稿時原貌，以示尊重。

第六章爲〈結論〉，總結「瀛社」本身的地位與重要性，並附上「瀛社詩學會」現任理事長林正三先生對於「瀛社」本身及目前詩界的反省，筆者所作結論與林正三先生有部分觀點重疊，感覺似乎有所重覆，但是林正三先生以一位「瀛社」社員身份所進行的自我反省，將可使讀者從不同面向窺知「瀛社」的其他意涵，有其不可抹滅的意義，故而全文照登，以作爲本會志的最後結論。

第四節　研究困難

由於「瀛社」自成立迄今，已屆百年，社中成員及主事者於史料之保存，皆未留意，事隔既久，於今唯有自當時發行之報紙、期刊中去爬梳蒐羅，如日治時期之《臺灣日日新報》、《詩報》、《風月報》、《南方雜誌》及光復後之《詩文之友》《中國詩文之友》、《中華詩苑》、《中華藝苑》、《古典詩雙月刊》等。其中入出社員，有文獻可稽者即逾 500 位，所爲詩作，如非有個人專集留存者，率皆湮沒無聞。而先賢社友中，於其嘔心瀝血之作任其流失者不知凡幾。且成員之中，如陳洛因入社期間短暫，或緣於其他因素而未留下其他資訊者，如果非稍有名望之士，待其人既沒，即杳無可考，這一類的社員亦所在多有。

至於民國 34 年至 42 年間，社中成員之詩作，亦未留存。故於當時情況，幾十年後，吾人皆已無從得知，實是文史界之一大損失。該段期間內，「瀛社」本身所保存之史料，唯有《瀛社創立六十週年紀念集》中之片段記載，及各社友之個人詩集等，然而社友個人，輯有詩集並不多，其他大部分均於其人身後，淪爲煙塵。

因爲事隔既久，資料蒐求匪易，尤以《臺灣日日新報》爲甚，部分紙本與微卷模糊不清，對於辨識與繕打而言，毋寧是最艱巨的工作，亦是耗時最久者，至於昭和 12 年 4 月《臺灣日日新報》漢文版停刊後，有

關詩社之訊息，轉而刊載於《詩報》、《風月報》、《南方》雜誌等，由於是半月刊，其時效自不及於《臺灣日日新報》，於其功能亦有減損，故「瀛社」之活動，得之於前述期刊者，自無法與《臺灣日日新報》比擬。戰後於民國 40 年代出刊之《詩文之友》、《中國詩文之友》、《中華詩苑》、《中華藝苑》等則屬月刊性質，而《古典詩雙月刊》更延爲雙月刊，有關活動訊息資料更是越收越少。綜上數點，皆造成整理與研究之無力感，只有冀望來日覓得更充足之史料再作補充。

其有關先賢社友，光復前社員之履歷，由於歲久事湮，頗難查考，唯有從《續修臺灣省通志》、《臺北市志》、《臺北縣志》、《基隆市志》等志書及《臺北文物》、《臺北文獻》、《臺灣文獻》、《臺灣風物》等文獻期刊及報紙、期刊中去蒐求，或訪諸社友先賢之後人，以求其確。唯成立迄今，社友總數，已逾 500 餘位，其中參與時程較短，或較無活動力者，其人與文，已爲時光浪潮所淹沒，故經數年之資料蒐集，所得亦僅如此，尚有諸多社友，未有其鄉貫履歷。至於缺少生卒年分者則更多，祇有就目前所搜得者先予載入，其他無可考者，只能從缺，待往後更有所得，再行補入。

第二章 「瀛社」成立時間與參與成員

關於「瀛社」的成立時間眾說紛紜，謝汝銓在〈全島詩人大會紬緒〉提到：

> 明治四十二年春，余與林湘沅芸友，倡設瀛社，北部知名之士。襟懷瀟洒，雅慕風雅者，競趨挂籍，多至百五十餘名，卜期於舊閏花朝日，在艋舺平樂遊旗亭開創立會，眾推洪逸雅君為社長，余為之副社長……[1]

謝氏撰此文時，距「瀛社」成立才 20 餘年，加上其為創始社員及第 2 任社長，因此可信度極高，許多研究「瀛社」的研究者，也多半以此文為主要引述資料。這一條資料涉及到四個重要的問題：一是「瀛社」成立的首倡者有誰？二、「瀛社」成立的年份及日期究竟為何時？三是「瀛社」社團的規模有多大？該社創立之初的社員人數，是否真的達到「百五十餘名」？四是「瀛社」第一次聚會的地點為何？依謝汝銓文中所記，「瀛社」首倡者為謝汝銓及林湘沅，成立時間為明治 42 年「閏花朝」，成立人數達 150 多名，成立地點則在「艋舺平樂遊旗亭」。但這一筆記錄隨著時間演變，卻產生數種不同的說法，包括「瀛社」成立的確切時間、確切日期與確切地點，都有值得商榷的空間。

第一節 「瀛社」成立的時間地點

---

1 出於林欽賜輯錄《瀛洲詩集》，昭和 7 年《臺灣日日新報》發行。

一、1907 或 1909 年？「瀛社」成立年份商榷

連雅堂在〈臺灣詩社記〉一文提到：

> 迨丁未春洪逸雅、謝雪漁、倪希昶等乃創瀛社，社員幾及百人。復與新竹之竹社、桃園之桃社，互相聯合，時開大會，多士濟濟，集於一堂，可謂盛矣……[2]

可知連橫所謂的「丁未春」，時間為光緒 33 年，西元 1907 年。至於林子惠、張作梅、莊幼岳合撰的〈瀛社記述補遺〉一文則承繼連橫〈臺灣詩社記〉的說法，均認為成立時間在 1907 年（丁未）：

> 臺北之創設吟社，除唐灌陽來巡臺島，升布政使駐臺北初建省會，時集僚屬並禮致居臺人士之能詩者，簪纓薈萃，舉行文酒之宴，結牡丹詩社外，瀛社可稱為主。據連雅堂之〈臺灣詩社記〉（見《臺灣詩薈》）文述：『臺北為全臺首府，而瀛社為之主。改革後陳淑程、黃植亭[3]等曾設玉山吟社，開會於龍山寺，未幾而息。迨丁未春，謝雪漁、洪以南、趙一山、劉育英、倪希昶等乃創瀛社，社員幾及百人。復與新竹之竹社，桃園之桃社，互相聯合，時開大會。多士

---

2 見於連橫，《臺灣詩薈》第 2 號，1924 年 3 月，頁 98。

3 黃茂清（1868-1907）字植亭，賴子清〈北市科舉題名錄〉謂其生於同治 7 年。光緒間生員，性純孝，入泮後數年，曾於劉巡撫所設西學堂肄業，能操英語，後為該學堂講師。日人領臺，出役於艋舺保良局，嘗執教於臺灣總督府國語學校第一附小，後入《臺灣日日新報》任記者。曾參加「玉山詩社」、「淡社」。參見賴子清〈北市科舉題名錄〉，《臺北文物》6 卷 1 期，1957 年 9 月 1 日，頁 36、黃美娥編，《日治時期臺北地區文學作品目錄》，臺北市文獻委員會，2003 年 2 月，頁 14、455-465。然其是否如黃美娥記載為「瀛社」社員？則需商榷。因《臺北市志卷七·人物志》謂其「卒年丁酉」，又說其年 39，丁酉年有 1897 及 1957 二個可能，但都不符合 39 之數。則丁酉可能為丁未(1907)之誤，如此方與實際歲數合。然丁未年乃明治 44 年，時瀛社尚未成立，黃文虎〈艋舺舊文人回憶錄〉則謂其卒年 40 餘。莊鶴如在 1907 年 9 月 8 日《臺灣日日新報》有〈輓故友黃君植亭〉，故可確知其卒年在 1907 年無誤。由此推斷，則黃氏不可能為「瀛社」社員。

濟濟，集於一堂，可謂盛矣。』[4]

而據賴子清〈瀛社〉一文來看：

> 日據後第三年，即民前十五年丁酉，臺北臺日詩人始設玉山吟社，
> 嗣又有日人設淡社，臺人設詠霓吟社。時值領臺未幾，社會動盪，
> 詩教式微，僅延一線之光，迨至民前二年庚戌春，臺日記者謝茂才
> 汝銓，與其鄉友林茂才馨蘭，倡設瀛社，望風挂籍者多至百五十餘
> 名，舊閏花朝，假座艋舺平樂遊，開創立會，月開一回吟讌，且出
> 宿題，年開一次大會，舉淡水洪茂才以南為社長，發起人謝氏副
> 之……[5]

賴子清以為民前 2 年為庚戌年，應為誤記，「閏花朝」即閏二月，庚
戌年又碰上閏月，時間為民前 3 年，即宣統元年己酉年是[6]。若依此推斷，
則賴子清以為成立時間亦在民前 3 年，西元 1909 年。與謝汝銓的時間記
載（明治 42 年，1909 年）相合，林佛國〈瀛社簡史〉一文亦承謝汝銓
之說：

> 日據時代，《臺灣日日新報》社漢文部同人，為謀保存國粹，並發
> 揚光大，遂有籌設瀛社之議。經該報守屋善兵衛社長同意，正式聲
> 請，囑該部尾崎秀真先生接洽，立得兒玉總督[7]面允，乃於民國前三
> 年己酉花朝，集北臺詩人百五十餘人，開創立大會。公推洪以南先
> 生為社長，謝汝銓先生為副社長，其集會在洪以南先生之府第，今

---

4 參考連橫〈臺灣詩社記〉，收於《臺灣詩薈》，臺灣省文獻委員會，1992 年，頁 98。
5 參考賴子清〈瀛社〉，收於《臺北文物》4 卷 4 期，1956 年 2 月，臺北市文獻委員
　會，頁 33。
6 此說亦可見於其〈古今北臺詩社〉，《臺北文獻》74 期，1985 年 12 月 25 日，頁 174。
　〈古今臺灣詩文社〉，《臺灣文獻》10 卷 3 期，1959 年 9 月，頁 93。
7 據黃美娥考證，當時總督為佐久間左馬太，非林氏所述之兒玉源太郎。見氏著〈北臺
　第一大社——日治時期的瀛社及其活動〉，收於《古典臺灣—文學史、詩社、作家論》，
　國立編譯館，2007 年 7 月。

臺大醫學院舊址也[8]。

廖一瑾《臺灣詩史》引吳鐘英〈己酉祝瀛社成立賀詩〉一詩，同樣也認為成立時間為 1909 年：

> 瀛社創立日期，據吳鐘英〈己酉祝瀛社成立賀詩〉考定，為宣統元年（歲次己酉，一九〇九）二月十二日「花朝節」。倡始人謝汝銓、林馨蘭在艋舺（萬華）「平樂遊」召開成立會，入社者一百五十餘人，公推洪以南為社長，謝汝銓為副社長……[9]

若再參照當時的報紙，則可以明確得知「瀛社」的創社年份。明治42 年 3 月 9 日《臺灣日日新報》3254 號載：

> 瀛社諸同人，已如既報，於去七日，在平樂遊旗亭，舉行開會式矣，會員及來賓，約有五十人。迨午後鐘鳴四下，華筵肆設，社友洪以南君，起述開會之辭，群拍手賀之。席間以〈瀛社雅集即事〉為題，即以瀛字韻為限，各拈一字，賦成柏梁體一句，聯作長篇。又限賦即事詩，呈交值東者，以便彙齊，付報社發刊。是日南北中文人薈萃，如此斯會，實領臺以來所僅見也[10]。

明治 42 年 3 月 10 日《臺灣日日新報》3255 號〈瀛社發會式〉之報導則謂：

> 今回臺北本島人之有志者，發起瀛社詩會之創設，去七日午後三時假艋舺平樂遊舉發會式，進行會則決議、役員選舉等，隨後開宴，洪以南以發起人總代述開會辭，席上賦柏梁體一篇，日暮盡歡而散，來會者約五十名……

---

8 參考林佛國〈瀛社簡史〉，收於《瀛社創立六十週年紀念集》，1969 年。
9 見廖一瑾《臺灣詩史》，武陵出版社，1989 年，頁 299。
10 見明治 42 年 3 月 9 日漢文版《臺灣日日新報》3254 號。

由上述幾則資料可知，「瀛社」創立時間為明治 42 年，西元 1909年。黃美娥、張端然、許漢卿[11]等研究者亦承此說法。至於連橫、林子惠、張作梅、莊幼岳等人的記載有誤，時間非在 1907 年。

二、「閏花朝」或「花朝」？「瀛社」成立日期商榷

謝汝銓在〈全島詩人大會紬緒〉提到「瀛社」的成立日期是「舊閏花朝日」，而賴子清於前述〈瀛社〉一文，亦謂在「閏花朝」。

至於《臺灣文獻》15 卷 1 期〈臺灣文學年表〉宣統元年所載：

> 二月十五日花朝，僑居臺北之謝汝銓、林湘沅與洪以南倡首，在艋舺平樂遊酒樓，設立「瀛社」，當日參加社員來賓，共一百五十人，極一時之盛。公推洪以南為社長，謝汝銓為副社長。每月一次，課題徵詩，後蔡啟運來北，依其提倡，每月改設舉行一次擊鉢吟會……[12]

則指出創社日期為「花朝」。顯然創設日期亦出現二說。惟此條後面註明「詳見賴子清〈瀛社〉，載《臺北文物》第 4 卷第 4 期」顯示該年表資料係參考自賴子清說法，但何以創社日期會與賴子清不同？我們不得而知。

「花朝」一詞，據宋楊萬里《誠齋詩話》所云：「東京以二月十二日為花朝」；《翰墨記》：「洛陽風俗以二月二日為花朝節」；明田汝成所撰《熙朝樂事》則提到：「花朝月夕，世俗恆言，二、八兩月為春秋之中，故以二月半為花朝，八月半為月夕，是日，宋時有撲蝶之戲，今雖不舉，而寺院啟涅槃會，拈香者麕至，猶其遺俗也」，可知「花朝」的日期本身即有「2 月 2 日」、「2 月 12 日」、「2 月 15 日（半）」三說。〈臺灣文學年表〉所採為「2 月 15 日（半）」的「花朝」說法。但這也出現問題，究竟「瀛

---

11 見〈臺北詩社座談會紀錄〉，《臺北文獻》直字 122 期，1997 年 12 月，頁 15-17。
12 參考〈臺灣文學年表〉，收於《臺灣文獻》15 卷 1 期，1964 年 3 月 27 日，頁 263。

社」創社日期為謝汝銓及賴子清記載的「閏花朝」？抑或〈臺灣文學年表〉的「花朝」？

依明治 42 年 3 月 9 日《臺灣日日新報》3254 號載：

> 瀛社諸同人，已如既報，於去七日，在平樂遊旗亭，舉行開會式矣。

而明治 42 年 3 月 10 日《臺灣日日新報》3255 號〈瀛社發會式〉之報導則謂：

> 今回臺北本島人之有志者，發起瀛社詩會之創設，去七日午後三時假艋舺平樂遊舉發會式。

連續二天的報紙均提到「去七日」，可知創設日期應為明治 42 年 3 月 7 日。依此推算，7 日為陰（農）曆 2 月 16 日，即《熙朝樂事》所指「花朝」之次日。此外，黃美娥的〈北臺第一大社－日治時期的瀛社及其活動〉及詹雅能所編〈張純甫年表〉[13]亦列是說。而這又和〈臺灣文學年表〉上所列的「花朝」日期誤差一天。

按理，謝汝銓為「瀛社」創始會員，而賴子清原為《臺灣日日新報》嘉義地區之通訊員，二人都參與「瀛社」，記載上當不致有誤才是，但《臺灣日日新報》為當時報紙，所記之事相隔不超過 10 天，若創社時間為謝汝銓所記的「閏花朝」，則國曆係 4 月 5 日，在時間上與報紙並不相合，除非報紙有未卜先知的情形，否則「閏花朝」當為謝汝銓誤記。謝氏原為創始社員及第 2 任社長，因何有此一失？我們不得而知。不過，經查大正 12 年 3 月 28 日《臺灣日日新報》8205 號，發現當時「瀛社擊鉢吟例會」即記載成「瀛社創立之日，係閏花朝」，大正 12 年 10 月 7 日第8398 號又再提到「瀛社生於閏花朝」、昭和 14 年 4 月 24 日《風月報》84 期也有「瀛社詩會創立於閏花朝」 之語，可知此誤沿習已久。而賴子清雖加入「瀛社」，但已是昭和年間事，於成立之初，其尚未與其事。

---

13 收於黃美娥、詹雅能編《張純甫全集》，新竹市立文化中心，1998 年 6 月。

或許是因承謝氏之說，或是因成立後之第一次例會，有〈閏花朝〉一題詩課，賴氏不察，遂誤第一次例會詩題「閏花朝」為成立日期，均有可能。

再考艋舺吳鐘英〈祝瀛社成立〉[14]一詩，時間署為民前 3 年己酉，觀其全詩：

> 才藻飄然大雅群，高聲朗唱過橫雲。
> 逍遙襟抱吟風月，怡適情懷舒馥芬。
> 媲美櫟南（臺中櫟社，臺南南社）齊韻事，驅馳魏晉泛奇文。
> 異時雷雨經綸展，藝苑蜚聲處處聞。

詩中也並未確指花朝之期。至於為何不以 2 月 16 日，而逕以 15 日「花朝」為社慶者，應是取其便於記憶之故。晚近社中相傳，以 2 月 12 日為花朝社慶，乃引據楊萬里《誠齋詩話》之說。據現任「瀛社詩學會」理事長林正三所考，可能鑑於本島地暖，百花早開之故。然林氏於《瀛社社史之整理纂修與研究》一文亦已提出澄清云：「以史學觀點而言，仍應尊重事實為據。[15]」

歸納以上諸說，「瀛社」成立日期仍以明治 42 年（清宣統元年，西元 1909）3 月 7 日，農曆 2 月 16 日為確，而社慶定為農曆 2 月 15 日之花朝，則從記憶上之方便。

三、臺大醫學院或艋舺平樂遊？「瀛社」成立地點商榷

林佛國〈瀛社簡史〉一文提到「瀛社」的創立集會地點在「洪以南先生之府第」，即「今臺大醫學院舊址也」，吳建民在〈松山探源尋根〉提到關於「瀛社」的創立地點，大抵依林佛國而來：「成立大會在洪以南

---

14 見黃文虎〈艋舺舊文人回憶錄〉，收於《臺北文物》2 卷 1 期，臺北市文獻會，1953 年 4 月 15 日。
15 見林正三，《瀛社社史之整理纂修與研究》，臺北市文化局藝文補助，2004 年，頁 7。

府第（今臺灣大學醫學院院址）舉行，陣容浩大，極一時之盛。[16]」但謝汝銓在〈全島詩人大會紬緒〉提到「瀛社」的成立地點卻是「艋舺平樂遊旗亭」，顯然二者間有所出入。明治 42 年 3 月 9 日《臺灣日日新報》3254 號的記載爲「在平樂遊旗亭，舉行開會式矣」，而隔日報導也言及「假艋舺平樂遊舉發會式」，可以知道林佛國的記載有誤，「瀛社」在洪以南府第的聚會乃是第一次例會，並非創會地點。王國璠〈淡北詩論〉提到「瀛社」創立的時間與相關記載，資料大抵無誤，故不再一一羅列[17]。其提到「全島詩人大會」、「聯吟會」的舉辦，在時間與地點上大致與〈臺北詩社座談會紀錄〉中廖漢臣所言相同。

第二節　「瀛社」的參與成員

　　由於「瀛社」參與人數眾多，時間跨幅亦長，爲便於敘述，本節在斷代原則上，以民國 34 年日本歸臺前後作爲斷代基準。社員之傳歷，大體亦以卒年在 1945 年之前者，歸於日治時期，而 1946 年後去世者，歸之於戰後。至於無卒年可考，又屬日治時期出現者，則一概歸之於日治。

一、日治時期

　　日治時期參與社員可分爲二期討論，自「瀛社」成立之始，到大正 13 年 9 月 4 日重新整理會籍爲止，可以視爲第一期。大正 13 年 9 月至昭和 14 年 10 月則視爲第二期。

（一）第一期社員：明治 42 年 3 月至大正 13 年 09 月（1909～1924）

---

16 吳建民，〈松山探源尋根〉，《松友月刊》創刊號，1998 年 12 月 20 日，頁 72。
17 王國璠，〈淡北詩論〉，《臺灣文獻》直字 13-14 期，1970 年 12 月，頁 132-133。

　　「瀛社」成立之初，雖號稱望風掛籍者達 150 人之多[18]，然始終無法自既有之資料，掌握到確切之人數與名冊。其成立之初至大正 12 年 10 月約 15 年期間，只有從刊載於《臺灣日日新報》上之有關作品之署名中去爬梳蒐羅，而加以整理出較爲完整之輪廓。明治 42 年 3 月 14 日第 3259 號日文版《臺灣日日新報》刊載〈花朝後一日瀛社初集席上聯句用柏梁體〉聯句，共羅列 54 句作品之作者如下：

郭鶴汀（鏡蓉、芙卿）	山口東軒（日人）	安江五溪（日人）[19]
洪逸雅（以南）	林香祖（湘沅、馨蘭）	謝秋涫
石川柳城（戈足）	中瀨溫岳（日人）	伊藤壺溪（日人）
李漢如（少潮）	李曉山（毓淇）	葉惟精（鍊金、友石）
楊嘯霞（仲佐）	林子楨	周紹基（笏臣）
顏笏山（覺叟）	林清月	黃石峻（贊鈞）
陳子清（水泉）	陳培三（廷植）	陳德義
謝　斌	黃丹五（應麟、朝桂）	張雪舫（清燕、少舫）
陳蕈軒（采臣）	謝雪漁（汝銓）	李金燦（蒸業）
何詣庭（承恩）	林石崖（佛國）	王小愚（毓卿）
王自新（湯銘）	黃桂舟（水沛）	倪炳煌（希昶）
李如圭（聯璧）	張古桐（幼岩）	尤子樵
林　松（凌霜）	李逸濤（書）	李謀卿（延猷）
李伯棠（敏恭）	黃玉階（冥華）	陳醉痴（永錫）
陳其春	陳祚年（篛竹）	王雲滄（少濤）
尾崎白水（泉）	王采甫（人俊、承烈）	張伯厚（家坤）
陳進卿（德銘）	村田天民（日人）	林曉邨（摶秋）
張小山（振東）	羅蕉麓（秀惠）	莊鶴如

　　其中含日籍人士 7 名，據《臺灣日日新報》3324 號〈編輯日錄〉所載「明日（五月三十）為瀛社第三期例會，村田副社長，伊藤編輯長俱為值東，因擬課題為〈恭讀戊申詔敕〉……」，另據《臺灣日日新報》3716 號〈編輯日錄〉載「瀛社詩會，係我社同人所倡設，故同人全部為社員……」

---

18 見上謝汝銓〈全島詩人大會紬緒〉，賴子清〈瀛社沿革〉一文因之。

19 明治 43 年 4 月 23 日漢文《臺灣日日新報》3595 號「編輯日錄」亦載有「瀛社友之赴櫟社大會者，聞安江五溪氏，已決定明日即偕林湘沅、李漢如兩氏先行……」。

推論，其成員涵蓋擅長漢詩創作之日籍文人。

其後〈瀛社雅集即事〉一題增加 12 名如下：

許梓桑（乃蘭）	沈相其（藍田）	許招春	何秀山
歐陽朝煌（蓮槎）	林知義（問漁）	陳直卿（讓六）	蔡石奇（添福）
黃菊如（河清）	陳　任	顏雲年（吟龍）	林益岳（聯五）

〈閨花朝〉作者更增加入 20 名：

莊玉坡（波）	蔡步蟾	蔡景福	何榮峰	蔡鳳儀
賴拱辰	吳壽星	林峨士	高峻極	謝式潢
朱四海	王慶忠（溫如）	林超英	劉鐵士	陳鎮印
劉朝英	黃純青（炳南）	張德明	曾省三	高朝宗

此為前三期作品中，所見之作者，當時雖有社外人士賦成同題之作，然亦皆加以區別，如許雷地（大坂）、張奎光（臺南）、蔡夢蘭、藏拙山人、黃乾（銅鑼庄維新弘學堂）、陳文溪等，雖因同賦〈閨花朝〉而予刊出，卻集中於 3299 及 3300 號，並加按語如下：

> 右係瀛社社外人寄稿，而許雷地寄來最早，在開會之翌晨，即接由大坂來函，題目適與相符，亦一韻事也。[20]

因此先皆予剔除而未列入。以上共計 86 名，應是成立初期之社員人數。覈之該報 3277 號〈瀛社雅集〉一則所載「瀛社第一期例會……現時該社員約有 80 名」亦相當接近。而 3324 號〈蟬琴蛙鼓〉中提到南社大會，中有「（南社）人數多至七十四名，幾與瀛社並驅。」也可約略印證此數。至於謝汝銓於〈全島詩人大會紬緒〉[21]一文所謂「競趨挂籍者多至百五十餘名」，據筆者推測，應屬累計之約數。而其後又陸續加入：

---

20 見明治 42 年 5 月 2 日漢文《臺灣日日新報》3300 號。
21 文見昭和 8 年林欽賜輯《瀛洲詩集》。

蔡振芳[22]	許雷地[23]	陳可發	張汝垣[24]
張大藩	許孟搏	李少麓	陳淑程（洛）[25]
林安邦[26]	林子益	莊嘉誠[27]	蔡啓華[28]
杜冠文[29]	李學樵	陳古漁（郁文）[30]	吳美輪
林清富[31]			

而《臺灣日日新報》所載「瀛社」名冊，最早見於大正 12 年 10 月 10 日之 8401 號〈吟會輪番重編〉一則，上載「瀛社」聯吟會輪番，前經發表，因有補入之故，重編如下：

	輪值者
第一回（十 月間）	陳曉綠、張晴川、劉劍秋、杜冠文
第二回（十一月間）	許劍亭、卓夢庵、葉蘊藍、李神義
第三回（十二月間）	吳如玉、李悌欽、陳愷南、歐陽光扶
第四回（次年一月）	李騰嶽、杜仰山、歐劍窗、陳大琅
第五回（同二月間）	劉克明、倪炳煌、林子楨、王自新
第六回（三月花朝）	洪以南、謝雪漁、許梓桑、黃純青、魏潤庵、林石崖、黃石衡、陳其春
第七回（同四月間）	歐陽兆璜、林搏秋、陳郁文、顏笏山
第八回（同五月間）	林湘沅、林述三、高肇藩、曹秋圃
第九回（同六月間）	洪玉明、施逸樵、黃坤維、陳明卿
第十回（夏季吟會）	周士衡、蔡三恩、劉明祿、黃梅生、李石鯨、顏德輝、何誥庭、黃昆榮、王子清、鄭如林、沈連袍、林衍三、陳新枝
十一回（同八月間）	莊于喬、洪汝霖、蔡敦輝、謝雪樵
十二回（秋季吟會）	林知義、葉鍊金、張家坤、李金燦、楊仲佐、林夢梅、林其美、吳夢周、張純甫、劉振傳

---

22 蔡振芳參閱《臺灣日日新報》3509 號〈編輯日錄〉。
23 許雷地、陳可發參閱《臺灣日日新報》3551 號〈編輯日錄〉。
24 張汝垣、張大藩、許孟搏、李少麓諸氏參閱《臺灣日日新報》3726 號〈編輯日錄〉。
25 陳淑程參閱《臺灣日日新報》3745 號〈編輯日錄〉。
26 林安邦、蔡鳳儀、林子益參閱《臺灣日日新報》4190 號〈編輯日錄〉。
27 莊嘉誠參閱《臺灣日日新報》4523 號〈編輯日錄〉。
28 蔡啓華參閱《臺灣日日新報》4824 號〈瀛社例會補誌〉。
29 杜冠文、李學樵二氏參閱《臺灣日日新報》5277 號〈編輯日錄〉。
30 陳古漁、吳美輪二氏參閱《臺灣日日新報》6791 號〈編輯日錄〉。
31 林清富參閱《臺灣日日新報》3698 號〈瀛社例會會況〉。

　　以上計 67 名，爲「瀛社」輪值名冊最早見於載籍者。然此時距離「瀛社」之成立，已逾 14 年，其早期會員中，有卒年可考者，如林安邦、蔡鳳儀、林子益、黃玉階、陳進卿、王毓卿、李逸濤、黃丹五、王采甫、陳洛、顏雲年、沈相其、陳潤生、莊嘉誠、曾省三等以及黃福元、林濟清、蔡啓華、陳雕龍、陳鎮印、劉維周等皆已下世[32]。而內渡大陸者有王少濤[33]等，至於羅秀惠、周紹基（笏臣）則已被除名[34]。此外，新加入者或曾揭載於報端者如林景仁、蔡振芳、莊玉坡、莊鶴如、陳可發、許雷地、郭廷俊等，並未見諸參與輪值之名冊。

　　初成立時，於〈花朝後一日瀛社初集席上聯句用柏梁體〉聯句中，所羅列 54 句作品之作者裡，至此而仍見於輪值表中者，已剩不到半數，其中日籍人士石川柳城、伊藤壺溪、山口東軒、中瀨溫岳、尾崎白水、安江五溪、村田天民等 7 位，即全未列名。總之，「瀛社」成立近 15 年間，其社員入出概況，依現有之資料，仍無法精確掌握，只可歸諸混沌期。值得一提的是，自大正 12 年開始有〈吟會輪番重編〉訊息的出現，及往後各年度編製之輪值表，其成員之進出，始較能清晰的掌握。

　　其後，大正 13 年 9 月 6 日之《臺灣日日新報》8733 號〈瀛社題名錄〉所載新、舊社員中，舊社員計有 34 人：

---

32 參見各社員之履歷小傳。

33 見《臺灣日日新報》第 5319 號

34 明治 43 年 10 月 14 日漢文《臺灣日日新報》第 3742 號「雜報‧議逐出社」云：「僑寓大稻埕震和街羅秀惠，因貪圖故孝廉賴文安之寡妻蔡氏碧吟家資（氏守節已歷十數年），謀贅其家，與前妻王氏罔市離緣，其事艋舺周笏臣實左右之，凡有奸人來往交涉及音信，均送到周家，近惡事將成，市內士紳咸抱不平，激動公憤，瀛社同人有以二人為該社員，有玷衣冠，且違犯該社章程，擬為逐出，以昭公論……」。明治 43 年 10 月 15 日漢文《臺灣日日新報》第 3743 號〈編輯日錄〉云：「近日外聞風聲，有謂稻江某將真與臺南某節婦結婚，而謂本報於未事之先，既加以筆誅。乃於垂成之日，反噤若寒蟬，遂疑本報為有他。殊不知南北遠隔，某之真正結婚與否，吾人固未能遽知其確，且某之謀是事也。本報已示瑟歌矣，有廉恥者將早生悔心，憚而不為，今果欲遂其非，則是其人頭面畜鳴也。……」然羅秀惠雖遭除名，卻仍有以「南社」社員身份參與「瀛社」活動的記錄，如大正 11 年 3 月 17 日《臺南新報》即載有「南社員羅秀惠參加臺北瀛社『紀念擊鉢吟會』」的消息。

洪以南	謝雪漁	魏潤庵	林石崖	黃石衡	許梓桑	黃純青
陳其春	劉克明	倪炳煌	林子楨	王自新	林搏秋	顏笏山
林述三	高肇藩	曹秋圃	顏德輝	王子清	鄭如林	李石鯨
葉鍊金	張家坤	楊仲佐	李金燦	張純甫	劉振傳	歐陽兆璜
何諤庭	黃昆榮	沈連袍	林衍三	陳古漁	陳新枝	

其中見於最早三期之原有社員僅餘洪以南、謝雪漁、林石崖、黃石衡，許梓桑、黃純青、陳其春、倪炳煌、林子楨、王自新、林搏秋、顏笏山、葉鍊金、張家坤、楊仲佐、李金燦、歐陽兆璜、何諤庭等 18 人，於此可見初期社中成員流動之快速。

新社員則有：

詩社別	成員
天籟吟社	卓夢庵、葉蘊藍、李神義、劉夢鷗、洪玉明、陳明卿、許劍亭
星 社	李騰嶽、林其美、杜仰山、歐劍窗、林夢梅、吳夢周
基隆小鳴吟社	劉明祿、黃梅生、廖藏芝、陳庭瑞、廖宗支[35]、李建興、許子修、沈桂村、蔡癡雲、周士衡
萃英吟社	歐陽光扶、吳如玉、李悌欽、陳愷南、周磐石、蔡敦輝
高山吟社	林菊塘、林夢仙、黃朝傳、王兩傳、鄭麗生、駱子珊、楊石定、黃遠山、黃樹銘
潛 社	陳春松、周水炎、康菊人、倪登玉、林欽賜、陳尙輝、林錦文、陳水井、何從寬
個人報名經銓選者	李逢初、楊維巖、沈景峰、施逸樵、林笑濤、盧子安[36]

此外，「桃園吟社」與「竹社」，早期雖與「瀛社」時相定期聯吟及共同課題徵詩[37]，關係極其密切，但在認定上應屬聯合吟會性質，且於顏雲年先生過世後，已漸疏離，自大正 13 年 4 月 25 日，「瀛社」舉辦「臺

---

35 據《雨港古今詩選》謂係廖藏芝之本名。見基隆詩學會編輯，《雨港古今詩選》，基隆市立文化中心，1998 年 8 月，頁 64。

36 見《臺灣日日新報》第 8747 號。

37 瀛、桃之聯合吟會，見大正 4 年 6 月 21 日《臺灣日日新報》5388 號之〈瀛桃聯合會紀盛〉一文，三社聯合課題，見大正 6 年 3 月 6 日《臺灣日日新報》5992 號之〈編輯賸錄〉。

灣全島聯合吟會」後，即未再見到三社聯吟活動，故不列入。

　　以上新社員共計 52 人，合成立迄今社員總人數，約為 170 人左右，此可稱為第一期社員。這裡強調只是約數，因其中有報紙缺張或搜尋遺漏之因素，仍無法精切掌握。由於社員入出頻繁，且多有下世者，故於大正 13 年 9 月 4 日整理會籍，進入第二期社員階段。

（二）第二期社員：大正 13 年 9 月至昭和 14 年 10 月（1924～1939）

　　自大正 13 年 9 月 4 日整理會籍開始，原先之舊社員，只餘 34 人，合新社員共得 86 人。而該年度所定之輪值表，人數則為 84 名如下：

第一回	顏笏山、李逯初、黃朝傳、王兩傳、駱子珊、楊維巖、張家坤
第二回	黃菊如、林子楨、林搏秋、劉振傳、歐陽兆璜、陳古漁、王自新
第三回	許梓桑、何諧庭、李建興、陳庭瑞、許子修、沈景峰、李石鯨
第四回	王子清、劉明祿、黃昆榮、陳新枝、沈連袍、廖藏芝、周士衡
第五回	卓夢庵、葉蘊藍、李神義、劉夢鷗、倪登玉、陳明卿、許劍亭
第六回	葉鍊金、李悌欽、吳如玉、黃梅生、陳愷南、蔡敦輝、歐陽光扶
第七回	李騰嶽、杜仰山、歐劍窗、吳夢周、林其美、陳水井、林衍三
第八回	洪玉明、鄭麗生、黃遠山、施逸樵、林菊塘、林笑濤、黃樹銘
第九回	洪以南、謝雪漁、魏潤庵、林石崖、黃石衡、黃水沛、林夢梅
第十回	陳春松、林欽賜、何從寬、周水炎、陳尚輝、林錦文、康菊人
十一回	高肇藩、曹秋圃、鄭如林、顏德輝、張純甫、林述三、蔡癡雲
十二回	倪炳煌、李金燦、黃純青、陳其春、劉克明、楊仲佐、盧子安

　　嗣後，每年秋季值東皆曾重新編組，於成員動態，較能清晰掌握。大正 14 年 10 月 26 及 28 日《臺灣日日新報》9148、9150 號編訂之輪值表如下，總人數共 77 名：

第一回	林其美、歐劍窗、林夢梅、杜仰山、吳夢周、李悌欽、吳如玉、蔡敦輝、邵福日、歐陽光扶
第二回	洪玉明、林笑濤、林菊塘、施逸樵、鄭麗生、黃遠山、黃樹銘
第三回	葉鍊金、張家坤、顏笏山、李逯初、黃朝傳、王省三（兩傳）、駱子珊

第四回	缺
第五回	林述三、張純甫、曹秋圃、顏德輝、蔡痴雲、高肇藩、鄭如林
第六回	黃純青、楊仲佐、劉克明、陳其春、盧子安、倪炳煌、李金燦
第七回	缺
第八回	林搏秋、歐陽兆璜、王自新、陳古漁、劉振傳、黃菊如、林子楨
第九回	卓夢庵、葉蘊藍、倪登玉、許劍亭、李神義、劉夢鷗、陳明卿
第十回 十一回	李碩卿、何雲儒、陳庭瑞、沈連袍、廖藏芝、李建興、許子修、周士衡、陳新枝、沈景峰、黃昆榮、許梓桑、王子清、陳式三
十二回	洪以南、謝雪漁、魏潤庵、林石崖、黃贊鈞、黃水沛、林夢梅

　　大正 15 年 10 月 25 日編訂之輪值表，原編成 12 回，因社員異議、後改成 6 回，而基隆亦另擇適當時期開例會，故社員總數共 80 名，名單見於《臺灣日日新報》第 9512 號：

第一期	洪以南、謝雪漁、魏潤庵、林石崖、黃贊鈞、張家坤、葉鍊金、許寶亭、陳竹蔭、黃水沛、蔡敦輝、林夢梅
第二期	高肇藩、曹秋圃、鄭如林、顏德輝、張純甫、林述三、蔡癡雲、李騰嶽、杜仰山、歐劍窗、林其美、吳夢周
第三期	陳春松、黃菊如、康菊人、邵福日、陳尙輝、周水炎、何從寬、楊四美、陳水井、陳愷南、吳如玉
第四期	倪炳煌、李金燦、黃純青、盧子安、陳其春、劉克明、楊仲佐、顏笏山、林子楨、林搏秋、王自新、歐陽兆璜
第五期	施瘦鶴、洪玉明、林菊塘、黃遠山、黃樹銘、王省三、黃文虎、駱子珊、李逐初、陳古漁、劉振傳、謝文達
第六期	卓夢庵、葉蘊藍、李神義、林蓉洲、陳敏寬、劉夢鷗、倪登玉、陳明卿、鄭晃炎、李悌欽、林欽賜、周野鶴
基隆為 期外組	許梓桑、李建興、陳庭瑞、許子修、沈景峰、李石鯨、劉明祿、沈連袍、廖藏芝、黃梅生

　　昭和 2 年輪值表共計 50 人，見《臺灣日日新報》9839、9842 號：

第一回	謝雪漁、魏潤庵、林石崖、黃贊鈞
第二回	邵福日、李悌欽、蔡敦輝、林夢梅
第三回	陳愷南、吳如玉、李神義、陳尙輝
第四回	卓夢庵、葉蘊藍、鄭晃炎、劉夢鷗
第五回	葉鍊金、張家坤、曹秋圃、李金燦

第六回	花朝紀念會公攤
第七回	顏笏山、黃菊如、駱子珊、李逐初
第八回	許寶亭、陳竹蔭、林蓉洲、倪登玉
第九回	劉克明、陳古漁、盧子安、劉振傳
第十回	基隆一部：許梓桑、顏德輝、王子清、李石鯨、劉明祿、沈連袍、陳新枝、廖藏芝、陳庭瑞、周士衡
十一回	王自新、歐陽兆璜、林摶秋、林子楨
十二回	黃純青、陳其春、倪炳煌、楊仲佐

　　從大正 15 年到昭和 2 年，社員人數大幅銳減，這跟「瀛社」本身發生內部爭執有關，黃師樵在〈聚奎吟社〉一文就曾提到此次的情形：

> 在各地詩社最繁盛的時期，就由瀛社主倡開全省聯吟會，每年開一次，由五州輪流主辦，後來因發生詞宗選詩時，暗通關節，及暗奪獎品的事件，在報紙上興動筆墨干戈，甚至向法院提出告訴名譽毀損。……先是民國 16 年丁卯花朝日，全省聯吟會，由臺北市各吟社聯合主辦。假蓬萊閣酒家為會場，參加者大約三百餘人。……第三天瀛社社長謝雪漁先生擅把聯吟會剩餘金，拿到江山樓旗亭，再開擊鉢吟會，除瀛社幾十個老詩人參加外，其他各社均沒有被邀參加，甚至聞風而馳往的少壯詩人，都吃了閉門羹。因此，群情騷動，大起攻擊，遂由謝雪樵、曾笑雲、莊于喬、任雪崖等倡首，組織五社聯吟會，藉以抵抗瀛社。而瀛社少壯派也不滿社長的措施，陸續聲明退社者，頗不乏人。所謂五社聯吟就是天籟吟社、聚奎吟社、淡北吟社、鷗社、萃英吟社等，聯合組織，也繼續開過數十次會[38]。

　　而在「臺北市詩社座談會」黃氏又再次提及：

> 黃師樵：「全島詩人大會」，後因一部分少壯詩人對籌備人抱起不滿，而發生分裂。我記得是民國 13 年的「全島詩人大會」，在臺北召開時，散會後，還有一些殘餘款項，籌備人擅自挪用該款，在江

---

38 黃師樵，〈聚奎吟社〉，《臺北文物》4 卷 4 期，1956 年 2 月，頁 70-72。

山樓張宴，集合一部分年歲較多的詩人，繼續舉行擊鉢吟會，一部
分少壯詩人，聞知此事，要往前參加，被拒於門外，某老詩人且諷
刺他們說：「化了五塊錢會費，吃了兩頓大餐，還不知滿足」，於
是，少壯詩人大為憤慨，後來遂脫離「全島詩人大會」，另行組織
「五社聯吟會」，和「全島詩人大會」，分途揚鑣[39]。

社員人數的驟減，或許跟少壯派詩人聯袂退社有關，這種情形往後
影響到昭和9年才見起色。

其後因李建興、黃梅生、蔡三恩、林欽賜諸氏遺漏補登，及周士衡
加入次年3月分一組（即第7回），總計得55人。

昭和3年輪值表，一依前例，見《臺灣日日新報》10219號。

昭和4年總計50人，見《臺灣日日新報》10569號，輪值表如下：

九　　月	李遂初、駱子珊、吳金土、黃菊如
十　　月	邵福日、李悌欽、蔡痴雲、周士衡
十一月	劉克明、盧子安、陳古漁、劉振傳
十二月	魏潤庵、林石崖、黃石衡，賴子清
一　　月	謝雪漁、李金燦、葉鍊金、張家坤
二　　月	花朝紀念會公攤
三　　月	卓夢庵、葉蘊藍、鄭晃炎、劉夢鷗
四　　月	陳愷南、李神義、曹秋圃、林欽賜
五　　月	許寶亭、林夢梅、蔡敦輝、吳鴻爐
六　　月 基隆組	許梓桑、顏德輝、王子清、李石鯨、劉明祿、沈連袍、陳新枝、廖藏芝、 陳庭瑞、周士衡
七　　月	王自新、歐陽兆璜、林摶秋、林子楨
八　　月	黃純青、陳其春、倪炳煌、楊仲佐

昭和5年10月重新改組，基隆組不計共43人，見《臺灣日日新報》
第10948號，各月輪值名單如下：

---

39 〈臺北市詩社座談會〉，《臺北文物》4卷4期，1956年2月1日，頁11。

九　月	李悌欽、邵福日、周士衡
十　月	劉夢鷗、葉蘊藍、鄭晃炎、卓夢庵
十一月	陳愷南、黃菊如、楊文慶、蓮　碧
十二月	陳其春、倪炳煌、黃純青、楊仲佐
一　月	林搏秋、歐美朝煌、王自新、林子楨
二　月	謝雪漁、李金燦、葉鍊金、張家坤
三　月	許劍亭、蔡敦輝、吳鴻爐、林夢梅
四　月	劉學三、陳郁文、蔡癡雲、劉克明
五　月	基隆組
六　月	李逐初、駱子珊、吳金土、黃福林
七　月	魏潤庵、林石崖、黃石衡，賴子清
八　月	林欽賜、林子惠、沈桂林（村）、李神義

嗣於昭和 6 年（1931）10 月，重新改組，基隆組不計共 48 人，見
《臺灣日日新報》第 11302 號，各月輪值名單如下：

十　月	謝雪漁、張家坤、葉鍊金、李金燦
十一月	林搏秋、林子楨、黃菊如、王自新
十二月	卓夢庵、劉夢鷗、葉蘊藍、鄭晃炎
一　月	黃福林、駱子珊、李逐初、洪玉明
二　月	劉克明、劉振傳、陳郁文、蔡癡雲
三　月	陳其春、楊仲佐、黃純青、倪炳煌、李悌欽、吳金土、邵福日、周士衡
四　月	魏潤庵、林石崖、黃石衡，賴子清
五　月	蔡敦輝、林夢梅
六　月	基隆組
七　月	施瘦鶴、王省三、黃文虎、周水郊
八　月	林子惠、趙鴻謙、蔡火慶、李少菴
九　月	李聯璧、林欽賜、許寶亭、李神義、李桂林、陳愷南

昭和 7 年 10 月改組，含基隆組 57 人，見《臺灣日日新報》11656
號，輪值名單如下：

九　月	林搏秋、林子楨、黃菊如、王自新
十　月	吳金土、陳根泉、駱友漁、黃承順
十一月	魏潤庵、林石崖、黃石衡，賴子清
十二月	林子惠、林欽賜、蔡火慶、李神義

一　月	卓夢庵、李少菴、葉蘊藍、鄭晃炎
二　月	陳其春、楊仲佐、倪炳煌、黃純青、劉克明、劉振傳、陳郁文、蔡癡雲
三　月	駱子珊、李逵初、黃福林、洪玉明
四　月	謝雪漁、李金燦、葉鍊金、張家坤
五　月	許劍亭、李聯璧、曾笑雲、蔡敦輝
六　月	許梓桑、李石鯨、李建興、廖藏芝、王子清、陳庭瑞、顏德輝
七　月	黃文虎、施瘦鶴、王省三、周水郊
八　月	陳愷南、李悌欽、林其美、邵福日、周清流、陳友梅[40]

嗣於昭和 8 年 10 月改組，基隆組不計得 51 人，見《臺灣日日新報》12032 號，各月輪值名單如下：

九　月	洪玉明、駱子珊、李逵初、黃福林
十　月	林欽賜、倪登玉、周清流、陳友梅
十一月	謝雪漁、葉鍊金、李金燦、張家坤
十二月	魏潤庵、林石崖、黃贊鈞、賴子清
一　月	李聯璧、蔡火慶、李神義、李少菴
二　月	倪炳煌、楊仲佐、黃純青、陳其春、林搏秋、林子楨、王自新、黃菊如
三　月	劉克明、劉振傳、陳郁文、蔡三恩
四　月	施瘦鶴、陳鑑昌、賴獻瑞、陳根泉
五　月	卓夢庵、葉蘊藍、高文淵、張瀛洲、蘇鏡潭
六　月	基隆組
七　月	李悌欽、陳愷南、蔡敦輝、許寶亭
八　月	曾笑雲、吳金土、林子惠、陳伯華[41]、黃承順、黃笑園

昭和 9 年 9 月改組，含基隆組 76 人，見《臺灣日日新報》第 12385 號，名單如下：

九　月	黃純青、陳其春、倪炳煌、楊仲佐、（補入黃福林）
十　月	魏潤庵、林石崖、黃贊鈞，賴子清、許寶亭
十一月	洪玉明、施明德、陳鑑昌、黃承順、駱友漁
十二月	李悌欽、陳愷南、李逵初、蔡敦輝、簡荷生
一　月	林搏秋、林子楨、王自新、黃菊如、陳根泉

---

40 陳友梅見《臺灣日日新報》11545 號〈瀛社擊鉢吟例會盛況〉。
41 陳伯華見《臺灣日日新報》11734 號〈瀛社例會〉。

二　月	謝雪漁、葉鍊金、張家坤、李金燦、李聯璧、林欽賜、蔡火慶、倪登玉、李神義
三　月	劉克明、吳金土、劉振傳、陳郁文、蔡三恩
四　月	陳復禮、陳心南、陳茂松、駱子珊、林蘭汀、林韓堂、王子榮、蘇青松、陳金含、陳鎔經
五　月 文　山	葉蘊藍、卓夢庵、高文淵、劉萬傳、林　榮、張瀛洲、蘇鏡潭、陳湖龍、蔡玉麟、高木火
六月 基隆組	許梓桑、李建興、李石鯨、吳如玉、王子清、陳庭瑞
七　月	林子惠、曾笑雲、林錫麟、黃笑園、陳伯華
八　月	賴獻瑞、陳鐵厚、林錫牙、吳成碧、施運斧、劉希淵

昭和 10 年改組名單未見，11 年 10 月改組，含基隆組共 41 人，見《臺灣日日新報》第 13118 號，輪值名單如下：

十一月	謝雪漁、魏潤庵、林佛國、黃贊鈞、賴子清
一　月	劉克明、王自新、劉振傳、洪玉明、陳郁文
三　月 （花朝紀念會）	黃純青、倪炳煌、陳其春、楊仲佐、黃福林、林子楨、林搏秋、吳金土、陳根泉、施明德
五　月 （文山組）	卓夢庵、林欽賜、張瀛州、高文淵、蘇鏡潭、李遂初
七　月 （基隆組）	許梓桑、李碩卿、李建興、王子清、張一泓
九　月 （中秋觀月會）	謝尊五、張家坤、葉鍊金、李悌欽、陳愷南、林子惠、葉蘊藍、駱子珊、林清敦、李神義

昭和 12 年 4 月 1 日，《臺灣日日新報》取消漢文版。有關詩社活動消息，轉於《風月報》報導。11 月 1 日《風月報》51 號載「瀛社」消息云：「本年至明年六期分值東改組人員」，總計社員人數共 42 名：

十　月	謝雪漁、魏潤庵、賴子清、洪玉明、駱子珊、施瘦鶴
十二月	謝尊五、林清敦、林子惠、李神義、倪登玉、林夢梅
二　月	黃純青、陳其春、倪炳煌、李悌欽、張家坤、陳愷南、簡荷生、陳根泉、吳金土、黃福林
四　月	林佛國、卓夢庵、張瀛州、高文淵、李遂初、葉蘊藍、許劍亭
六　月	許梓桑、李碩卿、李建興、黃梅生、林囂人、蔡清揚、張一泓
八　月	劉克明、黃贊鈞、王自新、林子楨、劉振傳、陳郁文

昭和 13 年 10 月 17 日《風月報》74 號，列舉下一年度之各組值東人員，總計約 36 員，然基隆地區有部份社友未列，名單如下：

本年十月份	黃純青、陳其春、倪炳煌、黃福林、吳金土
同十二月份	謝雪漁、魏潤庵、洪玉明、駱子珊、施瘦鶴
明年二月份	謝尊五、張家坤、林清敦、林子惠、李神義、林夢梅、陳根泉
明年四月份	林佛國、卓夢庵、葉蘊藍、許劍亭、張瀛州、蘇鏡潭、高文淵
明年六月份	許梓桑、李碩卿、李建興、陳望遠、其他
明年八月份	黃贊鈞、林子楨、李悌欽、劉克明、王自新、劉振傳、陳郁文、簡荷生

昭和 14 年 10 月 16 日《風月報》96 號載：

> （前略）依例改組，變更舊制，原六回者，縮小一回為五回，以便人員配置。除文山、基隆兩處，於夏季開會而外，則分新年宴會、花朝紀念會、中秋觀月會，拈鬮辦理。

列舉各組值東人員如下（總計 44 名）：

新年宴承擔	謝尊五、林子惠、李神義、林夢梅、施瘦鶴、吳朝綸、郭明安、陳愷南、陳根泉
花朝宴承擔	謝雪漁、林子楨、李悌欽、黃純青、張家坤、黃贊鈞、林清敦、劉振傳、簡荷生
第一次納涼	林佛國、卓夢庵、許寶亭、高文淵、張瀛州、蘇鏡瀾、劉問白、駱子珊、葉蘊藍
第二次納涼	許梓桑、李碩卿、李建興、陳望遠、張一泓、許廷魁、蔡清揚、張鶴年
中秋宴承擔	魏潤庵、劉克明、陳其春、倪炳煌、王自新、黃福臨、吳金土、洪玉明、陳郁文

以上為大正 13 年 9 月至昭和 14 年 10 月（1924～1939）之間，「瀛社」成員 51 概況，此可稱為第二期，在此期間。新加入社員約有 60 餘位，名單如下：

邵福日	何雲儒	陳式三	陳竹蔭	楊四美	施瘦鶴	謝文達	林蓉洲
陳敏寬	鄭晃炎	吳金土	楊文慶	蓮　碧	黃福林	賴子清	林子惠
周水郊	蔡火慶	李少菴	李桂林	陳根泉	周清流	蔡三恩	陳鑑昌
賴獻瑞	陳根泉	高文淵	張瀛洲	蘇鏡潭	陳伯華	黃笑園	簡荷生
陳復禮	陳心南	陳茂松	駱子珊	林蘭汀	林韓堂	王子榮	蘇青松
陳金含	陳鎔經	劉萬傳	林　榮	陳湖龍	蔡玉麟	高木火	林錫麟
陳鐵厚	林錫牙	吳成碧	施運斧	劉希淵	林清敦	簡荷生	林囂人
蔡清揚	陳望遠	吳朝綸	郭明安	劉問白	張一泓	許廷魁	張鶴年

　　此外，謝汝銓於昭和 6 年《奎府樓詩草‧感舊篇》中，除已知社友外，尚列有丁壽安（子仁）[42]。黃美娥於〈北臺第一大社－日治時期的瀛社及其活動〉一文，尚列出大正 13 年以前有林希文、王天柱、林嵩壽等。大正 13 年以後歐少窗、李慶賢[43]、王小嵐、李思齊、洪陽生、王少汀、鄭文治、黃論語、黃栽培、黃銀釵、鄭金柱、吳紉秋、簡穆如、高樹平、劉斌峰、高惠然、黃岫雲、陳清秀等計 18 人[44]，然就中黃銀釵與高樹平未見詩作發表與活動記錄，是否確為「瀛社」社員？只能暫存疑之。

　　唐羽編撰，《基隆顏氏家乘‧文徵篇》亦列有多位社員名錄，但多註明「生卒年月及里方不詳」，查閱相關活動記錄亦無記載，故只能存疑之，該書所列人名有：陳性初（見該書 1003）、黃金發（見該書 1018）、高有

---

42 丁壽安（1872-1907），字子仁，號祿菴，艋舺歡慈市人，居廈新街，光緒 19 年入庠，嗜阿芙蓉，乙未後家居，寄興於音樂，日治後為《臺灣日日新報》漢文記者，1907 年 12 月 7 日《臺灣日日新報》上有〈輓丁壽安君〉，可知其卒於 1907 年，而「瀛社」成立於 1909 年，因此丁壽安不可能為社員，恐為謝汝銓誤記。參閱黃文虎〈艋舺舊文人回憶錄〉，《臺北文物》2 卷 1 期，1953 年 4 月 15 日，頁 35、劉篁村，〈艋舺人物志〉，《臺北文物》2 卷 1 期，1953 年 8 月，頁 28。賴子清，〈北市科舉題名錄〉，《臺北文物》6 卷 1 期，1957 年 9 月 1 日，頁 35。《臺北市志》卷七《人物志》，臺北市文獻委員會，1960 年，頁 123。廉永英、崔仁慧合著，《臺北市志》卷九《人物志‧賢德篇》，臺北市文獻委員會，1991 年 10 月，頁 196-197。張端然，《日治時期瀛社之研究》，中國文化大學中國文學研究所碩士在職專班碩士論文，2003 年，頁 189。

43 李慶賢見《臺灣日日新報》12719 號〈瀛社例會〉。

44 黃美娥〈北臺第一大社 —— 日治時期的瀛社及其活動〉，收於《古典臺灣 —— 文學史、詩社、作家論》，國立編譯館，2007 年 7 月。

仁（見該書 1122）、高重熙（見該書 1008）等。

　　張端然於《日治時期瀛社之研究》[45]文中亦列出：李有泉（嘯庵）、吳昌才、李秉鈞（子桂、石樵）[46]、粘冠文（舜音、世清）[47]、張清秀[48]、林熊祥（文訪、宜齋）、黃福元（哲馨、椒其）、黃坤生（競存）、林濟清（沁秋）、林景仁（小眉）、張希袞、辜捷恩（菽廬）、趙一山、施教堂等15 人，唯其中李秉鈞與粘冠文據《臺北市志卷七·人物志》所載，均卒於光緒 30 年，即明治 37 年，時「瀛社」尚未成立，又辜捷恩[49]、趙一山

45 張端然《日治時期瀛社之研究》，中國文化大學碩士論文，2003 年。
46 李秉鈞（1844-1904.08），字子桂，號石樵，艋舺下崁庄人，世業農，後移居土治後街。黃中理門下生，詩書畫俱工，垂帳授徒，遊於門下者甚多，而不乏登第者，三重埔貢生李種玉即出其門。同治壬申（1872）初應考，取進縣學秀才，光緒壬辰（1892）再赴會試，紅榜選中登第，補貢生。日治初期，恆恐玉石俱焚，與陳淑程茂才等紳商，在龍山寺後殿倡設保良局，救護甚多，嗣辦官鹽起家，後遷大稻埕，曾應聘臺日新報記者，1900 年任臺北縣參事及公學校教師，1903 年任臨時舊貫調查會事務囑託。見賴子清〈北市科舉題名錄〉，《臺北文物》6 卷 1 期，1957年 9 月 1 日，頁 32。黃美娥編，《日治時期臺北地區文學作品目錄》，臺北市文獻委員會，2003 年 2 月，頁 15-16、114-116。
47 粘冠文（1854-1904.02），字舜音，號世清，艋舺人，先世泉州名族，嘉慶中來臺。光緒間府庠生，設帳於艋舺，專事教學，王自新、李德音、何賜卿、倪炳煌皆其弟子，工書法，尤精漢隸，曾為《臺灣日日新報》記者。著有《燕巢小草》1 卷未刊。參考賴子清〈北市科舉題名錄〉，《臺北文物》6 卷 1 期，1957 年 9 月 1 日，頁 36。
48 據張端然《日治時期瀛社之研究》一文提：張清秀(？-？)，大稻埕人，張清燕之兄，日據後移家小格頭與老農雜居，高隱以終。而《臺北市志卷七·人物志》則謂「移家小格頭與老農雜居，高隱以終」為張藏英，不知孰是，或即一人？
49 辜捷恩（1876-1942），字菽廬。詩書皆以逸雅著稱，1919 年渡臺，曾受聘於板橋林家，與林家另一西席莊怡華結芝蘭契，曾有〈舊感〉詩相贈，二人同於光緒辛丑、癸卯年入泮、食餼，菽廬以名次居下，又少怡華 6 歲，遂以師禮尊之。曾久居鹿港，與施梅樵等交善。據張希舜《說園詩草》載，其民國 31 年肝疾易簀於臺，著有《稻江吁喁集》、《棲江吟草》等詩集行世。見黃洪炎編，《瀛海詩集》，臺灣詩人名鑑刊行會發行，1940 年，頁 72。黃美娥編，《日治時期臺北地區文學作品目錄》，臺北市文獻委員會，2003 年 2 月，頁 410。張端然，《日治時期瀛社之研究》，中國文化大學中國文學研究所碩士在職專班碩士論文，2003 年，頁 201。林金田、蕭富隆編，《臺灣早期書畫專輯》，國史館臺灣文獻館，2003 年，頁 206。

50等，是否爲正式社員，仍然存疑，僅錄之以供參考。

　　賴子淸〈瀛社〉及林子惠、張作梅、莊幼岳合撰〈瀛社記述補遺〉二文中，亦列出部分社員，剔除重複者，約有：赤石定藏（日人，《臺灣日日新報》成員）、蔡珮香、吳鍾英、連雅堂、鄭永南、杜潭中、陳培根等。就中連雅堂爲南社社員，之後雖在北臺活動，然是否爲正式社員仍待考，鄭永南則屬「桃社」社員，雖於「瀛桃聯吟會」或「瀛桃竹聯吟會」期間，時相唱酬，然無證據顯示曾加入「瀛社」。杜潭中也因缺乏詩作刊載及活動記錄，故存疑之。而王觀漁、何亞季、李世昌、林淇園、林承、林光炯、周維明、張作梅、莊幼岳、黃湘屏、鄭品聰、鄭雲從、簡阿淵、蘇鴻飛諸氏，應是戰後始行加入。

　　綜上爲「瀛社」成立之初，迄昭和 14 年（1924～1939）之間，「瀛

---

50 趙文徽（1856-1927.07.12），舊《臺北市志》卷七《人物志》做咸豐 4 年生，應誤。號一山、益山，又號劍樓。板橋人，年 13 失怙，奮志讀書，嘗從鄉里宿儒賴宏攻讀。18 歲第秀才，30 歲入泮，府學批首，翌年鄉試，不售，遂無意仕進。寄籍臺北，潛心岐黃，行醫教讀于家。嗣應大稻埕千秋街萃利洋行洪禮文家之聘，教讀詩書。光緒初年，曾至臺北，入主華利洋行。日人治臺，耳其名，屢徵聘，堅辭不就，嘗戒子曰：「汝等有食日人粒粟者，非吾子也」。因慕文文山、謝疊山之爲人，故自號「一山」，後立「劍樓詩社」，鼓吹詩學，從遊弟子有王雲滄、歐劍窗、駱香林、杜仰山、吳夢周、卓夢庵、許劍亭、李樂樵、李神義、李騰嶽，女弟子有王香禪、洪薇仙、陳飛仙、周晚香、李晚霞、容荷青等，皆一時之選。晚年失明，猶教讀不輟，講授撰述，均賴口傳，而執書問教者，仍絡繹不絕，著有《劍樓吟詩稿》，已佚。見黃洪炎編，《瀛海詩集》，臺灣詩人名鑑刊行會發行，1940 年，頁 467。廉永英、崔仁慧合著，《臺北市志》卷九《人物志‧賢德篇》，臺北市文獻委員會，1991 年 10 月，頁 188-189、但廉永英、崔仁慧合著，《臺北市志》卷八《文化志‧文學篇》，卻作「趙元安」，則「元安」不知爲其字或號？見該書，臺北市文獻委員會，1991 年 10 月，頁 80、《臺北市志》卷七《人物志》，臺北市文獻委員會，1960 年，頁 99、邱奕松，〈北臺詩苑〉，《臺北文獻》直字 82 期，1987 年 12 月，頁 243。毛一波，〈臺北縣詩略〉，《北縣文獻》2 期，1956 年 4 月，頁 412。鄭喜夫，〈臺北著述志稿〉，《臺北文獻》直字 69 期，1984 年 9 月，頁 8。盛清沂，〈趙一山傳稿〉，《北縣文獻》1 期，1953 年 9 月，頁 99-100。張端然，《日治時期瀛社之研究》，中國文化大學中國文學研究所碩士在職專班碩士論文，2003 年，頁 205-206。《臺灣歷史人物小傳--明清暨日據時期》，國家圖書館 2003 年 12 月，頁 663-664。賴子淸〈北市科舉題名錄〉，《臺北文物》6 卷 1 期，1957 年 9 月 1 日，頁 36。郭海鳴，〈稻江選士錄〉，《臺北文物》2 卷 3 期，1953 年 11 月 15 日，頁 101-102。

社」成員概況，由其中梳理出總數約 270 餘名，清一色均為男性。爾後因戰事趨緊，報刊雜誌，亦未再有吟社之訊息，故其活動情形，已無從查考。一直延續到民國 40 年代，傳統詩界之詩學期刊如《詩文之友》、《中華詩苑》、《中華藝苑》、《臺灣詩壇》等相繼發行，「瀛社」之活動及擊鉢吟會作品，始得陸續揭載其上。至於光復後瀛社成員之概況，則留待下節續述。

二、戰後至今

臺灣戰後初期，由於島內百事待舉，且歷經民國 38 年二二八事件緣故，政治情勢尚未穩定，傳統詩界又缺乏《臺灣日日新報》、《詩報》、《風月報》之報章雜誌之推轂，其活動與詩作，除個人之詩集外，皆未保有留存記錄，衡諸全臺各詩社莫不皆然，故無從得悉當時情況，這實是文史界之一大損失。該段期間內，「瀛社」本身所保存之史料，亦唯有《瀛社創立六十週年紀念集》中之片段記載：

> 民國三十八年己丑，三月十三日，瀛社創立四十週年，社友李建興先生，為兼祝其母白太夫人八秩壽辰，以瀛社名義，召開全省聯吟大會於瑞三大樓。全省詩人三百餘人出席，于院長右任，祝主席紹周，梁部長寒操，孔子七十七代孫孔德成等諸先生，自大陸遷臺，首次與會。

此種情況，一直延續到民國 40 年代，傳統詩界之詩學期刊如《詩文之友》、《中華詩苑》、《臺灣詩壇》等相繼發行，「瀛社」活動及擊鉢吟會之作品，始陸續揭載其上。然社員入出概況，仍鮮少述及。雖詢諸社中同仁，但對有關史料，亦皆不甚了了。加以二十年來，社中耆舊相繼凋零，其所保存之有關「瀛社」斷紙殘片，更是散佚殆盡，實為無法彌補之損失。依目前「瀛社詩學會」理事長林正三所持有之社員名冊來看，最早者乃是創社 55 週年（民國 53 年）所編，分 4 組輪值，各組以齒序，

社員總數凡 44 人。

幹　部	社長：魏清德，副社長：李建興；總幹事：張鶴年；顧問：林熊祥、劉克明、林佛國
春季組	劉克明、魏清德、林熊祥、林杏蓀、駱子珊、鄭品聰、張振聲、劉斌峰、顏戀昌、林光炯、陳焙焜
夏季組	林佛國、李建興、李嘯庵、林金標、李逡初、張鶴年、杜萬吉、林耀西、任博悟、周植夫、魏壬貴
秋季組	卓夢庵、葉蘊藍、林子惠、李世昌、李神義、張晴川、許寶亭、陳友梅、鄭晃炎、黃得時、鄭雲從
冬季組	何亞季、黃啓棠、李詩全、蘇鴻飛、周維明、曾慶豐、林玉山、張作梅、黃湘屏、莊幼岳、李普同

　　至民國 58 年《創立六十週年紀念集》中有詩作見刊之社友計 66 人，其中除卻顧問孔德成及已故 3 位社長洪以南、謝汝銓、魏清德 4 人外，得 62 人，如以每位社友皆有詩見刊推論，此即當時社友總數。5 年之中，因作古或另有原因出社者，計有劉克明、鄭品聰、林杏蓀、顏戀昌、任博悟、李世昌等 6 人，新加入者計有倪登玉、李添福、蘇水木、林承、黃自修、陳綽然、鄭鴻音、林錦堂、黃春亮、魏經龍、詹鎭卿、劉萬傳、林錦銘、江紫元、李松蒲、廖心育、王精波、蔡智、李乾三、黃鷗波、詹聰義、張高懷、楊君潛、施勝隆等 24 人。

　　民國 64 年 2 月改編之名冊如下：

第一組 （農曆二月）	李建興、李嘯庵、林金標、張鶴年、杜萬吉、林耀西、姚德昌、李乾三、周植夫、魏壬貴
第二組 （農曆三月）	陳根泉、陳綽然、鄭鴻音、魏經龍、余冠英、劉斌峰、李松蒲、王精波、陳焙焜、鄞　強
第三組 （農曆四月）	葉蘊藍、李添福、張晴川、陳春松、鄭晃炎、張振聲、林韓堂、黃得時、吳鏡村、呂介夫
第四組 （農曆八月）	倪登玉、林杏蓀、蘇水木、許寶亭、劉萬傳、江紫元、鄭雲從、蔡慧明、楊君潛、施勝隆
第五組 （農曆十月）	簡竹村、黃春亮、黃湘屏、廖心育、林玉青、莊幼岳、李普同、詹聰義、張高懷、蔡秋金
第六組 （農曆十二月）	何亞季、蘇鴻飛、黃自修、陳玉枝、林笑岩、王省三、曾慶豐、林玉山、鍾淵木、黃鷗波

　　本年度總計 60 人，核諸 53 年所編名冊，原有社員，唯餘 25 人，可見其凋謝之快速。至民國 68 年《瀛社創立七十週年紀念集》，有詩作見刊之社友計 58 人。較《瀛社創立六十週年紀念集》減少林佛國、林熊祥、卓周紐、李有泉、林金標、李本、葉蘊藍、林子惠、黃啓棠、李神義、林承、李詩全、駱子珊、許寶亭、陳綽然、周維明、林錦堂、詹鎭卿、張作梅、廖心育、林光炯、施勝隆等 22 人，而增加陳根泉、陳玉枝、簡竹村、王省三、張世昌、林義德、鍾淵木、姚德昌、黃金樹、吳鏡村、周金土、林玉青、林天駟、楊圖南、黃錠明、陳榮弤、蔡秋金、許哲雄等 18 人。

　　民國 74 年社員名冊，各組以齒序，名單如下（含孔德成顧問計 65 人）：

幹　　部	顧問：孔德成；名譽社長：何志浩；社長：杜萬吉		
花朝組	何志浩、杜萬吉、魏經龍、姚德昌、李乾三、莊幼岳、周植夫、魏壬貴、許哲雄		
端陽組	陳友梅、鄭晃炎、鄭　秋、林錦銘、黃得時、李松蒲、吳鏡村、周金土、施學樵、林振盛		
觀蓮組	林文彬、陳　福、黃寶珠、陳兆康、史元欽、王　前、邱天來、蔣孟樑、魏仁德、林正三、鄭水同		
中秋組	倪登玉、蘇水木、張世昌、莊木火、林義德、吳漫沙、林春生、黃錠明、陳榮弤、黃義君、張福星、盧　坤		
光復組	陳玉枝、黃春亮、鄭火傳、陳佳慶、李傳芳、王精波、李普同、詹聰義、康保延、蔡秋金、鄞　強		
冬至組	蘇茂杞、曾慶豐、林玉山、林承郁、鍾淵木、黃寬和、楊雲鵬、黃德順、陳焙焜、王翼豐、翁正雄		

　　民國 74 年 8 月改編，加入羅尙、高丁貴、黃國雄三人，凡 68 人。

　　民國 75 年新加入楊阿本；出社陳玉枝。社員總數凡 68 人。

　　民國 76 年新加入王勉、康濟時、林春煌。出社鄭晃炎、鄭秋。總數凡 69 人。

　　民國 77 年新加入李宗波；出社李乾三、張世昌、林義德、林春生、陳榮弤、張福星、陳佳慶。社員總數凡 63 人（含顧問孔德成、何志浩列

爲名譽社長，不再參與編組）。

　　民國 78 年出社吳鏡村、倪登玉、詹聰義（總數 60 人）。2 月花朝舉開創社八十週年全國詩人聯吟大會。本年度會員重新編組如下：

幹　部	顧問孔德成，名譽社長何志浩，社長杜萬吉，副社長黃得時、莊幼岳
花朝組	杜萬吉、魏經龍、姚德昌、莊幼岳、周植夫、魏壬貴、羅尙、許哲雄
端陽組	陳春松、林錦銘、黃得時、李松蒲、周金土、陳福、楊阿本、林振盛、盧坤
觀蓮組	林文彬、黃寶珠、陳兆康、王前、高丁貴、邱天來、蔣孟樑、魏仁德、黃國雄、鄭水同、林春煌
中秋組	蘇水木、莊木火、吳漫沙、黃錠明、施學樵、王勉、黃義君、史元欽、林正三、康濟時
光復組	黃春亮、鄭火傳、李傳芳、林承郁、王精波、李天慶、康保延、蔡秋金、李宗波、鄞強
冬至組	蘇茂杞、曾慶豐、林玉山、鍾淵木、黃寬和、楊雲鵬、陳焙焜、王翼豐、翁正雄

　　民國 79 年加入：陳榮弬、林青雲；出社：楊雲鵬、黃德順。總數凡 60 人。

　　民國 80 年加入：簡國俊、李清水；出社：陳友梅、蘇茂杞。社員總數凡 60 人。

　　民國 81 年名冊爲：

幹　部	顧問孔德成、何志浩，社長杜萬吉，副社長黃得時、莊幼岳
花朝組	杜萬吉、魏經龍、黃得時、姚德昌、莊幼岳、周植夫、魏壬貴、羅　尙、許哲雄
端陽組	林錦銘、李松蒲、李　權、陳　福、簡國俊、楊阿本、林振盛、陳針銅、盧坤、王武運、林青雲
觀蓮組	林文彬、顏寶環、黃寶珠、陳兆康、王　前、高丁貴、蔣孟樑、魏仁德、黃國雄、鄭水同、林春煌
中秋組	蘇水木、莊木火、吳漫沙、黃錠明、施學樵、王　勉、黃義君、史元欽、林正三、康濟時
光復組	黃春亮、鄭火傳、李傳芳、林承郁、王精波、李普同、杜文祥、康保延、蔡秋金、李宗波、鄞強
冬至組	曾慶豐、林玉山、鍾淵木、吳玉、黃寬和、陳焙焜、王翼豐、李清水、林彥助、翁正雄、黃調森

　　社員計增加：李權、陳針銅、王武運、顏寶環、杜文祥、吳玉、林彥助、黃調森等 8 人；減少周金土、邱天來、陳榮弝等 3 人，計 65 人（含顧問孔德成、何志浩）。

　　民國 82 年另設榮譽社員一組，以年高德劭或有功於詩運及本社而又無法常出席者歸之，重新編組如下：

幹　　部	顧問孔德成、何志浩，社長杜萬吉，副社長黃得時、莊幼岳 榮譽社員：黃春亮、魏經龍、莊木火、林承郁
花朝組	杜萬吉、黃得時、姚德昌、莊幼岳、周植夫、魏壬貴、羅尚、許哲雄
端陽組	林錦銘、李松蒲、李　權、陳　福、簡國俊、楊阿本、林振盛、陳針銅、盧　坤、王武運、林青雲
觀蓮組	顏寶環、黃寶珠、陳兆康、王　前、高丁貴、李智賢、蔣孟樑、魏仁德、黃國雄、鄭水同、林春煌
中秋組	蘇水木、吳漫沙、黃錠明、施學樵、王　勉、黃義君、史元欽、林正三、康濟時
光復組	鄭火傳、李傳芳、王精波、李普同、杜文祥、康保延、蔡秋金、李宗波、鄞　強、陳漢傑
冬至組	曾慶豐、林玉山、鍾淵木、吳　玉、黃寬和、陳焙焜、王翼豐、李清水、林彥助、翁正雄、黃調森

　　本年新加入李智賢、陳漢傑；出社林文彬。社員總數計 66 人。

　　民國 83 年出社：黃春亮、林承郁。社員總數凡 64 人。

　　民國 84 年新加入：簡炤堃，張開龍、張添財、張壇爐。出社：李松蒲、王翼豐、李清水。社員總數凡 65 人，黃得時、鍾淵木編入榮譽社員一組。

　　民國 85 年新加入：駱金榜、莊德川、陳賢儒、陳欽財、陳炳澤。出社莊木火、姚德昌、周植夫、顏寶環。社員總數凡 66 人。

　　民國 86 年新加入洪玉璋、許漢卿。出社李權、簡國俊、王武運、魏仁德、施學樵、史元欽、陳漢傑，凡 61 人。蘇水木、王精波為榮譽社員。

　　民國 87 年新加入：陳子波；出社：曾慶豐、魏經龍、鍾淵木、陳福、陳賢儒、李天慶、黃調森，凡 55 人（含孔、何兩位顧問）。

　　民國 88 年名冊改編，社員總數凡 64 人（含孔、何兩位顧問）：

幹　部	顧問：孔德成、何志浩、莊幼岳。榮譽社長：杜萬吉。社長：黃鷗波。副社長：陳焙焜。總幹事：林正三。副總幹事：許欽南
榮譽社員	蘇水木、鄭火傳、王精波、王勉、魏壬貴、羅尚、黃寶珠、盧坤。
花朝組	黃鷗波、陳焙焜
上巳組	林英貴、吳　玉、張添財、陳焙焜、張壇爐、林彥助、許欽南、許哲雄、翁正雄、林正三
端陽組	林錦銘、吳漫沙、黃錠明、陳炳澤、黃義君、張開龍、施良英、林振盛、許漢卿、康濟時
觀蓮組	王　前、李智賢、蔣孟樑、林青雲、陳欽材、林麗珠、黃國雄、鄭水同、林春煌、蔡伯棟
中秋組	李傳芳、駱金榜、馮嘉格、楊振福、蔡秋金、鄞　強、莊德川、黃天賜、許又勻、張慧民
光復組	蘇逢時、許文彬、張耀仁、李宗波、洪玉璋、賴添雲、王錫圳、吳裕仁、曾銘輝、黃鶴仁

　　民國 89 年名冊改編，加入蘇心絃、陳麗卿，出社林青雲。總數凡 65 人如下：

幹　部	顧問：孔德成、何志浩、莊幼岳。榮譽社長：杜萬吉。社長：黃鷗波。副社長：陳焙焜。總幹事：林正三（林氏於 89 年初辭職，由陳炳澤繼任）。副總幹事：許欽南
榮譽社員	蘇水木、鄭火傳、王精波、王勉、魏壬貴、羅尚、黃寶珠、盧坤。
花朝組	黃鷗波、陳焙焜
清和組	林英貴、吳玉、張添財、張壇爐、林彥助、許欽南、許哲雄、翁正雄、林正三、蕭煥彩
端陽組	林錦銘、吳漫沙、黃錠明、陳炳澤、蘇心絃、黃義君、張開龍、施良英、林振盛、許漢卿、康濟時
觀蓮組	王　前、李智賢、蔣孟樑、陳欽材、林麗珠、黃國雄、陳麗卿、鄭水同、林春煌、蔡柏棟
中秋組	李傳芳、駱金榜、馮嘉格、楊振福、蔡秋金、鄞　強、莊德川、黃天賜、許又勻、張慧民
光復組	蘇逢時、許文彬、張耀仁、李宗波、洪玉璋、賴添雲、王錫圳、吳裕仁、曾銘輝、黃鶴仁

　　民國 90 年新加入葛佑民、陳賢儒、張明萊、李珮玉、趙松喬、黃金陵。出社王勉、魏壬貴、李傳芳、馮嘉格、莊德川、張慧民、王錫圳等，

社員總數凡 64 人。

民國 91 年新加入：陳麗華、洪淑珍；出社：杜萬吉、蘇水木、盧坤、黃錠明、施良英、黃金陵，社員總數得 60 人。

民國 92 年出社：鄭火傳、黃寶珠、李智賢。社員總數凡 59 人，名冊如下：

幹　部	顧問孔德成、何志浩、莊幼岳。榮譽社員林英貴、吳漫沙、王精波、羅尙。社長黃寬和。副社長陳焙焜。總幹事：陳炳澤，副總幹事：許欽南
花朝組	黃寬和、陳焙焜
清和組	吳　玉、張壇爐、林彥助、許欽南、許哲雄、翁正雄、林正三、黃調森、蕭煥彩、康濟時
端陽組	林錦銘、陳炳澤、蘇心絃、黃義君、蘇逢時、張開龍、林振盛、許漢卿、陳麗華、洪淑珍
觀蓮組	王　前、蔣孟樑、陳欽財、林麗珠、黃國雄、張明萊、鄭水同、林春煌、蔡柏棟、張慧民
中秋組	葛佑民、駱金榜、楊振福、蔡秋金、鄞　強、黃天賜、許又勻、陳麗卿、李珮玉、陳賢儒
光復組	張添財、許文彬、張耀仁、趙松喬、李宗波、洪玉璋、賴添雲、吳裕仁、曾銘輝、黃鶴仁

民國 93 年社員總數凡 69 人。名冊如下：

幹　部	顧問：孔德成、何志浩、莊幼岳。社長：陳焙焜。副社長：翁正雄。副社長兼總幹事：林正三，副總幹事：許欽南
榮　譽 社　員	林英貴、林錦銘、吳玉、吳漫沙、張添財、王精波、羅尙、蔡秋金、黃調森。
花朝組	陳焙焜、翁正雄、林正三
清和組	張壇爐、林彥助、許欽南、許哲雄、蕭煥彩、洪世謀、游振鏗、張民選、康濟時、邱進丁
觀蓮組	陳炳澤、蘇心絃、黃義君、蘇逢時、張開龍、林振盛、歐陽開代、許漢卿、陳麗華、洪淑珍、陳賢儒
中秋組	王　前、蔣孟樑、陳欽財、林麗珠、黃國雄、陳麗卿、鄭水同、林春煌、曾銘輝、黃鶴仁、蔡柏棟
光復組	葛佑民、駱金榜、楊振福、鄞　強、黃天賜、許又勻、劉水稻、陳妧妗、甄寶玉、張慧民、李珮玉
冬至組	許文彬、張耀仁、趙松喬、李宗波、蔡業成、林正男、洪玉璋、姚啓甲、陳碧霞、賴添雲、吳裕仁

民國 94 年新增葉金全、廖碧華、李政村、唐羽、胡其德、許秉行、吳茂盛。出社張添財、林英貴、林錦銘、吳玉、蔡秋金、黃調森、陳焙焜。全部名單為：

幹　　部	顧問：孔德成、何志浩、莊幼岳、李春榮、羅尙、唐羽。社長：林正三，副社長：翁正雄、陳欽財。總幹事：洪淑珍，副總幹事：陳麗卿
花朝組	吳漫沙、王精波、莊幼岳、李春榮、羅　尙、唐　羽、陳欽財、翁正雄、林正三
清和組	張壇爐、李宗波、林振盛、許欽南、許哲雄、胡其德、蕭煥彩、賴添雲、康濟時、邱進丁、黃鶴仁
觀蓮組	陳炳澤、蘇心絃、黃義君、駱金榜、葉金全、黃天賜、許又勻、甄寶玉、廖碧華、張慧民、李珮玉
中秋組	王　前、蔣孟樑、李政村、林麗珠、張明萊、吳裕仁、林春煌、曾銘輝、蔡柏棟
光復組	許文彬、張耀仁、歐陽開代、陳麗卿、洪世謀、張民選、許秉行、游振鏗、洪淑珍、吳茂盛
冬至組	葛佑民、蘇逢時、蔡業成、楊振福、許漢卿、鄞　強、洪玉璋、姚啓甲、陳碧霞、陳麗華、陳賢儒

民國 95 年社員總數依「瀛社」立案前後分為二種，立案之前為 59 名，而 4 月 16 日成立大會之後則為 106 名。又據民國 68 年 8 月《詩文之友》295 期，「瀛社」創立七十週年紀念大會，詩題〈老松〉，社員作品不參加評選以齒序所載，尙有王文育一名未見於之前的名冊中。

民國 96 年社員總數，依通訊錄登錄人數統計為 106 名，加入分組人數共 64 名：

元春組	陳欽財、蔣孟樑、李政村、張錦雲、王　前、林麗珠、張壇爐、許欽南、曾銘輝、蔡伯棟、林瑞龍、廖茂松、唐玹櫂、楊錦秀、洪龍溪、周福南
端陽組	姚啓甲、林正三、張耀仁、歐陽開代、洪世謀、洪淑珍、張民選、陳碧霞、陳麗卿、陳麗華、游振鏗、蔡業成、楊振福、高清文、余美瑛、王尙義
中秋組	林振盛、許哲雄、葉金全、許又勻、甄寶玉、李珮玉、林禎輝、洪玉璋、陳炳澤、黃天賜、黃廖碧華、駱金榜、蘇逢時、高銘貴、林李玲玲、黃明輝
冬　　至	翁正雄、李宗波、康濟時、賴添雲、陳漢津、邱進丁、徐世澤、許文彬、許秉行、葛佑民、鄞　強、蕭煥彩、蘇心絃、張建華、陳保琳、楊東慶

　　民國 97 年社員總數，依通訊錄登錄人數統計為 109 名，加入分組人數共 68 名。編組原則：遠道、在學、網路會友及特殊情況者，因考慮出席率，暫不參加編組。

上巳組	陳欽財、蔣孟樑、李政村、張錦雲、王　前、林麗珠、許欽南、林瑞龍、曾銘輝、蔡伯棟、廖茂松、唐玹櫂、楊錦秀、洪龍溪、周福南、洪純義、孫秀珠
端陽組	姚啓甲、林正三、張耀仁、歐陽開代、洪世謀、洪淑珍、張民選、陳碧霞、陳麗卿、陳麗華、游振鏗、蔡業成、楊振福、高清文、余美瑛、王尙義、鄭中中
中秋組	林振盛、許哲雄、葉金全、許又勻、甄寶玉、李珮玉、林禎輝、洪玉璋、陳炳澤、黃天賜、黃廖碧華、駱金榜、蘇逢時、高銘貴、林李玲玲、黃明輝、楊志堅
冬至組	翁正雄、李宗波、康濟時、賴添雲、陳漢津、邱進丁、徐世澤、許文彬、許秉行、葛佑民、鄞　強、蕭煥彩、蘇心絃、張建華、陳保琳、楊東慶、吳秀真

　　以上為「瀛社」成立百年來之入出狀況，由於昭和 15 年至民國 53 年的 35 年間，未有名冊以供參考，至於是否尙有其他文獻資料，以資稽考蒐集，如有新獲，再作補充。

第三節　「瀛社」的活動形式與組織架構

　　「瀛社」就其活動對象與舉辦形式來看，可以分為「社內經常性活動－例會與大會」、「社外不定期活動－多社聯吟」二大類型。

一、社內經常性活動 —— 例會與大會

謝汝銓在〈全島詩人大會紬緒〉提到：

　　（瀛社）月開一回吟讌，分韻賦詩，且出宿題，年開一次大會，興高采烈，以臺灣日日新報社漢為部為主腦，極力鼓吹，時島內早有

四五詩社，然不大張旗鼓，只佳日雅集，陶寫性情，其詩亦多未公
表，世人亦未解詩社為何物，嗣桃社竹社以地勢關係，常與瀛社員
接觸，遂組織瀛桃竹三社聯合吟會，四時輪值。瀛社分辨（按：當
為辦之誤）二次，一開於稻江或艋津，一開於基津；桃竹二社各分
辦一次，開之於其地名所，桃社每於公會堂，竹社每於北郭園或鄭
氏祠堂……[51]

　　這一段文字點出二個重要訊息，一是「瀛社」活動由獨力承辦到合
力協辦的過程，其中以和「桃園吟社」、「竹社」二社聯合吟會最為重要，
社員活動也在此時重疊最多，因此在釐清參與社員時，必須極為小心。
二是活動舉行形式的轉易，「瀛社」原是「月開一回吟讌……年開一次大
會」，後與「桃園吟社」、「竹社」二社合辦之後改為「四時輪值」，其中
「瀛社」獨力承辦二次，一次以基隆吟友為主，另一次則為臺北吟友。
林佛國〈瀛社簡史〉一文也提到「瀛社」活動情況：

瀛社成立後，每月吟讌一次，每年開大會一次，嗣且與桃園桃社、
新竹竹社合組「瀛竹桃聯吟會」，四時輪值，瀛社每年主政兩次，
桃社、竹社各主政一次，所作詩詞悉由臺日社漢文部發表。[52]

　　可以看出「瀛社」原始的「經常性」活動分為「月開一回吟讌」的
「例會」，以及「年開一次」的「大會」。
　　「瀛社」例會的實施，原先係以課題為主，並已設立值東[53]。自明
治42年4月4日第一期例會開始，至明治43年9月例會為止，其消息

51 出於林欽賜輯錄《瀛洲詩集》，昭和7年《臺灣日日新報》發行。
52 參考林佛國〈瀛社簡史〉，收於《瀛社創立六十週年紀念集》，1969年。
53 見《臺灣日日新報》3273號「瀛社雅集」：「瀛社第一期例會，如所豫定，於去四日
　　午后一時始，開之於新北門街洪以南君處，參會者約六十名。……值東者以茶果相
　　饗，至五時餘，隨意言歸，現時該社員約有八十名。其第二期例會，則在五月二日
　　云。」3324號「編輯日錄」：「明日（五月三十）為瀛社第三期例會，村田副社長，
　　伊藤編輯長俱為值東……」

均可見於《臺灣日日新報》上[54]，而例會形式的轉變，以明治 43 年 10 月 16 日的「觀菊會」為轉捩點，明治 43 年 10 月 19 日《臺灣日日新報》3745 號「瀛社觀菊會況」：

> 是蓋瀛社創立以來，集會之最盛況者，吟詠亦以此為多，又是日所欲決議諸案，定開臨時會或待後期例會，始行決定可否？且以無置社長不便措理社務，尤有籌議，欲舉一適當者。社員中以擊鉢吟會為有趣，且可資勉勵，將組織一瀛社中央部擊鉢吟會云。

指出社員因熱衷競試，加上「中央部擊鉢吟會」成立，使得例會的形式有了根本上的變動。原先的例會以「課題」為主，後來因為「中央部擊鉢吟會」成立，於是有過一段時間課題與擊鉢吟會並存，再而後課題形式逐漸為擊鉢吟會取代，並進一步形成定期擊鉢吟會，大正 12 年 6 月 19 日《臺灣日日新報》8288 號「瀛社擊鉢例會」的標題就直接以「瀛社擊鉢例會」開頭，8324 號「瀛社例會」記載亦然，原先屬於社內吟友間切磋的封閉性活動，因為擊鉢吟會的舉辦而轉為開放。此外，從月例會的輪值，也可看出其吸納其他詩社組織的開放性格，大正 12 年 12 月 18 日《臺灣日日新報》8470 號「瀛社納涼會」：「瀛社聯吟會，此次輪值萃英吟社……」、大正 13 年 1 月 5 日《臺灣日日新報》8488 號「瀛社聯吟會時間」：「瀛社聯吟會，此期輪值星社吟朋」、大正 14 年 8 月 18 日《臺灣日日新報》9079 號「瀛社月例會」：「瀛社月例會，此回輪值高山吟社……」，「萃英吟社」、「高山文社」、「星社」都曾以整個社團加入「瀛社」並參與輪值。

不同於每月舉行的「月例會」，「瀛社」尚有一年 2 次的「大會」：明治 42 年 10 月 30 日《臺灣日日新報》3453 號「瀛社大會」：「瀛社秋季大會，果如所豫定，於去廿八日，開於艋舺平樂遊旗亭……」、明治 43

---

54 見《臺灣日日新報》3273、3277、3300、3324、3348、3396、3420、3443、3466、3489、3509、3556、3603、3623、3627、3650、3663、3672、3695 等號。

年 3 月 29 日《臺灣日日新報》3573 號「瀛社大會」:「瀛社春季大會，既如期於去念七日午後六時，開之於艋舺龍山寺左廡……」、明治 43 年 9 月 13 日《臺灣日日新報》3716 號「編輯日錄」:「瀛社詩會，係我社同人所倡設，故同人全部為社員，而每屆春秋大會，同人尤與協力籌備，本屆秋季大會因兼欲為社友黃丹五區長祝嘏，準備尤忙。」都點出「瀛社」一年中至少舉辦「春季大會」與「秋季大會」各一，且為「定期」活動。至於「瀛社」年開一次的「大會」，究竟所指為何？在《臺灣日日新報》上並沒有明確記載，但很有可能指的是「花朝紀念會」，即該社成立的週年紀念會，如昭和 3 年 3 月 28 日《臺灣日日新報》10032 號「瀛社記念會閏花朝值東」:「瀛社如花朝記念會席間社長謝雪漁氏所聲明，來月五日之閏花朝，將更開盛大記念會。」、昭和 4 年 3 月 20 日《臺灣日日新報》10387 號「瀛社花朝紀念會」:「來二十五日，值古曆二月十五日花朝佳辰，午後二時，瀛社將開紀念擊鉢吟會」、昭和 5 年 3 月 16 日《臺灣日日新報》10745 號「瀛社記念會」:「瀛社花朝記念會，去十四日午後三時，開於蓬萊閣，到會者二十餘名」，所指均為同一件事。至於「花朝紀念會」是否即為張端然所言之「春季大會」？因缺乏明確文獻，恐仍需待更多資料佐證才能論斷，故筆者在此則持保留態度[55]。

　　戰後隨著社員人數的增減，活動方式也有所更易，民國 53 年編訂〈社員名冊〉計 44 人分春、夏、秋、冬四組;《瀛社創立七十週年紀念集》提到「現瀛社有社員六十人分為六組，隔月一開吟會，開會地點則由各組決定[56]。」至 73 年現任林正三理事長入社前，原分「花朝、端陽、中秋、光復、冬至」五組，由於當時周植夫先生介紹門人弟子整批入社，計有基隆黃寶珠、陳兆康、王前、邱天來、蔣孟樑、魏仁德、鄭水同及臺北陳福、林正三等，故於次年編組時另立「觀蓮一組」。《瀛社創立八十週年紀念集》情況相同，也是「現瀛社有社員六十人分為六組，隔月

---

55 參考張端然，《日治時期瀛社之研究》，中國文化大學中國文學研究所碩士在職專班碩士論文，2003 年，頁 47。

56 瀛社編委會，《瀛社創立七十週年紀念集》，瀛社辦事處發行，1979 年。

一開吟會，開會地點則由各組決定[57]。」，可知 1 年中仍維持 6 次例會，較日治時期「月開一回吟讌」，次數上已經減半，到了《瀛社創立九十週年紀念集》時，因為社員人數更少，只有「四十餘人」，因此「分春夏秋冬四組，每季一開吟會，開會地點則由各組自行決定[58]。」另杜社長獨任一組為「花朝社慶組」。至 89 年又恢復為六組，一直延續至 95 年立案登記後，改為年開會員大會一次，另分春夏秋冬四組輪值。

二、社外不定期活動 ── 多社聯吟

除了社內的定期活動之外，「瀛社」與其他詩社不定期的聯吟，則屬於對外活動，主要分成區域性「瀛桃聯吟會」、「瀛桃竹三社聯吟會」及「瀛星聯吟會」。再擴而為之則為「全島詩社聯吟會」。

（一）區域性聯吟會

1. 瀛桃聯吟會

明治 44 年 7 月 10 日《臺灣日日新報》3997 號「編輯賸錄」：「午前十一時餘，接桃園吟社詞友簡朗山氏電話，謂承瀛社中央擊鉢吟會柬招，已與該吟社簡楫、黃純青、葉連三、鄭永南、林國賓、黃守謙、邱純甫諸氏，聯袂來北，暫憩一九館，以待赴會。期速為轉達於值東者之洪逸雅、林凌霜兩氏，諸氏不惜遠涉之勞，瀛社擊鉢吟會同人應感其情之厚也……」是「瀛社」與「桃社」共同活動的最早記錄，後來「桃社」開始參與「瀛社」的擊鉢吟會，明治 45 年 6 月 5 日《臺灣日日新報》3617 號「編輯賸錄」即記載：「瀛社擊鉢吟會，昨日開於李逸濤君寓所。詩題〈團扇〉，拈寒韻。桃園吟社諸詞友亦賁臨出席。」

---

57 瀛社編委會，《瀛社創立八十週年紀念集》，瀛社辦事處發行，1989 年。
58 瀛社編委會，《瀛社創立九十週年紀念集》，瀛社辦事處發行，1999 年。

　　直到大正 3 年 10 月 5 日《臺灣日日新報》5139 號「瀛社吟會狀況」，始由「桃社」社長簡朗山提議合併：「簡朗山君倡議瀛桃合併，不久欲實行也。」開啓「瀛社」與「桃社」聯吟的契機，不過真正實施已經是大正 4 年的事情，二社在正式合併前先舉行許多次的「磋商會」，如大正 4 年 5 月 30 日《臺灣日日新報》5367 號「編輯謄錄」：「瀛社、桃園吟社，近將舉聯合式，定來月一日午後二時，在雪漁之保和藥局，集重要諸人，開磋商會，以決議一切，已由雪漁函達簡朗山君，囑其舉數名代表，來北參議。」大正 4 年 6 月 3 日《臺灣日日新報》5371 號「編輯謄錄」：「瀛社、桃園吟社聯合式，昨日午後在雪漁家，開磋商會，已議決期日為來十九、二十兩日，場所假艋舺公學校……」大正 4 年 6 月 14 日《臺灣日日新報》5382 號「編輯謄錄」：「瀛、桃兩社聯合會準備委員，自本日起，開事務所於艋舺劉氏家廟，委員更加碩卿、純甫二人云。」在「磋商會」召開多次之後，直到 6 月 19 日才正式合併，事見大正 4 年 6 月 21 日《臺灣日日新報》5388 號「瀛桃聯合會紀盛」：「瀛社及桃園吟社聯合大會，經十九日午后，舉於艋舺公學校講堂，定刻前，兩社各會員皆前後來集，淡社、南社、竹社諸來賓，手島檢察官長、隈木學務部長以外諸貴賓，亦陸續貴臨，午后二時半，內田民政長官乘馬輿臨場……」。

　　而後「瀛社」的例會活動上開始有「桃社」與會的記錄，大正 4 年 7 月 13 日《臺灣日日新報》5410 號「宜園小集」：「下午四時，瀛桃兩社吟友，小集艋舺區長吳昌才君宜園別墅，開兩社聯合會後第一回例會，兼歡迎前新竹縣知事今製腦會社長兒山櫻井勉先生，並向前此聯合會舉式當時荷多大後援之赤石本社長、尾崎本社編輯長，總督府文書課鷹取岳陽諸先生，尊酒道謝。」可知兩社聯吟已經形成常態，除了每月課題[59]照常舉行外，並一年召開 3 次擊鉢吟會[60]，大正 5 年 6 月 27 日《臺灣日日新報》5746 號「編輯謄錄 6 月 26 日」就有：「瀛、桃兩社擊鉢吟會……

---

59 事見《臺灣日日新報》第 5771、5775、5802、5836、5856、5896、5943 等號
60 事見《臺灣日日新報》第 5686、5700、5744、5932、5936 等號

酒酣，雲年君提議每月出課題，擊鉢吟年開三次，在稻艋及附近諸友合開一次，在基諸友合開一次，在桃園諸友合開一次，諸人贊成，定來月一日起，發表課題，宴罷散會……」的記錄，並自第 8 期課題開始邀請「竹社」加入，至第 9 期課題即已見「竹社」加入輪值名單，形成「瀛桃竹三社聯吟會」。

2. 瀛桃竹三社聯吟會

在「瀛桃竹三社聯吟會」正式形成之前，「竹社」即有多次參與「瀛社」或「瀛桃聯吟會」的活動記載，如大正 3 年 10 月 5 日《臺灣日日新報》5139 號「瀛社吟會狀況」：「……瀛社中央擊鉢吟會，開於於艋舺粟倉口劉氏家廟。因兼洪以南君兼任區長之祝賀會，顏雲年君東航內地之餞別會，列會者較他時為盛，瀛社十八人，桃社八人，竹社四人，共三十人。」大正 5 年 3 月 19 日《臺灣日日新報》5649 號「編輯賸錄」：「桃園吟友若川、朗山、子純、守謙、永南諸君連名來函……將開瀛、桃聯合擊鉢會於敝地。……乞轉達瀛社諸同人，多數貴臨。竹社諸詞丈亦經東邀，當有多人來。」至於「竹社」正式加入「瀛桃聯吟會」例會課題，最早可見於大正 6 年 3 月 6 日《臺灣日日新報》5992 號「編輯賸錄」：「瀛、桃、竹三社聯合課題，此第九期輪值竹社，值東者為林毓川、莊左宜二君。……詞宗洪以南、鄭養齋二君。」而三社聯合擊鉢吟會則見於大正 6 年 3 月 22 日《臺灣日日新報》6008 號「編輯賸錄」：「湘沅自南來北，暫寓雪漁處，瀛桃竹聯合擊鉢吟會，定來二十四日（土曜）午後二時，在大稻埕春風得意樓為會場，開歡迎會……」，不過成為正式組織則要到大正 6 年 7 月 17 日《臺灣日日新報》6125 號「擊鉢吟會盛況」：「瀛、桃聯合擊鉢吟會……酒酣，顏雲年君為值東代表，起為敘禮，略謂竹社每月課題既聯合，此擊鉢吟會亦不可不聯絡，以為共同一致行動。每年四期聯合，瀛社之在稻艋其他者擔任一次，在基者擔任一次，桃社擔任一次，竹社亦擔任一次。春夏秋冬四季，各就其地之宜而開會。享應厚

薄隨意，以淡為主，淡始可久。……瀛桃兩社友可弗論，竹社友亦深表
贊成。……」，「瀛桃竹三社聯吟會」在例會課題與擊鉢吟會上開始三社
輪值。幹部的設立則要等到大正7年7月。大正7年7月15日《臺灣日
日新報》6488號「擊鉢吟會盛況」提到：

> 瀛、桃、竹聯合擊鉢吟會，如所豫定，去十三日午後三時，在基隆
> 公會堂開會。桃社友出席者四人，竹社友出席者八人，在北及附近
> 之瀛社友出席者九人，在基瀛社友出席者七人，共二十八人。……
> 酒酣，顏雲年君代表值東敘禮，謂當此炎熱如燬，諸君惠然肯來，
> 實深感紉。……後由簡朗山君欲推雲年君為三社聯合會長，而雲年
> 亦欲推朗山君三社幹事，眾亦以為可。該具體的成案待秋季聯合吟
> 會，在桃園開會時，再行磋議，有此提議，或見實行，亦未可知。……

以顏雲年為「瀛桃竹三社聯吟會」會長，簡朗山為幹事，「瀛桃竹三
社聯吟會」的組織化初步成形。然而隨著顏雲年過世，這一聯合吟會也
日趨沉寂，大正13年4月28日《臺灣日日新報》8582號「陋園之擊鉢
吟」就言及：「瀛、桃、竹聯合吟會會長顏雲年君逝後，陋園擊鉢之聲，
久已絕響。茲為雲年君之銅像除幕，及顏家祖廟落成，顏國年氏承令先
人遺志，定來十三日（日曜）午後二時，在陋園張吟宴，招舊瀛、桃、
竹聯合吟會，及現瀛社聯合吟會諸同人，開擊鉢吟會。近將發柬，除中
選賞品外，別贈與《顏雲年君小傳》，及《陋園吟集》各一冊，以資紀念。
舊誼難忘，想赴會者當不乏人也……」，可知若非顏國年的邀請，三社聯
吟盛況早已不復見，而由顏國年邀請的此次聯吟，也可謂這一聯合吟會
的謝幕曲，大正13年4月15日《臺灣日日新報》8589號「陋園擊鉢吟
會盛況」：「基津顏國年氏，為其令先兄雲年君奉安塔，及陋園吟集剞劂
告成。如既報，於去十三日午後一時，柬邀瀛、桃、竹聯合吟會會員，
及內地詩人，于陋園開擊鉢吟會。是日內地人小松、鷹取，尾崎、猪口
鳳菴、伊藤賢道諸氏，本島人瀛社、桃園吟社、竹社諸聯合吟會員百十

餘人出席。……七時移入宴會，席上主人顏國年氏起為敘禮，歷述其令先兄之所計畫，及己之繼承遺志，力為助成。並此後對于吟社，將益為鼎力等語。滿場皆拍手歡迎，來賓小松氏為內地人總代答辭，曾吉甫氏為瀛、桃、竹聯合吟會總代答辭，鷹取氏為祝主人顏家發展，赴唱一同乾杯，橫澤氏亦代主人起為來賓一同乾盃。……主人又以《故雲年君歷史》及《陋園吟集》二冊，分贈來會諸吟友，作為紀念，一堂靄靄九時散會。」自此之後，「瀛桃竹三社聯吟會」便宣告終止。

3. 「瀛星聯吟會」到「五社聯吟會」

關於「星社」加入「瀛社」活動，可見於大正 10 年 12 月 15 日《臺灣日日新報》7737 號「詩人小集」，「稻江青年詩人所組織之星社，近與瀛社聯絡，凡瀛社之大會小集，皆濟濟出席。此次星社吟侶相謀，定來十八日午後二時，小集江山樓旗亭，開擊鉢吟會。已通知瀛社幹部，轉致瀛社同人，如期出席，別不發束。」後來又主動加入「瀛社」的次級團體「食飯會」，形成「瀛星聯吟會」，關於其加入「食飯會」的經過，可參見第三章第二節「食飯會」部分，於此先不多作說明。

而其他社團的加入，是先有「星社」，再有「小鳴吟社」及「天籟吟社」主動要求，進而慢慢形成「五社聯吟會」，時間在大正 12 年 9 月左右。成員包括「瀛社」、「天籟吟社」、「星社」、「淡北吟社」及「萃英吟社」，不過「五社聯吟會」隨著「瀛社」的改組，在大正 13 年 6 月結束。

在〈臺北市詩社座談會〉中黃水沛曾提到：

> 最初的「聯吟會」是「瀛社」和「星社」二社，共同舉辦的，當時稱為「瀛星聯吟會」。

而廖漢臣接著說明：

> ……「聯吟會」更加發展……奠定了後來創立「全島詩人大會」的基礎。當時桃園有「桃社」，新竹有「竹社」，因為地勢關係，二

社的社員和「瀛社」的社員，常有接觸，遂共同組織「瀛桃竹三社聯合吟會」，分為四時值東，「瀛社」分辦二次，一開於艋舺，一開於基隆，桃竹二社各分辦一次[61]。

黃水沛的說法恐有問題，這是因為「瀛桃聯吟會」及「瀛桃竹三社聯吟會」的時間早於「瀛星聯吟會」，所以濫觴者並非「瀛星聯吟會」。至於廖漢臣認為聯吟會「奠定了後來創立「全島詩人大會」的基礎」，這是可以成立的，正因為有多次舉辦聯吟會的經驗，才能一次次擴大規模，並進而舉辦全島性大會。

4. 其他聯吟會

除了比較固定舉行的「瀛桃聯吟會」、「瀛桃竹三社聯吟會」及「瀛星聯吟會」外，「瀛社」本身也會因為不同目的而舉辦臨吟，通常這一類聯吟會時間並不固定，對象也不同，如大正 1 年 11 月 26 日《臺灣日日新報》4484 號「瀛社大會狀況」:「顏君雲年新屋落成，因開瀛社大會，屢經本報揭載其事。月二十二夜，南社詩人許南英先生及雲石、石秋、湘沅諸氏先搭急行車至，留北一宿。桃園吟社詩人香秋、若川二先生外，連三、純青、朗山、永南、國賓、名許、守謙、長茂十數氏，則與竹社詩人還浦、瑤京氏……賓主五十餘名。下午先開擊鉢吟一唱」是因為顏雲年環鏡樓新居落成而召開。

大正 3 年 3 月 31 日《臺灣日日新報》4957 號「宜園三社聯吟誌盛」:「北部淡社、桃社、瀛社三社詩人，乘內地詩人籾山衣洲翁及支那民國侯官謝傅為先生來臺好機，擇舊曆三月三日上巳佳辰，做蘭亭故事，假艋舺區長吳昌才君宜園別墅，開二先生歡迎聯合擊鉢吟會……」，就是為了歡迎籾山衣洲及謝傅為所舉辦的吟會。

大正 10 年 6 月 12 日《臺灣日日新報》7551 號「瀛社小集」:「瀛社

同人，因該社名譽社長林熊徵氏，及該社評議員顏雲年氏，榮任督府評議會員，深以為榮。爰訂來（六月）十五日午後一時，假春風得意樓，開擊鉢吟會，招待二氏。並延本社赤石社長，南社關係之許廷光、黃欣二氏，櫟社關係之林獻堂氏來會。六時開宴，此番本島人被命為評議員者九名，其中五名，為詩社關係之人，詩人實大有榮施。又桃社、竹社其他詩人，與詩社以外，欲對前記諸氏，一伸敬意，肯參加宴會，亦不之拒云。」則為林熊徵、顏雲年擔任總督府評議員所開的慶祝吟會。

（二）全島詩社聯吟會

明治 43 年 5 月 19 日《臺灣日日新報》3617 號「詩人雅集」：

> 臺南新報社記者陳渭川氏，者番偕其仲弟來北。氏係南社詞宗，究心聲韻之學，得詩家三昧，瀛社友雅重其名，為開雅會於平樂遊旗亭，赴會者十餘人，綠酒浮香，紅燈照耀，賓主各盡其歡。席間，氏起道謝，並謂現時詩界振興，北有瀛社，中有櫟社，南有南社，此三社皆有報社諸友為之提倡，甚得好機。然若歷年各開大會，諸友赴會往來，未免過於煩勞。不若輪年作主，較為簡便，且各社有兩年準備，可免倉卒無措。其課詩則仿淡社之法，互為品評，以求實益。諸友皆大贊成，氏者番歸去，將作成草案，由南報發表。視贊成人數多寡，然後擇期，大雅扶輪，藉振一代風騷，可拭目以俟也。

此次提議並未實行，直到大正 10 年 10 月 24、26、27 日的《臺灣日日新報》才有關於「全島詩社聯吟大會」的消息，該次大會由「瀛社」主催，於 10 月 23 日舉行，其中大正 10 年 10 月 26 日《臺灣日日新報》7687 號「東門官邸文字宴（讓山督憲招待全島詩人）」記載：「全臺詩社擊鉢聯吟大會，由瀛社主催，得中南北八十餘名出席，去二十三日，開於大稻埕春風得意樓旗亭事，已如所報，翌日下午三時，讓山總督閣下，

更招待全部於東門官邸，主由文書課鷹取岳陽先生，當斡旋之衝，陪賓則各局長，被招待者，咸勵守時間，於三時內，衣冠整肅，陸續到齊。其時官邸後之庭園，林泉清翠，秋光如洗，既而田總督以正服之英姿……」提到這次聯吟大會有總督及高級官員的參與，顯示參加的層級極高，而大正 10 年 10 月 27 日《臺灣日日新報》7688 號「續開擊鉢吟會」：「既報由瀛社所主催之全島擊鉢吟聯合大會，出席者一同，自受田總督於去二十四日，在東門官邸招待後，於翌（十月）二十五日下午一時半，續由瀛社員一同懇留，在春風得意樓，開二次擊鉢吟會……」則是此次大會的「續集」，這一次由「瀛社」主催的「全臺詩社聯吟大會」，開啟了全島詩人大會的先聲，大正 13 年 4 月 15 日《臺灣日日新報》8589 號的「全島詩社大會先聲」提到：

> 全島詩社大會先聲，瀛社諸吟侶共以目下風景宜人，即新鶯出谷，乳燕依巢，陌上紛飛柳絮，源頭艷放桃花。騷人墨客，及時行樂，正在此時，且為聯絡文人聲氣起見，主唱全島詩社大會，議定辦法如左：
> 一、會期四月二十六日午後一時起。
> 二、會場臺北市江山樓。
> 三、會費每人金三圓是日袖交。
> 四、報名處本社漢文部。
> 五、報名期限至四月二十二日止。
> 此舉之意在扢揚風雅，藻繪昇平，諒各地詩人，贊成者眾，屆時赴會者亦多矣。

可以說是「全島詩社聯吟會」的定型，初步擬定了參與的規則與規模，也因此這次大會參與的詩社與詩友人數眾多，大正 13 年 4 月 25 日《臺灣日日新報》8599 號「臺灣聯合吟會」：「臺灣聯合吟會，如前所報，定本日午後，開之於江山樓旗亭。全島各詩社詞人，特來參加者，計一

百六十餘人。現在瀛社聯吟會會員，全部義務出席……在北重要官紳及
內地人詞家，多數欲臨席。」及大正 13 年 4 月 27 日《臺灣日日新報》
8601 號「全島聯合吟會盛況」：「既報臺灣全島聯合吟會，去廿五日下午
一時半起，時間勵行，開於臺北市內江山樓旗亭……是日臺北、基隆而
外，桃園、新竹、臺中、嘉義、臺南、宜蘭各方面到者，計有百六十八
名之多。來賓則相賀、尾崎兩局長、赤石何陋菴、井村大吉、小松、鷹
取岳陽、山口東軒、尾崎古村、豬口鳳菴、長沼梅仙、澤谷星橋、松井
梅軒、柳田陵村諸氏，而來北中之詩人茅原華山翁，亦適來會……」二
則消息提到該會活動盛況，地點在「江山樓旗亭」，參與人數達 168 人，
參與成員除各地詩社射員外，亦有多名日人參與。再來就要到昭和 2 年
3 月，「全島詩社聯吟大會」於臺北舉辦，謝汝銓並建議自此之後由五州
輪流主催，而以臺北洪以南、新竹鄭養齋、臺中吳子瑜、臺南趙雲石及
高雄鄭坤五為各州代表。昭和 7 年，復由臺北輪值，為求慎重，「瀛社」
先舉辦「全島詩會實行委員會協議分擔各係進行籌先開州下聯吟會」，昭
和 6 年 12 月 8 日《臺灣日日新報》11372 號如是記載；

> 全島詩社聯吟大會，明春輪值北部，經由瀛社主唱，柬集臺北州
> 下各吟社代表選舉籌備委員，由其中再選出實行委員二十四名。
> 實行委員等，因時期迫近為此準備，先於去六日日曜日午後二時
> 半，在臺北市下奎府町謝雪漁氏宅中，開第一回實行委員會，出
> 席者約二十名……並決議大會當日，全島參加吟友，各作〈謁臺北
> 聖廟〉律詩一首，合是日攝影寫真，印刷成冊，贈與出席之人，終
> 推舉歐劍窗、林欽賜、吳紉秋三氏，代查全島各地詩社住址，以便
> 發柬，由是一同移入晚餐，席間因有提議先開臺北州各社聯吟會，
> 二三討論後，一同可決，其實行方法如左：
> 一、名稱：臺北州各社聯吟大會。
> 二、會場：臺北孔子廟。
> 三、日期：昭和七年一月三日午後一時。

四、會費：每名一圓。

由全島詩社實行委員會主催，希望參加之人，請通知本漢文部，或臺北市永樂町二丁目歐劍窗氏處，以便準備，直至同六時過散會。

昭和 12 年再次由臺北輪值，並決定日期於 4 月 3 日舉行，但因皇民化政策推行，於 4 月 1 日停止所有報紙漢文欄，故相關消息亦不復見。戰後相關消息則見於《瀛社創立六十週年紀念集》至《瀛社創立九十週年紀念集》中，林佛國〈瀛社簡史〉一文提到「瀛社」活動情況：

> 民國三十八年己丑三月十三日，瀛社創立四十週年，社友李建興為兼祝其母白太夫人八秩壽辰，以瀛社名義召開全省聯吟大會於瑞三大樓，全省詩人三百餘人出席，于院長右任、祝主席少紹周、梁部長寒操、孔子七十七代孫孔德成等諸先生自大陸邊臺，首次與會。民國四十八年乙亥花朝，瀛社五十週年，社友先集會於魏清德先生之尺寸園，決定是年詩人節召開全國大會於太平國民學校，次日於靜心樂園舉行瀛社五十週年紀念會，于院長右任，賈院長景德，張昭芹、楊仲佐、鍾槐村諸老咸與會焉。

後於《瀛社創立七十週年紀念集》增補如下：

> 民國五十八年己酉花朝，瀛社六十週年社慶，社長李建興假敦化北路民眾團體活動中心召開社員大會，以崇紀念外，並舉行全國詩人聯吟大會，與會者五百餘人，其午晚筵席及詩刊獎品等由李式捐付[62]。

《瀛社創立八十週年紀念集》再增補如下：

> （六十八）年己未花朝為本社創立七十週年，除印紀念詩集外，於三月十一日假臺北民眾活動中心大禮堂舉行社慶暨全國詩人聯吟大

---

62 瀛社編委會，《瀛社創立七十週年紀念集》，瀛社辦事處發行，1979 年。

會，有詩學研究所張所長維翰、立法院周委員樹聲、考試院成委員
惕軒、省文獻會林主委道衡、傳統詩學會陳理事長皆興等致祝詞，
各地前來參加之詩友近六百人，盛況空前[63]。

可知戰後「瀛社」於每十週年舉行紀念慶祝會同時，也召開「全島
詩人聯吟大會」，沿續戰前傳統至今。

三、成員職掌

至於「瀛社」實際運作的幹部成員與職掌，戰前與戰後有所不同，
戰前依次有社長、副社長、幹事、值東、詞宗、名譽社長及顧問[64]，大
正 7 年 7 月 15 日《臺灣日日新報》6488 號「擊鉢吟會盛況」提到：

> 瀛、桃、竹聯合擊鉢吟會，如所豫定，去十三日午後三時，在基隆
> 公會堂開會。桃社友出席者四人，竹社友出席者八人，在北及附近
> 之瀛社友出席者九人，在基瀛社友出席者七人，共二十八人。……
> 酒酣，顏雲年君代表值東敘禮，謂當此炎熱如燬，諸君惠然肯來，
> 實深感紉。今者對我瀛社諸友有亟欲相商一事，我瀛社自改革後，
> 迄今不置社長其他役員，對外殊多阻礙，鄙意欲於今夕選舉社長、
> 副社長、幹事、評議員等，以掌會務。但選舉要行投票恐費時間，
> 爰欲依指名例，未知諸君肯委任鄙人否？眾皆贊成。乃由顏君指洪
> 逸雅君為社長，謝雪漁君為副社長，魏潤菴、劉篔村二君為幹事，
> 林問漁、許迺蘭、林湘沅、李逸濤、林石崖、黃贊鈞、陳其春、倪
> 炳煌、李碩卿及顏君自己為評議員，眾皆拍手，各行承認。惟逸雅
> 君苦欲辭退，然眾望所歸，無可如何。

可知當時「瀛社」的主要幹部為：社長洪以南，副社長謝汝銓，幹

---

63 瀛社編委會，《瀛社創立八十週年紀念集》，瀛社辦事處發行，1989 年。
64 可參考張端然，《日治時期瀛社之研究》，中國文化大學中國文學研究所碩士在職專
　　班碩士論文，2003 年，頁 46-61。

事魏潤庵、劉篁村，評議員（即詞宗）爲林問漁、許迺蘭、林湘沅、李逸濤、林石崖、黃贊鈞、陳其春、倪炳煌、李碩卿及顏雲年。

　　戰後則又分爲 2006 年「瀛社詩學會」成立之前與之後。在「瀛社詩學會」成立之前依次設有：社長、副社長、總幹事、副總幹事、名譽社長、名譽社員、顧問等。詩學會成立之後，「社長」一職則改爲「理事長」，並設有理事、常務理事、監事、常務監事等職及秘書長、副秘書長、會計、出納等工作人員。

第三章　瀛社活動記事

第一節　日治時期活動記事

　　「瀛社」成立初期，自明治42年至昭和12年間，可以說所有的活動，皆曾揭於《臺灣日日新報》，使吾人於百年後的今天，閱讀該報，對當時活動情況，尚能清晰掌握，然而美中不足者，所存亦頗殘缺，如明治43年1年中即缺張達49天之多，深屬可惜。

　　關於記事採輯方式，其中同一事件而數見於報端者，僅擇其要，以能清楚顯現該事件原貌爲要求，主要在求篇幅之經濟。由於該報當時斷句情形，只用圈點，爲便閱讀，將其文句重新標點，其他一概依其舊慣。另因該報刊眉之號數及日期，偶有誤標情形，本記事概依其次序收錄。本表記事主要以《臺灣日日新報》爲主，故不另行標示，非《臺灣日日新報》消息者，則將報刊名完整記錄，以節省篇幅。

報號/日期	訊息標題	記　　　　　　　　　　　　　　　　　　　事
3238 明治 42.02.18	編輯日錄 (2/17)(5版)	湘沅頻謂北部詩人頗多，而竟無一詩社，未免使北部減却風雅。海沬曰：「君如倡之，當必有和之者」。
3251 42.03.05	瀛社雅集 (5版)	淡江人士，及寄寓諸公，爲提振風騷，倡開吟會，已登前報，其社名之曰「瀛」，確定此星期（即本月七日），在平樂遊雅集，並折柬邀請內地僑寓諸吟客，以增該社光，扢雅揚風，和聲鳴盛，亦文人之樂事也。
3253 42.03.07	編輯日錄 (7版)	明日瀛社將開初會，同人負有設計之責，頗爲忙碌。雪漁曰：「從茲詩債又不可賴矣。」湘沅曰：「詩債從來還不盡，且詩會之設，君極力贊成，亦自討苦吃也。」
3254 42.03.09	瀛社盛況 (5版)	瀛社諸同人，已如既報，於去（三月）七日，在平樂遊旗亭，舉行開會式矣。會員及來賓，約有五十人，迨午後鐘鳴四下，華筵肆設，社友洪以南君，起述開會之辭，群拍手和之。席間以〈瀛社雅集即

報號/日期	訊息標題	記　　　　　　　　　　　　　　　　　　　　　　　　　　　事
		事〉為題，即以瀛字韻為限，各拈一字，賦成柏梁體一句，聯作長篇。又限賦即事詩，呈交值東者，以便彙齊，付報社發刊，是日南北中人文薈萃，如此盛會，實領臺以來所僅見也。
	編輯日錄（3/8）（5版）	昨日諸同人赴瀛社開會，今朝各評所得句，雪漁謂其句本是「有誰孤島問田橫」，後乃改易。湘沅亦謂其句本為「低頭合拜孔方兄」。海沫以謂二句皆過激，改之誠是也。
3255 42.03.10	瀛社發會式（日文）（5版）	今回臺北本島人側の有志發企して 瀛社 と稱する詩會を創設し去七日午後三時より艋舺平樂遊に於ひて其發會式を舉行し會期の決議役員の選舉等を爲し終て宴を開
3259 42.03.14	瀛社聯句（日文）（6版）	去る七日艋舺平樂遊に開きし瀛社發會式席上同社諸友が瀛字韻を分ちて作りし柏梁體聯句左の如し……
3259 42.03.14	編輯日錄（3/13）	瀛社課題之作，題為〈雅集即事〉，現已陸續寄來，彙訂成編，擬自十六日始，即照所寄先後，次第登之報端，屆時當不少琳琅佳句，足以饜讀者之心也。又開會之前，以為會中人得及蘭亭修禊之數幸矣，不意雲蒸霞蔚，幾及百人，尤多為一時之知名士，亦可見文壇之壁壘一新矣。若今後有惠然來盟，以相與和聲鳴盛者，諸同人更當倒屣以迎之矣，仲宣乎何時來？
3267 42.03.24	編輯日錄（3/23）	瀛社初期例會日，適逢寒食節。湘沅曰：「發會式在花朝後一日，例會又值寒食，洵有興趣。」雪漁戲改〈春宴桃李園序〉之語曰：「不有佳節，何伸雅懷。」
3273 42.03.31	瀛社例會	瀛社初次會期，定在四月四日。（即舊曆閏二月十四日）午後一時，在新北門街洪君以南家開會，是日該社為交換名刺，群賢畢集，本社將為之寫真，不取價資，衣冠濟濟，想必有可觀也。
3277 42.04.06	瀛社雅集	瀛社第一期例會，如所豫定，於去四日午后一時始，開之於新北門街洪以南君處，參會者約六十名。因天氣晴和，遠自基隆至者十名，自三市街外至者亦十餘名。先由幹事報告會務，次本報社寫真部技術員平田氏，往為照像，藉資紀念，乃為名刺交換，繼值東者揭所擬題目，係〈閨花朝〉，各賦絕句，因公檢韻籤，得七虞韻，則分與瀛社詩牋，以備書稿之用，值東者以茶果相饗，至五時餘，隨意言歸，現時該社員約有八十名。其第二期例會，則在五月二日云。[1]
3300 42.05.04	瀛社會況	瀛社第二期例會，經如既報，於昨（按：五月二日）星期日開之，出席會員計五十餘名，是日洪以南君庭園，櫻花適放，因即以是為題，拈十二侵韻，自午前十二時起，迄午後三時散會云。

1 3277號有瀛社第一期例會寫真，原相片保留於前第一任社長曾孫輩洪啓宗氏手上。

報號/日期	訊息標題	記　　　　　　　　　　　　　　　　　　事
	編輯日錄	今番瀛社課題爲〈櫻花〉……
3302 42.05.30	編輯日錄	本月瀛社課題爲〈櫻花〉，昨今來稿者，已有其人……
3324 42.05.30	編輯日錄 （5/29）	明日（按：五月三十）爲瀛社第三期例會，村田副社長，伊藤編輯長俱爲值東，因擬課題爲〈恭讀戊申詔敕〉，謹按詔中聖意所在，蓋謂國運日展，國交日厚，凡我臣民，尤當以勤儉爲立國之大本，仰體皇祖之宏謨，鞏固國家之基礎云云。此題一出，不獨可爲瀛社中人潤色太平之助，且可見我國家命脈之所存矣。
3325 42.06.01	編輯日錄 （5/31）	昨日（按：五月三十）瀛社例會，詩題爲〈恭讀戊申詔敕〉及〈江村首夏〉，次題限二冬韻，本號已有繳卷者。
	雜　　報 瀛社課題	瀛社本期課題中，有〈恭讀戊申詔勅〉者，茲將全文錄之，以備諸同人公覽……
3341 42.06.20	瀛社友鑑	第四期例會，在本月念七日（星期日），值東者係基隆諸友，當第三期例會，即提議欲邀諸友赴基開會，作一日清游，時贊成者頗多。然除是日贊成者，不得不撥冗而往者外，在前期例會，不曾臨席，而樂往游者，當不乏其儔。故非確定欲往人數，先期告知值東者，殊令難以設備。今例會之期將屆，社友如有欲往者，至本月念三日止，可速函知洪以南君，以便轉達。又基隆諸友，雅意殷殷，如往者寥寥，未免有負盛情，願各撥冗以赴之也。
3348 42.06.29	瀛社會況	瀛社第四期例會，應值東社友之請，於大昨日（按：五月廿七日）開之於基隆，假該地公會堂爲會場，由臺北赴會者有二十餘名，至午後一時三十分開會，許梓桑君爲值東總代，首迷（按：當爲述之誤）開會之詞，次黃應麟君爲赴會者總代，朗述謝詞，其課題爲〈五月渡瀘〉，限五歌韻，次即〈榴花〉，限一先韻。式畢一同赴宴，宴罷，社員乘掉（按：當爲棹之誤）扁舟往訪仙洞，旋爲海水浴，至午後八時十分，始由基隆終番列車歸北。宿雨初晴，山容似洗，此景洵不可多得也。
3370 42.07.24	編輯日錄 （7/23）	本期瀛社會例之日，訂本星期日（按：七月廿五日），而擬開於北投松濤園，同人皆欲往焉。獨石崖以病未瘳，不獲附驥，恨何如之。雖云以病，詎非無福可消受此風騷也乎。（按：此次題爲〈松濤〉）
3378 4.008.03	蟬琴蛙鼓	臺中櫟社詩人謝頌臣、林癡仙、陳槐廷、傅錫祺、林獻堂諸君，日前聯袂來北。而南社陳瘦雲、蔡南樵兩君適至，不期而會，瀛社諸同人有志者，於本日午後五時，爲開歡迎會於艋舺平樂遊旗亭，亦一時之雅事也。
3384 42.08.10	編輯日錄 （8/9）	櫟社謝頌臣、傅錫祺、林癡仙、林獻堂、陳槐庭諸詞宗，此次聯袂遊北，瀛社諸同人大開吟讌以釀之，彼此佳詠，琳琳琅琅，不特極

報號/日期	訊息標題	記　　　　　　　　　　　　　　　　　　　　事
		一時之騷雅，而本社詞壇亦殊歡迎不已也，不知他日果復有此勝會否？
3385 42.08.11	編輯日錄 （8/10）	日前臺中櫟社有謝頌臣、林癡仙、陳槐庭、林獻堂、傅錫祺諸君子來游，瀛社諸同人曾開文宴以歡迎之。頃接諸君子來函伸謝，情誼敦敦。且云歸時行色匆匆，不及徧叩諸同人之門，深以爲歉……
3390 42.08.17	編輯日錄 （8/16）	瀛社例會，至今僅開五回。第一回適值閏花朝，次回爲清明日，本月念二日將開第六回，恰逢七夕佳節，良辰騰會，誠足以供騷人之逸興也。
3393 42.08.20	編輯日錄 （8/19）	瀛社例會，其期爲七夕日，接值東者來函，會場假於大龍峒王慶忠氏別墅，依例於午後二時開會，同人須先期齊集爲要云……
3396 42.08.24	瀛社例會	瀛社第六期例會，已如既報，于去星期日（按：八月廿二日）午後二時，在大龍峒王慶忠君別墅舉行，是日赴會者有三十餘名，其課題首爲〈淡江初秋〉，限五微韻，次爲〈七夕〉，限六麻韻，迄五時半會散云。
	編輯日錄 （8/23）	瀛社本期例會，日昨訂開于大龍峒，課題選爲〈七夕〉，蓋七夕詩古來似乏佳作，想社中同人必有傑作繼前人風流者，不禁拭目俟之。
3420 42.09.21	瀛社例會	該例會（按：第七次）已如期於去星期日（按：九月十九日午前十時），開之於枋橋林本源別墅，當值東之向林家之借用也，林爾嘉長公子景仁亦係會員，即與其令弟等，共寄附金拾圓助備茶菓之需，並令園丁掃徑烹茗，足見林氏之熱心也，惜乎因前夜暴風雨，赴會者寥寥無幾，惟艋舺十名，稻江二名，合之值東六名，共十八名而已。開會時，值東者倡言，不論在何處開會，諸社友務必齊到，藉資談心云云，畢，一同入席，酒間諸友聯柏梁體，用十一尤韻，而課題則定爲〈板橋別墅即事〉，不拘體，不限韻，嚴限一星期內繳卷云。
3424 42.09.26	雜　報 席上聯吟	瀛社第七期例會，開於板橋林家別墅，是日植大雨滂沱，赴會者十有八[2]人，團聚一席，即以板橋別墅雅集爲題，仿柏梁體聯句，騷人韻事，雅興想當不淺也。
3437 42.10.12	雜　報 告瀛社友	瀛社會章所載，每期例會吟稿，應於開會後一星期內，寄交本報，即自翌星期之第一日始，照其交卷次第逐日發刊。近者瀛社友，多有一題作數首，不憚推敲者，如不爲照刊，恐其嘖有煩言，而篇幅有限，故每期後寄稿，恒爲次期迫，不得不從割愛。乃聞社友有私

2　參與人員有：林搏秋、王自新、黃丹五、歐陽朝煌、黃菊如、王少濤、朱四海、林益岳、林超英、王毓卿、林子楨、李廷猷、倪炳煌、周筍臣、高峻極、朱四維、黃純青、王采甫。

報號／日期	訊息標題	記　　　　　　　　　　　　　　　　　　　　　　　　事
		議者，謂本報係嫌其詩之不佳，特接甕之，噫誤解亦甚矣。夫會章所載，原定不評甲乙，既無分甲乙，又何心爲擇其佳不佳？而別其揭不揭者哉？其所以不揭者，全爲寄稿落人後，非詩之落人後也，願社友之諒之也。
3442 42.10.17	雜　報	瀛社第八回例會，訂以本日午後二時開于大稻埕六館后街官煙製造所內，且擬會時並議秋季大會及以後整頓諸事，如屆時會員得以齊集，尤于所議大有裨益也，幸其勿各玉趾焉。
3443 42.10.19	瀛社會況	瀛社例會，既於去十七日開之，其場所原擬假臺北官煙製造所，然因是日淡水開競漕會，專賣局員，赴競漕者，亦欲假該所休憩，乃讓之，而移於社友陳雕龍君中北街住宅，此期例會，因緩於通知，故參會者較前爲少，課題爲〈稻江懷古〉，限元韻，〈騷林逸唱〉，限庚韻，因每期社員競推敲，有作至數首者，本報不能還（按：當爲逐之誤）一揭載，故定每題只作一首，又所議秋季大會事，其期決定在本月念八日，即臺灣神社祭典當日，蓋是日依例有休息，又附近各處社友，必來參觀祭典，便於赴會也。會所雖未有定處，然擬於艋舺平樂遊菜館，或現時新築之大稻埕平樂遊分館。會費與前此開會式之時同其額，至念六日止，應先期寄交，以便準備。若社員於此大會，故意不赴者，則爲不盡義務，因大會事繁，特舉臨時幹事數名，在大稻埕則囑李漢如君及此次例會值東者之陳篇竹、陳培三兩君，在艋舺則囑王毓卿、王自新、黃菊如三君，在大龍峒則囑黃贊鈞君，在枋橋方面，則囑王少濤君，在基隆方面，則囑許梓桑君，在深坑方面，則囑林佛國君，其會費及事務，則在諸君處措理，由諸君轉達常任幹事，又會時擬延中部櫟社諸詩人云。
3450 42.10.26	編輯日錄（10/25）	瀛社秋季大會，既定今月念八日，午後五勾鐘，于艋舺平樂遊旗亭開之，是日值臺灣神社祭典，瀛社諸同仁均得乘暇赴會，且又各地簡派臨時幹事，極力鼓舞，諒是日與會，定多濟濟無疑，但會員諸君亦須熱心賁臨，勿落人後爲要也。
3452 42.10.28	編輯日錄（10/27）	廿八日午後五時，瀛社開秋季大會於艋舺平樂遊。其所定之時刻爲五點，而齊集乃定在四時。聞是日之會員，殆全部赴會，想必一場盛況也。
3453 42.10.30	瀛社大會	瀛社秋季大會，果如所豫定，於去廿八日，開於艋舺平樂遊旗亭，是日來賓爲櫟社詩人陳槐庭君、鄭汝南君，及鷺江李鶚程君，赴會社員六十餘名，迨午後五時開會，協議一切社務，其後決議選舉評閱員八名，每期分任圈點，而此評閱員所自作之什，則互爲圈點，該大會課題爲〈弔伊藤公爵〉，不拘體韻，限一星期繳卷，至午後五時三十分開筵，接席啣杯，暢敍幽情，及散會已鐘鳴九時，亦一

報號/日期	訊息標題	記　　　　　　　　　　　　　　　　　　　事
		時之盛況也。
3466 42.11.16	瀛社例會	瀛社第九次例會，既如所報于艋舺龍山寺開之，是期課題爲〈冰花〉，不拘體韻，餘又兼議創刊雜誌之事，欲將瀛社自始迄是諸作，次第刊著，且附以詩話或雜文爲，其經費所自出，則俟後次例會再議之，果爾，瀛社其因是而放一異彩矣。
	編輯日錄 （11/15）	昨日（按：三月十四）瀛社例會時，有謂瀛社之詩，有久滯而未揭出者，何不增加編幅，抑或增加行數云云。然此乃依編輯體裁之關係，非有意留之不刊也。
3486 42.12.10	雜　錄	來十二日星期日（即舊曆十月三十日）瀛社又值例會之期，接值東者來函，謂會場定在艋舺龍山寺廟內。如例於是日午後二時開會，將決議發刊雜誌，赴會者想必加多也。
3489 42.12.14	瀛社會況	瀛社第十期例會，已如所報，於昨日午後二時，開於艋舺龍山寺矣，其課題爲〈愛菊〉，不拘體韻，是日赴會者四十餘人，該期值東者，頗爲盛設，會畢開筵，各盡其歡，至六下鐘始散，亦一盛況也。
3506 43.01.07	雜　報 瀛社例會	淡江諸詞人，創立瀛社，每月如期開會，已歷十回矣。者番又屆其期，接值東者來函，謂定來九日（即星期日）午後二時，假大稻埕中街陳雕龍君家爲會場，如例開會，並祝新春，赴會者想不乏人也。
3509 43.01.11	瀛社會況	瀛社第十一期例會，已如所報，於大昨星期日午後二時，開於大稻埕中街陳雕龍君家。赴會者衣冠濟濟，有遠自基隆來者，其人數比前加多。課題爲〈訪梅〉，不拘體韻。嗣因社友莊鶴如君，談及該地潘君濟堂，搜集劍潭寺詩百餘首，寺僧將爲刊行，廣徵文人題詠，因加入〈劍潭寺〉一題，亦不拘體韻。是日爲兼賀新春，值東者備有酒殽，至四時入席，滿堂嚚嚚各盡其歡，迨散會已六時矣。
	編輯日錄 （1/10）	編輯中同人接宜蘭蔡君振芳惠函，託介紹入瀛社，詩有同心德不孤，瀛社之發展，即此可見一斑也。
3551 43.03.02	瀛社例會	瀛社例會，訂本月六日，開於城內洪以南君家云。
	編輯日錄 （3/1）	編輯中接洪以南君來函，謂僑寓神戶許君雷地，及其表弟陳君可發，郵寄瀛社入社書。深喜該社又添兩詩人，且聲氣可通於內地也，又付資託購本社漢文報，亦爲交代明白，從此千里良朋，可於紙上時通聲欬矣。
3556 43.03.08	瀛社會況	瀛社例會，已如既報，於去六日午後二時，開於新北門洪君以南家。雖近日陰雨連綿，而社友有遠自基隆及土城來者，其課題爲〈春山〉，不拘體韻，是日並議定春季大會，爲三月念七日，兼祝一週年，至期必有一番熱鬧也[3]。

---

[3] 編者按：石崖亦爲值東，見3月5日〈編輯日錄〉。

報號/日期	訊息標題	記　　　　　　　　　　　　　　　　　　事
	編輯日錄（3/7）	今日海沫登社，爲述瀛社社友陳采臣之子阿耀，不久將留學內地……
3567 43.03.20	雜　報 瀛社大會	僑寓臺北諸詞人，及該地士紳，昨年倡立瀛社，轉眼經年矣。者番爲祝一週年，竝春季大會，將於來念七日（即舊曆二月十七日）午後四時，開於艋舺龍山寺。現該社幹事已準備一切，竝折柬邀請櫟社諸詞宗，至期聯袂赴會者，想必盡東南之美也。
3568 43.03.23	編輯日錄（3/22）	時序遞遷，忽如逝水，憶瀛社創立當時，猶依稀在即，乃轉眼已迨一週年。頃該社訂本月念七日，開春季大會，且祝一週年，經由幹事于本日午後，札知諸同人且擬折柬邀南社、櫟社、奇峰吟社諸詞伯賁臨。藉增光寵，同人咸爲踴躍贊成。
3573 43.03.29	瀛社大會	瀛社春季大會，既如期於去念七日午後六時，開之於艋舺龍山寺左廡。社中人接幹事傳知帖，各畫諾欲赴會。過午忽驟雨淋漓，雖須臾晴霽，然爲此而遠道者多失約，出席者幾及總數之半，該社自創立以來，大會人數，以此次爲最少。然寓北內地詩人所結之淡社，有尾崎白水氏代表臨席，與中部詩人所結之櫟社，有林幼春氏代表臨席，增光許多。是日議決事項，則會則依舊，而例會當值者，亦照舊組織，依次輪值，幹事則各方面一名至二名。又詩不全數揭載，初學之人，應各就正於其知友，乃寄交幹事彙錄而送呈大家許（按：當爲評之誤）閱，擇其最佳者發表報端。大會題目，首題〈祝瀛社一週年〉，次題〈杏雨〉，不拘體韻，又因社友安江五溪氏，將漫遊南清，設千書會，議定社中人各託書一紙，藉資紀念，略酬交誼，待書既成，則由郵分配。諸事議定後，杯酒言歡，至約九時散會。
3592 43.04.20	編輯日錄（4/19）	瀛社本期例會，固是本星期念四日，緣湘沅將赴櫟社大會，值東嘯霞亦有故他往，共擬展期于來星期五月一日，依例開會，現已決議。爰書此代柬，以奉同人，希開會之日，早爲聯袂而來也。
3600 43.04.29	雜　報 瀛社例會	瀛社訂此星期即五月一日重開例會，假會場于艋舺龍山寺區長役場，會時則午後正三時也。際此瀛社友方自櫟社赴會歸，鋒銳未斂，當必有及鋒而試者矣。
3603 43.05.03	瀛社會況	瀛社庚戌年第一回例會，已如既報，於去（按：五月）一日午後三時，開於龍山寺，其課題爲〈墨梅〉，不拘體韻。是日值東者備有酒席，會畢，開筵……
3617 43.05.19	詩人雅集	臺南新報社記者陳渭川氏，者番偕其仲弟來北。氏係南社詞宗，究心聲韻之學，得詩家三昧，瀛社友雅重其名，爲開雅會於平樂遊旗亭，赴會者十餘人，綠酒浮香，紅燈照耀，賓主各盡其歡。席間，氏起道謝，並謂現時詩界振興，北有瀛社，中有櫟社，南有南社，此三社皆有報社諸友爲之提倡，甚得好機。然若歷年各開大會，諸友赴會往來，

報號/日期	訊息標題	記　　　　　　　　　　　　　　　　　　　　　　　　事
		未免過於煩勞。不若輪年作主，較爲簡便，且各社有兩年準備，可免倉卒無措。其課詩則仿淡社之法，互爲品評，以求實益。諸友皆大贊成，氏者番歸去，將作成草案，由南報發表。視贊成人數多寡，然後擇期，大雅扶輪，藉振一代風騷，可拭目以俟也。
3623 43.05.26	瀛社例會	瀛社本年第二期例會，值東者已定爲來念九日（即星期日）開於大龍峒王慶忠君別墅。已爲準備一切，該別墅花木成蹊，欣欣向榮，爲消夏一好去處……
3627 43.05.31	編輯日錄 （5/30）	本期瀛社例會，已于去星期日（按：五月二十九日），開於大龍峒王慶忠君別墅，諸會友自下午陸續齊集，遂由四時開會，課題爲〈太古巢懷古〉，以同五時半散會，又後期例會，則輪值基隆也。
3644 43.06.21	瀛社例會	者番輪值基隆諸社員，將如去年之例，開於基隆，以許梓桑君新築廣廈爲會場。現已盛爲準備，擇定來廿六日（即星期日）午後一時開會……。
3650 43.06.28	瀛社例會	瀛社庚戌第三期例會，既如所豫定，去念六日開之於基隆許梓桑君新第。在稻艋及龍峒、枋橋社友，約二十餘人，聯袂於貳幫或參幫列車，馳往赴會。南社詩人陳瘦雲氏尙滯旌，亦爲浼而往與會。是日在基隆及金山之社友，合辦該例會，設備周至，款洽盡禮。日亭午，乃開會，題爲〈人堆戰浪〉，不拘體韻。該題之掌故，謂在基隆港口，其左畔船舶出入之處，山上有燈臺，臺下有石磷峋，排列爲一直線，儼然人形立於波中，斜出港側，浪去浪來，衝激於石，勢若戰爭，俗云萬人堆，爰裁此爲課題。基隆八景，因鱟嶼除去，已失「鱟嶼凝煙」一景，此後或以此人堆戰浪一景補之，亦未可料，擬此爲題，蓋欲爲樹先聲也云。會餘，開宴，顏雲年君爲值東者代表，起而叙禮且演說，語極風趣，大爲喝采。席散，又邀會眾於停車場前海岸，乘團平船同往孤拔濱爲海水浴，且觀人堆戰浪實景。浴罷，欲歸北者，即乘鐵道部特爲海水浴客而設之小火船，往搭火車。欲留宿而於翌日歸者，即乘興棹舟，往遊仙洞。是晚許梓桑、顏雲年二君，又宴陳瘦雲氏及留宿諸社友，暢談至更闌乃就寢，瀛社例會，在本年迄今，以此次爲最樂趣。
3663 43.07.12	編輯日錄 （7/11）	接瀛社值東者告語，謂此番例會，兼爲納涼計，將假楊仲佐君網溪別墅，以爲會所，會之時刻，係自午後三時齊集，滌塵垢於清流，至四時開會。旋用晚餐，酒後，隨意吟詠至八時，乃泛輕舟，順流而下艋津。嘯霞曰，既不以蝸廬爲陋，而惠然肯來，當掃徑備茗以待，且囑家人爲幹旋也。
3672 43.07.23	瀛社例會	瀛社值東者，訂明念四日（即星期日），開例會於溪洲，以楊仲佐氏網溪別墅爲會場。是日定午後三時，社員齊集於古亭庄後畔清涼亭，

報號/日期	訊息標題	記　　　　　　　　　　　　　　　　　　　　　　　　事
		游泳清流，四時開會，該值東者備有輕舟，以爲諸社員順流下艋津之用，際此炎威肆虐，是處最合乘涼，聯袂赴會者，當不乏人也。
3674 43.07.26	瀛社會況	瀛社例會，已如既報，於去廿四日，開於溪洲楊仲佐君網溪別墅，是日午後二時，社員即陸續齊集古亭庄溪邊清涼亭，有遠自九份金山來赴會者，總計近四十名，爲本年未有之盛況。該地有水泳場，諸社員乘興入浴，載沈載浮，有沂水春風之樂，迨午後六時群乘舟赴會場開會，即以〈網溪泛月〉爲題，不拘體韻，遂即開宴，宴罷，隨意散歸。中有十餘人，閒談至月上，乃分乘兩舟，順流而下，月明如畫，一路流連風景，扣舷而歌，消受一宵清福。比抵艋津，已鐘鳴十二下矣，乃分途散去，其樂殊不淺也。
3695 43.08.19	編輯日錄 （8/18）	瀛社本期例會，爲廿一星期日。會場擇林家別墅，以其亭園幽雅，花木繁盛，足爲墨客騷人之游目騁懷處也，會值東者，本早已函示同人，謂開會訂午後三時，臨會者宜乘二時列車，由臺北驛啓程，方免先到者久候。而潤庵亦本期值東者，因極力招呼，聯袂赴會，想屆時必有一層盛況也。
3697 43.08.21	編輯日錄 （8/20）	瀛社諸同人，訂本晚六勾鐘邀宴安江五溪氏於艋舺平樂遊酒館，又淡社同人並在北知友，訂明日下午邀宴同氏於古亭庄清涼亭酒館，共表餞別之意云。
3698 43.08.23	瀛社例會會況	去廿一日星期日開瀛社例會於枋橋林清富君處，出席者二十有名，基隆顏許二社友亦到，課題爲〈秋閨〉，不拘體韻也。
3716 43.09.13	編輯日錄 （9/12）	瀛社詩會，係我社同人所倡設，故同人全部爲社員，而每屆春秋大會，同人尤與協力籌備，本屆秋季大會因兼欲爲社友黃丹五區長祝嘏，準備尤忙。其期定舊曆中秋日午後二時，會場在艋舺龍山寺左廡，經幹事部發公啓於社中人，承諾與會者，既有全部社員十分之七。且又發請帖於全島各處詩社，延請臨會增光，則此季之會，必較前尤熱者。又同人慨我臺人之惡弊，不論如何集會，皆不能如豫定時間正確行之，擬與瀛社友共設一守時間會，而以此際秋季之會爲發軔，故時間定爲二時，必如期開之，其後至者但虛位以待，想瀛社諸友亦樂爲贊成是舉者。又爲黃君祝嘏，係製壽章一篇，以紅箋書之，現正創備，定於大會之日一示社友也。
3722 43.09.20	瀛社會況	瀛社秋季大會，已如既報，於去（按：九月）十八日午後三時，開於艋舺龍山寺內。是日會員雖不盡守時間，而所差者僅數十分鐘，比前期判若天淵，若各自奮勉，當有良好成績也。來賓爲淡社日下峰蓮氏及竹社鄭毓臣氏，瀛東小社劉克明氏，會員合計有五十餘名。席間王慶忠君起爲演說，兼祝黃丹五君花甲，黃君亦起爲道謝。嗣鄭毓臣君繼演赴會之詞，眾拍手和之，其後各開懷暢飲，盡歡而散。入夜又設

報號/日期	訊息標題	記　　　　　　　　　　　　　　　　　　　　　事
		席林子楨樓上賞月，鄭君首唱，社友皆和，亦一時雅事也。又是日課題為〈庚亮登樓〉，不拘體韻，早晚當有傑作可觀云。
3726 43.09.24	編輯日錄 （9/23）	瀛社設立，一週年餘，前有許雷地、陳曉凡諸氏，遠自神戶入社，今又有泉郡張汝垣、張大藩、許孟搏、李少麓諸君遙賜朵雲，附〈網溪泛月〉及〈秋閨〉兩瀛社課題諸佳搆，望為社友。足見斯文一脈，無論天南地北，自有聲相應，而氣相求也，同人驟誦之餘，不覺欣躍再四，因誌之以表其誠，並為瀛社同人告之。
3739 43.10.11	編輯日錄 （10/10）	瀛社改十月例會為觀菊會，其期在十六日即星期日，將開之大龍峒王慶忠君別墅。是處極幽靜，花木成蹊，足資消遣。然以獨樂不若與人，故又發柬於新竹之竹社，臺中之櫟社，嘉義之羅山吟社，臺南之南社，並寓北之內地人所結淡社，敦邀臨會，以添興趣。除課題而外，有許多餘興，正籌備一切，想為柬邀之各社吟侶，當不憚於跋涉，翩翩其來也。
3741 43.10.13	雜　報 瀛社觀菊會	瀛社諸同人訂開觀菊會，決定為來十六日午後三時（即星期日）開於大龍峒王慶忠君別墅。其宿題首題為〈祝天長節〉，不拘體韻。次即〈簪菊〉、〈供菊〉限定律絕不拘韻。經折柬邀請全島各詞宗，其時適值星期日與祭日相連，可以盤桓兩日，聯翩赴會者，當必盡東南之美也。
3742 43.10.14	議逐出社	僑寓大稻埕震和街羅秀惠，因貪圖故孝廉賴文安之寡妻蔡氏碧吟家資（氏守節已歷十數年），謀贅其家，與前妻王氏罔市離緣。其事艋舺周笏臣實左右之，凡有奸人來往交涉及音信，均送到周家。近惡事將成，市內士紳咸抱不平，激動公憤。瀛社同人有以二人為該社員，有玷衣冠，且違犯該社章程，擬為逐出，以昭公論。將待觀菊會開會之日，同人咸集，然後發表云[4]。
3744 43.10.16	編輯日錄 （10/15）	瀛社觀菊大會在明日，編輯中忽承南社瘦雲兄華翰，云重貴詩社之請，謹以社長趙雲石君與會，本日已發軔云云。其誠意實有足感佩者，聞趙君主持南社壇坫，卓然為三臺重鎮，瀛社諸友，敢不掃徑而待。
3745 43.10.19	雜　報 瀛社觀菊會 況	瀛社同人果如所期，於去十六日午後三時，開觀菊會於大龍峒王慶忠氏別墅。是日該社員出席者約半數，而所柬招各詩社吟侶，亦有十餘名不辭跋涉，特來與會，如櫟、南、竹三社之社長尤撥忙而來。於四時前後，本社寫真部技師特往為照像，畢乃開宴，徵歌賦詩，興高采烈。酒酣，新竹今西臥雲禪師，舉杯發聲，三唱瀛社萬歲，眾和之。次黃丹五為瀛社代表，起謝諸賓遠來之勞。又次櫟社長兼竹社長蔡啓運氏及南社長趙雲石氏，羅山吟社代表鄭作型氏，瀛東

4　相關新聞見《臺灣日日新報》3743〈編輯日錄〉。

報號/日期	訊息標題	記　　　　　　　　　　　　　　　　　　　　　事
		小社代表李碩卿氏等，相繼出爲敘禮及致祝。其後本報主筆伊藤學士發議，瀛社員舉杯同唱各吟社萬歲，席間多有吟興勃發，即席賦成者。撒席後，分贈福引物品，至於七勾鐘，乃步月而歸。且訂翌十七日午前九時始，再開觀櫻會及擊鉢吟會於洪以南君逸園。蓋因洪君逸園所種櫻花，間有一株，忽於日前盛開也，翌十七日趙雲石南社長及黃茂笙南社員，因要務不得留與盤桓，乘第一帮南下列車歸去，他社俱留，至午前九時，齊集逸園，客員與社員約三十名，第一唱題爲〈芭蕉〉，限庚韻，第二唱爲〈秋海棠〉，限魚韻，第三唱爲〈秋柳〉，限歌韻，各限絕句，又限一勾鐘截收，至作多作寡，任人之意，不爲制限，各首過謄，置左右詞宗閱卷公平棄取，分元、眼、花、臚各一名，會四名，錄若干名，賞與有差，是日諸人各自會神，第一唱時，以未齊集，只二十餘名，二唱三唱，則多至七十餘卷，興會淋漓。又是日艋舺陳淑程氏亦特赴會爲詞宗，且自後將爲社員，共爲扶持，以圖瀛社之發展。至第三唱揭曉後，乃開樽共談風月，至九勾鐘散會，因各吟社員尚有滯北者，昨十八晚擬繼開於黃丹五君聚春小園，是蓋瀛社創立以來，集會之最盛況者，吟詠亦以此爲多，又是日所欲決議諸案，定開臨時會或待後期例會，始行決定可否？且以無置社長不便措理社務，尤有籌議，欲舉一適當者。社員中以擊鉢吟會爲有趣，且可資勉勵，將組織一瀛社中央部擊鉢吟會云。[5]
3746 43.10.20	編輯日錄 （10/19）	同人自觀菊會畢以來，頻倡研究詩學，期以振作大雅，起斯文於未墜。噫！騷人墨客，一會一集，苟能以道相尚，則其足以爲社會表率者，可期而待矣。
	詩戰趣味	瀛社乘開觀菊會之便，更留櫟社、竹社、羅山吟社、瀛東小社諸詩客，連日開擊鉢吟會，皆傾倒詞源，冀奪錦標。有一唱作至十餘首者，幾於忘餐忘瘦。如去十八夜開會於黃丹五君聚春小園，黃君獨力招待，設筵又備賞品，諸人鬥韻，至深夜一勾鐘餘，尚不知倦。詞宗閱卷，深局一室，而與考者竟環立門外，屏息以俟，如往時科歲試之待榜者然。頗關心於得失，所謂名心未泯也。又連日之得狀頭者，第一日，第一唱〈芭蕉〉，左詞宗蔡啓運所取者爲黃菊如（瀛社），右詞宗謝雪漁所取者爲蔡啓運（櫟社）；第二唱〈秋海棠〉，左詞宗陳洛所取者爲戴珠光（竹社），右詞宗蔡啓運所取者爲鄭毓臣（竹社）；第三唱〈秋柳〉，左詞宗戴珠光與右詞宗陳洛所取者合轍，左右同元者李漢如（瀛社）。又第二日，第一唱〈琵琶怨〉，

---

5 是日並有寫真照片，見於同號《臺灣日日新報》。

報號/日期	訊息標題	記 事
		左詞宗謝雪漁所取者爲林湘沅（瀛社），右詞宗陳洛所取者爲魏清德（瀛社）；第二唱〈禰衡撾鼓〉，左詞宗林湘沅所取者爲蔡啓運（櫟社），右詞宗陳洛所取者爲黃贊鈞（瀛社）。計五唱，十狀頭，瀛社得其六，竹社得二，櫟社亦得二，然是亦瀛社之與會者多，而他社少，如蔡啓運氏兩日均得狀頭，洵名下非虛也。
3754 43.10.30	擊鉢吟會況	瀛社中央部擊鉢吟會，如期（按：10月28日）於臺灣神社祭休日，小集於艋舺林子禎君樓中，開第一次會。會者二十三人，自午前九時開會。第一唱〈伍員吹簫〉，限微韻，第二唱〈秋磧〉，限灰韻。二唱開榜後，日已沈西，原欲罷會，因陳淑程氏高興，發議繼燭以盡餘歡。即由陳氏獨力擔當，備兩席宴，及購取賞品。酒酣之餘，更爲第三唱，題爲〈雁字〉，限支韻。是日櫟社詩人林仲衡氏亦與會，至深夜十二勾鐘始散。得狀頭者，第一唱左榜所取者爲王少濤，右榜所取者爲王采甫，第二唱左榜所取者爲洪以南，右榜所取者爲魏清德，第三唱左榜所取者爲李漢如，右榜所取者爲陳淑程，閱卷者第一唱，以抽籤爲定，係李漢如、歐陽朝煌兩人爲之，二唱三唱，因應由得狀頭者爲之，然以狀頭讓，特囑淑程、仲衡兩氏專爲之。又次期會場定在洪以南君逸園，其日諒在後月之月明時也。
3756 43.11.02	編輯日錄（11/1）	瀛社諸同人，倡開中央部擊鉢吟會，已開第一回矣！同人頗覺熱心，本早雪漁登社，爲言昨夜（按：十月三十一）又邀同志六七人，在林子禎君樓上，重整旗鼓，題爲〈照身鏡〉，掄元者爲王采甫茂才，雪漁爲詞宗，同人聞之，殊覺技癢，躍躍欲試也。
3764 43.11.11	編輯日錄（11/10）	本年北部菊花，因爲雨浸淫，根株傷殘，故發育多劣。而蕊亦緩綻，艋舺林子禎君家種十餘盆，色純白者，現正盛放。輪大如碗，橫列欄前，如白雲團絮，爲他家所罕賭。去六夜，瀛社友近十名，不約而同，均往訪陶處士，坐談之餘，有倡議以〈白菊〉爲題開擊鉢吟會者，拈得寒韻。昨新竹訪稿所語，則謂竹社吟侶，亦於六夜開擊鉢吟會，題仍爲〈白菊〉，惟拈韻不同，何適合乃爾，同人以爲奇，真可謂詩有同聲也。
3766 43.11.13	編輯日錄（11/12）	今早洪以南君來社，會商擊鉢吟一事，將乘新嘗祭（新曆本月廿三日）前一日，先在其宅開擊鉢吟。自午後三時始，迄十二時止。翌日乃開瀛社例會于大稻埕中街陳雕龍君宅內，經各在準備一切矣。
3774 43.11.21	瀛社例會	瀛社諸同人，本期例會定於來廿三日午後三時，會於大稻埕中街陳雕龍君家。又瀛社有興會者，所組織中央部擊鉢吟會，亦定其前日即廿二日午后三時，在新北門洪以南君之逸園，開第二回會云。
3776 43.11.23	編輯日錄（11/22）	瀛社例會，本逐月一回，因前月開觀菊大會，故就該例會，延在今月。茲已訂翌日午后二勾鐘，開於稻江陳雕龍君家。本社同人以適

報號/日期	訊息標題	記　　　　　　　　　　　　　　　　　　　　　事
		逢祭日，得於筆墨餘暇，聯袂預會，亦一樂事。又瀛社有志者組織擊鉢吟會，已於本日午后三勾鐘，開於洪以南君逸園。雪漁、湘沅、潤庵以將預會故，特先退社云。
3777 43.11.25	編輯日錄（11/24）	瀛社例會，已如既報，於去念三日午後三時開於大稻埕中街陳雕龍家，赴會者甚多，其課題為〈品梅〉、〈棋子〉、〈畫圖〉等，不拘體韻，至午後四時始散云。
3783 43.12.01	編輯日錄（11/30）	瀛社有興趣者，組織中央擊鉢吟會，已開數次矣，者番乘南社陳瘦雲君來北，而櫟社林仲衡君亦尚滯留，定明日午後三時，再開於新北門街洪君以南之逸園，同人見獵心喜多欲赴會。
3785 43.12.03	編輯日錄（12/2）	昨日（按：十二月一日）瀛社中央部，為臺南陳瘦雲君開擊鉢吟會於洪以南逸園。因天氣頗令，會員有急欲早退者，末唱因各制限一首。首唱〈早梅〉，天一為謝汝銓，為林湘沅；次唱〈殘菊〉，天一則黃菊如雙中。同日王少濤君亦遙遙自枋橋綺城來會，同人一同謝其熱勤也。
3790 43.12.08	編輯日錄（12/7）	午前九勾鐘餘，接瀛社友林凌霜君電話。謂明後日即九日，欲於大稻埕中街復源自家樓上，邀瀛社友開擊鉢會。擬唱二唱，自午後三時始，至入夜止，經費歸其擔任，以諸友散處，一時難以遍達，特囑同人以報章代柬。是日適值大稻埕媽祖宮新築落成式，極為熱鬧，想社友赴之會者定多也。
3794 43.12.12	雪白梅香好吟侶	大昨日中街，復源樓上所開瀛社擊鉢吟，題為〈子陵釣臺〉，韻得九青，與會者十八人，是尤恰合十八學士登瀛洲之數也，然亦奇矣。
3812 43.12.30	編輯日錄（12/29）	瀛社中央擊鉢吟會，訂正月三日午前九時，開於艋津倪炳煌君之巢睫別墅，新春佳景，詩酒風流，自是騷人墨家，所喜領略而與會者……
3815 44.01.03	瀛社例會	瀛社諸同人，就職於官衙學校會社者，頗多其儔，爰乘新年休暇之機，定本日於艋舺倪炳煌君處開擊鉢吟會，又於來五日，將開例會於龍山寺內，以資親睦云。
3816 44.01.05	開擊鉢吟	瀛社中央部有志者，於去三日午前十時，在倪炳煌君巢睫別墅，開擊鉢吟會，左右詞宗為掣籤為定，倪炳煌君得左，黃菊如君得右，首唱命題〈褒菊〉，拈十四寒韻，左右元均屬王子鶴君。二唱詞宗乃以左眼李漢如君升補，題為〈文君〉，韻仍拈十四寒，左元林凌霜君，右元黃贊鈞君。是日倪君獨擔費用，款接周至，午餐甚盛設，入夜開筵，暢飲各盡其歡。尤可珍者，賞品悉為其意中人手製，各樣新鮮，計七十餘件，誠絕好紀念品也……
	編輯日錄（1/4）	瀛社本期例會，經訂翌五日午後三勾鐘，開於艋舺龍山寺內。是日為新年宴會日，同人在學校官衙者，以休暇故，皆得聯翩而至，想屆時赴會者必多其人。本社同人為報務繁冗，當不無有遲於赴會者也。

報號/日期	訊息標題	記　　　　　　　　　　　　　　　　　　　　　　　　事
3818 44.01.07	編輯日錄 （1/6）	昨日瀛社開例會於龍山寺，諸有志者於是日並唱設擊鉢吟。題爲〈踏雪尋梅〉，占鰲頭者爲伊籐主筆及王少濤氏。而例會之首題即〈德律風〉、次題〈過圓山節孝祠〉，俱不拘體韻。復接瀛東小社來函，謂本期之課題，一則〈門松〉，一則〈爆竹〉，亦不拘體韻，限至來念五日齊交。
3841 44.01.30	編輯日錄 （1/29）	明日爲孝明天皇祭，例有休息，且值舊曆元旦，瀛社友及本報同人，爰利用之，定於是日午後一時始，在艋舺平樂遊旗亭，開擊鉢吟會。且開瀛社中央部擊鉢吟會新年宴會，又本日爲舊曆除夕，本報本島記者未能免俗皆相率先刻登社，早完編輯事而去。
3842 44.02.01	瀛社擊鉢吟況	客月三十日，瀛社中央部擊鉢吟會，已如既報，於午後一時開之於平樂遊旗亭。是日雖爲舊曆元旦，酬應煩忙，而赴會者多至二十人。各擬一題投入詩筒，公共拈定，題爲〈桃符〉，拈十蒸韻。各限一首……謄錄一通，郵寄臺中林癡仙詞宗批選，以便獎賞。至六時開宴，席間又聯吟柏梁體，各盡其歡……
3845 44.02.04	編輯日錄 （2/3）	瀛社中央部擊鉢吟會，于舊曆元旦，集會于艋舺平樂遊旗亭，開名刺交換會兼擊鉢吟會課題爲桃符，拈十蒸韻，出席者有二十名，詩成後謄錄函寄于中部，請癡仙詞宗選取，今早已經復函本社同人，其得蒙選取姓名。因未詳知，候經查明，當即揭出也。
3857 44.02.17	編輯日錄 （2/16）	瀛社例會，前期係艋舺王采甫諸氏輪值，本期係稻江陳祚年、陳培三諸氏輪值，然會期及場所，皆未聞其確定。其原因多爲先前乃四星期一次開會，以後因種種關係，未能如期舉行，漸改漸緩。而培三、祚年諸氏，又以坐擁皋比，訓蒙事冗故，疏於赴會，故本期尚未確定也。諒近日鱣堂餘暇，定必卜定日期場所，通悉於瀛社同人也。
3860 44.02.20	瀛社例會	瀛社每月一回例會，者番值東爲大稻埕陳培三諸氏，已定來廿六日（即舊曆一月廿八日）開於大稻埕杜厝街五十三番戶樓上培三書齋，赴會者當不乏人也。
3867 44.02.27	瀛社例會會況	該例會已如既報，於昨日午後三時，開於大稻埕杜厝街陳培三茂才書齋，因雨故，到會者僅拾餘人耳！題爲〈弔彰化陳列（按：當爲烈之誤）姬〉，不拘體韻。按姬爲故李雅歆之妾，殉夫盡節，鹿港茂才洪月樵氏嘗爲之序，所祈社友奮發，爲之闡揚也。
3885 44.03.17	瀛社例會	瀛社值東者，乘來廿二日春季皇靈祭之機，如例開會，並開擊鉢吟，會場擇在大稻埕日新街北市天然足會搆內。其開會定是日午後二時，該社員及擊鉢吟會員，頗具熱心，赴會者當比前加多也。
3891 44.03.24	瀛社例會會況	日昨瀛社開會一事，與會者二十餘人，來賓則林仲衡、趙一山兩氏。課題爲〈媚香樓〉、〈春雨〉，皆不拘體韻。三時以後，始移入擊鉢吟，題爲〈杏花〉，韻限六麻，乃舉林仲衡爲左詞宗，趙一山爲

報號/日期	訊息標題	記　　　　　　　　　　　　　　　　　　事
		右詞宗。既揭曉，則左元趙一山，右元王采甫。
3941 44.05.14	編輯日錄 （5/13）	瀛社擊鉢吟會，因會中有事忙碌者多，迄今月餘不開。昨又集議，已定於明星期十四日午后三時始，開會於林子禎氏怡樓。會中人吟興久遏，屆時必踴躍馳集可知，我同人亦各抖擻精神，用附驥尾。
3943 44.05.16	編輯日錄 （5/15）	本早同人登社，言及昨晚赴子禎君怡樓，本欲開擊鉢會，因降雨霏霏，赴會者寥寥乃不果開。爰議以後逐月社員二名輪值，專司會務，本期值東者爲子禎、自新二君，不日將實行云。
3944 44.05.17	編輯日錄 （5/16）	菊如昨夜張潔月讌於其家，未宴以前，先時開敲詩會，第一唱爲〈時錶〉對〈陶淵明〉，第二唱爲〈夏雨〉對〈桌〉，良辰佳會，詩酒風流，洵騷人之韻事。顧敲詩之會自唐景崧而後，淡地闃無聞焉，而今忽踵而爲之，使唐氏有知，能無欣然於中耶。
3948 44.05.21	開擊鉢吟	瀛社有志者所組織之擊鉢吟會，日前更於艋舺林子禎君怡樓上，商議一切事宜。並定每月開會一次，輪流值東。本期爲林子禎、王自新二君當值，經議定明念二日午後三時，在林子禎君樓上開會云。
3950 44.05.23	擊鉢延期	瀛社有志者所組織之中央擊鉢吟會，原定去廿二日，在林子禎君怡樓上舉行，以降雨故，會員多有不便者，因改爲來廿八日午後三時（即星期日），仍以子禎君怡樓爲會場云。
3957 44.05.30	蟬琴蛙鼓	瀛社擊鉢吟，大昨（按：廿八）日又開會于艋舺林子禎之怡樓，題爲〈班超投筆〉，與會者十六七人，無不興會淋漓。鄙意以爲擊鉢吟裨益詩學最速且大，較例會鼓勵尤易，誠不妨于百忙一暇之頃，而屢爲之也。
3968 44.06.10	開擊鉢吟	瀛社有志者所組織擊鉢吟會，定來十一日（星期日），開於艋舺祖師廟前街林子禎君樓上，因天氣盛暑，定是日午後正七時開會，是時熱度稍降，皎月東升，儘可開懷賞玩，同人吟興，當自不淺也。
3969 44.06.11	編輯賸錄 （6/10）	瀛社明日所開擊鉢吟，其左右宗師擬由會衆公舉，不似前此之拈鬮，即其賞品，亦較前爲厚，且設許多趣味，以助清興。同人以海沫罕赴其會，咸慫恿之。
3992 44.07.05	編輯賸錄 （7/4）	瀛社中央部擊鉢吟會，本期爲逸雅、凌霜二君值當，據來云，會場經選定凌霜君貴府，以本星期日午後三勾鐘開會，且是日來邀桃園吟社諸詩人賁臨，藉聯聲氣而助清興，屆時或有一番盛會也。
3997 44.07.10	編輯賸錄 （7/9）	午前十一時餘，接桃園吟社詞友簡朗山氏電話，謂承瀛社中央擊鉢吟會來招，已與該吟社簡楫、黃純青、葉連三、鄭永南、林國賓、黃守謙、邱純甫諸氏，聯袂來北，暫憩一九館，以待赴會。期速爲轉達於值東者之洪逸雅、林凌霜兩氏，諸氏不惜遠涉之勞，瀛社擊鉢吟會同人應感其情之厚也……
4010	編輯賸錄	大龍峒陳培根氏園中，近開並蒂蘭花，顧蘭之開，常於春時，今乃

報號／日期	訊息標題	記　　　　　　　　　　　　　　　　　　　　　事
44.07.23	（7/22）	在盛夏，況並蒂者之開也乎！氏深奇之，因訂明日（按：七月二十三日）午後四時，柬本社同人，暨瀛社諸騷士往觀，使靈均有知，當若何欣然也耶。
4012 44.07.25	觀蘭盛況	大龍峒街陳培根氏自得居別墅，拓地數弓，廣栽花木，夏時池荷盛開，葉高可隱人，殊爲罕覯。墅中蘭花尤盛者番開並蒂者兩莖，都人士以爲瑞徵，往觀者絡繹不絕，題詠林立。主人於去廿三日，乘星期休暇，置酒高會，該地紳耆及瀛社吟朋暨本社同人等，赴筵者數十人。於午後五時一同攝影，以爲紀念，七時開宴，至九時散會，極形盛況。該主人爲陳迂谷先生之文孫，淵源有自，擬將諸高詠彙集，並廣徵佳什，全部印刷，分贈題詠人，本島騷人墨客揮大手筆，以應其求者，當不吝金玉也。
4020 44.08.02	編輯賸錄 （8/1）	……本月擊鉢吟會，訂六日星期日午後三時，開於艋舺後街仔王毓卿氏宅。潤庵本日購齊賞品，致力猶在元、眼、花、臚云。
4024 44.08.06	編輯賸錄 （8/5）	瀛社中央部擊鉢吟會，經訂翌星期日開于王毓卿君府內。但開會時間，定午后三時，諸會友當能早臨也。
4026 44.08.08	編輯賸錄 （8/7）	從來山水之靈秀，每藉文人以生色，自瀛社諸子開會於網溪別墅，其後騷人墨客之遊網溪者，日有所聞，網溪之名，因以益振。嗚呼，文人之能爲山水生色者豈鮮淺哉！明後日即舊曆（按：當爲曆之誤）十五日午後五時，嘯霞將開納涼會於其別墅，招待瀛社同人及其他，欲往者頗多。然則網溪之山水，將又得翰墨之緣矣。
4030 44.08.12	編輯賸錄 （8/11）	嘯霞日前開納涼會於網溪別墅，赴會者多至廿四人，是夕雖疏雨時零，嫦娥作態，而暑氣消歸無何有，亦足以娛目怡情。半翁已有賦成七言長古者，本日呈出，尤可朗誦，但因爲篇幅所限，無已讓於異日，此後起而和者當不乏人，行見咳唾成珠玉，隨風落九天也。
4034 44.08.16	編輯賸錄 （8/15）	瀛社擊鉢吟會，爲輪值司會者之王少濤君，受命爲廈門旭瀛書院教師，故定來十九日，即星期六午後三時，開會於大稻埕城隍廟街二番戶趙一山氏之劍廬。
4037 44.08.19	編輯賸錄 （8/18）	明午后三時，瀛社例月擊鉢吟會，假稻江城隍廟後街二番戶，趙一山氏劍樓樓上開會。值東主人，深期時刻正確。又稻江林三興氏，訂來廿三日午後三時，於圓山岡女旅館，懇請本社同人瀛社吟友，及其他商界中人到會云云。亦於本日電話來達。
4039 44.08.21	編輯賸錄 （8/20）	瀛社友王少濤君，將赴廈門旭瀛書院之聘，同人本日登社，謀所以餞之。爰定來念二日午後三時，乘編輯之餘，與瀛社諸友，借艋舺后街王毓卿君家，開送別會並擊鉢吟。而桃園吟社詩人，亦欲赴會，王君此行，亦壯矣哉！
4041	開納涼會	稻江林三興氏，本日午後六時，假圓山岡女新旅館，開納涼會。因

報號/日期	訊息標題	記　　　　　　　　　　　　　　　　　　　　　　事
44.08.23		柬瀛社吟友，稻艋紳商，暨本社同人，於午後二時五分，搭臺北發之列車以往。氏素敦交誼，聞受柬者，多欣然欲臨云。
4042 44.08.24	餞送吟侶	王少濤氏任廈門旭瀛學堂教習，業登前報，瀛社中央擊鉢吟會諸同志，於大昨日爲氏祖餞於艋岬王毓卿氏之宅。是日桃園吟社詩人簡若川、簡朗山、葉連三、鄭永南、林國賓諸氏連翩來會，又新竹竹社詩人鄭鵬雲氏亦來會。是日兼開擊鉢吟一唱，題爲〈潯陽琵琶〉，寫江頭送客之意，頗極一時之盛況也。
	編輯膡錄 （8/23）	廈門《全閩日報》社長江薀和氏，本日既附便輪來北。洪以南氏即是夜爲設洗塵之宴，同人以同業故，亦在準備歡迎焉。
4074 44.09.27	開擊鉢吟	瀛社中央部擊鉢吟，者番值東爲謝雪漁、倪炳煌兩氏，已定於來月一日（即舊歷（按：當爲曆之誤）八月初十日），午後三時，開於艋岬北皮寮街倪君巢睫別墅，赴會者當不乏人也。
4104 44.10.28	編輯膡錄 （10/27）	瀛社詞友與本報同人，因明日爲臺灣神社祭，得一日休息，欲聯袂往遊基隆月眉山靈泉寺新剎。約乘午前十時北發第三帮列車啓程，一行拾餘人。蓋該剎爲禪慧方丈募資重修，成之未久，其地山水頗勝，又極幽靜，同人皆未曾一遊。禪慧方丈亦能詩，結瀛社吟緣，常言暇時必一次往遊，爰有此行也。本日午後一時頃，接許梓桑吟友電話，告禪慧方丈敦請必往，備齋以俟云。
4105 44.10.29	聯袂遊山	瀛社員及本社同人，受基隆月眉山靈泉寺善慧方丈之招，於去二十八日，乘臺灣神社祭典休暇之機，聯袂赴臺北驛，乘午前十時發列車就途，抵基驛下車，瀛社員顏雲年君在該驛迎接，導赴許梓桑君家少憩。即乘肩輿而發，踰峻嶺，嶺隙闢一通路，爲甲申清法搆兵，法兵踰該地開鑿者。迂迴曲折而入山門，知客僧在寺前迎揖而入，款接殷勤，少焉善慧方丈導入大殿，過功德堂，見諸檀越壽像。復由角門導遊寺後，有廢疊頹垣，云是林統領朝棟駐屯之營盤，所以禦法軍者。各聳肩覓句，得詩頗多，另刊藝苑。嗣雲年、梓桑二君，請開擊鉢吟。以雪漁、湘沅兩氏爲詞宗，拈題〈參禪〉，限六魚韻，雲年、雪漁均得元。至午後五時半復乘輿就歸途，一行計有十餘人，是日天氣陰陰而雨不降，寒暑得宜，洵清遊之樂趣也。
4107 44.11.01	開擊鉢吟	瀛社中央擊鉢吟會，者番值東爲黃菊如、王子鶴二君，決定於來三日，乘天長節休暇之機，以是日午前九時，開於艋岬直興街二十番戶恆記號后進樓上，菊如之家，經柬邀桃園吟社諸詞客云。
4110 44.11.05	吟朋祖道	艋岬祖師廟街瀛社員王自新氏，素有遠遊之志，者番全閩擴張，兼營石版印刷業，江社長素與有舊，深悉其才可用，聘爲襄理一切事務，將於本日乘大仁丸就道，瀛社友假艋岬新和盛旗亭餞別，以壯行旌，王有留別詩四絕句，琅琅可誦，另刊藝苑，和者當必如雲而起也。

報號/日期	訊息標題	記　　　　　　　　　　　　　　　　　　　　　　　事
	編輯賸錄（11/4）	明日艋舺林子楨，將于自宅樓上開觀菊會，邀請瀛社同人，且爲擊鉢吟，其開會則訂以午后五時也。
4112 44.11.07	觀菊會況	艋舺祖師廟橫街瀛社員林子楨氏，於持籌握算之餘，兼事詠吟，好藝菊。本年雖遭風水害，而蓓蕾者尚有數十盆，近有十餘盆盛開，或黃或白，芬芳可愛，因於昨日午後五時開觀菊會兼擊鉢吟。瀛社友赴會者二十餘人，選舉詞宗，拈題〈睡鴛鴦〉，限十二侵韻，得詩四十餘章，吟畢開宴，至十一時零，各盡歡而散，其擊鉢吟賞品甚豐，殽酒亦佳，皆子楨氏獨任，亦風雅韻事也。
4115 44.11.10	編輯賸錄（11/9）	桃園吟社鄭永南來北，瀛社同人爲開擊鉢吟于大稻埕林凌霜處。
4116 44.11.11	編輯賸錄（11/10）	頃接瀛社友王自新氏由廈來函，謂日前赴廈水陸均安。臨行時。多蒙諸友盛開祖餞，感佩難忘，並謂現廈門爲革命之勢徵，風聲鶴唳，草木皆兵，比在臺時之高枕安臥，真判若天淵也云云。
4125 44.11.20	編輯賸錄（11/19）	桃園吟社鄭永南前日之來，瀛社已爲開擊鉢吟于大稻埕林凌霜處。本日鄭氏復以攜其子入臺北病院，仍寓凌霜之家。故訂今晚又開擊鉢吟，並柬邀附近詞友與會，亦想見其詩興勃勃也。
4126 44.11.21	編輯賸錄（11/20）	瀛社中央部擊鉢吟會，本期訂來念六日開之，值當爲王君采甫、楊君文慶，本日適桃園埔仔庄區長簡朗山氏過訪，同人遂囑邀該吟社詞友，惠然來會，則蒙金諾，雪苑盟壇之盛，何幸及今而復見於海外，臺人遭際承平之福，亦云多矣。
4129 44.11.25	編輯賸錄（11/24）	瀛社中央擊鉢吟會，原定於此念六星期日開之，本日接值東王采甫、楊文慶兩人來言，是日渠兩人各有事，無暇準備，特改期爲十二月初二星期六云。
4130 44.11.26	編輯賸錄（11/25）	編輯中接瀛社友許君梓桑朵雲，謂與顏君雲年等在基隆開擊鉢吟，以葉君汝馨爲左詞宗，沈君相其爲右詞宗，拈題〈採桑〉，限四支韻，得詩十餘章，同人深喜詩界振興，擊鉢之風，又漸被於基隆一帶，不禁爲之起舞也。
4135 44.12.01	編輯賸錄（11/30）	中央擊鉢吟，定本月二日午後四時，即星期六，欲開於艋舺後街仔街，楊文慶氏之宅。
4137 44.12.03	編輯賸錄（12/2）	瀛社中央部擊鉢吟會，本日午后四勾鐘，將開於艋津楊君文慶府內。本社同人以編輯餘暇，均擬赴會。又楊君前日經兩次奉柬邀桃園吟社簡若川諸君來會，瀛社友莊玉波君亦新自神戶回臺，基津梓桑、雲年二君，已昨日來北，海沫亦擬出席，若簡若川、莊玉波諸君不負約臨席，真不失一場盛會也。
4168 45.01.05	編輯賸錄（1/4）	昨日雪漁府內開擊鉢吟會，瀛社友來會者十餘人。題爲〈屠蘇酒〉，限十五刪韻。共得詩四十餘首，筵中菊如以被諸友力勸剪辮，經于

報號/日期	訊息標題	記 事
		本日**實行**。
4172 45.01.09	瀛社例會	瀛社初春月會,訂舊曆本月廿六日下午三時於艋舺凹厝仔街歐陽朝煌君家中開會。
4173 45.01.10	編輯賸錄 (1/9)	本日紙上揭瀛社例會會場在歐陽朝煌家中。據云非歐陽朝煌之家,乃林摶秋之家也。
4177 45.01.14	編輯賸錄 (1/13)	瀛社擊鉢吟會,明日午後三時,開於艋舺後街仔林摶秋氏家。
4187 45.01.24	編輯賸錄 (1/23)	近時瀛社詩友,風流雲散,同人回憶客年盛時,深爲慨然。
4190 45.01.27	編輯賸錄 (1/26)	接基隆顏雲年氏來翰,謂瀛社友林安邦君昨病故。基隆社友逝者,蔡鳳儀、林子益及君三人,不勝孤城落日之感也。
4192 45.01.29	編輯賸錄 (1/28)	雪漁登社,告同人曰南社陳瘦雲氏於昨日午前來北,將附本日出港便輪渡廈。昨晚已邀集瀛社中央擊鉢吟會諸友,爲開別宴兼擊鉢吟會於林子楨氏怡樓。首題爲〈怡樓小集送瘦雲渡廈〉,便拈韻。次題爲〈冬菊〉,得冬字。蓋子楨氏處有紫菊一盆,方盛開故也,詩計二十餘首。
4193 45.01.30	編輯賸錄 (1/29)	編輯畢,同人擬赴林子楨氏樓上,爲桃園吟社詩人若川、朗山二氏開擊鉢吟會。
4194 45.02.01	編輯賸錄 (1/31)	〈鎮南山臨濟寺護國禪寺創成寄憶藤園將軍〉及〈懷安蕃通事吳鳳君〉兩題,瀛社同人業於去日爲桃園吟社若川、朗山二氏開擊鉢吟會時,分韻製就,現正彙齊,不日當郵寄也。
4213 45.02.21	編輯賸錄 (2/20)	潤庵本日由竹歸社,雪漁馬尼拉之行,本日下午三時,吳昌才君別墅宜樓上,有瀛社社友擊鉢吟會之送別。明日下午三時,餞別會則在龍山寺也。
4227 45.03.06	編輯賸錄 (3/5)	瀛社擊鉢吟會,定來七日即星期四日午後正三時,開於艋津楊文慶氏家。屆時諸會友○○早臨,無勞先到者之久候。
4251 45.03.31	編輯賸錄 (3/30)	瀛社擊鉢吟例會,訂來四月三日神武天皇祭上午八時,在洪以南君逸園內開會時間貴正確云。
4254 45.04.03	編輯賸錄 (4/2)	瀛社擊鉢吟會,訂明三日午前八時,開於洪以南君別墅。是日爲神武天皇祭,諸同人就職衛署各界者,皆得休暇。故時刻定爲午前,藉以逍遙一天,諸同人應必早到也。明三日爲神武天皇祭,本報依例停刊一天。
4271 45.04.21	編輯賸錄 (4/20)	瀛社王天柱氏,訂來廿八日星期日上午九時,在加蚋庄己宅,獨當開擊鉢吟會,時間正確云。
4280 45.04.30	編輯賸錄 (4/29)	昨日王君天柱,獨當擊鉢吟一次於己宅,出席瀛社同人不過十名左右。席上倪炳煌、陳其春兩氏,謂次回例會,訂來五月六日下午三

報號/日期	訊息標題	記　　　　　　　　　　　　　　　　　　　　　　　事
		時在倪之樓上開會云。
4284 45.05.04	編輯謄錄 （5/3）	來六日擊鉢吟，倪炳煌氏來電，謂與社友其春氏訂同日實行剪髮。擊鉢吟賞品而外，兼設福引。發柬招桃園及基隆方面之詞友云。
4288 45.05.08	編輯謄錄 （5/7）	擊鉢會以雨故延期，殊屬出於不得已者，但是日幸負國語學校教員鄧旭東、林子言二先生賁臨，同人皆爲該詩會抱憾。然二先生必能鑒諒，不因是而阻興云。
4291 45.05.11	編輯謄錄 （5/10）	倪炳煌家擊鉢吟會，確定明十一日土曜日下午二時半，雖大風雨不移也。
4308 45.05.28	編輯謄錄 （5/27）	瀛社擊鉢吟會，本期李碩卿氏獨當，訂六月三日下午二時半，假大稻埕六館街一丁目一番戶李逸濤氏樓上開會，並發柬招致桃園吟社諸詩人光臨云。
4314 45.06.03	編輯謄錄 （.6/2）	明日午後碩卿瀛社友，將假逸濤君寓所開擊鉢吟會，聞內地詩人山口君亦將臨席，諒瀛社友到者必多也。
4316 45.06.05	編輯謄錄 （6/4）	瀛社擊鉢吟會，昨日開於逸濤君寓所。題爲〈團扇〉，拈寒韻。桃園吟社諸詞友亦賁臨出席。擬今後改元、眼、花、臚，定爲一、二、三、四序列。會中議及樵社十週年祝賀大會，宿題〈追懷劉壯肅〉，擬作者頗多，至〈笨港進香詞〉，以社中人未曾親閱進香情況，擬作者頗少云。
4324 45.06.13	瀛社詩壇 〈晚妝〉 詞宗李逸濤 語	是爲六月初四夜擊鉢吟，是夜凡三唱，此其第三，足見諸君餘勇可賈。僕久疏筆硯，論詩尤非所長，乃以爲識途之馬，強被鞍轡，且令獨當一面，馳騁於班香宋艷之中，已不勝其任矣！而諸作尤皆旗鼓相當，工力悉敵，披讀之下，但覺滿目珠寶，如入五都之市，茫然不能舉其名，更無論其價之高下矣，茫然不能舉其名，更無論其價之高下矣，茲謹附拙作於後……
4397 大正 01.08.26	編輯謄錄 （8/25）	瀛社友曾省三氏去世，同人爲之哀悼。
4404 01.09.02	編輯謄錄 （9/1）	瀛社以國喪謹慎中，久不開月會。遠地社友有寄信詢問之者，大部分咸欲俟大葬後云。
4424 01.09.23	編輯謄錄 （9/22）	謝雪漁氏辭馬尼拉公理報主筆歸臺，訂來廿六日下午三時，在己宅開瀛社例會明廿三日秋季皇靈祭，本紙依例停刊。
4426 01.09.26	編輯謄錄 （9/25）	雪漁謂擊鉢吟，改二十七日，位所假吳昌才君別墅。
4428 01.09.28	編輯謄錄 （9/27）	雪漁君來電話，謂本日之擊鉢吟會，又徙歸己宅云云。
4443	編輯謄錄	瀛社社友顏君雲年，謂訂來月十六、十七兩日，於新落成己宅，開

報號/日期	訊 息 標 題	記 事
01.10.13	（10/12）	瀛社大會。廣候全島各社吟壇諸君子惠臨期，屆期當肅函奉迓云。
4447 01.10.17	編輯賸錄 （10/16）	瀛社本月例會，訂廿四日下午三時，在艋舺廈新街王采甫氏宅上開擊鉢吟會。
4449 01.10.20	編輯賸錄 （10/19）	瀛社本月例會，乃二十七日非二十四日，特此訂正。
4451 01.10.22	編輯賸錄 （10/21）	瀛社例會延期一日，原因為二十七日，國語學校出身者有懇親之大會。瀛社中之同校出身者，勢不能彼此兼顧。乃改定後一日為二十八日下午三時正云。
4484 01.11.26	瀛社大會狀況	顏君雲年新屋落成，因開瀛社大會，屢經本報揭載其事。月二十二夜，南社詩人許南英先生及雲石、石秋、湘沅諸氏先搭急行車至，留北一宿。桃園吟社詩人香秋、若川二先生外，連三、純青、朗山、永南、國賓、名許、守謙、長茂十數氏，則與竹社詩人還浦、瑤京氏……賓主五十餘名。下午先開擊鉢吟一唱，題為〈李白登黃鶴樓〉，東韻，詞宗許南英、鄭香秋二氏，得詩一百餘首。是夜宴畢，再擊一唱，題〈盆松〉，冬韻，亦得詩一百餘首，詞宗戴還浦、林癡仙二氏。翌早一唱，題〈十姊妹〉，支韻，詞宗趙雲石、陳槐庭兩氏，得詩百首。統上三題，皆為詞宗所擬……
	編輯賸錄 （11/25）	顏雲年君樓上瀛社大會，不知誰氏遺下《詩韻聯璧》一冊，顏君暫為之收存也。
4486 01.11.28	編輯賸錄 （11/27）	明二十八日下午三時，假艋舺祖師廟街林子楨君怡樓，開臨時擊鉢吟會，歡迎許南英先生及林君湘沅。
4491 01.12.03	擬刊環鏡樓唱和集	顏雲年氏新築高樓，名環鏡，蓋取環山鏡海之義也，樓成自詠，中南北各吟友多和之，得詩百十餘首。日前乘落成舉式之期，開瀛社大會，柬邀全島吟朋，開罇擊鉢，花嬌十朵，詩凡三唱，又得佳什二百餘首。現已錦囊貯滿，裒然成集。擬待彙齊付梓，須贈惠詩各位，以為紀念。想鯤瀛多士，夙工吟詠者，當不吝隨風珠玉，源源惠寄也。
4501 01.12.13	編輯賸錄 （12/12）	瀛社本月例會，訂來十四日土曜日下午二時半，假艋舺後街仔劉家祠堂內劉篁村家中開會。
4504 01.12.16	編輯賸錄 （12/15）	例會詩題，者番為〈蟹菊〉，得先韻，來會者有十餘人，選得詩數十首，竹社詩篇刊完之日，當次第刊出。
4522 02.01.05	編輯賸錄 （1/4）	瀛社友莊君嘉誠，與石崖肝膽相照。如別報所傳，既於昨午逝焉，石崖為理喪事，本午特早告退。
4570 02.02.23	編輯賸錄 （2/22）	明日下午三時，艋舺林摶秋君宅上，有瀛社擊鉢吟月會，同人均擬赴之。
4572	瀛社例會	久不開會之瀛社月會，去廿三日開於艋舺凹厝仔街保正林摶秋氏之

報號/日期	訊息標題	記　　　　　　　　　　　　　　　　　　　　　　　　　　事
02.02.25		家。來會者近二十人，題〈蝴蝶〉，真韻，得詩數十首，是日基隆顏雲年、李碩卿二氏亦來會……
4609 02.04.05	新庄吟會	瀛社擊鉢吟會，已如所報，以去三日神武天皇祭休暇爲機，應新庄區長林明德氏之招，開之於該處弘德館公會堂。正午開會，因道途頗遠，至日夕而罷，但得一唱，題爲〈燕剪〉限八庚韻，得詩如（按：當爲若之誤）干首，別載瀛社詩壇，是日瀛社友十餘而外，並招桃園吟侶與此次渡臺之李鷁程、張星五二氏……是日一切費用，均林區長一人擔任，又新庄山腳區長林知義茂才，亦瀛社一分子，去年春間即約開吟會於其家。嗣因事遷延，迄今未得實行，昨更面訂後月之祝祭日，一定踐約，同人諾之，然至期未知林氏與同人果能再無意外事，以踐斯約，而作一日之清遊否耶。
4625 02.04.21	編輯賸錄 （4/20）	瀛社諸同人，訂來二十二日，在林子槙君怡樓小集，開擊鉢吟會，爲顏雲年君觀光內地藉壯行色……
4628 02.04.24	瀛社祖餞	瀛社擊鉢吟會同人及桃園吟社詞友，因社友顏君雲年，不日將首途赴大阪，觀拓殖博覽會，並遊新舊都，及他各名區。特於去廿二日假林君子槙怡樓，開會餞送，午後三時頃，先行擊鉢吟。首題爲〈柳絮〉，拈十一真韻，得詩二十餘首，次題爲〈送別〉，各依所拈韻，亦得詩二十餘首，左右榜發一同就宴，於是詼諧嬉笑，此歇彼作，其風騷樂趣，豈絲竹管絃，所能及哉……
4631 02.04.27	編輯賸錄 （4/26）	送別之詩，古人已爲層見疊出，今人如非推陳出新，必落古人套語。況近時全臺吟社林立，送別尤繁，刻意務去陳語，猶恐不能，而有意襲之乎？
4711 02.07.17	怡樓小集	去十五日下午三時，瀛社諸友假艋舺林子槙君怡樓樓上，爲社友洪君逸雅、黃君菊如開送別會。來會者十有餘人，席上拈韻賦詩送別，洪君黃君，亦各有留別之什……
4723 02.07.29	編輯賸錄 （7/28）	瀛社本期擊鉢吟會，訂來八月一日（星期五）假林子槙君怡樓開會，屆時諸社友，訂于午後三時一同出席。
4725 02.08.01	編輯賸錄 （7/31）	明日午後正三時，瀛社擊鉢吟會，將復開會。值東爲參兩、石崖二君，會場原欲假子槙君怡樓，因有他關係，業經更於炳煌君巢睫別墅。值東二君，一居景尾，一居新庄仔，路頗遠涉，故欲社友確守時間，踴躍出席……
4757 02.09.03	編輯賸錄 （9/2）	四日下午三時，假艋舺倪炳煌巢睫樓上，同人爲瀛社友朝煌君祖餞，兼擊鉢吟例會。
4774 02.09.20	編輯賸錄 （9/19）	瀛社這回例會，頗極苦戰，第一唱〈秋帆〉七律，二唱〈達觀樓玩月〉五律，三唱〈更闌〉七絕。比開榜時，朝陽杲杲上東嶺矣。得詩將近百首，徹夜不眠，此間樂不思苦。

報號/日期	訊息標題	記　　　　　　　　　　　　　　　　　　　　　　　事
4782 02.09.29	編輯賸錄 （9/28）	五股坑區長林問漁氏，訂來月七日，星期日下午三時，假艋舺粟倉口街劉家祠堂內，爲瀛社擊鉢會場。並擬不日間發車，招附近桃、竹兩社詞人來會云。
4786 02.10.03	編輯賸錄 （10/2）	瀛社秋季例會，主開者林問漁君，經束邀在近竹、桃二社詞人赴會。因有設備關係，望至四日止，各將欲往會人數，函達本報，蓋問漁君寄語者。
4790 02.10.07	瀛社秋季例會	臺北廳下五股坑區長林問漁氏主催之瀛社秋季擊鉢吟會，去五日下午三時，開於艋舺粟倉口街劉家祠堂。首唱〈醉菊〉七律庚韻，二唱〈無線電〉七絕灰韻，計得詩百有餘首，興高采烈，鉢擊詩成，極一時之盛況，連宵鏖戰，至翌日上午一時半散會。外社出席詞宗，淡社伊藤壺溪、尾崎白水，南社楊鵬搏，竹社戴還浦、林錦村、張錫六、張純甫，桃社鄭永南、林子純、黃守謙、黃純青各氏，以外尚有來賓張星五、林明德、林淵源諸詞客來加，尾崎、鵬搏、純青三氏以事先歸。
4816 02.11.05	編輯賸錄 （11/4）	來九日瀛社擊鉢吟會，將開之於基隆顏雲年君宅，同人約乘是日午後二時之汽車往。
4824 02.11.13	瀛社例會補誌	瀛社例會已如所報，去九日在基隆顏雲年君環鏡樓上開會。出席者基隆瀛社友全部，臺北赴會社友七、八人，桃社鄭永南君，竹社張錫六君、張純甫君，社外蔡啓華君、張星五君、謝尊五君，俱皆來會。首作〈漁燈〉七律庚韻，次作〈焦尾琴〉七絕侵韻，計得詩數十首，中選之數半以上。又據王自新君所云「蔡君有入瀛社之意」，同人皆表歡迎。
4875 大正 03.01.06	新春瀛社擊鉢	新春瀛社中央部擊鉢吟，去四日下午三時開於艋津楊君文慶新宅，是日稻艋會友出席極多。竹社長戴君還浦適有事至北，亦復來會，異常盛況。課題〈祭詩〉先韻，得詩無慮數十首云。
4921 03.02.22	編輯賸錄 （2/21）	瀛社擊鉢吟會，因值東陳其春君嫁女忙碌，倪炳煌君入院治療，各無暇及此。雖蔡啓華君約本日欲輪值，然以社友多半有事，近亦難以開會。故不爲發表，其期俟改日確定之。
4952 03.03.26	編輯賸錄 （3/25）	此次福州謝紳傅爲及籾山先生衣洲，前後來遊。淡社、瀛社、桃園吟社諸同人，協議公開一歡迎會。其期擇來廿九星期日午後二時，會場假艋舺區長吳昌才氏宜園別墅，想屆期當有一番盛況也。
4957 03.03.31	宜園三社聯吟誌盛	北部淡社、桃社、瀛社三社詩人，乘內地詩人籾山衣洲翁及支那民國候（按：當爲侯之誤）官謝傅爲先生來臺好機，擇舊曆三月三日上巳佳辰，倣蘭亭故事，假艋舺區長吳昌才君宜園別墅，開二先生歡迎聯合擊鉢吟會……四時即事命題，豪韻，不拘體，每人各限一首……席上觴詠暢敘，倡爲柏梁體……九時宴撤，左詞宗衣洲先

報號/日期	訊息標題	記　　　　　　　　　　　　　　　　　　　事
		生、右詞宗傅為先生就席閱卷……左元瀛社魏君潤庵、右元桃社鄭君永南，傳臚高唱，以次傳宣。賞品一部分購艋舺附屬女學校生徒造花。先是主人吳君，出片玉欲為雙元者壽，而左右詞宗所選略異……
4961 03.04.05	編輯賸錄 （4/4）	瀛社因許梓桑君將於本月九日渡閩遊歷，急開幹部會議……擇來六日即舊清明後一日，開擊鉢吟例會於怡樓，公餞壯行。自來瀛社有例，凡社友旅行海之內外，均開吟筵餞別，本人不得託故而辭，社友亦不得無端不赴，故恆見蹌濟一堂，是亦以其有關交誼，不獨閒吟已也。
4964 03.04.08	瀛社送別擊鉢	久停滯未開之瀛社擊鉢吟會，去六日由艋舺林君子楨出首開會，席上兼社友許梓桑君之閩之送別會，並邀請來北籾山衣洲翁臨席，課題〈春矗〉真韻，得詩數十首，左詞宗衣洲、右詞宗梓桑，評選後至下午九時始散。以外每人別作〈送許君之閩〉七言絕句一首云。
5025 03.06.09	編輯賸錄 （6/8）	久停止中之瀛社擊鉢吟會，值東倪君炳煌、陳君其春，訂明九日下午二時，在艋舺歡慈市街青山王宮隔鄰陳君宅上開會，兼歡迎櫟社詩人蔡君惠如及南社劉君獻池、謝君星樓。惟交涉後，聞蔡君經已歸中，劉、謝二君尚許攀留。又擊鉢吟後，擬泛舟淡江，作一夜之清遊云。
5086 03.08.11	編輯賸錄 （8/10）	基隆俱樂部瀛社擊鉢吟，兼顏雲年君洗塵宴，去九日午後三時開會，到者二十人，題拈〈觀潮〉，限寒韻，得詩數十首。七時開宴，又於席上聯句，各拈韻字，成柏梁體一首，席散，已十勾鐘，南行之終番列車早發，多宿於顏雲年君之環鏡樓。倚檻憑欄，遙望八尺門外，漁燈點點，與月色相映明，景致絕佳，興致不淺。
5113 03.09.08	編輯賸錄 （9/7）	明日淡水逸雅君處，有瀛社擊鉢吟之例會。開會為午後四時，欲赴會者，以乘午後二時餘之列車為便。
5139 03.10.05	瀛社吟會狀況	去三日午後二時始，瀛社中央擊鉢吟會，開會於艋舺粟倉口街劉氏家廟。因兼洪以南君兼任區長之祝賀會，顏雲年君東航內地之餞別會，列會者較他時為盛，瀛社十八人，桃社八人，竹社四人，共三十人。題拈〈中秋月〉，限陽韻，各二絕句。兩元皆為桃社所奪得，一為簡朗山君，一為簡長春君，叔姪各奪一標。賞品除值東者所備外，又有桃社、竹社所寄附者。簡朗山氏倡議瀛桃合併，不久欲實行也。
5203 03.12.12	編輯賸錄 （12/11）	瀛社本月值東蔡、張兩氏，言來十三日擊鉢吟會，下午二時半，時間正確開會，並囑代致竹桃兩社吟朋，多多臨席。
5204 03.12.13	編輯賸錄 （12/12）	蔡啓華君來電，言明十三日擊鉢吟會會場，變更在蔡君之宅上。蔡君之宅在大稻埕新媽祖宮邊，後樓頗寬敞，較神濟猶為利便……

報號/日期	訊息標題	記　　　　　　　　　　　　　　　　事
5207 03.12.16	編輯謄錄 （12/15）	搏秋、朝煌二君告語，後日擊鉢吟會為其輪值，預定在明年元旦後一日。
5224 04.01.03	編輯謄錄 （1/2）	瀛社新年擊鉢吟會，在艋舺粟倉口劉家宗祠。期日來五日下午一時半，值東不贅。
5235 04.01.15	編輯謄錄 （1/14）	明日午後二時，瀛社開擊鉢吟會，兼石崖送別會，係正確時間，望社友如期而來，雪漁寄語。
5237 04.01.17	送別擊鉢吟會	瀛社擊鉢吟會兼本社林石崖君送別會，去十五日下午二時，如刻開於大稻埕中街林凌霜君之處。來會者合基隆、淡水、桃園各方面計二十餘人。詩題〈釣雪〉，真韻，得詩五十餘首。別拈韻作〈送別〉詩各一首，盡歡至下午九時半散會。
5277 04.02.27	編輯謄錄 （2/26）	稻江杜冠文、李學樵兩君，願加入瀛社擊鉢吟會。
5294 04.03.16	編輯謄錄 （3/15）	瀛社擬於本年六月十七始政紀念日，與桃園吟社舉聯社式，並廣邀全島各社詞人大會。經發柬於各社巨子，請示悉各所屬詞人里閭，本日已接竹社寄到一柬。
5316 04.04.09	編輯謄錄 （4/8）	倪炳煌氏將於本月十三日附輪內渡，觀光東京其他名蹟。瀛社同人定此十日星期六午後二時，在大稻埕林凌霜君家，開送別擊鉢吟會，值東石崖、石峻二人。
5319 04.04.12	編輯謄錄 （4/11）	瀛社擊鉢吟會，昨日開會之際，議決自茲以後，凡屬社員在籍者，值開會之日，如有事不赴，亦要納例定會費。又持質樸主義，以後不設酒筵，只供晚餐，但係送迎之時，不在此限。
5323 04.04.16	編輯謄錄 （4/15）	瀛社擊鉢吟會，將為顏雲年君洗塵，業定來十八（星期日）午後二時起，在林子楨君怡樓開會。又因林搏秋君近日將歸泉州惠安故里，為其長男畢婚，故是日亦欲兼送別會。
5327 04.04.20	編輯謄錄 （4/19）	昨日瀛社擊鉢吟會，會友住址稍遠者，提議嚴守出席時間，經由公同議決，即每會定午後二時開會。（不論人數多寡，隨便拈題拈韻）。四時交稿（遲刻截收）四時半食飯會，五時詞宗評閱，六時授與賞品，退散。
5346 04.05.09	編輯謄錄 （5/8）	瀛社中央擊鉢吟會，本期值基隆為東。茲據當地瀛社友來函，謂確定來十六日（舊四月三日）午後二時開會，會場假公益社。望諸社友屆期確守成約，於午後零時十八分，發臺北驛前往，並擬柬邀桃園吟社諸吟侶，前來赴會云云。
5356 04.05.19	基隆擊鉢吟會況	本月瀛社中央擊鉢吟會，值東為基隆諸社友一節，既如所報，及去十六日，即自午後三時起，假顏君雲年寰（按：當為環之誤）鏡樓開會。社友出席者，臺北十名，淡水一名，來賓桃園吟社社友七名，合諸值東計三十餘名。前後二唱，前唱〈竹夫人〉七絕，得詩六十

報號/日期	訊息標題	記 事
		餘首，後唱〈濤聲〉七律，得訪（按；當爲詩之誤）十餘首。宴會中謝君雪漁提議來月開大會事，一一詳明，諸友慨然贊成，應出費用而外，且有樂輸助款者。後唱發表，已過三更，然猶有勃勃然，欲鼓餘力再唱者，此可謂興會淋漓矣。
5367 04.05.30	編輯謄錄（5/29）	瀛社、桃園吟社，近將舉聯合式，定來月一日午後二時，在雪漁之保和藥局，集重要諸人，開磋商會，以決議一切，已由雪漁函達簡朗山君，囑其舉數名代表，來北參議。
5371 04.06.03	編輯謄錄（6/2）	瀛社、桃園吟社聯合式，昨日午後在雪漁家，開磋商會，已議決期日爲來十九、二十兩日，場所假艋舺公學校……
5382 04.06.14	編輯謄錄（6/13）	瀛、桃兩社聯合會準備委員，自本日起，開事務所於艋舺劉氏家廟，委員更加碩卿、純甫二人云。
5388 04.06.21	瀛桃聯合會紀盛	瀛社及桃園吟社聯合大會，經十九日午后，舉於艋舺公學校講堂，定刻前，兩社各會員皆前後來集，淡社、南社、竹社諸來賓，手島檢察官長、隈木學務部長以外諸貴賓，亦陸續賁臨，午后二時半，內田民政長官乘馬輿臨場……即席分韻，各賦柏梁體詩一句，宴半以福引爲餘興，手島檢察官長亦于席上揮毫，以添興致，是日來賓內田民政長官、手島檢察官長、隈木學務部長、加福廳長、田中主事、本社赤石社長、尾崎編輯長、暨淡社諸詩人數名，並竹社社長戴還浦君外八名，南社謝溪秋君外四名，合瀛、園二社會員，計約七十名，午後六時，更假艋舺劉家祖祠開擊鉢吟會，首唱題爲〈冰亭〉限尤韻，二唱〈蒲劍〉，限歌韻，得詩凡百餘首云。
5408 04.07.11	編輯謄錄（7/10）	明日午後正四時，瀛、桃兩吟社，將假艋舺吳昌才別莊，招待前新竹縣知事櫻井勉先生……
5410 04.07.13	宜園小集	月十一日下午四時，瀛桃兩社吟友，小集艋舺區長吳昌才君宜園別墅，開兩社聯合會後第一回例會，兼歡迎前新竹縣知事今製腦會社長兒山櫻井勉先生，並向前此聯合會舉式，當時荷多大後援之赤石本社長、尾崎本社編輯長，總督府文書課鷹取岳陽諸先生，尊酒道謝。是日兩社會員到者二十餘名，即以〈宜園小集〉命題，支韻，櫻井先生首成，其次各來賓會員得詩數十首，席上酒數行，洪以南君起立代表兩社述見禮之詞，其次櫻井先生述謝，其次櫻井先生朗吟會員第一、第二、第三先就之詩，談論泉湧，盡歡至九時過散會。所得之詩，囑本社魏君清德彙齊，乞鷹取、尾崎二先生評騭後，請宜園主人吳君昌才，爲之郵寄……
5466 04.09.09	編輯謄錄（9/8）	潤庵君因報務派駐福州，不日將啓程，問漁君亦將晉京，拜觀御即位大典。爲此瀛桃兩社詞人，定來十日午後四時，在淡水洪以南君達觀樓中，開餞別擊鉢吟會，蓋本期值以南君司會也。又赴會者，

報號／日期	訊息標題	記　　　　　　　　　　　　　　　　　　　　　　　　事
		須於午後二時二十五分之列車往，是夜九時四十分之列車可歸云。
5504 04.10.19	瀛桃擊鉢吟會	十七日于桃園埔仔區役場開瀛、桃擊鉢吟會，是日自臺北往者十餘人，桃屬亦近二十人。題爲〈登高〉，限八庚，得詩五六十首，及夜將半，又開餘興，以桃園新女優數輩，合演〈文昭關〉、〈採桑〉兩齣，亦爲擊鉢吟會，別開一新方面也。
5540 04.11.28	編輯贅錄 （11/27）	林問漁君來訪，謂其遂園之擊鉢吟會，已決定於來十二月十一日（土曜）午後二時開會，囑以〈贅錄〉代來諸社友。
5555 04.12.13	祝壽擊鉢吟會	瀛社友林問漁君，一昨在區役場，開其令堂祝壽招待會兼擊鉢吟會。出席者有新庄支廳長、暨支廳警部補、學校教員、及竹社詩人、瀛、桃二社吟友等，約四五十人。會中有臺北中學校囑託伊藤賢道氏所致祝電，午後五時宴會後，支廳長諸來賓歸去，各吟社友即拈題定韻，各賦五律一首。入夜再擬題拈韻，各賦七絕二首。翌早諸吟友有先歸去者，其遠來諸客擬小句留云。
5569 04.12.27	編輯贅錄 （12/26）	顏雲年君來札，謂昨閱〈編輯日錄〉，登載本期欲開之瀛、桃擊鉢吟會，豫定來正月二日。而是日之前後，值桃園建醮，該地諸吟友，欲請爲延期。然桃園諸吟友，若得以多數出席，再緩一星期可也（即來正月九日），又前赴遂園席上，道及環鏡樓落成唱和集，瀛桃諸吟友，前有未唱和者請爲追詠，最蒙贊許。但能得於此期赴會攜交更妙云云。但同人來月三日，例得休息，二日赴會，翌日得在基清遊，徐徐言歸，已決議不贊成延期，要求如期開會。昨經通告，雖有拂桃園吟朋之意，然同人爲擁護利益計，無可如何。且詩會屬風雅事，建醮爲何如事？試爲評章，同人之不贊成延期，不爲無理也，一笑。
5576 05.01.05	瀛社新年吟會	既如所報，瀛社中央擊鉢吟會，本期值當，爲基隆方面諸吟友，去初二日午後三時，假顏君雲年宅，兼開新年宴會。會員合由臺北、淡水出席者，共二十餘人。詩題〈歲寒圖〉，拈十三覃韻，得詩四十餘首，詞宗閱畢，一同就宴，顏君雲年，代表值東敘禮，洪君以南，代表出席會員答禮。措辭均極詼諧。歌妓侑酒，尤見殷勤。同九時餘，盡歡而散。又林君知義寄贈玉漁翁，爲雙元賞品，然無其人，因贈顏君，以報其向於遂園贈金鯉魚者云。
5649 05.03.19	編輯贅錄 （3/18）	桃園吟友若川、朗山、子純、守謙、永南諸君連名來函，謂來二十一日，即春季皇靈祭日，將開瀛、桃聯合擊鉢會於敝地。諸事準備停當，吟場定學校新講堂，酒場假公會堂，餘興場在景福宮。餘興有種種，待隨時發表。乞轉達瀛社諸同人，多數賁臨。竹社諸詞丈亦經來邀，當有多人來。且謂舊二月三日，指南宮文昌帝君誕日，值東爲新入社之林雲梯君。是日席上聯吟柏梁體，宴罷，開擊鉢吟

報號/日期	訊息標題	記　　　　　　　　　　　　　　　　　　　　　　　　　　　事
		於壽星公司，雲梯君熱心風雅，特寄贈珍重賞品。連三、純青二君，亦遠來與會云云。又碩卿君來函，謂桃園之擊鉢吟會，九份之蘇世昌君，欲寄附金石二塊，價均十圓以上者，以為左右元賞品，基隆方面欲出席者，即渠及梓桑、世昌二氏云。
5686 05.04.27	編輯謄錄 （4/26）	瀛、桃兩社擊鉢吟會，定來二十八日午後三時，設席於艋舺劉氏祠堂，招待許南英、林輅存、江蘊和三先生……
5689 05.04.30	瀛桃兩社例會	瀛、桃兩詩社去二十八日下午四時，假艋舺劉家祠堂例會，席上招待江蘇巡按使代理王樹榛，前龍溪縣知事許南英，福建議員林輅存，福州農商部顧問施景琛，廈門《全閩日報》社長江蘊和，同公會長曾坤厚諸來臺觀覽共進會人士，並內地知名人氏數氏……並拈韻共賦成柏梁體一章……
5700 05.05.11	編輯謄錄 （5/10）	瀛、桃擊鉢吟會，將於明日午後三時，在艋舺區長吳昌才君怡園小集。延櫻井兒山及南社長趙雲石先生，與近自菲島來之黃鴻汀君。希望會員多數出席。
5744 05.06.25	編輯謄錄 （6/24）	明二十五日，瀛桃聯合擊鉢吟會，會場假水返腳潘、周二家，往宜乘午後二時列車……
5746 05.06.27	編輯謄錄 （6/26）	瀛、桃兩社擊鉢吟會，如期於昨日午後二時半，齊集於水返腳周再恩君家，計二十人。以水返腳名勝之〈灘音〉為題，限侵韻，得詩四十餘首。雪漁、潤庵二人為詞宗閱卷，六時發表，七時開宴於潘炳君灼（按：當為潘炳灼君之誤）家。酒酣，雲年君提議每月出課題，擊鉢吟年開三次，在稻艋及附近諸友合開一次，在基諸友合開一次，在桃園諸友合開一次，諸人贊成，定來月一日起，發表課題，宴罷散會……
5771 05.07.22	編輯謄錄 （7/21）	雪漁云：「此期瀛、桃兩社課題〈筆花〉，既乏典可用，又限麻韻，韻字可用者鮮。諸友刻苦推敲，計得六十餘首。間多有錄者，評定既竟，明日將送還值東者一閱，乃揭諸報端。又次期值東者，應為桃社吟友，未知將舉何人？」
5775 05.07.26	編輯謄錄 （7/25）	瀛、桃兩社聯合課題，第二期值東桃社簡朗山、簡長春二氏，本日來函，照錄如左：題目〈周郎顧曲〉，東韻，七言律，每人限二首，多者不錄，交卷期日限至八月五日……左詞宗委囑李逸濤、右詞宗委囑鄭香秋兩氏……
5802 05.08.23	編輯謄錄 （8/22）	瀛、桃第三期課題，值東問漁、雪漁兩漁，故選題用〈漁丈人〉為題，庚韻，限七律二首。交卷期限至來九月五日……詞宗囑黃參兩、葉連三兩先生。同人戲云：「兩漁為值東，宜拖出兩三閱卷，但不知漁丈人有幾位之快婿耶？」
5821	編輯謄錄	此次大正協會與瀛社，發起致祭孔夫子，稻艋人士。苟有收藏祭器、

報號/日期	訊息標題	記　　　　　　　　　　　　　　　　　　　　　　事
05.09.12	（9/11）	樂器者，願即通知本社同人，以便借用。
5836 05.09.28	編輯賸錄 （9/27）	連三、敦甫二君，本日寄到詩題，同人一同開臨時會議，決定以葉、邱二氏爲第四期值東；邱、彭二氏爲第五期值東，同時發表。秋高氣肅，机硯涼生，望社友加倍勉勵，作二課題題目〈白衣送酒〉，陽韻，每人七律二首，交卷期限十月十日……詞宗左林問漁、右邱世濬兩氏。……第五期課題題目〈諸葛廬〉，陽韻，每人七律二首，交卷期限十月廿日……詞宗左魏潤庵、右鄧旭東兩氏……
5856 05.10.19	編輯賸錄 （10/18）	……碩卿來函，瀛、桃吟社第六期課題，金山蘇世昌君與余願值東。其賞品即用金山名產金鯉魚二尾爲左右元，餘亦從厚，屆時發表。題目擬〈黃金臺〉，限侵韻，每人七律二首，左詞宗呂鷹揚氏、右詞宗張純甫氏。交卷期間限至十一月十五日截收……
5896 05.11.30	編輯賸錄 （11/29）	瀛、桃月課第七期，值東張純甫、林述三兩氏來函，課題擬定〈題劉季斬蛇圖〉，虞韻，七古，每人一首，限定六韻以上，十五韻以下。……詞宗瀛社李碩卿、桃社鄭永南兩氏……
5932 06.01.05	編輯賸錄 （1/4）	瀛、桃聯合擊鉢吟會，茲更改訂七日下午二時起，在艋舺俱樂部樓上開會，同人特囑社友陳其春君，專當幹旋之衝。
5936 06.01.09	瀛桃聯合吟會	瀛、桃兩社聯合擊鉢會，兼新年宴會，去七日午後二時起，開之於艋舺俱樂部樓上，會者四十餘人。淡社詩人鷹取岳陽、尾崎白水兩氏，亦受招待而往。拈得〈門松〉兩字爲題，限庚韻，得詩六十餘首，題目新穎，作者頗費構思云。
5943 06.01.16	編輯賸錄 （1/15）	瀛、桃聯合第八回月課，值東黃守謙、林國賓兩君來函，照錄如左：課題〈春妝〉，韻限二蕭，五言律每人二首（原稿楷書爲盼）詞宗左林石崖君，右彭鏡泉君，賞品老紅酒……
5959 06.02.01	編輯賸錄 （1/31）	第八期林、黃兩值東，殊希望竹社諸加入社友，惠寄課題詩章爲荷。
5992 06.03.06	編輯賸錄 （3/5）	瀛、桃、竹三社聯合課題，此第九期輪值竹社，值東者爲林毓川、莊左宜二君。題目〈管仲〉，十一尤韻，限七律一首或二首……詞宗洪以南、鄭養齋二君。
6008 06.03.22	編輯賸錄 （3/21）	湘沅自南來北，暫寓雪漁處，瀛桃竹聯合擊鉢吟會，定來二十四日（土曜）午後二時，在大稻埕春風得意樓爲會場，開歡迎會……
6011 06.03.26	瀛桃聯合擊鉢吟會	瀛、桃聯合擊鉢吟會，如所豫報，已於去二十四日，假春風得意樓開之。會員稻艋而外，由桃園、基隆、淡水至者，計二十名。來賓爲信州詩人有賀春波翁，舊社友林湘沅君，翁門人金子茂樹君。午後五時，一同就席。湘沅君即賦七絕二章，同人次韻和之，得詩數十首。春波翁亦錄其〈梅花〉舊詠，示諸同人，金子君且出翁所揮毫書畫，以供同人鑑賞……

報號/日期	訊息標題	記　　　　　　　　　　　　　　　　　　　　事
6071 06.05.24	編輯賸錄 （5/23）	瀛、桃、竹三吟社聯合課題，本期輪值瀛社，陳其春、倪炳煌二君值東，題目〈蛙鼓〉，限八庚韻……詞宗顏雲年、黃守謙二君云。
6125 06.07.17	擊鉢吟會盛況	瀛、桃聯合擊鉢吟會，如所豫定，去十五日午後三時，在顏雲年君賓（按：當為環之誤）鏡樓中開會。瀛社友除在基者外，由稻、艋、淡水、新莊方面往者，有十二人，桃社友四人，又竹社友六人，總計三十餘人……首唱題為〈夏雨〉，限虞韻，絕句二首，得詩七十首。賸錄後已近七時，即行開宴。酒酣，顏雲年君為值東代表，起為敘禮，略謂竹社每月課題既聯合，此擊鉢吟會亦不可不聯絡，以為共同一致行動。每年四期聯合，瀛社之在稻艋其他者擔任一次，在基者擔任一次，桃社擔任一次，竹社亦擔任一次。春夏秋冬四季，各就其地之宜而開會。享應厚薄隨意，以淡為主，淡始可久。曰詩會，僅作幾首詩，似無關輕重，然藉以互通聲氣，亦一好機關也。此地遇有賽會，常邀諸社友惠臨，鮮有到者，今此擊鉢吟會，諸社友不憚遠涉而來，如此對吟會之熱誠，實為感心。願諸社友一力維持，俾斯會永久不替，以為後學之觀瞻云云。瀛桃兩社友可弗論，竹社友亦深表贊成。敘禮之後，豪飲縱談，散席之餘，首唱乃付詞宗評閱，甲乙發表後，更拈〈繩床〉為題，限陽韻，每人絕句一首。因終列車之時間迫，其急於歸者，投稿匆匆而去。餘者留宿於賓（按：當為環之誤）鏡樓中，樓高三層，北俯臨大海，帆檣在望，燈光與星光輝映，影射波間，景色絕佳。又亂峰環繞，清風徐來，披襟以當，愉快萬分，吟料盈眸，憑欄催（按：當為推之誤）敲，遂忘夜色已深。就寢未幾，東方既白，乃各乘八時之急行列車歸云。
6132 06.07.24	編輯賸錄 （7/23）	簡長春君來社，言瀛、桃、竹吟社聯合吟會，本期輪值桃園。桃園趙玉牒氏願一力擔當辦理，會期預定來秋皇靈祭日。
6141 06.08.02	編輯賸錄 （8/1）	桃園吟友黃玉書、游榮春來札，謂第十一期聯合課題，兩人欲值東，題擬〈竹影〉七絕四首，限先韻，詞宗林湘沅、曾吉甫二氏……
6218 06.10.15	編輯賸錄 （10/14）	瀛、桃、竹擊鉢吟會值東，新竹鄭幼佩、葉文樞兩君來信言，課題〈趙普讀魯論〉，不拘韻，每社友限七絕四首。詞宗擬託外社趙雲石、林幼春兩氏……
6245 06.11.14	編輯賸錄 （11/13）	瀛、桃、竹聯合擊鉢吟會，本期輪值桃社，已訂來廿三新嘗祭日午後一時，在桃園公會堂開會，該社同人正聚議設備一切，其經費為趙玉牒氏獨擔，擬邀其宗人趙雲石氏蒞會云。
6256 06.11.25	瀛桃竹聯合吟會	瀛、桃、竹秋季聯合擊鉢吟會，者番輪值桃園。同社社友去趙玉牒氏，獨力負擔，二十三日，假桃園公會堂開會，已如所報。是日瀛、桃、竹三社出席者六十餘名，另由趙君，發來招其宗人臺南趙雲石，臺中大肚趙璧兩氏，一同臨席。題目〈市聲〉，庚韻，詩體七絕，

報號/日期	訊息標題	記　　　　　　　　　　　　　　　　　　　　事
		下午三時交卷，計得詩百餘首。僉舉左詞宗趙雲石、右詞宗鄭養齋兩氏，如例取中元、眼、花、臚、翰、錄各若干首……
6302 07.01.10	編輯贅錄（1/9）	竹社養齋、幼佩兩氏函稱冬季瀛桃竹聯合擊鉢吟會，竹社已定此月之十三日舉行。
6308 07.01.16	聯合吟社冬會	瀛、桃、竹三社聯合擊鉢吟冬會，去十三日開于新竹北郭園內。值東正社長鄭養齋，副社長曾吉甫，幹事長鄭幼香暨竹社員諸氏，皆于先日籌備告妥。瀛社來會者基隆許梓桑、陳潤生、李碩卿，臺北林述三、倪炳煌、張純甫、魏潤菴七氏，桃社則以鄭永南、黃守謙兩氏為其代表，主賓合計五十餘名。公舉昨歸自燕京之鄭兆璜氏為左詞宗，瀛社魏潤菴氏為右詞宗，詩題〈方鏡〉，庚韻，得詩百餘首，左詞宗所選，張息六氏中元，右詞宗所選，鄭幼香氏中元。次題〈臘梅〉，東韻，左詞宗瀛社李碩卿氏，右詞宗桃社黃守謙氏，亦選出數十首，左右元鄭永南、倪炳煌兩氏。盡歡至下午十二時過散會……
6335 07.02.12	編輯贅錄（2/11）	瀛社宴莊玉坡（按：當為波之誤）之吟會，原定十三日午後六時。因恐遠地者不能歸，爰改是日午後二時起云。
6400 07.04.18	編輯贅錄（4/17）	瀛桃竹聯合擊鉢吟會，瀛社分值兩期，此番輪值稻艋及淡水、新庄方面同人，已定來廿日（土曜）午後二時假艋舺劉氏家廟開會。推篁邨、潤庵二人為幹事，現正準備一切，並欲招待在北內地人詩家蒞駕，希聯合會同人踴躍來會為盼。
6404 07.04.22	瀛桃竹聯合吟會	瀛、桃、竹三社聯合擊鉢吟會，此回輪值瀛社稻艋、淡水、新庄方面。去二十日下午二時假艋舺粟倉口劉家祠堂內開會，來賓林菽莊、須賀蓬城二先生外，竹社來會者三人，桃社來會者四人，瀛社自基隆來會者五人，合值東會員，總計三十餘人。詩題〈春晚〉，真韻，七律，計得詩五十餘首。左詞宗公推鄭養齋先生，右詞宗公推曾吉甫先生遴選，盡歡至十時過散會。菽莊先生臨席移時即匆匆辭去，極力慫慂以「瀛、桃、竹」三字鼎足格，屬三社友選成詩鐘，抄成三通，三社社友各自採點一通，然後綜合三通最高點數，次第列名發表。謂之鼎足格者，以「瀛、桃、竹」三字不論何宗（按：當為字之誤）皆可，藏其二字于一句之首尾，其餘一字藏于外一句之第四字。是日內地人來賓及桃園社友，多以事不克到會，竹社曾溫柔君同日在其宅內，治具來邀竹社社友，幹事長鄭幼香氏外多數先約出席，故不克豫三社之聯合會云。
6445 07.06.02	編輯贅錄（6/1）	瀛、桃、竹聯合吟會課題，本期輪值瀛社。幹事為魏潤庵、劉篁村二君，題為〈新竹〉，限先韻，七律二首……
6474	編輯贅錄	瀛、桃、竹三社聯合擊鉢吟會，本期值東為基隆。顏雲年君來云已

報號/日期	訊息標題	記　　　　　　　　　　　　　　　　　　　　　　事
07.07.01	（6/30）	定七月十三日（土曜）午後三時開會……
6480 07.07.07	編輯贅錄 （7/6）	瀛社擊鉢吟會，定明七日午後五時在艋舺俱樂部樓中，爲社友林知義及林熊徵、林明德三氏開送別會。蓋三氏將於來八日，同舟赴申江，由申赴內地游歷也。
6482 07.07.09	送別擊鉢吟會況	瀛、桃、聯合擊鉢吟會，同社友林問漁君，此番偕林熊徵、林明德兩氏，有申江蘇杭，及本邦內地之行。特卜去初七日午後六時，假艋舺俱樂部，爲三氏開送別會。時基隆、桃園、淡水，及他各處社友到者二十餘人，唯來賓林明德氏，有不得已事，弗能列席……
6488 07.07.15	擊鉢吟會盛況	瀛、桃、竹聯合擊鉢吟會，如所豫定，去十三日午後三時，在基隆公會堂開會。桃社友出席者四人，竹社友出席者八人，在北及附近之瀛社友出席者九人，在基瀛社友出席者七人，共二十八人。題爲〈水簾〉，限鹽韻，絕句二首，憑欄索句，披襟當風，興會淋漓。吟就各付贅（按：當爲謄之誤）錄，六時開宴。酒酣，顏雲年君代表值東敘禮，謂當此炎熱如煅，諸君惠然肯來，實深感紉。今者對我瀛社諸友有亟欲相商一事，我瀛社自改革後，迄今不置社長其他役員，對外殊多阻礙，鄙意欲於今夕選舉社長、副社長、幹事、評議員等，以掌會務。但選舉要行投票恐費時間，爰欲依指名例，未知諸君肯委任鄙人否？衆皆贊成。乃由顏君指洪逸雅君爲社長，謝雪漁君爲副社長，魏潤菴、劉篁村二君爲幹事，林問漁、許迺蘭、林湘沅、李逸濤、林石崖、黃贊鈞、陳其春、倪炳煌、李碩卿及顏君自己爲評議員，衆皆拍手，各行承認。惟逸雅君苦欲辭退，然衆望所歸，無可如何。後由簡朗山君欲推雲年君爲三社聯合會長，而雲年亦欲推朗山君三社幹事，衆亦以爲可。該具體的成案待秋季聯合吟會，在桃園開會時，再行磋議，有此提議，或見實行，亦未可知。席散後，左、右詞宗閱卷，評定甲乙，至十時終列車乃各就道歸。
6502 07.07.29	編輯贅錄 （7/28）	瀛、桃、竹三社聯合課題，題目〈良馬行〉（題爲木村匡先生選，左右元加賞）七言古，限十二韻，每人二首。原稿楷書……左詞宗林幼春先生，右詞宗趙雲石先生，值東簡朗山。
6549 07.09.14	編輯贅錄 （9/13）	連子雅棠來北，爲開擊鉢吟于劉姓家廟，同人多出席。連子《臺灣通史》殺青既竟，昨邀序于逸濤，逸濤謂以俟之異日。
6576 07.10.11	編輯贅錄 （10/10）	瀛、桃、竹聯合擊鉢吟會，秋季輪值桃社。已定來十七日開會於桃園公會堂……
6584 07.10.19	聯合擊鉢吟紀盛	瀛、桃、竹聯合擊鉢吟會，如所豫報，去十七日午後一時，在桃園公會堂開會。赴會者瀛社十九人，竹社者八人，桃社十七人，題爲〈漁燈〉，限灰韻，每人絕句二首。由瀛社選謝雪漁氏爲左詞宗，

報號/日期	訊息標題	記　　　　　　　　　　　　　　　　　事
		由竹社選鄭幼佩氏爲右詞宗，四時謄錄，五時閱卷，左右各取三十名。六時選畢，即開綺宴，八時前後，乃各就途歸。此次贈品極厚，元、眼、花、臚四名，有純金製之釵簪。在值東之意，蓋欲使饋遺細君，以博歡心也。又由呂鷹揚、簡阿牛二氏各贈與詩箋，贈品經費，大半呂、簡二氏所寄附者云。
6609 07.11.13	編輯贅錄 （11/12）	在北瀛社友存悉，緣於本日下午六時，在大稻埕信用組合樓上，開臨時擊鉢吟會，招待嘉義來北詩人鄭作型及牛罵頭詩人陳基六兩氏。
6666 08.01.09	編輯贅錄 （1/8）	竹社同人來函，言十二日聯合擊鉢吟會，會場假北門外鄭家祠堂及鄭蘊石氏之墨稼齋，擊鉢時間下午一時起，開宴時間下午六時。故請瀛桃兩社同人出席。
6672 08.01.15	聯合擊鉢盛況	既報瀛、桃、竹冬季聯合擊鉢吟會，輪值竹社，去十二日下午三時，假新竹北門外水田鄭氏宗祠內開會。是日微雨，天氣寒冷，來會者瀛社問漁、湘沅、雪漁、潤庵、迹三、純甫，桃社朗山、永南、守謙、榮春，社外來賓則有南報之連君雅棠、臺灣文社之傅君鶴亭、彰化之施君寄庵、嘉義之林君植卿、臺中之陳君若時、及新竹神社吉野氏各位，合竹社會員數十人。皆忍凍吟哦，首題左詞宗僉舉傅君鶴亭、右詞宗林君植卿，由左詞宗擬題，題爲〈萬壽菊〉，先韻，得詩二百餘首，左右詞宗各選出四十首，左元濟卿、右元鏡川，各得竹社長鄭君養齋所贈之金腕錶。下午七時開宴，酒酣，連君雅棠，代表社外來賓，起立述謝，並演述臺灣文社創立主旨，其次吉野氏演說。席上更選舉連君雅棠爲左詞宗，施君寄庵爲右詞宗，由左詞宗擬題，題爲〈春寒〉，侵韻，又得詩百餘首，左元潤庵，右元雅棠，盡歡至翌日上午二時散會。此回竹社社長鄭君養齋暨諸社員，皆熱心匡襄其事，而社外諸寄附者亦多奮發，遂呈盛況。次回春季聯合吟會輪值瀛社稻艋、淡水、五股坑諸社員，而月課課題，則輪值竹社擬待〈良馬行〉，左右詞宗選畢發表後，然後命題云。
6684 08.01.27	編輯贅錄 （1/26）	瀛、桃、竹聯合詩會月課，此期輪值竹社，茲接竹社長鄭君養齋，幹事鄭君幼香，兩值東來信，題目〈向戌弭兵〉，七律不拘韻，詞宗俟接洽定著發表。希望三社友抒藻揚華，增光壇坫，是爲至禱。
6785 08.05.08	編輯贅錄 （5/7）	桃市吟友永南、子純二君，將於近日中東渡，參烈日本赤十字社大會。瀛社友一同謀爲祖餞，期日決定九日下午六時，場所在大稻埕中街謝雪漁宅，希望出席者，祈作速以電話申請加入。
6791 08.05.14	編輯贅錄 （5/13）	艋舺陳古漁、吳美輪兩氏，新加入瀛社會員，此回來十五日春季聯合吟會，兩氏頗熱心籌備，又艋舺區長吳昌才氏，寄贈春季吟會紀念箋十圖。
6794	三社春季吟	瀛、桃、竹三社聯合春季吟會，此回輪值稻艋、淡水、五股坑，去

報號/日期	訊息標題	記　　　　　　　　　　　　　　　　　　　　　　　　　　　事
08.05.17	況	十五日下午二時，會場假艋舺俱樂部樓上開會，題爲〈春燕〉，歌韻，左詞宗由鄭伯嶼先生，選得元連劍花氏所作外三十三名，右詞宗由簡若川先生，選得元鄭濟卿氏外亦三十三名，計六十八名。五時攝影，八時開宴，席間社長洪以南氏起立敘禮，謝各來賓惠臨，或寄贈品物。其次推薦大稻埕區長林薇閣先生爲名譽社長，滿場拍手歡迎。其次議將桃社之秋季值東，改爲冬季，竹社冬季，改爲秋季，亦照原案可決。是日盡興至十時過散會，來賓會員計共五十餘名，稻艋兩區長，亦皆於下午四時，撥忙來會，旋即以事告退，贈品寄附者林大稻埕區長百圓，吳艋舺區長十圓，陳智貴、許丙兩氏，亦各寄贈十圓，芳泉、和泉兩製酒公司，各寄贈所製之佳良紅酒，其他值東會員中之有志者，亦各有所寄贈，次回夏季值東爲基隆方面。聞評議員中鑛山王顏雲年氏，擬十分鼎力提倡，期呈空前之盛況云。
6807 08.05.30	編輯謄錄（5/29）	瀛、桃、竹三吟社，本期月課題，〈題楊妃出浴圖〉，七律，真韻，作者各限一章，詞宗曾吉甫、邱筱園兩先生，值東石崖、石衡……
6902 08.09.02	編輯謄錄（9/1）	瀛、桃、竹三社聯合課題，〈秋煙〉七律八齊韻……左右詞宗林湘沅、鄭養齋二君，值東簡若川、鄭永南，五名內有薄贈。
6929 08.09.29	開擊鉢吟會	瀛社吟侶，受水返腳周再思氏招待，去廿八日午後二時，在其樓中開擊鉢吟會。樓前林巒聳翠，清溪一曲，穿園流出，園中花木成蹊，縱橫奇石，點綴於亭樹之間，頗饒勝概……
6951 08.10.21	編輯謄錄（10/20）	瀛、桃、竹聯合課題，此回由竹社值東鄭養齋、林震東二君，發表如左，題目〈中興名臣四詠〉（范蠡、樂毅、郭子儀、曾國藩）七絕，不限韻（須四首合寫一通）。期限新曆十一月十五日……詞宗未定，薄贈十名以內。
6955 08.10.25	編輯謄錄（10/24）	瀛、桃、竹聯合擊鉢吟會，二十六日日曜午後一時起，將開之於顏雲年君田藔港新邸……
6958 08.10.28	擊鉢吟會盛況	瀛、桃、竹擊鉢吟會，如所豫定，去十六日午後一時，齊集顏雲年君田藔港新邸。一時三十分，拈題選韻，得〈富貴花〉一題，恰合顏君喬遷致祝之意……拈四支韻，絕句二首，四時交卷。會者三十八人，得詩七十六首。詞宗評定發榜，分與贈品，此次別翻新樣，各分與現金……又顏君新邸庭園，後枕奇峰，樓閣參差，環植花木，引山泉爲瀑布，注於深池。由池而流諸海，池中遊魚可數，奇石爲礎，細草成茵，頗饒勝概。蓋木村氏寓臺時手建，費無數之金錢，勞許多心力而後成之者。林爾嘉氏謂渠曾歷遊名園，風景之天然，覺無逾此者，可謂之東洋第一……該庭園顏君因先賢陋巷之意，改名爲「陋園」。在擊鉢吟會席上，決議以〈陋園即事〉爲題，不拘

報號/日期	訊息標題	記　　　　　　　　　　　　　　　　　　　事
		體，不限韻，各自抒藻，限一星期內寄交顏君，以為紀念云。
7022 08.12.31	編輯贅錄（12/30）	竹社長鄭養齋先生，言瀛、桃、竹聯合吟會，經決定新曆一月十一日舉行。此因瀛、桃二社友出席者少，不得已延期，其後聞外地來賓有自遠地到者，深對不住，故此番決定不延期……
7035 09.01.13	三社聯合吟會（瀛桃竹冬季大會）	既報瀛、桃、竹三社聯合吟會，此回輪值竹社，去十一日下午二時半，在同地水田鄭氏宗祠攝影紀念，三時舉式，式順首由竹社長鄭養齋氏開會之詞，其次來賓武藤廳長演說漢詩作者之次第減少，不勝今昔之感。其次論今世人人競趨功利，若不藉詩詞藝術，時時會合，以涵養其情趣，描寫大自然之美，未免過於俗化。詩人崇道德，視富貴若過眼雲煙，至為高尚云云。其次桃社簡若川、瀛社魏潤菴兩氏祝詞。是日瀛桃兩社出席者多至十餘人，羅山吟社鄭作型氏，亦遙遙自嘉義來會。六時開宴，盡歡至十時過散會。詩題由左詞宗林湘沅氏擬定〈紫菊〉，由右詞宗鄭作型氏擇韻先韻，得詩百數十首。選定後左元若川，右元湘沅，以外有武藤廳長所命題之〈探梅〉，麻韻，云俟謄錄後彙齊，送呈武藤廳長選閱，來會者一同皆感歎廳長對於詩會之熱心也。
7079 09.02.26	吟會之祝宴	瀛、桃、竹三社聯合吟會，擇來二十九日午後四時，將設席於春風得意樓，祝顏雲年、吳昌才二氏榮任廳參事。三社吟友而外，與二氏有交誼者，商諸該吟會幹事，欲為加入者，亦多有其人也。
7154 09.05.11	三社聯合吟會	既報瀛、桃、竹三社聯合擊鉢吟會，此回輪值桃園，去九日下午一時半起，在桃園公會堂內開會。是日出席者，南社趙雲石社長，瀛社謝掃副社長雪漁外，雲年、梓桑、問漁、湘沅、篁村、搏秋、其春、潤菴、炳煌、碩卿、述三、文達諸氏，竹社鄭社長養齋處，笑軒、息六、濟卿、少訓、玉田、鏡村、香圃諸氏，社外劍花、鶚程二氏，合桃社社員，總計五十餘名。席上，推趙雲石氏為左詞宗，魏潤菴氏為右詞宗，題目〈財神〉，麻韻，每人制限二首，限至四時半交卷。六時選閱，是日所定之時間最為正確，揭曉後左元篁村，右元雲年，左右詞宗，計選出五十首，餘者割愛。七時宴開，席上有簡朗山君及瀛竹謝、鄭兩社代表答禮，盡歡至八時過散會。此回聯合會費贈品，詩箋宴會費及其他雜費全部，悉歸趙玉牒氏一人提供，趙氏前後獨擔詩會費用兩次，可謂風雅中有心人云。
7159 09.05.16	編輯贅錄（5/15）	瀛、桃、竹聯合課題如左，〈商婦〉，七律陽韻，各限二首。期日限五月末日截收，詞宗鄭伯嶼、簡若川二氏。
7223 09.07.19	編輯贅錄（7/18）	瀛、桃、竹三社聯合月課，此回輪值桃社。茲接到值東黃長茂、吳文宗兩君來函，亟為錄出如左：詩題〈陶侃運甓〉，詩韻十三元，詩體七律，詞宗左張息六、右李碩卿……

報號/日期	訊息標題	記　　　　　　　　　　　　　　　　　　　　　　　事
7231 09.07.27	聯合吟會誌盛	既報瀛、桃、竹三社聯合擊鉢吟會，此回輪值瀛社。去二十五日下午二時起，開於大稻埕春風得意樓旗亭。贈品宴會費雜費一切，悉由名譽會長林薇閣氏一人獨力寄贈。是日桃社出席者十六名，竹社出席者六名，合瀛社社員主賓，計得四十八名。下午三時起拈題，題為〈荷蓋〉，拈韻得蒸韻，由連劍花氏，整頓場規，厲行正確時間，於五時截收。詩體七絕，每人制限二首，書於一定用箋。交卷場所，除卻謄錄而外，嚴禁出入。謄錄後交與左詞宗桃社簡若川氏及右詞宗竹社張息六氏分閱。左右詞宗，各選出二十五名，計五十名。七時半揭曉，左右元各贈以銀盃一個，盃刻瀛、桃、竹詩會及林熊徵贈九字，中夾櫻花，花中再刻一元字，蓋絕好之紀念品也。其餘贈品，多書籍及島產之烏龍茶或信函等。八時入席，酒數行，瀛社社長洪以南氏，起立敘禮，謝桃、竹兩社吟友多數出席，及林名譽會長獨力寄贈。次則桃社代表簡若川氏，演說鳴謝，林名譽會長謙遜敘禮，各舉杯互祝健康。其次由瀛社評議員顏雲年氏，提議推舉內地人赤石臺日社長及吳艋舺區長兩氏，為瀛社顧問，得一同贊成。復提議關於謝瀛社副社長令配公弔事……
7291 09.09.25	瀛桃竹吟會誌盛	既報瀛、桃、竹三社聯合擊鉢吟會，去二十三日下午二時，開於基隆區役場樓上。三社社友到者不下四十餘人，拈題為〈蓮房〉，得尤韻，下午三時半截收。四時半謄就，由詞宗鄭養齋、鄭永南、謝汝銓、魏潤庵四氏評點，各選出四十首，總點數以得點百四十點以上者，乃得入選，是日得點最多者，首推李碩卿、蘇世昌兩氏，總入選者，計得四十三首……
7437 10.02.18	瀛社小集	瀛社同人，訂來二十日，即舊正十三日午後二時始，假春風得意樓旗亭開擊鉢吟會，消遣春光。桃社、竹社諸吟侶，惠然肯來，亦大歡迎。三社同人欲來與會者，宜先期通知本漢文部，計算人數，以便準備。不別行傳來，藉此達知。會費金三圓，是日各行帶交為要。
7438 10.02.19	為顏國年氏祝	瀛社同人，訂明二十日午後二時，假春風得意樓旗亭，開擊鉢吟會。至六時乃啓春宴，以暢吟懷。有提議顏雲年君令弟國年君，與我瀛社關係甚深，此次國年君之國防事件，幸當局明鏡高懸，已得昭雪無罪，應乘此好機會，藉花獻佛，為之致祝。爰決定由幹部寄書招待，若瀛社以外顏君友朋，欲為參加，可於是日午後六時來會，但有準備關係，可於本日中，通知大稻埕中街保和藥局云。
7442 10.02.23	瀛社小集盛況	瀛社社友多時為公私旁午，不見集會，去二十日日曜日，趁著舊曆新正，春光駘蕩之際，小集於稻江春風得意樓旗亭。重修風雅，並為評議員顏雲年君之令弟國年君，祝其由非常上告結果，得為青天白日之身。是日瀛社以外，顏君所交遊之臺北諸友，亦多加入於

報號/日期	訊息標題	記　　　　　　　　　　　　　　　　　　　　　　　　　事
		祝賀會內。小集擊鉢吟詩題及韻，皆由拈出，題目〈碩池〉，得真韻，詞宗魏潤菴、林湘沅、鄭永南三君各自探點。總算後以劉克明君某作，得點最多，推爲壓卷。下午六時，舉贈品授與式，既而開宴。席間有社長洪以南君之敘禮，及正賓顏國年君，殷勤鳴謝，歡飲至九時過散會。吟社贈品，全部由名譽會長林熊徵君寄贈……
7551 10.06.12	瀛社小集	瀛社同人，因該社名譽社長林熊徵氏，及該社評議員顏雲年氏，榮任督府評議會員，深以爲榮。爰訂來十五日午後一時，假春風得意樓，開擊鉢吟會，招待二氏。並延本社赤石社長，南社關係之許廷光、黃欣二氏，櫟社關係之林獻堂氏來會。六時開宴，此番本島人被命爲評議員者九名，其中五名，爲詩社關係之人，詩人實大有榮施。又桃社、竹社其他詩人，與詩社以外，欲對前記諸氏，一伸敬意，肯參加宴會，亦不之拒云。
7601 10.08.01	夏日陌園小集	瀛社評議員顏雲年君所主催之夏日陌園小集擊鉢吟會，去二十九日，如刻開會，出席者大部分爲基隆人士，臺北赴會者亦有六七名。詩題擬定〈睡蓮〉，元韻，七絕。是日由陌園主人發意，厲行會場取締規則，及交卷正確時間，安定記名席位，不許交頭接耳。定刻一到，得詩五十餘首，由左詞宗魏潤菴、右詞宗黃石峻兩氏，各選出二十五首，左元雲年，右元子清兩氏，盡歡散會。
	瀛桃竹擊鉢吟會	瀛、桃、竹三社擊鉢吟會，久不開會，茲確定來七日日曜日，下午正三時，在基隆顏雲年君陌園園中開會。現正準備一切，希望屆時三社友，奮而出席之也。
7609 10.08.09	瀛桃竹聯合吟會	既報瀛、桃、竹三社聯合擊鉢吟會，此回輪值基隆，去七日下午三時起，在田藔港顏雲年君雲泉商會事務所內開會。來會者賓主合計四十三名，外有當地贈品之寄附者若干名。題目〈還俗尼〉，支韻，每人限定二首，五時交卷，七時發表，七時半在高砂樓旗亭開宴。是日例行雲年式之會場取締方法，會員各安置一定席次，禁絕對的不許傳稿，而左右詞宗，亦各別設一室，距離相去極遠，厲行甚確時間，真所謂一毫關節不通風也。又雲年氏並撰出一聯，榜之黑板，聯云「大宗師選卷，用手摸免用眼看；小士子倫（按：當爲掄之誤）元，在運好不在詩工」，以示朱衣暗點之意。發表後左詞宗簡楫氏所選出之元潤菴，右詞宗林湘沅氏所選出之元雪漁，左右各選出三十卷，贈品折乾。席上酒半，顏雲年氏代表值東者敘禮，略謂三社擊鉢吟會值東，此調不彈已久，以後深望各社友熱心，爲講永久繼續盛而出席，可堪感佩，惟惜竹社遠路，全然出席云云。其次桃社簡朗山氏，亦起立敘禮，發表意見，盡歡至八時過始散。附記次回值東，輪值桃社，桃社人士，現在計畫，云當於九月中開會也。

報號/日期	訊息標題	記 事
7685 10.10.24	全臺詩社聯吟大會	既如所報，臺北瀛社，主催全臺詩社擊鉢聯吟大會。昨二十三日午後一時起，開於稻江春風得意樓旗亭，中南北各詩社出席，計八十餘名云。
7687 10.10.26	東門官邸文字宴（讓山督憲招待全島詩人）	全臺詩社擊鉢聯吟大會，由瀛社主催，得中南北八十餘名出席，去二十三日，開於大稻埕春風得意樓旗亭事，已如所報，翌日下午三時，讓山總督閣下，更招待全部於東門官邸，主由文書課鷹取岳陽先生，當幹旋之衝，陪賓則各局長，被招待者，咸勵守時間，於三時內，衣冠整肅，陸續到齊。其時官邸後之庭園，林泉清翠，秋光如洗，既而田總督以正服之英姿，胸佩大小勳章，與眾詩人，一同撮影紀念後，田總督以所賦之詩出示如左：「我愛瀛洲風物妍，竹風蘭雨入吟篇，堪欣座上皆佳客，大雅之音更蔚然。」……
7688 10.10.27	續開擊鉢吟會	既報由瀛社所主催之全島擊鉢吟聯合大會，出席者一同，自受田總督於去二十四日，在東門官邸招待後，於翌二十五日下午一時半，續由瀛社員一同懇留，在春風得意樓，開二次擊鉢吟會，題由左詞宗林幼春氏擬定，右詞宗竹社副社長曾吉甫氏，每人限定七絕二首，三時半交卷，計得詩八十餘首，由左右詞宗各選出二十五首……
7691 10.10.30	編輯贅錄（10/29）	竹社同人來書，謂訂來三十一日午後一時，將開擊鉢吟會。囑邀諸吟侶聯袂赴會。因是日為天長節日，各吟友多帶公職，要伸祝意。乃由雪漁、潤庵以電話與該社當事交涉，請為延期，已改於來月一日午後一時，同人及顏雲年、許梓桑二君，皆欲出席。
7695 10.11.03	三社聯合吟會	瀛、桃、竹三社聯合擊鉢吟會，此回輪值竹社主催。去一日下午二時起，開於新竹北門街茹香閣旗亭樓上。會員到齊，僉舉瀛社謝雪漁、桃社簡若川兩氏為左右詞宗，題為李碩卿氏所擬定之〈指南針〉，拈韻得支韻，每人限定七絕二首，下午四時交卷，左右各選出三十首……
7707 10.11.15	三社聯合吟會	既報瀛、桃、竹三社聯合擊鉢吟會，此回輪值桃社。去十三日日曜日下午一時半起，開於桃園公會堂內，是日瀛、竹兩社到者各十有餘人，合桃社社員全部計有五十餘名多數，拈題為〈涼味〉，真韻，每人限定七絕二首。於三時半交卷，四時閱卷，五時發表。由左右詞宗林湘沅、魏清德兩氏各選出三十名。賞品左右元眼，皆附以金戒指。六時開宴，席定，由桃社簡朗山氏，代表主人敘禮，次則顏雲年氏代瀛、竹兩社出席者述謝，兼發表瀛社此後當逐月輪流食飯詩會，賞品從儉以符詩人樸而不華之旨。並向一同磋商決議，此後每年在臺北開全島聯合吟會一次，三社聯合吟會一次，惟三社中有希望者，則可隨意於前記一次而外，在其地方開會。他社當勉強多數出席，以期詩教重興云云……

報號/日期	訊息標題	記　　　　　　　　　　　　　　　　　　　　　事
7713 10.11.21	偶園觀菊吟會	既報楊嘯霞，楊潤波兩昆仲，在其所營之雙連製酒會社內偶園，招待北部近附吟友數十名，開觀菊吟會，並招待木村商銀頭取，澤谷星橋內地人數氏，題目爲〈偶園小集〉，不拘體韻，得詩數十首。詩成宴開，料理爲跳牆佛，繼以素燒，席上紅袖侑酒，盡歡至八時過始散。歸途由主人各贈以同會社所製之紅菊酒二矸及菊花一朵。是日秋光滿地，孤芳共賞，偶園之聲價頓增，又同會社並欲募集〈黃菊酒〉課題，五七古不拘……期限至本年年末交清云。
7724 10.12.02	瀛社小集	瀛社同人，去三十日午後一時起，小集於謝雪漁氏之中街寓所保和藥局內，合星社諸人來會者，約三十人。題拈〈湯婆〉，限十三元韻，由洪以南、連雅堂、黃贊鈞三氏評點，合取二十名。發表以後，乃行晚餐，至九時散會。
7737 10.12.15	詩人小集	稻江青年詩人所組織之星社，近與瀛社連（按：當爲聯之誤）絡，凡瀛社之大會小集，皆濟濟出席。此次星社吟侶相謀，定來十八日午後二時，小集江山樓旗亭，開擊鉢吟會。已通知瀛社幹部，轉致瀛社同人，如期出席，別不發柬。
7743 10.12.21	星社例會	瀛社近以節約爲主旨，屢開設簡單擊鉢吟會。星社社員，亦多加入。爲是星社，亦於去十八日下午三時，會場假江山樓，開設擊鉢吟會，招待瀛社員出席。倣瀛社簡單小集主義。是日兩社出席者四十名，題爲〈餞歲〉蒸韻，每人限定七絕二首。由魏潤庵、林湘沅、李碩卿三氏選點，計算後得點數最多者二十首入選，各贈以贈品然後開食飯會，盡歡至八時過散會。是日江山樓主人，頗多幹旋，並寄附包點也。
7818 11.03.06	編輯日錄 （3/5）	瀛社創於十四年前之閏花朝日，今年值十五周年，昨日在劉氏祖廟開擊鉢吟會，決議於本月舊花朝日，開紀念祝宴，同人爲荷設備責任，現正總度其法，務取質素。
7820 11.03.08	瀛社十五年祝宴	瀛社訂來十三日卽舊花朝日午後五時。在臺北市下奎府町顏雲年君別邸。開創立十五周年祝宴。並撮影紀念……
7821 11.03.09	編輯日錄 （3/8）	花朝日之瀛社十五年紀念會，兼欲新定社規，故凡屬瀛社一分子，須義務出席。不到者仍要提供會費。爲欲開擊鉢吟會，原訂午後五時起者，今改爲二時起。星社同人將一樣納會費與宴，且寄贈紀念箋。瀛社友楊仲佐氏提供其臺灣製酒會社之黃菊酒二打，充擊鉢吟贈品。又原瀛社友李金燦氏亦欲有所寄贈。同人將囑本社寫真班，是日前往攝影。然則是日之會，當極盛況也。
7827 11.03.15	瀛社十五年紀念	瀛社十五週年紀念祝，經如既報，以去十三日，卽舊二月十五日之花朝，開於稻江顏雲年君新築別邸。午後二時，瀛社員，及桃社、竹社、星社、小鳴社諸詞友，便續（按：當爲陸之誤）續來集，二

報號/日期	訊息標題	記　　　　　　　　　　　　　　　　　　　　　　　　　　事
		時半開擊鉢吟，拈題〈春晴〉，支韻，限七絕二首，四時半交卷。五時紀念寫真，六時半移開宴會。席間，瀛社長洪以南君述開會詞，來賓羅蕉麓君祝詞，黃守謙君述月課實行希望，張純甫君代表星社，李碩卿君代表小鳴吟社，各述該社友入瀛社希望，謝雪漁君代表瀛社贊成意。磋商會則，顏雲年君起爲逐條朗讀一遍，字句間加二三修正，全部可決。瀛社事務所以後即決定于雲年君新別邸，（是日開會場所）宴半，發表擊鉢吟之中選者。詞宗爲蕉麓、雪漁二氏。來賓鷹取岳陽、尾崎白水、林熊徵暨其他諸氏。又是日寄附者爲林熊徵、吳昌才、黃純青、楊仲佐諸氏，暨竹社、江山樓其他，九時過散會。
臺南新報 大正 11.03.17	南社員羅秀惠參加臺北瀛社「紀念擊鉢吟會」	瀛社十五週年紀念擊鉢吟會，昨十三日午後二時，開於下奎府町顏雲年氏別墅，出席者瀛社而外，有桃社、竹社、星社及小鳴吟社及來賓等計五十餘名。題拈〈春晴〉，支韻限七絕二首，四時半交卷。左詞宗羅秀惠、右詞宗謝雪漁，評選發表，左元薛玉龍、右元黃水沛，然後一同攝影紀念。六時開宴，瀛社長洪以南氏，先述開會詞，次來賓羅秀惠氏、鄭蘊石氏、黃守謙氏、張純甫氏……南社集會經常舉行競作，而擊鉢吟與詩鐘爲競作時所使用的方式，同時，社員亦可借由作詩比賽以增進詩會的氣氛，並磨鍊詩藝。
7832 11.03.20	編輯賸錄 （3/19）	瀛社於前日開十五年紀念會，席上由顏吟龍君提出規則來，略加修正，全部決可，其幹部由會長囑託，決定如下：幹事顏雲年、魏清德、張純甫、倪炳煌四氏，評議員林知義、許梓桑、黃純青、林湘沅、林佛國、黃贊鈞、楊仲佐、劉克明、陳其春、李碩卿十氏云。
7834 11.03.22	編輯賸錄 （3/21）	前日瀛社之紀念會，同人有起爲演說者，竟爲他社之人誤解，同人深訝其無謂，而悔門戶開放之失策，不得不爲補牢之計。
7843 11.03.31	編輯賸錄 （3/30）	基隆顏雲年君來信，言定此來二日下午二時起，在其大稻埕別邸，招集瀛社中人，開食飯擊鉢吟會，兼議會則暨其他所關一切。
7875 11.05.02	瀛社吟宴	瀛社因社友許梓桑君內渡觀現時東京所開之平和博覽會，日昨歸來，欲爲之洗塵，兼聆其遊歷談。定來四日午後二時始，在臺北下奎府町顏雲年君別邸，開擊鉢吟會。桃社以聯合吟會關係，亦有一部分欲參加云。
7897 11.05.24	瀛社例會	瀛社定來二十七日（土曜）午後二時起，在下奎府町顏雲年君別邸，開擊鉢吟例會，當番幹事爲倪炳煌、陳郁文二君，又雲年君按定來三十一日便輪晉京，此回之擊鉢吟，兼有餞別會之意云。
7925 11.06.21	瀛社擊鉢吟會況	瀛社擊鉢吟會，去十八日午後二時起，開之於寅褒庄葉氏宗祠。雖祠距市稍遠，且時有驟雨，而出席者仍有約三十人。鄭永南氏代表桃社來會，櫟社之林獻堂氏、南社之黃欣氏，因來與督府評議會，

報號/日期	訊息標題	記　　　　　　　　　　　　　　　　　　　　事
		亦受招待而至。乃以林、黃二氏爲詞宗，題爲〈遠山〉，限鹽韻，律詩各一首，興會淋漓，至四時繳卷。因恐路遙難返，乃變常例，將詩卷彙齊，送往林、黃二氏旅邸，緩緩評定。是日葉姓之有力者，葉錬金、葉永勝、葉光塊、葉秋明、葉金塗、葉連登、葉傑三、葉莘華、葉家祿、葉芋菀、葉榮申、葉禎祥十二氏爲對諸詩人表敬意，合同設席款洽，又對詩之入選者，各有贈品云。
8018 11.09.22	墨瀋餘潤	顏吟龍君來函，以所擬瀛社食飯會輪值順序，來商同人，同人均無異議。蓋計有二十番，週而復始，但每月不拘定一回，即二回三回，亦無不可，一番謝雪漁，二番顏雲年臺北，三番潤庵、克明、振傳，四番炳煌、郁文、笏山，五番許梓桑，六番純甫、述三、肇藩，七番洪以南，八番小鳴吟會，九番星社，十番贊鈞、佛國、水沛，十一番朝煌、子楨、搏秋、自新，十二番德輝、如林、連袍、桂村、衍三，十三番錬金、星闕、秋圃，十四番林問漁，十五番黃純青，十六番小鳴吟社，十七番家坤、仲佐、金燦，十八番陳其春，十九番星社，二十番碩卿、世昌、子清、誥庭。
8024 11.09.28	墨瀋餘潤	瀛社食飯吟會，本屆輪值許梓桑君，原訂十月一日，開之於基隆高砂樓。嗣以是日各地皆有自治制施行紀念祝賀會，爰議改於十月八日。旋以臺中櫟社紀念碑除幕式，亦訂在八日，來邀瀛社友臨會，瀛社友中爲表敬意，亦有二三欲往者，梓桑君來函，與同人商酌，同人以爲十月一日及八日，既皆有阻礙。若八日以後，又與瀛、桃、竹聯合大會之期相近，爰代決定爲十月二日（星期一），午後一時，開之於基隆，即以此代柬。
8032 11.10.06	瀛社基隆飯吟會	瀛社擊鉢食飯會，此回輪值基隆許梓桑氏。去四日下午二時，開於當地高砂樓旗亭。臺北出席者，則有篔村，水沛、述三、肇藩、秋圃五氏，合計約三十人。題爲〈待月〉，江韻，及〈避債臺〉，歌韻，同時拈出。至五時交卷，前者詞宗爲篔村、述三兩氏合點，元爲篔村氏所得。次爲石鯨、純甫兩氏合點，元爲雲年氏所得。盡歡至七時過，各飽飯散會。
8036 11.10.10	瀛桃竹聯合會期	瀛、桃、竹聯合吟會，定來二十九日午後二時，在臺北江山樓開會。已由該聯合吟會會長顏雲年氏，函達副會長桃社簡朗山氏，及同竹社鄭神寶氏。囑其各轉達其社吟朋，如期來會，且欲招待中南部諸詞人，近將著手準備云。
8043 11.10.17	瀛社食飯會	既報瀛社食飯吟會，去十六日下午二時起，開於大稻埕江山樓旗亭，是日兼爲此回受官命派往內地參列湯島祀孔典禮之李種玉、謝汝銓兩氏，壯其行色。題目首題〈仙槎〉，灰韻，詞宗雪漁、潤菴。次題〈吟秋〉，咸韻，詞宗以南、湘沅。至下午四時半交卷，謄錄

報號/日期	訊息標題	記 事
		後由四詞宗各選出二十首。六時開宴，是日合稻艋基隆社外加入者及桃社加入之人，計得出席者五十名，盡醉至八時過散會。
8047 11.10.2!	墨瀋餘潤	……即（按：當爲既之誤）報瀛社徵詩，題〈臺灣民商法施行所感〉自發表至今，已閱十餘日，內臺兩邊詩人，惠寄傑作者，頗有其人，足見留心時事，林君薇閣對此尤力鼓舞，特備豐厚贈品。夫詩人平時蘊蓄，遇事歌詠，原不爲外物所動。然其佳章或主師取中，而更獲人贈品，亦不傷廉，限期尚餘十日，有志者一費錦心而推敲之，落寞騷壇，或有生色之一時矣。
8053 11.10.27	墨瀋餘潤	來二十九日下午二時起，將開於江山樓之瀛、桃、竹三社聯合吟會，現下接到羅山吟社、櫟社來函，均約惠臨。而桃、竹兩社之出席者至少亦各有十名以上，屆時之盛況，正自可卜。想南社若欲圖異日互相來往起見，必能認定北部民法，物權篇第二節之先取特權，一番鼓舞，有代表者之惠臨，是所切禱。又聯合吟會翌日，有瀛社食飯吟會，值東張家坤、楊仲佐、李金燦三氏，再招待一同，重催韻事，以續餘歡，惟會場尚未確定云。
8056 11.10.30	瀛桃竹聯合吟會	瀛、桃、竹聯合秋季大會，經如既報，以昨二十九日午後二時，開於江山樓旗亭，會員出席者七十名，來賓臺中櫟社、嘉義羅山吟社、臺南南社諸詩人臨席者約二十名，一同列席後，拈題分韻，第一唱〈重陽後一日登圓山〉，限魚韻七律，詞宗傅鶴亭、蘇孝德二氏，第二唱〈十日菊〉，限庚韻七絕，詞宗陳懷澄、連雅棠二氏云。
8057 11.10.31	聯合吟會續報	……三社聯合會長顏雲年氏起立演禮，謝櫟社、羅山吟社多數惠臨。而南社雖以開會同日，亦暫將債權篇之權利義務相殺主張放下，承認本聯合會優先權，以代表者吳萱草氏遙遙臨席，並辱賜祝電，曷勝感激……吳氏爲言此回南社開會之同日，有種種不得已事情，非故意不肯尊重貴聯合會優先權，茲派遣小生塞責，祈爲諒解……然後發表入選者，首題〈重陽後一日登圓山〉七律，左元養齋、右元石衡……次題〈十日菊〉七絕，左元痴雲、右元伊若……
8058 11.11.01	食飯吟會盛況	瀛、桃、竹三社聯合吟會翌日，即三十日當日，瀛社食飯吟會值東張家坤、楊仲佐、李金燦三氏值東，更於上午招待一同到圓山公園附近陳朝駿氏別莊午餐，席上顏雲年氏宿附江山樓花榜掄元之小金治，傳臚之碧珠，及椪頭，阿冉四妓。下午二時起，開始擊鉢吟會，首題〈花榜〉，虞韻，詞宗簡若川、吳萱草兩氏，次題〈黃石授書〉，庚韻，詞宗鄭養齋、鄭作型兩氏。五時交卷，七時發表，首次二唱，左右各選出二十首，計八十首。七時半開始晚餐，是日賓主出席者尚有五十餘名，極盛散會。
8072	食飯會兼洗	參列東京孔子大祭，謝汝銓、李種玉、許廷光三先生一行，將定於

報號/日期	訊息標題	記　　　　　　　　　　　　　　　　　　　　　事
11.11.15	塵	本十五日歸臺，瀛社食飯會，此期輪值基隆小鳴吟會爲東，即定來十九日曜日，午後正二時，在臺北江山樓，開擊鉢吟。至同午後六時，續開洗塵宴。但社外希望加入者，會費每人二圓，請通示下奎府町一丁目瀛社事務所爲盼。
8090 11.12.03	墨瀋餘潤	既報瀛社諸同人，訂本日午後，於文山郡景美，修坡仙後赤壁遊韻事，並開擊鉢吟會。景美內臺人有志，均擬開會歡迎，以盡地主之誼。出席之人，可於萬華正午十二時，或午後二時，及稻江朝陽午後一時或二時發之汽車自動車，擇便乘往。本日天氣或晴，如景美交通最便之地，大有一遊之價值矣。
8124 12.01.06	瀛社例會兼 春宴	瀛社例會，此番輪值星社同人，定來七日（星期日）午後一時起，在東薈芳樓中，開擊鉢吟會，兼新年宴會。會費大部歸星社值東者負擔，而與會者各分擔金一圓云。
8127 12.01.09	瀛社新年小 集	瀛社新年宴會兼擊鉢吟會，經去七日午後二時，開于稻江東薈芳旗亭，是日值東爲星社諸吟友，會員稻艋及基隆等處出席者三十餘人。二時半開會，題爲〈人日吟讌〉，限青韻，詩體七律。詞宗林子瑾、黃贊鈞二氏，得詩三十餘首，五時開宴，和氣滿堂，不減李白春夜之宴桃李園也，八時餘一同散會。
8180 12.03.03	墨瀋餘潤	瀛社擊鉢吟會。本期值東爲湘沅、石衡、水沛三氏。茲訂來二十日午後二時，假江山樓旗亭開會，屆期望社友從早出席。
8184 12.03.07	墨瀋餘潤	瀛社擊鉢吟會，本七日午後二時，假江山樓開會。社友諸君，望振刷精神，勉勵出席也。
8205 12.03.28	瀛社擊鉢吟 例會	瀛社定來三十一日，即舊花朝午後二時始，在江山樓樓中，開擊鉢吟例會。值東爲林搏秋、歐陽兆璜、林子禎、王自新四氏。瀛社創立之日，係閏花朝，每年值花朝日，例開吟會，亦一紀念也云。
8248 12.05.10	瀛社擊鉢吟 例會	瀛社擊鉢吟會，者番輪值基隆。定來十三日午後一時起，開例會於基隆公會堂。兼爲瀛社之雪漁、潤菴二氏，桃社之若川氏，祝其榮受學者之褒彰。又此後小鳴吟社詞人，擬全部編入瀛社，易名爲瀛社基隆分部。此番例會即其擔任者，希望聯合吟會詞人，多數出席。又因準備關係，欲出席者，至十二夕刻止，宜通知於許梓桑氏處云。
8253 12.05.15	瀛社例會盛 況	瀛社，去十三日午後二時起，開例會於基隆天后宮兩廡。來會者基北瀛社員共二十餘人，外天籟吟社十餘人參加，計四十餘人。拈兩題目，首題〈撲蝶〉，五律限魚韻，次題〈酒旗〉，七絕限青韻，每人各題一首。四時交卷，至六時評定明白，即於對面之高砂樓開宴。席上值東顏德輝氏敘禮，並報告會務，謂顏國年、潘炳灼、何秀山、杜潭中、廖春祥諸氏，對於瀛社極表好意，聞此次例會，欲爲謝、魏、簡三氏祝受表彰，猶爲贊同，或寄附金錢，或寄附藝妓，

報號/日期	訊息標題	記　　　　　　　　　　　　　　　　　　　　　　　　　事
		或寄附酒其他，殊堪感激云云。雪漁氏爲來賓代表答禮，間有云，此次例會，余等承列位雅意，設此盛宴相祝，實不勝欣幸。而最懆愴者，爲雲年兄之仙逝，設令雲兄健在，當皇太子殿下行啓之時，必與辜林、李、王諸氏，同受敘勳恩典，今日在此之祝余等者，亦必同祝雲兄，會況必益加盛大，會場亦必不只於彼廟與斯樓也，念此實爲心痛。抑鄙人更有希望者，雲兄對吾瀛社，實爲有功者，自茲以往，每年於雲兄作古或其火化之日，定爲在基例會之期，是日置雲兄寫真於座上，以故沈相其、陳潤生二氏爲副，作詩以後，開宴之前，先行致祭，次第拈香，以表哀忱，想雲兄在天之靈，亦必鑑吾等之意也云云。此沈痛懇摯之詞，在座諸友，殊深感動，一時有如水平，寂然無聲，至云每年例會致祭，則拍手之聲不絕。於是由張純甫、鄭如林二氏發榜……
8276 12.06.07	墨瀋餘潤	瀛社月例會，本月輪值艋舺元園町陳其春君獨當。茲由本人訂新曆來十日下午一時半起，開於新築自宅樓上……
8281 12.06.12	十日瀛社例會	既報瀛社月例會，此回輪值瀛社友陳其春君獨當。去十日下午二時起，在其元園町新宅樓上開會。是日臺北、基隆、瀛社友而外，更有多數之小鳴吟社、星社、天籟吟社三社員加入，約四千（按：當爲「十」字之誤）餘名。席上公推謝雪漁、張純甫二氏爲左右詞宗，拈題得〈老伶〉，虞韻，每人限定二絕。晚餐後揭曉，各贈呈賞品，至八時半散會。後期例會，天籟吟社自請值東，惟會場及期日尚未定也。
8288 12.06.19	瀛社擊鉢例會	瀛社擊鉢例會，此期輪值天籟吟社，經如前報，茲據該社員劍亭氏曰，會期訂來二十四日午後一時半，會場假該社名譽社員林清月氏宅，即宏濟醫院內，屆期希望多數出席。又該社員楊文諒氏，亦聲言欲對是日出席者，各贈以金蟬香水云。
8324 12.07.25	瀛社例會	瀛社擊鉢吟例會，此次輪值社長洪逸雅君，已定來廿九日（日曜）午後三時許，開於其達觀樓。自北赴會者，宜乘淡水線之午後二時餘列車往，乃搭是夜十時餘之列車歸。爲有準備關係，凡瀛社員及至今參加之各吟社員，應先期報名於洪君，若臨時往者，概不承認。
8330 12.07.31	瀛社例會會況	瀛社月例會，經如前報，去二十九日，開於淡水達觀樓，即該社長洪逸雅氏宅上。是日適星期日，各社友間有乘機搭早車，赴海水浴者。而下午各幫車諸受招待社友，亦復陸續來會。迨至午後四時半，乃擬題爲〈淡水海浴〉豪韻，詩體七絕，每名限定二首。推鄭永南、謝雪漁二氏，爲左右詞宗。六時交卷，發表後，分呈贈品，然後入席，盡歡散會後，各搭十時五十分淡水發汽車歸北，頗呈盛會。
8393	瀛社擊鉢吟	瀛社擊鉢吟會，桃社、天籟吟社、星社、少（按：當爲「小」字之

報號/日期	訊息標題	記事
12.10.02	會況	誤）鳴吟社俱參加，去三十日午後二時起，在江山樓設席，爲林小眉、林石崖二氏，開歡迎送別吟宴。既如所報，是日各社友及社外參加者近七十人。首題〈讀畫〉限十藥部，各賦絕句二首，次題詩畸〈詩、火〉鶴頂格，各二聯。首題閱者爲林小眉、林石崖，二題閱者爲鄭永南、林湘沅二氏。甲乙評定後，次立行開宴，酒酣之際，社長洪以南氏敍禮，次來賓林小眉、林石崖二氏依次答禮。然後開懷暢飲，只許談風月，不及去他，至八時許散會。是日林薇閣、顏國年、郭邁臣三氏來會，補佐風雅，皆有寄贈。此外簡朗山、吳昌才、杜聰明、蔡伯毅、翁瑞春、陳智貴諸氏其他豪商，爲對主賓表敬意，特來參加，極一時之盛。
8397 12.10.06	瀛社聯吟會輪番	瀛社聯吟會，輪番告竣，此次重新編制，如左所記，以此代束，各吟友承認。第一回（十月間）：陳曉綠、張晴川、杜冠文、劉劍秋；第二回（十一月間）：洪玉明、卓夢庵、葉蘊藍、李神義；第三回（十二月間）：莊于喬、洪汝霖、蔡敦輝、謝雪樵；第四回（明年一月間）：李騰嶽、杜仰山、歐劍窗、陳大琅；第五回（同二月間）：蔡三恩、劉明祿、張一鴻、黃梅生；第六回（同三月間兼花朝紀念會）：謝雪漁、魏潤庵、林石崖、黃石衡、洪以南、許梓桑、黃純青、陳其春、劉克明、倪炳煌、林子楨、王自新；第七回（同四月間）：周士衡、施逸樵、黃坤維、陳明卿；第八回（同五月間）：歐陽兆璜、林搏秋、陳郁文、顏笏山；第九回（同六月間）：吳如玉、李悌欽、陳愷南、歐陽光扶；第十回（同七月間）：林述三、林湘沅、高肇藩、曹秋圃；第十一回（同八月間）：李石鯨、顏德輝、何誥廷、黃昆榮；第十二回（同九月間兼秋季吟會）：葉鍊金、張家坤、李金燦、楊仲佐、林夢梅、許劍亭、林其美、吳夢周。此外如有遺漏未編入者，請速報知本社，以便加入。又參加者爲天籟吟社、淡北吟社、星社、萃英吟社、小鳴吟社。
8398 12.10.07	正訂一則	昨報瀛社聯吟會輪番，林知義、張純甫、劉振傳、沈連袍四君，原編在第十二回組內，全行脫去，茲再補入。此番之編制，在第六回及第十二回，所以人數倍多者，蓋將以準備春秋大會，負擔較重，與平時不同。瀛社生於閏花朝，故春季定爲舊花朝，秋季定舊中秋前後，其他每月輪番，將擇有意味之日開之。又瀛桃竹聯合吟會，擬於該春秋二季大會時，合併行之……
8401 12.10.10	吟會輪番重編	瀛社聯吟會輪番，前經發表，因有補入關係，茲再重編如左：第一回（十月間）陳曉祿、張晴川、劉劍秋、杜冠文……
8406 12.10.15	瀛社聯吟會會期	瀛社聯吟會，經如前報，第一回值東者，爲淡北吟社，會期業定來十七日，即神營祭日。午後二時起，會場假東薈芳，希望會友，多數出席云。

報號/日期	訊息標題	記　　　　　　　　　　　　　　　　　　　　　　事
8444 12.11.22	聯吟會及祝賀會	瀛社聯吟會，此期輪值天籟社友卓夢菴、葉蘊藍、李神義、許劍亭四氏。茲值瀛社員謝雪漁、林石崖二氏任臺北州協議員。乃訂來二十五日（日曜）午後一時起，假江山樓旗亭，開聯吟會，兼二氏祝賀會。會費金一圓五十錢，欲出席者可報名於本社漢文部許劍亭氏，以便準備也。
8449 12.11.27	聯合吟會兼祝賀會	瀛社擊鉢聯吟會，兼謝雪漁、林石崖二氏新任州協議員祝賀會，經去二十五日開于江山樓旗亭。瀛社及各社以至社外參加宴會者，共七十餘人，午後二時先開擊鉢，詩題〈南雁〉，六麻韻，七絕各二首，詩畸〈一童〉，魁斗格，每人二聯。四時半交卷，七時發表，八時開宴。值東天籟吟社員卓夢菴氏代表值東社員，對謝、林二氏述祝詞，蔡式穀氏代表社外會員祝詞，謝、林二氏各起道謝，九時散會，頗爲盛況云。
8470 12.12.18	瀛社聯吟會會期	瀛社聯吟會，此次輪值萃英吟社，即陳愷南、吳如玉、歐陽光扶、李悌欽四氏，經訂來二十二日（土曜日）午後二時，會場假江山樓，希望會友多數出席云。
8478 12.12.26	瀛社聯吟會會況	瀛社聯吟會，如所豫報，去二十四日午後二時，開於同文書房，各社友出席者，約四十名。首唱題爲〈新雪〉七絕，次唱詩畸鳶肩格〈新雪〉，發表後，對前茅二十名內，分呈贈品，如例晚餐，七時餘散會。
8488 13.01.05	瀛社聯吟會時間	瀛社聯吟會，此期輪值星社吟朋，定是日午後一時，開會於江山樓。因是日瀛社友林湘沅君出殯，諸吟友均欲會葬，時間衝突，爰改爲會葬之後，始赴江山樓開會。新年宴會，諸吟友應另負擔會費，雖其數未定，然爲節約計，大概一圓內外，望多數出席云。
8491 13.01.08	瀛社聯吟會況	瀛社擊鉢聯吟會，去六日午後三時，開于江山樓旗亭。是日爲兼新年宴會，及爲林佛國氏洗塵，並招請林本源家一派詩人，會員出席者頗爲不少。三時半拈題〈醉春〉，東韻，又詩畸〈壽·長〉，蟬聯格。六時交稿，七時半詩及詩畸一齊選畢，遂即開宴，以八時半散會。
8500 13.01.17	墨瀋餘潤	雪漁籌刊寓臺詩人名題錄，現正起草規程，不日當可發表。
8532 13.02.18	餞別吟宴	瀛社友顏德輝氏，者番由圓仔湯嶺第一炭坑，榮轉爲大溪墘炭坑主事，當地諸吟朋，去十三夜六時，爲設宴在高砂樓惜別。飲罷連袂到大祥行樓上，開擊鉢吟，是夜值春雨霏霏，擬題爲〈雨衣〉，七絕，真韻，共得詩二十餘首，謄錄後交詞宗張純甫氏評定甲、乙。結局元爲來賓顏德輝氏所得，至更闌始散。
8546	瀛社例會	既報瀛社詩會月例會，去一日下午三時，開於臺北市內有明町劉家

報號/日期	訊息標題	記　　　　　　　　　　　　　　　　　　　　　事
13.03.03		祠，是日來會者約五十名，來賓則有林小眉及蘇菱槎（按：即槎）兩氏，及桃社黃守謙、竹社林篁堂兩氏，林、蘇兩氏早退。席上舉顏笏山，李碩卿兩氏，爲第一唱詞宗，詩題〈洗硯〉，庚韻，七絕二首，次唱詩畸〈又逢君〉，三字碎錦格，詞宗張純甫、黃水沛兩氏，盡歡至九時過散會。
8564 13.03.21	瀛社紀念會盛況	既報瀛社創立第十七年紀念會，於去十九日，即舊曆二月十五日下午三時，開於江山樓三階。席上推林小眉、黃純青兩氏爲詩之詞宗，題爲〈花朝雅集〉，七律麻韻。推蘇菱槎（按：即槎）、鄭永南二氏爲詩畸詞宗，題〈白・沙〉兩字，八叉格（一二），五時半交卷。八時入席，是日會員出席者，多至五十餘名，來賓則尾崎白水、鷹取岳陽、林小眉、蘇菱槎（按：即「槎」）、簡綠野、鄭舜五諸先生……[6]。
8582 13.04.08	陌園之擊鉢吟	瀛、桃、竹聯合吟會會長顏雲年君逝後，陌園擊鉢之聲，久已絕響。茲爲雲年君之銅像除幕，及顏家祖廟落成，顏國年氏承令先人遺志，定來十三日（日曜）午後二時，在陌園張吟宴，招舊瀛、桃、竹聯合吟會，及現瀛社聯合吟會諸同人，開擊鉢吟會。近將發柬，除中選賞品外，別贈與顏雲年君小傳，及陌園吟集各一冊，以資紀念。舊誼難忘，想赴會者當不乏人也……
8589 13.04.15	陌園擊鉢吟會盛況	基津顏國年氏，爲其令先兄雲年君奉安塔，及陌園吟集剞劂告成。如既報，於去十三日午後一時，柬邀瀛、桃、竹聯合吟會會員，及內地詩人，于陌園開擊鉢吟會。是日內地人小松、鷹取，尾崎、猪口鳳菴、伊藤賢道諸氏，本島人瀛社、桃園吟社、竹社諸聯合吟會員百十餘人出席。午後一時拈題，題爲〈陌園憶舊〉七絕，十三覃韻，四時交卷。得詩二百餘首，左詞宗推桃園吟社簡若川氏，右詞宗推竹社鄭十洲氏。七時移入宴會，席上主人顏國年氏起爲敘禮，歷述其令先兄之所計畫，及己之繼承遺志，力爲助成。並此後對于吟社，將益爲鼎力等語。滿場皆拍手歡迎，來賓小松氏爲內地人總代答辭，曾吉甫氏爲瀛、桃、竹聯合吟會總代答辭，鷹取氏爲祝主人顏家發展，赴唱一同乾杯，橫澤氏亦代主人起爲來賓一同乾盃。宴半，發表選定甲乙，入選者各贈與豐厚賞品，是夜有紅裙十餘輩，殷勤勸酌。主人又以《故雲年君歷史》及《陌園吟集》二冊，分贈來會諸吟友，作爲紀念，一堂靄靄九時散會。
	全島詩社大會先聲	全島詩社大會先聲，瀛社諸吟侶共以目下風景宜人，即新鶯出谷，乳燕依巢，陌上紛飛柳絮，源頭艷放桃花。騷人墨客，及時行樂，

<hr>

6　《臺灣詩薈》第三號頁 202 有同一報導。

報號/日期	訊息標題	記　　　　　　　　　　　　　　　　　　　　　事
		正在此時，且爲聯絡文人聲氣起見，主唱全島詩社大會，議定辦法如左： 一、會期四月二十六日午後一時起。 二、會場臺北市江山樓。 三、會費每人金三圓是日袖交。 四、報名處本社漢文部。 五、報名期限至四月二十二日止。 此舉之意在扢揚風雅，藻繪昇平，諒各地詩人，贊成者眾，屆時赴會者亦多矣。
	墨瀋餘潤	瀛社聯吟會，此期輪值歐陽兆璜、林搏秋、陳郁文、顏笏山四氏，近將發表期日。
8596 13.04.22	瀛社月例會	去二十日下午一時起，在艋舺俱樂部所催之瀛社月例吟會，來會者可四十名，題爲〈評詩〉，七絕東韻，五時半由劉克明、魏潤庵兩詞宗，各選二十首，於六時發表。晚餐席上，由社長洪以南氏敦勵同人於來二十五日全島聯合吟會，要於時間前出席，以期時間正確厲行，七時散會[7]。
8599 13.04.25	臺灣聯合吟會	臺灣聯合吟會，如前所報，定本日午後，開之於江山樓旗亭。全島各詩社詞人，特來參加者，計一百六十餘人。現在瀛社聯吟會會員，全部義務出席，午後一時齊集，一時三十分，拈題限韻，開擊鉢吟。三時交卷，立行謄錄，四時評閱，五時發表，六時開宴，時間厲行。在北重要官紳及內地人詞家，多數欲臨席。
8601 13.04.27	全島聯合吟會盛況	既報臺灣全島聯合吟會，去廿五日下午一時半起，時間厲行，開於臺北市內江山樓旗亭，題爲〈八角蓮〉，真韻，詩體五律，每人限定一首。至三時截收，五時發表，由趙雲石、林小眉兩詞宗，各選出五十首。是日臺北、基隆而外，桃園、新竹、臺中、嘉義、臺南、宜蘭各方面到者，計有百六十八名之多。來賓則相賀、尾崎兩局長、赤石何陋菴、井村大吉、小松、鷹取岳陽、山口東軒、尾崎古村、猪口鳳菴、長沼梅仙、澤谷星橋、松井梅軒、柳田陵村諸氏，而來北中之詩人茅原華山翁，亦適來會……
8602 13.04.28	薰風鈴閣之唱和	總督招待聯吟會詩人，去二十五日，在江山樓所開之臺灣全島聯合吟會盛況，已如前報。翌二十三日下午三時，內田總督，招待一同於東門官邸，開茶話會，〈賦似薰風鈴閣〉之七絕詩一章……
	墨瀋餘潤	瀛社聯吟會一部，去二十七日午後二時起，在江山樓開臨時擊鉢吟會，招待中南部來赴大會，尚未歸去之騷人，以慰其旅情。

---

7 《臺灣詩薈》第四號頁 270 有同一報導。

報號/日期	訊息標題	記　　　　　　　　　　　　　　　　　　　　事
8607 13.05.03	墨瀋餘潤	瀛社聯吟會，決定改組，爰議將現時輪流未到者，合併二次值東，一次在臺北，一次在基隆。在臺北者爲林述三、高肇藩、曹秋圃、洪玉明、施逸樵、黃坤維、陳明卿、莊于喬、洪汝霖、蔡敦輝、謝雪樵、林知義、葉煉（按：當爲鍊之誤）金、張家坤、李金燦、楊仲佐、林夢梅、林其美、吳夢周諸氏，在基隆者爲張純甫、周士衡、劉明祿、黃梅生、李石鯨、顏德輝、何誥廷、黃昆榮，王子清、鄭如林、沈連袍，林衍三、陳新枝、蔡三恩、劉振傳諸氏。臺北按五月十一日，基隆按五月二十五日，請各吟友承諾，如期準備爲幸，瀛社幹部附啓。
8611 13.05.11	墨瀋餘潤	瀛社聯吟會，本日曜日午後二時，將開之於江山樓，因瀛社名譽會長林熊徵君，昨自內地歸，欲兼爲之洗塵云。
8617 13.05.13	瀛社聯吟會況	臺北瀛社聯吟會例會，兼名譽會長林熊徵君洗塵會，經如所報，以一昨日午後二時半，開于江山樓旗亭。本回值東者十餘氏，聯合主催合，來賓、會員出席者有六十餘名，三時擊鉢，題拈〈散花〉，四支韻，詞宗謝雪漁、魏潤庵二氏。五時交卷，七時發表。旋開宴……八時半散會，是日內地人來賓有小松、尾崎二氏，及林熊徵氏云[8]。
8645 13.06.10	瀛社聯吟會況	瀛社聯吟會，如所豫定，於去八日午後一時半，開於基津。北部吟友早至岸壁，因遊船未到，少憩於高砂樓旗亭。擬題〈釣竿〉，五律虞韻，每人一首，旋聯袂再赴岸壁，泛舟中流……午後三時陸續交卷……龍舟鬥畢，始返高砂樓，七時開宴……是日諸吟友出席，四十餘名云。[9]
8679 13.07.14	瀛社送迎吟宴	瀛社吟友，爲林菽莊氏賢喬梓東渡，及顏國年氏由大陸視察歸臺，並劉克明氏將率生徒內地見學等，經十二日午後三句鐘，假江山樓旗亭，爲諸氏開送別並洗塵吟宴。是日瀛社員及社外吟友，出席者甚多。先開擊鉢吟，拈〈消夏詞〉，題七絕一首，支韻，又詩畸拈〈舊・園〉二字，第六唱。推林菽莊氏賢喬梓爲詞宗，五時交卷，六時閱畢……賓主談心，至八時過始散云[10]。
8712 13.08.16	無腔笛	瀛社聯吟會重新組織事，曩經邀請瀛社幹部，及臺北市內、基隆方面各吟社代表者，到江山樓樓上會議。同時託各吟社代表者，選擇推薦，際茲炎威大減，漸近讀書吟詠時節，望各吟社代表者諸君，速將所推薦之要加入者芳名賜示本社，以便彙齊發表。再經一次會合，爲定輪番值東順序。以便古中秋前後，開第一回重新組織之聯

8　《臺灣詩薈》第五號頁 339 有同一報導。

9　《臺灣詩薈》第六號頁 405 有同一報導。

10　　《臺灣詩薈》第七號頁 475 有同一報導。

報號/日期	訊息標題	記 事
		吟會也。
8731 13.09.04	瀛社改組初會	瀛社重新組織，計得社員八十名，定來十四星期日，即舊中秋後一日，午後二時起，在江山樓三層樓露臺，開初回吟會，七時，開宴觀月。此係初會，議案頗多，希望新舊社員，撥忙參會，以便議決，雖有事不能列席，亦要分擔會費，此次新社員全部，係由各社幹部推荐，其人品，其學術，推荐者諒經慎選不錯，故不別爲詮衡，至於個人自報者，則尚待詮衡，未爲編入，請勿驀然來會，是夕亦要招待內地詩人素與瀛社有關係者云。
8733 13.09.06	瀛社題名錄	瀛社改組，既如所報，茲將其氏名列後，但舊社員及由各吟社幹部推薦之新社員，如有登載遺漏者，望再報明。又此番之初回及觀月會，推舉倪炳煌、李金燦、林述三、張純甫、高肇藩、曹秋圃、歐劍窗、林夢梅、吳夢周諸氏，專辦其事，又諸社員有萬不得已事故，不能出席，望至舊中秋前一日報明云。
8738 13.09.11	瀛社會務分擔	瀛社，定來十四日即古曆中秋後一日，開改組初會及觀月會，該準備委員拾人，既於去九日午後四時，在李金燦參莊，開協議會，決議事項如下，會場江山樓第三樓連露臺。時間，是日午後正二時開擊鉢吟，同六時啓宴，會費每人金二圓，是日持交，缺席者亦有納費義務。來賓爲淡社其他與瀛社有關係者。事務分擔，庶務倪炳煌、李金燦。設備林夢梅、許劍亭，膳錄曹秋圃、高肇藩，膳錄監督張純甫、林述三，受付歐劍窗、吳夢周，接待臨時選定。
8743 13.09.16	瀛社改組初會	瀛社改組一事，屢如所報，迄得網羅在北各吟社當事紹介者，八十四名爲社員，去十四日，即古曆中秋既望，假江山樓開改組後第一回總會，兼觀月會……午後二時半，即席擊鉢，題〈霓裳曲〉，得秋韻，人各一首，計得七十餘首。閱選者，推謝雪漁、莊怡華兩氏，榜發，取四十餘首。同八時吟筵開，酒數巡，洪逸雅氏代表敘禮，並陳希望，大意謂社員既多，則人人之品學均要向上。以期無玷瀛社之面目。言竟，舉杯祝瀛社萬歲，並爲諸來賓壽，一同和之，同十時頃，雍容而散。又社員八十四名，擬作十二回輪值，每回七名值東，其先後次第，即日抽籤決定。但基隆吟友，以該地氣候關係，希望盛夏之間，聽便輪值，先是交卷之後，高山吟社有燈謎助興……[11]。
8747 13.09.20	瀛社值東順番	第一回：顏笏山、李逐初、黃朝傳、王兩傳、駱子珊、楊維巖、張家坤；第二回：黃菊如、林子楨、林摶秋、劉振傳、歐陽兆磺、陳古漁、王自新；第三回：許梓桑、何誥廷、李建興、陳廷瑞、許子修、沈景峰、李石鯨；第四回：王子清、劉明祿、黃昆榮、陳新枝、沈連袍、廖藏芝、周士衡；第五回：卓夢庵、葉蘊藍、李神義、劉

11　《臺灣詩薈》第九號頁 615 有同一報導。

報號/日期	訊息標題	記　事
		夢鷗、倪登玉、陳明卿、許劍亭；第六回：葉鍊金、歐陽光扶、李悌欽、吳如玉、陳楷南、蔡敦輝、黃梅生；第七回：李騰嶽、杜仰山、歐劍窗、林衍三、林其美、吳夢周、陳水井；第八回：洪玉明、鄭麗生、黃遠山、施逸樵、林菊塘、林笑濤、黃樹銘；第九回：洪以南、謝雪漁、魏潤庵、林石崖、黃石衡、黃水沛、林夢梅；第十回：陳春松、何從寬、周水炎、陳尚輝、林錦文、康菊人、林欽賜；第十一回：高肇藩、曹秋圃、鄭如林、顏德輝、張純甫、林述三、蔡凝雲；第十二回：倪炳煌、李金燦、黃純青、陳其春、劉克明、楊仲佐、盧子安。
8765 13.10.08	墨瀋餘潤瀛社祝賀吟會	瀛社吟會會員，此回將爲顏國年、陳其春兩氏，祝賀新任州或市之協議會員，兼十月例會。期日訂來十月十七日神嘗祭當日下午二時起，會場在艋舺俱樂部樓上。瀛社新組織人員，全部視爲加入，要徵收會費壹圓，當日持交，萬一有事故不得加入之人，可預先於十五日內通知……於艋舺高山文社事務所顏笏山氏　處……
8776 13.10.19	瀛社祝賀會況	瀛社例會兼祝賀會，如所豫報，去神嘗祭日午後二時，開於萬華俱樂部。出席社友，除值東者外，多至六十餘名，先開擊鉢，七絕〈紙鳶〉，蒸韻，詩畸〈觀音誕〉，鼎足格，每人詩聯各一，五時交卷，次開宴，祝賀顏陳二社友榮任州市協議員。兼爲林熊徵氏洗塵……新舊社員，計達八十四名，間有相逢不相識者，希望一同攝影交換，一同贊成。宴撤發榜，前茅四十名內，各由值東呈賞……[12]。
8799 13.11.11	瀛社擊鉢吟例會	既報本月中之瀛社擊鉢吟例會，去九日午後二時半起，開於萬華劉氏宗祠內，題爲〈寒衣〉，灰韻七絕，每人限定二首，謄錄後交李悌欽、李碩卿兩氏選取，晚餐後發表，由值東者贈呈賞品，至九時前後散會[13]。
8827 13.12.09	瀛社歡迎辜博士	瀛社，既如所報，去初七日午後二時半起，於江山樓，開通常擊鉢吟例會，歡迎辜博士（鴻銘），會員合遠自桃園、基隆出席者八十餘名，題〈瓶菊〉，七絕豪韻，一人二首，得詩百數十首，囑黃純青、鄭永南兩氏，各選取三十首，發表授賞，博士與陪賓小松孤松、尾崎古邨、林希莊諸氏……
8858 14.01.09	瀛社例會	瀛社第四期例會，定來十一日午後一時始，開之於下奎府聚町陳祖廟，因值陽曆正月，爰如前例，兼開新年宴會，與會者每人出金一圓，不能出席者，至十日午後止，要通知詩報社歐劍窗氏處，又本期值東者，即林欽賜、何從寬、陳尚輝、周水炎、陳春松、林錦文、康菊人七氏云。

---

12 《臺灣詩薈》第十號頁 685 有同一報導。

13 《臺灣詩薈》第十一號頁 753 有同一報導。

報號/日期	訊息標題	記　　　　　　　　　　　　　　　　　　事
8860 14.01.11	瀛社例會延期	瀛社例會兼新年宴會，原定十一日午後一時，開之於陳祖廟，茲因便宜上，變更會期，在下星期日云。
8878 14.01.29	瀛社例會將開	瀛社例會，定來三十一日（舊八日）午後一時起，在下奎府町陳祖廟開會。
8882 14.02.02	瀛社例會狀況	瀛社去三十一日午後一時起，開會於陳天來氏港町之新屋，雖天氣嚴寒，細雨如棉，而與會者仍多數，由謝汝銓擬題，為〈登芝山巖懷六氏先生〉，限庚韻，推敲至五時交卷，六時評閱，七時開宴，賞品除值東者外，陳天來氏別以茶二斗贈與兩元云。
8904 14.02.24	開擊鉢吟宴	瀛社員周士衡氏，因去十五日，為其長子周歲，特於是日正午，在其宅中，開擊鉢吟宴，招待各社吟友，席間擬題〈石麒麟〉，真韻，交卷之後，錄呈詞宗評閱，五時發表，分呈贈品，於是再開吟筵，至七時餘散去。
8909 14.03.01	瀛社例會續報	瀛社例會，此期輪值卓夢庵、葉蘊藍、李神義、劉夢鷗、倪登玉、陳明卿、許劍亭諸氏，定本日曜日午後二時開會。會場假江山樓，是日兼欲磋商舊花朝瀛社紀念會，諸般設備事務云。
8911 14.03.03	瀛社例會盛況	既報瀛社例會，去一日午後二時，開於江山樓，出席社員多至六十餘名，由魏潤菴氏擬題〈野渡〉，蕭韻七絕，限二首，五時交卷。評後，對前茅三十名，分呈賞品，於是共為晚餐。席間由洪社長，提議瀛社記念會，本年將照恆例，於二月花朝日舉行，即新曆三月九日，會場假江山樓，社員要義務出席。會費每人二圓，是日袖交。並舉辦事員，次由李石鯨氏提議，創社員寫真帖等，咸無異議可決。又因顏國年君，將漫游歐美，是日兼欲為餞別，瀛社員以外，各吟社若與顏君有交誼而欲預會者，可通知本漢文部云。
8918 14.03.10	瀛社紀念會盛況	瀛社十七週年紀念會，兼顏國年氏歐洲漫遊送別會，如既報，以去八日午後二時，假江山樓開會。先舉擊鉢吟，題擬〈鵬遊〉，七絕虞韻，左右詞宗謝雪漁、黃石衡二氏，四時半交卷，得詩百六十餘首。六時開宴，來賓為顏國年及尾崎、小松諸氏。宴半，瀛社長洪以南氏，起述瀛社十七週年紀念詞，及顏國年氏歐遊送別詞，顏國年氏起述謝詞……
8929 14.03.21	瀛社員寫真帖	臺北瀛社員一同，為存永久紀念，曾計畫社員寫真帖。去花朝會席上，囑本報同人，代辦其事。故凡屬社員一分子者，希即將照影（五寸半身圓形）住所，職業年齡，並錄平生得意諸作，絕詩四首，或律詩二首，寄交本漢文部，以便彙齊，付諸印刷。一人分擔費用，大概四圓以內云。
8932 14.03.24	瀛社例會	瀛社例會，此期輪值葉煉（按：當為鍊之誤）金、李悌欽、吳如玉、歐陽光扶、黃梅生、陳楷南、蔡敦輝諸氏，據蔡氏言，此期會場將

報號/日期	訊息標題	記　　　　　　　　　　　　　　　　　　　　　事
		假板橋林家花園內，日期未定云。
8939 14.03.31	瀛社例會會況	既報瀛社例會，去二十九日午後二時半，開於板橋大觀書社，稻艋諸吟友，多冒雨出席。題〈大觀書社雅集〉，支韻，七絕二首，五時交卷，計得八十餘首，錄呈詞宗評閱。榜發，宴開，洪社長對來賓敘禮，而石田郡守代表來賓述謝，一同和氣藹藹，八時盡歡而散。附記：是日和泉組，寄附五十圓云。
8960 14.04.21	翰墨因緣	瀛社例會，此期輪值李騰嶽、杜仰山、歐劍窗、吳夢周、林其美、陳水井諸氏。現值東者正有準備，兼欲為社員陳其春君，祝雙生男孫，期日未定。
9039 14.07.09	墨瀋餘潤	接基隆許梓桑君來信，言此期瀛社吟會基隆值東，經決定來十二日日曜日下午三時起要開會。諸在北吟友，至遲可搭臺北驛發下午一時五十分汽車，到基隆驛前乘船赴仙洞、社寮方面納涼兼作詩，六時歸高砂寮上宴飲，希望屆時多數列席云云。
8970 14.05.01	瀛社擊鉢例會	瀛社此期例會，已由值東等決定，來三日午後一時起，在臺北市下奎府町瀛社事務所（陳祖廟對面臺灣興業信託會社二樓）開會，希望社友多數出席。
8997 14.05.20	翰墨因緣	瀛社此期例會，輪值基隆諸吟友，如例要開夏季納涼大會，日期尚未定，不日當能發表云。
9044 14.07.14	瀛社納涼會	瀛社本期值東，輪值基隆方面吟友，已如所報。是日下午三時，眾吟友到者約四十餘名。乃自驛前岸壁共乘一遊船，由一小汽船牽曳，到社寮港方面納涼……一行即於舟中，拈題〈珊瑚船〉，支韻，每人各限一首，六時前後交卷。更出小汽船曳歸岸壁，共赴高砂樓飲宴。席上，首由許梓桑君代表主人敘禮，酒數行，發表魏潤菴、鄭永南左右詞宗所選出各四十名……
9067 14.08.06	翰墨因緣	瀛社此期例會，輪值洪玉明、鄭麗生、黃遠山、施逸樵、林菊塘、林笑濤、黃樹銘諸氏，會場及期日，不日將能決定云。
9072 14.08.11	創婆娑會	瀛社中五旬以上之老者為中心，附以其他同志，組織一會，以便談敘，藉遣老懷。取前清某大老「任老子婆娑風月，看兒曹整頓乾坤」之對，命名為「婆娑會」。別無目的，每月集會一次，置當番幹事二名，措理其事，會費按分負擔。現會員有十六名，最多以二十四人為限。經於去九日開第一回會云。
9074 14.08.13	墨瀋餘潤	瀛社例會，此期輪值施梅窗諸氏，經訂來十六日（日曜日）下午二時開會，會場假艋舺劉氏家廟……
9079 14.08.18	瀛社月例會	瀛社月例會，此回輪值高山吟社，去十六日下午三時起，開於臺北市中有明町四丁目劉姓宗祠內。來會者五十餘人，題擬〈石牴牾〉，蕭韻，每人限定七絕二首。五時交卷，六時錄齊，七時由左右詞宗

報號/日期	訊息標題	記　　　　　　　　　　　　　　　　　　　事
		魏潤菴、劉克明兩氏閱畢，遂共晚餐，晚餐後發表入賞者姓名，分呈贈品，於八時半盡歡散會。
9109 14.09.17	瀛社擊鉢吟會	瀛社此期輪值張純甫、林述三、鄭如林、顏德輝、曹秋圃、高肇藩、蔡癡雲諸氏，日期尚未定，于最終回爲倪炳煌、李金燦、黃純青、陳其春、劉克明、楊仲佐、盧子安諸氏……
9117 14.09.25	瀛社開觀月會	臺北瀛社員一同，自客秋改組輪值以來，至今尚剩十一、十二兩回，茲欲依例於古曆十五日秋色平分，合開觀月會暨擊鉢吟會，自下午二時起云。
9120 14.09.28	瀛社觀月會續報	既報瀛社觀月會。值東者高肇藩、曹秋圃、鄭如林、顏德輝、林述三、蔡痴雲、倪炳煌、李金燦、黃純青、陳其春、劉克明、楊仲佐、盧子安諸氏、去二十六日、先假東薈芳、磋商會……
9126 14.10.04	瀛社觀月會	瀛社觀月會，經如既報，以二日午後二時起，假東薈芳旗亭，開擊鉢吟會，會員到者六七十名。詩題拈〈秋釀〉，先韻，七絕限一首，詞宗謝雪漁、黃石衡二氏，次唱詩鐘〈半秋〉魁斗格，限一唱。四時半交卷，抄錄呈選，六時半宴會，並分贈詩及詩鐘之中選者賞品，九時散會。是夜月光如畫，三層樓上極呈無限涼秋氣味。諸同人對月吟哦，臨風舒嘯，不知秋思誰家，但覺月明盡望，頗不負此一年佳景也。
9148 14.10.26	瀛社例會	瀛社改組第一期例會，擬於近日中開會，值東者爲林其美、歐劍窗、李夢梅、杜仰山、吳夢周、李悌欽、吳如玉、歐陽光扶、蔡敦厚、邵福日……
9150 14.10.28	婆娑會之興趣	婆娑會如所豫定，舊重陽節，開之於東薈芳旗亭。幹事楊仲佐氏截取其手種菊花數枚，滿插瓶中，又贈黃菊酒。由倪炳煌氏提議，聯柏梁體藉添雅趣。以前回爲發會式，此回爲第一期會，每會各聯柏梁體，不作者聽。自東韻起，以次一回一韻，諸人贊同。是夕天氣頗好，明月一痕，涼風徐拂，酒意詩情，興趣淋漓，至九時許乃散，詩別錄……
9163 14.11.10	瀛社顏氏洗塵會	瀛社中央擊鉢吟會，去八日，假東薈芳旗亭開例會，正顏國年氏，新自歐美歸臺，並爲主催洗塵會。社員而外，各界有志，出席參加者凡百名，午後二時頃，社員先到，如例擊鉢，初唱題〈西施菊〉七律虞韻。得七八十首，錄交魏潤菴、鄭舜五兩氏，各選取三十首。次唱詩畸〈秋日登樓〉，碎錦格，得百數十首，錄交謝雪漁、劉篁村兩氏，各選取三十首……
9185 14.12.02	瀛社例會日期	瀛社此期例會，輪值洪玉明、林菊塘、施梅窗、林笑濤、黃遠山、黃樹銘、鄭麗生諸氏，日期業定來六日日曜日午後二時，會場假萬華劉姓宗廟，希望社友多數出席云。

報號/日期	訊息標題	記 事
9191 14.12.08	瀛社擊鉢例會況	既報瀛社例會一則，經于去六日午後二時半，開于萬華劉姓宗祠內，出席會員約五十名，擬題〈圍棋〉，韻二蕭，七絕，每人二首，五時交卷，錄呈魏潤菴、劉篁村二氏，各評取三十名。榜發，分呈贈品，一同晚餐，至八時半散去。
9216 15.01.02	瀛社新年宴會兼祝劉克明君敘勳	瀛社此期例會，輪值葉鍊金、張家坤、顏笏山、文虎、李逐初、王省三、駱子珊諸氏。欲改爲新年宴會，兼祝社友劉克明君敘勳。日期訂來六日，即古曆十一月二十二日，午後一時起先舉擊鉢吟。同六時，開祝賀宴，會場假龍山寺中即高山文社事務所。會費除值當社員外，每名會費金一圓云。
9218 15.01.04	婆娑會況	稻艋及附近老派所組織之婆娑會，去二日午後六時，在東薈芳旗亭開新年宴會，依例職（按：當爲賦之誤）柏梁體，由二多韻內各拈一字，興會淋漓……[14]
9225 15.01.11	瀛社擊鉢祝賀會	瀛社去九日午後二時，於萬華龍山寺，開新春例會。兼祝社員劉克明氏敘勳之榮，會員出席者約五十名。題拈〈舌耕〉七絕寒韻，得八十餘首，錄交篁村、純甫兩氏選取。六時宴開，八時餘榜發，九時頃雍容而散。是日天氣嚴寒，桃園黃守謙氏，暨基隆、淡水其他地方社員，特多出席，足以見其熱心懇意矣。
9277 15.03.04	墨瀋餘潤	瀛社本期例會，場所經決定大稻埕港町，陳天來氏樓上開會，希望會員多數出席。
9280 15.03.07	婆娑會之興趣	婆娑會諸老，去五日午後六時，又啓春宴於江山樓。會者近二十人，席上創聯柏梁體……
9283 15.03.10	瀛社擊鉢會況	既報瀛社擊鉢吟會一節，於七日午後二時半，假市內港町陳天來氏住宅開會，出席者計五十餘名，題拈〈茶味〉，韻十一真七絕，每名限二首，至同四時半，錄呈左右詞宗魏潤菴、黃參兩二氏，各選三十名，元爲杜仰山、林其美二氏所得。晚餐之後，至同八時餘散會，而是日陳天來氏，亦寄附金十圓，以爲賞品云。
9303 15.03.30	瀛社花朝紀念會況兼議欲出席於全島詩社大會	既報瀛社花朝記念會，經於去二十八日午後四時開於江山樓，出席社員計六十餘名。筵開，首由洪社長起敘開會辭，次由倪炳煌氏每席分與韻字，作柏梁體。經由席上名花，分呈福引，以紙中所書之絕句，一一與賞品對照，雅趣橫生。比福引交換後，乃兼議欲出席於全島詩會，席上即時報名，欲赴會者即黃水沛、李金燦、倪炳煌、高肇藩、葉蘊藍、杜仰山、林述三、林其美、陳其春、卓夢庵、李逐初、洪玉明、蔡敦輝、倪登玉、林欽賜、周石（按：當爲士之誤）

報號/日期	訊息標題	記　　　　　　　　　　　　　　事
		衡、李神義、陳明卿諸氏。興會淋漓，直至同八時，始於盛會裡散會[15]。
9351 15.05.17	詩壇	五月望日婆娑會席上拈字賦柏梁體。
9352 15.05.18	瀛社月例會	既報瀛社月例會，此回於去十六日下午三時起，會場假大稻埕蓬萊町，開擊鉢吟，題一拈〈禽言〉，七絕二首庚韻。是日兼爲社友歐陽光扶氏之移家上海，開惜別之宴。此外來賓則有臺中吳子瑜及宜蘭莊贊勳兩氏……
9381 15.06.16	瀛社月例會 來二十日	瀛社本期月例會值東，輪值林搏秋、歐陽朝煌、林子楨、劉振傳、黃菊如、陳郁文六氏，訂來二十日日曜日下午二時起，假萬華劉氏宗祠內開會。
9387 15.06.22	瀛社例會會況	既報瀛社例會，去二十日午後三時，開於萬華劉氏宗廟，出席會員計五十餘名。題拈〈種竹〉韻七虞，每名絕詩二首，同五時半交卷，錄呈魏潤庵、劉篁村二氏評選。榜發，對左右三十名分呈贈品……
9394 15.06.29	瀛社有志者 欲開納涼會	瀛社有志者，議欲於來七月三日，即土曜日午後三時，假新店公會堂，開臨時納涼會，兼僱遊艇數隻，放棹於新店溪，會費每名二圓五十錢。北部各社吟友希望參加者，至來七月一日，可報名於本漢文部，以便準備云。
9400 15.07.05	瀛社例會兼 納涼會況	前報瀛社例會兼納涼會一節，已如期開于新店公會堂。是午適驟雨傾盆，歷時不歇，社員及社外吟友出席者少，至下午四時，天氣漸霽。乃由謝雪漁氏擬題〈魚媒〉，韻拈十三元，五時半交卷，錄呈吳子瑜、謝雪漁二氏選取……
9424 15.07.29	墨瀋餘潤	據李石鯨氏來函，本期瀛社例會，係輪值基隆，茲定來八月一日之星期日，將假高砂公園綠庵冰亭爲會場……
9429 15.08.03	瀛社夏季納 涼會	既報，瀛社夏季納涼會，已如期於去一日星期日午後二時，開於基隆高砂公園綠庵……爰拈題〈飲冰〉，五歌韻，詩體七絕……至同五時，計得詩百三十餘首，錄呈左右詞宗林述三、顏德輝二氏評閱……左右元爲杜仰山、何諧廷二氏所得……
9472 15.09.15	瀛社觀月會 日期	訂來廿二日古曆十六夜，兼議社員輪值，寫真帖等項。臺北瀛社員之輪流值東擊鉢，至來廿二日已滿一箇年，回憶去年秋節平分之夜，社員一同聚首於江山樓上，飛觴醉月，分餅談詩。書（按：當爲曾之誤）幾何時，秋風一起又將屆秋節矣！茲已由值東洪以南、謝雪漁、魏潤庵、林石崖、黃石衡、黃水沛、林夢梅七氏，議定於來二十二日，即古曆八月十六夜，照年例兼開觀月會。又此回開後，

15 聯句內文見大正 15 年 3 月 31 日《臺灣日日新報》9304 號〈瀛社觀月會〉一則

報號/日期	訊息標題	記　　　　　　　　　　　　　　　　　　　事
		兼重組社員之輪流值東，及議寫真帖等項，希望在地及基、淡社友，撥冗出席，至於會場會費及開會順序，時刻另行續報云。
9482 15.09.25	瀛社觀月吟會大盛況	既報瀛社本月例會，去二十三日下午四時，開於江山樓四階廣庭，來會者可五十餘名。值東初擬隨意作詩，後鑑於多數希望，乃題拈〈搗藥兔〉，虞韻。計得詩九十餘首，錄呈魏潤庵、張筑客兩氏選取。七時宴開，來賓有內地詩人小松天籟、鷹取岳陽、尾崎古村臨席……
9489 15.10.02	瀛社值東決定	臺北瀛社月例會，因輪值完畢，一日午前十時，由本社同人決定順序如左。（按：名單詳見 2 章 2 節）
9495 15.10.08	瀛社值東因一部異議欲重新拈鬮	瀛社值東，日前經發表本報，嗣因其順次，有一部反對，乃訂來九日午後八時，在謝雪漁氏宅中，重行拈鬮決定，望前報各組各選出代表一名出席云。
9507 15.10.20	瀛社秋季擊鉢吟會	瀛社本欲於重九日開擊鉢吟，嗣因便遷延，茲決于來廿三日即，土曜日午後二時起，假臺灣樓開秋季擊鉢吟會。社員均要義務出席，會費每名一圓五十錢云。
9512 15.10.25	瀛社例會當番拈出七組	既報瀛社例會，於去二十三日下午三時，開於臺灣樓旗亭，來會者可三十餘名，題拈〈秋蟹〉，刪韻，計得詩七十餘首。七時筵開，八時發表，於八時半盡歡而散……另下年度輪值表，因社員有意見，故原十二回改成六回，而基隆組則擇期另辦。（按：名單詳見 2 章 2 節）
9637 02.02.27	瀛社新春例會	瀛社例會，因第一期大喪中，謹慎延期，茲定來三月一日午後，開之於江山樓，兼歡迎遊臺詩人沈傲樵、蘇大山及林小眉、林履信昆仲，且邀小松孤松、豬口鳳菴、鷹取岳陽、尾崎白水四氏為陪。自三時起為擊鉢吟，自七時起啓清宴，希社友多數出席。諸事正由值東洪以南、謝雪漁、魏潤庵、林石崖、黃贊鈞、許寶亭、陳江浦、黃水沛、葉鍊金、張家坤、蔡敦輝、林夢梅諸氏，準備一切云。
9641 02.03.03	瀛社春季吟會兼歡迎蘇沈兩詩人	既報瀛社春季吟會，去一日下午四時起，會場假江山樓二階開會。是得兼歡迎林小眉、林希莊兩昆仲，蘇大山、沈傲樵兩詩人。及歸自西湖之櫟社連雅堂氏，題擬〈春雨〉，庚韻，五時半截收，即錄呈蘇、沈兩詞宗選閱……次由洪社長指定花朝日大會籌備委員十名如左：謝汝銓、魏潤庵、李石鯨、張純甫、林述三、倪炳煌、高肇藩、李金燦、歐劍窗、許劍亭。其次則發表左右入選各三十首，分呈贈品，於八時過散會。是日內地詩人來會者有伊藤壺溪、尾崎白水、豬口鳳菴三氏，而小松天籟翁則以事故，不克臨席，囑為道好……
	議開全島	本年輪值北部，指定籌備委員十名。瀛社春季吟會兼歡迎林少眉、

報號/日期	訊息標題	記　　　　　　　　　　　　　　　　　　事
	社大會	林希莊兩昆仲，蘇、沈二詩人，及歸自西湖之進（按：當爲連之誤）雅堂諸氏一則，已如夕刊所報。第其中由洪社長指定花朝日大會籌備委員十名者，系屬全島詩社大會籌備委員之誤。顧全島詩社大會，自臺北首唱之後，臺南、臺中，照所議定，於春季開會。俟歷三年。本年輪值北部，故乘是日之雅會，首由洪社長，指定前報籌備委員十名，而該籌備委員，業已定來五日午後六時，假謝雪漁氏宅中，磋商一切及招北都各社代表者豫議之事云。
9642 02.03.04	瀛社花朝記念及值當者	瀛社例會，第二回定來十八日即舊曆二月十五日，依年例開花朝紀念會，其值當者爲張純甫、林述三、顏德輝、曹秋圃、高肇藩、鄭如林、蔡痴雲、李騰嶽、林其美、杜仰山、歐劍窗、吳夢周諸氏云。
9653 02.03.15	瀛社之花朝紀念會	本年瀛社第二回例會，經決定來十八日（舊二月十五日）之花朝紀念日，假蓬萊閣旗亭，開例會兼紀念大會。值東者爲林述三外十二氏，現已發來招待在北內臺詩人。午後二時先舉擊鉢吟，六時開宴，希望社員多數出席，兼商來二十、二十一日之全臺詩社大會，一切準備云。
9714 02.05.15	瀛社開洪社長哀悼會	瀛社例會，訂十五日午後二時，開之於蓬萊閣。因社長洪以南氏十三夜仙逝，十五日將入斂，爰將擊鉢吟會改爲哀悼會，以表哀忱。希望社友於午後三時義務多數出席。
9793 02.08.02	瀛社例會期日決定八月七日	本屆瀛社例會，經值東磋商，決定來七日（日曜）開之於蓬萊閣，定午後一時齊集，立即出題，四時交卷，六時入席，時間屬行。值東爲黃純青、陳其春、劉克明、楊仲佐、倪炳煌、盧子安、李金燦、歐陽朝煌、林搏秋、顏笏山、王自新、林子楨諸氏云。
9800 02.08.09	瀛社例會盛況	瀛社例會，如所豫定，去七日午後一時起，時間屬行開會。蓋照值東磋商會決議，值東先期齊集，十二人各出一題，就十二題中，拈出一題，爲〈賣冰聲〉，限陽韻。社友到即推敲，如期於四時交卷，由值東照卷數分抄，不用謄錄，五時，囑來賓莊怡華、辜菽盧氏詳評定。六時臚唱，七時開宴，大概與豫定不差。酒酣，黃純青氏爲值東代表敘禮，間云，此次值東以屬行時間意味，一變從前辦法，頗收成效，望此後值東各學此爲之。後提出社長問題，以前社長洪以南氏故後，懸缺未補，以此例會爲總會，意味推舉爲如？社員中有發言，一任值東推薦，合席贊其說。於是值東十二人入別室，妥爲磋商，乃出對眾發表，公推副社長謝雪漁氏爲社長，幹事魏潤菴氏爲副社長，合席拍手贊成。次辜菽盧氏代表來賓敘禮，謂今夕幸接諸君子芝眉，甚慰素懷，詩學如此之興，在中國今已不多見，藻繪昇平，詢（按：當爲洵之誤）今臺灣之景象，可喜也云云。次雪漁氏起言，承諸位不棄，以社長要職，推予接充，予今不顧己力，忝然引受，願社友同心同德，匡所不逮，以維持社務，俾對內對外

報號/日期	訊息標題	記　　　　　　　　　　　　　　　　　　　　　　　　事
		俱得圓滿，云云。次倪炳煌氏起言，前此計畫未實行之社友附詩寫真帖，經豫算約五百圓可成，各人分擔五圓，不足以寄附充之。但集金方法，及誰董其成，今夕要議定。有云任倪君起案，與正副社長商酌其當可也，該寫真帖爲創立二十周年刊行。次許梓桑氏約定舊八月二日由基隆方面居住社友，值東例會，擬開會於公會堂，顧（按：當爲願之誤）社友如期惠臨。後卓周紐氏爲次值東一人，提議所剩二回合同，共辦中秋觀月會，可否如何？合席以爲可，歡飲至九時乃散。
9829 02.09.07	瀛社觀月會 會場 假龍山寺	瀛社例會，照年例于此期中，開觀月會，兼行改組，爰將社友中，未值當者二回合併爲一，其值當者爲夢庵、蘊藍、神義、容洲、夢鷗、敏寬、登玉、明卿、晃炎、悌欽、欽賜、野鶴、瘦鶴、玉明、菊塘、遠山、樹銘、省三、文虎、子珊、遂初、古漁、振傳、文達、麗生等二十五名。日期議定於來十二日，即古曆八月十七日午後二時，會場在萬華龍山寺，希望社友全部出席。
9836 02.09.14	瀛社觀月吟會	既報瀛社觀月吟會，於去十二日下午二時起，會場假萬華龍山寺內東西廂客廳，是日出席者約四十餘名。詩題〈龍山寺題壁〉，七律尤韻，詩鐘則〈龍山寺〉三字之鼎足格，下午五時半截收。謄錄後，由左右各詞宗選取畢，於八時過發表，分送贈呈，續在三仙樓旗亭三階開宴。是夜於舊曆八月十七夜，玉宇無塵，碧空如拭，大星爲月之先驅，次第出於東山之上，席間有福引及中秋餅之分贈，盡興至九時過始散。
9839 02.09.17	瀛社值東新組 豫爲編制	瀛社值東，至去古曆中秋輪值，應編新組，本部同人，倡爲編制，除基隆社友全部合爲一回輪值，及花朝紀念會公辦外，每月四人擔任，採儉樸主義……拈鬮爲序……一、謝雪漁、魏潤庵、林石崖、黃石衡；二、黃純青、陳其春、楊仲佐、倪炳煌；三、劉克明、陳古漁、盧子安、劉振傳；四、王自新、歐陽朝煌、林搏秋、林子楨；五、許劍亭、陳竹蔭、林蓉洲、倪登玉；六、葉鍊金、張家坤、曹秋圃、李金燦；七、邵福日、李悌欽、蔡敦輝、林夢梅；八、卓夢庵、葉蘊藍、鄭晃炎、劉夢鷗；九、顏笏山、黃菊如、駱子珊、李遂初；十、陳愷南、吳如玉、李神義、陳尙輝。基隆一部：許梓桑、顏德輝、王子清、李石鯨、劉明祿、沈連袍、陳新枝、廖藏芝、陳庭瑞。
9844 02.09.22	瀛社值東訂正	前報瀛社值東人名，基隆部分接許梓桑氏兩云，陳新枝、周士衡二氏，本年基部輪值之際，已不參加，想爲自己便利，默表退會之意矣，又尙有李建興、黃梅生二氏，前報脫落，希爲補入云。
9848 02.09.26	瀛社編組續誌	日前瀛社編組，既遺脫一周士衡君，請爲加入於明年三月組，以外更發見遺脫蔡三恩君，亦望其隨擇其一組加入，該組不妨更多一名也。

報號/日期	訊息標題	記　　　　　　　　　　　　　　　　　　　　　　事
9854 02.10.02	瀛社例會主催新任評議員祝賀會	瀛社改組後第一回例會，及新任督府評議會員祝賀會。訂來四日午後三時半（舊重陽節），假稻江陳姓祠堂，先開擊鉢吟。次于同六時半，假興業信託會社樓上，開祝賀宴。招待來賓辜顯榮、林熊徵、吳昌才、顏國年、黃純青，及南社黃欣，桃社簡朗山諸氏，社員會費金每名一圓，當日持參。餘由值東社員負擔，但社員有別故不能出席者，須先一日通知本社同人，否則不問其出席不出席，均應照義務交納會費金。又社外有志，希望加入者，每名會費金二圓，可即通知本社同人云云。
9858 02.10.06	瀛社例會兼有關係評議會員祝宴	既報改後之瀛社第一回例會，兼對於從來與同社有關係之辜、林、吳、顏，及南社之黃（欣）、桃社簡（朗山），社內黃（純青）諸氏之總督府評議員重任或新任祝賀會。於去四日會場假下奎府町臺灣信淵（按：當為用之誤）會社樓上，是日社員之出席者可三十餘名。先於下午四時集合，題擬〈題瀟（按：當為淵之誤）明醉菊圖〉，支韻七律，每人限一首，六時交卷後，錄呈黃欣、羅秀惠兩詞宗，選取後發表。八時開宴，席上社長謝汝銓氏，代表詩社一同，向諸來賓敘禮，言本會擇重陽登高之日，所以祝賀來賓諸位高陞，並希望各位從高處著眼，以副一般期待。既而社外羅秀惠氏，亦就評議員三字解釋，演為祝詞，次則來賓黃欣、簡朗山、黃純青、顏國年、吳昌才諸氏相繼述謝，終則辜顯榮氏舉杯，互祝健康，盡歡至九時過散會。來賓中林熊徵氏尚在內地靜養，不克臨席，乃以許丙氏為代理。而社外加入者有十餘名，皆一流之有力者，允推盛況。
9884 02.11.01	翰墨因緣	瀛社第二回值當諸人，訂來三日午後三時，假劉夢鷗氏宅中，開慰勞擊鉢吟會。
	瀛社例會期日在來六日	瀛社此期例會，輪值蔡敦輝、李悌欽、林夢梅、陳階（按：當為愷之誤）南四氏，日期決於來六日午後二時，會場在板橋林氏花園。
9885 02.11.02	瀛社例會續報	瀛社本期例會，值東為李悌欽、蔡敦輝、邵福日、林夢梅四氏，經由蔡氏與諸值東打合，會場決定假林本源庭園內定靜堂，日期為來五日，即土曜日午後二時開會……希望社友多數出席云……
9890 02.11.07	瀛社例會兼正副社長祝賀會	瀛社例會兼祝賀會，經如既報，以五日午後二時，開于板橋林家庭園，出席者數十人，詩題即〈題林家板橋別墅〉，五律先韻，各限一首，五時交卷，六時半發表，分贈賞品。七時開宴，酒酣，當期值東蔡敦輝氏起為敘禮，並對新任正、副社長道祝詞，是日社長謝雪漁氏不出席，副社長魏潤菴氏代理道謝，八時席散。當日林祖壽、林松壽、林仁榮、林平州、林闊嘴、朱四海諸氏，亦皆寄附金品。而林嵩壽氏則于前報寄附外，更寄附詩集二十餘部云。
9919 02.12.06	瀛社例會	瀛社例會，此期值當，輪值李神義氏外三名……

報號/日期	訊息標題	記　　　　　　　　　　　　　　　　事
9922 02.12.09	婆娑會例會日	婆娑會此期當番幹事林子楨、倪炳煌二氏，已定來十四日午後三時開之於萬華金和盛旗亭。
9979 03.02.04	瀛社例會兼確議出席于全島詩會諸事	瀛社例會，本欲于舊曆底開會，因社員多忙，直延至今，訂於明五日日曜日午後二時，假江山樓開會。值當者為吳如玉、李神義、陳愷南三名，是日兼欲磋議出席於全島詩會諸事，故希望社員，務要撥忙出席云。
9982 03.02.07	瀛社例會會況	瀛社去五日午後二時起，開例會於工（按：當為江之誤）山樓。並議參加高雄州輪辦之全島詩社大會。自三時起開擊鉢吟，題擬〈上元觀燈〉，庚韻，七絕二首。舉劉克明、林搏秋二氏選取，元為吳如玉、林夢梅二氏所得。由魏潤庵氏寄贈書面各一幅，為左右元賞品，至六時晚餐乃散。
10005 03.03.01	瀛社紀念日正準備開會	瀛社創立紀念日，依例將於來三月六日即舊花朝，自午後二時起，開之江山樓。兼為赴高雄大會之詩友慰勞，並招待內地人詩家數氏，本期原為公辦，因舊正月例會，延期未為，爰以該期值東葉鍊金、張家坤、李金燦、曹秋圃擔任辦理……
10012 03.03.08	瀛社紀念會	瀛社如所豫定，去六日午後二時起，在江山樓旗亭開創立紀念會。兼為前社長故洪以南先生長郎洪長庚君榮受醫學博士學位，社友臺北第一師範學校教諭劉克明君敘位祝賀，及赴高雄大會社友慰勞。小松天籟、猪口鳳菴兩先生亦撥忙蒞會。因是日為花朝，題擬〈勸農〉，五律，限灰韻，各一首。由羅尉（按：當為蔚之誤）邸、劉克明二氏評定，左元潤庵氏、右元雪漁氏……
10032 03.03.28	瀛社記念會閏花朝值東	瀛社如花朝記念會席間社長謝雪漁氏所聲明，來月五日之閏花朝，將更開盛大記念會。將三月值東卓夢庵、劉夢鷗、葉田、鄭晃炎四氏，四月值東之周士衡、蔡三恩、黃菊如、駱子珊、李逐初五氏，五月值東之許劍亭、陳竹蔭、林蓉洲、倪登玉四氏，四回合辦。經得贊同，值東諸氏近將招集於雪漁氏宅中開磋商會，於來二十九日午後七時，準備一切。
10042 03.04.07	瀛社閏花朝紀念吟會	前報瀛社閏花朝日之紀念吟會，昨開於蓬萊閣，出席者三十餘名，由謝雪漁氏擬〈釀花雨〉為題，七陽韻七絕，每人二首，至五時交卷。錄呈詞宗評閱，然後開宴。兼歡迎內地詩人山口郎廬、東船山二氏，及由屏東來北之陳家駒氏……
10044 03.04.09	婆娑會例會	臺北老人等所組織之婆娑會，定來十日午後正六時，開例會於蓬萊閣。兼祝歐陽朝煌、黃耀崑兩氏六秩榮壽，希望會友多數出席。
10089 03.05.24	瀛社例會來廿七日開會	瀛社例會，本期值東為劉克明、劉振傳、盧子安、陳郁文四氏。擬來二十七日午後一時，開于萬華三仙樓，希望社員多數出席云。

報號/日期	訊息標題	記　　　　　　　　　　　　　　　　　　　　　　　　　事
10094 03.05.29	瀛社擊鉢例會	瀛社擊鉢例會，如所豫定於去二十七日下午二時半，開於萬華三仙樓。社友出席者三十名，因是日值海軍紀念日，乃共擬〈探海燈〉為題，七絕東韻……並相議次回之基隆部分，大抵略定於古曆五月中旬開會，然後散會。
10150 03.07.24	瀛社例會開於基隆陋園	既報瀛社月例會，去廿二日下午二時起，開於故名譽社長顏雲年氏陋園。是日臺北方面吟友約十五六名，皆搭十二時五十分臺北驛發列車赴會，受值東者及國年、欽賢兩賢籍咸款洽。題擬〈榕陰〉，七絕支韻。得詩五十餘首……李碩卿氏介紹其高足弟子男女各一名，加入為新會員，八時過散會。
10210 03.09.22	瀛社吟會兼中秋觀月宴	瀛社將依年例，來三十日（舊八月十七日）午後一時起，在蓬萊閣開擊鉢吟會。是夜於露臺啓觀月宴，招待小松天籟、尾崎白水及猪口鳳菴諸氏，共賞秋光，本屆二回值東合辦，即本回之黃純青、陳其春、楊仲佐、倪炳煌四氏，及前回之林搏秋、歐陽朝煌、林子楨、王自新四氏云。
10219 03.10.02	瀛社吟會兼觀月會況	瀛社例會兼觀月會，如所報，於去一日午後二時，開於蓬萊閣。出席社員約四十名，拈題〈對月〉，先韻，每人限七絕二首……來賓內地人一邊，有小松天籟、尾崎白水二氏臨席。……並依年例，對社員一般，呈贈月餅，次議各組值當及開會順序，一依前例，均無異議……
10269 03.11.21	瀛社例會來廿四日開會兼開祝賀會	瀛社例會，照前在觀月宴席上所聲明，依舊輪值，第一期為謝雪漁、魏潤庵、林石崖、黃石衡四氏。日期訂來廿四日土曜日午後二時，會場假蓬萊閣。兼為社員黃純青氏敘勳，許梓桑氏受藍綬褒章，開祝賀宴。並招待嵩記林嵩壽及本社漢文部員賴子清二氏。會費社員每人一圓，當日袖交，要義務出席云。
10274 03.11.26	瀛社例會兼祝黃許兩氏	瀛社既如所報，去二十四日午後二時半起，於蓬萊閣旗亭，開定期擊鉢吟例會。兼祝社員黃純青氏之敘勳六等，許梓桑氏之受藍綬褒章，並來小松吉久、林嵩壽、賴子清三氏。定刻前，社員約四十名出席，題擬〈座右銘〉，七絕支韻，五時交卷，得詩約八十首，錄交黃純青、謝汝銓兩氏閱後，各選取三十首，榜發贈賞，並以黃氏所贈金鯉魚為卷末副賞……滿場一致推薦林氏（按：嵩壽）為顧問……
10355 04.02.16	瀛社例會兼開祝賀洗塵宴及附議出席大會	瀛社例會，此期輪值第二回，擬合第三回兼辦，即林夢梅、蔡敦輝外六名。日期訂來十九日，即火曜日午後二時，場所假蓬萊閣。是日兼為社員劉克明氏祝賀兼任督府翻譯官，及為顏國年氏開酒（按：當為洗之誤）塵宴。且欲附議出席於臺南主開之全島吟友大會，故甚希望社友撥忙出席云。

報號/日期	訊息標題	記　　　　　　　　　　　　　　　　　　　事
10360 04.02.21	瀛社例會兼祝兩氏顏國年氏缺席議出席聯合大會	瀛社月例會，去十九日午後三時，開于蓬萊閣。並祝劉克明氏兼翻譯官，及詣宮中受饌之顏國年氏歸來洗塵，顏氏是日適在基隆受祝，梓里關係，誼不容辭，職是不能蒞會，來書道歉，並寄附二十圓。是日以諸多關係，出席者甚稀，只爲二十七名。題爲〈春衣〉，七絕庚韻，每人二首，五時半交卷，錄星篁村、雪漁二氏選取，七時宴開，席上發表。後，謝社長起致祝辭，劉氏致謝，並詢全島大會出席者，決定謝汝銓、林子楨、李逐初、賴子清四氏赴會，九時乃散。此番爲兩回值東合辦，人員稍有變更，即林夢梅、蔡敦輝、邵福日、吳鴻爐、李悌欽、陳愷南、李神義、賴子清諸氏也。
10387 04.03.20	瀛社花朝紀念會卜來廿五日	來二十五日，值古曆二月十五日花朝佳辰，午後二時，瀛社將開紀念擊鉢吟會，假蓬萊閣爲會場。此回值東爲葉鍊金、張家坤、李金燦、卓夢庵、葉蘊藍、鄭晃炎、劉夢鷗諸氏。
10390 04.03.24	墨瀋餘潤	來二十五日，即舊曆花朝日，瀛社紀念吟會，值東者更補入李逐初、駱子珊二氏。希社友奮發，一同列席。
10393 04.03.27	瀛社花朝日記念吟宴	瀛社花朝紀念日擊鉢吟會，如所豫報，於二十五日午後三時，開於蓬萊閣，出席社員約三十名。題擬〈萬花會〉，拈韻六麻，每人限絕詩二首，五時交卷，錄呈左右詞宗評選，七時開吟宴……
10458 04.05.31	瀛社例會訂來六月二日	瀛社此期例會，輪值許劍亭、林蓉洲、蔡癡雲、周士衡、及陳古漁、劉振傳、劉克明、盧子安諸氏，二回合辦。訂來六月二日，即日曜日下午二時，假江山樓開會，希望社友多數出席云。
10462 04.06.04	瀛社例會	去二日午後三時，瀛社例會開于江山樓，二十餘名到會，命題〈檳榔〉，韻拈四支，五時半交卷。得詩三十餘首，錄交黃贊鈞、倪炳煌二氏評閱。七時筵開，席上臚唱，分贈花紅，僉謂社員無多，須再一番鼓勵，振作士氣，共維風雅……
10511 04.07.23	瀛社例會開於基隆陋園	瀛社例會，去二十一日下午二時，由基隆社員主開，假顏氏陋園爲會場，與會者二十五名，題爲〈御紋章銀花瓶〉（博義王殿下賜顏家爲紀念者），七律真韻，每人限一首，四時交卷，錄交雪漁、潤庵兩氏評選，雙元俱爲石衡氏所獲……
10567 04.09.17	瀛社觀月吟宴	既報瀛社月例會，此回由值東林搏秋、歐陽朝煌、林子楨、王自新、黃純青、陳其春、楊仲佐、倪炳煌諸氏。於去十五日下午，主開觀月吟宴於元園町陳氏迎曦樓上。題擬〈玉屑飯〉，侵韻，每人限七絕一首。選後發表，分呈贈品及紀念月餅、訪箋等，宴開，席上更賦柏梁體[16]。並抽籤配定以後逐月值東姓氏。又林嵩壽氏亦聲明每年要獨力主開一次，盡歡至八時半，各步月而歸……

16　柏梁體詩作見《臺灣日日新報》10570號〈詩壇〉。

報號/日期	訊息標題	記　　　　　　　　　　　　　　　　　　　事
10569 04.09.19	瀛社值東重編	瀛社值東輪值已畢，去十五夜，於觀月吟會席上抽籤決定各月（舊曆）當番如左。今後每回擬假寺宇或諸公所開催，實行食飯會，以期簡素，但二月花朝紀念會乃公辦云。（按：名單詳見2章2節）
10600 04.10.21	瀛社擊鉢例會出席者卅餘名	瀛社擊鉢例會，已如所報，於去十九日午後二時，假萬華三仙樓開會，出席者計三十餘名。題擬〈達摩面壁〉，韻十一真，每人限二首，五時交卷……
10633 04.11.23	瀛社例會來廿四日午後	瀛社例會，訂來二十四日于（日曜日）午後二時，開日（按：當為于之誤）瀛社事務所（臺北信託會社事務所），希望社員多數出席。本期值東為蔡三恩、李悌欽、周士衡、邵福日諸氏云。
10636 04.11.26	瀛社例會盛況	既報瀛社例會，去二十四日午後二時，開於下奎府町信託會社樓下。是日出席者較眾。並邀北遊中之玉峰吟社員余蘭谿氏蒞會。題擬〈懸崖菊〉，七絕微韻，得詩五十餘首，錄交石崖、石鯨二氏評選，希昶、蘭谿二氏掄元……
10664 04.12.24	瀛社例會	瀛社例會，去廿二日午後三時，開於萬華三仙樓，出席者三十多人。嘉義鷗社員賴柏舟氏，適以事蒞北，因邀之與會。是日風片雨絲，寒威凜列，因命題〈擁爐〉，體七絕，韻七陽，每人二首……
10694 05.01.24	瀛社例會廿六日午後三時欲定臺中赴會者	本月瀛社例會，輪值魏清德、林佛國、黃贊鈞、賴子清四氏承辦。決定來二十六日星期日午後二時，假第三高女學校西方魏清德氏宅開催。來月八、九兩日，臺中將開全島聯吟大會，北部人士出席與否？應於二月一日以前通知，故本期例會，欲決定大會出席者，希望社友多數蒞會。
10698 05.01.28	瀛社例會全島聯吟大會出席者決定	既報本月瀛社例會，經去廿六日午後三時，開於萬華魏清德氏宅，並歡迎新入本報漢文部之李聯璧氏重入為會員。題擬〈寒山〉，七絕庚韻，五時交卷，錄交雪漁、篁村二氏選取。晚餐席上，詢問全島聯吟會出席者，決定如左，此外要出席者須速聲明，飯訖臚唱發表，七時半盡興散會。瀛社謝汝銓、陳其春、賴子清、許寶亭、葉蘊藍，瀛社兼高山文社倪炳煌、李逯初。
10722 05.02.21	瀛社月例會延於花朝將開紀念吟宴	瀛社月例會，本期輪值謝汝銓、葉鍊金、張家坤、李金燦四氏，本擬來二十三日開會，因來月十四日即舊曆二月十五日，值本社花朝紀念日，乃欲延於是日開催，每人加點一圓，宏開吟宴云。
10745 05.03.16	瀛社記念會	瀛社花朝記念會，去十四日午後三時，開於蓬萊閣，到會者二十餘名，題擬〈護花旛〉，七絕真韻，五時交卷，臚唱後晚餐，韶光明媚，清興不淺云[17]。
10788	瀛社例會居	瀛社例會如既報，經去二十七日午後三時，開於北投居士林，基隆

---

17 刊眉作10785號，依日期推算，應是10745號。

報號/日期	訊 息 標 題	記　　　　　　　　　　　　　　　　　　　　事
05.04.29	士林雅集	月眉山靈泉寺住持善慧上人掛錫其中，殷殷款客。命題〈居士林雅集〉，體五律微韻，每人限一首，是日天朗氣清，惠風和暢，又有茂林修竹，曲澗溫泉，堪效浴沂修禊故事，評選後飽餐素膳，同結佛緣，迨詠而歸，已萬家燈火矣。
10816 05.05.27	瀛社會況	瀛社此期例會，如所豫報，於去二十五日午後三時，開于江山樓。出席社員約三十名。題擬〈擇鄰〉，韻拈十二文，每人限七絕二首，至五時交卷……
10837 05.06.17	瀛社例會開於基津許氏宅	瀛社例會，去十五日由基隆社員主催，午後三時開於同市許梓桑氏新宅第慶餘堂。家在高岡，背山面海，基津全景，一望可收。命題〈山居即事〉，七律十五刪，每人一首，得詩三十餘首……
10877 05.07.27	瀛社例會兼歡迎社友莊氏	前報瀛社例會，茲兼欲歡迎歸自神戶之社友莊玉波氏，希望社友多數出席。又期日二十七日午後二時，誤植十七日特此訂正，會場假許丙氏宅上。
10879 05.07.29	瀛社會況預會三十餘名	瀛社例會，兼莊玉波氏歡迎會，去廿七日午後二時，開於許丙氏庭園，出席者三十餘名。是日莊氏南下不出席，以題許丙氏家藏〈百馬圖〉爲題，五律支韻，各人限一首……許丙氏寄贈金鯉魚八尾，爲元、眼、花、臚贈品云。
10944 05.10.03	瀛社例會中秋前一日	瀛社例會，卜來五日午後二時，將假陳其春氏迎曦樓開催。是日爲中秋前一日，恰逢日曜，又值瀛社改組之期，希社友多數出席。值東即林摶秋、林子楨、歐陽朝煌、王自新、黃純青、楊仲佐、陳其春、倪炳煌諸氏兩期合辦。
10948 05.10.07	瀛社觀月吟宴期滿重新改組兼賦柏梁體盡歡散會	瀛社於去五日，古曆八月十四日午後二時，假陳其春氏宅中開擊鉢吟。是日值日曜，及改組之日，社友多數出席。題拈〈待月〉，韻十蒸，詩體五律，每人限一首。於同五時交卷，錄呈三詞宗評閱合點，以最高點者，拔之爲元。同七時開觀月宴，席間爲柏梁體聯句，並改組值當如左……
10991 05.11.19	瀛社例會會場在龍山食堂	瀛社例會，訂來二十三日午後二時，會場在萬華龍山食堂，值東爲邵福日、李悌欽、周士衡、許劍亭四氏，希望吟友撥忙出席云。
10997 05.11.25	瀛社例會	瀛社例會，如所豫報，於去二十三日（日曜日）午後二時半，開于萬華龍山食堂樓上，出席會員三十餘名。拈〈慵粧〉爲題，韻六麻，詩體七絕，每人限二首……
11018 05.12.16	瀛社例會	瀛社例會，經去十四日午後三時，假大家餐廳開會，命題〈問梅〉，七絕陽韻，得詩五十餘卷。午後七時，臚唱發表後入席，值東所具晚餐之外，館主李金燦氏更寄贈酒肴，八時過盡興散會。
11042	瀛社例會	瀛社此期例會，輪值新加入社員文虎、省三、瘦鶴、水郊四氏，日

報號/日期	訊息標題	記　　　　　　　　　　　　　　　　　　　　　　事
06.01.10		期業定來十八日，即日曜日，會場未定，容後續報。
11095 06.03.04	瀛社例會	瀛社本期例會，值東如前墨潘餘潤所報，決定來八日午後二時，會場假萬華三仙樓。來二十一、二兩日，新竹將開全島聯吟會，瀛社員之出席與否？將於例會席上決定。希社友多數出席。
11101 06.03.10	瀛社例會	如既報，瀛社例會，去八日午後二時，開于萬華三仙樓。題擬〈防空壕〉，七絕尤韻，每人限二首。五時交卷，六時發表，晚餐席上分給新竹之全島聯吟會聲明書，限至來十五日提出，以便彙齊寄去。而舊二月十五日午後四時，亦將開花朝紀念會，及期由兩期值東公辦，七時散會。
11126 06.04.04	瀛社例會	既報瀛社花朝紀念會，經去二日午後六時，會場假艋舺陳其春氏迎曦樓開會。為謝汝銓、林摶秋二氏祝嘏，並柬久保天隨、伊藤壺溪、尾崎古邨諸氏。席上聯吟柏梁體，分給壽糕。陳其春氏寄贈信箋，淺斟低唱，八時盡興散會[18]。
11156 06.05.05	瀛社例會	瀛社例會，經去三日午後三時，在大家餐館開會。與會者三十餘名，命題〈春茶〉七絕六麻，每人限二首。五時交卷，評選發榜後晚餐，八時散會。
11179 06.05.28	瀛社例會卅一日在劉祠堂	瀛社本期例會，輪值劉振傳、劉克明、陳郁文、蔡痴雲四氏，卜來三十一日星期日午後二時，會場假萬華劉祠堂開會，又來月值東，係基隆方面社友云。
11185 06.06.03	瀛社例會開于劉氏祠堂	瀛社擊鉢吟例會，三十一日午後三時，開于萬華劉氏祠堂……題拈〈村婦〉，七絕六麻韻，由左右詞宗選取後，即行發表，贈與賞品，八時餘散會。
11261 06.08.18	瀛社例會在基隆公園內	既報瀛社月例會，去十六日下午二時半，開于基隆市高砂公園內同風會館。臺北及主催地社員約三十餘名蒞會。命題〈茶煙〉，七律先韻，每人限一首，五時交卷……
11278 06.09.04	瀛社例會六日在三仙樓	瀛社月例會，此回值東，輪值李逸初、駱子珊、黃福林、吳金土諸氏，定來六日日曜日午後二時，開於萬華三仙樓旗亭，希望社員多數出席。
11282 06.09.08	瀛社例會次回中秋後一日	瀛社例會去六日午後二時，會場假三仙樓開會。社員三十餘名出席，臺南謝星樓、新竹張鏡村二氏亦蒞會。題〈涼秋〉，五律十一尤，每人限一首……次回中秋觀月會，已略定于本月二十七日，即舊中秋既望，將假萬華陳其春氏迎曦樓開會，兩期值東合辦云。
11302 06.09.29	瀛社觀月會值東改組	瀛社觀月擊鉢吟會，去二十七日，即後中秋一日午後二時，會場假陳其春氏迎曦樓開會，社員三十多名出席。題擬〈月鏡〉，體七律

18　聯句見《臺灣日日新報》11127號〈瀛社花朝日席上聯句〉一則。

報號/日期	訊息標題	記　　　　　　　　　　　　　　　　　　　　　　事
		庚韻……來賓久保天隨、尾崎古村諸氏，亦復蒞席。筵間發表次年度值東改組如左，所列月次係依陽曆。（按：名單詳見2章2節）
11345 06.11.11	全島詩會準備磋商 決定明春舊二月十四五日 會場聖廟招待日北投	既報全島詩社大會準備磋商會，去八日午後四時，開于江山樓。各社代表，合主催社代表，出席者二十餘名。首議期日，因明春舊曆二月十四、十五兩日間，屬日曜日，及春季皇靈祭日，各界休暇，乃決定此兩日間開會。次議會場，決定在臺北孔子廟內，而次日之招待日，則擬在北投。會費照中南部之例，屬主催地吟友，每名五圓，他州吟友每名三圓。終選出各社籌備委員，及實行委員如左。瀛社：謝雪漁、魏潤庵、林石崖、黃石衡、賴子清、許劍亭、陳其春、許梓桑、李石鯨、林欽燦、楊仲佐、黃純青、林夢梅、蔡敦輝、劉夢鷗、劉克明；天籟吟社：林述三、曾笑雲；星社：高肇藩、黃水沛；潛社：歐劍窗、陳春松；淡北吟社：杜冠文、李世昌；萃英吟社：張長懋、蔡雪溪；高山吟社：倪炳煌、洪玉明；劍樓吟社：杜仰山、趙鴻謙；聚奎吟社：陳廷楨、呂天柱；鶴社：周士衡、施瘦鶴；大同吟社：蔡清揚、楊靜軒；灘音吟社：李朝芳、周澄秋；登瀛吟社：葉文樞、盧纘祥；仰山吟社：莊贊勳、張振茂；櫻社：卓夢庵、葉蘊藍；榆社：謝五美、柯子村；雙蓮吟社：李學樵、周維明。又實行委員如左：實行委員長：謝雪漁；同副委員長：魏潤庵；委員：林欽賜、賴子清、許劍亭、林夢梅、李金燦、林述三、起肇藩、曾笑雲、卓夢庵、李世昌、倪炳煌、杜仰山、葉蘊藍、林子惠、黃石衡、吳夢周、駱子珊、歐劍窗、黃水沛、李神義、劉夢鷗、邵福日、蔡癡雲、劉振傳。
11351 06.11.17	瀛社例會廿一日在聖廟	瀛社擊鉢吟例會，十月值東謝汝銓、葉鍊金、張家坤，十一月值東林搏秋、林子楨、王自新、黃菊如諸氏，前後兩回決定合一，來二十一日午後三時，主催於市內龍峒町聖廟內，希望社友多數出席。
11372 06.12.08	全島詩會實行委員會協議分擔各係進行籌先開州下聯吟會	全島詩社聯吟大會，明春輪值北部，經由瀛社主唱，來集臺北州下各吟社代表選舉籌備委員，由其中再選出實行委員二十四名。實行委員等，因時期迫近為此準備，先於去六日日曜日午後二時半，在臺北市下奎府町謝雪漁氏宅中，開第一回實行委員會，出席者約二十名……並決議大會當日，全島參加吟友，各作〈謁臺北聖廟〉律詩一首，合是日攝影寫真，印刷成冊，贈與出席之人，終推舉歐劍窗、林欽賜、吳紉秋三氏，代查全島各地詩社住址，以便發束，由是一同移入晚餐，席間因有提議先開臺北州各社聯吟會，二三討議後，一同可決，其實行方法如左： 一、名稱：臺北州各社聯吟大會。 二、會場：臺北孔子廟。

報號/日期	訊息標題	記　　　　　　　　　　　　　　　　　　　　　事
		三、日期：昭和七年一月三日午後一時。 四、會費：每名一圓。 由全島詩社實行委員會主催，希望參加之人，請通知本漢文部，或臺北市永樂町二丁目歐劍窗氏處，以便準備，直至同六時過散會。
11413 07.01.19	瀛社例會	瀛社月例會，去十七日午後二時，開于萬華金和盛，蒞會者三十多名，題為〈畫石〉，七絕蕭韻，每人限二首，五時交卷，七時發表，已而晚餐，八時盡興散會。
11441 07.02.16	瀛社例會	瀛社例會，去十四日午後二時，開于萬華三仙樓。題擬〈春泥〉，七絕真韻，得詩六十餘首。五時截收謄錄，七時評選發表……
11469 07.03.15	全島聯吟會 準備磋商	全島詩社大會，準備磋商會，去十三日午後二時，再開於市內下奎府町謝雪漁氏處。出席者十數名，就分擔各係，逐項審議。兼決定映寫活動寫真，懸賞燈謎、福引等為餘興。並擬於會場內，即臺北聖廟，增設臨時電燈，豎立綠門……
11475 07.03.21	全島聯吟大會[19] 二十日開于聖廟出席者二百六十名	既報全島聯吟大會，二十日午後一時，開於大龍峒聖廟。出席吟友凡二百六十名，首由謝汝銓氏代表北部主催社鄭重敘禮。次瀛社代表黃純青氏力說漢學之必要，主張設漢文會，以資相互研究。次尊重遠客，選舉詞宗，選定七律詞宗趙雲石、鄭養齋兩氏，七絕詞宗施梅樵、王石鵬兩氏。擬題七律〈春寒〉，一東，七絕〈報午機〉，十灰。限至四時半交卷，最後于聖廟前，由本社寫真班攝影記念。
11476 07.03.22	全島聯吟會續報映寫活動為餘興第一日至午前一時閉會	既報全島聯吟大會，去二十日午後一時，開于大龍峒孔子廟。出席者計二百八十名……十時過榜發，首唱七律〈春寒〉（一東），左右元為劉翠岩、歐劍窗兩氏所得；次唱七絕〈報午機〉（十灰），為魏潤庵、黃春潮兩氏掄元……[20]
11477 07.03.23	全島聯吟招待會開於蓬萊閣大餐廳以柏梁福引為餘興	全島聯吟大會第二日，北部主催社招待會，照所豫定，於翌二十一日午後一時，開於蓬萊閣大餐廳……凡二百九十人。首由魏潤庵氏代表北部主催社鄭重敘禮，次選舉詞宗，決定五律詞宗莊太岳、邱筱園兩氏，詩畸詞宗張純甫、謝星樓兩氏。擬題〈屯山積雪〉，文韻，詩畸〈祝花朝〉，碎錦格……至十時半榜發，五律為陳魯傳、杜仰山兩氏掄元；詩畸為陳文石、林欽賜兩氏掄元……[21]

---

19 民國 88 年 4 月 24 日《聯合報》39〈鄉情〉版，有陳青松〈日據時期蘭亭盛會〉一篇迴溯之報導，並附當時之照片一幀。

20 詩見《臺灣日日新報》11479、11486 號。

21 詩見《臺灣日日新報》11493、號 11500 號。

報號/日期	訊 息 標 題	記 事
11540 07.05.26	瀛社例會 廿九日在三 仙樓	瀛社例會，自三月二十一日全島聯吟大會後，鉢聲久停。者番由日前所發表八值東之外，又加之以新入社者陳友梅、周火炎[22]二氏，定來二十九日午後一時，假萬華驛前三仙樓開會。
11545[23] 07.05.31	瀛社擊鉢吟 例會盛況	瀛社擊鉢吟例會，如所豫報，去二十九日下午二時，開於萬華三仙樓，出席社員約四十餘名。拈題〈新荷〉，真韻七絕，每人限二首。五時交卷，錄呈詞宗評閱，選左右二十五名，由值當者分呈贈品。同七時開宴……，席間謝雪漁氏提言蓬萊寫真集之事，由全社員贊助加入，唯寫真未便關係，特再寬限至來六月十五日，次由倪炳煌介紹新加入社員陳友梅、周水炎二氏。於是開懷暢飲，盡歡至八時半散會。
11570 07.06.25	瀛社例會廿 六日三仙樓	本期瀛社例會，值東為魏潤庵、林石崖、黃石衡、賴鶴洲四氏。訂來二十六日午後二時，在萬華三仙樓開催，希社員多數涖會。
11586 07.07.11	瀛社例會十 七日在瑞芳	瀛社夏季例會，輪值基隆，茲由值東幹部商定，訂來十七日午後二時，在新瑞芳驛前社友李建興君新築義方居樓上……
11595 07.07.20	瀛社會況	瀛社例會，此期輪值基隆組合辦，如所豫報，於去十七日午後二時半，開於瑞芳李建興氏宅中。瀛社友而外，基隆大同吟社友，復旦吟社友暨當地吟友，約五六十名出席，題擬〈義方居雅集〉，元韻七絕，次唱詩畸〈金炭〉，分詠格，五時半交卷，錄呈詞宗評選，選取前茅三十名。七時宏開文宴，席間由李建興氏，代表值當一邊敘禮，蔡敦輝氏起言瀛洲吟草（肖像集）所關一切。兼次期值當在板橋，希望在席吟友，多數出席之事。次大同吟社、復旦吟社員，躍述謝辭。次李建興氏，再起紹介當地二三吟友，終由許梓桑氏說明瀛社此期例會，因李君新第落成，乃謀開於此地，兼可以介紹附近名勝……
11643 07.09.06	擊鉢會況 次期訂十七 日兼觀月會 改組	瀛社擊鉢例會，既如前報，於去四日午後二時，開於萬華三仙樓。拈〈書枕〉為題，韻八庚，每人限二首，計得詩六十餘首。錄呈詞宗評選，至七時一同就席晚餐，然後發榜，對左右二十名，由值東者，呈與贈品。此期值東者王省三君，因往中部不在，乃由最終回之許劍亭君加入。又殘剩二、三回份，訂來十七日兼開觀月會，及重行改組……又基隆大同吟社員約十二名，欲新加入云。
11652 07.09.15	瀛社開擊鉢 觀月會	臺北瀛社員，此期擊鉢，由本年度份殘餘未值東者林子惠、李少庵、李聯璧、李神義、蔡火慶、陳愷南、林欽賜、蔡敦輝諸氏承辦，兼

22 周火炎於 11545 號〈擊鉢吟例會盛況〉作周水炎，應即周清流，往後之輪值表，皆以周清流為稱，更無周火炎其人。

23 刊眉原作 11845 號，依日期推，當為 11545 號之誤。

報號/日期	訊息標題	記　　　　　　　　　　　　　事
	並行改組	開觀月會。日期訂來十七日土曜日午後一時，場所假市內日新町詰所（元（按：當爲原之誤）區長役場樓上）招待小松天籟、久保天隨、尾崎古村、佐野研三、林嵩壽、陳清波諸氏……又是日錦記茶行陳天來氏，對出席者各寄贈烏龍茶一包云。
11656 07.09.19	瀛社觀月會 並議改組	瀛社觀月會，經去十七日午後二時，在北區町委員事務所開會，蒞會者四十餘名。命題〈秋後熱〉，體七律，韻七陽……八時開宴，並招待久保天隨、尾崎古邨諸氏。席上值東重新改編，自舊九月起實行，今後值東，須將開會期日、場所等，通知於各組責任者，該責任者乃轉通知於該組員，庶得多數出席。此回值東王省三氏亦加入，而林其美、曾笑雲、陳根泉、駱友漁、黃承順五氏新入社。改組後值東如左，如有遺漏，欲編入八月分，每月冠首者爲責任者。 （按：名單詳見2章2節）
11679 07.10.13	瀛社例會訂 來二十三日	瀛社擊鉢例會，本期輪值搏秋、子楨、自新、菊如四氏，本訂來十六日開會。因是日值宜蘭郡頭圍登瀛吟社，主開臺北州聯吟大會。翌十七日復聞宜蘭方面吟友，乘機欲開招待會，社友多欲參加。故特延期於來二十三日日曜日午後二時，會場假萬華三仙樓，希望社友多數出席云。
11691 07.10.25	瀛社例會出 席 約四十名	瀛社擊鉢例會，如所豫報，去二十三日午後二時，開於萬華三仙樓。出席者約四十名。拈〈松徑〉爲題，韻十一真，每人限二首……又此回有天籟吟社友盧懋青氏新加入云。
11712 07.11.15	瀛社例會	瀛社月例會，如所豫定，經去十三日午後二時，假萬華三仙樓開催，出席者三十餘名。是日因汐止灘音吟社開擊鉢吟，一部分社員，多往赴會，故席上頗形寂寞。詩題〈孤雁〉，七絕六魚韻，得詩七十首……
11734 07.12.07	瀛社例會	去四日午後三時，瀛社假江山樓開月例會。擬題許久弗得，忽見壁上懸有〈畫菊〉，因以此命題，韻拈七虞，七律各一首。五時截收，七時榜發晚膳，席上介紹陳伯華氏入社，八時散會。
11774 08.01.17	瀛社會況	瀛社例會如所豫報，於去十五日午後二時，開于江山樓，出席者三四十名。題擬〈臘鼓〉，韻十四鹽，每名限二首……
11790 08.02.02	瀛社例會兼 議出席大會	瀛社例會，此期輪值卓夢菴、葉蘊藍、李少庵、鄭晃炎四氏，訂來五日，日曜日午後二時，假市內太平町町委員事務所樓上開會。是日兼欲協議出席屏東全島詩人大會之事，以便報名參加，希望社友多數出席云。
11795 08.02.07	瀛社例會	既報瀛社月例會，經去五日下午二時，假北區町委員事務所開催，出席者三十餘名。題擬〈種梅〉，七絕罩韻，得詩六十餘首，六時晚餐，席上臚唱發表，決定林子惠氏，出席全島大會，盡興散會。

報號/日期	訊息標題	記　　　　　　　　　　　　　　　　　　　　　　　事
11830 08.03.14	瀛社祝花朝 北州聯吟決 定潛社承辦	瀛社花朝紀念會，去十二日午後二時，開於陳其春氏迎曦樓。受招待社員中六十歲以上高齡者林子楨、黃贊鈞、李悌欽三氏出席，久保天隨、尾崎古邨兩氏亦陪席。題拈〈班超投筆〉，東韻七絕，每人限二首，五時交卷。七時發榜開宴，席上謝雪漁氏，提議臺北州聯吟會春季大會值東，將歸何社引受？結局欲由潛社辦理，次陳其春氏舉杯，祝來賓健康，同人又寄贈左右元副賞……
11859 08.04.13	瀛社例會十 六日三仙樓	瀛社例會，來十六日午後二時，將開月例擊鉢吟會於三仙樓。值東駱子珊、黃福林、李逶初、洪玉明四氏，三春佳日，希社友多數出席。
11871 08.04.25	瀛社例會	瀛社例會，去二十三日午後二時，會場假三仙樓開會。社員三十餘名出席，題擬〈五月幟〉，七絕各二首，韻一東……
11899 08.05.23	瀛社例會	去二十一日午後二時於江山樓，開瀛社月例會，素罕出席者，本期至者甚多。並邀滯北中連雅棠氏赴會，擬題〈諸葛渡瀘〉，七絕各限二首，四支韻，得詩六十餘首。七時發榜晚餐，賞品相當豐厚，八時盡興散會。
11920 08.06.13	瀛社例會在 板橋林家	此期瀛社例會，去十一日午後二時，在板橋街林本源庭園內定靜堂開會。是日大有山雨欲來之勢，然社員吟興勃勃，多數赴會。幸至散會之間，雨師不來稅駕。詩題為〈竹陰〉，庚韻，絕詩各二首，評選後入席，八時散會。
11976 08.08.08	瀛社例會在 基津慶餘堂	此期瀛社例會，輪值基隆社友主開，假許梓桑氏慶餘堂為會場。是日天氣酷熱，臺北方面赴會吟友，多自午前先赴同地海水浴場游泳，終日浴客多至二三千名，備呈盛況。午後二時開會，由值東者許氏命題為〈照空燈〉，蓋當地防空演習時，曾管制燈火，照耀此燈，所以探夜襲敵機者，七律先韻，每人各限一首。評選發表後，在同家露臺晚餐，月色燈光波間掩映，盡興至九時散會。
12004 08.09.05	瀛社例會 次期欲改組	既報本期瀛社例會，經去三日下午二時，開於三仙樓，時值中元普度，社員出席稀微。題為〈題前赤壁圖〉，五律虞韻，詩題恰合時令，皆盡興抒寫，傍晚交卷評選，發榜後晚餐。次期中秋觀月會，值東者為陳愷南、李悌欽、林其美、周清流、陳友梅、陳伯華、倪登玉諸氏，如有既加入而未值東者，可向次期輪值者聲明，編入該期。又及期欲改組，希加入者可自組織四人為一組，定一責任者，赴會時聲明提出，以便釐定月次也。（按：名單詳見2章2節）
12032 08.10.04	瀛社觀月會 改組決定	瀛社觀月會，去一日午後二時，在江山樓開會，社員多數與會。時值中國虞社詩人王良友氏來臺，因邀其列席，氏亦寄贈賞品。詩題〈觀月艇〉，五律十二侵，得詩三十餘首，發榜後改組。就中有人數不足者，若今後新加入者，當臨時補入，不然可以徵收津貼若干。

報號/日期	訊息標題	記　　　　　　　　　　　　　　　　　事
		又新店詩友，一部加入，來年五月欲於該地主催。基隆方面因未接其通報加入者姓氏，故以基隆組配定六月。如有遺漏未入者，亦可聲明，改組如左。
12066 08.11.07	瀛社例會	瀛社例會，如所豫報，去五日午後二時，開於大世界旅館大餐廳，出席者四十餘名。而林絳秋氏及桃社鄭永南、竹社友鄭香圃兩氏，亦特與會。拈題〈僧鞋菊〉，先韻七絕，每名限二首，然後諸社友參觀工事中之房室，及樓上百貨店、菊花展等。同五時半交卷，錄交林絳秋、謝雪漁兩氏，左右三十卷，同六時半在樓下世界食堂宏開吟宴，七時半筵撤，榜發……
12098 08.12.09	瀛社例會十日蓬萊閣	瀛社此期例會，輪值值林欽賜、倪登玉、周清流、陳友梅四氏。訂來十日，即日曜日午後一時，開于市內蓬萊閣，希社友多數出席云。
12101 08.12.12	瀛社例會	瀛社例會，去十日午後二時，在蓬萊閣開會。是日因歲末關係，出席者無多。詩題〈鐵硯〉，五律七陽韻，各限一首。七時晚餐後發榜，簡荷生、林坤元二氏各寄贈書畫二枚，溪州柯興水氏寄贈螺溪硯二塊，該硯為本島名產，口呵氣濕，嚴冬不凍，是其特色云。
12135 09.01.16	瀛社例會意外盛況	瀛社例會，去十四日午後二時，開於社員李金燦氏所經營酒場第一家……命題〈雪達摩〉，七絕寒韻，每人限二首，得詩百餘首……
12156 09.02.06	瀛社例會	瀛社例會，如所豫報，於去四日午後二時，開於市內太平町三丁目大世界ホテル大餐廳，社友四十餘名出席。是日值立春日，乃擬〈迎春〉為題，先韻七律，每人一首，同五時交卷。錄呈詞宗評閱後，由社友劍亭氏，案內參觀特別室、文化室、內地室、水洒式便池其他。同六時開宴，宴撤後發榜，由值東者，分呈賞品，盡歡而散。
	翰墨因緣	瀛社員林欽賜氏徵詩，詩題〈螺溪硯〉，體格七律不拘韻，詞宗謝汝銓、賴子清二氏合選……
12191 09.03.13	瀛社例會	瀛社例會，如所豫報，去十一日午後二時，開於江山樓，社員三十餘名出席，擬〈情〉為題，七律魚韻……
12205 09.03.27	花朝記念瀛社在三仙樓束社員高齡者	來二十九日，即舊曆花朝。是日午後二時，瀛社欲在三仙樓開花朝紀念會。值東者為林搏秋、林子楨、劉克明、劉振傳、王自新、黃菊如、陳郁文、蔡三恩諸氏。束請社員中六十高齡者，即黃純青、倪炳煌、楊仲佐、陳其春、吳金土諸氏。春光方半，百卉盛開，擊鉢催詩，正宜及時行樂，希社友多數出席云。
12268 09.05.30	瀛社例會二期合辦	瀛社例會，前期輪值倪炳煌、楊仲佐、陳其春、黃純青四氏，因便宜上延期至今。乃與本期值東施瘦鶴、陳鑑昌、賴獻瑞、陳根泉四氏合辦。訂來三日日曜日午後二時，假萬華三仙樓開會，希望社友多數出席云。
12274	瀛社例會	瀛社例會，兩期合辦，去三日午後二時，開於三仙樓，擬題〈毛遂〉，

報號/日期	訊息標題	記　　　　　　　　　　　　　　　　　　　　事
09.06.05		七律八庚，得詩四十餘首，七時晚餐發表，次期例會，輪值新店開催云。
12302 09.07.03	瀛社例會	去一日午後二時，新店公會堂，開該地吟友主催瀛社例會……題擬〈下灘舟〉，五歌七絕，每人各二首，五時截收，臚唱後七時開宴。村田庄長餽同地名產鰈魚膾，碧潭文社寄贈麥酒……次期將由基隆吟友主開云。
12323 09.07.24	瀛社例會基隆 社友主開	瀛社例會，本期輪值基隆吟友主催，去二十二日午後二時，開於高砂公園同風會館。是日恰逢久雨初晴，心神一快。臺北方面社員，多自午前即到大砂灣海水浴場入浴。既開會，命題〈午枕〉，五律四支韻，每人限一首。四時半交卷，六時半入席，水陸紛陣，設備頗周，八時盡興散會。基隆吟友，雖加入於瀛社，然平素罕來臺北與會，一至該地主催，即許梓桑氏其他，熱心提唱，所費不貲。臺北方面社友，多望其今後簡素從事，且臺北主催時，亦多來與會云。
12371 09.09.10	瀛社例會宴 江博士 近四十人會 於大屯酒場 詩題大屯斜 照	既報瀛社諸同人，爲歡迎江亢虎博士，去九月七日午後二時起，特開吟宴於稻江大屯酒場。是日到者近四十人，而中華會館林梧村氏亦來會，詩題〈大屯斜照〉，七律東韻，博士於四時過，翩然戾止，五時截收後，錄呈博士及瀛社長謝雪漁氏選閱。發表後，謝社長，代表一同，起立致歡迎詞，盛稱博士之器識文藝……席上有二三贈詩於博士者，博士即走筆次韻，不假思索……
12375 09.09.14	瀛社有志組 織漢詩文會 懇謝社長指 導	瀛社自創設後，全島風靡，詩學大興，通都大邑無論矣，雖遐陬僻壤，亦莫不有詩社之設。有不能詩非風雅士之概，懿歟盛哉！然伊古以來，所謂詩者文之餘，故作詩爲文人興會之時，從未有文人而不能詩也。今則大異其趣矣！人以詩人待之，而己亦以詩人自命者，殆多非文人所自出之詩人，故多能詩而不能文。甚至有粗淺之文亦不能者，將馴至詩盛而文衰矣！今之吾臺青年，技術堪能，學問淵博，而入華入滿，功業遲滯，甚至有失敗而歸者，則多漢式文章，不能解與不能書階之屬也。此次瀛社有志本創立詩社，藉興詩學旨趣，籌設漢詩文研究會，以文爲主，以詩爲從，更興文學，爲青年有志，作學文之機關。現正制定會規，招集會員，欲推瀛社長謝雪漁氏出爲主持，負任講解添削，在近地者則直接，在遠地者則通信，倘辦理有成績，將發刊文報，以資會員參考……
12385 09.09.24	瀛社觀月會 席上改組 欲調製名簿	瀛社觀月會，如既報，經去二十二夜，即古曆中秋前一夜，在日新町所開會，涖會者四十餘名。次年度有松山方面吟友及各方面新入會者十數名。午後二時，命題〈醉月〉，五律真韻，五時半截收，七時議事，席上關改組之事，有種種提議，結局照舊每月一回，惟人員既多，負擔稍重，故每組增加一名爲五名。關分月次決定如

報號/日期	訊息標題	記　　　　　　　　　　　　　　　　　　　　　事
		左……
12434 09.11.13	瀛社例會在網溪觀菊	既報本期瀛社例會，經去十一日午後二時，開於網溪楊仲佐氏別墅……命題〈網溪觀菊〉，蓋楊氏將編《網溪詩集》，以此題留爲紀念也。體七絕，韻七陽，每人限二首，五時交卷。爐唱後在花間對酌，元眼花各由園主贈呈盆菊爲副賞，八時過盡歡散會。又新入社者三名，加入八月分觀月會。
12456 09.12.05	瀛社例會兼歡迎會會場永樂旅館	瀛社例會，此期輪值潤庵、石崖、石衡、鶴洲、劍亭五氏，因值鹿港詩人施梅樵氏載筆來北，乃乘機兼爲氏開歡迎會，以期詩酒聯歡。日期定來九日（日曜日）午後二時，會場假市內永樂ホテル，希望社友多數出席云。
12462 09.12.11	瀛社會況	瀛社例會兼施梅樵氏歡迎會，既如前報，於去九日午後二時，開於市內永樂旅館。定刻一至，會員出席者四十餘名，而桃社鄭永南、彰化書家林輝氏，亦來赴會。題擬〈陳蕃楊〉，五律十三元韻，每人限一首，五時交卷，錄呈詞宗選取，然後晚餐。席間由蔡敦輝氏，分贈最近發刊之《大亞細亞公論報》。最後發榜，對左右入選二十名，由值當者，分呈贈品。又是日永樂旅館主人陳春金氏寄附金十圓及油紙等云。
12477 09.12.26	瀛社例會明春一月四日	瀛社本期值東，爲施明德、陳鑑昌、駱友漁、黃承順、洪夢樓諸氏，訂來新曆一月四日午後二時開會，會場假萬華龍山寺事務所，屆期希望社友多數出席。
12510 10.01.29	瀛社例會在百合樓上	瀛社例會，經去二十七日午後二時，開於永樂市場邊百合洋菜館四樓。命題〈百合花〉五律陽韻，得詩四五十首……
12538 10.02.26	瀛社例會	瀛社例會，去二十四日午後二時，在三仙樓開會。春光和煦，社員濟濟出席。擬題〈筆戰〉，七律寒韻，得詩四十餘首……
12555 10.03.15	花朝記念會瀛社擊鉢	瀛社花朝紀念會，輪值謝汝銓、葉鍊金、張家坤、李聯璧、林欽賜、蔡火慶、倪登玉、李神義諸氏承辦，訂來二十一日春季皇靈祭，即古曆後花朝二日午後二時，會場假建成町林氏祠堂。當日林等、林清敦二氏欲寄附贈品……望社友多數出席。
12563 10.03.23	瀛社花朝紀念會盛況	瀛社花朝紀念會，去二十一日春季皇靈祭日午後二時，開於建成町林姓祠堂，並祝社員林子楨氏古稀榮壽。是日爲春分日，春分前後五戊日謂之春社，朝來細雨霏霏，因以〈社雨〉爲題，五律一先韻，次唱〈二分春色〉詩鐘碎錦格……席上謝雪漁社長敘禮，對社員黃菊如氏作古，表示悼意，提議今後花朝紀念會，欲追弔物故社員。
12594 10.04.24	瀛社例會廿七日三仙樓	瀛社例會，訂來二十七日午後二時，開例會於三仙樓。本期值東爲劉克明、劉振傳、吳金土、陳郁文、蔡三恩諸氏。希望社友多數出席云。

報號/日期	訊息標題	記事
12621 10.05.21	瀛社例會頗呈盛況	瀛社例會，如既報，經去十九日午後二時，開於松山陳復禮氏層樓。清和天氣，社友欲飽眼郊外風光，躊躇戾止。開會前先登三層樓露臺眺望，基隆川（松社命名松江）環流屋後，北勢嶺拱照樓前，山水清絕。命題〈松江觀釣〉，七律庚韻，每名限一首，得詩四十餘首。八時選取始畢，一同晚餐，撤席後發榜，九時半散會，出席者四十餘名，亦近來之盛會也。
12656 10.06.25	瀛社例會在新店公會堂	既報瀛社例會，去二十四日午後二時，在新店公會堂開會。堂外碧潭環流，涼風習習，內臺士女，或臨流泛舟，或入水游泳，社員值此三伏炎蒸，咸欲登樓納涼為快，故出席者特多。五十餘名，翕然咸集。是日為多年滯京，此次歸臺之名譽社長林薇閣氏，及前回上京參列湯島聖堂落成之魏潤菴氏洗塵。林氏有故，不得蒞會，特寄附二十圓。詩題〈虛枕溪聲〉虞韻七絕，每人限二首，得詩約百首……次期輪值基隆吟友承辦，決定來月十四日開會云。
12677 10.07.16	瀛社例會開於基隆社員多赴海浴	瀛社例會，本期輪值基隆組承辦，當地為世界有名雨港，終年多雨，惟七月中晴多雨少……去十四日之詩會，開於同風會館，臺北方面社友，多自午前先赴海浴，午後二時，乃陸續赴會，合基隆、瑞芳各地社友，出席者三四十名，題擬〈天幕〉，元韻七律，每人限一首……
12719 10.08.27	瀛社例會來月欲改組	既報瀛社例會，經去二十五日午後二時，開於北區町委會事務所，出席社員三十餘名。詩題〈山寺避暑〉，五律冬韻……謝社長致辭，謂來月欲改組，兼照前回之商議，觀月會當日，欲追悼沒故社員。因該期值東人數僅六名，尚不足四名，故值東者欲由舊社員每人另徵五十錢，新加入社員，每人徵收一圓……林子惠氏報告經綸織襪廠李慶賢氏寄附襪二十雙，並欲入社……且謂天籟吟社，已定來十月二十七、八兩公休日，欲在臺北聖廟，催開臨時全島聯吟大會，同社員以外之全島各社員，會費每人三圓，每日兩題左右，各賞五十名云……
12735 10.09.12	瀛社觀月歡迎高孝廉兼議改組	瀛社中秋觀月會，輪值陳毓痴、賴獻瑞、林錫牙、吳成碧、施運斧、劉希淵諸氏之承辦，因人員不足，故照前回決議，凡舊社員每名徵收五十錢，新社員徵收一圓，當日袖交……訂來十五日星期，即後中秋三日午後二時，假北區町委員事務所為會場，欲歡迎今夏由廈門歸鄉之景美高選鋒老孝廉，兼議改組之事。次年欲參加者，須自組織，於當日席上，提出每組姓氏箋，否則不敢擅為決定……
12852 11.01.09	瀛社有志吟會十二日初會	瀛社例會，客秋十月以後，因臺博及市街庄議員總選舉，同人及一般社員，備極多忙，因停止未開。迨至客臘，瀛社員中一部，有提議再開會，咸謂組織要加以改革，於是有志者十數名，協議另組瀛

報號/日期	訊息標題	記　　　　　　　　　　　　　　　　　　　　事
		社有志吟會。決定來十二日午後二時，開第一回吟會於日新町一丁目林佛國氏文源茶行內，值東者即謝汝銓、魏清德、林佛國、林子楨、黃純青、黃贊鈞、劉克明、倪炳煌、劉振傳、賴子清十氏。此後廢止賞品，且課月課。每年按開會四回，冬季即一月，春季舊二月十五日花朝紀念日，夏季一回，秋季即中秋觀月會。當日席上，預定參加人員四十名，各已向本人通知，屆期在該席上協定此後值東云。
12857 11.01.14	瀛社每年花朝開會一部另組有志吟會 年中集會四回每月課題	瀛社從來每月輒開例會一次，擊鉢催詩，而不課月課。茲者（按：當爲則之誤）改爲每年舊二月十五花朝日，即瀛社成立紀念日，照舊開擊鉢吟。凡眾瀛社員，若預先通知出席於幹事處，則當日支出會費一圓五十錢，得以出席，此係純瀛社之會合。別有一部分有志者，另組瀛社有志吟會，定每年開會四次，即略定一月、五月、八月（中秋觀月）、十一月，每集合時，發表三個月分之課題。去十二日午後二時，在林佛國氏之文源茶行，開第一回例會，出席者三十餘名，席上決定月課爲古風、律絕、竹枝詞等，要擇詠史、詠物，或有關臺灣歷史、地理、風物之題，以供會員揣摩研究。不徒吟風弄月，逢場作戲了事。舉謝汝銓、魏清德、黃純青、林佛國、倪炳煌五氏爲則起草委員。發表左記三題：一、選舉雜詠，〈竹枝詞〉七絕四首、二、〈烏龍茶〉七律不拘韻（限一首）、三、〈夢蝶園懷李茂春先生〉五古或七古二十句以內……五月分值東，由出席者各會組織。已決定王自新、林搏秋、謝尊五、李悌欽、陳古漁、黃福林、洪玉明、施明德、陳根泉、吳金土十氏，八月分值東爲林欽賜、卓夢菴、林子惠、林清敦、葉蘊藍、李神義、駱子珊、張瀛洲、高文淵、蘇鏡瀾十氏，十一月值東爲許梓桑、陳其春、楊仲佐、李碩卿、李建興、葉鍊金、張家坤、張一泓、王子清、陳愷南、李逯初諸氏。又瀛社花朝紀念日，由社員公辦，舉倪炳煌、林欽賜、林子惠、賴子清四氏爲幹事，辦理此事……
13031 11.07.07	瀛社有志夏季吟會 五日開於公館觀音亭	既報瀛社有志夏季吟會，去五日下午三時起，開於臺北市公館附近之寶藏寺，即通稱觀音亭者……題擬〈寶藏寺銷夏〉[24]，七時宴開，席上賦柏樑體……又是日所擬課題如左：一、〈南榮園懷藤園將軍〉，五、七古，二、〈普渡〉竹枝詞，三、〈佛手柑〉（七律）。
13110 11.09.24	瀛社有志觀月吟會中秋日三仙樓	瀛社有志觀月吟會，輪值許梓桑、陳其春、李碩卿、張家坤、楊仲佐、葉鍊金、李建興、王子清、陳愷南、張一泓、李逯初諸氏承辦。已訂舊中秋日午後二時在萬華三仙樓開催。社員輪辦至此已一周，同

24　詩見《臺灣日日新報》13036 號。

報號/日期	訊息標題	記　　　　　　　　　　　　　　　　　　　　事
		日欲商多季主催之事……
13118 11.10.02	瀛社觀月會改組決定	瀛社有志觀月吟會，去三十日（即舊中秋日）午後二時，會場假萬華三仙樓開催。社員三十餘名出席。謝尊五氏寄附燈謎百餘則，亦莊亦諧，頗助一時佳興。次命題〈中秋夜三仙樓觀月〉[25]各照拈韻賦七絕一首，十、十一、十二各日課題，決定〈懷乃木將軍〉七古，〈臺博雜詠〉竹枝詞，〈瑞竹〉[26]七律……因值東輪流已一周，先議改組之事，即一年間六回，隔月一開。就中花朝紀念會及中秋觀月會，欲期其盛況，值東人員倍增。月次決定如左。又席上提議明春瀛社已值三十周年，欲作紀念行事，後日再爲議定。此後月例會時，欲開擊鉢吟，以振作詩興……
13163 11.11.17	瀛社例會提議全島聯吟	瀛社例會，去十五日午後二時，在三仙樓開會，社員三十餘名出席。題擬〈話舊〉，五律麻韻……月課定爲〈鹽田〉，五古。晚餐後協議明春全島聯吟大會之事，將由臺北州聯吟會主催，以瀛社爲中心而籌備。舉謝汝銓、魏清德、謝尊五、陳其春、倪炳煌、李悌欽、賴子清、林清敦、卓夢菴、林子惠、洪玉明、葉蘊藍十二氏爲實行委員，來二十二日午前九時，將於魏清德氏宅開磋商會。
13184 11.12.08	瀛社例會十二日三仙樓議州下聯吟會	全島聯吟大會，來春輪值臺北州下各詩社主催，將以瀛社有志吟會，邀請州下各詩社員會合，協議辦理方法，職是瀛社有志吟會之一月例會，欲及早於年內開催，即由劉克明、劉振傳、王自新、陳郁文、洪玉明五氏承辦，訂來二十二日（土曜）午後二時，會場假三仙樓，開月例會，席上決議明春一月上旬，欲由瀛社有志吟會，主開臺北州下聯吟會於臺北……
13191 11.12.15	瀛社例會議開北州聯吟來一月十日	瀛社有志擊鉢吟月例會，去十二日午後二時，開於萬華三仙樓，社員三十餘名出席。以〈聽琴〉爲題，七絕八庚韻，各賦一首……席上決議明春一月十日午後一時，欲在三仙樓，由瀛社有志吟會主催，開臺北州聯吟會。會費依例徵收一圓，而主催社員徵收二圓……蓋欲乘州下各社員集會之機，商量辦理全島聯吟大會之事。又關于北州聯吟，不足費用，由主催社員負擔……
13218 12.01.12	全島聯吟大會四月三四日在臺北由北州聯吟會主催 瀛社有志吟	瀛社有志吟會，主催第十一回臺北州聯吟會，去十日午後一時半，如所豫定，開於萬華三仙樓，會員遠自宜蘭、頭圍、基隆各地蒞臨……決定第十二回北州聯吟會，將於今秋由基隆大同、奎山、貂山三社合設之鼎社承辦。今春全島大會由臺北州聯吟會主催，來四月三四兩日，開於臺北……會費如例，本州出席者五圓，他州三圓。議畢即由謝尊五氏推薦宜蘭吳蔭培、基隆張鶴年兩氏閱律詩，頭圍

---

25 詩見《臺灣日日新報》13121 號。
26 詩見《臺灣日日新報》13119 號。

報號/日期	訊息標題	記　　　　　　　　　　　　　　　　　　　　　　　　事
	會承辦	黃振芳、汐止顏德輝兩氏選絕詩。舉盧史雲、蔡子淘、張廷魁、余萬森諸氏擬律題，劉春亭、陳鎔經、王雪樵、林雙和諸氏擬絕題。首唱〈冬菊〉[27]，五律八庚，次唱〈探梅〉[28]，七絕二蕭韻。每人各限一首……出席吟社，各舉代表一名，於宴後協議全島大會辦法，有提議由瀛社有志吟會主辦，州下各社員出席者，每名僅支出會費五圓，而不足經費俱由瀛社有志吟會負擔者，一同贊成。於是發榜臚唱，首題高文淵、黃振芳，次題盧史雲、李石鯨諸氏掄元……
13253 12.02.16	瀛社三十週年記念會	瀛社創立三十週年記念會，去十四日午後二時開於龍山寺會議室。雖東風料峭，細雨如煙，而社員多出席，擬題〈新花朝〉，五律蕭韻……席上磋商全島聯吟大會籌備事項，並吟柏梁體如左……
13277 12.03.12	全島聯吟大會瀛社有志吟會承辦四月三四兩日在臺北	全島聯吟大會，本年輪值臺北州聯吟會值東，今春北州聯吟會席上，決議由瀛社有志吟會承辦，去十日晚，瀛社籌備員十數名，會於許寶亭君所經營之大世界旅館，舉謝汝銓君爲座長……決定來四月三、四兩日午後一時（時間厲行），場所現交涉中……（按：名單詳見4章2節）
詩報152 12.05.11	騷壇消息	臺北市北臺吟社及瀛社同意吟會，去十八日即日曜日午後正一時在北投新樂園開祝賀淡北吟社李世昌、北臺吟社林連榮二氏全島聯吟大會掄元聯吟會……並催（按：當爲推之誤）薦林連榮、何夢酣爲首唱詞宗，黃笑園、倪登玉爲次唱詞宗。賴獻瑞、陳友梅、歐少窗、林金壽、高賜義、郭少汀共擬題首唱〈北投泉聲〉，七律韻四支，次唱〈出牆杏〉，七絕韻十四寒……榜發，首唱律詩陳友梅、倪登玉二氏掄元，次唱絕詩左右元連林榮、黃笑園……
風月報45 昭和 12.07.20	騷壇消息	瀛社於客月念七日午後二時起，假社員許劍亭氏所經營之大世界福客寓爲會場，開本年第四番例會。由值東者卓夢庵、許劍亭、高文淵、李逐初、張瀛洲、蘇鏡潤（按：當爲潭之誤）氏準備。擬題爲〈新筍〉，東韻五絕各二首。錄呈左詞宗謝雪漁、右詞宗魏潤庵兩氏選取左右各十五名。……又課三題，第一題〈鵝鑾鼻放歌〉，七古一篇，第二題〈檬果〉，七律一首，第三題〈題謝琯樵畫〉，七絕四首，韻各自選，不作者聽。又次期輪值基隆方面諸士友，爲海水浴消暑之會……
風月報46 昭和 12.08.10	騷壇消息	瀛社夏季例會，依例由基隆方面社友承辦，即以許梓桑、李建興兩氏爲代表，先期通知在北諸社友，遂於客月廿五日午後二時，在基隆高砂樓二階開會，擬題〈毀金亭〉，限十灰韻…

27 詩見《臺灣日日新報》13227號。
28 詩見《臺灣日日新報》13239號。

報號/日期	訊息標題	記　　　　　　　　　　　　　　　　　　　　　　　事
風月46 昭和 12.08.10	歡迎錄	頭圍登瀛吟社盧纘祥氏，去月二十一日文旆來北，宿大世界福客寓。在北騷人爲開歡迎擊鉢，擬〈藕絲〉爲題，每人限二首，交卷畢，錄呈盧纘祥、謝雪漁二氏評選，入選者由笑花生氏贈呈賞品，然後開宴。
風月55 13.01.01	騷壇消息	瀛社自客秋改組後，至去十一月二十八日午後二時起，乃假萬華三仙樓料亭開第一期例會，值東者即謝雪漁、魏潤庵、賴鶴洲、駱鐵花、洪夢樓、施瘦鶴六人。……如期齊集約四十人，題爲〈豐年〉，八庚韻，五律各一首。推謝尊五、劉克明二氏，分左右評定甲乙，同時發榜，左元爲魏潤庵氏，右元爲林子楨氏……
風月56 13.01.16	騷壇消息	瀛社去九月（按：當爲日之誤）午後二時在林祖祠開例會兼春宴，只作詩鐘，一〈虎・戍婦〉，分詠格，二〈業心〉，鷺鷥格。分詠選取者爲來賓江蘊和氏，鷺拳之選取此，爲社長謝雪漁氏。本期之值東者爲謝尊立（按：當爲五之誤）、林清敦、林子惠、李神我（按：當爲義之誤）、林夢梅、倪登玉氏，次期爲花朝記念會也。
風月報61 昭和 13.04.01	騷壇消息	瀛社創立記念，既於舊花朝日，開會於蓬萊閣，仍爲擊鉢吟，社友有自基隆、文山、海山各郡來會者，頗形蹌濟，題爲〈對鏡〉，尤韻，五律各一首……本期值東者爲黃純青、李悌欽、陳其春、倪炳煌、張家坤、黃福林、簡荷生、吳金土、陳愷南、陳根泉十氏。次期在舊四月，值東者爲文山郡組云。
風月報66 昭和 13.06.15	瀛社例會	瀛社例會，輪值文山組，去五日午後一時，開會於新店碧潭附近社友蘇鏡瀾君新居，……題拈〈碧橋觀月〉，五律侵韻，會者三十餘人，各賦一章，錄呈許務（按：當爲梓之誤）桑、顏笏山兩氏評選……本期值東者爲林石崖、卓夢庵、許劍亭、葉蘊藍、張瀛州、蘇鏡瀾、高文淵七氏。又嘉社詩人，畫壇名手《風月報》囑託林玉山氏適到北，亦爲來賓出席，頗見盛況。次期輪值基隆組，許梓桑氏對眾聲明，經開議事，定來七月三日日曜，即舊六月六日午後一時起，開會於瑞芳之炭山名所猴洞。社友李建興君欲獨當會務，招待諸吟朋，並送往復車票。李君對社務極認真，此舉更足以豪云。
風月報68 昭和 13.07.15	瀛社例會盛況	瀛社夏季例會，每年由基隆方面社友承辦，本年如所豫定，於七月三日午後三時半，在瑞芳猴洞之瑞三鑛業事務所開會…次擬題爲〈猴洞炭〉，七律一首，尤韻，公推社長謝雪漁、副社長魏潤庵兩氏選取……左元爲謝尊五氏所得，右元爲張瀛州氏所得……至九時許散席，各就途歸，約各賦猴洞風景詩，體韻不拘，以爲山川生色云。
風月報74 昭和	騷壇消息	瀛社例會，隔月一爲之，至舊中秋改組，開觀月宴、爲團圓會，本年開之於江山樓四樓露臺。題爲〈聽香〉，尤韻，五律各一。九份

報號/日期	訊息標題	記　　　　　　　　　　　　　　　　　　　事
13.10.17		陳望遠與瑞芳李建興兩氏亦遠道來會，會員殆全部出席，各組照舊。抽籤定月次，大概與前年不殊。
風月報80 14.02.15	瀛社例會	紀元節日，瀛社諸同人開例會於萬華三仙樓，會者四十餘名，題擬〈祝海南島戰捷〉，限十灰韻，七絕各一，評定後，開晚餐會，乃散而觀提燈行列。
風月84 14.04.24	瀛社例會	瀛社詩會創立於閏花朝，每年於花朝開紀念會，本年因值東者一人林子惠氏，將有東粵之行，推前兩日，於去四月二日，即舊二月十三日午後二時，開會於江山樓四層。題爲〈醉蝶〉，支韻五律……左魏潤庵氏右李石鯨氏分選。
風月報88 14.06.17	瀛社例會	瀛社例會，去十一日下午二時，開於景尾林石崖氏家。值東者爲林石崖、卓夢菴、許劍亭、葉蘊藍、蘇鏡瀾、張瀛洲、高文淵諸氏。
風月報93 昭和 14.09.01	瀛社夏季例會	瀛社每年夏季例會，悉由基隆方面社友輪值。本年既於去十三星期日午後二時，開會於基隆市高砂樓……參會者約三十人，是日題爲〈雨港歸帆〉，歌韻七律，每人各一首，由林石崖、卓夢菴兩氏選取，有林永福氏寄贈副賞品云。
風月報96 昭和 14.10.16	詩界消息	瀛社如例，於秋季皇靈祭，于舊中秋前三日，午後二時起，開觀月會於艋津三仙樓。會者四十餘人，題爲〈陣中月〉，限東韻，五律一首，錄呈正副社長謝、魏兩氏評選……依例改組，變更舊制，原六回者，縮小一回爲五回，以便人員配置。除基隆、文山兩處，於夏季開會而外，則分新年宴會、花朝紀念會、中秋觀月會，拈閹辦理。
風月報103 15.02.17	瀛社例會	瀛社之例會兼春宴，既於建國祭日，開於稻市太平町社友許寶亭君所主宰之大世界旅社。因社長謝雪漁及社友李悌欽兩先生，皆年屆古稀，並借花獻佛，稱觴祝嘏……又本期值東者爲謝尊五、林夢梅、施瘦鶴、郭明安、吳朝綸、李神義、林子惠、陳愷南、陳根泉諸氏。
詩報180 13.07.04	騷壇消息	臺北瀛社本期例會輪值基隆吟友，於昨三日假侯硐瑞三炭礦俱樂部開會，到五十餘人，頗呈盛況，聞該費用悉由李建興氏支辦（按：當爲辦之誤），洵爲難得也。
詩報228 15.07.15	騷壇消息	瀛社例會，夏季輪值基隆。原擬七月十四日開會，嗣因颱風影響，乃變更期間及會場。昨已發柬，其案內頗有趣，爰爲介紹如左：敬啓，瀛社吟會依例於夏季輪值基隆，謹訂七月廿一日午前十時，假市內福德町新高樓爲會場……
詩報253 16.08.02	騷壇消息	瀛社本年夏季吟會，依例由基隆方面吟友主辦，於七月十三日午後一時，開於本報名譽社長許迺蘭先生之慶餘堂。與會者約三十餘名，適該社長謝雪漁先生將赴大陸，遂共擬〈送謝雪漁先生之金陵〉爲題，七律先韻。藉壯行色……錄呈詞宗謝雪漁、李石鯨二氏評甲乙，結果，雙元爲賴子清氏所獲……

報號/日期	訊息標題	記	事
南方 168 昭和 18.02.01	文藝消息	去十七日值瀛社例會，開擊鉢于錦記茶行，兼祝黃贊鈞、許梓桑兩先生古稀……題拈〈老松〉，適東港蕭永東先生來北，與本社長簡荷生氏亦參加該會……	

第二節　戰後至今活動記事

報號/日期	訊息標題	記	事
瀛社簡史 民國 38.03.13	創立四十週年聯吟大會	民國三十八年己丑，三月十三日，瀛社創立四十週年，社友李建興先生，為兼祝其母白太夫人八秩壽辰，以瀛社名義，召開全省聯吟大會於瑞三大樓。全省詩人三百餘人出席，于院長右任，祝主席紹周，梁部長寒操，孔子七十七代孫孔德成等諸先生，自大陸遷臺，首次與會。	
民 41.02		於瑞三大樓舉開迎春雅集。（依保存照片所載）	
44.乙未		夏季聯吟大會於碧潭竹林。（依保存照片所載）	
45.06.14		聯吟大會於太獅山懿園。（依保存照片所載）	
瀛社簡史 民國 48	創立五十週年聯吟大會	民國四十八年，己亥花朝，瀛社五十週年，社友先集會於魏清德先生之尺寸園，決定是年詩人節召開全國大會於太平國民學校。次日於靜心樂園舉行瀛社五十週年紀念會，于院長右任、賈院長景德、張昭芹、楊仲佐、鍾槐村諸老咸與會焉。	
中華藝苑 13-3		四十九年十月六日祝副社長李建興先生七秩大慶。刊載於《中華藝苑》第 13-3 號。	
詩文之友 15-5 民 51.02.01	李建興先生事略	李建興先生字紹唐，祖籍福建安溪，民前廿一年農曆辛卯年十一月初十生，其先世移家渡臺，卜居臺北縣平溪鄉，迄今凡百三十餘年矣。	
詩文之友 20-4 民國 53.08.01	騷壇消息	臺北市瀛社，於七月廿六日下午一時，在臺北市進出口公會會議室，召開夏季聯吟會，擬首唱〈征塵〉七律，左右詞宗張鶴年、周植夫，次唱〈商戰〉七絕，左右詞宗林杏蓀、林光炯，榜發首唱掄元為周植夫，黃湘屏，次唱掄元為張晴川、周植夫，席上對故魏社長默禱一分間，經出席全體社員同意，推選李建興為該社社長。總幹事張鶴年因住宅遷移七堵，聯絡不便，辭退總幹事職務，雖經挽留，因辭意甚堅，不得已共推張晴川擔任……[29]	
詩文之友	騷壇消息	臺北瀛社明年農曆花朝為該社創立六十週年紀念……已訂於國曆三	

---

29 此則另載於《中華藝苑》20 卷 2 期，1964 年 8 月。

報號/日期	訊息標題	記　　　　　　　　　　　　　　　　　　　　　　　　事
29-2 57.12.01		月廿九日（青年節）假臺北市中山堂舉行全國詩人聯吟大會，次日三十日（星期日）續開該社創立六十週年紀念招待會……（按：後改敦化北路3號民眾團體活動中心禮堂，見下則） 臺北瀛社友淡水鄭雲從先生，此次新築別莊落成，訂本年十二月一日（星期日）下午一時假淡水鎮水源街十七號之三（原英專路）舉行秋季該社聯吟大會云。
大會請柬		己酉全國詩人聯吟大會謹訂於國曆三月二十九日（農曆2月12日）上午9時假臺北市敦化北路3號民眾團體活動中心禮堂舉行…… 敝瀛社創立60週年紀念會謹訂於國曆三月三十日上午9時假臺北市敦化北路3號民眾團體活動中心禮堂舉行……
詩文之友 29-3 58.01.01	瀛社中秋吟會	倪登玉召集，中秋節在新北投蓬萊別館，首唱：〈中秋雅集〉，左右詞宗爲蘇鴻飛、張晴川，由張鶴年、蘇鴻飛掄元；次唱〈月中桂〉，左右詞宗爲何亞季、陳友梅，由黃啓棠獲左右元。
詩文之友 31-5 59.03.01	騷壇消息	瀛社社長李建興先生本年正值八十歲壽慶，該社社員爲表祝意，曾於新春在北投開擊鉢吟會並贈匾慶祝外，六十名社員各獻壽詩一首以誌衷誠。
詩文之友 32-5 59.09.01		瀛社花朝雅集兼壽張晴川、陳友梅、黃自修、許劍亭社兄七秩，於李社長別墅成德軒，首唱：〈花朝訪成德軒〉，左右詞宗航晴川、陳友梅，由倪登玉、張鶴年掄元；次唱〈綠榕〉，左右詞宗黃自修、許劍亭，由劉萬船傳、張高懷掄元……
詩文之友 34-6 60.10.01	騷壇消息	瀛社秋季聯吟會，由倪登玉、鄭雲從召集，農曆八月初一日（星期日）上午九時半起，在淡水鎮屯山古聖廟行忠堂開會，社員濟濟歡聚一堂，來賓有淡水鎮長鄭永富先生外數名，及宜蘭林義德先生等，隨擬題首唱對聯〈行忠〉冠首，公推林義德、林光炯兩先生爲左右詞宗，次唱〈秋日謁行忠堂〉七律十五冊，推葉蘊藍、張晴川二詞兄評選，三唱〈淡水郊遊〉七絕寒韻，由陳根泉、黃春亮兩社友閱卷。下午二時放榜，首唱左右元爲倪登玉、劉萬傳所得；次唱林光炯、蔡秋金掄左右元；三唱楊君潛獨占雙元……。
中國詩文 之友 35-4 61.02.01		光孝祠位於臺北縣平溪鄉之上天山麓，爲瀛社社長李紹唐先生就其祖厝改建以祀先德者，是地群峰環繞，風景佳甚，祠成之日，吟友紛臨觀禮，并詠詩紀盛，亦騷壇佳話耳，特選載若干首以饗讀者。
中國詩文 之友 37-6 62.04.01		瀛社花朝例會由李建興社長主辦，去（三月）十八日下午一時於南京東路志三居舉行。出席五十餘名，該社爲臺灣第一大社，集騷壇名流。由李建興先生領導以來，聲譽日隆。因李氏年事已高，需一輔佐者幫忙，故議決在下屆例會選舉副社長云。（按：詩題〈老鶴〉、〈楓橋客〉）

報號/日期	訊息標題	記　　事
中國詩文之友 38-1 62.05.01	騷壇消息	瀛社會員大會，於去四月十五日下午一時，在詩文橋藝中心舉行。出席會員五十一名，先開擊鉢吟會，首唱〈關山月〉，魚韻，次唱〈看花眼〉，七絕齊韻。張晴川、張鶴年，爲首唱左右詞宗，劉萬傳、周植夫爲次唱左右詞宗。交卷後由社長李建興宣佈選舉副社長。投票結果，張晴川以最高票當選。後由正、副社長提名江紫元爲總幹事，至下午八時在和氣靄靄裡散會云。
中國詩文之友 38-6 62.10.01	騷壇消息	瀛社中秋例會由值東倪登玉外九名等邀集，於農曆八月十三日（星期日）下午一時在登月樓大酒家開會。社員全部出席，題公擬首唱〈觀月文宴〉，七律十灰，次唱〈秋心〉，七絕十四寒。律詩詞宗江耕雨、張晴川，絕詩詞宗黃春亮、鄭晃炎。四時交卷，五時發榜。首唱張晴川、劉斌峰各占鰲頭；次唱李天鷟掄雙元……。
中國詩文之友 40-5 63.10.01	騷壇消息	瀛社中秋大會由倪登玉召集，於九月廿九日在臺北市登月樓大酒家舉開。來賓有陳昌言、曾文新、蘇成章等，首唱〈中秋遇雨〉，七律寒韻，左右詞宗陳昌言、張晴川；次唱〈秋訊〉，七絕元韻，左右詞宗蘇成章、葉蘊藍。評選結果，首唱曾文新、張振聲掄元，次唱左右元劉萬傳獨得……
中國詩文之友 41-2 64.01.01	騷壇消息	瀛社冬季例會由何亞季召集一月二十日（星期日）下午一時起，在臺北市登月樓大酒家開會，社員全部出席，詩題公擬首唱〈餞歲酒〉，七律陽韻。次唱〈冬寒〉，七絕東韻，律詩詞宗陳友梅、張高懷。絕詩詞宗鄭晃炎、林玉青，四時交卷，五時發榜。首唱左右元黃鷗波、倪登玉各佔鰲頭。次唱蘇鴻飛、劉萬傳掄左右元……。
中國詩文之友 43-1 64.12.01	騷壇消息	瀛社例會於十一月廿五日下午一時假臺北市登月樓大酒家舉開。會中張晴川氏提議增選副社長一名，經該社社員一致推選杜萬吉（洒祥）爲副社長，繼即公擬首唱〈梅魂〉，七律東韻；次唱〈冬舞〉，七絕文韻，首唱左右詞宗林義德、姚德昌。次唱左右詞宗倪登玉、鍾淵木。評選結果首唱鍾淵木、劉萬傳掄元，次唱曾慶豐、蔡秋金掄元。
中國詩文之友 43-2 65.01.01	騷壇消息	瀛社冬季例會兼祝林韓堂社友中醫師及格慶賀宴，由何亞季召集，於六十五年一月十八日（星期日）下午一時假臺北市登月樓大酒家舉開，題擬首唱〈杏林春滿〉，七律七陽，次唱〈迎歲蘭〉七絕八庚，公推倪登玉，張晴川爲首唱詞宗，陳根泉、張高懷爲次唱詞宗，四時交卷，五時發榜，首唱左右元鄭鴻音、王省三，次唱黃得時、林玉山掄元，值東組分呈贈品，旋即開宴，席上飛觴，至鐘鳴八下盡歡而散云。
中國詩文之友 43-4	騷壇消息	瀛社花朝例會兼祝社友林玉山、張振聲七秩華誕慶賀宴，由張鶴年召集，於六十五年農曆二月十四日（星期日）下午一時假李建興社

報號/日期	訊息標題	記　　　　　　　　　　　　　　　　　　　　事
65.03.01		長志三居舉行，……題擬首唱〈鄭王梅〉，七律四支，次唱〈護花鈴〉，七絕十一真，公推蘇鴻飛、張晴川為首唱詞宗，倪登玉、劉萬傳為次唱詞宗。榜發首唱左右元劉萬傳、林玉青，次唱劉萬傳、魏壬貴……
中國詩文之友 44-1 65.06.01	騷壇消息	瀛社友林韓堂於四月二十五日下午二時起在忠孝齋自宅舉開紀念中醫師及格詩會，各社社友多蒙惠邀赴會，詩題公擬〈良醫〉，五律二蕭，互推倪登玉、簡竹村為左右詞宗，四時交卷，五時發榜，趙永光、林振盛掄左右元，由主人分呈贈品，旋即開宴，席上飛觴十分盛況，直至八時始盡歡而散云。
	騷壇消息	瀛社第三組例會由陳友梅召集六月十三日（星期日）下午一時起假臺北市登月樓大飯店二樓開會詩題公擬首唱〈怪手機〉（挖土機），七律四支，次唱〈領帶〉，七絕七陽，各限壹首。首唱左右詞宗王精波、姚德昌，次唱鄭鴻音、林玉青，四時截卷五時發榜，律詩鄭鴻音、倪登玉各占鰲頭，絕詩黃鷗波、黃得時掄元，而值東組乙乙分呈贈品，旋即開宴，席上飛觴暢飲直至鐘鳴八下始歡而散云。
中國詩文之友 44-3 65.08.01	騷壇消息	瀛社第二組例會由劉斌峰召集，陳焙焜外八名主辦，五月十六日（星期日）下午二時在臺北市中山堂復興室開會，題公擬首唱〈漁父辭劍〉，七律八庚，次唱〈探艾〉，七絕一東……
中國詩文之友 44-6 65.11.01	騷壇消息	瀛社秋季例會由倪登玉招集，十月三日（星期日）下午一時起，在臺北登月樓大飯店三樓開會。詩題公擬首唱〈公證結婚〉，七律一先；次唱〈轎車〉，七絕七陽，律詩蘇鴻飛、張鶴年為左右詞宗，絕詩張晴川、黃鐵松……首唱蔡秋金，'黃春亮掄左右元，次唱姚德昌、劉斌峰各佔鰲頭……
中國詩文之友 45-2 66.01.01	騷壇消息	瀛社例會第五組張高懷招集，十二月十九日（星期日）下午一時起在臺北市登月樓大飯店開會，社員全部出席，詩題公擬首唱〈烏魚〉（又名信魚）七律十一真；次唱〈按摩笛〉，七絕十一尤，推張鶴年、劉萬傳為首唱左右詞宗，倪登玉、張晴川為次唱左右詞宗……陳玉枝、張高懷掄律詩左右元，張高懷、陳友梅各占絕詩鰲頭……繼由張晴川介紹張世昌（是張高懷之令兄）新加入社……。
		瀛社冬季例會由何亞季招集，一月廿三日（星期日）下午一時起，在臺北市登月樓大飯店開會，社員全部出席。題公擬首唱〈除夕圍爐〉，五律一先；次唱〈消防車〉，七絕十灰，各限壹首。首唱左右詞宗張晴川、張鶴年，次唱左右詞宗倪登玉、張高懷。……律詩魏經龍、林笑岩掄元，絕詩張鶴年、陳友梅各占鰲頭，黃鷗波臚唱…。
中國詩文之友 45-5 66.04.01	騷壇消息	瀛社丁巳花朝紀念吟會，於四月三日（農曆二月十五日）下午一時，在臺北市南京東路志三居舉行，到會者五十餘人，首題〈月圓人壽〉，

報號/日期	訊息標題	記　　　　　　　　　　　　　　　　　　　事
		七律先韻，公推何亞季、賴子清爲左右詞宗；次唱〈花朝酒〉，七絕元韻，左詞宗劉斌峰、右詞宗劉萬傳……首唱元爲張世昌、張鶴年所獲，次唱蔡秋金、江紫元各占鰲頭……
		瀛社春季例會由劉斌峰招集，五月八日（星期日）下午一時，在臺北市興隆莊大餐廳開會，社員全部出席。首唱〈母親節思鄉〉，七律十二侵，次唱〈苦旱〉，七絕六麻，詞宗公推首唱曾文新、鄭晃炎，次唱倪登玉、張晴川……首唱陳焙焜、林玉青掄左右元，次唱鄭晃炎、曾文新各占鰲頭。…。
中國詩文之友 46-1 66.06.01	騷壇消息	瀛社夏季例會由廖心育招集，六月十二日（星期日）下午一時，在臺北市新中華大飯店開會，社員全部出席。詩題公擬首唱〈人造雨〉，七律十二侵，次唱〈吸塵車〉（又名掃路車）七絕十灰……推倪登玉、蘇鴻飛爲首唱詞宗，張高懷、黃春亮爲次唱詞宗……首唱劉萬傳、鄭晃炎掄元，次唱張晴川、蔡秋金各占鰲頭……
中國詩文之友 46-4.5 66.08.01	騷壇消息	瀛社秋季例會由倪登玉召集，於九月廿八日（星期三）下午一時在北投慈后宮開會。首唱〈中秋翌日逢聖誕〉七律庚韻，左右詞宗蘇鴻飛、張高懷；次唱〈火車電氣化〉七絕虞韻，左右詞宗傅秋鏞、蔡秋金。
中國詩文之友 278 期 67.02.20	騷壇消息	瀛社冬季例會，由何亞季招集，一月廿二日下午一時（星期日）在臺北市茂林大飯店二樓開會，出席社員共五十餘人，詩題公擬首唱〈歲暮雅集〉七律一東，次唱〈古梅〉，七絕一先，各限一首，共推倪登玉、張晴川爲首唱詞宗，陳友梅、張高懷爲次唱詞宗……律詩吳鏡村、黃自修掄左右元，絕詩魏壬貴、吳鏡村共占鰲頭……
中國詩文之友 284 期 67.07.31	騷壇消息	瀛社中秋季例會由倪登玉招集，於農曆八月十四日（星期六）下午一時，假臺北市茂林餐廳二樓開會。詩題公擬首唱〈中秋前一日雅集〉，七律一先；次唱〈攀月桂〉，七絕七陽，推張晴川、張鶴年爲首唱詞宗，鍾淵木、張高懷爲次唱詞宗……律詩張高懷、周植夫掄元，絕詩倪登玉、林義德各占鰲頭……
中國詩文之友 285 期 67.11.15		瀛社四月例會，六十七年五月廿一日於茂林餐廳。首唱〈萬方多難懷屈原〉七律七陽韻，左右詞宗陳瞻園、高文淵，掄元張鶴年、張振聲；次唱〈向日葵〉左右詞宗蘇鴻飛、張鶴年，掄元林韓堂、周植夫。（參考詩作前小引）
中國詩文之友 287 期 67.12.31	騷壇消息	臺北瀛社七十週年社慶，現正由社長杜萬吉，副社長張鶴年，總幹事魏壬貴諸位極力籌備策劃，予定明春舉開，屆時定有一番盛會云。
中國詩文之友 289 期 68.02.01		瀛社副社長張鶴年於小除夕不幸罹車禍謝世，其遺缺公推由黃得時、莊幼岳兩位接任。

報號/日期	訊息標題	記　　　　　　　　　　　　　　　　　　　　　事
中國詩文之友 290 期 68.03.01	騷壇消息	臺北瀛社創立七十週年紀念及擊鉢大會，於六十八年三月十一日（星期日）上午九時假臺北重慶南路二段二十號民眾團體活動中心大禮堂舉行。
中國詩文之友 291 期 68.04.01	騷壇消息	瀛社冬季例會由何亞季招集，一月七日（星期日）下午一時，假臺北市北海岸海鮮大樓開會，詩題公擬，首唱〈枕戈待旦〉，七律四支，次唱〈寒梅〉，七絕十四寒……摧陳友梅、姚德昌爲首唱詞宗，王省三、黃錠明爲次唱詞宗……律詩周植夫、張鶴年掄元，絕詩倪登玉、魏壬貴各占鰲頭……
中國詩文之友 295 期 68.03.01	瀛社創立七十週年紀念大會紀要 莊幼岳	本社創立七十週年社慶，原擬內祝，未敢舖張，乃因社員紛紛建議，以爲本社自創立四十週年起，五十週年，六十週年，均曾邀請全國詩人，舉行聯吟大會，此次七十週年，倘僅內祝，似近消極……紀念大會於三月十一日（己未花朝）上午九時，在臺北市民眾團體活動中心之大禮堂隆重揭幕，除社員五十餘人出席外，有張維翰、谷鳳翔、易大德、周樹聲、成惕軒、吳萬谷、陳皆興、林衡道、石永貴名流蒞臨指導，而全省各地詩友前來觀禮者則達五百餘人……大會由主席杜萬吉致開會辭……繼有中華學術院詩學研究所張所長維翰，立法院周委員樹聲，考試院成委員惕軒，傳統詩學會陳理事長皆興，臺灣省文獻委員會林主任委員衡道等之祝詞。與會詩友全體肅立，爲瀛社七十年來物故社員默禱冥福一分鐘後，復表揚有功社員張晴川，入社滿五十年之社員倪登玉、陳友梅等……決定以〈題瀛社創立七十週年紀念詩集〉爲詩題，詩體七律，韻十一尤，並推薦王國璠先生爲左詞宗，陳進東先生爲右詞宗……嗣有課題〈老松〉五言律詩之發榜。按課題……共得詩五百餘首，除本社社員所作詩，概不參加評選外，其餘分別經左右詞宗杜負翁先生、右詞宗李步雲先生，各選取一百名，而左元爲新竹謝麟驥所得，右元爲臺北曾笑雲所得。入夜……擊鉢詩亦已選妥，……苗栗羅樹生掄左元，鹿港施文炳獲右元，發榜完畢，已近下午十時矣。
中國詩文之友 314 期 70.03.01	騷壇消息	瀛社花朝例會，與社員鄭晃炎八秩、黃鐵松七秩、姚德昌七秩三位祝壽，第一組杜萬吉社長、莊幼岳副社長、魏壬貴總幹事外共十人值東，農曆二月十七日（星期日）上午九時三十分在臺北火車站前集合，社員全部出席，乘專車往新北投龍門大飯店二樓開會。公推倪登玉元老、黃得時副社長擬題，首唱〈春曉〉，五律一先，次唱〈北投春浴〉，七律四支，首唱左右詞宗鄭晃炎、姚德昌，次唱左右詞宗黃鐵松、盧懋青……首唱蘇鴻飛、周植夫各占鰲頭，次唱周植夫、張高懷掄元……（按：《中國詩文之友》314 期所載，首次唱對調）
中國詩文	騷壇消息	瀛社光復組例會暨歡迎基隆詩學研究會邱天來、王前、陳兆康先生

報號/日期	訊息標題	記　　　　　　　　　　　　　　　　　　　　　事
之友 324 期 71.01.01		等，由鄭強邀集，國曆（七十年）十一月八日（星期日）下午一時起，假萬華阿明餐廳開會，首唱詩題〈初冬書懷〉，七律十灰，次唱〈十月梅〉，七絕四支，……首唱左右詞宗劉萬傳、黃錠明；次唱左右詞宗陳焙焜、陳兆康。……律詩左右倪登玉、蔡秋金各占鰲頭，絕詩王精波、莊幼岳各掄元……。
中國詩文之友 350 期 73.03	騷壇消息	瀛社為紀念李故社長建興先生，特訂於七十三年三月十八日（星期日）上午九時假侯硐鑛場舉行花朝吟會。詩題〈瑞三鑛業公司五十週年紀盛〉，體裁、韻目不拘，三月十三日前寄交臺北市信陽街廿六號六樓瀛社收。敬請騷壇大雅踴躍參加。（《中國詩文之友》第 353 期〈四海心聲〉登有「瑞三鑛業公司五十週年賀詞、賀詩，共 60 餘位詩作）
中國詩文之友 369 期 74.10.01	端陽吟會	瀛社端陽吟會，首唱〈夏柳〉，次唱〈驟雨〉。見《中國詩文之友》369 期頁 30。（應是 73 年甲子之作品。） 瀛社乙丑端陽吟會於長流畫廊。首唱〈榴火〉，次唱〈長流畫廊雅集〉。見《中國詩文之友》369 期頁 50。
擊鉢錄 74.08.04	觀蓮吟會	觀蓮組七四年八月四日於基隆。首唱〈夏日訪大佛禪院〉七律侵韻，次唱〈海潮音〉七絕豪韻。
詩文之友 371 期	光復吟會	瀛社七四年光復組例會於萬華福德宮。首唱〈選戰〉七律庚韻，次唱〈萬華福德宮雅集〉七絕灰豪韻。
詩文之友 376 期	冬至例會	乙丑（七四）年冬至例會於長流畫廊。首唱〈賽馬〉五律陽韻，次唱〈冬至圓〉寒韻。
詩文之友 382 期	觀蓮例會	七十五年觀蓮組例會。（詩作見《中國詩文之友》382 期）首唱〈荷塘待月〉七律麻韻，次唱〈蛛網〉七絕侵韻。
擊鉢錄 社內刊本	觀蓮吟會	七十六年觀蓮組。首唱〈觀蓮節小集〉七律，次唱〈夏蟬〉七絕庚韻。
詩文之友 395 期	中秋吟會	七十六年中秋組例會。（詩作見《中國詩文之友》395 期）首唱〈滿階梧葉月明中〉七律東韻，次唱〈夏蟬〉七絕庚韻。
詩文之友 397 期		七十六年於板橋林家花園，詩題〈林家花園〉七律不限韻。（詩作見《中國詩文之友》397 期）。
詩文之友 399 期	光復吟會	七十六年光復組例會。首唱〈暮秋江城題襟〉七律東韻，次唱〈戒賭〉七絕灰韻。
詩文之友 401 期	冬至例會	七十六年冬至組例會於長流畫廊。首唱〈尋梅〉七律灰韻，次唱〈古茶壺〉七絕灰韻。
詩文之友 402 期	花朝吟會	七十七年花朝例會。首唱〈歸燕〉七律微韻，次唱〈古茶壺〉七絕寒韻。

報號／日期	訊息標題	記　　　　　　　　　　　　　　　　　　　　　事
擊鉢錄社內刊本	觀蓮吟會	七十七年觀蓮組，首唱〈夏雨喧荷〉，次唱〈槐陰〉。
中國詩文之友409 期78.02.01	瀛社創立八十週年社慶全國詩人聯吟大會紀要	本社於三月十九日（己巳花朝）上午九時，假臺北市中山堂光復廳，舉開創立八十週年社慶全國詩人聯吟大會，除社員五十餘人出席外，有文建會周副秘書長天固、中國詩書畫家協會詩學推展委員會廖主任委員從雲、華岡博士班教授方子丹先生、中國詩經研究會何名譽會長南史、八閩詩社林社長咏榮、詩學研究所李副會長嘉有、詩文之友社王發行人友芬、林總編輯荊南、新生詩苑傅主編紫真等諸名流，蒞臨指導，而全國各地詩友前來觀禮者近四百人……決定首唱詩題爲〈瀛社八十週年誌盛〉，體韻；五律、十蒸；次唱詩題爲〈花朝雨〉，體韻；七絕、八庚。並聘方子丹、陳紉香兩先生爲首唱之左右詞宗；邱伯邨、陳進雄兩先生爲次唱之左右詞宗……首唱五律共得二百八十餘首，次唱七絕共得三百三十餘首……首唱黃聖智掄左元，吳子健掄右元，而次唱左元爲李春生，右元爲戴文滄所得。放榜完畢，已近晚上八時矣。
中國詩文之友418 期78.11.01	觀蓮吟會	七十八年七月十三日觀蓮組例會，首唱〈紅毛城覽古〉，七律庚韻，次唱〈秋蟬〉，侵韻。
中國詩文之友424 期79.05.01	中秋吟會	七十八年中秋組。（詩作見《中國詩文之友》424 期）首唱〈秋聲〉，七律八庚，次唱〈殘暑〉，微韻。
中國詩文之友434 期80.03.01	光復吟會	七十九年光復組於吉祥樓餐廳舉開。首唱〈光復節吉祥樓雅集〉，尤韻，次唱〈凱城大飯店品海鮮〉，支韻。（按：《中國詩文之友》刊出順序置於本年度花朝組之前，先後誤置，經比勘原稿，作出訂正。七十八年光復組詩題首唱《光復卅四週年》、次唱爲〈初冬雅集〉，稿已不存。）
中國詩文之友437 期	花朝吟會	七十九年花朝組於天成飯店舉開。（詩作見《中國詩文之友》437 期）首唱〈歲歲花朝憶舊盟〉，次唱〈春光〉。
擊鉢錄社內刊本	端陽吟會	七十九年端陽組，瀛社首度於於吉祥樓雅會。首唱〈五日湘江懷古〉次唱〈早颱〉。（詩稿佚失）
擊鉢錄社內刊本	觀蓮吟會	七十九年觀蓮組例會，八月二十六日。首唱〈夏夜〉七律庚韻，次唱〈七夕〉七絕灰韻。
擊鉢錄社內刊本	中秋吟會	七十九年中秋例會，首唱〈賞桂〉，次唱〈秋夜〉。（詩稿佚失）
擊鉢錄社內刊本	冬至例會	七十九年冬至組於吉祥樓舉開。首唱〈冬防〉，次唱〈掃毒〉。（詩稿佚失）
擊鉢錄	花朝吟會	八十年花朝組於吉祥樓舉開。首唱〈百花生日〉五律東韻，次唱〈壽

報號/日期	訊息標題	記　　　　　　　　　　　　　　　　　　　　事
社內刊本		酒〉七絕陽韻。
擊鉢錄 社內刊本	端陽吟會	八十年端陽組於吉祥樓舉開。首唱〈修憲〉，次唱〈及時雨〉。（詩稿佚失）
擊鉢錄 社內刊本	觀蓮吟會	八十年觀蓮組於吉祥樓舉開，首唱〈酷暑〉七律陽韻，次唱〈睡蓮〉七絕虞韻。
擊鉢錄 社內刊本	中秋吟會	八十年中秋組於吉祥樓舉開，首唱〈新月〉，次唱〈桂花香〉。（詩稿佚失）
擊鉢錄 社內刊本	光復吟會	光復組於吉祥樓舉開。課題〈新梅〉七律庚韻，次唱〈初冬雅集〉七絕支韻。
擊鉢錄	冬至例會	八十年冬至組於吉祥樓餐廳舉開，首唱〈促進兩岸文化交流〉。
擊鉢錄 社內刊本	花朝吟會	八十一年花朝組，首唱〈春日遊陽明山〉七律支韻，次唱〈壽椿〉七絕陽韻。
擊鉢錄 社內刊本	觀蓮吟會	八十一年觀蓮組於吉祥樓舉開。首唱〈綠陰〉七律侵韻，次唱〈丹荔〉七絕支韻。
擊鉢錄 社內刊本	中秋吟會	八十年一中秋組於吉祥樓舉開。首唱〈鵲橋〉七律冬韻，次唱〈割席〉歌韻。
擊鉢錄 社內刊本	光復吟會	八十年一光復組於吉祥樓餐廳舉開。首唱〈光復節感懷〉七律，次唱〈秋飲黃花酒〉七絕尤韻。
擊鉢錄 社內刊本	花朝吟會	八十二年花朝組，首唱〈群芳鬥豔〉七律庚韻，次唱〈春雲〉支韻。
擊鉢錄 社內刊本	觀蓮吟會	八十二年觀蓮組例會，八月十五日於吉祥樓餐廳舉開。首唱〈夏日海邊紀遊〉七律庚韻，次唱〈雨絲〉七絕真韻。
擊鉢錄 社內刊本	中秋吟會	八十二年中秋組於吉祥樓舉開。首唱〈警世鐘〉五律侵韻，次唱〈祈雨〉七絕麻韻。
擊鉢錄 社內刊本	冬至例會	八十二年冬至組於吉祥樓舉開。首唱〈聖誕紅〉，次唱〈冬晴〉。（詩稿佚失）
擊鉢錄 社內刊本	花朝吟會	八十三年甲戌花組，首唱〈甲戌花朝雅集〉，次唱〈春燕〉。（詩稿佚失）
擊鉢錄 社內刊本	觀蓮吟會	八十三年觀蓮組。七月三十一日於吉祥樓，首唱〈夏夜聞簫〉七律庚韻，次唱〈消夏〉七絕虞韻。
擊鉢錄 社內刊本	中秋吟會	八十三年中秋組於吉祥樓舉開。首唱〈玩月〉七律庚韻，次唱〈客心〉七絕真韻。
擊鉢錄 社內刊本	光復吟會	八十三年光復組於吉祥樓舉開。首唱〈暮秋書懷〉，次唱〈光復節憶往〉。（詩稿佚失）
擊鉢錄 社內刊本	冬至例會	八十三年冬至組於吉祥樓舉開。首唱〈甲午戰爭百周年感懷〉。（詩

報號/日期	訊息標題	記　　　　　　　　　　　　　　　　　　　　　　事
		稿佚失）
臺灣古典詩 4 期 84.05	花朝吟會	八十四年乙亥花朝組。（詩作刊於《臺灣古典詩》第 4 期，以下標示皆刊出詩作期數）首唱〈海嶠春望〉七律東韻，次唱〈春暖〉七絕先韻。
臺灣古典詩 5 期 84.07	端陽吟會	八十四年端陽組於吉祥樓舉開。首唱〈五日吟聲〉，次唱〈全民健保〉。
臺灣古典詩 6 期 84.09	觀蓮吟會	八十四年觀蓮組於吉祥樓。首唱〈山堂銷夏〉，次唱〈飲冰〉。
臺灣古典詩 8 期 85.01	中秋吟會	八十四年中秋組，假復興北路民生東路口金饗餐廳舉開。首唱〈翫月〉，次唱〈江樓話舊〉。
臺灣古典詩 9 期 85.03	光復吟會	八十四年光復組於吉祥樓，首唱〈乙亥光復節雅集〉，次唱〈雁字〉。
臺灣古典詩 10 期 85.05	冬至例會	八十四年冬至組，首唱〈長夜〉，次唱〈凍雲〉。
臺灣古典詩 11 期 85.07	花朝吟會	八十五年丙子花朝組，首唱〈丙子花朝雅集〉，次唱〈題松鶴圖〉。
臺灣古典詩 13 期 85.11	端陽吟會	八十五年端陽組，首唱〈民主政治告屈原〉，次唱〈騷風〉。
臺灣古典詩 13 期	觀蓮吟會	八十五年觀蓮組，首唱〈荷風〉，次唱〈詠竹〉。
臺灣古典詩 14 期	中秋吟會	八十五年中秋組，首唱〈秋景〉，次唱〈保釣〉。
臺灣古典詩 14 期	光復吟會	八十五年光復組，首唱〈臺灣〉，次唱〈破除迷信〉。
臺灣古典詩 15 期	冬至例會	八十五年冬至組，首唱〈導盲犬〉，次唱〈小陽春〉。
臺灣古典詩 17 期	花朝吟會	八十六年花朝例會，首唱〈望晴〉，次唱〈春風拂柳〉。
臺灣古典詩 18 期	端陽吟會	八十六年端陽組於松山慈惠堂。首唱〈懲惡安民〉，次唱〈四獸山採艾〉。
臺灣古典詩 19 期	觀蓮吟會	八十六年觀蓮例會於吉祥樓，首唱〈全民望治〉，次唱〈銷暑〉。

報號/日期	訊息標題	記　　　　　　　　　　　　　　　　　　　　　事
臺灣古典詩 19 期	中秋吟會	八十六年中秋組例會，首唱〈颱威〉，次唱〈吟秋〉。
擊鉢錄社內刊本	光復吟會	八十六年光復組例會，首唱〈秋聲〉，次唱〈兩岸息爭〉。（詩稿佚失）
臺灣古典詩 21 期	冬至例會	八十六年冬至組例會，首唱〈導遊小姐〉，次唱〈冬曉〉。
臺灣古典詩 23 期	花朝吟會	八十七年花朝例會，首唱〈戊寅花朝瀛社雅集〉，次唱〈勸農〉。
臺灣古典詩 23 期	端陽吟會	八十七年端陽組例會，首唱〈午夜牛郎〉，次唱〈清明掃墓〉。
臺灣古典詩 23 期	觀蓮吟會	八十七年觀蓮例會，首唱〈公德心〉，次唱〈夏日〉。
擊鉢錄社內刊本	中秋吟會	八十七年中秋組例會，首唱〈敬祖尊宗〉，次唱〈流浪犬〉。（詩稿佚失）
臺灣古典詩 27 期	光復吟會	八十七年光復組例會，首唱〈初冬即事〉，次唱〈晚菊〉。
臺灣古典詩 27 期及題襟集	己卯春季例會	八十七年冬至組例會，於八十八年元月廿四日（星期日）下午二時，假中山南路國家圖書館群賢餐廳，首唱〈瀛社創立九十周年壽杜社長〉，次唱〈餞年〉。值東林玉山、吳玉、張添財、莊幼岳、黃鷗波、魏壬貴、陳焙焜、張壇爐、林彥助、許哲雄、翁正雄。
88.04.06《臺灣新生報·臺灣詩壇》140 期	瀛社創立九十週年社慶暨全國詩人聯吟大會活動報導	慶祝創立九十週年社慶，於三月二十八日假臺北市濟南路一段六號開南商工職校大禮堂舉開全國詩人聯吟大會，有來自全國各地之詩友逾四百餘人與會，可謂盛況空前。本屆全國詩人首唱課題為〈詩幟飄揚九十秋〉，七律平聲三十韻中任選一韻，收到來詩四百餘首，經聘請方子丹及龔嘉英二位教授擔任詞宗，選出左右各一百名佳作敘獎。次唱詩題為〈詩人杖〉五律七陽韻，得詩共三百三十首，聘請林欽貴及陳俊儒兩位詞宗擔任評審，亦錄取左右各一百名敘獎。……目前社員有四十八人，其中有高齡百歲之詩壇人瑞蘇水木先生，現任社長杜萬吉先生高齡亦屆九五，杜社長由於年事已高，故堅辭社長重任，而由黃鷗波教授接任，並於當日完成交接[30]。

---

30 假臺北市濟南路一段 6 號「開南商工」大禮堂舉全國，具束社員 46 人。會中杜萬吉請辭社長，改舉副社長黃鷗波為〈瀛社〉第六任社長。6 月，社員編組，仍以孔德成、何志浩為顧問。杜萬吉為榮譽社長；莊幼岳為榮譽顧問，陳焙焜為副社長，林正三為總幹事，許欽南為副總幹事。

報號/日期	訊息標題	記　　　　　　　　　　　　　　　　　　　　　　　事
題襟集[31]	花朝吟會	八十八年花朝例會於吉祥樓餐廳，詩題〈履新宴〉七絕寒韻。
題襟集	觀蓮吟會	八十八年觀蓮組例會於吉祥樓。首唱〈銷夏詞〉七律不限韻，次唱〈慎言〉七絕支韻。
開會通知及題襟集		由臺北科大國際獅子會主辦，邀請臺北本社成員爲臺灣景點題詠，藉以提昇名勝地區之文化氣息，使勝景與名篇相爲表彰，並提振詩風，宏揚詩教。於八十八年九月十一日（星期六）上午八時三十分於杭州南路信義路口中正紀念堂側門集合，搭乘專車前往。徵詩詩題〈訪陽明書屋〉七絕不限韻。
題襟集	中秋吟會	八十八年中秋組例會，開於吉祥樓餐廳，首唱〈江城秋望〉七律，次唱〈震災〉七絕元韻。
開會通知及題襟集	光復吟會	光復組例會於吉祥樓餐廳，首唱〈迎接千禧年〉七律，次唱〈懷念詩人周植夫先生〉七絕豪韻。
開會通知及題襟集		臺北瀛社與汐止扶輪社，聯合主辦景點徵詩活動。詩題一〈尖峰遠眺〉，二〈灘音憶往〉。二詩皆僅限近體，不限五、七言或律絕。平聲三十韻中任選。截稿日期：八十八年十月二十日以前，郵戳爲憑。收件地點：臺北市信義區松山路515巷2弄8號2樓林正三收。
開會通知及題襟集	冬至吟會	八十八年冬至組例會於吉祥樓餐廳舉開。首唱〈冬夜窗前琢句〉七律不限韻，次唱〈劍氣〉七絕齊韻。
開會通知及題襟集	清和吟會	八十九年瀛社清和組例會於五月十四日（星期日）下午二時假臺北市天祥路四十八巷吉祥樓餐廳舉開。由林英貴、吳玉、張添財、張萱爐、林彥助、許欽南、許哲雄、林正三、翁正雄、蕭煥彩值東。首唱〈牆〉七律不拘韻，乃配合歷史博物館於六月六日端午節舉辦之詩詞吟唱之詩題。
瀛社記事		八十九年六月六日端午節應歷史博物館之邀，於該館前舉辦詩詞吟唱活動。
題襟集	觀蓮例會	八十九年觀蓮組例會，於國曆八月六日（農曆七月七日）星期日假吉祥樓餐廳舉開，課題〈鵲橋〉七律，次唱〈藍色公路〉七絕蒸韻。
臺灣古典詩36期	臺日詩友吟詠交流記盛	臺日吟詠交流，設於日本東京都北區赤羽的「曉昂吟詠愛好會」會長高橋曉煌先生九月二日率領二十名男女精英由旅日僑胞邱秀雄先生介紹，訪臺北瀛社，三日下午假臺北市吉祥樓開會招待。並邀基隆詩學會、松社、天籟吟社等鄰近詩友百人參加交流聯吟大會。
題襟集	花朝例會	九十年花朝組例會三月十一日開於吉祥樓餐廳，詩題〈人花並壽〉七絕侵韻。

31 由於27期後之《臺灣古典詩》所刊出本會之作品，先後次序極爲紊亂，故依會方之《題襟集》爲依據。

報號/日期	訊息標題	記　　　　　　　　　　　　事
題襟集	清和例會	九十年清和組例會於五月六日（農四月十四）假吉祥樓餐廳開會，首唱〈詠捷運〉五律平聲韻任選，次唱〈祈雨〉。
題襟集		九十年六月三十日瀛社、松社以〈祝蘇水木詞長壹零零參嵩壽〉五律為題，開聯吟會於吉祥樓，祝社老蘇水木百〇三歲嵩壽，詩稿佚失。
題襟集	端陽吟會	九十年端陽組例會，七月十五日開於吉祥樓。首唱〈學而時習之〉七律陽韻，次唱〈苦熱〉七絕支韻。
題襟集	觀蓮吟會	九十年觀蓮組例會，八月六日開於吉祥樓。首唱〈蓮亭話舊〉七律真韻，次唱〈海國驚秋〉七絕元韻。
題襟集	中秋吟會	九十年中秋組例會，十月十日開於吉祥樓。首唱〈醉中秋〉七律平聲韻任選，次唱〈酒杯〉七絕支韻。
題襟集	光復吟會	九十年光復組例會十一月二十五日開於吉祥樓。首唱〈女詩人〉七律平聲韻任選，次唱〈米酒荒〉七絕支韻。
題襟集	花朝吟會	九十一年壬午花朝組，三月三十日於吉祥樓，詩題〈桃觴壽群賢〉七絕陽韻。
題襟集	清和吟會	九十一清和例會五月二十六日於吉祥樓。首唱〈母語傳承〉七律平聲韻任選，。次唱〈空難〉七絕寒韻。
題襟集	觀蓮例會	九十一年觀蓮例會，七月十四日於吉祥樓餐廳，課題〈望雲霓〉七律平聲韻任選，，次唱〈螢火〉七絕先韻。
題襟集		板橋扶輪社舉辦，瀛社、貂山聯吟，首唱〈板橋展望〉七律平聲韻任選，次唱〈族群融和〉七絕虞韻。日期失記。
題襟集	中秋例會	九十一年中秋吟會，九月廿九日於吉祥樓，首唱詩題〈八月十六夜賞月〉七律平聲韻任選，，次唱〈賞菊〉七絕東韻。
題襟集	端陽例會	九十一年十月十三日於吉祥樓（因故延開），首唱詩題〈秋夜品茗〉七律平聲韻任選，次唱〈江城秋望〉七絕先韻。並籌募每期詩作打字費及祝壽交際費。
題襟集	光復例會	九十一年光復例會，十二月廿九日於吉祥樓，首唱〈望鄉〉七律平聲韻任選，次唱〈賞雪〉七絕支韻。
癸未年瀛社風義錄	花朝例會	九十二年三月八日（夏曆二月六日）於吉祥樓餐廳，招待杭州西溪吟苑來臺交流吟友。無課題，擊缽題〈花誕迎賓〉七絕陽韻。
癸未年瀛社風義錄	清和例會	因「嚴重急性呼吸道症候群（sars）」厲疫，延至六月二十二日（農歷五月二十三）星期日，假吉祥樓餐廳舉開，首唱〈感時〉七律平聲韻任選，次唱〈柳風〉七絕冬韻。
癸未年瀛社風義錄	端陽例會	九十二年七月六日於吉祥樓，課題〈流浪犬〉七律平聲韻任選，次唱〈公投〉七絕支韻。 蔡秋金以莊無我於海外創辦《國風吟苑》三十一年，又嘗獲我國「中

報號/日期	訊息標題	記　　　　　　　　　　　　　　　　　　　事
		山文藝獎」，喻請總幹事陳炳澤轉向社員徵聯贈之。束附詩詩一首：河山回首思綿綿，椰徑蕉窗月在天，老淚縱橫餘簡史，新潮羅網入吟篇，蒲帆去國三千里，鐵筆開疆卅一年，能化島夷功莫比，春秋一部許同傳。
癸未年瀛社風義錄	中秋例會	九十二年八月三十日於吉祥樓，課題〈花蓮選戰有感〉七律不限韻，次唱〈敬悼黃社長〉七絕陽韻。
癸未年瀛社風義錄	光復例會	九十二年光復吟會，十月廿六日於吉祥樓餐廳，課題〈江城秋望〉七律不限韻，次唱〈秋郊拾句〉，七絕真韻。
癸未年瀛社風義錄	社務會議	九十二年十一月九日下午四時於吉祥樓召開社務會議。社長陳焙焜召集，參與人員：副社長翁正雄、副社長兼總幹事林正三，副總幹事許欽南暨各組召集人。
癸未年瀛社風義錄	冬至例會	九十二年十二月二十一日於吉祥樓，首唱〈閒餘談詩〉七律平聲韻任選，次唱〈搓圓夜〉七絕蕭韻，詩鐘〈吉祥·一唱〉。
瀛社記事	詩學研習	九十三年二月十四日起，每週六下午二時起，假北市長安西路四十九巷九號「長安里里民活動中心」，舉辦詩學研習會。
甲申年瀛社風義錄	花朝例會	三月七日（農曆二月十七）假吉祥樓餐廳召開，課題〈漢光武帝〉七律平聲韻任選，鐘題〈花月·二唱〉，次唱〈春神〉七絕陽韻。束邀宜蘭仰山吟社長吳舒揚及貂山吟社長簡華祥等蒞會。
乾坤詩刊30期93.04	乾坤頻道頁171	瀛社甲申年花朝例會於三月七日（農曆二月十七）星期日假臺北市天祥路吉祥樓餐廳舉開，與會貴賓與社友約七十人。
乾坤詩刊31期93.07	乾坤頻道頁172	甲申年清和組例會於五月三十日下午二時假臺北市天祥路四十八巷吉祥樓餐廳舉開，課題為〈臺北竹枝詞〉不限韻。次唱詩鐘〈風雨·三唱〉。
甲申年瀛社風義錄	觀蓮例會	七月十八日於吉祥樓。課題〈北城懷古〉五律平聲任選，次唱〈友情〉七絕文韻。值東：陳炳澤、蘇心絃、黃義君、蘇逢時、張開龍、林振盛、歐陽開代、許漢卿、陳麗華、洪淑珍、陳賢儒。
瀛社記事	瀛、松二社聯吟	林振盛壽其德配詹菊七十，以〈壽山福海〉五律為題，假北市信義路福德街221巷松山「奉天宮」舉開瀛、松二社聯吟會。詩稿錄於《松社風義錄》。
甲申年瀛社風義錄	中秋例會	九十三年九月十九日假吉祥樓餐廳舉開。首唱〈懷邱逢甲先生〉七律不限韻，次唱〈中秋餅〉陽韻。
甲申年瀛社風義錄	光復例會	九十三年十一月廿一日假吉祥樓舉開，詩題〈重陽紀興〉七律不限韻、次唱〈小陽春〉尤韻。
甲申年瀛社風義錄	臨時社員大會	九十四年一月二十二日上午九時三十分，假臺北市天祥路四十八巷吉祥樓餐廳，召開臨時社員大會，討論本社未來發展計劃及社長繼

報號/日期	訊息標題	記　　　　　　　　　　　　　　　　　　　　　事
		任人選事宜。社長之選舉由以往之推舉制改為舉手表決制，結果，選舉林正三當選第八任社長。
瀛社記事甲申年瀛社風義錄	冬至例會	因故延開，九十四年二月二十日下午二時，開於吉祥樓餐廳，課題〈甲申回顧〉七律不限韻、次唱〈新春述懷〉七絕虞韻。新訂章程，提請討論議決通過。
乾坤詩刊34期2005.04	詩訊頁162	1.社長陳焙焜於九十三年十一月二十四日仙逝。九十四年一月廿二日在吉祥樓召開社員臨時大會，選出林正三任社長。 2.瀛社乙酉年花朝例會，三月二十七日（農曆二月十八）下午二時於天祥路吉祥樓餐廳舉開，與會者四十餘人，首唱〈詞人風骨〉七律平聲不拘韻，次唱〈春郊散策〉七絕麻韻。
乾坤詩刊35期2005.07	乾坤頻道頁173	瀛社清和組九十四年五月二十二日……假北市吉祥樓餐廳舉開例會。課題〈慈母手〉，七律不限韻，次唱當日公擬（按：〈憶童年〉七絕肴韻）。
乙酉題襟錄	觀蓮組例會	九十四年七月二十四日於吉祥樓。課題〈觀蓮銷夏〉七律平聲韻任選，，次唱〈仲夏夜〉七絕侵韻。
乙酉題襟錄	中秋組例會	九十四年九月二十五日於吉祥樓。課題〈民隱〉七律平聲韻任選，，次唱〈馬屁文化〉七絕庚韻。
乾坤詩刊36期2005.10	乾坤頻道頁144	1.瀛社乙酉觀蓮組例會，七月二十四日下午舉開於臺北市吉祥樓餐廳，與會社友五十餘人。首唱課題為〈觀蓮銷夏〉七律平聲不限韻，次唱擊缽為〈仲夏夜〉七絕侵韻。 2.詩壇耆宿羅尚（瀛社顧問）先生詩文全集（1939～2000年）《戎庵詩存》經孫吉志編校完成，並進行博士論文研究，共收詩文凡二千餘首，由高雄宏文館圖書股份有限公司出版。
	乾坤頻道頁134	瀛社中秋組例會，訂於九月二十五日十四時。假北市吉祥樓餐廳舉開。首唱〈民隱〉，七律不限韻。次唱當日公擬。
乙酉題襟錄	冬至例會	九十四年十一月六日於吉祥樓。首唱〈燈橋〉七律不限韻、次唱〈冬望〉七絕尤韻。
瀛社記事	詩書畫聯展	瀛社詩書畫聯展，於臺北市興隆路萬芳醫院二樓萬芳藝廊展出詩、書、畫及篆刻作品。九十四年十二月廿五日至九十五年一月廿四日。
瀛社記事	發起人會議	九十五年一月七日，假臺北市文山區興隆路二段111號萬芳醫院五樓會議室召開發起人會議及第一次籌備會。
	光復組例會	同日舉辦詩詞吟唱示範及聯吟。於萬芳醫院統一商場（由於舉辦社友詩書畫聯展緣故，與冬至組順序對調）課題〈詩心墨趣〉五律不限韻、次唱〈春滿杏林〉七絕庚韻。
瀛社記事	第二次籌備會議	九十五年三月三日，假臺北市民權西路53號11樓三千貿易公司會議室召開第二次籌備會議。議決於四月十六日舉開成立大會（第一

報號/日期	訊息標題	記　　　　　　　　　　　　　　　　　　　　　　　事
		屆第一次會員大會）。
丙戌題襟錄	成立大會	九十五年四月十六日，假臺北市大同區國慶區民活動中心舉開第一屆第一次會員大會暨聯吟會，同時召開本年度第一次理監事聯席會議。顧問李春榮九秩、會員許漢卿七秩，本會各致贈祝壽聯文一對。（見《丙戌年題襟集》）首唱詩題〈臺灣瀛社詩學會成立〉五律平聲韻任選，次唱〈新聲〉七絕真韻。
瀛社記事	臨時理監事會	九十五年五月七日，假臺北市天祥路 48 巷 13 號召開臨時理監事聯席會。
丙戌題襟錄	元春組例會	九十五年六月廿五日，假吉祥樓舉開元春組聯吟例會。首唱〈詩卷永留天地間〉七律刪韻，次唱〈讀書樂〉七絕東韻。
瀛社記事	第一次徵文	舉辦本會第一次有獎徵文活動（95.06.25-95.08.31），成績如下：第一名（因收件過少，第一名從缺）第二名：高清文，第三名：尤錫輝，佳作：蘇心絃、陳欽財。
瀛社記事	理監事聯席會	九十五年七月十二四日，假臺北市民權西路 53 號天祥大樓 11 樓召開本年度第二次理監事聯席會。
丙戌題襟錄	端陽組例會	九十五年八月二十日，假吉祥樓舉開端陽組聯吟例會。首唱〈所思〉七律不限韻，次唱〈秋懷〉七絕虞韻。
乾坤詩刊40 期2006.10	乾坤頻道頁 40	1.臺灣瀛社詩學會詩學研習初級班開課自七月十五日起，每週六假臺北市長安西路 40 巷 9 號民眾服務中心上課，講師張錦雲女史。 2.臺灣瀛社詩學會端陽組例會於 8 月 20 日下午假臺北市天祥路 48 號吉祥樓餐廳舉行。
瀛社記事	吟唱表演	九十五年十月十五日，本會張錦雲理事率領詩學研習初級班成員，應中壢以文吟社之邀，於該市首華飯店全國聯吟大會演出詩詞吟唱。
丙戌題襟錄	中秋例會	九十五年十月廿二日，假基隆靈泉禪寺舉開中秋組聯吟例會。首唱〈望海〉五律不限韻，次唱〈靈泉寺紀遊〉七絕庚韻。
瀛社記事	吟唱指導95.10.29	九十五年十月廿九日，本會秘書長洪淑珍應臺北市文化局之邀，於敦化南路誠品書店指導詩詞吟唱。
乾坤詩刊41 期2007.01	活動訊息頁 49	1.臺灣瀛社詩學會舉辦第一次徵文活動，首獎從缺，第二名高清文〈不屈威權的臺灣文史思想家與行動家——真情詩人林幼春〉，第三名尤錫輝〈賴和的文學思想與創作〉。 2.臺灣瀛社詩學會丙戌年中秋組例會，於十月二十二日在基隆市月眉山靈泉禪寺舉行。首唱〈望海〉由洪玉璋、林瑞龍奪魁，次唱〈靈泉寺紀遊〉由許欽南榮獲左右雙元。
丙戌題襟錄	冬至例會	九十六年一月十四日假吉祥樓舉開冬至組聯吟例會（延後舉辦）。首唱〈冬日即事〉七律平聲韻任選，次唱〈力霸風暴〉七絕支韻。

報號/日期	訊息標題	記　　　　　　　　　　　　　　事
瀛社記事	理監事聯席會	九十六年三月十一日上午十時假臺北市天祥路 48 巷 13 號吉詳樓餐廳召開第一屆第三次理監事聯席會。
丁亥題襟錄	元春組例會	三月十一日下午於吉詳樓餐廳舉開舉開。首唱〈春訊〉五律平聲韻任選，次唱〈心花〉七絕虞韻。出席約 55 人
瀛社記事	會員會大會	九十六年四月一日，上午十時假吉詳樓餐廳召開第一屆第二次會員大會，出席 77 人。王昱仁先生爲本會設計精美會徽，本會致贈感謝狀銀盾一座；會員陳炳澤、蘇心絃九秩、林禎輝、林正男七秩，本會各致贈祝壽聯文銀盾一座。會後聯吟，首唱〈鵾城之美〉七律平聲韻任選，次唱〈民聲〉七絕齊韻。
乾坤詩刊 42 期 2007.04	活動訊息 頁 36	1.臺灣瀛社詩學會丁亥年元春組例會，於三月十一日下午二時假臺北市天祥路吉祥樓餐廳舉開，首唱〈春訊〉五律。 2.臺灣瀛社詩學會主辦，臺北市文化局贊助之「臺灣漢詩吟唱與創作推廣研習班」自三月卅一日起開班，由林正三理事長、洪淑珍秘書長主講。上課時間：每週六下午一時三十分起，地點：臺北市長安西路四十巷九號民安里區民活動中心。
瀛社記事	兩岸交流研討會	九十六年五月十五日，行政院大陸委員會辦理「96 年度民間團體兩岸文教交流研討會」，本會林理事長正三與會。
乾坤詩刊 43 期 2007.07	活動訊息 頁 43	瀛社端陽組例會，訂七月一日假天祥路吉祥樓舉開，首唱課題〈圓山懷古〉七律不限韻，次唱當日公擬。
丁亥題襟錄	端陽例會	七月一日假吉詳樓舉開端陽組例會。首唱〈圓山懷古〉七律平聲韻任選，次唱〈江城覓句〉七絕灰韻，出席約 60 餘人。
丁亥題襟錄	中秋例會	九月廿三日假吉詳樓舉開中秋例會。首唱課題〈網路科技〉七律平聲韻任選，次唱〈秋月吟〉七絕真韻，出席約 60 人。
乾坤詩刊 44 期 2007.10	活動訊息 頁 43	1.本社羅尙（字戎庵，亦瀛社顧問）先生於九月二日去世，羅氏平生惠稿良多，使本刊古典詩作水準得以提昇，本社同仁深致悼忱。 2.臺灣瀛社詩學會丁亥年中秋組例會，九月二十三日下午二時假臺北市天祥路四十八巷吉祥樓餐廳舉開。首唱〈網路科技〉七律平聲韻任選，次唱當日公擬（〈秋月吟〉）。
瀛社記事	理監事會	九十六年十二月十六日，下午三時假臺北市天祥路 48 巷 13 號召開第一屆第四次理監事聯席會。
丁亥題襟錄	冬至例會	十二月廿三日，假吉詳樓舉開冬至例會。首唱課題〈解憂〉五律平聲韻任選，次唱〈冬暖〉七絕真韻，出席約 60 人。
乾坤詩刊 45 期 2008.01	騷壇訊息 頁 43	1.臺灣瀛社詩學會顧問，亦是臺中櫟社碩果僅存之詩老莊幼岳先生於十月十三日仙逝。

報號/日期	訊息標題	記　　　　　　　　　　　　　　　　　　　　　　　事
		2.臺灣瀛社詩學會冬季例會於十二月二十三日假天祥路吉祥餐廳舉行，首唱詩題〈解憂〉。
乾坤詩刊 46 期 2008.04	騷壇訊息 頁 42、43 研習推廣 會員大會 詩詞吟唱	1.臺灣瀛社詩學會主辦，臺北市文化局贊助之臺灣漢詩吟唱與創作推廣研習班於（97 年）三月一日開課。上課時間每週六下午一時三十分至三時三十分。地點長安西路四十巷九號，民安里區民活動中心。 2.臺灣瀛社詩學會九十七年度會員大會三月十六日假天祥路吉祥餐廳召開，首唱〈百花生日壽花神〉（次唱稻江春晴）七絕庚韻。）。 3.臺灣瀛社詩學會應國立歷史博物館之邀，（97 年）三月二十八日下午六時於該館進行詩詞吟唱及書法揮毫，活動乃係配合該館一年一度花藝展而舉辦。
乾坤詩刊 47 期 2008.07	騷壇訊息 頁 43	1.臺灣瀛社詩學會第一屆第五次理監事聯席會（97 年）五月十八日上午十時假天祥路吉祥樓餐廳召開，列席貴賓有臺北市文獻會林執行秘書慧芬、臺北市文化局楊科長秀玉、臺灣大學曾教授永義、沈教授冬、黃教授美娥、臺北大學辛教授晚教、本會唐顧問羽。 2.臺灣瀛社詩學會上巳例會五月十八日（星期日）假天祥路吉祥樓舉開，首唱詩題〈理想國〉七律不限韻，次唱〈蒲酒〉七絕元韻。
瀛社記事	端陽例會	九十七年七月十三日（星期日）假吉祥餐廳舉開端陽例會，首唱〈逍遙一夏〉七律不限韻。次唱〈大稻埕巡禮〉一先韻。
開會通知 97.08.20	中秋吟會	九十七年九月二十一日（星期日）假吉祥餐廳舉開中秋組例會，首唱詩題自定（有關人文、風土、歷史、名勝之作）。

第四章　「瀛社」相關團體

　　「瀛社」自明治 42 年（1909）成立迄今，已屆百年。當時與臺南南社、臺中櫟社同爲詩社中之翹楚，居傳統詩界領導地位，經數十年遞嬗，南社與櫟社相繼停止活動，唯獨「瀛社」屹立至今。細考其原因，可能與「瀛社」屬於開放性之社團有關，「瀛社」的開放性頗類似於詩社之聯合社性質，除原有創始社員外，嗣後並接受其他詩社之整團加盟，而能融爲一體。

　　除了與其他詩社共同輪值詩會活動之外，「瀛社」同時也接受其他詩社成員的加入，並在自身活動中衍生出其他附屬團體，以下分別就「瀛社」社員的「原屬母社」及「瀛社」組織的「次級團體」進行介紹：

第一節　跨社 ——「瀛社」社員之原屬母社

　　「瀛社」成員並非只單一參加「瀛社」而已，許多社員同時橫跨其他詩社，或是先參加其他詩社，俟「瀛社」成立之後再行加入，因此多數社員具有二個詩社以上社員的身份，跨社情形極爲普遍[1]，但是不同於其他詩社的跨社情形，「瀛社」這些社員的「原屬母社」，與「瀛社」間關係極爲緊密，這些詩社之中或成立於「瀛社」之前，或成立於之後，或和「瀛社」並存，不管成立時間早晚，多是全社加入「瀛社」，與「瀛社」融爲一體的，有的甚至因爲過於投入，反使「原屬母社」消失。若

---

1 詩人跨社的情形在日治及戰後均爲常態，以「天籟吟社」爲例，其社員除參與「天籟吟社」外，亦跨越瀛社、「星社」、「淡北吟社」、「劍樓吟社」、「櫻社」、「鷺洲吟社」、「松社」、「松鶴吟社」、「捲籟軒吟社」、「庸社」及「滄社」等等。見潘玉蘭，《天籟吟社研究》，國立臺灣師範大學國文學系在職進修碩士班碩士論文，2004 年，頁 69-70。

仔細分析其參與社團，除原有創社社員外，還包括「瀛東小社」、「星社」、「天籟吟社」、「淡北吟社」、「高山文社」、「小鳴吟社」、「萃英吟社」、「聚奎吟社」、「潛社」、「松社」等部分成員，於今略依各社成立先後，試敘如下。

一、瀛東小社

「瀛東小社」前身為「詠霓詩社」，是省籍詩人最早組織的詩社。據劉克明〈詠霓詩社〉[2]一文所述，該社成立於明治 38 年（1905）[3]，當時是由樹林黃純青、王百祿，土城王少濤及劉克明自己為保存中國文化而發起。社名為板橋趙一山所號，蓋取「眾仙同日詠霓裳」之意。會員有臺北蔡信其、劉篁村，板橋鍾上林，黃純青、王希達、王百祿、李碩卿、王少濤、桃園葉連三、呂郁文、羅舜卿、羅守寬、林麗卿、黃國棟，新竹魏潤庵，苑裡鄭聰楫，大甲莊雲從等。祇有吟社名，而不置社長。因會員散處四方，聚會不易，故由值東出課題通知社員，詩作皆以通訊方式為之。自 1905 至 1906 年，課題共出 10 題，得詩 500 餘首，但由於聯

---

2 劉克明，〈詠霓詩社〉，《臺北文物》4 卷 4 期，1956 年 2 月 1 日，頁 31-33。王國璠，〈淡北詩論〉，《臺灣文獻》直字 13-14 期，1970 年 12 月，頁 132。然而王國璠認為社名由趙一山取「象仙同日共詠霓」而來，這與創始社原劉克明及黃純青所記皆不同，故當以劉克明為是。又王國璠提到「臺北樹林二地詩人，在不得已的情勢下分治了。在樹林的仍稱『詠霓詩社』，臺北的則改組為『瀟東小社』」，其中「瀟東小社」為「瀛東小社」之誤，且時間也有問題，依王國璠之說，詠霓詩社與「瀛東小社」係同時並存，但事實上詠霓詩社在 1906 年終止，而「瀛東小社」要到 1910 年才成立，二社在時間上並不相應，故此資料有待斟酌。

3 張國裕在〈臺北詩社座談會紀錄〉亦認為是 1905 年成立，見《臺北文獻》直字 122 期，1997 年 12 月，頁 3。賴子清亦承此說，見氏著，〈古今北臺詩社〉，《臺北文獻》74 期，1985 年 12 月 25 日，頁 174-175。賴子清，〈古今臺灣詩文社〉，《臺灣文獻》10 卷 3 期，1959 年 9 月，頁 92-93。然據〈臺北詩社座談會紀錄〉中黃純青自己的回憶，卻說是在明治 36 年（民前 9 年），王國璠〈淡北詩論〉及《臺北市志稿》卷八《文化志‧文化事業篇》均承此說而來，由於劉克明及黃純青均為詠霓吟社創始會員，卻出現創設時間不一的情形，故究竟於何時創立？只能姑存疑之。

絡不便，只維持 1 年，即告終止[4]。

嗣「瀛社」成立後，原「詠霓詩社」成員亦另組「瀛東小社」。據明治 43 年 3 月 26 日《臺灣日日新報》3571 號〈詩社復興〉一則消息云：

> 前北部人士李碩卿、葉連三、王名受諸子，連絡中北詩人設詠霓詩社，輪流課題，不意至竹城某值東手，遽爾中止，同人憾之，近樹林區長黃純青及名受、雲滄諸氏，復擬重興再設，改顏瀛東小社，蓋目的取範圍縮小故也。聞社員現已招集至十八名，新加入者，為新竹鄭十洲，鄭邦吉、中港陳心南、桃園黃守謙等，又每月值東須送三題，付本社選擇其一，題不拘體韻，不許多作，其制限以二首為最云。

社員計有鄭十洲、陳心南、黃守謙、王雲滄、劉篁村、李碩卿、鄭邦吉、林維龍、葉連三、王少濤、王名受、王毓卿、王水源、朱永清、王名許、葉連三、莊櫻痴、黃菊如、黃純青、朱四海、黃潛淵、李逸樵、簡楫、鄭永南、呂梅山、林子純、簡朗山、李伯西等[5]。

由於活動方式，仍沿襲「詠霓詩社」由值東出課題[6]，以通訊方式通知社員，頗為不便。加上地緣關係，社中成員居住於臺北近郊者如王雲滄、王毓卿、王少濤等，於「瀛社」成立時，即參與創社。而莊櫻痴、黃菊如、黃純青、劉篁村、李碩卿諸氏，亦皆相繼加入，參與「瀛社」之活動，因此「瀛東小社」本身受到影響，活動力日減，如明治 43 年 9 月 20 日《臺灣日日新報》3722 號〈瀛社會況〉即載：

> 瀛社秋季大會，已如既報，於去（九月）十八日午後三時，開於艋

4 見潘玉蘭，《天籟吟社研究》，國立臺灣師範大學國文學系在職進修碩士班碩士論文，2004 年，頁 35。
5 參閱《臺灣日日新報》3571、3582、3586、3621、3622、3623、3656、3660、3708、3759、3762、3769、3830、3831 諸號訊息。
6 其課題徵詩及詩作刊載見於《臺灣日日新報》3582、3605、3621、3622、3623、3624、3639、3649、3652、3653、3654、3660、3661、3666、3667、3672、3691、3692、3701、3702、3708、3759、3760、3767、3769、3770、3792、3810、3811、3830、3831 等。

舺龍山寺內，是日會員雖不盡守時間，而所差者僅數十分鐘，比前期判若天淵，若各自奮勉，當有良好成績也，來賓為淡社日下峰蓮氏及竹社鄭毓臣氏，瀛東小社劉克明氏……

又明治 43 年 10 月 19 日《臺灣日日新報》3745 號〈瀛社觀菊會況〉云：

> 瀛社同人果如所期，於去十六日午後三時，開觀菊會於大龍峒王慶忠氏別墅，是日該社員出席者約半數，而所柬招各詩社吟侶，亦有十餘名不辭跋涉……瀛東小社代表李碩卿氏等，相繼出為敘禮及致祝……

同樣消息也可見於明治 43 年 10 月 20 日《臺灣日日新報》3746 號「詩戰趣味」：「瀛社乘開觀菊會之便，更留櫟社、竹社、羅山吟社、瀛東小社諸詩客，連日開擊鉢吟會，皆傾倒詞源，冀奪錦標。……」，可知其之後更直接加入「瀛社」成為正式社員。而「瀛東小社」本社之活動，反漸趨岑寂。如明治 44 年 3 月 8 日《臺灣日日新報》3876 號〈編輯日錄〉一則消息云：

> 瀛東小社嘗擬俟桃園街文昌廟修繕後，即開大會，廣邀全島詩人。今為日已久，而開會仍寂寂無聞，想必為一番大計畫……瀛東小社人數，全島詩社中，固屬最少數也，蓋為維持久遠計，于入社者皆認真選擇也。近乃聞每期課題，寄稿者反寥寥，殆有中綏之勢，吾甚願一抖擻其精神也。

其他居住於桃園地區之社員，則另張旗鼓，如明治 44 年 5 月 4 日《臺灣日日新報》3931 號〈鶯啼燕語〉一則消息云：

> 臺北瀛東小社社員，桃園人居多，諸人近更合其廳下諸吟侶，別創詩社，顏之曰桃園吟社，會去三日前，桃園街開擊鉢吟會，創設諸人，即行發表云……

又《臺灣日日新報》3931 號〈桃園吟社〉一則訊息亦云：

> 桃園廳簡若川茂才及鄭永南氏，原瀛東小社員，以該社員散處各地，聯絡為難，因在該地邀集同志，創立桃園吟社，日前瀛社詩人王毓卿、楊文慶聯袂往遊，簡氏為邀同人，倡開擊鉢吟會，首唱為〈蘇秦〉，限六麻韻，次為〈寒暑針〉，限四支韻，又次為〈柳眉〉，限四豪韻，謄交該地鄭香秋氏評點，首唱毓卿掄元，次唱若川，三唱尚未閱完，亦文人雅事也。

回顧「瀛東小社」自明治 43 年 3 月 26 日改顏復興，至 44 年 5 月 4 日桃園附近社友另行成立「桃園吟社」，期間僅維持一年有餘。其所課詩題有〈清明日踏青詞〉、〈十八學士登瀛洲〉、〈中夜〉、〈桃花扇傳奇書後〉、〈明妃村〉、〈折梅〉、〈老來嬌〉、〈門松爆竹〉、〈新鶯春柳〉[7]等。

又桃園與臺北間，因地利與交通之方便，「瀛社」與「桃社」之社員相互酬唱，往來頻繁。大正 3 年（1914）「瀛社」秋季大會時，「桃社」社長簡朗山倡議瀛、桃合併，獲二社贊同，遂於次年 6 月成立「瀛、桃聯合擊鉢吟會」，此次合併係採課題聯合及共同舉開擊鉢吟會方式，並非完全併入。事見大正 4 年 6 月 21 日《臺灣日日新報》5388 號〈瀛桃聯合會紀盛〉。其後更發展為瀛、桃、竹三社聯合課題，及一年四季之聯合擊鉢吟會[8]。一直持續到大正 13 年 4 月 25 日「瀛社」舉辦臺灣全島聯合吟會後，始告終止。

二、星 社

「星社」之前身為「研社」，陳世慶於〈星社〉[9]一文謂「研社」成

---

7 見《臺灣日日新報》3582、3586、3621、3656、3708、3769、3830、3831、3876 諸號訊息。

8 見《臺灣日日新報》5992、6125、6132、6256……諸號訊息。

9 登載於臺北市文獻委員會發行之《臺北文物》4 卷 4 期，1953 年 2 月 1 日，頁 43。亦見於〈臺北詩社座談會紀錄〉，《臺北文獻》直字 122 期，1997 年 12 月，頁 15。吳建

立於大正 4 年乙卯（民國 4 年，1915），社址設於永樂町林述三之礪心齋書房。按期集會，舉行擊鉢，詩載於《夜半鐘》，稿存礪心齋中。社員計有張純甫、林述三、駱香林、歐劍窗、杜仰山、吳夢周、李騰嶽、陳潤生、蔡三恩、林湘沅、及黃春潮（水沛）等。其中林湘沅與黃春潮原為「瀛社」之創社員，而張純甫、林述三、陳潤生、顏德輝諸氏亦陸續加入「瀛社」，至大正 13 年「瀛社」重新改組時，陳潤生、林湘沅已下世[10]，張純甫、林述三、顏德輝等列為舊社員。「研社」成員原多以「痴」為號，如純甫號「寄痴」、述三號「怪痴」、騰嶽號「夢痴」等。

　　1917 年改組為「星社」，不置社長，以年齡為序，輪流值東，社員復雅號以「星」字代「痴」字，林湘沅號「壽星」、黃水沛號「春星」、李騰嶽號「夢星」、陳心南號「秋星」、張純甫號「客星、寄星、漁星」、杜仰山號「劍星」、歐劍窗號「慧星」、林述三號「怪星」、吳夢周號「零星」、陳大琅號「福星」、蔡癡雲號「流星」、施萬山號「參星」、駱香林號「星星」、周咸熙號「朗星」、顏德輝號「景星」、鄭如林號「曉星」、曹水如號「螢星」、王子鶴號「孤星」、薛玉龍號「奎星」、陳子鋮號「明星」，高肇藩後亦入社，號「壁星」，章圃樵、容竹儒、劉碧山、郭鷺仙、陳世杰五人有名無號。後又加入林其美（青蓮）、黃洪炎（可軒）、陳薰南（覺齋），最後加入者為黃梅生號「少星」。

　　「星社」陣容完整後，乃於大正 10 年（民國 10 年辛酉）陽曆元旦為首屆雅集，假張純甫之守墨樓舉行擊鉢吟，題目〈雞聲〉，得詩 11 首。次日作第 2 期詩會，詠〈鏡影〉，得詩 14 首。1 月 9 日第 3 期舉行於礪心齋，題曰〈恨海〉得詩 13 首。1 月 16 日於守墨樓為第 4 期，題目〈一笑〉，得詩 14 首。大正 10 年 3 月 23 日《臺灣日日新報》7470 號，高肇

民，〈松山探源尋根〉，《松友月刊》創刊號，1998 年 12 月 20 日，頁 73。惟吳建民該文「杜仰山」誤為「林仰生」，賴子清亦謂研究成立於 1915 年，「星社」成立於 1917 年。見氏著〈古今北臺詩社〉，《臺北文獻》74 期，1985 年 12 月 25 日，頁 175。賴子清，〈古今臺灣詩文社〉，《臺灣文獻》10 卷 3 期，1959 年 9 月，頁 95。

10 陳潤生見黃美娥主編，詹雅能撰，《張純甫全集・年表》，新竹文化中心出版，1998 年 6 月，頁 217。

潘氏曾有〈祝星社成立恭呈社內諸先生斧正〉一詩，並有林述三、林夢梅、吳夢周之和詩，「星社」初期亦免不了以擊鉢吟的方式相互磨鍊，數年後則改以課題及分韻的方式相互切磋，總體而言，不重擊鉢、好作古體，主張作詩要自由發揮，是「星社」創作的特色。後於大正 10 年至13 年間，曾積極參與「瀛社」之活動，並互爲賓主，正式成爲「瀛社」例會值東，如大正 10 年 12 月 2 日《臺灣日日新報》7724 號〈瀛社小集〉一則消息云：

> 瀛社同人，去（十一月）三十日午後一時起，小集於謝雪漁氏之中街寓所保和藥局內，合星社諸人來會者，約三十人，題拈〈湯婆〉，限十三元韻，由洪以南、連雅堂、黃贊鈞三氏評點，合取二十名……

又如大正 10 年 12 月 15 日，《臺灣日日新報》7737 號〈詩人小集〉一則消息云：

> 稻江青年詩人所組織之星社，近與瀛社連絡，凡瀛社之大會小集，皆濟濟出席。此次星社吟侶相謀，定來十八日午後二時，小集江山樓旗亭，開擊鉢吟會，已通知瀛社幹部，轉致瀛社同人……

「星社」首先參與「瀛社」社內諸活動，而後才漸漸成爲「瀛社」成員，並主催許多次例會與擊鉢吟會，大正 10 年 12 月 21 日《臺灣日日新報》7743 號「星社例會」：

> 瀛社近以節約為主旨，屢開設簡單擊鉢吟會。星社社員，亦多加入。為是星社，亦於去十八日下午三時，會場假江山樓，開設擊鉢吟會，招待瀛社員出席。傚瀛社簡單小集主義。……

大正 11 年 3 月 9 日《臺灣日日新報》7821 號「編輯日錄」：

> 花朝日之瀛社十五年紀念會，兼欲新定社規，故凡屬瀛社一分子，須義務出席。不到者仍要提供會費。為欲開擊鉢吟會，原訂午後五

時起者，今改為二時起。星社同人將一樣納會費與宴，且寄贈紀念
箋。瀛社友楊仲佐氏提供其臺灣製酒會社之黃菊酒二打，充擊鉢吟
贈品。又原瀛社友李金燦氏亦欲有所寄贈。同人將囑本社寫真班，
是日前往攝影。然則是日之會，當極盛況也。

大正 11 年 3 月 15 日，《臺灣日日新報》7827 號〈瀛社十五年紀念〉
[11] 一則云：

> 瀛社十五週年紀念祝，經如既報，以去十三日，即舊二月十五日之
> 花朝，開於稻江顏雲年君新築別邸。午後二時，瀛社員及桃社、竹
> 社、星社、小鳴社諸詞友，便陸續來集，二時半開擊鉢吟，拈題〈春
> 晴〉，支韻⋯⋯席間，瀛社長洪以南君述開會詞，來賓羅蕉麓君祝
> 詞，黃守謙君述月課實行希望，張純甫君代表星社，李碩卿君代表
> 小鳴吟社，各述該社友入瀛社希望，謝雪漁君代表瀛社贊成意。磋
> 商會則，顏雲年君起為逐條朗讀一遍，字句間加二三修正，全部可
> 決⋯⋯

該條記載可以視爲「星社」正式加入「瀛社」的濫觴，並可知「星
社」約與「小鳴吟社」同時加入，大正 11 年月 22 日，《臺灣日日新報》
8018 號〈墨瀋餘潤〉云：

> 顏吟龍（雲年）君來函，以所擬瀛社食飯會輪值順序，來商同人，
> 同人均無異議，蓋計有二十番，週而復始，但每月不拘定一回，即
> 二回三回，亦無不可，一番謝雪漁，二番顏雲年臺北，三番潤庵、
> 克明、振傳，四番炳煌、郁文、笋山，五番許梓桑，六番純甫、肇
> 藩，七番洪以南，八番小鳴吟會，九番星社，十番贊鈞、佛國、水
> 沛，十一番朝煌、子楨、搏秋、自新，十二番德輝、如林、連袍、

---

11 按大正 11 年爲西元 1922，距瀛社成立於 1909，時正滿 13 年，何以稱爲 15 週年，
　 應是以本省習俗，慣稱虛歲之緣故。

桂村、衍三，十三番鍊金、星五、秋圃，十四番林問漁，十五番黃
純青，十六番小鳴吟社，十七番家坤、仲佐、金燦，十八番陳其春，
十九番星社，二十番碩卿、世昌、子清、誥庭。

則正式納入值東輪值表中，大正 12 年 1 月 9 日，《臺灣日日新報》
8127 號〈瀛社新年小集〉云：

> 瀛社新年宴會兼擊鉢吟會，經去七日午後二時，開于稻江東薈芳旗
> 亭，是日值東為星社諸吟友，會員稻艋及基隆等處出席者三十餘人。
> 二時半開會，題為〈人日吟讌〉……

此外，大正 12 年 1 月 6 日《臺灣日日新報》8124 號「瀛社例會兼
春宴」：「瀛社例會，此番輪值星社同人……會費大部歸星社值東者負擔，
而與會者各分擔金一圓云。」大正 12 年 6 月 12 日《臺灣日日新報》8281
號「十日瀛社例會」：「既報瀛社月例會，此回輪值瀛社友陳其春君獨當。
去十日下午二時起，在其元園町新宅樓上開會。是日臺北、基隆、瀛社
友而外，更有多數之小鳴吟社、星社、天籟吟社三社員加入……」，大正
12 年 10 月 2 日《臺灣日日新報》8393 號「瀛社擊鉢吟會況」：「瀛社擊
鉢吟會，桃社、天籟吟社、星社、小鳴吟社俱參加……」，大正 13 年 1
月 5 日《臺灣日日新報》8488 號「瀛社聯吟會時間」：「瀛社聯吟會，此
期輪值星社吟朋，定是日午後一時，開會於江山樓。」諸資料，均留下
「星社」積極參與「瀛社」活動記錄，該階段亦可視為「瀛星聯吟會」
階段。

由於該社一部分社員本屬「瀛社」，故曾參與「瀛社」開聯合吟會，
稱為「瀛星食飯會」，後「天籟吟社」、「淡北吟社」亦加入，「瀛星聯吟
會」時，或於兩社公所，或假旗亭舉行之。然自大正 13 年 3 月後，即未
見以「星社」名義參加「瀛社」之聯吟活動。有的只是以個人之身分參
加而已，如張純甫、蔡痴雲、杜仰山、林其美、黃梅生、李騰嶽、高肇
藩等。然其成員確是北臺甚至全省素質最佳，陣容最整齊者。

又「星社」同人曾經發行《臺灣詩報》，據大正 13 年 2 月 8 日《臺灣日日新報》8522 號登〈《臺灣詩報》出版〉之一則消息云：

> 臺北星社諸同人，籌刊《臺灣詩報》，經已排印成冊，於昨七日發行。該報材料豐富，文字雅馴，有製斯道者，不可不一讀焉……

該刊物以詩為主，文為副，並間有新文學及小說、謎語等專欄，係臺灣詩文月刊之嚆矢[12]。

「星社」於大正 13 年春集會於東薈芳旗亭，5 月 18 日復行雅集，11 月 21 日又為李鷺村醫院落成開集會，此後活動暫告終止，要到 1934 年才重開集會，當時《臺灣新聞》提到「星社盛開題襟雅會，議擬廿週年紀念事業，以冀重興該社」，內文為：

> 臺北星社，社員十餘人，散處各地，故數年來鮮開吟會……茲為敦舊誼，乘春光駘蕩之時，盛開題襟之會于稻江之岱雲閣，新竹張筑客、花蓮駱香林、宜蘭杜仰山、松山陳心南、淡水陳其美等暨北市諸社友與新入社之黃梅生，計十餘人，舉行聯吟會，題擬〈春星〉，互選蔡癡雲、陳啞僧為左右詞宗……後於宴席上議值明年（乙亥），擬辦本社創立廿週年紀念專集。印刊社員詩集，並舉行吟會於臺北。乃舉委員六人以董其事……是日擊鉢詩，至夜半始散[13]。

《臺灣新民報》上也提到：

> 臺灣之詩社，一時如兩後春筍……然概重擊鉢吟與課題，獨臺北星社……凡有詩主張自由作，又多好作古體，此乃該社之特色。據查該社創立以來，已經十九年，社員亡者五，存者十四，即春潮……而梅生以義合入社，共為十五人。際此臺灣詩界似興非興之時，星社諸同人而能獨闢一新徑，即如上述之自由作，多尚古風等特色以

---

12 陳夢痕，〈臺灣詩報與臺灣詩薈〉，《臺灣文獻》6 卷 3 期，1955 年 9 月 27 日，頁 65-74。
13 轉引自陳世慶，〈星社〉一文，《臺北文物》4 卷 4 期，1956 年 2 月 1 日，頁 46。

發揮，實足為臺灣詩界增光不少，於燈節後四日，該社同人雅集於岱雲閣……詠春星之計，至夜闌始散[14]。

　　而後就要到 1929 年，林小眉自大陸歸返，於江山樓招待「星社」同仁才有記載，「星社」終於何時？目前尚無資料可證，但從 1955 年 10 月 27 日臺灣文獻會舉行的「臺北市詩社座談會」陳世慶的發言來看「該社創立於民國四年，日曆大正四年，直到本年已經有四十年的歷史了。[15]」約略可以確知該社至 1955 年時尚存。

三、天籟吟社

　　「天籟吟社」乃礪心齋書房林述三先生集門人所創立，社址在今臺北市迪化街 154 號。據陳鐵厚所編《天籟吟社集》[16]之〈緒言〉謂成立於民國 10 年（大正 10 年，1921）3 月[17]，該社現任社長張國裕先生則云 1920 年 3 月創社，唯據當時大正 11 年 10 月 21 日《臺灣日日新報》第 8047 號「新組織吟社」將出現的記載，云：

　　稻艋有志詩學青年，此番新組織一吟社，顏曰天籟吟社，係許劍亭等諸氏出為鼓舞。其加入會員，係青年居多，中亦有瀛社星社一份子之加入為之獎勵琢磨，互相研鑽詩學，為將來加入大吟社之基礎。經訂來二十二日（日曜日）午後七時，會員一同齊集于普願街建興

14 轉引自陳世慶，〈星社〉一文，《臺北文物》4 卷 4 期，1956 年 2 月 1 日，頁 46。
15 〈臺北市詩社座談會〉，《臺北文物》4 卷 4 期，1956 年 2 月 1 日，頁 10。
16 芸香齋手抄本影印，由潘玉蘭所提供。但該書提到創社時間與其他二者不符，就現有史料來看，創社於 1921 年的時間記錄，當為陳鐵厚誤記。
17 陳驚癡，〈天籟吟社與林述三〉一文亦提到「天籟吟社於民國十年三月(日大正十年)，在先生(按：即林述三)指導之下，由礪心齋同學會同人創立，並推先生為社長。」見氏著，《臺北文物》2 卷 3 期，1953 年 11 月 15 日，頁 74。許漢卿亦指出創社時間為 1921 年，見〈臺北詩社座談會紀錄〉，《臺北文獻》直字 122 期，1997 年 12 月，頁 15。賴子清亦持同樣看法，見氏著〈古今北臺詩社〉，《臺北文獻》74 期，1985 年 12 月 25 日，頁 175-176、〈古今臺灣詩文社〉，《臺灣文獻》10 卷 3 期，1959 年 9 月，頁 96。

漆店，假林述三氏之勵心齋開創立總會。

再對照大正 11 年 10 月 24 日《臺灣日日新報》第 8051 號〈天籟吟社開會會況〉，可以確認「天籟吟社」的成立時間在 1922 年 10 月 22 日：

> 本社員許劍亭氏所鼓舞之天籟吟社，經如所報，於去（按：大正十一年十月）二十二夜七時，假林述三氏之礪心齋開創立總會。社員三十名中，蹌蹌出席者凡二十餘名……其次再由許劍亭氏報告會則，改正二、三，乃移入役員選舉。開票後，林述三氏占最多數，推為社長，並選林夢梅、許劍亭、薛玉龍、洪玉明四氏為幹事，葉蘊藍、卓周紐二氏為會計，終由來賓高肇藩氏起述祝辭……又該社是夜因時間切迫，弗能開擊鉢，爰由社長林述三氏出一課題，為〈祝天長節〉，囑各社員于來二十八日交卷，且擬于來天長節日，一同攝影紀念云。

其後之成立週年慶，亦皆以此為準[18]。至於張國裕的說法，據潘玉蘭《天籟吟社研究》引張國裕本身解釋所言：

> 1920 年間，社會不安，民族主義高漲，加上 1921 年 10 月，蔣渭水成立臺灣文化協會（今延平北路二段），與礪心齋書房距離相當接近，臺灣文化協會舉辦許多民族活動，常引起日人的關注，當時林述三先生的學生很多人參與，如薛玉龍、薛玉虎等。述三先生號唐山客，意謂本是唐山人，自東北來作客，本就引起日人的注意；因此述三先生一方面為保護學生，一方面為防日本人查礪心齋書房，禁止書房教育，所以師生私下成立天籟吟社作詩切磋，不對外宣揚。光復以後，白色恐怖籠罩，述三先生為避免災禍，將錯就錯而未更改，直至 1987 年為紀念天籟吟社創社 58 週年才更正[19]。

---

18 參閱參閱《臺灣日日新報》8224、8428、10258、10606 諸號訊息。
19 潘玉蘭，《天籟吟社研究》，國立臺灣師範大學國文學系在職進修碩士班碩士論文，

　　在潘玉蘭的研究中，認爲「天籟吟社」起於 1920 年 3 月的說法，自林錫牙擔任社長開始，即對外正式申明，「可見自 1978 年以後，天籟吟社即以 1920 年創社鄭重對外申明」[20]，然而創社時間講求的是文獻記載，就現有史料來看，《臺灣日日新報》上關於「天籟吟社」的種種記錄，應是當時最具可信度的一手資料，就客觀層面而言，當以 1922 年 10 月爲創立年代較妥，至於創立於 1920 年的說法，因爲只有社中耆老口耳相傳，缺乏相關資料佐證，故只能聊備一說，待日後有其他資料再作修正。

　　至於該社成員，日治時期出入社員，據潘玉蘭《天籟吟社研究》所列有：林述三、林夢梅、林恩蕘、林錫麟、林錫牙、林錫沅、林錫可、林承平、林金俊、林學宜、林連榮、林清敦、林錦堂、林笑書、林映西、王兆平、李源振、李集福、李世昌、李慶賢、李嘯峰、李肖岊、何椒薌、呂金河、吳永遠、洪玉明、卓周紐、周耀東、柯子邨、高肇藩、高墀元、徐風銓、許寶亭、許世傳、葉田、葉念儂……等，陳鐵厚《天籟吟社集》另列有：鄭安邦、曾潮機、陳鐵厚、盧本源、葉子宜、黃笑園、歐陽溪水、張呂烟、李天鷟、傅秋鏞、廖慶源、張國裕、葉世榮、陳榮枝、林錦堂、劉萬傳、陳椒厂、勤威鳳、凌淨嫆、姚敏瑄、郭素貞、姚淑璃、吳玉霜、連阿梓、林安邦、連有諒、薛玉龍、賴獻瑞等，加上戰後加入的社員，人數眾多，這一部分可直接參閱潘玉蘭論文，故不再一一羅列[21]。

　　其成立之初之活動情形，爲每星期六於礪心齋書房舉行擊鉢吟會，並行徵詩活動，如第 14 期爲〈詩才〉[22]，第 15 期爲〈潯陽琵琶〉[23]。其後社員又陸續於 1927 年成立「劍潭吟社」、1936 年設立「松鶴吟社」等。

2004 年，頁 46。

20 潘玉蘭，《天籟吟社研究》，國立臺灣師範大學國文學系在職進修碩士班碩士論文，
　　2004 年，頁 46。

21 潘玉蘭，《天籟吟社研究》，國立臺灣師範大學國文學系在職進修碩士班碩士論文，
　　2004 年，頁 65-66。

22 參閱參閱《臺灣日日新報》10042 號

23 參閱參閱《臺灣日日新報》10077 號

據陳驚癡〈天籟吟社與林述三〉一文[24]云：

> 三十五年（民國）三月，同學會同人商定重續發行天籟報（不定刊），
> 於同月二十五日開始發行（油印）到現在。

賴子清〈古今北臺詩社〉一文則謂：

> 民國十一年三月逢創立周年紀念，在春風得意樓舉行全臺聯吟……
> 二十年十一月以社長主稿，社員吳紉秋任編輯，發行《藻香文藝》
> 聯絡全省詩社，廿一年二月因經濟支絀廢刊，計發行四次。先是十
> 七年為保存吟稿起見，由同學蔡奇泉自力油印《天籟報》十二次，
> 三十五年同學會又續發行《天籟報》以至現在[25]。

　　關於《藻香文藝》、《天籟報》等資料，目前皆已陸續出土，詳細內
容亦可參見潘玉蘭論文。

　　「瀛社」與「天籟吟社」的聯繫，起源於擊鉢吟會的參與，大正 12
年 5 月 15 日《臺灣日日新報》8253 號「瀛社例會盛況」：「瀛社，去十
三日午後二時起，開例會於基隆天后宮兩廡。來會者基北瀛社員共二十
餘人，外天籟吟社十餘人參加，計四十餘人。……」，大正 12 年 6 月 12
日《臺灣日日新報》8281 號「十日瀛社例會」：「既報瀛社月例會，此回
輪值瀛社友陳其春君獨當。……是日臺北、基隆、瀛社友而外，更有多
數之小鳴吟社、星社、天籟吟社三社員加入，約四十餘名……後期例會，
天籟吟社自請值東，惟會場及期日尚未定也。」可知天吟社已於此時正
式加入「瀛社」例會的輪值，大正 12 年 6 月 19 日《臺灣日日新報》8288
號「瀛社擊鉢例會」：「瀛社擊鉢例會，此期輪值天籟吟社，經如前報，
茲據該社員劍亭氏曰，會期訂來二十四日午後一時半，會場假該社名譽
社員林清月氏宅，即宏濟醫院內，屆期希望多數出席。……」大正 12

---

24 陳驚癡，〈天籟吟社與林述三〉，《臺北文物》2 卷 3 期，1953 年 11 月 15 日，頁 75。
　　亦見於吳建民，〈松山探源尋根〉，《松友月刊》創刊號，1998 年 12 月 20 日，頁 73。
25 賴子清，〈古今北臺詩社〉，《臺北文獻》74 期，1985 年 12 月 25 日，頁 171-188。

年 11 月 22 日《臺灣日日新報》8444 號「聯吟會及祝賀會」：「瀛社聯吟會，此期輪值天籟社友卓夢菴、葉蘊藍、李神義、許劍亭四氏。茲值瀛社員謝雪漁、林石崖二氏任臺北州協議員。乃訂來二十五日（日曜）午後一時起，假江山樓旗亭，開聯吟會，兼二氏祝賀會。」大正 12 年 11 月 27 日《臺灣日日新報》8449 號「聯合吟會兼祝賀會」：「瀛社擊鉢聯吟會，兼謝雪漁、林石崖二氏新任州協議員祝賀會，……值東天籟吟社員卓夢菴氏代表值東社員，對謝、林二氏述祝詞，蔡式穀氏代表社外會員祝詞……」諸消息都提到「天籟吟社」的輪值情形，至於有關該社成員，加入「瀛社」之情況：社長林述三之加入，約在大正 5 年左右，首見於瀛、桃聯吟，在《臺灣日日新報》5649 號所載之〈太真春睡圖〉一題擔任左詞宗。當時應是以「星社」之前身「研社」身分加入。至大正 13 年重新改組之「瀛社」題名錄，林氏即列為舊社員，新社員中，屬「天籟吟社」介紹者為卓夢庵、葉田（蘊藍）、李神義（澹庵）、劉夢鷗、洪玉明、陳明卿、許寶亭 7 人。至於曾笑雲、黃文生（笑園）、陳伯華、倪登玉（韞山）、賴獻瑞等，乃於昭和 8 年加入，林錫麟、林錫牙、陳鐵厚（硬璜）等則於昭和 9 年始行加入，其他陳清秀、施學樵、鄭晃炎、林恩蹇、曾朝枝、盧懋青[26]、黃文生及劉萬傳，亦都加入「瀛社」為社員等。戰後除舊社員外，羅尚、黃錠明、洪玉璋、鄞強、施勝隆、黃義君、楊振福、蔡秋金、張耀仁、許欽南、陳麗卿、張民選、洪淑珍、歐陽開代、陳碧霞、甄寶玉等亦參與[27]。

　　而「天籟吟社」參與「瀛社」例會，自請值東之後，「星社」、「淡北吟社」、「萃英吟社」也都加入輪值，「瀛社」例會因而改由北部詩社輪值，如大正 12 年 11 月 25 日的「瀛社」例會，便是由「天籟吟社」社員所輪

---

26 昭和 7 年 10 月 25 日《臺灣日日新報》11691 號「瀛社例會出席約四十名」：「瀛社擊鉢例會，如所豫報，去二十三日午後二時，開於萬華三仙樓。……又此回有天籟吟社友盧懋青氏新加入云。」

27 潘玉蘭，《天籟吟社研究》，國立臺灣師範大學國文學系在職進修碩士班碩士論文，2004 年，頁 69。

值[28]。換言之,「天籟吟社」是促使「瀛社」走向社外的重要推手。這種情形一直到大正 13 年 8 月「瀛社」改組才結束。大正 13 年 5 月 3 日《臺灣日日新報》第 8607 號提到:

> 瀛社聯吟會,決定改組,爰議將現時輪流未到者,合併二次值東,一次在臺北,一次在基隆。在臺北者為林述三、高肇藩、曹秋圃、洪玉明、施逸樵、黃坤維、陳明卿、莊于喬、洪汝霖、蔡敦輝、謝雪樵、林知義、葉鍊金、張家坤、李金燦、楊仲佐、林夢梅、林其美、吳夢周諸氏,在基隆者為張純甫、周士衡、劉明祿、黃梅生、李石鯨、顏德輝、何誥廷、黃昆榮,王子清、鄭如林、沈連袍,林衍三、陳新枝、蔡三恩、劉振傳諸氏。臺北按五月十一日,基隆按五月二十五日,請各吟友承諾,如期準備為幸,瀛社幹部附啟。

目前關於「天籟吟社」的研究,已有潘玉蘭《天籟吟社研究》一書,對於「天籟吟社」史料的蒐羅整理、社團組織分析、社員生平活動概況,以及重要社員詩作風格研究,均有專節討論,由於已有先行研究成果,故本節不再贅述。

四、小鳴吟社

基隆地區最早成立之詩社,為大正 10 年所組之「小鳴吟社」。「小鳴吟社」之發起人為蔡癡雲、張一泓、鄭如林、黃梅生等。贊成者為陳子經、林衍三、呂瑞珍、王子清、劉振傳、施少敏、陳新枝、周步蟾、林錦村、劉明祿、黃昆榮、陳庭瑞、蘇世昌、李石鯨、簡銘鐘等。該社創於大正 10 年 8 月 24 日,李碩卿〈小鳴吟社序〉提到該社創立時間與命名緣由:

> 新鶯學囀,雛龍試吟,小鳴也;鶴鳴九皋,雷轟百里,大鳴也。有

---

28 見《臺灣日日日新報》第 8281、8387、8397 號。

黃鐘之鳴，有瓦缶之鳴，有朝鳳之鳴，有晨雞之鳴，鳴一也，而有大小之分，故凡物必先由小鳴而後能大鳴。然鳴莫早於晨雞，闔閭一聲，劉琨聞之而起舞，奮志有為之士，每以雞為曉夜之警，而愛其能鳴也，鯤身之首，獅球之上，有雞峰焉，顧名思義，雞之鳴，可為基之人士起興矣！吾人誠能由小鳴進大鳴，小雅進大雅，則他日旗鼓堂堂，起衰漢文，發宏為大，聲聞於天者，又寧非今日小鳴之造端發軔也耶！茲特倡立小鳴吟會，惟望大方雅士，共起扶輪焉。大正十年八月二十四日秋鱗氏序。

大正 11 年 3 月 15 日，《臺灣日日新報》7827 號〈瀛社十五年紀念〉一則已提到「小鳴吟社」參與「瀛社」活動事宜：

瀛社十五週年紀念祝，經如既報，以去十三日，即舊二月十五日之花朝，開於稻江顏雲年君新築別邸。午後二時，瀛社員及桃社、竹社、星社、小鳴社諸詞友……

此則消息亦見於大正 11 年 3 月 17 日《臺南新報》，上有「南社員羅秀惠參加臺北瀛社『紀念擊鉢吟會』」記載：

瀛社十五週年紀念擊鉢吟會，昨十三日午後二時，開於下奎府町顏雲年氏別墅，出席者瀛社而外，有桃社、竹社、星社及小鳴吟社及來賓等計五十餘名。題拈〈春晴〉，支韻限七絕二首，四時半交卷。左詞宗羅秀惠、右詞宗謝雪漁，……南社集會經常舉行競作，而擊鉢吟與詩鐘為競作時所使用的方式，同時，社員亦可借由作詩比賽以增進詩會的氣氛，並磨鍊詩藝。

此後不久即全社加入「瀛社」輪值，並加入「瀛社」下的「食飯會[29]」，大正 11 年 9 月 22 日，《臺灣日日新報》8018 號〈墨瀋餘潤〉云：

---

29 大正 11 年 11 月 15 日《臺灣日日新報》第 8072 號「食飯會兼洗塵」亦有相關報導。

顏吟龍（雲年）君來函，以所擬瀛社食飯會輪值順序，來商同人，同人均無異議，蓋計有二十番，週而復始，每月不拘定一回，即二回三回，亦無不可，一番謝雪漁，二番顏雲年臺北，三番魏潤庵、克明、振傳，四番炳煌、郁文、笏山，五番許梓桑，六番純甫、肇藩，七番洪以南，八番小鳴吟會，九番星社，十番贊鈞、佛國、水沛，十一番朝煌、子楨、搏秋、自新，十二番德輝、如林、連袍、桂村、衍三，十三番鍊金、星五、秋圃，十四番林問漁，十五番黃純青，十六番小鳴吟社，十七番家坤、仲佐、金燦，十八番陳其春，十九番星社，二十番碩卿、世昌、子清、誥庭。

可知「小鳴吟社」已全數成爲「瀛社」社員，因此，大正 12 年 5 月 10 日，《臺灣日日新報》8248 號〈瀛社擊鉢吟例會〉即云：

瀛社擊鉢吟會，者番輪值基隆。定來十三日午後一時起，開例會於基隆公會堂。兼為瀛社之雪漁、潤菴二氏，桃社之若川氏，祝其榮受學者之褒彰。又此後小鳴吟社詞人，擬全部編入瀛社，易名為瀛社基隆分部……

大正 12 年 6 月 12 日，《臺灣日日新報》8281 號〈十日瀛社例會〉一則云：

既報瀛社月例會，此回輪值瀛社友陳其春君獨當。去十日下午二時起，在其元園町新宅樓上開會。是日臺北、基隆、瀛社友而外，更有多數之小鳴吟社、星社、天籟吟社三社員加入，約四十餘名……

大正 12 年 10 月 2 日，《臺灣日日新報》8393 號〈瀛社擊鉢吟會況〉一也提到云：

瀛社擊鉢吟會，桃社、天籟吟社、星社、小鳴吟社俱參加，去三十日午後二時起，在江山樓設席，為林小眉、林石崖二氏，開歡迎送別吟宴……

　　此後則消息漸杳，至於該社成員，據「瀛社詩學會」現任會員黃鶴仁之搜集整理，統計出來有蔡癡雲、李石鯨、張一鴻、鄭如林、黃石養、陳子經、林衍三、呂瑞珍、王子清、劉振傳、施少敏、陳新枝、周步蟾、林錦村、劉明祿、黃昆榮、陳庭瑞、蘇世昌、簡銘鐘等。又據上《臺灣日日新報》8248 號〈瀛社擊鉢吟例會〉云：「此後小鳴吟社詞人，擬全部編入瀛社，易名為瀛社基隆分部」所述，則上列諸人應皆參與瀛社之輪值為是，就中呂瑞珍、施少敏、周步蟾、林錦村、簡銘鐘諸人，卻未見於往後之輪值表中，殊令人費解。

　　賴子清〈古今臺灣詩文社〉一文謂「至十五年已改組為網珊吟社[30]」，據《詩報》第 6 號「網珊吟社沿革」所載：

> 基隆網珊吟社，創自距今十年前，辛酉歲。其初為小鳴吟社。置會場於現址保粹書房內，同時附組漢學興新會，由會長故周步蟾氏熱心提倡，又得許梓桑及故顏雲年二氏多方援助，協力鼓舞，於會場內開夜課，共聘現代表李碩卿氏，負講導之責，迄今十年如一日。吟侶多由此造出，基津風雅，賴以不墜者，實基於斯會。然吟期每月四回，皆以月曜開會擊鉢，故未幾改為月曜吟會，顧名思義，便記憶也。諸會員熱心研究，月曜開會無一缺席，持續五年，會員漸多，迄丙寅，會員有貢珊瑚於會場者，因再變更今名[31]。

　　可知「小鳴吟社」後來確已改組為「網珊吟社」，時間在成立之後 5年，即賴子清所說的大正 15（1926）年。然而《詩報》該文卻又與《臺灣日日新報》記載有出入，大正 14 年 9 月 22 日《臺灣日日新報》的「翰墨因緣」即已出現「網珊吟社」的活動記錄：

> 網珊吟社，去十四日，在草店尾街，保粹書房，開組織成立後總會，

---

30 賴子清，〈古今北臺詩社〉，《臺北文獻》74 期，1985 年 12 月 25 日，頁 182。賴子清，〈古今臺灣詩文社〉，《臺灣文獻》11 卷 3 期，1960 年 9 月，78、80。

31 《詩報》第 6 號為昭和 6(1931)年 2 月 17 日，頁 16。

並唱第一回擊鉢吟，午後七時起，題為〈馬當風〉，陽韻，七絕，
每人限二音，九時交卷，得詩五十餘首，錄呈左右詞宗選取，發榜
後，分呈贈品，同夜，值風雨暴作，諸會員不為雨師之阻，全部出
席，內有吟友周士衡氏，自十份寮來參會，文風振興，於此可見也。

可知「網珊吟社」活動時間應該更早，在大正 14 年 9 月 14 日即完
成改組，時間約早《詩報》所載 1 年，並在大正 14 年活動頻繁，陸續在
報上刊載課題徵詩與曆會資訊等相關資料，皆可確認「網珊吟社」於大
正 14 年即已成立[32]。事實上，《詩報》創刊之後即已不見「小鳴吟社」
的活動紀錄，而在《臺灣日日新報》中尚可見「網珊吟社」活動資訊，
最晚則至昭和 4 年 4 月 28 日第 10425 號。至於《詩報》中首見「網珊吟
社」的記載是第 4 號，昭和 6 年 1 月 17 日的「雜件」，裡面記載「仝十
二日本報副社長盧纘祥氏，偕文樞、石輝二氏赴基隆，更蒙基諸吟友在
網珊吟社事務所開歡迎會，由李碩卿先生擬『迎燕』為題，七絕灰韻，
得詩約三十首，由葉文樞、李碩卿兩詞宗各選十五首，蔡清揚、周石輝
二氏獲左右元，依次序各分贈品。」並於《詩報》第 5 號刊登此次擊鉢
作品。社員名單見於第 6 號「網珊吟社沿革」，茲以表列如下：

代表	李碩卿
囑託詞宗	許梓桑、何雲儒、王子清、陳庭儒
社　員 （以年齒為序）	黃昆榮、呂瑞珍、李建興、蔡景福、劉基淵、張一泓、黃景岱、李登瀛、蔡清提、張鶴年、蕭水秀、陳新枝、何松甫、王吞雲、李秉炎、楊靜淵、簡穆如、魏永昌、李春霖
女社員	陳凌碧、林肯桃

若對照第 5 號上刊載社員作品名單，則尚有張子彭、盧夢蘭、蔡子
淘、李紹蓮等人。然而《臺灣省通志稿》所謂：「有李石鯨、陳凌碧等。
初立網珊吟社，同時石鯨又集保粹書房下高徒另立月曜吟社，每星期一

---

32 至少可見於大正 14 年 10 月 14 日《臺灣日日新報》、大正 14 年 11 月 7 日《臺灣日
日新報》9160 號，其他資料因報刊上緣日期及刊數不清，故未一一標明。

舉行一次擊缽，以指導門下作詩，後再集當地青年，設立『小鳴吟社』熱心提倡詩學[33]」，則將「小鳴吟社」創立時間誤爲「網珊吟社」之後，是極大誤解。曾子良主持《基隆市文學類藝文資源調查》載其成立於「民國 19 年（昭和 5 年，1930）[34]」，亦有誤。至於陶一經編，《基隆市志‧藝文篇》引用陳其寅〈基隆詩壇之今昔談〉一文，提到顏雲年於環鏡樓召開的全臺擊缽大會，係「小鳴吟會」的記載，也是誤將「瀛社」活動錯認爲「小鳴吟社」活動所致[35]。關於「網珊吟社」活動，仍應於《臺灣日日新報》當時記載爲一手資訊，而以《詩報》作爲間接佐證。

五、高山文社

「高山文社」乃顏笏山於民國 11 年農曆正月 9 日所創，辦事處原設於龍山寺後殿右室，後移至顏戀昌宅中，大正 11 年 2 月 8 日《臺灣日日新報》7792 號即載：

> 艋舺顏笏山氏，此際為振興漢學，倡設「高山文社」，顏氏久設書塾，於漢學有素養者。

隨後於《臺灣日日新報》7797、7798、7833 等號載有林菊塘、陳明卿、洪玉明、張晴川等之〈祝高山文社成立〉詩作。民國 13 年國曆 2 月 11 日在艋舺俱樂部，開創立 2 週年紀念大會，並於該次集會推舉倪希昶爲社長，謝汝銓、魏清德爲顧問[36]，大正 13 年 2 月 13 日《臺灣日日新報》8527 號〈高山文社會況〉一則載云：

---

33 轉引自陶一經編，《基隆市志‧藝文篇》，基隆市政府，2003 年 4 月，頁 91。
34 曾子良主持，《基隆市文學類藝文資源調查》，基隆市文獻會委託，2002 年 12 月，頁 307。
35 陶一經編，《基隆市志‧藝文篇》，基隆市政府，2003 年 4 月，頁 91。
36 駱子珊，〈顏笏山先生與高山文社〉，《臺北文物》5 卷 2、3 期，1957 年 1 月，頁 94-97。
　　賴子清，〈古今臺灣詩文社〉，《臺灣文獻》10 卷 3 期，1959 年 9 月，頁 98。

臺北市內高山文社，成於大正十一年紀元節[37]日，去十一日，會場假艋舺俱樂部樓上，開二週年紀念吟會，兼擴張社務、選舉役員。是日主賓到者可六十餘人。首由社長倪炳煌氏敘禮，推薦謝汝銓、魏清德兩氏為顧問，次而兩顧問敘禮，來賓演說則有吳昌才、劉得三、林佛國、陳廷植諸氏。然後由魏顧問披露推薦吳昌才氏為名譽會長，吳永富、陳其美、蔡彬淮、陳郁文、王祖派五氏為社務囑託，歐陽朝煌、林摶秋、劉克明、林佛國、黃贊鈞五氏為名譽講師。終則一同到俱樂部前攝影……

又大正 14 年 2 月 14 日《臺灣日日新報》8894 號〈高山文社紀念會況〉一則，亦述及該社三週年紀念會之會況，並社中及社外人士寄附金之情形[38]。2 週年紀念會舉行之後，「高山文社」遂以 2 月 11 日為創立紀念日，反不以實際創社的正月 9 日為主，是較為特殊的情況。

「瀛社」與「高山文社」的詩社交流，最早約可見於大正 14 年 3 月 18 日《臺灣日日新報》8926 號的記載：「有瀛社、櫻社及他社友多數參加，頗稱盛況云。」，爾後不久「高山文社」即加入「瀛社」輪值，正式成為「瀛社」成員，大正 14 年 8 月 18 日《臺灣日日新報》9709 號「瀛社月例會」：

> 瀛社月例會，此回輪值高山吟社，去十六日下午三時起，開於臺北市中有明町四丁目劉姓宗祠內。來會者五十餘人……

可知最遲至大正 14 年 8 月時已正式成為「瀛社」值東，並可能是全社加入，故與「星社」、「小鳴吟社」一樣，均保持完整社名，大正 15 年 1 月 2 日《臺灣日日新報》9216 號「瀛社新年宴會兼祝劉克明君敘勳」：「瀛社此期例會，輪值葉鍊金、張家坤、顏笏山、文虎、李遂初、王省

---

37 編者按：根據《日本書記》所記述第一代天皇神武天皇即位之日，（換成陽曆 2 月 11 日）。訂為建國紀念日，即紀元節。

38 如林熊徵君 15 圓、吳昌才君 10 圓（內 5 圓分作燈謎賞品）、倪炳煌、駱子珊各 5 圓等。該有關消息並可往前推至《臺灣日日新報》8891、8892 號。

三、駱子珊諸氏。欲改為新年宴會，兼祝社友劉克明君敘勳。日期訂來六日，即古曆十一月二十二日，午後一時起先舉擊鉢吟。同六時，開祝賀宴，會場假龍山寺中即高山文社事務所。會費除值當社員外，每名會費金一圓云。」從「瀛社」舉辦的擊鉢吟會場假「高山文社事務所」來看，二社的關係仍極其密切。

此外，據龍崗老人與駱子珊合撰之〈高山文社〉一文指出：

> 高山文社之名，乃取諸《詩》之「高山仰止」景仰孔聖人之意。創立於民國十一年（壬戌），其主旨以詩文並勵，然多事於詩，而少於文。每逢孔誕舉行釋典，飲福敲詩，此外聚會擊鉢，適性隨時。社長初為顏笏山，次為倪炳煌，現為笏山之子世昌繼承（按：再為顏懋昌），該社辦事處原設艋舺龍山寺後殿右室，該寺總管理人故吳昌才曾為該社副社長⋯⋯會員無多，即駱子珊、洪玉明、高文淵、吳桂芳、陳子皮、林長耀、施瘦鶴、吳淵春、黃承順、黃承發、劉斌峰、倪世敏、李錫慶等約二十名而已。[39]

此外並曾於《臺灣日日新報》上舉辦「徵文」[40]，該社不以「吟社」命名，主要原因即在於希望「詩文並勵」，惟該次徵文情況不如預期，因此出現「徵文展限」，必須延期的情形[41]，而該社徵文活動也只舉辦 1 期便宣告終止。

該社社員有：顏笏山、倪希昶、吳昌才、謝汝銓、魏清德、吳永富、陳其春、蔡彬淮、陳郁文、王祖派、歐陽朝煌、林搏秋、劉克明、林佛國、黃贊鈞、黃世勳、蔡石奇、李永清、陳鑑昌、駱友漁、黃福林、李根生、顏懋昌、駱子珊、洪玉明、吳桂芳、陳子皮、林長耀，施瘦鶴、劉斌峰、黃文虎、黃承順、黃成發、吳淵春、駱良璧、倪世敏、李錫慶、

---

39 龍崗老人、駱子珊，〈高山文社〉，《臺北文物》4 卷 4 期，1956 年 2 月，頁 59-60。
40 見大正 13 年 4 月 1 日《臺灣日日新報》8575 號。題目為〈思想善導論〉
41 見大正 13 年 5 月 16 日《臺灣日日新報》8620 號。該次徵文結果發表於見大正 13 年 11 月 16 日《臺灣日日新報》8804 號。

楊朝枝、林萬來、黃衍派、江榮福、蘇源春[42]等。劉克明並曾任該社「名譽講師」，吳昌才則曾任「名譽社長」。

其中日治時期社員，大部分均跨入「瀛社」，如顏笏山、倪炳煌、顏懋昌、林菊塘、林夢仙、黃朝傳、王兩傳、鄭麗生、楊石定、黃遠山、黃樹銘、吳昌才、劉克明等。

「高山文社」也是北臺詩社中存有完整社規之詩文團體，內容見於駱子珊〈顏笏山先生與高山文社〉[43]一文，並且制定每年農曆 8 月 27 日舉行祀孔典禮，而歷數十年不間斷者[44]。

民國五、六十年代，常與「松社」、「淡北吟社」、「逸社」等舉辦聯吟雅會。蓋諸社成員，時有文酒之會，並互為主賓，遂演變為三社聯吟之固定形式。如民國 52 年 4 月 12 日，「高山文社」、「松社」、「淡北吟社」之第 2 屆聯吟大會，即由「高山文社」值辦，假萬華劉姓宗祠舉開。

自七十年代以後，成員陸續凋零，至 2004 年 11 月 24 日，最後任社長陳焙焜過世後，該社已正式走入歷史。

六、淡北吟社

據醴若〈淡北吟社〉[45]一文指出，該社係成立於民國 11 年（大正 11 年）3 月 22 日[46]，當時在《臺灣日日新報》並未見及有關訊息。到大正

---

42 駱子珊，〈顏笏山先生與高山文社〉，《臺北文物》5 卷 2、3 期，1957 年 1 月，頁 94-97。

43 駱子珊，〈顏笏山先生與高山文社〉，《臺北文物》5 卷 2、3 期，1957 年 1 月，頁 94-97。

44 相關資訊可見《臺灣日日新報》第 8753、9130、9140、9485、9495、10225、11315 號，標題通常為「高山文社祭聖」

45 醴若，〈淡北吟社〉，《臺北文物》4 卷 4 期，1956 年 2 月，頁 66-68。許漢卿、賴子清亦主此說，見許漢卿，〈臺北詩社座談會紀錄〉，《臺北文獻》直字 122 期，1997 年 12 月，頁 16。賴子清，〈古今臺灣詩文社〉，《臺灣文獻》10 卷 3 期，1959 年 9 月，頁 98。

46 然而莫月娥在〈臺北詩社座談會紀錄〉回憶道「早期我是參加淡北詩社，記得時間是民國四十五年，正逢淡北詩社成立三十週年」，則該社成立時間又變成 1926 年，見《臺北文獻》直字 122 期，1997 年 12 月，頁 4。本文以醴若一文為據。

12 年 3 月 8 日,《臺灣日日新報》第 6 版〈淡北吟社徵詩〉一則則有以下報導:

> 稻江淡北吟社,自成立以來,社員漸見增加,茲逢一週年,若乘此時機,為第一回徵詩紀念。詩題〈筆花〉,詩韻十灰;詩體七絕;期限四月十日截收;詞宗孝廉高選鋒氏;賞品:十名內均有薄贈;交卷所:臺北市永樂町五丁目百八十四番地,同興鐵店劉劍秋收。

兩相印證,大正 11 年 3 月 22 日成立之說,應屬無誤。而大正 14 年 3 月 24 日《臺灣日日新報》8932 號「淡北吟社紀念會」一則也說:

> 淡北吟社,去二十二日午後二時起,於江山樓開三周年紀念會,劉社長述開會式,來賓各社代表,各陳祝辭……是日寄附者,有聚奎吟社、潛社、劍樓及林述三、柯子邨兩氏……

更可確認創社時間。文中「劉社長」即該社社長劉育英,字得三(1857～1938),為北市名儒,於 1922 年,與張晴川、莊于喬、郭春城、李白水等四十餘人,組織「淡北吟社」,被舉為社長,副社則為長杜冠文[47]氏。

成立之初,月開擊鉢會 4 次,頗見盛況[48]。時晉江名孝廉蘇鏡潭客臺,輒與焉。眾以其才高學富,禮為詞宗。成員中包括劉得三、杜冠文、張晴川、莊于喬、劉劍秋、李世昌、吳茂如、周煥章、陳華堤、周維明、李神義、王伯端、黃雲實、杜淡川、王雲水、任聾仙、張秋帆、張榮西、黃鶴樵、蔡敦輝、張世楨、李金惠、江玉振、李白水、洪汝霖、郭彼岸、謝雪樵、郭春成、邵福日、蔡雪溪等。至醴若撰〈淡北吟社〉一文時,成員仍有張晴川、陳華堤、莊于喬、李世昌、李神義、曾笑雲、張榮西、

---

47 惟吳建民,〈松山探源尋根〉誤為「林冠文」,該文收於《松友月刊》創刊號,1998 年 12 月 20 日,頁 73。

48 其消息多刊載於《臺灣日日新報》「翰墨因緣」,如《臺灣日日新報》8247、8195、8488、8512、8671、8781、8932、8975、9054、9076、9145、9166、9195、9229、9234、9253、9323、9327、9381、9524、10639 等,尚不包含日期及卷號不清,沒有標示之期數,尤此可知其盛況。

黃雲實、杜淡川、周維明、劉劍秋、王伯端、林錦堂、黃笑園、李集福、陳榮枝、施明德、張秋帆、黃一鵬、黃雪岩、劉萬傳等。

　　大正 12 年 5 月 11 日《詩報》152 號「騷壇消息」:「臺北市北臺吟社及瀛社同意吟會,去(四月)十八日即日曜日午後一時在北投新樂園祝賀淡北吟社李世昌、北臺吟社連林榮二氏全島聯吟大會掄元……」則有「北臺吟社」、「瀛社」與「淡北吟社」互相交誼的消息,而該社成員之加入「瀛社」,可於大正 12 年 10 月 3 日《臺灣日日新報》8394 號之〈淡北吟社總會況〉一則訊息的得知:

> 該社於去月三十日午後一時半,開秋季總會於該事務所,由杜冠文氏代理劉育英社長開會辭,莊于喬、張晴川社務報告,劉劍秋收支報告,蔡敦輝演說各界好評。然後重選役員,增改社規,提議參加瀛社吟會……

　　到了大正 12 年 10 月 15 日《臺灣日日新報》8406 號「瀛社聯吟會會期」則已正式成為值東:「瀛社聯吟會,經如前報,第一回值東者,為淡北吟社,會期業定來十七日,即神嘗祭日。午後二時起,會場假東薈芳,希望會友,多數出席云。」

　　其後,社員相繼凋零,至民國七十年代周維明、李神義、張晴川、李世昌、劉萬傳謝世後,該社亦走入歷史。

七、萃英吟社

　　「萃英吟社」為林湘沅所創,由大正 14 年 3 月 17 日《臺灣日日新報》8925 號「萃英二週年紀念」來看:「萃英吟社,去十五日午後二時始,在江山樓,開創立二週年紀念會,兼擊鉢吟會,並議定課題及擊鉢者番次第,舉幹事三名云。」可以推知其成立時間在大正 12 年,並陸續向島內徵詩多期,大正 12 年 6 月 26 日《臺灣日日新報》8195 號即有「萃英吟社徵詩」:「萃英吟社第八期值東吳如玉氏……」,除此之外,社內課

題亦正常舉行，大正 13 年 1 月 24 日《臺灣日日新報》8507 號「萃英吟社課題」：「萃英吟社第十六期課題如下……交卷本社事務所……詞宗未定，賞品十名內，依例薄酬。」可知在創社社長林湘沅過世前後[49]，該社至少已向島內徵詩 8 次，社內業已舉行過 16 次課題詩作，並於大正 13 年 1 月 27 日進行改組，大正 13 年 1 月 31 日《臺灣日日新報》8514 號「萃英吟社之決議」提到：「萃英吟社，去二十七日公議，決定徵詩及擊鉢值東，拈鬮為序，徵詩分春夏秋冬四季，每季各七名。擊鉢吟值東分九組，每組三人，週而覆始，贈品限左右五名，又課題值東分為十六期，每期一人擔任云。」這次決議是針對詩社對外活動而言。大體來說，該社活動形式多元，社內活動是以課題詩為主，甚至有註明「社外不歡迎」的標示[50]。而社外活動則是定期向全島詩人徵詩[51]，也舉辦擊鉢吟會，與其他詩社共襄盛舉，大正 13 年 2 月 27 日《臺灣日日新報》8541 號「萃英擊鉢盛況」就提到：「臺北萃英吟社，於去二十四日，開定期擊鉢吟於同文書房，來賓有高山吟社、淡北吟社各員……以盧子安、謝雪漁兩氏為詞宗……」，顯示其與「高山文社」、「淡北吟社」均有交流。

由於課題詩的對象是社內成員，因此可從得名名單約略推測出成員，而值東者為當然社員，故值東名單亦可視為社員名單，大正 13 年 2 月 11 日《臺灣日日新報》8525 號「萃英吟社詩宴」：「臺北萃英吟社，

---

49 大正 13 年 1 月 12 日《臺灣日日新報》8495 號「詩壇」有吳如玉〈輓萃英吟社長林湘沅先生〉。

50 其擊鉢吟會也偶有此情形，如大正 14 年 6 月 7 日《臺灣日日新報》9007 號「翰墨因緣」：「本期擊鉢吟會……十名內有賞品，但係該社友之研究，外稿謝絕云。」

51 如大正 13 年 3 月 12 日《臺灣日日新報》8555 號「萃英吟社詩榜」：「臺北萃英吟社……經謝雪漁氏選取廿二首，其前列十名如左：一、臺南嘯厂，二、臺北謝雪樵，三、臺北邵福日，四、新港林開泰、五、彭湖留鴻，六、鹿港周定山，七、臺中王竹修，八、臺北江玉振，九、臺南嘯厂，十、臺南雲叟。贈品由值東洪汝霖準備中……」、大正 13 年 4 月 20 日《臺灣日日新報》8594 號「萃英吟社詩榜」：「臺北萃英吟社……第十六期課題……謝雪漁社長選取，其前列十名如左，一、澎湖鮑樑臣，二、新港林開泰，三、旗後蔡氏月華，四、臺北歐陽扶，五、臺北邵福日，六、臺南陳璧如，七、澎湖鮑樑臣，八、臺北謝雪樵，九、新營何半惺，十、新港林開泰，其贈品東柯梓村氏準備……」則為全島詩人，非只「萃英吟社」社員。

為歡迎新社長謝雪漁氏，去九日午後二時起，在江山樓，開擊鉢吟會⋯⋯
席上張長懋氏述歡迎辭」可知繼任社長為謝汝銓，大正 13 年 2 月 17 日
《臺灣日日新報》8531 號「萃英吟社課題發表」：「臺北英吟社第三期課
題⋯⋯，經託詞宗李石鯨氏選取二十名，其前茅列下：一名吳如玉，二
名同人，三名吳從繩，四名邵福日，五名筱春，六名柯梓村，七名林港，
八名莊根茹，九名歐陽扶，十名江玉振。⋯⋯其贈品已先後由值東李悌
欽、張長懋兩氏準備，不日可與詩集發送，但詩集贈至前二十名。」大
正 13 年 8 月 19 日《臺灣日日新報》8715 號「萃英課題發表」：「臺北萃
英吟社，第二十期課題⋯⋯經託稻江張希袞先生評取二十首，其前茅十
名列下，第一名北港龔顯升，第二、三、四、五名臺北邵福日，第六、
七、八名龔顯升，第九名邵福日，第十名龔顯升。其贈品由值東蔡宜甫
氏備呈⋯⋯」大正 14 年 5 月 11 日《臺灣日日新報》8980 號「翰墨因緣·
萃英課題發表」：「⋯經托杜冠文氏選取十五名如左，一、松山莊根茹，
二、三、邵福日，四、陳步衢，五、邵福日，六，柯子邨，七、謝雪樵，
八、柯子邨，九、陳步衢，十、十一、十二、邵福日，十三、十四、歐
陽扶，十五、莊根茹。其十名內值東謝雪樵、周惟明兩氏，贈與賞品云。」

　　綜合課題詩作得名的名單，可知其社員有：吳如玉、吳從繩、邵福
日、筱春、柯梓村、林港、莊根茹、歐陽（光）扶、江玉振、張長懋、
李悌欽、龔顯升、謝雪樵、周維明、柯子邨、陳愷南、蔡雪溪、張家槐[52]、
陳孔釗、杜冠文、陳步衢[53]等。

　　大正 12 年左右，「萃英吟社」曾積極參與「瀛社」之活動。如大正
12 年 12 月 18 日《臺灣日日新報》8470 號〈瀛社聯吟會會〉一則云：

　　　瀛社聯吟會，此次輪值萃英吟社，即陳愷南、吳如玉、歐陽光扶、

---

52 陳愷南、蔡雪溪、張家槐見大正 14 年 6 月 26 日《臺灣日日新報》9026 號「翰墨因
　緣」。
53 陳孔釗、杜冠文、陳步衢見大正 14 年 7 月 18 日《臺灣日日新報》9048 號「翰墨因
　緣」。

李悌欽四氏，經訂來二十二日（土曜日）午後二時，會場假江山樓，希望會友多數出席云。

已正式加入「瀛社」輪值名單。大正 13 年 1 月 13 日《臺灣日日新報》8500 號〈墨瀋餘潤〉云：

> 萃英吟社諸吟侶，自林湘沅君歿後，敦請雪漁為其社長，至昨始得承諾，該社友共為欣快，而同人則以雪漁多此一長，詩債更還不了矣[54]。

大正 13 年 5 月 7 日《臺灣日日新報》8611 號「慰勞茶話會會況」：

> 瀛、星、天籟三吟社主催之慰勞茶話會……劍樓、萃英、高山、淡北諸社員，亦多加入……

由於謝汝銓本身即為「瀛社」中堅的緣故，故二社活動的重疊性隨之升高，大正 13 年 9 月 4 日《臺灣日日新報》8733 號之〈瀛社題名錄〉中，由「萃英吟社」介紹 6 人即：歐陽光扶、吳如玉、李悌欽、陳愷南、周磐石、蔡敦輝等。此後即淡出「瀛社」活動，到大正 15 年 11 月 9 日《臺灣日日新報》9527 號〈翰墨因緣〉云：

> 萃英吟社本期值東為朱俊英氏，去七日午後二時起，假林本源嵩記事務所開擊鉢吟會，社員出席者數十名。詩題〈雲外山〉，七絕陽韻……

其後即未再見到該社訊息，而該社大部分成員則活躍於「瀛社」之大小吟會，較基隆「小鳴吟社」之併入「瀛社」更為徹底。

八、聚奎吟社

---

54 謝氏至大正 14 年 10 月辭去，見《臺灣日日新報》9147 號。

據黃師樵〈聚奎吟社〉一文云：

> ……筆者（黃師樵）……遂於民國十二年春，慫恿老師陳廷植茂才，組織聚奎吟社，同時創養性齋詩學研究會……藉以文會友的機會，來宣傳灌注抗日思想……[55]

可知其創立於 1923 年，由黃師樵建議，陳廷植首創，該社見於《臺灣日日新報》之訊息，有大正 13 年 4 月 9 日第 8583 號「聚奎吟社徵詩」，而大正 13 年 7 月 15 日第 8680 號之〈北部聯吟會況〉一則云：

> 天籟、高山兩吟社主開之北部詩社聯吟會，如所豫報，去十三日午後四時半，開於萬華三仙樓，參加者。有瀛、星、潛、聚奎、劍樓、鶴等社，計五十餘名，擬題〈松陰〉，七絕豪韻，獲詩百有餘首，呈詞宗謝雪漁、魏潤菴二氏評閱……

除此之外，大正 13 年 11 月 17 日《臺灣日日新報》8805 號「擊鉢餘音」提到「聚奎吟社」與「淡北吟社」參與「天籟吟社」的擊鉢吟會，大正 14 年 7 月 10 日《臺灣日日新報》9040 號也有其與「淡北吟社」參與「華英吟社」擊鉢吟的記載，可見「聚奎吟社」亦經常參與他聯吟。

「聚奎吟社」社員計有 40 餘人，皆為陳廷植茂才門生。每月集會一次，辦事處設於臺北市下奎府町陳姓祖祠內。社內亦常舉辦擊鉢吟會，地點多設於「培德書房」陳廷植[56]宅中，社長即為陳廷植，因對日人頗有戒心，凡擊鉢所選詩題，皆為平凡題目，不涉政治或時事。然因年久歲深，所有擊鉢詩稿，均已喪失無存，有關社員資料亦付闕如。於今再欲搜尋，已杳不可得。

---

55 黃師樵，〈聚奎吟社〉，《臺北文物》4 卷 4 期，1956 年 2 月，頁 70。賴子清，〈古今臺灣詩文社〉，《臺灣文獻》10 卷 3 期，1959 年 9 月，頁 99。

56 見大正 14 年 7 月 12 日《臺灣日日新報》9042 號、大正 14 年 9 月 23 日《臺灣日日新報》9045 號、大正 14 年 10 月 24 日《臺灣日日新報》等。

九、潛　社

　　有關「潛社」之訊息，最早見於《臺灣日日新報》者，乃是大正 12 年 11 月 28 日「潛社」與「天籟吟社」、「淡北吟社」合辦之擊鉢吟會的記載[57]；而大正 13 年 3 月 26 日之第 8569 號〈吟社小集〉一則云：

　　臺灣新報黃爾璇君及邱玉莊君，二十三日赴基隆參觀陸奧艦，順道於臺北小憩。二十四夜，稻江諸吟友，為開歡迎擊鉢會于同文書房，出席者二十於名，即瀛社、星社、萃英吟社、天籟吟社、淡北吟社、潛社諸同人等。題拈〈觀艦〉八庚韻，吟畢開宴，十一時過散會。

　　可見「潛社」成員頗熱衷於擊鉢吟[58]，該社成員之加入「瀛社」，見於大正 13 年 9 月 4 日出刊之《臺灣日日新報》8733 號之〈瀛社題名錄〉中，由該社介紹者為陳春松、周水炎、康菊人、倪登玉、林欽賜、陳尙輝、林錦文、陳水井、何從寬等。

　　而大正 14 年 11 月 30 日「翰墨因緣」則提到「潛社」召開二週年紀念會一事：

　　潛社同人，於去舊十月三日午後四時，假社長歐劍窗氏宅，開二週

---

57 事見大正 12 年 12 月 3 日《臺灣日日新報》「翰墨因緣」。

58 關於此點，可於報上刊登其他相關「潛社」訊息徵知，大正 14 年 11 月 29 日《臺灣日日新報》「潛社擊鉢」記載：「潛社定來二十九日，即日曜日午下七時，於日光商會開擊鉢吟，並希望各社友，多數參加云。」大正 15 年 1 月 23 日「翰墨因緣」記載：「潛社，訂來二十四日下午七時，在浪鷗室開擊鉢吟，希望他社社友，多數出席。」至於大正 15 年 12 月 8 日「翰墨因緣」更載有「臺北潛社，社員男女計二十名，每於星期夜，潛心研究，鉢聲不斷，……」明白指出該社主要是以參加或舉行擊鉢吟的性質為主。「潛社」除自辦擊鉢吟會供社員參加外，亦常邀請他社共襄盛舉，除與前述與天籟、「淡北吟社」、「星社」合作外，大正 15 年 1 月 29 日翰墨因緣」亦記載：「潛社擊鉢，既如所報，去廿四夜七時，價浪鷗室，有劍樓、淡北、聚奎、萃英諸吟友多數參加……」其中天籟、「星社」、淡北、聚奎、「萃英吟社」均同為瀛社社員原屬母社，可知這幾個社團彼此之間及與瀛社的互動上，聯結皆相當緊密。

年紀念會，是日社員全部出席，詩題公擬〈早梅〉，拈韻一先，共得詩數十首，由歐劍窗氏評選，元為倪登玉氏所得。至七時半入席，兼改選幹事，因倪登玉、林金濤兩氏最多票，遂被舉為幹事，繼即變裝餘興等，到九時半，始盡醉而散。

再對照大正 15 年 11 月 14 日「潛社開三週年記念會」的相關消息：

臺北潛社，因創立以來，至茲已滿三週年，乃訂於本十四日午後一時，在北投新薈芳，開三週年記念會，兼招待各社友云。

以及大正 15 年 11 月 14 日《臺灣日日新報》「潛社三週年記念會況」的記載：

既報潛社三週年記念一節，於去十四日午後三時，開於北投新薈芳，會員暨來賓出席二十餘名，首開擊缽吟，拈題〈溫泉山〉，庚韻。詩畸〈諸葛亮〉、〈菊〉，籠紗格，每人二首。由是分箋吟詠，至同五時交卷，錄呈林述三、杜仰山、林其美、許劍亭四氏評取，詩左右元，為仰山、劍亭二氏；詩畸左右元，為春松、仰山二氏所得，分呈贈品後，筵開，由該社長歐劍窗氏，起敘禮辭，林述三氏代表來賓道謝，席間名花周旋，賓主暢飲，盡歡至同時時，始賦歸去云。

我們幾乎可以確定，若「潛社」在大正 14 年滿二週年，大正 15 年 11 月屆滿三週年的話，則其創社時間當在大正 12 年（1923）左右。再對照前述大正 12 年 11 月 28 日「潛社」與「天籟吟社」、「淡北吟社」合辦之擊缽吟會，則可更進一步推知「潛社」創立時間大抵約在 11 月前後。昭和 11 年 11 月 2 日《詩報》140 號的「騷壇消息」記載的時間上亦與此相符：

臺北潛社自創立至今已閱十二星霜，為不再久潛藏，乃於去古曆中秋日午後一時在該社長歐劍窗氏之浪鷗室，招集新舊社員共六十四名，一到定刻，全部就席。由歐社長發言，重再命名曰「北臺吟社」。

一同贊成。繼用投票式改選社長、外務、內務各一名，幹事共四名。票開當選者，社長依舊歐劍窗，外務倪登玉，內務歐小窗，幹事陳友梅、林連榮、翁景星、郭小汀四氏。並開擊鉢吟，會題公擬〈化龍體〉，七絕，韻一東，各限二首，一同鈎心鬥角至三時，錄呈詞宗歐劍窗、倪登玉二氏，選取少頃，榜發左右元，被葉連枝、陳友梅氏所得，對左右各二十名內分呈贈品，順入吟宴至六時半，再顧舟三艘，泛遊於淡水江中，或對月而朗吟，或飛觴而暢飲，興會淋漓，及至鐘鳴十二，各盡歡而散，亦騷人之韻事。

昭和 11 年係 1936 年，若「潛社」至昭和 11 年時已創立 12 年，則其創社時間亦當在大正 12 年（1923 年），與《臺灣日日新報》所載的創社時間一致。此條資料同時也點出「潛社」改組時間（即「北臺吟社」創立時間）在昭和 11 年。惟這項材料與陳明〈歐劍窗與北臺吟社〉一文有所出入：

> 北臺吟社前身是潛社，為革命先烈歐劍窗所組織，成立於日據時期之癸酉年（即民國 22 年，日昭和 8 年）春二月十五日，劍窗任社長，倪登玉副之，陳友梅任總幹事，社員三十餘人，皆為歐氏及門弟子[59]。

陳明一文與《臺北市志》所據時間不知出於何處？由於《臺灣日日新報》與《詩報》所載均為社團當時發展的第一手資料，因此本文仍以報紙記載為主。

此外，昭和 7 年 5 月 5 日《臺灣日日新報》11519 號〈同聲聯吟會〉一則有云：

---

59 見陳明〈歐劍窗與北臺吟社〉，《臺北文物》5 卷 2、3 期合刊，臺北市文獻委員會，1957 年 1 月，頁 93。陳明撰此文時，載〈北臺吟社〉現存社員有：倪登玉、陳友梅、歐小窗、連榮（林連榮？）、劉萬傳、陳皆得、周清流、何從寬、翁寶樹、曾宗鏞、周金土、郭振揚、林翼鳴、王小嵐、陳華圩等，作古社員則有歐劍窗、林欽賜、陳尙輝、楊四美、康菊人、林金壽、陳振榮等。

大稻埕潛社以外數社及松山松社社員等，合同組成「同聲聯吟會」，每月擊鉢二次，推歐劍窗、林其美、陳復禮、陳茂松四人為幹事，林欽賜、陳友梅、林蘭汀、黃梅生四人為庶務，此次主催地輪值臺北，去二十九日午後二時，假萬華新起樓開擊鉢吟會，出席者計四十名。首唱〈晴燕〉七陽七絕，次唱〈新綠〉六魚五絕。至五時交卷，錄呈詞宗許劍亭、林其美、莊根茹、陳茂松四氏選取，元為梅生、劍亭、韓堂、友蘭伺氏所得……又次回主催地，輪值松山云。

可見「同聲聯吟會」的產生，實為「潛社」到「北臺吟社」的過渡階段，至於昭和 8 年 3 月 14 日《臺灣日日新報》11830 號〈瀛社祝花朝北州聯吟決定潛社承辦〉一則云：

瀛社花朝紀念會，去十二日午後二時，開於陳其春氏迎曦樓。受招待社員中六十歲以上高齡者林子楨、黃贊鈞、李悌欽三氏出席，久保天隨，尾崎古邨兩氏亦陪席。題拈〈班超投筆〉東韻七絕，……席上謝雪漁氏，提議臺北州聯吟會春季大會值東，將歸何社引受？結局欲由潛社辦理……

則是「潛社」加入「瀛社」之後，獨立負責的大型活動，而這一時間與「同聲聯吟會」重疊，顯示二個團體曾有一段時間處於並存狀態。《臺灣日日新報》上所載「潛社」消息止於是年，依陳明一文所記，則「潛社」至 1957 年應當還有活動。

十、松　社

「松社」成立時間眾說紛紜，林錦銘〈松社沿革〉謂成立於 1928 年：

松社係創自民國十七年戊辰之秋（西曆一九二八，日據時昭和三年），由松山庄長（相當於我國之鄉長）陳復禮克恭、暨鄉紳陳茂

松誘鶴、及張木欣如、黃石勇梅生等諸前輩共同倡首，邀集鄉里耆哲計有莊根茹、葉瑞堂、林江郁、陳金含、王子榮、蘇水木、陳鎔經等及拙共得十有二人，於秋節翌晨、假陳氏之怡樓集會成立……[60]

然據昭和 6 年 8 月 15 日《詩報》第 18 號記載，黃梅生〈松社漢詩研究會序〉一文則又作 1929 年：

松社之設垂一年矣！顧此一年中所得，僅小詩百餘首。玩所彙集，非無一、二傑作也，大抵語直意淺，句俗辭露，音韻輕浮而迫促，詞氣叫噪而怒張，殊乖忠厚之風……

文末所署日期為庚午（民國 19 年）秋日，又依其首句所云「松社之設垂一年矣」逆推，則「松社」之成立當為民國 18 年己巳，此與《松社吟集》第一集第一期擊鉢所署民國 18 年己巳 8 月 16 日之時間正所吻合。若依林正三在《松山地區之古老詩社－松社》一文所論：

當以《松社吟集》及黃梅生氏之說為確，其原因乃是該兩則記載，皆最接近事件發生之時，較易把握正確之時日，且為文字記載，可以說是第一手資料，當較為正確。……準此，則較正確之說法為「松社成立於昭和 4 年（民國 18 年）秋節翌日，而張（純甫）氏應聘為講席則為是年底或昭和 5 年。」如此正可與黃美娥教授於《張純甫全集》序文中所云：「昭和 5 年指導『松社』成立漢詩研究會」……之說相互佐證[61]。

<hr>

60 見《承澤樓詩草》223 頁，1998 年自刊本，其在〈臺北詩社座談會紀錄〉亦主張此說，見《臺北文獻》直字 122 期，1997 年 12 月，頁 6。吳建民，〈松山探源尋根〉承林錦銘之說而來，該文收於《松友月刊》創刊號，1998 年 12 月 20 日，頁 73-74。然許漢卿卻認為是 1927 年創，見〈臺北詩社座談會紀錄〉，《臺北文獻》直字 122 期，1997 年 12 月，頁 16。

61 林正三，《松山地區之古老詩社－松社》，文史哲出版社，2005 年，頁 7-10。然賴子清，〈古今北臺詩社〉一文卻作成立於 1927 年，有誤，見氏著《臺北文獻》74 期，1985 年 12 月 25 日，頁 183、〈古今臺灣詩文社〉，《臺灣文獻》11 卷 3 期，1960 年 9

　　則「松社」創立時間在 1929 年，應較具說服力。而「瀛社」成員中，整社加入之情況，以「松社」較晚，一直到昭和 9 年（民國 23 年）《臺灣日日新報》12385 號〈瀛社觀月會席上改組〉一則才有相關消息：

> 瀛社觀月會，如既報，經去二十二夜，即古曆中秋前一夜，在日新町所開會，蒞會者四十餘名。次年度有松山方面吟友及各方面新加入者十數名……

　　這也是因為該社成立較晚之緣故，然而該社早期之指導老師張純甫，則在「星社」前身之「研社」，既已加入，在大正 13 年 9 月 4 日該報 8733 號改組之〈瀛社題名錄〉中，既列為舊社員。而後任講席陳心南先生，雖亦屬「星社」之一員，然加入「瀛社」，卻是一直到昭和 9 年，始與「松社」成員一同加入[62]。不過，在未加入「瀛社」之前，既已參與籌設「同聲聯吟會」之組織。如昭和 7 年 5 月 5 日該報 11519 號〈同聲聯吟會〉一則訊息云：

> 大稻埕潛社以外數社及松山松社社員等，合同組成「同聲聯吟會」，每月擊鉢二次，推歐劍窗、林其美、陳復禮、陳茂松四人為幹事，林欽賜、陳友梅、林蘭汀、黃梅生四人為庶務，此次主催地輪值臺北，去二十九日午後二時，假萬華新起樓開擊鉢吟會，出席者計四十名……又次回主催地，輪值松山云。

　　又昭和 9 年 3 月 6 日《臺灣日日新報》12184 號「同聲聯吟會席上籌開臺北聯吟大會」一則載：

> 臺北州同聲聯吟會，如所豫報，去四日下午二時，開於松山陳復禮氏宅上，出席者臺北、宜蘭、頭圍、基隆其他各地，計六七十名……席間議開第五回春季聯吟大會之事，結果由許劍亭氏，推薦各社代

月，頁 88。

62 見《臺灣日日新報》第 12385 號。

表如左……

與他社不同者，爲該社先加入「同聲聯吟會」，而後始全社加入「瀛社」。「松社」加入「瀛社」的時間在昭和 10 年，此於昭和 9 年 9 月 24 日《臺灣日日新報》12385 號「瀛社觀月會席上改組」一則可見：

> 瀛社觀月會，如既報，經去二十二夜，即古曆中秋前一夜，在日新町所開會，茲會者四十餘名。次年度有松山方面吟友及各方面新加入者十數名。……

據輪值表排定爲 4 月，成員有陳復禮、陳心南、陳茂松、駱子珊、林蘭汀、林韓堂、王子榮、蘇青松、陳金含、陳鎔經等。而昭和 10 年 5 月 21 日《臺灣日日新報》第 12621 號「瀛社例會頗呈盛況」也提到：

> 瀛社例會，如既報，經去十九日午後二時，開於松山陳復禮氏層樓。清和天氣，社友欲飽眼郊外風光，蹁躚戾止。先登三層樓露臺眺望，基隆川（松社命名松江）環流屋後，北勢嶺拱照樓前，山水清絕。命題〈松江觀釣〉七律庚韻，每名限一首，得詩四十餘首。八時選取始畢，一同晚餐，撤席發榜後，九時半散會，出席四十餘名，亦近來之盛會也。

該社早期之成員有陳復禮、陳茂松、黃梅生、林蘭汀、林韓堂、王子榮、蘇水木、陳金含、陳鎔經、葉瑞堂、莊友蘭、張欣如等，其中除葉瑞堂、莊友蘭、張欣如外，皆曾加入「瀛社」。「瀛社」與「松社」聯合活動，直到戰後仍持續進行，2000 年 6 月 30 日《臺灣古典詩》上有：「六月三十日，瀛社、松社以〈祝蘇水木詞長壹零參嵩壽〉五律為題，開催聯吟會於吉祥樓，祝賀社老蘇水木百○三歲嵩壽。林正三辭總幹事，各組改編」，2000 年 9 月 30 日《臺灣古典詩》「臺日詩友吟詠交流記盛」：「臺日吟詠交流，設於日本東京都北區赤羽的「曉昂吟詠愛好會」會長高橋曉煌先生九月二日率領二十名男女精英由旅日僑胞邱秀雄先生介

紹，訪臺北瀛社，三日下午假臺北市吉祥樓開會招待。並邀基隆詩學會、松社、天籟吟社等鄰近詩友百人參加交流聯吟大會。」同為北部二個長壽詩社，截至目前為止尚有交流往來，誠屬難能可貴之事。至於有關「松社」之詳細史料，可參閱林正三，《松山地區之古老詩社－松社》一文，於此亦不再贅述。

　　以上為「瀛社」成員中所屬之母社，回顧上述各社，至今仍有活動者，除「瀛社」本社而外，唯餘「天籟吟社」及「松社」而已。而綜觀「瀛社」社員所跨詩社，其範圍大抵不超過臺北基隆，顯示詩社成員間的活動因地緣關係而不同。

第二節　衍社－隸屬「瀛社」下之次級團體

　　「瀛社」成員除了同時橫跨其他詩社，跨社情形極為普遍外，有些社員是直接在「瀛社」底下另外開設「瀛社」的附屬組織，成為其次級團體的，在此我們以「衍社」稱之，將其視為「瀛社」組織的「衍生」及「附屬」。因為「瀛社」成立之初，其宗旨原在詩友間之相互觀摩，並不以擊鉢吟號召，明治 42 年 3 月 16 日《臺灣日日新報》之〈瀛社雅集即事〉之附記中可見其立意：

> 瀛社之設，係以互相觀摩為宗旨，故不評甲乙，而以先成者為序，續登報端，以質諸同好，又惠寄珠玉，以祝瀛社成立者，該稿謹為保存，後當刊出。

　　故社員有遍及海外地區者如許雷地、陳可發[63]，及大陸泉州地區如張汝垣、張大藩、許孟搏、李少麓[64]等。其後因社中成員，熱衷於競試，

---

63 許雷地、陳可發參閱《臺灣日日新報》3551 號〈編輯日錄〉。
64 張汝垣、張大藩、許孟搏、李少麓諸氏參閱《臺灣日日新報》3726 號〈編輯日錄〉。

而轉向以擊鉢爲主[65]，海外及大陸地區社友，參與自有不便，加以社員人數眾多，聯繫不易，爲便於運作，故而另行成立「中央部擊鉢吟會」，以合實際需要，且往後之活動，亦以此爲主體。其後因各社友之質性、年齡等背景因素的不同，又陸續衍生成立「食飯會」、「婆娑會」、「有志吟會」、「漢詩文研究會」、「同意吟會」等次級團體。其成立之原因與背景，分述如下：

一、中央部擊鉢吟會

「中央部擊鉢吟會」之成立，見於明治43年10月19日《臺灣日日新報》3745號〈瀛社觀菊會況〉云：

> ……社員中以擊鉢吟會為有趣，且可資勉勵，將組織一瀛社中央部擊鉢吟會云。

係有志者所組織之擊鉢吟會，其最早之活動訊息，見於明治43年10月28日《臺灣日日新報》3752號「開擊鉢吟會」：

> 瀛社員中之較耽詩者，組織一瀛社中央部擊鉢吟會，經已成立。將利用來二十八日○臺灣神社祭日，開第一次會，其會場假於艋舺祖師廟橫街林子楨君處云。

而後於明治43年10月30日《臺灣日日新報》3754號〈雜報・擊鉢吟會況〉也提到：

> 瀛社中央部擊鉢吟會，如期（按：十月二十八日）於臺灣神社祭休日，小集於艋舺林子楨君樓中，開第一次會。會者二十三人，自午前九時開會。第一唱〈伍員吹簫〉，限微韻，第二唱〈秋礎〉，限

---

65 參閱《臺灣日日新報》3745號〈瀛社觀菊會況〉及3746號〈詩戰趣味〉，然〈臺灣文學年表〉謂係受蔡啓運氏之鼓吹，見《臺灣文獻》15卷1期，1964年。

灰韻。二唱開榜後，日已沈西，原欲罷會，因陳淑程氏高興，發議繼燭以盡餘歡。即由陳氏獨立擔當，備兩席宴，及購取賞品。酒酣之餘，更為第三唱，題為〈雁字〉，限支韻。是日櫟社詩人林仲衡氏亦與會，至深夜十二勾鐘始散。得狀頭者，第一唱左榜所取者為王少濤，右榜所取者為王采甫，第二唱左榜所取者為洪以南，右榜所取者為魏清德，第三唱左榜所取者為李漢如，右榜所取者為陳淑程，閱卷者第一唱，以抽籤為定，係李漢如、歐陽朝煌兩人為之，二唱三唱，因應由得狀頭者為之，然以狀頭讓，特囑淑程、仲衡兩氏專為之。又次期會場定在洪以南君逸園，其日諒在後月之月明時也。

明治 43 年 11 月 2 日《臺灣日日新報》3756 號〈編輯日錄〉亦記載：

> 瀛社諸同人，倡開中央部擊鉢吟會，已開第一回矣！同人頗覺熱心，本早雪漁登社，為言昨夜（按：十月三十一）又邀同志六七人，在林子禎君樓上，重整旗鼓，題為〈照身鏡〉，掄元者為王采甫茂才，雪漁為詞宗，同人聞之，殊覺技癢，躍躍欲試也。

可見「中央部擊鉢吟會」第一次集會日期為明治 43 年 10 月 28 日，地點在林子禎家，會員人數共 23 人，就參與名單來看，至少有林子禎、陳淑程、王少濤、王采甫、洪以南、魏清德、李漢如、歐陽朝煌等人，並有社外人士「櫟社」林仲衡的參與。第二回開會時間為明治 43 年 10 月 31 日，地點同樣在林子禎宅，參與者另有謝雪漁。明治 43 年 11 月 21 日，《臺灣日日新報》3774 號〈雜報・瀛社例會〉則提到第三回開會地點在陳雕龍宅，惟原文誤為「第二回」：

> 瀛社諸同人，本期例會定於來廿三日午後三時，會於大稻埕中街陳雕龍君家。又瀛社有興會者，所組織中央部擊鉢吟會，亦定其前日即廿二日午后三時，在新北門洪以南君之逸園，開第二回會云。

明治 43 年 11 月 23 日，《臺灣日日新報》3776 號〈編輯日錄〉：

> 瀛社例會，本逐月一回，因前月開觀菊大會，故就該例會，延在今月，茲已訂翌日午后二勾鐘，開於稻江陳雕龍君家，本社同人以適逢祭日，得於筆墨餘暇，聯袂預會，亦一樂事，又瀛社有志者組織擊鉢吟會，已於本日午后三勾鐘，開於洪以南君逸園，雪漁、湘沅、潤庵以將預會故，特先退社云。

可知陳雕龍亦爲該組織成員。至於明治 43 年 12 月 1 日，《臺灣日日新報》3783 號〈編輯日錄〉所提：

> 瀛社有興趣者，組織中央擊鉢吟會，已開數次矣，者番乘南社陳瘦雲君來北，而櫟社林仲衡君亦尚滯留，定明日午後三時，再開於新北門街洪君以南之逸園，同人見獵心喜多欲赴會。

這裡所謂「有志者」三字，應屬泛指，細考其義，當係「中央部擊鉢吟會」而言。此次會議地點在洪以南宅，並仍有「櫟社」林仲衡參與。同樣消息也見於明治 43 年 12 月 3 日，《臺灣日日新報》3785 號〈編輯日錄〉：

> 昨日（按：十二月一日）瀛社中央部，為臺南陳瘦雲君開擊鉢吟會於洪以南逸園。因天氣頗冷，會員有急欲早退者，……同日王少濤君亦遙遙自枋橋綺城來會，同人一同謝其熱勤也。

至於明治 43 年 12 月 8 日，《臺灣日日新報》3790 號〈編輯日錄〉則提到林凌霜主辦該聚會：

> 午前九勾鐘餘，接瀛社友林凌霜君電話。謂明後日即九日，欲於大稻埕中街復源自家樓上，邀瀛社友開擊鉢會。擬唱二唱，自午後三時始，至入夜止，經費歸其擔任，以諸友散處，一時難以遍達，特囑同人以報章代柬。是日適值大稻埕媽祖宮新築落成式，極為熱鬧，

想社友赴之會者定多也。

明治43年12月12日,《臺灣日日新報》3794號〈雪白梅香・好吟侶〉載云:

> 大昨日中街,復源樓上所開瀛社擊鉢吟,題為〈子陵釣臺〉,韻得九青,與會者十八人,是尤恰合十八學士登瀛洲之數也,然亦奇矣。

由於「中央部擊鉢吟會」的舉行時間和例會不同,並沒有固定時間,因此林凌霜[66]所邀者,當為「中央部擊鉢吟會」的聚會,也由此可推知林氏當為該會一員。

明治43年12月30日《臺灣日日新報》3812號〈編輯日錄〉:

> 瀛社中央擊鉢吟會,訂正月三日午前九時,開於艋津倪炳煌君之巢睫別墅,新春佳景,詩酒風流,自是騷人墨家,所喜領略而與會者⋯⋯

明治44年1月7日《臺灣日日新報》3818號〈編輯日錄〉云:

> 昨日瀛社開例會於龍山寺,諸有志者於是日並唱設擊鉢吟。題為〈踏雪尋梅〉,占鰲頭者為伊藤主筆及王少濤氏。⋯⋯

可知《臺灣日日新報》主筆伊藤壺溪也參與其中,而這也顯示「中央部擊鉢吟會」的成員包含日人。此外,王毓卿[67]、黃菊如、王子鶴[68]、

---

66 明治44年7月5日《臺灣日日新報》3992號「編輯賸錄」亦有:「瀛社中央部擊鉢吟會,本期為逸雅、凌霜二君值當,據來云,會場經選定凌霜君貴府」明治44年7月10日《臺灣日日新報》3997號「編輯賸錄」:「期速為轉達於值東者之洪逸雅、林凌霜兩氏」

67 明治44年8月6日《臺灣日日新報》4024號「編輯賸錄」提到:「瀛社中央部擊鉢吟會,經訂翌星期日開于王毓卿君府內。」明治4年8月24日《臺灣日日新報》4042號「餞送吟侶」也有:「王少濤氏任廈門旭瀛學堂教習,業登前報,瀛社中央擊鉢吟會諸同志,於大昨日為氏祖餞於艋舺王毓卿氏之宅。」是王毓卿主辦擊鉢吟會的記載。

68 明治44年11月1日《臺灣日日新報》4107號「開擊鉢吟」:「瀛社中央擊鉢吟會,者番值東為黃菊如、王子鶴二君⋯⋯」

倪炳煌[69]、楊文慶[70]、基隆諸吟友等[71]，應該也參與該會值東，綜上所述，約可看出該會成員有：林子楨、陳淑程、王少濤、王采甫、洪以南、魏清德、李漢如、歐陽朝煌、陳雕龍、林凌霜、伊藤壺溪、王毓卿、黃菊如、王子鶴、倪炳煌、楊文慶等社員，另外基隆諸吟友雖未明確指出成員，但可確定顏雲年應在其中。

「中央部擊鉢吟會」雖以擊鉢詩競試為主，但仍間有其他遊戲之作，明治44年2月1日《臺灣日日新報》3842號「瀛社擊鉢吟況」：

> 客月三十日，瀛社中央部擊鉢吟會，已如既報，於午後一時開之於平樂遊旗亭。是日雖為舊曆元旦，酬應煩忙，而赴會者多至二十人。……謄錄一通，郵寄臺中林癡仙詞宗批選，以便獎賞。至六時開宴，席間又聯吟柏梁體，各盡其歡……

該條資料指出二個訊息，首先，此次擊鉢吟會的詞宗並非「瀛社」中人，也未參與該會聚會，是以郵寄方式寄交臺中林癡仙處評選，而名次公佈顯然已是該會會散之後；第二，除了擊鉢詩創作外，也舉行「柏梁體」聯吟，但此次「柏梁體」的創作名單，卻無法像「瀛社」初成立時，由創作者標指出該會成員。這是因為「中央部擊鉢吟會」的參與成員並非全是「瀛社」社員的緣故。也因此，《臺灣日日新報》「瀛社詩壇」所刊載的作品，自此之後成員愈趨複雜，「中央部擊鉢吟會」成立之前，「瀛社詩壇」所載多數為例會課題之作，而排列順序則以交卷先後為主，由於幾乎為社員作品，因此可從其中過濾社員名單，而雖有少數社外之

作，但多所註明，不致誤植。該會成立之後，擊鉢吟會的舉辦驟增，且多與例會舉行混雜，因此從課題題目來看，實難以區分這是「瀛社」本身例會，抑或是「中央部擊鉢吟會」的作品。此外，由於擊鉢吟性質更為開放，間偶有他社社員參與並得獎，因此刊載在《臺灣日日新報》上的詩人也就不再以「瀛社」社員為主。

儘管如此，「中央部擊鉢吟會」的成立，卻是直接促使「瀛社」由封閉走向開放性組織的重要轉捩點，除了社員本身參與之外，「瀛社」也多與「桃園吟社」共襄盛舉，並間有「竹社」的參與，並由此往後開啓「瀛桃竹三社聯吟」的契機，明治44年7月10日《臺灣日日新報》3997號「編輯賸錄」：「午前十一時餘，接桃園吟社詞友簡朗山氏電話，謂承瀛社中央擊鉢吟會柬招，已與該吟社簡楫、黃純青、葉連三、鄭永南、林國賓、黃守謙、邱純甫諸氏，聯袂來北，暫憩一丸館，以待赴會。……」，除此之外，明治44年11月1日《臺灣日日新報》4107號「開擊鉢吟」：「瀛社中央擊鉢吟會，……開於艋舺直興街二十番戶恆記號后進樓上，菊如之家，經柬邀桃園吟社諸詞客云。」明治44年11月21日《臺灣日日新報》4126號「編輯賸錄」：「瀛社中央部擊鉢吟會，……值當為王君采甫、楊君文慶，本日適桃園埔仔庄區長簡朗山氏過訪，同人遂囑邀該吟社詞友，惠然來會，則蒙金諾……」。大正4年5月19日《臺灣日日新報》5356號「基隆擊鉢吟會況」：「本月瀛社中央擊鉢吟會，值東為基隆諸社友一節，……假顏君雲年環鏡樓開會。社友出席者，臺北十名，淡水一名，來賓桃園吟社社友七名，合諸值東計三十餘名。……宴會中謝君雪漁提議來月開大會事，一一詳明，諸友慨然贊成，應出費用而外，且有樂輸助款者。……」，除了「桃園吟社」之外，「竹社」也在鄭鵬雲的帶領下，逐漸參與該會活動，明治44年8月24日《臺灣日日新報》4042號「餞送吟侶」：

> 王少濤氏任廈門旭瀛學堂教習，業登前報，瀛社中央擊鉢吟會諸同志，於大昨日為氏祖餞於艋舺王毓卿氏之宅。是日桃園吟社詩人簡

若川、簡朗山、葉連三、鄭永南、林國賓諸氏連翩來會，又新竹竹
社詩人鄭鵬雲氏亦來會。

大正 3 年 10 月 5 日《臺灣日日新報》5139 號「瀛社吟會狀況」：

> 去三日午後二時始，瀛社中央擊鉢吟會，開於於艋舺粟倉口劉氏家
> 廟。因兼洪以南君兼任區長之祝賀會，顏雲年君東航內地之餞別會，
> 列會者較他時為盛，瀛社十八人，桃社八人，竹社四人，共三十
> 人。……兩元皆為桃社所奪得，一為簡朗山君，一為簡長春君，叔
> 姪各奪一標。賞品除值東者所備外，又有桃社、竹社所寄附者。簡
> 朗山君倡議瀛桃合併，不久欲實行也。

先有「瀛社」與「桃園吟社」的合併，再有「瀛桃竹三社聯吟」，「瀛
社」此後的活動地點不再僅止於臺北、基隆，並往南擴及桃園、新竹，
這樣的轉變，不能不歸功於「中央部擊鉢吟會」的成立。

二、食飯會

「食飯會」又稱「食飯吟會」，其設立蓋係鑑於擊鉢聯吟過度靡費，
且大正初年正是詩會次數最頻繁時期，深恐中下之家負擔不起，故改以
質樸主義，大正 10 年 11 月 15 日《臺灣日日新報》7707 號「三社聯合
吟會」就已先對「食飯會」的設立作了預告：

> 既報瀛、桃、竹三社聯合擊鉢吟會，此回輪值桃社……次則顏雲年
> 氏代瀛、竹兩社出席者述謝，兼發表瀛社此後當逐月輪流食飯詩會，
> 賞品從儉以符詩人樸而不華之旨。並向一同磋商決議，此後每年在
> 臺北開全島聯合吟會一次，三社聯合吟會一次，惟三社中有希望者，
> 則可隨意於前記一次而外，在其地方開會。他社當勉強多數出席，
> 以期詩教重興云云……

　　大正 10 年 12 月 21 日《臺灣日日新報》7743 號「星社例會」就提到：「瀛社近以節約為主旨，屢開設簡單擊鉢吟會。……」，至於昭和 4 年 9 月 19 日《臺灣日日新報》10569 號「瀛社值東重編」也說：「今後每回擬假寺宇或諸公所開催，實行食飯會，以期簡素，但二月花朝紀念會乃公辦云。」可知食飯會的性質偏向「節約」、「簡素」與「簡單小集」，且「賞品從儉以符詩人樸而不華之旨」。然而「瀛社」的「食飯會」始設於何時？終於何時？目前尚無資料可證，至於大正 11 年 3 月 31 日《臺灣日日新報》7843 號「編輯賸錄」：提到「基隆顏雲年君來信，言定此來（四月）二日下午二時起，在其大稻埕別邸，招集瀛社中人，開食飯擊鉢吟會，兼議會則暨其他所關一切。[72]」可知原先「食飯會」的成員為「瀛社中人」，後來隨著擊鉢吟會規模的擴大，「食飯會」的參加對象開始有社外人士的加入，早期主要成員以「星社」為主，大正 10 年 12 月 21 日《臺灣日日新報》7743 號提到：

> 瀛社近以節約為主旨，屢開設簡單擊鉢吟會。星社社員，亦多加入。為是星社，亦於去十八日下午三時，會場假江山樓，開設擊鉢吟會，招待瀛社員出席。倣瀛社簡單小集主義。……

　　後來則陸續有「桃園吟社」、「竹社」二社的加入，大正 11 年 10 月 17 日《臺灣日日新報》8043 號「瀛社食飯會」：

> 既報瀛社食飯吟會，去十六日下午二時起，開於大稻埕江山樓旗亭，是日兼為此回受官命派往內地參列湯島祀孔典禮之李種玉、謝汝銓兩氏，壯其行色。……是日合稻艋基隆社外加入者及桃社加入之人，計得出席者五十名……

　　大正 11 年 10 月 27 日《臺灣日日新報》8053 號「墨瀋餘潤」說：

---

72 大正 11 年 9 月 28 日《臺灣日日新報》8024 號「墨瀋餘潤」及大正 11 年 10 月 6 日《臺灣日日新報》號「瀛社基隆飯吟會」均提到二次值東者為許梓桑。

來二十九日下午二時起，將開於江山樓之瀛、桃、竹三社聯合吟會……又聯合吟會翌日，有瀛社食飯吟會，值東張家坤、楊仲佐、李金燦三氏，再招待一同，重催韻事，以續餘歡……[73]

大正 11 年 11 月 1 日《臺灣日日新報》8058 號「食飯吟會盛況」提到：

> 瀛、桃、竹三社聯合吟會翌日，即三十日當日，瀛社食飯吟會值東張家坤、楊仲佐、李金燦三氏值東，更於上午招待一同到圓山公園附近陳朝駿氏別莊午餐，席上顏雲年氏宿附江山樓花榜掄元之小金治，傳臚之碧珠，及椪頭，阿冉四妓。下午二時起，開始擊鉢吟會，……是日賓主出席者尚有五十餘名，極盛散會。

都是伴隨「瀛桃竹三社聯吟」舉行，因此規模較「瀛星聯吟會」更為擴大。後來可能因為社外人士參與者不少，增加主辦單位的負擔，故開始對社外人士收費，大正 11 年 11 月 15 日《臺灣日日新報》8072 號「食飯會兼洗塵」就提到：「……瀛社食飯會，此期輪值基隆小鳴吟會為東，即定來十九日曜日，午後正二時，在臺北江山樓，開擊鉢吟。至同午後六時，續開洗塵宴。但社外希望加入者，會費每人二圓，請通示下奎府町一丁目瀛社事務所為盼。」社外人士需繳交會費方得參與。而這一條訊息也透顯出「小鳴吟社」亦在「食飯會」的成員之中。

大正 11 年 9 月 22 日《臺灣日日新報》8018 號「墨瀋餘潤」則提出「食飯會」的輪值：「顏吟龍君來函，以所擬瀛社食飯會輪值順序，來商同人，同人均無異議。蓋計有二十番，週而復始，但每月不拘定一回，即二回三回，亦無不可…」由此輪值名單可以一窺「食飯會」成員名單

---

73 該事另見於大正 11 年 11 月 1 日《臺灣日日新報》8058 號「食飯吟會盛況」：「瀛、桃、竹三社聯合吟會翌日，即三十日當日，瀛社食飯吟會值東張家坤、楊仲佐、李金燦三氏值東，更於上午招待一同到圓山公園附近陳朝駿氏別莊午餐，席上顏雲年氏宿附江山樓花榜掄元之小金治，傳臚之碧珠，及椪頭，阿冉四妓。下午二時起，開始擊鉢吟會……是日賓主出席者尚有五十餘名，極盛散會。」

有：謝雪漁、顏雲年、魏潤庵、劉克明、振傳、倪炳煌、郁文、顏笏山、許梓桑、張純甫、高肇藩、洪以南、黃贊鈞、林佛國、黃水沛、歐陽朝煌、林子楨、林搏秋、王自新、德輝、如林、連袍、桂村、衍三、葉鍊金、星五、曹秋圃、黃純青、張家坤、楊仲佐、金燦、陳其春、李碩卿、蘇世昌、賴子清、何誥庭、林問漁；小鳴吟會、「星社」[74]、「天籟吟社」、「淡北吟社」亦曾參與其中。如果說「中央部擊鉢吟會」的設立促使「瀛社」本身由課題轉爲擊鉢，是活動形式轉變的話，則「食飯會」的設立，則是「瀛社」活動規模的「擴大」，從「瀛星聯吟會」到「瀛、竹、桃三社聯吟會」，再到「天籟吟社」及「淡北吟社」的加入，確實有其重要性。

三、婆娑會

據大正 14 年 8 月 11 日《臺灣日日新報》9072 號云：

> 瀛社中五旬以上之老者爲中心，附以其他同志組織一會，以便談敘，藉遣老懷。取前清某大老「任老子婆娑風月，看兒曹整頓乾坤」之對，命名爲「婆娑會」[75]，別無目的。每月集會一次，至當番幹事二名，措理其事，會費按分負擔，現會員有十六名，最多以二十四人爲限，經於去九日，開第一回會云。

「婆娑會」之成員計有羅秀惠、洪以南、張家坤、盧子安、林遠臣、林搏秋、王成渠、林子楨、倪炳煌[76]、歐陽朝煌[77]、黃耀崑[78]、黃純青、

---

74 見《臺灣日日新報》5327、6526、6721、8012、8018、8043、8112 及 10569 號〈編輯日錄〉。

75 春暉在〈婆娑會〉一文提到「婆娑會的取義，大概由《詩經陳風・東門之枌》『婆娑其下』或宋玉〈神女賦〉之『又婆娑忽人閒』罷」則恐有誤，因婆娑會成員規定要50 歲以上社員，而二段引文均未言及此一特點，故以《臺灣日日新報》所載最爲正確，見《臺北文物》4 卷 4 期，1956 年 2 月，頁 23。

76 昭和 2 年 12 月 9 日《臺灣日日新報》9922 號「婆娑會例會日」：「婆娑會此期當番幹事林子楨、倪炳煌二氏，已定來十四日午後三時開之於萬華金和盛旗亭。」

77 大正 15 年 1 月 1 日《臺灣日日新報》9215 號「婆娑會新年宴」：「……當番幹事倪炳

陳其春[79]、朱俊英、柯秋潔、葉鍊金、鄭奎璧、周儀塏、謝雪漁、李悌欽、陳培根、楊仲佐、林知義、盤石、金土、恭泉等，其中朱俊英、林遠臣、柯秋潔、王成渠、鄭奎璧、周儀塏、盤石等，並未見於值東名冊或其他資訊史料中，可以推測即所謂「其他同志」者[80]。

此一吟會除了組成成員為「五旬以上之老者」外，與其他衍生組織不同的地方，在於該會的創作模式，主要採取拈韻「柏梁體」形式，大正14年10月28日《臺灣日日新報》9150號「婆娑會之興趣」即提到：

> 婆娑會如所豫定，舊重陽節，開之於東薈芳旗亭。幹事楊仲佐氏截取其手種菊花數枚，滿插瓶中，又贈黃菊酒。由倪炳煌氏提議，聯柏梁體藉添雅趣。以前回為發會式，此回為第一期會，每會各聯柏梁體，不作者聽。自東韻起，以次一回一韻，諸人贊同。是夕天氣頗好，明月一痕，涼風徐拂，酒意詩情，興趣淋漓，至九時許乃散，詩別錄……

此外，大正15年3月7日《臺灣日日新報》9280號「婆娑會之興趣」說：「婆娑會諸老，去五日午後六時，又啟春宴於江山樓。會者近二十人，席上創聯柏梁體……」，大正15年1月4日《臺灣日日新報》9218號「婆娑會況」也說：「稻艋及附近老派所組織之婆娑會，去二日午後六時，在東薈芳旗亭開新年宴會，依例賦柏梁體，由二冬韻內各拈一字，興會淋漓……」，因此大正15年5月17日《臺灣日日新報》9351號「詩

煌、歐陽朝煌二氏云。」

78 昭和3年4月9日《臺灣日日新報》10044號「婆娑會例會」：「臺北老人等所組織之婆娑會，定來十日午後正六時，開例會於蓬萊閣。兼祝歐陽朝煌、黃耀崑兩氏六秩榮壽，希望會友多數出席。」

79 大正15年9月16日《臺灣日日新報》9473號「婆娑會之例會」：「臺北老派所等所組織之婆娑會，定來十九日(日曜)，開會於北投沂水園……當番幹事為黃純青、陳其春二氏。」

80 參閱《臺灣日日新報》9150、9218、9280、9351、9835、9889、9922、10044、10074諸號。春暉〈婆娑會〉一文另外提到成員有黃贊鈞、謝尊五、林湘沅、紅團飛、簡朗山，見《臺北文物》4卷4期，1956年2月，頁23。

壇」所刊載，即〈五月望日婆娑會席上拈字賦柏梁體〉，而昭和 2 年 9 月 13 日《臺灣日日新報》9835 號及同年 11 月 6 日《臺灣日日新報》9889 號「詩壇」所載，也都以聯句爲主要內容，可謂該會特色。但其創作並不只於「柏梁體」，一般詩作亦可見刊載於《臺灣日日新報》上。春暉〈婆娑會〉一文另外提到該會每 3 個月聚會一次，而截至 1955 年左右，該會仍尚存，會員只剩楊仲佐、張家坤、黃純青等人[81]，至於時人則目爲「瀛社老人會」[82]。

四、同意吟會

「同意吟會」的出現，始見於昭和 5 年 10 月 30 日之《詩報》，其刊載有關「瀛社」之詩作，除於昭和 9 年 4 月 15 日第 79 號之林欽賜氏徵詩〈螺溪硯〉一題外，即屬昭和 11 年 2 月 15 日第 123 號〈詩派〉一題爲最早。該題及往後之作品如 124 號之〈醋火〉、130 號之〈酒債〉、133 號之〈醉西施〉、136 號〈畫美人〉、138 號〈鷺鷥林〉、140 號之〈畫月〉、142 號之〈嘴花〉、144 號之〈牽牛花〉等，皆冠以「瀛社」的「同意吟會」名義，於今仍未找到相關訊息，無法究其成立之因由與背景，唯其成員應包含黃承順、施運斧、黃笑園、陳伯華、陳鐵厚、賴獻瑞、葉蘊藍、歐小窗、林子惠、李慶賢、駱友漁、吳紉秋、洪陽生、郭小汀、林連榮、王國璠、陳友梅、何夢酣、王小嵐、劉萬傳、鄭文治、宋麗東等。

五、漢詩文研究會

「漢詩文研究會」係「瀛社」擬創立，但未創設成功的附屬組織，《臺灣日日新報》於昭和 9 年 9 月 14 日 12375 號曾刊出「瀛社有志組織漢詩

---

81 春暉，〈婆娑會〉，《臺北文物》4 卷 4 期，1956 年 2 月，頁 23。
82 賴子清，〈古今北臺詩社〉，《臺北文獻》74 期，1985 年 12 月 25 日，頁 177。賴子清，〈古今臺灣詩文社〉，《臺灣文獻》10 卷 3 期，1959 年 9 月，頁 100。

文會」的訊息：

> 瀛社自創設後，全島風靡，詩學大興，通都大邑無論矣，雖遐陬僻壤，亦莫不有詩社之設。有不能詩非風雅士之概，懿歟盛哉！然伊古以來，所謂詩者文之餘，故作詩為文人興會之時，從未有文人而不能詩也。今則大異其趣矣！人以詩人待之，而已亦以詩人自命者，殆多非文人所自出之詩人，故多能詩而不能文。甚至有粗淺之文亦不能者，將馴至詩盛而文衰矣！今之吾臺青年，技術堪能，學問淵博，而入華入滿，功業遲滯，甚至有失敗而歸者，則多漢式文章，不能解與不能書階之屬也。此次瀛社有志本創立詩社，藉興詩學旨趣，籌設漢詩文研究會，以文為主，以詩為從，更興文學，為青年有志，作學文之機關。現正制定會規，招集會員，欲推瀛社長謝雪漁氏出為主持，負任講解添削，在近地者則直接，在遠地者則通信，倘辦理有成績，將發刊文報，以資會員參考。

可知該會創立的原因在於「詩盛而文衰」，故希望「以文為主，以詩為從，更興文學，為青年有志，作學文之機關」，是一個嘗試訓練青年漢文寫作的機構，其所「制定會規」可見於昭和 9 年 9 月 18 日《臺灣日日新報》12379 號，該號刊出「漢詩文研究會募集會員」一則訊息云：

> 前報推戴瀛社長謝雪漁氏為總理指導之漢詩文研究會，會場設在臺北市蓬萊町二百二十一番地瀛社事務所內，其研究方法分為直接、通信二部，直接研究部員，每日自午前八時至十二時，及自午後七時至十時；通信研究部員，每日以函件質疑，及詩文、課題習作，郵寄就正，會費月金三圓前納，現正募集會員，希望者，可向該會索取會則也。

將成員依照住地遠近分成直接與通信二部，與 12375 號「在近地者則直接，在遠地者則通信」所言相同，但有關該組織的消息，見於報端者只此二則，究竟是否募集成功？因為缺乏其他資料，故不得而知。

六、有志吟會

昭和 11 年 1 月 9 日《臺灣日日新報》12852 號〈瀛社有志吟會〉一則訊息云：

> 瀛社例會，客秋十月以後，因臺博及市街庄議員選總舉，同人及一般社員，備極多忙，因停止未開。迨至客臘，瀛社員中一部，有提議再開會，咸謂組織要加以改革，於是有志者十數名，協議另組有志吟會，決定來十二日午後二時，開第一回吟會於日新町一丁目林佛國氏文源茶行內……

嗣於同報昭和 11 年 1 月 14 日《臺灣日日新報》12857 號云：

> 瀛社從來每月輒開會一次，擊鉢催詩，而不課月課。茲則改為每年二月十五花朝日，即瀛社成立紀念日，照舊開擊鉢吟。凡眾瀛社員，若預先通知出席於幹事處，則當日支出會費一圓五十錢，得以出席，此係純瀛社之會合。別有一部有志者，另組瀛社有志吟會，定每年開會四次，定每年開會四次，即略定一月、五月、八月（中秋觀月）、十一月，每集合時，發表三個月課題。去十二日午後二時，於林佛國氏之文源茶行，開第一回例會，出席者三十餘名，席上決定月課為古風、律絕、竹枝詞等，要選擇詠史、詠物，或有關臺灣之歷史、地理、風物之題，以供會員揣摩、研究。不徒吟風弄月、逢場作戲了事。舉謝汝銓、魏清德、黃純青、林佛國、倪炳煌五氏為會則起草委員。發表左記三題：一、選舉雜詠，〈竹枝詞〉（七絕四首）、二、〈烏龍茶〉七律不拘韻（限一首）、三、〈夢蝶園懷李茂春先生〉五古或七古二十句以內……五月分值東，由出席者各會組織。已決定王自新、林摶秋、謝尊五、李悌欽、陳古漁、黃福林、洪玉明、施明德、陳根泉、吳金

土十氏，八月分值東為林欽賜、卓夢菴、林子惠、林清敦、葉蘊藍、李神義、駱子珊、張瀛洲、高文淵、蘇鏡瀾十氏，十一月值東為許梓桑、陳其春、楊仲佐、李碩卿、李建興、葉鍊金、張家坤、張一泓、王子清、陳愷南、李遂初諸氏。又瀛社花朝紀念日，由社員公辦，舉倪炳煌、林欽賜、林子惠、賴子清四氏為幹事，辦理此事……

　　從原先《臺灣日日新報》12857 號來看，其活動形式應是「定每年開會四次，定每年開會四次，即略定一月、五月、八月（中秋觀月）、十一月，每集合時，發表三個月課題」，故是以「課題」形式為主，該有志吟會之目的，當是已意識到擊鉢詩之缺失，著眼於改正每月只是「擊鉢催詩，而不課月課」毛病，要求「不徒吟風弄月、逢場作戲了事」。至於張端然在《日治時期瀛社之研究》一文提到「『瀛社有志吟會』為瀛社創社老詩人為改革人數龐大，監督不易之缺點，而主導的瀛社次級團體[83]」，就現有史料來看，這樣的推論是很有問題的，「有志吟會」成立的目的係對詩歌創作的品質進行改革，而非對社員成份的過濾。因此其更具體針對內容要求要「為古風、律絕、竹枝詞等，要選擇詠史、詠物，或有關臺灣之歷史、地理、風物之題」，這都是針對聚會形式及詩作體材內容的具體訴求。

　　其中創始會員有「謝汝銓、魏清德、黃純青、林佛國、倪炳煌五氏」，而輪值會員除 1 月份不清楚外，其他月份成員有：

分　　組	成　　　　　　　　　　　　　　　　　　　　　員
五月分值東	王自新、林摶秋、謝尊五、李悌欽、陳古漁、黃福林，洪玉明、施明德、陳根泉、吳金土
八月分值東	林欽賜、卓夢菴、林子惠、林清敦、葉蘊藍、李神義、駱子珊、張瀛洲、高文淵、蘇鏡瀾
十一月值東	許梓桑、陳其春、楊仲佐、李碩卿、李建興、葉鍊金、張家坤、張一泓、王子清、陳愷南、李遂初

---

83 張端然，《日治時期瀛社之研究》，中國文化大學中國文學研究所碩士在職專班碩士論文，2003 年，頁 181。

　　「有志吟會」的平常例會目前可知已舉行過「夏季吟會[84]」及「觀月會[85]」，然而隨著區域性及全國性活動的舉辦，其當初以「課題」為主的初衷，也開始轉易，昭和11年10月2日《臺灣日日新報》第13118號提到：

> ……因值東輪流已一周，先議改組之事，即一年間六回，隔月一開。就中花朝紀念會及中秋觀月會，欲期其盛況，值東人員倍增。月次決定如左。又席上提議明春瀛社已值三十周年，欲作紀念行事，後日再為議定。此後月例會時，欲開擊鉢吟，以振作詩興……

　　從原先開會4次改為6次，因此進行改組，並為了30週年紀念而提議「月例會時，欲開擊鉢吟」，走回原先擊鉢吟會的老路，甚至曾經代表「瀛社」及「北州聯吟會」主辦過「全島聯吟大會」，昭和11年12月15日《臺灣日日新報》第13191號即有其代表主催「北州聯吟會」的消息：「瀛社有志擊鉢吟月例會，去十二日午後二時，開於萬華三仙樓，社員三十餘名出席。……席上決議明春一月十日午後一時，欲在三仙樓，由瀛社有志吟會主催，開臺北州聯吟會。會費依例徵收一圓，而主催社社員徵收二圓……蓋欲乘州下各會員集會之機，商量辦理全島聯吟大會之事。又關于北州聯吟，不足費用，由主催社員負擔……」，並初步決定「北州聯吟會」之後隨即舉辦「全島聯吟大會」。昭和12年1月12日《臺灣日日新報》第13218號即是「北州聯吟會」舉行的情況：「瀛社有志吟會，主催第十一回臺北州聯吟會，去十日午後一時半，如所豫定，開於萬華三仙樓，會員遠自宜蘭、頭圍、基隆各地蒞臨……今春全島大會由臺北州聯吟會主催，來四月三、四兩日，開於臺北……於宴後協議全島

---

84 昭和11年7月7日《臺灣日日新報》第13031號：「既報瀛社有志夏季吟會，去五日下午三時起，開於臺北公館附近之寶藏寺，即通稱觀音亭者……題擬〈寶藏寺銷夏〉(按：詩見13036號)……」

85 昭和11年9月24日《臺灣日日新報》第13110號：「瀛社有志觀月會，輪值許梓桑、陳其春、李碩卿、張家坤、楊仲佐、葉鍊金、李建興、王子清、陳愷南、張一泓、李遂初諸氏承辦。……社員輪辦至此已一周，同日欲商冬季主催之事……」

大會辦法，有提議由瀛社有志吟會主辦，州下各社員出席者，每名僅支出會費五圓，而不足經費俱由瀛社有志吟會負擔者，一同贊成……」，而昭和12年3月12日《臺灣日日新報》第13277號則記載「全島聯吟大會」：「全島聯吟大會，本年輪值臺北州聯吟會值東，今春北州聯吟會席上，決議由瀛社有志吟會承辦，去十日晚，瀛社籌備員十數名，會於許寶亭君所經營之大世界旅館，舉謝汝銓氏為座長……決定來四月三、四兩日午後一時（時間屬行），場所現交涉中……」，可知「有志吟會」是先主辦「臺北州聯吟會」，再擴而舉辦「全島大會」。從當時工作人員的名單，也可一窺「瀛社」成員有哪些？而若標題是以「全島聯吟大會　瀛社有志吟會承辦」來下的話，則工作人員或許逕可以視爲「有志吟會」的成員，並藉以補《臺灣日日新報》12857號名單之不足：

職　掌	名　　　　　　　　　　　　　　　　　　　　　　　　　　單
總　　務	謝汝銓、魏清德、許梓桑、黃純青、陳其春、倪炳煌、謝尊五
會　　計	林清敦、卓周紐、李神義、葉蘊藍
文　　書	謝尊五、林欽賜、李逐初、施明德
賞　　品	林子惠、葉蘊藍、卓周紐、施明德、賴子清
籌　　備	許梓桑、倪炳煌、簡荷生、黃福林、林子楨、許劍亭、林清敦、卓周紐、駱子珊、林夢梅、陳根泉
接　　待	倪炳煌、黃贊鈞、林佛國、張家坤、王自新、李建興、李碩卿、劉克明、林摶秋、李悌欽、吳金土、許劍亭
謄　　錄	劉克明、劉振傳、謝尊五、高文淵、施明德、李逐初、駱子珊、陳郁文、陳根泉、林欽賜、林子惠、洪玉明、林夢梅、賴子清、許劍亭、王自新、張瀛洲、蘇鏡瀾、王子清、張一泓、陳愷南
式　　場	賴子清、倪炳煌、謝尊五、簡荷生
餘　　興	簡荷生、林夢梅

然而該吟會卻持續不到一年。於同年10月2日之13118號〈瀛社觀月會改組決定〉一文，即有如下報導：

瀛社有志觀月吟會，去三十日（即舊中秋日）午後二時，會場假萬華三仙樓開催。社員三十餘名出席。謝尊五氏寄附燈謎百餘則，亦

莊亦諧，頗助一時佳興。次命題〈中秋夜三仙樓觀月〉[86]各照拈韻賦
七絕一首，並作柏梁體聯句。十、十一、十二課題決定：〈懷乃木
將軍〉七古，〈臺博雜詠〉竹枝詞，〈瑞竹〉七律……因值東輪流
已一周，先議改組之事，即一年間六回，隔月一開。就中花朝紀念
會及中秋觀月會，欲期其盛況，值東人員倍增。月次決定如左……
又席上提議明春瀛社已值三十周年，欲作紀念行事，後日再為議定。
此後月例會時，欲開擊鉢吟，以振作詩興……

　　以上為「瀛社」成立以來，理念或年齡背景相同社友所成立之次級
團體，其後因中日戰事趨緊，社友怕羅文網，活動稍戢，亦未再有相關
訊息見諸詩刊雜誌，持續到光復一仍如此。

---

86 詩見《臺灣日日新報》13121 號。

第五章　社友小傳

第一節　歷任社長及理事長

　　關於「瀛社」歷任社長，林佛國〈瀛社簡史〉一文提到：「瀛社首任社長洪以南先生於民國 15 年逝世，謝汝銓先生繼任社長，魏清德先生為副社長，民國 42 年謝汝銓先生逝世，魏清德先生繼任社長，李建興先生為副社長。民國 53 年魏清德先生逝世，李建興先生繼任社長迄今。[1]」《瀛社創立七十週年紀念集》增補如下：「民國 53 年魏清德先生逝世，李建興先生繼任社長，張晴川先生為副社長。民國 67 年，李建興先生因病堅辭社長，張晴川先生則以年邁體衰請辭，經社友會商結果，改推杜萬吉先生為社長，張鶴年先生為副社長，並敦請李建興先生為名譽社長，張晴川先生為名譽副社長以迄於茲[2]。」《瀛社創立八十週年紀念集》再增補如下：「並敦請李建興先生為名譽社長，張晴川先生為名譽副社長，旋因張副社長急逝，復經全體社員推選黃得時、莊幼岳兩先生為副社長[3]。」《瀛社創立九十週年紀念集》[4]增補如下：「83 年黃得時先生因病請辭副社長，經社員商議，改推黃鷗波先生為副社長。」民國 88 年 3 月 28 日開慶祝創立九十週年全國詩人聯吟大會於濟南路開南商工大禮堂，會中杜氏以年高九五請辭社長職，改由副社長鷗波繼任第 6 任社長，陳焙焜副之。黃鷗波於 92 年 8 月過世，改由陳焙焜任第 7 任社長，副社長則由翁政雄與林正三任之，林氏並兼總幹事。93 年 11 月陳氏下世，

---

1 參考林佛國〈瀛社簡史〉，收於《瀛社創立六十週年紀念集》，1969 年。
2 瀛社編委會，《瀛社創立七十週年紀念集》，瀛社辦事處發行，1979 年。
3 瀛社編委會，《瀛社創立八十週年紀念集》，瀛社辦事處發行，1989 年。
4 瀛社編委會，《瀛社創立九十週年紀念集》，瀛社辦事處發行，1999 年。

至 94 年 1 月 22 日召開社務會議，社長一職改由選舉產生，當日由林正三當選第 8 任社長。並於 95 年 4 月 16 日向內政部申請立案成為「臺灣瀛社詩學會」。林氏當選為第一任理事長，茲以表格呈現如下：

屆次	任　期	社　長	副社長	總幹事	主辦聯吟大會日期地點	備　註
1	起：1918.07.13 迄：1926.05.13	洪以南	謝汝銓	幹事： 魏清德 劉篁村	一、全臺詩人大會 大正元年 11 月 23 日（小春）於基隆環鏡樓。	成立之初未置社長，至大正 7 年 7 月 13 日始行推舉產生[5]。
					二、全臺詩人大會 大正 10 年小春於臺北春風得意樓。	首屆全臺詩會
2	起：1926.08.07 迄：1953.	謝汝銓	魏清德		一、五州詩人聯吟大會 昭和 7 年花朝於臺北孔廟	二十三週年社慶
					二、全臺詩人聯吟大會 民國 38 年花朝於瑞三大樓	四十周年社慶暨李建興母氏八十壽
3	起：1953 迄：1964	魏清德	李建興	張鶴年	全國詩人聯吟大會 民國 48 年詩人節於太平國小及次日於靜心樂園。	五十週年社慶
4	起：1964 迄：1978	李建興	張晴川	張晴川 江紫元	全國詩人聯吟大會 民國 58 年 3 月 29 日於敦化北路 3 號民眾團體活動中心禮堂。	六十週年社慶
5	起：1978 迄：1989.03.28	杜萬吉	黃得時 莊幼岳	魏壬貴	全國詩人聯吟大會民國 78 年 3 月 11 日於重慶南路 2 段 20 號民眾團體活動中心大禮堂。	七十週年社慶
			黃得時 莊幼岳	魏壬貴	全國詩人聯吟大會 民國 78 年 3 月 19 日於臺北市中山堂光復廳。	八十週年社慶
			莊幼岳	陳焙焜	全國詩人聯吟大會民國	九十週年社慶

---

5 見大正 7 年 7 月 15 日《臺灣日日新報》6488 號〈擊鉢吟會盛況〉一則。

屆次	任期				主辦聯吟大會日期地點	備註
			黃鷗波		88年3月28日於臺北濟南路1段6號開南商工大禮堂。	
6	起：1999.03.28 迄：2003.08.26	黃鷗波	陳焙焜	林正三	副總幹事：許欽南	總幹事林正三於89年初辭職，陳炳澤繼任。 黃社長92年8月26日逝世。
				陳炳澤		
7	起： 迄：2004.11.24	陳焙焜	翁正雄	林正三	副總幹事：許欽南	陳社長93年11月24日逝世。
			林正三			
8	起：2005.01.22 迄：2006.04.16	林正三	翁正雄	洪淑珍	副總幹事：陳麗卿	94年1月22日改選（社長改為選舉產生）
			陳欽財			

歷任理事長

屆次	任期	理事長	常務理事	秘書長	主辦聯吟大會日期地點	備註
1	起：2006.04.16 迄：	林正三	翁正雄 陳欽財 林振盛 姚啓甲	洪淑珍	常務監事：張耀仁 副秘書長：張建華 會　計：陳碧霞 出　納：陳麗卿	95年4月16日假北市昌吉街89號國慶活動中心召開成立大會改組為「臺灣瀛社詩學會」。

第二節　先賢社友小傳

　　本節主要以已過世之社友歸為先賢，原則上依出生年份先後順序排列，生卒時間的年月日能清楚呈現者，則全標示之；未知日者，則標年月；未知月日者，則只標年；若未知卒年者，則在卒年位置以「？」表示；反之，有些社友可知卒年，但生年未詳者，則在生年位置以「？」表示，至於生卒年不詳的社友，則統一以「（？～？）」標示，排列順序則依姓氏筆畫排列，置於該節節末。

　　部分社友因為在詩壇較為活躍，詩作刊載亦多，因此簡歷較為完整，而其中有些屬於經商富賈或從政仕紳者，更因其社經地位之故，研究資料豐富。然本會志並非以篇幅多寡評定其重要性，故下述社友簡歷較多者，多半是因為相關資料較齊全，抑或其相當活躍於詩壇之故。部分社員小傳不詳者，我們盡量從其發表詩作時間、加入「瀛社」時間或輪值時間，判斷其詩壇活動斷限，並期待來日若有更多資料出土，可以補這些社員傳略不足。當然，隨著參考資料多與少，也會影響小傳的詳略，本會志清楚認知社員小傳間比重或有失衡，但在資料蒐羅不易且彌足珍貴的前提下，我們秉持盡量「求全」的精神，希望可以藉由會志保存這些寶貴文學資產。

　　社員中有科名者計有黃福元、張藏英、張清燕、林濟清、張希袞、劉育英、陳洛、陳祚年、羅秀惠、王采甫、陳進卿、陳廷植、林湘沅、洪以南、何承恩、謝汝銓、謝尊五、林知義、郭鏡蓉、蘇鏡潭、李種玉、許梓桑、林益岳等。

張藏英（古桐）

　　張藏英（1842～1912），字幼巖，號古桐。艋舺舊街人。光緒間臺北府學生員，張清燕之兄。幼失恃，事繼母如所生。家不甚豐，然能苦讀，精通經史，秉性純，樂於行善。亦「瀛社」創社員，書法精妙，尤工小楷，為時所重。日人領臺，移居小格頭山（今坪林）中，與老農雜居，高隱以終，1912 年 6 月 22 日《臺灣日日新報》上有〈哭張古桐先生〉，故可知其卒年[6]。

---

6 見黃文虎〈艋舺舊文人回憶錄〉，《臺北文物》2 卷 1 期，1953 年 4 月 15 日，頁 38、劉篁村〈艋舺人物志〉，《臺北文物》2 卷 1 期，1953 年 8 月，頁 29。賴子清〈北市科舉題名錄〉，《臺北文物》6 卷 1 期，1957 年 9 月 1 日，頁 36。《臺北市志》卷七《人物志》，臺北市文獻委員會，1960 年，頁 124-125、廉永英、崔仁慧合著，《臺北市志》卷九《人物志・賢德篇》，臺北市文獻委員會，1991 年 10 月，頁 53。張端然，《日治時期瀛社之研究》，中國文化大學中國文學研究所碩士在職專班碩士論文，2003 年，頁 189-190。《翰墨珠林 —— 臺灣書法傳承展作品集》，淡江大學文錙藝

黃福元（哲馨）

黃福元（1846～1921.04），字哲馨，號椒其，艋舺後街仔人，受業於貢生曾祖勳之「西樓書館」，十餘歲就讀登瀛書院，27 歲為彰化縣學生員。嗣從廩生黃樹棠「留耕堂」習岐黃，而精於良藥秘方。嘗設帳於龍山寺，後移大眾廟，兼以醫藥濟人。日人領臺，隻身內渡，以母病促歸，至滬尾，軍警登舟檢查，百般刁難，所攜醫藥，詩文稿，皆畢生心力所在，珍儲一籃，竟被推落海中。雖撈起曝曬，已粘結無完頁，福元既痛且怒，盡投於火。光緒 27 年淡北鼠疫時，施醫施藥，活人無數。行曠達，喜善行，工詩文，聯句典雅富麗[7]。

石川戈足（柳城）

石川戈足（1847～1927），字子淵、維室，號柳城、墨仙、可睡齋、蓮花峰、通稱「金三郎孝藏」，以「柳城」號行。日本愛知縣海部郡佐屋村人。少時負氣節，奔走國事，中年為吏，骯髒不遇。致力書畫，師事中野水竹、吉田稼雲，為當時日本著名南畫大家；且工詩，人稱「三絕」。臺島版圖易色，宰大穆降。未幾辭官，遠游閩、粵。明治 41 年（1908）2 月 19 日來臺，4 月 19 日在臺北俱樂部舉行個人書畫展。翌年 2 月間再來臺，以畫會友，5 月 10 日轉赴大陸旅行。石川僑臺歲餘，自編詩作成《稗海槎程》，附輯和章成《海上唱和集》。曾與加藤重任、水野遵、土居通豫、黑江松塢、

術中心，2004 年 4 月，頁 63。

7 參閱黃文虎〈艋舺舊文人回憶錄〉，《臺北文物》2 卷 1 期，1953 年 4 月 15 日，頁 35。賴子清〈北市科舉題名錄〉，《臺北文物》6 卷 1 期，1957 年 9 月 1 日，頁 34。《臺北市志》卷七《人物志》，臺北市文獻委員會，1960 年，頁 127。廉永英、崔仁慧合著，《臺北市志》卷九《人物志·賢德篇》，臺北市文獻委員會，1991 年 10 月，頁 153、廉永英、崔仁慧合著，《臺北市志》卷八《文化志·文學篇》，臺北市文獻委員會，1991 年 10 月，頁 34。黃文虎一文與《臺北市志》出入頗大，名、字、籍貫及就讀書院均有所出入。黃文虎一文作：「名哲馨、字福元，泉州府晉江縣人，深造於鰲瀛書院」云云。張端然，《日治時期瀛社之研究》，中國文化大學中國文學研究所碩士在職專班碩士論文，2003 年，頁 191。

館森鴻、金子芥舟、山口宗義、吹野信履、齋藤鶴汀、草場金臺、林隆、伊藤天民、白井如海、磯貝蜃城、村上淡堂、岡木韋庵、木下大東、中村櫻溪及臺籍陳淑程、黃植亭、李石樵、章太炎等三十餘人參與「玉山吟社」。

林濟清（沁秋）

林濟清（1848～1910.08），字沁秋，艋舺竹仔寮人，邑庠生，博雅工詩文，以駢體著稱。與同里李秉鈞、陳洛、顏宅三併稱「艋津四文士」，1874年食廩，以親老家貧，未赴鄉試。日人領臺後，致力於春秋之學，後於竹仔寮教讀終其身，邑庠生王承烈出其門[8]。

張希袞（輔臣）

張希袞（1849～1940），字輔臣。先世由福建泉州同安縣來臺，居士林，以農為業，父營商，移寓大稻埕普願街。少好學，從大龍峒孝廉陳樹藍遊，博聞多識，同治11年以優等入泮。工書法，其筆勢蒼勁有渾，當時臺北市招其出手者，不乏其數。乙未割臺後，出任保良局，明治30年任第14區街長，33年執教大稻埕公學校，退職後仍以課徒為樂[9]。

黃玉階（冥華）

---

8 參閱《臺北市志》卷七《人物志》，臺北市文獻委員會，1960年，頁97、黃文虎〈艋舺舊文人回憶錄〉，《臺北文物》2卷1期，1953年4月15日，頁35、賴子清〈北市科舉題名錄〉，《臺北文物》6卷1期，1957年9月1日，頁36。廉永英、崔仁慧合著，《臺北市志》卷九《人物志‧賢德篇》，臺北市文獻委員會，1991年10月，頁45-46、張端然，《日治時期瀛社之研究》，中國文化大學中國文學研究所碩士在職專班碩士論文，2003年，頁193。

9 郭海鳴，〈稻江選士錄〉，《臺北文物》2卷3期，1953年11月15日，頁98。賴子清〈北市科舉題名錄〉，《臺北文物》6卷1期，1957年9月1日，頁34。廉永英、崔仁慧合著，《臺北市志》卷八《文化志‧文學篇》，臺北市文獻委員會，1991年10月，頁134。張端然，《日治時期瀛社之研究》，中國文化大學中國文學研究所碩士在職專班碩士論文，2003年，頁200。惟張端然一文誤為「張希堯」。

　　黃玉階（1850.04.25～1918.07.26）字冥華，創社員。生於彰化縣大肚堡五汊港。幼時先隨黃邦習漢文，熟讀經史，1869 年又隨漢醫師李清機習醫術，1875 年自立門戶，始行醫以救人。1882 年，遷居臺北大稻埕經營醫菜坊，獲利所得多以助人，並捐金倡設「普願社」，宣講聖諭善書。1884 年，臺北一帶發生霍亂，蔓延甚廣，死亡無數，黃氏慎選良方，精配丸散，遍歷城鄉，治癒 800 餘人，民皆德之。乙未之變未久，臺北地區霍亂復熾，翌年鼠疫、斑痧症相繼發生，乃奮不顧身，奔走鄉間，施醫濟藥，治人無數，並著《霍亂吊腳痧醫書》、《疔瘡瘟治法新編》等書，遍贈全臺。更建議當局設立「黑死病治療所」，藉以通盤防治。曾參與中法戰爭滬尾一役，並論功賞五品頂戴。1897 年獲臺灣總督府頒發中醫師執照，為日治時期本省人領有此證照之第一人。黃氏不僅醫術精湛，醫德亦高，常減收或不收診金。復傳授不少弟子，當時臺北許多著名中醫師，多出其門。信奉先天道，曾任臺灣最高領導人，整頓教務，並整合其他宗教團體。並投注心力在社會救濟與社會教化，曾與黃應麟、洪以南提倡「天足會」、「斷髮不改裝會」，教誨囚犯。1900~1917 年間擔任大稻埕區長，1910 年起兼任大龍峒區長，對地方有所建樹。1912 年被選派為參加明治天皇葬禮之臺人代表之一，與辜顯榮等赴日，並觀見大正天皇。1915 年 11 月，以致力公益事業有功，獲總督府敘勳六等，頒授藍綬瑞寶褒章[10]。

黃朝桂（丹五）

　　黃朝桂（1851～1916.01），字丹五，號應麟，「瀛社」創社社員。世居

---

10 劉龍岡，〈稻江人物小誌〉，《臺北文物》2 卷 3 期，1953 年 11 月，頁 104。卒年據《臺灣日日新報》9307 號載。然而廉永英等著《臺北市志》承接舊《臺北市志》說法，作「宣統 2 年（公元 1910 年、日本明治 43 年）卒，年 61」，見《臺北市志》卷七《人物志》，臺北市文獻委員會，1960 年，廉永英、崔仁慧合著，《臺北市志》卷九《人物志·賢德篇》，臺北市文獻委員會，1991 年 10 月，頁 145、頁 65-66。張端然，《日治時期瀛社之研究》，中國文化大學中國文學研究所碩士在職專班碩士論文，2003 年，頁 187-188。《臺灣歷史人物小傳--明清暨日據時期》，國家圖書館 2003 年 12 月，頁 597-597。

艋舺大厝口，淡泊有禮，慨然有志。家頗殷實，某歲大歉，獨輸白米 4000 斤賑濟災民。後因屢試不遇，曾捐五品同知。日本領臺後，被任爲艋舺最初區長，後改任艋舺街長。溫和正端，接人誠懇[11]。

沈相其（藍田）

沈藍田（1853～1918.10.02），字相其，以字行，世居基隆玉田里，屢試不中，後設帳於基隆新店街。光緒 10 年，法軍犯臺，相其從軍有功。事定，敘軍功五品銜、後補同守備。乙未之際，挈眷移廈門，歷 9 年返基。以詩酒自娛，參與創立「瀛社」[12]。

李世昌（卜五）

李世昌（1855～？），字卜五，臺北鷺洲鄉人，臺灣總督府國語學校出身。任職臺灣第一商業銀行 23 載，轉任臺灣茶業企業公司會計兼總務科長。曾創「淡北吟社」，歷任幹事 30 餘年。爲「瀛社」、「淡北吟社」、「鷺洲吟社」、「雙蓮吟社」等各吟社社員。著有《蘆舟吟草》[13]。

---

11 見黃文虎〈艋舺舊文人回憶錄〉，《臺北文物》2 卷 1 期，1953 年 4 月 15 日，頁 39。《臺北市志》卷七《人物志》，臺北市文獻委員會，1960 年，頁 69、廉永英、崔仁慧合著，《臺北市志》卷九《人物志·賢德篇》，臺北市文獻委員會，1991 年 10 月，頁 147、唐羽編撰，《基隆顏氏家乘·文徵篇》，基隆顏氏家乘纂修小組，1997 年 12 月，頁 1019。張端然，《日治時期瀛社之研究》，中國文化大學中國文學研究所碩士在職專班碩士論文，2003 年，頁 194。

12 見唐羽編撰，《基隆顏氏家乘·文徵篇》，基隆顏氏家乘纂修小組，1997 年 12 月，頁 1001。黃美娥主編，詹雅能撰，《張純甫全集·年表》，新竹文化中心出版，1998 年 6 月，頁 217。基隆詩學會編輯，《雨港古今詩選》，基隆市立文化中心，1998 年 8 月，頁 28。李進勇總纂，《基隆市志》卷七《人物志·列傳篇》，基隆市政府，2001 年 7 月，頁 19、陶一經編，《基隆市志·藝文篇》，基隆市政府，2003 年 4 月，頁 19。張端然，《日治時期瀛社之研究》，中國文化大學中國文學研究所碩士在職專班碩士論文，2003 年，頁 197-198。

13 見黃洪炎編，《瀛海詩集》，臺灣詩人名鑑刊行會發行，1940 年，頁 19。毛一波，〈臺北縣詩略〉，《北縣文獻》2 期，1956 年 4 月，頁 418。林子惠、張作梅、莊幼岳合著〈瀛社記事補遺〉，《臺北文物》5 卷 2、3 期，1957 年 1 月 15 日，頁 87。賴子

王慶忠（溫如）

王慶忠（1856～1925.03.28），字溫如，大龍峒人，出身望族，以農興產。少有器局，讀書但觀大略，不喜科第。及長，慷慨好義，於地方公共事業，救災恤苦，輒奮袖先倡，頗多貢獻。乙未割臺，退而家居。日人起為臺北縣、廳參事、臺北州協議會學務委員，以年老多病，從未一履公門，著有《詩稿》，惟因遭亂散失[14]。

李種玉（稼農）

李種玉（1856～？），字稼農，蘆州庄三重埔菜寮人，光緒 17 年（1891）入庠，光緒 20 年（1894）院試，為優貢生。乙未後未及內渡，遷居府城書院街，顏其室曰「廣雅堂」，後為保全臺人，出任臨時保良局局長，不久應臺北縣師範學校之聘，為漢文教授，亦曾任日語學校教諭。善書法，然存世無多，卒年傳在日治中期。種玉參與「瀛社」活動，主要可見於「食飯會」相關記載，亦曾與謝汝銓、許廷光一同參列東京孔子大祭[15]。

清〈北市科舉題名錄〉，《臺北文物》6 卷 1 期，1957 年 9 月 1 日，頁 36。鄭喜夫，〈臺北著述志稿〉，《臺北文獻》直字 69 期，1984 年 9 月，頁 39。邱奕松，〈北臺詩苑〉，《臺北文獻》直字 79 期，1987 年 3 月，頁 392。廉永英、崔仁慧合著，《臺北市志》卷八《文化志・文學篇》，臺北市文獻委員會，1991 年 10 月，頁 197。黃美娥編，《日治時期臺北地區文學作品目錄》，臺北市文獻委員會，2003 年 2 月，頁 117-123。潘玉蘭，《天籟吟社研究》，國立臺灣師範大學國文學系在職進修碩士班碩士論文，2004 年，頁 119。

14 《臺北市志》卷七《人物志》，臺北市文獻委員會，1960 年，頁 66。《臺北市志》謂字溫和，見廉永英、崔仁慧合著，《臺北市志》卷九《人物志・賢德篇》，臺北市文獻委員會，1991 年 10 月，頁 143、又新舊《臺北市志》均謂其年八十餘，恐有誤。鄭喜夫，〈臺北著述志稿〉，《臺北文獻》直字 69 期，1984 年 9 月，頁 8。張端然，《日治時期瀛社之研究》，中國文化大學中國文學研究所碩士在職專班碩士論文，2003 年，頁 187。

15 見賴子清〈北市科舉題名錄〉，《臺北文物》6 卷 1 期，1957 年 9 月 1 日，頁 32。《臺北市志》卷七《人物志》，臺北市文獻委員會，1960 年，頁 109、林時英，〈鷺洲吟社創立經過及其首、次唱與佳作選〉，《臺北文獻》10-12 期，1965 年 12 月，頁 171。廉永英、崔仁慧合著，《臺北市志》卷八《文化志・文學篇》，臺北市文獻

劉育英（得三）

劉育英（1857～1938），字得三，生於板橋。光緒6年庚辰游泮。乙未之變，韜晦家園，優遊自適、不求聞達，以學德兼優，聲名丕著。曾先後任教於板橋公學校、國語學校。日人喜其啓迪有方，迭膺懋賞。1913年遷稻江，爲北市名儒。善文章，工詩詞。嗣設塾於家，課諸生經史。林子惠係其高足。1922年3月22日，與張晴川、莊子喬、郭春城、李白水、李神義等40餘人，組織「淡北吟社」，於1937年被舉爲社長。月開擊鉢會4次，勵志切磋，頗見盛況。時晉江名孝廉蘇鏡潭客臺，輒與焉。眾以其才高學富，禮爲詞宗。故入選社課，靡不精當。善屬文，撰《論說》、《雜俎》等數十種，皆言之有物，深寓鄉土氣息。詩則清新流暢，雅有興味[16]。

劉維周

劉維周（1857～1921），基隆人，初於文山、新店設帳授徒，1897年爲基隆區街庄長事務所書記。嗣應《臺灣日日新報》之聘爲記者，詞藻富麗，名噪一時，1901年獲佩紳章，晚年退居田園，從事教育事業[17]。

委員會，1991年10月，頁119。林金田、蕭富隆編，《臺灣早期書畫專輯》，國史館臺灣文獻館，2003年，頁90。

16 見郭海鳴，〈稻江選士錄〉，《臺北文物》2卷3期，1953年11月15日，頁102。賴子清〈北市科舉題名錄〉，《臺北文物》6卷1期，1957年9月1日，頁33。《臺北市志》卷七《人物志》，臺北市文獻委員會，1960年，頁111。邱秀堂輯，〈臺北七君子詩·劉得三先生詩存〉，《鯤海粹編》，中華民國史蹟研究中心，1980年3月，頁287。廉永英、崔仁慧合著，《臺北市志》卷九《人物志·賢德篇》，臺北市文獻委員會，1991年10月，頁191、廉永英、崔仁慧合著，《臺北市志》卷八《文化志·文學篇》，臺北市文獻委員會，1991年10月，頁115。黃美娥編，《日治時期臺北地區文學作品目錄》，臺北市文獻委員會，2003年2月，頁20-21、500-501。張端然，《日治時期瀛社之研究》，中國文化大學中國文學研究所碩士在職專班碩士論文，2003年，頁190。

17 鷹取田一郎輯，《臺灣列紳傳》，臺灣總督府囑託發行，1916年，頁26。參見唐羽編撰，《基隆顏氏家乘·文徵篇》，基隆顏氏家乘纂修小組，1997年12月，頁1001。李進勇總纂，《重修基隆市志》卷七《人物志·列傳篇》，基隆市政府，2001年7月，頁28、35。

林摶秋（翀鵬）

林摶秋（1860～1938.07）字狪鵬，號曉邨。泉州惠安人，幼經名師傳授，14 歲即設帳講學，唯應試屢困不售，光緒 17 年渡臺，居臺北。乙未改隸，被推爲保正，另設「種竹書房」於媽祖宮內，後徙於龍山寺後殿。亦「瀛社」創社員[18]。

陳　洛（淑程）

陳洛（1863～1911），字淑程，號菊町。祖籍泉州，年 13 應泉州府試，文名籍甚。15 歲隨父親榕庭來臺，踰年應試，受知於劉蘭州觀察，既獲雋矣，以冒籍見黜，劉觀察終器重之，飭淡水縣查覆入籍，翌歲又捷，補弟子員。曾與黃茂清學於「西學堂」，後爲巡撫劉銘傳所賞識，拔充「西學堂」教習，司鐸 4 年，培植人材甚多。因助賑獲贈五品同知銜，乙未之變，日人領臺，土匪蠭起，居民一夕數驚，陳洛告墓將行，已治裝矣，艋舺人士挽留之。7 月開保良局，任董事，一切條陳簡牘，悉由起草。後就總督府民政局事務囑託，在制府從事者 4 載。己亥夏，「全臺官鹽賣務組合」成立，被選爲組合監理兼分臺北總館主任。又充法院諮問會參議，旋改爲臺北地方法院囑託曾加入「玉山吟社」、「淡社」。《臺灣日日新報》草創時，兼任記者，以其文章經濟，貢獻於世。因事務過勞，致體羸善病，明治 44 年 3 月驚蟄後逝世，著有《玉蟾堂詩集》，今不傳。1910 年 10 月 19 日《臺灣日日新報》3745 號〈編輯日錄〉提到其入社：「**又是日艋舺陳淑程氏亦特赴會爲詞宗，且自後將爲社員，共爲扶持，以圖瀛社之發展。**」[19]。

---

18 見黃文虎〈艋舺舊文人回憶錄〉，《臺北文物》2 卷 1 期，1953 年 4 月 15 日，頁 38。唐羽編撰，《基隆顏氏家乘・文徵篇》，基隆顏氏家乘纂修小組，1997 年 12 月，頁 1028。張端然，《日治時期瀛社之研究》，中國文化大學中國文學研究所碩士在職專班碩士論文，2003 年，頁 190。張端然一文作「鳴村」，不知爲字或號？

19 參閱黃文虎〈艋舺舊文人回憶錄〉，《臺北文物》2 卷 1 期，1953 年 4 月 15 日，頁 36、劉篁村，〈艋舺人物志〉，《臺北文物》2 卷 1 期，1953 年 8 月，頁 30。賴子清〈北市科舉題名錄〉，《臺北文物》6 卷 1 期，1957 年 9 月 1 日，頁 36。〈故陳洛氏

蔡鳳儀（舜庭）

蔡鳳儀（1862～1910），字媽成，號舜廷。居玉田里，原籍同安，父登鰲由閩徙基隆，營「萬興船頭行」兼賣雜貨，後又經營金煤礦，遂成素封。鳳儀幼承家學，習舉子業，唯屢場屋不售，乃於鼻頭、深澳、內木山等地設帳課徒。日人治臺，初爲通譯，繼任基隆公學校漢文教師，後辭職經營公賣品兼任學務委員，1912 年 1 月 27 日《臺灣日日新報》4190 號〈編輯日錄〉提到：「接基隆顏雲年氏來翰，謂瀛社友林安邦君昨病故。基隆社友逝者，蔡鳳儀、林子益及君三人，不勝孤城落日之感也」，可知其曾爲「瀛社」社員[20]。

陳宗賦（祚年）

陳宗賦（1864.11.05～1928.02.19），字祚年，號篇竹，又號叔堯、秋荃，爲「瀛社」創社社員。祖籍泉州同安。幼年隨父遷臺，居艋舺八甲庄，後徙大稻埕。幼好學，通經史，擅書法，亦善謎學。道光 28 年爲縣學生員，生性高逸，不喜仕途。乙未割臺，舉家西渡鷺江，於福州設帳授徒。逸興豪情，不復往昔。後返臺，與陳作淦、謝尊五、陳廷植等合組「宏道公司」，經營不善而收業。嗣受林朝棟之聘，復去閩督辦製樟腦。1902 年應《閩報》約，主筆政。民國成立之後，創「三復書齋」於李家花園，延續漢學，造就人才。然晚境蕭條，雄心累挫，日以書法遣興。所作諸體俱備，由顏真卿《麻姑仙壇記》入鍾繇楷隸，行草尤精緻。臺灣論八法者，祚年第一人

之略歷〉，《臺灣日日新報》3927 號第 3 版、廉永英、崔仁慧合著，《臺北市志》卷九《人物志・賢德篇》，臺北市文獻委員會，1991 年 10 月，頁 24。黃美娥編，《日治時期臺北地區文學作品目錄》，臺北市文獻委員會，2003 年 2 月，頁 20、404-406。張端然，《日治時期瀛社之研究》，中國文化大學中國文學研究所碩士在職專班碩士論文，2003 年，頁 186-187。《臺灣歷史人物小傳--明清暨日據時期》，國家圖書館 2003 年 12 月，頁 484。

20 《基隆市志・人物篇》，基隆市文獻會，1959 年 2 月，頁 40。李進勇總纂，《重修基隆市志》卷七《人物志・列傳篇》，基隆市政府，2001 年 7 月，頁 36-37。

也，省垣書壇大老曹容，即爲陳氏高弟。晚年執教福州東瀛學校，客死榕城。著有《三復齋詩文存》1 卷[21]。

蔡啓華

蔡啓華（1864～1918），祖籍福建泉郡惠安縣，幼隨父渡臺。其父以舌耕爲業，啓華隨侍讀書，詩文一道，頗有心得，未幾其父逝，啓華即設帳授徒，娶婦置家。領臺以後，充大稻埕公學校漢文教師，後任總督府學務課員。1913 年 11 月 13 日《臺灣日日新報》4824 號〈瀛社例會補誌〉提到其入社：「瀛社例會已如所報，去九日在基隆顏雲年君環鏡樓上開會。……社外蔡啓華君、張星五君、謝尊五君，俱皆來會。……又據王自新君所云『蔡君有入瀛社之意』，同人皆表歡迎。」其長郎玉麟由國語學校乙科師範部畢業，充大稻埕公學校訓導。因熱心向學，欲與其次弟玉鶴東渡留學，乃父子俱辭職，挈眷而往。玉麟、玉鶴二人，皆入明治大學法科，啓華理家，作久住計。不意啓華老疾發作，在京醫治不效，急遽歸臺，旬餘日竟殞，享年 55[22]。

羅秀惠（蔚村）

羅秀惠（1865～1942），字蔚村，號蕉麓，別署花花世界生，臺南人。

21 見郭海鳴，〈稻江選士錄〉，《臺北文物》2 卷 3 期，1953 年 11 月 15 日，頁 100-101。賴子清〈北市科舉題名錄〉，《臺北文物》6 卷 1 期，1957 年 9 月 1 日，頁 37。《臺北市志》卷七《人物志》，臺北市文獻委員會，1960 年，頁 105、黃師樵，〈陳祚年遺藝彙編〉，《臺北文獻》直字 29 期，1974 年 9 月，頁 23-58。廉永英、崔仁慧合著，《臺北市志》卷九《人物志·賢德篇》，臺北市文獻委員會，1991 年 10 月，頁 187-188、廉永英、崔仁慧合著，《臺北市志》卷八《文化志·文學篇》，臺北市文獻委員會，1991 年 10 月，頁 113、張端然，《日治時期瀛社之研究》，中國文化大學中國文學研究所碩士在職專班碩士論文，2003 年，頁 186。《翰墨珠林 —— 臺灣書法傳承展作品集》，淡江大學文錙藝術中心，2004 年 4 月，頁 79。按賴子清〈臺灣科甲藝文集〉一文謂「生於嘉慶二十二年」，應誤。陳維英、陳宗賦，《太古巢聯集、篇竹遺藝》，龍文出版社，2006 年。
22 參閱《臺灣日日新報》5204 號及 6400 號〈蔡啓華氏逝〉一則

書法家、詩人，亦為「瀛社」創社員。出於蔡國琳門下，光緒年間舉鄉試，考中舉人，乙未割臺，一度避居北京，事定後回臺，寓居安平。日總督以懷柔手段為統治方針，刻意攏絡文人，招來臺北，詢以「治臺十策」。兒玉總督曾聘為《臺澎日報》漢文主筆，並協助纂修《臺南縣志》，旋被舉為臺南師範學校教諭。嗣復內渡廈門，創刊《廈門日報》，因經費無著，未幾停刊，返臺任《臺灣日日新報》漢文筆政，與李漢如、謝汝銓及日人伊藤鄭重等人，倡設「新學研究會」，發行新學叢論。羅氏能詩文，尤工艷體，平生放浪詩酒。因出過天花，滿臉痘瘢。然身材高大，自命風流，每愛流連於秦樓楚館，酒女藝旦等震於文名，紛請索題。曾與「滿清帝國特命全權大使」謝介石、《臺灣通史》作者連橫同遊大稻埕江山樓，愛上名藝旦王香禪，遂娶之。1915 年因貪圖故孝廉賴文安寡妻蔡氏碧吟家資，謀贅其家而與王氏離緣，行為不檢遭「瀛社」除籍[23]。曾於 1897 年 4 月 13 日獲授佩紳章，唯至 1912 年 11 月 20 日又被褫奪收回，不知何故！1925 年 1 月，得顏國年等之捐助，創《臺北黎華新報》，任發行人，計出 5 號，除刊載梨園藝文外，兼及小說、詩文、隨筆。氏風流不羈，然行草書法為世所珍，晚年患惡疾，窮愁潦倒。因腕瘁，遂以左腕作行草榜字，筆力依然沉雄。曾開「千書會」任人求書，故墨蹟流傳甚廣[24]。

王承烈（人俊、采甫）

王承烈（1866～1918.05.23），字人俊，號采甫。住廈新街。光緒 17 年邑庠生。遊泮後擬赴秋闈，遭割臺之變，不果行。乃息影家園，課子、姪為娛。工六法，松竹尤佳，筆力蒼遒，頗得青藤手法。時林湘沅、謝汝銓、

---

23 事見明治 43 年 10 月 14 日《臺灣日日新報》第 3742 號〈議逐出社〉一則。

24 廉永英、崔仁慧合著，《臺北市志》卷八《文化志·文學篇》，臺北市文獻委員會，1991 年 10 月，頁 99。唐羽編撰，《基隆顏氏家乘·文徵篇》，基隆顏氏家乘纂修小組，1997 年 12 月，頁 1132。《臺灣歷史人物小傳--明清暨日據時期》，國家圖書館 2003 年 12 月，頁 801-802。林金田、蕭富隆編，《臺灣早期書畫專輯》，國史館臺灣文獻館，2003 年，頁 138。

洪以南諸賢創「瀛社」，邀先生預其事，自是復致力吟詠，藉舒抑鬱。閭里素重先生品德，爭送兒女列門牆。及門者以千計。著作頗豐，惜於兵燹中散失[25]。

陳進卿（德銘）

陳進卿（1866～1923），字德銘，「瀛社」創社員。大稻埕北街人，其兄爲陳德銓，性聰敏，年 20 尚未學，見鄉人某教授諸兒，默觀所摹字畫，竊聽講解經傳，豁然有悟，自是始讀書。不數年，淹博如老儒。清光緒 17 年取茂才，捷報傳來，人皆以爲誤，即見輿馬榮歸，無不駭異。日人領臺，於自宅招徒授經，以爲人謹嚴端正，從遊者皆畏其威儀，不敢嬉，故門下無頑劣者[26]。

陳直卿（讓六）

陳直卿（1868～1926.03.20），字讓六，1900 年 3 月 9 日有〈敬步衣洲

---

25 見黃文虎〈艋舺舊文人回憶錄〉，《臺北文物》2 卷 1 期，1953 年 4 月 15 日，頁 38。劉篁村，〈艋舺人物志〉，《臺北文物》2 卷 1 期，1953 年 8 月，頁 28，上註明「頂新街大貿易商益興行之後，節婦黃氏之孫。醫師祖派、祖檀、祖熺之父也」。賴子清〈北市科舉題名錄〉，《臺北文物》6 卷 1 期，1957 年 9 月 1 日，頁 35。吳逸生，〈王采甫、黃菊如二先生詩文選〉，《臺北文物》9 卷 4 期，1958 年 12 月，頁 65，作「王人俊先生，字采甫，官章承烈。」。《臺北市志》卷七《人物志》，臺北市文獻委員會，1960 年，頁 103-104、邱秀堂輯，〈臺北七君子詩‧王采甫先生詩存〉，《鯤海粹編》，中華民國史蹟研究中心，1980 年 3 月，頁 257。廉永英、崔仁慧合著，《臺北市志》卷九《人物志‧賢德篇》，臺北市文獻委員會，1991 年 10 月，頁 52、廉永英、崔仁慧合著，《臺北市志》卷八《文化志‧文學篇》，臺北市文獻委員會，1991 年 10 月，頁 63、唐羽編撰，《基隆顏氏家乘‧文徵篇》，基隆顏氏家乘纂修小組，1997 年 12 月，頁 1006。張端然，《日治時期瀛社之研究》，中國文化大學中國文學研究所碩士在職專班碩士論文，2003 年，頁 186。

26 見郭海鳴，〈稻江選士錄〉，《臺北文物》2 卷 3 期，1953 年 11 月 15 日，頁 101。賴子清〈北市科舉題名錄〉，《臺北文物》6 卷 1 期，1957 年 9 月 1 日，頁 35。賴子清〈北市科舉題名錄〉，《臺北文物》6 卷 1 期，1957 年 9 月 1 日，頁 37。《臺北市志》卷七《人物志》，臺北市文獻委員會，1960 年，頁 68。

先生南菜園晚眺原韻〉，可知其與籾山衣洲亦有交遊。1909 年 4 月 1 日、6
月 6 日及 1911 年 7 月 19 日均有詩作見報。從〈瀛社雅集即事〉一詩可知
其為「瀛社」早期社員，1926 年 3 月 21 日《臺灣日日新報》有「陳直卿
氏仙遊」消息：

> 臺北市北區町委員兼保正陳植卿氏，昨二十日午前，老病纏綿，竟
> 以不起，享年五十八。氏有丈夫子一，現皆為公學校訓導，氏平時
> 為第一崇拜內地人者，執同化主義，氏原有財產，因經營製油會社
> 失敗，遂至不振，幸歷代臺北廳及州當局庇護，得維持至今，現停
> 柩在堂，待擇牛眼云。

1926 年 3 月 26 日《臺灣日日新報》則有「陳直卿氏安葬」的消息：

> 故陳直卿氏之靈柩，本日午前八時，將由其蓬萊町自宅發引，在三
> 板橋葬儀堂公奠，然後至舊六館街渡頭，移之於船，順流至關渡口
> 登陸，安葬於觀音山，氏之子，英聲氏現為蓬萊公學校訓導，氏生
> 前交誼甚廣，執紼者當不乏其人也。

由此可推知其生卒年。

蔡添福（實奇）

蔡添福（1869～1936.09），字實奇，亦曰石奇，又號植祈，別署卍華
市隱。性和易不羈，喜與忘年為友，風流文彩，學長申韓。當清季赴縣試，
詩題為〈桐遇知音已半焦〉，忘書一字而落第。日人領臺後，曾被薦為儒紳，
明治 29 年拜命臺北縣事務囑託，34 年改為雇員，後以病辭，轉從商，詩
學與謎學俱工[27]。

---

27 見黃文虎〈艋舺舊文人回憶錄〉，《臺北文物》2 卷 1 期，1953 年 4 月 15 日，頁
39、廉永英、崔仁慧合著，《臺北市志》卷八《文化志・文學篇》，臺北市文獻委
員會，1991 年 10 月，頁 133、張端然，《日治時期瀛社之研究》，中國文化大學中
國文學研究所碩士在職專班碩士論文，2003 年，頁 192。

陳廷植（培三）

陳廷植（1869.09.03～1957.04.04），字培三[28]，又字槐三、號祐槐、青一矜，貢生陳儒林哲嗣，亦創社員。幼有才名，博學宏識。光緒15年己丑，應臺北府試，取第一名，三赴秋闈未酬，講學於「益保裕街」。乙未隨父內渡，旋歸家居，靜修自守。返臺後設「退一齋」教授生徒，旋再創「培德書房」，大正2年，日人敦請難卻，為大稻埕公學校教師，未幾辭歸，仍恢復舊塾，爾來數十年如一日，直至去世為止。明治33年授佩紳章。組織「聚奎吟社」，擔任社長[29]。

歐陽朝煌（珧璜、蓮槎）

歐陽朝煌（1869～1934），一名兆璜、珧璜，字蓮槎，福建晉江縣蚶江人。頗苦讀而屢未售，性耽吟詠。明治37年渡臺，寓艋舺，與人合營三吉錫箔廠於土地後街。嗣為維護漢文化，恆與此間文人，互為過從，獎掖後生，辨明統緒，以嚴夷夏之防。宣統3年，與林搏秋向福州捐監，官章「歐陽鈞」，復與人合夥開「南華錫箔廠」。昭和7年左右歸里，為晉江蚶江小學義務教師，與「瀛社」、「高山文社」均有唱酬，大正年間，曾與洪以南、謝汝銓組「婆娑會」[30]。

28 劉篁村〈龍峒片鱗〉及賴子清〈北市科舉題名錄〉均作「號培三」，《臺北市志》則謂其「卒年不詳」。張端然《日治時期瀛社之研究》一文作「號青一矜」，有誤。
29 見心禪、心印，〈劉銘傳的門生陳廷植先生訪問記〉，《文獻專刊》4卷1、2期，1953年8月，頁135-136。郭海鳴，〈稻江選士錄〉，《臺北文物》2卷3期，1953年11月15日，頁101，賴子清〈北市科舉題名錄〉，《臺北文物》6卷1期，1957年9月1日，頁35。劉篁村〈龍峒片鱗〉，《臺北文物》2卷2期，1973年8月，頁76、廉永英、崔仁慧合著，《臺北市志》卷九《人物志·賢德篇》，臺北市文獻委員會，1991年10月，頁248-249、張端然，《日治時期瀛社之研究》，中國文化大學中國文學研究所碩士在職專班碩士論文，2003年，頁194。
30 參閱黃文虎〈艋舺舊文人回憶錄〉，《臺北文物》2卷1期，1953年4月15日，頁38-39、廉永英、崔仁慧合著，《臺北市志》卷九《人物志·賢德篇》，臺北市文獻委員會，1991年10月，頁95、唐羽編撰，《基隆顏氏家乘·文徵篇》，基隆顏氏家乘纂修小組，1997年12月，頁1023。張端然，《日治時期瀛社之研究》，中國

林馨蘭（湘沅）

林馨蘭（1870～1923.12.30）字湘沅、湘遠、香祖，又署湘畹，號六四居士、壽星。為「瀛社」設立的首倡者之一及「南社」社員。臺灣臺南人，原籍福建同安，光緒 16 年郡廩生。少好吟詠，嘗從舉人蔡國琳學。年 18 為生員，光緒 17 年辛卯及 20 年甲午兩與秋試不第。乙未割臺之變，舉家內渡。越兩年臺局稍定，遂復東歸以治家業。先是設帳授徒，後感於斯文將墜，次第任《全臺日報》、《臺南新報》、《臺灣日日新報》漢文部記者，提倡漢文，發揚詩學，藉以保存國粹。為「星社」年最長者，並曾創「萃英吟社」為首任社長。文筆老蒼，詩工近體，對律齊整，句多感慨，遺作不多見。1918 年任教臺北市太平公學校，夜間則設塾授徒，多所裁成，著有《稻江小唱》1 卷。門人蔡敦輝輯其遺詩為《湘沅吟草》，未及梓行，蔡氏遽爾謝世，其稿遂多散逸[31]。

洪文成（以南）

洪文成（1871.04～1926.05.13[32]），字以南，一字逸雅，號墨樵、逸疋，

文化大學中國文學研究所碩士在職專班碩士論文，2003 年，頁 194。

31 見郭海鳴，〈稻江選士錄〉，《臺北文物》2 卷 3 期，1953 年 11 月 15 日，頁 102。陳世慶，〈星社〉，《臺北文物》4 卷 4 期，1956 年 2 月 1 日，頁 48、賴子清〈北市科舉題名錄〉，《臺北文物》6 卷 1 期，1957 年 9 月 1 日，頁 37，惟該文作卒於 1924 年，誤。《臺北市志》卷七《人物志》，臺北市文獻委員會，1960 年，頁 113。廉永英、崔仁慧合著，《臺北市志》卷九《人物志·賢德篇》，臺北市文獻委員會，1991 年 10 月，頁 223-224、唐羽編撰，《基隆顏氏家乘·文徵篇》，基隆顏氏家乘纂修小組，1997 年 12 月，頁 974，惟該文作「大正 13 年卒」，誤。盧嘉興，〈日據時期為臺灣倡設詩社的林湘沅〉，收於《臺灣古典文學作家論集(中)》，臺南市立藝術中心，2000 年 11 月，頁 617-680。張端然，《日治時期瀛社之研究》，中國文化大學中國文學研究所碩士在職專班碩士論文，2003 年，頁 193-194。《臺灣歷史人物小傳--明清暨日據時期》，國家圖書館 2003 年 12 月，頁 287。

32 參閱《臺灣日日新報》9714 號〈洪以南仙逝〉一則。《臺北市志》卷九《人物志·賢德篇》作「民國八年卒，僅五十四歲耳」，恐有誤，當以報刊所載為準。見廉永英、崔仁慧合著《臺北市志》卷九《人物志·賢德篇》，臺北市文獻委員會，1991 年 10 月，頁 193-194。

別署無量癡者。生於艋舺土地後街，後居淡水。祖父洪騰雲，營米郊致富。以南幼有異稟，祖喜之，延泉州名孝廉龔顯鶴授諸經。乙未之後，避地晉江，得遊泮水。翌年赴試，中晉江縣學秀才。後返臺，1913年價購淡水富商李怡和舊居「達觀樓」，作為文人雅聚之處。曾任淡水區長，平素為人風流儒雅，博學有才識，詩書俱佳，得者珍若拱璧。曾出資收求各邑散亡圖籍、碑帖、文物數千件，賞鑑以為逸樂。洪氏為人豪爽無紈綺氣，北臺文士皆樂與之遊，1909年，謝汝銓與林馨蘭提議設「瀛社」，3月7日假艋舺平樂遊旗亭召開成立大會，以以南為北臺名士，推為首任社長。1921年舉辦第1屆全省詩人大會，與會者百餘人，著有《妙香閣集》。

　　洪氏平生於社會公益事業，亦不遺餘力，其善行可於以下數則見出概略：

明治44年7月22日，《臺灣日日新報》4009號〈洪參事之善舉〉載：

> 臺北廳參事洪以南氏，近有所感觸，思自茲以後，凡欲囑其為書或畫者，將收潤筆，以納赤十字會及愛國婦人會以外諸善舉。內地與本島人士深服其高義，贊成之者多有其人……

又明治44年9月8日《臺灣日日新報》4056號〈編輯賸錄〉載：

> 昨值以南兄來社，藉悉家宅被風雨害者亦約二千圓，然當艋舺日前議賑恤時，兄竟出首捐助，其非顧己不顧人者所得比可知……

又大正3年2月4日《臺灣日日新報》4909號〈編輯賸錄〉載：

> 本日瀛社友洪以南氏，來社，義捐東北饑饉及九州慘狀賑金二百五拾圓。就中氏百貳拾圓，夫人陳氏宇卿百圓，如夫人林氏愛君拾圓，長郎長庚拾圓，次郎我根、長女寬寬各五圓，人人如是，災黎有賴矣……

以南雖為傳統文人，然思想並不守舊，將其二子赴日習醫。長子洪長

庚獲東京帝國大學眼科醫學博士，爲「臺灣第一位眼科博士」[33]。

謝汝銓（雪漁）

謝汝銓（1871～1953），字雪漁，號奎府樓主、晚年署奎府樓老人。原臺南府人，少從蔡國琳學，光緒 18 年入泮。乙未時曾助許南英辦理團練，失敗後避地鄉間達數年之久。改隸後，入臺灣總督府國語學校，爲秀才入國語學校之首。畢業後奉職督府學務課，旋任教於警察官吏練習所。遷居北市，參與編輯《日臺會話辭典》，後轉爲《臺灣日日新報》漢文部主筆、主編。爲「詠霓詩社」發起人，嗣與洪以南倡等創「瀛社」，1927 年繼以南爲第 2 任社長。鼓吹詩學，不遺餘力，「瀛社」社友作品多刊載《臺灣日日新報》，「瀛社」遂成北臺詩社第一。又任《風月報》主筆、臺北州常置議員，光復後任臺灣省通志館顧問委員會委員。謝氏平生所作雖夥，然稍不當意，即裂而焚之，故存集之詩無多。1931 年，爲紀念還曆，乃輯昭和5、6 年所作 192 首爲上卷；詠平生所受知諸前輩及所交遊諸同事事跡，已

---

33 見黃洪炎編，《瀛海詩集》，臺灣詩人名鑑刊行會發行，1940 年，頁 462、毛一波〈臺北縣詩略〉，《北縣文獻》2 期，1956 年 4 月，頁 412。賴子清〈北市科舉題名錄〉，《臺北文物》6 卷 1 期，1957 年 9 月 1 日、《臺北市志》卷七《人物志》，臺北市文獻委員會，1960 年，頁 103。瀛社編委會，《瀛社創立六十週年紀念集》，瀛社辦事處發行，1969 年，頁 1。廉永英、崔仁慧合著《臺北市志》卷九《人物志‧賢德篇》，臺北市文獻委員會，1991 年 10 月，頁 193-194、廉永英、崔仁慧合著，《臺北市志》卷八《文化志‧文學篇》，臺北市文獻委員會，1991 年 10 月，頁 108、基隆詩學會編輯，《雨港古今詩選》，基隆市立文化中心，1998 年 8 月，頁 282，頁 35。黃美娥編，《日治時期臺北地區文學作品目錄》，臺北市文獻委員會，2003 年 2 月，頁 17、270-286。張端然，《日治時期瀛社之研究》，中國文化大學中國文學研究所碩士在職專班碩士論文，2003 年，頁 183。《臺灣歷史人物小傳 —— 明清暨日據時期》，國家圖書館 2003 年 12 月，頁 337-338。惟舊《臺北市志》作「名文光」，誤，吳建民〈松山探源尋根〉一文亦承此說。見吳建民，〈松山探源尋根〉，《松友月刊》創刊號，1998 年 12 月 20 日，頁 58。唐羽編撰，《基隆顏氏家乘‧文徵篇》，基隆顏氏家乘纂修小組，1997 年 12 月，頁 971。邱奕松，〈北臺詩苑〉，《臺北文獻》直字 81 期，1987 年 9 月，頁 372。鄭喜夫，〈臺北著述志稿〉，《臺北文獻》直字 69 期，1984 年 9 月，頁 8。劉篁村，〈艋舺人物志〉，《臺北文物》2 卷 1 期，1953 年 8 月，頁 29，然此文於頁 30 又標洪文光，其生平事蹟部分與洪以南重疊，恐將文成誤爲文光。

故者 120 首列入《感舊篇》爲中卷；健在者 135 首列入《寄懷篇》爲下卷，
總稱《奎府樓詩草》。以人載史，存臺灣近代關係人物之事蹟，頗具文獻。
1935 年，又輯昭和 7 年以來所作 84 題，編爲《蓬萊角詩存》，附於所著《詩
海慈航》下卷末，又著《周易略說》[34]。

莊長命（鶴如）

　　莊長命（1871～1916.09.21），字鶴如，1916 年 9 月 26 日《臺灣日日
新報》有其簡歷如下：

> 新竹莊君長命，字鶴如，去二十一日捐館，鶴如畢業國贊以來，久
> 在督府學務課幫助編修事務，賦性真率，溺情酒詩，平生以柴愚參
> 魯自居，於稠人廣眾中，頌所爲詩，不少顧憚，人或侮之，不與較
> 也，病肺既深，賦自輓之詩六章，享年四十有五，傷己遺書半床，
> 寡妻孤子，零丁誰恤。

　　由此可推知其生卒年，鶴如於日治詩壇相當活躍，「瀛社」成立前即有
爲數不少的詩作見於報端，從 1903 年 11 月 26 日〈圓山八景〉開始，陸續

---

34 見黃洪炎編，《瀛海詩集》，臺灣詩人名鑑刊行會發行，1940 年，頁 106。郭海鳴，〈稻
　江選士錄〉，《臺北文物》2 卷 3 期，1953 年 11 月 15 日，頁 102。毛一波，〈臺北縣
　詩略〉，《北縣文獻》2 期，1956 年 4 月，頁 393。賴子清〈北市科舉題名錄〉，《臺北
　文物》6 卷 1 期，1957 年 9 月 1 日，頁 37。瀛社編委會，《瀛社創立六十週年紀念
　集》，瀛社辦事處發行，1969 年，頁 3。邱奕松，〈北臺詩苑〉，《臺北文獻》直字
　82 期，1987 年 12 月，頁 257。《臺北市志》卷七《人物志》，臺北市文獻委員會，
　1960 年，頁 112。廉永英、崔仁慧合著，《臺北市志》卷九《人物志‧賢德篇》，
　臺北市文獻委員會，1991 年 10 月，頁 250、廉永英、崔仁慧合著，《臺北市志》
　卷八《文化志‧文學篇》，臺北市文獻委員會，1991 年 10 月，頁 152。謝汝銓，
　《雪漁詩集》，龍文出版社，1992 年。唐羽編撰，《基隆顏氏家乘‧文徵篇》，基隆
　顏氏家乘纂修小組，1997 年 12 月，頁 974。基隆詩學會編輯，《雨港古今詩選》，
　基隆市立文化中心，1998 年 8 月，頁 286。張端然，《日治時期瀛社之研究》，中國
　文化大學中國文學研究所碩士在職專班碩士論文，2003 年，頁 183、213-229。《臺灣
　歷史人物小傳──明清暨日據時期》，國家圖書館 2003 年 12 月，頁 767-768。黃美
　娥編，《日治時期臺北地區文學作品目錄》，臺北市文獻委員會，2003 年 2 月，頁 21、
　546-608。

有〈遊劍潭步區覺生觀察原韻〉、〈觀音山眺望〉、〈冬夜苦寒〉等諸詩；而 1904 年 5 月 20 日〈送衣洲先生東歸敬次留別玉韻〉、1904 年 6 月 2 日〈臺北停車場送漢如盟弟歸澎湖〉、1907 年 9 月 8 日〈輓故友黃君植亭〉、1907 年 4 月 24 日〈敬和以南詞兄東上口占瑤韻以贈〉可知其於「瀛社」成立之前，即和籾山衣洲、李漢如、黃茂清、洪以南交遊，1907 年 3 月 20 日〈桃花源限先韻龍潭吟社第二回課題〉也可知其已先加入「龍潭吟社」。加入「瀛社」之後，除了參與課題外，也另有詩作發表，其於病中則作有〈病中吟〉及〈自輓詩〉。

謝尊五（夢春）

謝尊五（1872～1954），字夢春，號靜軒老人。臺北市人，居下奎府町。光緒年間入泮爲諸生，與施梅樵、傅錫祺、謝汝銓、林爾嘉、黃純青等交遊。1925 年遊寓燕京，曾任縣長、外交科長。返臺後，設帳鄉里垂 30 年，及門頗多俊秀。期間，曾任教公學校，汐止「灘音吟社」創設後，應聘爲西賓，長達 9 年，後爲顧問，後又任「鷺洲吟社」社長。戰後執教臺北成功中學，暇輒以吟詠自娛，1953 年，魏清德任「瀛社」社長，聘爲顧問，與劉克明、楊仲佐、吳朝綸、李碩卿等相唱和，著有《靜軒詩集》，後弟子鄭雲從爲編詩集《夢春吟草》[35]。

施明德（瘦鶴）

施明德（1871～？），字瘦鶴，亦號梅窓，善謎學，隸萬華「鶴社」。

---

35 黃洪炎編，《瀛海詩集》，臺灣詩人名鑑刊行會發行，1940 年，頁 104。毛一波，〈臺北縣詩略〉，《北縣文獻》2 期，1956 年 4 月，頁 401。鄭喜夫，〈臺北著述志稿〉，《臺北文獻》直字 69 期，1984 年 9 月，頁 10。邱奕松，〈北臺詩苑〉，《臺北文獻》直字 82 期，1987 年 12 月，頁 258。謝尊五，《夢春吟草》，龍文出版社，2001 年。黃美娥編，《日治時期臺北地區文學作品目錄》，臺北市文獻委員會，2003 年 2 月，頁 21、608-619。張端然，《日治時期瀛社之研究》，中國文化大學中國文學研究所碩士在職專班碩士論文，2003 年，頁 200-201。

顏笏山（覺叟）

顏笏山（1872～？），號覺叟，居臺北綠町，亦創社員。少穎悟，讀書別有會心，由其先嚴一瓢氏所育成，詩文頗能獨出心裁，不同凡響。改隸後嘗從事實業，唯不達其志，1912 年，受僱雲泉商會，退而襲先父衣鉢，設館授徒。門弟子數千計，多屬學界之錚錚。平居唯恬淡自守，養魚植花，以娛晚景，平生喜詩文燈謎。1922 年創「高山文社」任社長，社址設萬華龍山寺，著有《夢覺山莊古稀紀念集》，1923 年 10 月 14 日《臺灣日日新報》「詩壇」有〈壽笏山社兄五十晉一節次其自壽韻〉，可推知其生年[36]。

張德明

張德明（1873～1922），文山堡內湖莊人，明治 33 年授佩紳章，明治 42 年任內湖區長。資性剛毅，最重信義，且學殖豐富，曾爲公學校教師。乙未鼎革，出任於民政局，教授臺語，生年據大正 5 年時年 44 推算，1922 年 11 月 23 日《臺灣日日新報》上有〈張德明氏謝世〉的消息，可知其卒年[37]。

黃贊鈞（石衡）

黃贊鈞（1873～1952.12），字石衡或石峻、參兩，號立三居士。「瀛社」創社社員。臺北大龍峒人，黃水沛三兄。受業於黃覺民、周鏘鳴、黃謙光等宿儒，性穎敏，有志操。學彊識，尤擅詩文，曾應童子試，因越籍受阻，

36 見黃洪炎編，《瀛海詩集》，臺灣詩人名鑑刊行會發行，1940 年，頁 118、鄭喜夫，〈臺北著述志稿〉，《臺北文獻》直字 69 期，1984 年 9 月，頁 37。廉永英、崔仁慧合著，《臺北市志》卷八《文化志·文學篇》，臺北市文獻委員會，1991 年 10 月，頁 139。唐羽編撰，《基隆顏氏家乘·文徵篇》，基隆顏氏家乘纂修小組，1997 年 12 月，頁 1004。黃美娥編，《日治時期臺北地區文學作品目錄》，臺北市文獻委員會，2003 年 2 月，頁 22、637-642。張端然，《日治時期瀛社之研究》，中國文化大學中國學研究所碩士在職專班碩士論文，2003 年，頁 202-203。
37 參閱鷹取田一郎輯，《臺灣列紳傳》，臺灣總督府囑託發行，1916 年，頁 49。

致院試不售。乙未割臺後，爲維故國文化，拒讀日人學校，後執教公學，多所造就。家素豐，多行善舉，曾會同陳培根、辜顯榮，聯名邀集紳、商、學三界領袖 200 餘人，於江山樓開會商討臺北孔廟修建事宜，其採金所得盡捐修孔廟，於 1939 年完工，鄉里推重，尊爲大紳。晚年則致力文教。嘗建「樹人書院」，助修保安宮，建設指南宮、七星池、福德祠，並續修完成大龍峒孔廟之欞星門、黌門、泮宮、泮池和萬仞宮牆等建築，堂皇典麗。復增設幼稚園、夜學校，有功教育。發行《崇聖道德報》，致力孔教之推動。戰後歷任中華聖道會、中國文化學會、萬國道德會理監事，並重刊《人海回瀾》，宣揚聖教，弘揚儒學。參加「瀛社」、「漪蘭吟社」，後寓居臺北宮前町。著有《海鶴樓詩鈔》2 卷、《大同要素》1 卷[38]。

葉鍊金（友石）

葉鍊金（1873～1937），字惟精、友石，板橋港仔墘人，「瀛社」創社員。少從名醫黃玉階遊，得其指授。及學成，懸壺於大稻埕永樂街，設「恆升藥號」，其醫術特異，參以中西，醫治鼠疫、腸病及霍亂，活人無計。工詩文，善書畫，所作淋漓盡致，蒼勁有法。書學董香光，見者讚不絕口。喜酒、嗜茶，性詼諧，人稱爲「鍊仙」，年 60 餘，1923 年 1 月 23 日《臺

---

38 參見黃洪炎編，《瀛海詩集》，臺灣詩人名鑑刊行會發行，1940 年，頁 76。連曉青，〈黃贊鈞其人其事其詩〉，《臺北文物》3 卷 1 期，1954 年 5 月，頁 101-106。毛一波，〈臺北縣詩略〉，《北縣文獻》2 期，1956 年 4 月，頁 405。劉篁村〈北臺詩話小談〉，《臺北文物》5 卷 2.3 期，1957 年 1 月 15 日，頁 100。《臺北市志》卷七《人物志》，臺北市文獻委員會，1960 年，頁 73、吳逸生，〈劉得三、黃贊鈞詩文選〉，《臺北文物》10 卷 1 期，1961 年 3 月 1 日，頁 48、邱奕松，〈北臺詩苑〉，《臺北文獻》直字 81 期，1987 年 9 月，頁 391。廉永英、崔仁慧合著，《臺北市志》卷九《人物志‧賢德篇》，臺北市文獻委員會，1991 年 10 月，頁 232-233、廉永英、崔仁慧合著，《臺北市志》卷八《文化志‧文學篇》，臺北市文獻委員會，1991 年 10 月，頁 93、唐羽編撰，《基隆顏氏家乘‧文徵篇》，基隆顏氏家乘纂修小組，1997 年 12 月，頁 1084。黃美娥編，《日治時期臺北地區文學作品目錄》，臺北市文獻委員會，2003 年 2 月，頁 13、467、479。張端然，《日治時期瀛社之研究》，中國文化大學中國文學研究所碩士在職專班碩士論文，2003 年，頁 188。《臺灣歷史人物小傳--明清暨日據時期》，國家圖書館 2003 年 12 月，頁 611。

灣日日新報》「詩壇」有〈祝葉友石社兄五十壽誕〉，由是可推知其生年[39]。

林知義（問漁）

林知義（1874～1937），字問漁，幼名宜津，號寒泊，別號邃園未叟，亦「瀛社」創社員。新竹潛園林家後裔，鼎梅嗣子，占梅之姪，其身材不高，又以幼童入學，時人稱「囝仔秀才」。嗣移居五股坑。幼而俊異，及長博學宏覽，風流儒雅，光緒17年（1891）辛卯，以紅榜第9名進臺北府學[40]。平居好賦詩，書法精妙，善行楷，設塾於稻江「步蘭亭」。乙未之際，協助日軍平亂，日俄戰爭時捐獻甚多，被任爲帝國義勇艦隊臺灣委員部臺北支部分區委員囑託、五股坑區長、庄長十餘年，1907年任五股區長兼攝貴子坑區長，後任臺北第三高女教務囑託及臺北商工習字教師等。性好園藝，書法，是知名書法家。著有《步蘭亭小稿》1卷、《林知義手鈔》1冊，《步禮亭小稿》1卷[41]。

39 見劉龍岡，〈稻江人物小誌〉，《臺北文物》2卷3期，1953年11月，頁105。《臺北市志》卷七《人物志》，臺北市文獻委員會，1960年，頁126。廉永英、崔仁慧合著，《臺北市志》卷九《人物志·賢德篇》，臺北市文獻委員會，1991年10月，頁199、廉永英、崔仁慧合著，《臺北市志》卷八《文化志·文學篇》，臺北市文獻委員會，1991年10月，頁108。張端然，《日治時期瀛社之研究》，中國文化大學中國文學研究所碩士在職專班碩士論文，2003年，頁190。

40 卒年據《詩報》17號。生年據《臺北市志》所載爲1854年，疑誤。又《臺北市志》作「光緒五年(1879)，舉茂才」亦有誤，見廉永英、崔仁慧合著，《臺北市志》卷九《人物志·賢德篇》，臺北市文獻委員會，1991年10月，頁197。

41 見鷹取田一郎輯，《臺灣列紳傳》，臺灣總督府囑託發行，1916年，頁36。賴子清〈北市科舉題名錄〉，《臺北文物》6卷1期，1957年9月1日，頁35。《臺北市志》卷七《人物志》，臺北市文獻委員會，1960年，頁125-126。廉永英、崔仁慧合著，《臺北市志》卷九《人物志·賢德篇》，臺北市文獻委員會，1991年10月，頁197、唐羽編撰，《基隆顏氏家乘·文徵篇》，基隆顏氏家乘纂修小組，1997年12月，頁997。張端然，《日治時期瀛社之研究》，中國文化大學中國文學研究所碩士在職專班碩士論文，2003年，頁188。《臺灣歷史人物小傳--明清暨日據時期》，國家圖書館2003年12月，頁247-248。惟《臺灣歷史人物小傳》作「幼名義津」。林金田、蕭富隆編，《臺灣早期書畫專輯》，國史館臺灣文獻館，2003年，頁190，然該文生年作「1875年」。

許梓桑（迺蘭）

許梓桑（1874～1945），字迺蘭。淡水縣庠生。本姓胡，山莊農家子，幼年養於基隆商人許某爲嗣[42]。爲人敦厚篤實，受業於江呈輝之門。1901年授紳章，1903年任基隆區街庄長，尋擢升基隆區長，1921年，調升爲基隆街助役，並任臺北州協議會會員及「基隆同風會」會長。性格溫文儒雅，能詩，爲「瀛社」中堅，後組基隆「大同吟社」，爲名譽社長。復爲吟稿合刊《詩報》社長，曾築「慶餘堂」及「迺園」於玉田山腰，昔基隆市玉田里有梓桑巷以紀其名，著有《筠窗吟草》[43]。

陳雕龍

陳雕龍（1874～1911），大稻埕商人，其先泉州同安籍。嘉慶中來往於竹塹，以農爲業，後移大稻埕中街，販茶、煙草。乙未之變，奔福建，居歲餘。1896年歸故里，再營商業，平素急公好義，明治42年3月授佩紳章，「瀛社」例會，常舉於其宅[44]。

---

42 《基隆市志》作「幼孤，母胡氏教之識字」，則其本姓似即姓許。見李進勇等編，《基隆市志》卷七《人物志列傳篇》，基隆市政府，2001年7月，頁31。

43 見鷹取田一郎輯，《臺灣列紳傳》，臺灣總督府囑託發行，1916年，頁26-27。黃洪炎編，《瀛海詩集》，臺灣詩人名鑑刊行會發行，1940年，頁61。《臺北市志》卷七《人物志》，臺北市文獻委員會，1960年，頁104、邱奕松，〈北臺詩苑〉，《臺北文獻》直字81期，1987年9月，頁381。廉永英、崔仁慧合著，《臺北市志》卷九《人物志・賢德篇》，臺北市文獻委員會，1991年10月，頁51-52、唐羽編撰，《基隆顏氏家乘・文徵篇》，基隆顏氏家乘纂修小組，1997年12月，頁972。基隆詩學會編輯，《雨港古今詩選》，基隆市立文化中心，1998年8月，頁10。李進勇等編，《基隆市志》卷七《人物志列傳篇》，基隆市政府，2001年7月，頁31-32、陶一經編，《基隆市志・藝文篇》，基隆市政府，2003年4月，頁16。張端然，《日治時期瀛社之研究》，中國文化大學中國文學研究所碩士在職專班碩士論文，2003年，頁196。

44 參閱鷹取田一郎輯，《臺灣列紳傳》，臺灣總督府囑託發行，1916年，頁57。唐羽編撰，《基隆顏氏家乘・文徵篇》，基隆顏氏家乘纂修小組，1997年12月，頁977。

尾崎秀真（白水）

尾崎秀真（1874.11～1952），號古邨、白水，日岐阜縣加茂郡西白水村人。初任東京報知新聞記者，後轉任《臺灣日日新報》主筆，在職 25 年。間兼總督府囑託，及私立臺北中學校長，並投身臺島之考古學，為著名之漢學家，亦「南雅社」成員。留臺 30 年，對臺灣地方文史之整理，古蹟之維護，不遺餘力。曾舉辦「臺灣三百年文物展覽」，觀賞者近萬人，影響頗深。著有《臺灣三千年史》、《鳥松閣漢詩集》，臺北龍山寺及孔廟皆有其字蹟[45]。

黃炳南（純青）

黃炳南（1875.01.24～1956.12.17），乳名丙丁，號純青，以號行。晚號晴園老人，樹林鎮人。曾集資創設「樹林造酒公司」，後改為「樹林紅酒株式會社」。23 歲時任桃園廳樹林庄長、區長及臺北州海山郡鶯歌庄長長達 33 年。並曾任樹林信用組合長及畜產組合長 25 年、臺灣畜產協會理事 10 年、桃園水利組合評議員 8 年、臺灣總督府評議員 10 年，《臺灣新民報》社顧問 11 年等。膺任公職多達 100 餘項，並授佩紳章、敘勳彰功達 36 次之多。但平日非因爭取地方民眾公益，不入臺灣總督之室。1928 年獲日本政府授瑞寶章。黃氏公務之暇，亦耽文事，早歲與劉克明等創組「詠霓詩社」，尋改「瀛東小社」，後又參「瀛社」，晚年創「薇閣吟社」、「心社」，臺灣詩學之盛，其鼓吹之功不可沒。1931 年，日本連年豐收，限臺米入境，黃氏組織「反對限制臺米移入內地期成同盟會」，終使禁令解除。1941 年

45 參見《臺北市志》卷七《人物志》，臺北市文獻委員會，1960 年，頁 170。廉永英、崔仁慧合著，《臺北市志》卷九《人物志·賢德篇》，臺北市文獻委員會，1991 年 10 月，頁 227-228、廉永英、崔仁慧合著，《臺北市志》卷八《文化志·文學篇》，臺北市文獻委員會，1991 年 10 月，頁 121。唐羽編撰，《基隆顏氏家乘·文徵篇》，基隆顏氏家乘纂修小組，1997 年 12 月，頁 1028。黃美娥編，《日治時期臺北地區文學作品目錄》，臺北市文獻委員會，2003 年 2 月，頁 41、861-865。《翰墨珠林 —— 臺灣書法傳承展作品集》，淡江大學文錙藝術中心，2004 年 4 月，頁 213。

遷臺北，建「晴園」，風光秀麗，環境優雅，每當梅樹著花，杜鵑怒放，輒廣邀詩友，吟詠聯歡，成為臺北之名園。戰後歷任省農會理事長、省參議員、大同中學董事會董事長、國語日報董事、省通志館顧問委員會、省文獻委員會主任委員、省府顧問、臺灣大學文學院教授等。然終身未忘情於詩學，其詩崇香山，最重性靈，而必言之有物，絕不作無病呻吟。戰後曾舉辦第 1 屆全國詩人大會。主要作品有《臺灣地方自治選舉略》、《樹林黃始祖元隆公族譜》、《基隆和高雄》、《鶯歌庄沿革誌》、《孔孟並尊論》、《兼愛非無父辨》、《晴園年譜》3 卷、《晴園詩草》4 卷、《晴園文存》2 卷、《八十自述》1 卷[46]。

楊仲佐（嘯霞）

楊仲佐（1875～1968.08.31），字嘯霞，號網溪，創社員。臺北中和人，弱冠時，其詩文即聞於鄉里。乙未臺灣改隸，隨父楊克彰內渡，數年後返臺。居北市加蚋仔庄，任《臺灣日日新報》記者，中年數遊大陸，遍訪名山大川，著有《神州遊記》刊諸報端。去職後，為避囂塵，擇海山郡中和網溪營建別墅，以種花吟詩為樂。每至花季，輒廣延賓客，置酒高會，前

---

46 見黃洪炎編，《瀛海詩集》，臺灣詩人名鑑刊行會發行，1940 年，頁 87。毛一波，〈臺北縣詩略〉，《北縣文獻》2 期，1956 年 4 月，頁 413。惟毛一波〈臺北縣詩略〉作「字晴園」，江夏生，〈晴園老人黃純青先生略傳〉，《臺灣文獻》10 卷 2 期，1959 年 9 月，頁 201-202。《臺北市志》卷七《人物志》，臺北市文獻委員會，1960 年，頁 73-74、鄭喜夫，〈臺北著述志稿〉，《臺北文獻》直字 69 期，1984 年 9 月，頁 9。邱奕松，〈北臺詩苑〉，《臺北文獻》直字 81 期，1987 年 9 月，頁 389-390。邱麟翔，〈墨學傳人——黃純青〉，《臺北文獻》直字 86 期，1988 年 12 月，頁 205-208。廉永英、崔仁慧合著，《臺北市志》卷九《人物志・賢德篇》，臺北市文獻委員會，1991 年 10 月，頁 234-236、廉永英、崔仁慧合著，《臺北市志》卷八《文化志・文學篇》，臺北市文獻委員會，1991 年 10 月，頁 183、黃純青，《晴園詩草》，龍文出版社，1992年。唐羽編撰，《基隆顏氏家乘・文徵篇》，基隆顏氏家乘纂修小組，1997 年 12 月，頁 1028。黃美娥編，《日治時期臺北地區文學作品目錄》，臺北市文獻委員會，2003年 2 月，頁 14-15、439-451。張端然，《日治時期瀛社之研究》，中國文化大學中國文學研究所碩士在職專班碩士論文，2003 年，頁 192-193、288-314。《臺灣歷史人物小傳--明清暨日據時期》，國家圖書館 2003 年 12 月，頁 605-606。

往賞花雅士，絡繹不絕。時新店溪尙無橋樑與臺北相通，楊氏感鄉鄰渡河
之苦，藉機言於前往賞菊之日本大吏，建議築橋，並慨捐引道用地，橋即
中正橋前身川端橋。種蘭歷 50 載，有「臺灣奇人」之稱。1958 年，因地
方人口激增，乃倡議另成永和鎮，楊氏因眾望所歸，以耄耋之年出任鎮長。
另著有《網溪詩集》（上卷係就網溪唱和詩編成，下卷爲楊氏自作）、《園藝
新書》、《古今名人詩集》、《網溪詩文集》、《古今格言精選》、輯有《歷朝詩
選》、《精選中外格言》等[47]。

倪希昶（炳煌）

　　倪希昶（1875.08.15～1951），字炳煌，「瀛社」創社員。艋舺北皮寮人，
居處顏曰「巢睫居」，故又稱「巢睫居士」，生平酷愛梅花，又稱「梅癡居
士」。少讀書，有別才，詩、詞、歌、賦無不善。工書，小楷尤佳。割臺後，
卒業國語傳習所，任《南海時報》文藝部主編、《新高新報》、《臺政新報》、
《國語時報》等各社漢文主筆，信用合作社理事，暨地方多項公職，從事
司法工作。性溫厚，人多喜與交往。後組「高山文社」，繼顏笏山爲社長。
著有《百勿吟集》行世，《巢睫居詩文集》、《瀛洲風義集》、《東北京畿遊記》、
《時事百感吟》、《古稀百感吟》等均未刊[48]。

47 見黃洪炎編，《瀛海詩集》，臺灣詩人名鑑刊行會發行，1940 年，頁 89。毛一波，〈臺
　北縣詩略〉，《北縣文獻》2 期，1956 年 4 月，頁 413。鄭喜夫，〈臺北著述志稿〉，《臺
　北文獻》直字 69 期，1984 年 9 月，頁 10。邱奕松，〈北臺詩苑〉，《臺北文獻》直字
　82 期，1987 年 12 月，頁 237。廉永英、崔仁慧合著，《臺北市志》卷八《文化志‧
　文學篇》，臺北市文獻委員會，1991 年 10 月，頁 184、唐羽編撰，《基隆顏氏家乘‧
　文徵篇》，基隆顏氏家乘纂修小組，1997 年 12 月，頁 1098。黃美娥編，《日治時期
　臺北地區文學作品目錄》，臺北市文獻委員會，2003 年 2 月，頁 17、479-486。張端
　然，《日治時期瀛社之研究》，中國文化大學中國文學研究所碩士在職專班碩士論文，
　2003 年，頁 201-202、315-335。
48 見黃洪炎編，《瀛海詩集》，臺灣詩人名鑑刊行會發行，1940 年，頁 44、《臺北市志》
　卷七《人物志》，臺北市文獻委員會，1960 年，頁 112。劉篁村，〈倪希昶、王雲
　滄詩文選〉，《臺北文物》10 卷 2 期，1961 年 9 月 1 日，頁 42。邱秀堂輯，〈臺北
　七君子詩‧倪希昶先生詩存〉，《鯤海粹編》，中華民國史蹟研究中心，1980 年 3
　月，頁 289。鄭喜夫，〈臺北著述志稿〉，《臺北文獻》直字 69 期，1984 年 9 月，頁

陳其春（伯漁）

陳其春（1875～？），字伯漁，臺北艋舺人，家本素封，以山東恤賑，特拔貢生。性溫厚，好吟詠，亦「瀛社」創社員，積極投入詩社各項活動。割臺後，歷任多項公職，有名於時[49]。

盧子安（磐石）

盧子安（1875～1930.06.26），字磐石，1930 年 6 月 27 日《臺灣日日新報》上有「盧子安氏逝」的日文消息，提到他於 1930 年 6 月 26 日早上過世，享年 55，再對照 1925 年 10 月 7 日〈壽盧子安先生五十〉及 1925 年 10 月 15 日〈壽盧子安君五十〉，由是可推知其生卒年，曾任《臺南新報》臺北支局囑託通信員。1924 年、1925 年、1926 年、1927 年、1929 年《臺灣日日新報》上均有輪值記錄。1924 年 9 月 6 日之《臺灣日日新報》8733 號〈瀛社題名錄〉所載，其係「個人報名經銓選者」，加入「瀛社」之前，已活躍詩壇許久，自 1903 月 3 月 21～1930 月 6 月 27 日左右，時間近 30 年。

李　書（逸濤）

李書（1876～1921.09.17），字逸濤，號亦陶，煙花散人、雪香山房主人、海沫、逸濤山人、松峰[50]。本籍新竹，1882 年從臺北名士邱亦芝學，

10。廉永英、崔仁慧合著，《臺北市志》卷九《人物志・賢德篇》，臺北市文獻委員會，1991 年 10 月，頁 249-250、廉永英、崔仁慧合著，《臺北市志》卷八《文化志・文學篇》，臺北市文獻委員會，1991 年 10 月，頁 110。惟廉永英等《臺北市志》作「號嘯霞」，誤。唐羽編撰，《基隆顏氏家乘・文徵篇》，基隆顏氏家乘纂修小組，1997 年 12 月，頁 1003。黃美娥編，《日治時期臺北地區文學作品目錄》，臺北市文獻委員會，2003 年 2 月，頁 17-18、286-303。張端然，《日治時期瀛社之研究》，中國文化大學中國文學研究所碩士在職專班碩士論文，2003 年，頁 194。

49 參閱唐羽編撰，《基隆顏氏家乘・文徵篇》，基隆顏氏家乘纂修小組，1997 年 12 月，頁 1009。黃美娥編，《日治時期臺北地區文學作品目錄》，臺北市文獻委員會，2003 年 2 月，頁 378-379。

50 據《臺北市志》記載，見廉永英、崔仁慧合著，《臺北市志》卷九《人物志・賢

頗受栽培，1896 年入《臺灣新報》職，亦曾任《臺灣日日新報》漢文記者，因與日人籾山衣洲、日下峰蓮等人交好，遂參與以日人爲主體的「玉山吟社」活動。同時爲「瀛社」創社員，「奇峰吟社」、「竹社」社員，後徙臺北太平町。性恬靜，尙風雅，酷嗜把筆臨池，兼好收藏，亦常舒嘯吟詠。曾爲日本「書道作振會」會員。1925 年與劉喜陽、鄭超人、李延旭、張雲鶴等組織「臺灣影畫會」，並製作第一部臺語片〈誰之過〉，1929 年再拍〈血痕〉，除電影製作外，於 1928 年冬，奉祝御大典紀念，主催全國書道展，獲審入選。嘗發刊書畫集及格言帖行於世，以小說名家，多發表於《臺灣日日新報》，其中以《蠻花記》、《俠鴛鴦》等最著，亦著有《史沫》1 卷。任職《臺灣日日新報》記者十有餘年，與連橫交最篤[51]。

顏雲年（燦慶）

顏雲年（1876～1923.02.09），一名燦慶，號吟龍，世居基隆瑞芳，少負奇氣，曾受業當地舉人江呈輝及汐止貢生周聰明之門。臺灣割讓後，從父被誣爲匪徒，顏氏行文瑞芳守備隊長抗辯，因得獲釋，隊長留其爲通譯。日人經營瑞芳金山開發，因顏氏熟悉日語且於瑞芳頗孚人望，遂令其負責提供採礦之材料與工人，並與叔父經營部分礦區。1904 年與汐止人蘇源泉

德篇》，臺北市文獻委員會，1991 年 10 月，頁 203。

51 見黃美娥，〈舊文學新女人 ── 《漢文臺灣日日新報》中李逸濤通俗小說的女性形象〉，《重層現代性鏡像—日治時代傳統文人的文化視域與文學想像》，麥田出版社，2004 年、黃美娥編，《日治時期臺北地區文學作品目錄》，臺北市文獻委員會，2003 年 2 月，頁 16、116-117、132-136，惟該文作「1924 年卒」，誤，並已於〈舊文學新女人〉一文改正。廉永英、崔仁慧合著，《臺北市志》卷九《人物志・賢德篇》，臺北市文獻委員會，1991 年 10 月，頁 203。見《臺北市志》卷七《人物志》，臺北市文獻委員會，1960 年，頁 104。廉永英、崔仁慧合著，《臺北市志》卷八《文化志・文學篇》，臺北市文獻委員會，1991 年 10 月，頁 199、唐羽編撰，《基隆顏氏家乘・文徵篇》，基隆顏氏家乘纂修小組，1997 年 12 月，頁 978。張端然，《日治時期瀛社之研究》，中國文化大學中國文學研究所碩士在職專班碩士論文，2003 年，頁 186。《臺灣歷史人物小傳 ── 明清暨日據時期》，國家圖書館 2003 年 12 月，頁 160。

合組「雲泉商會」，並結識金礦鉅子藤田傳三郎男爵，進而從協辦發展至完全承包日本藤田組經營之瑞芳金礦，同時取得賀田組之四腳亭煤礦部份經營權，設「金裕利」號和「金興」號開採大小粗坑、大竿林、荣刀崙金礦，業務日趨興盛。1914年，以青化製煉法採金，獲利豐厚。並利用歐戰爆發時機，收買經營困難礦區並爭取「未許可礦區」之開採權，收益可觀。1912年，築「環鏡樓」於新店街，1918年與三井會社共同創立「基隆炭礦株式會社」，1920年創立「臺陽礦業株式會社」與「基隆煤礦」，兼營土地買賣，漸成鉅富，資產近日金1000多萬元，爲臺灣北部一新興財閥，幾可與板橋林家、霧峰林家、鹿港辜家以及高雄陳家並稱。後又建「陌園」於田寮港。提倡詩學，主持風雅，任「瀛、桃、竹」各吟社聯合會會長。1921年任臺北州協議員，旋任總督府評議員，獲瑞寶章。著有《環鏡樓唱和集》、《陌園吟集》等著作[52]。

何承恩（廷誥）

何承恩（1876～1934），又名雲儒，字廷誥，號鶴溪[53]，福建省海澄縣人，自幼好學，弱冠入閩省海澄縣首批博學弟子員。後隨其父渡海來臺，遂爲大稻埕中北街人。1895年內渡鷺江，與前輩潘翹江孝廉、陳篇竹茂才，

---

52 大正12年2月11日《臺灣日日新報》8160號載有「顏雲年氏謝世」消息。黃洪炎編，《瀛海詩集》，臺灣詩人名鑑刊行會發行，1940年，頁470。王一剛，〈顏雲年、顏國年〉，《臺北文物》8卷3期，1959年10月，頁43-46。《臺北市志》卷七《人物志》，臺北市文獻委員會，1960年，頁96、賴子清，《圓機活法古今詩粹》，文和印刷公司，1966年12月，頁51。鄭喜夫，〈臺北著述志稿〉，《臺北文獻》直字69期，1984年9月，頁8。廉永英、崔仁慧合著，《臺北市志》卷八《文化志·文學篇》，臺北市文獻委員會，1991年10月，頁98、基隆詩學會編輯，《雨港古今詩選》，基隆市立文化中心，1998年8月，頁28、李進勇總纂，《重修基隆市志》卷七《人物志·列傳篇》，基隆市政府，2001年7月，頁29。陶一經編，《基隆市志·藝文篇》，基隆市政府，2003年4月，頁19。張端然，《日治時期瀛社之研究》，中國文化大學中國文學研究所碩士在職專班碩士論文，2003年，頁195-196、212-213。《臺灣歷史人物小傳--明清暨日據時期》，國家圖書館2003年12月，頁791-792。
53 舊《臺北市志》作「號鶴熙」。舊《基隆市志·人物篇》作「字誥廷」，誤。

結社唱酬。1905 年歸里，設筵講經，亦「瀛社」創社社員，後徙居基隆[54]。

王毓卿（小愚）

王毓卿（1876～1912.01.13），字小愚。艋舺人，「瀛社」創社員。為人風流瀟灑，任艋舺後街保正，素仗義，好推行公益[55]。

李黃海（漢如）

李黃海（1876～1936），字漢如，一字耐儂，又署滄海，澎湖人。師事澎湖積學碩儒陳梅峰，能詩，「西瀛吟社」社員。1905 年來臺北，曾任《臺灣日日新報》記者。與伸藤政重倡設「新學研究會」提倡新學，後渡天津，定居該地，1926 年 12 月 22 日《臺灣日日新報》「詩壇」有〈丙寅五十初度自壽八首〉，約可推知其生年，而 1936 年 6 月 21 日的〈輓李漢如詞友〉，則可確知其卒年[56]。

---

54 郭海鳴，〈稻江選士錄〉，《臺北文物》2 卷 3 期，1953 年 11 月 15 日，頁 101。關於何廷誥生卒年，說法不一，賴子清〈北市科舉題名錄〉作「1876-1934」，《臺北文物》6 卷 1 期，1957 年 9 月 1 日，頁 35。《臺北市志》卷九《人物志·賢德篇》謂其「傳光復前二年卒，年六十有二」，則其見生卒年當為「1881-1943」，見廉永英、崔仁慧合著，《臺北市志》卷九《人物志·賢德篇》，臺北市文獻委員會，1991 年 10 月，頁 185。又《雨港古今詩選》及《基隆市志·人物篇》、《重修基隆市志》卷七《人物志·列傳篇》則謂「又名雲儒，字誥廷，士林人，童年應試，輒拔前茅……歸臺執教，住基隆崁子頂，設正蒙書房……年六旬卒於家」。見《基隆市志·人物篇》，基隆市文獻會，1959 年 2 月，頁 41、李進勇總纂，《重修基隆市志》卷七《人物志·列傳篇》，基隆市政府，2001 年 7 月，頁 35。基隆詩學會編輯，《雨港古今詩選》，基隆市立文化中心，1998 年 8 月。茲從賴子清說。又參考陶一經編，《基隆市志·藝文篇》，基隆市政府，2003 年 4 月，頁 18。張端然，《日治時期瀛社之研究》，中國文化大學中國文學研究所碩士在職專班碩士論文，2003 年，頁 191。

55 見唐羽編撰，《基隆顏氏家乘·文徵篇》，基隆顏氏家乘纂修小組，1997 年 12 月，頁 995。

56 見《臺灣日日新報》3987 號〈編輯賸錄〉。廉永英、崔仁慧合著，《臺北市志》卷八《文化志·文學篇》，臺北市文獻委員會，1991 年 10 月，頁 75、唐羽編撰，《基隆顏氏家乘·文徵篇》，基隆顏氏家乘纂修小組，1997 年 12 月，頁 1093。張端然，

莊嘉誠（玉卿）

莊嘉誠（1878～1913.01.26），字玉卿，以字行。石碇堡鰈魚坑人，早年與顏雲年、廖日清為金蘭交。為人疏財仗義，篤於孝道。以肺、胃病卒[57]。

陳庭瑞（嵩蕘）

陳庭瑞（1880～1945），字嵩蕘，基隆人，日治時服務於基隆郵局，為當時政府機關臺人任「判任官」之首位。精詩文，原隸「小鳴吟社」。著有《乾坤別有樓吟草》、《拙拙廬文稿》等。退休後創「日新書房」，栽培桃李，不遺餘力，為詩人陳泰山、陳祖舜之先聲[58]。

蔡三恩（癡雲）

蔡三恩（1880～1940），字癡雲，1915 年加入「星社」，號流星，艋舺

《日治時期瀛社之研究》，中國文化大學中國文學研究所碩士在職專班碩士論文，2003 年，頁 198。

57 見大正 2 年 1 月 15 日《臺灣日日新報》4523 號「編輯賸錄」：「瀛社友莊君嘉誠，與石崖肝膽相照。如別報所傳，既於昨午逝焉，石崖為理喪事，本午特早告退。」唐羽編撰，《基隆顏氏家乘‧文徵篇》，基隆顏氏家乘纂修小組，1997 年 12 月，頁 1013，惟該文作「莊嘉成」。《臺灣歷史人物小傳 —— 明清暨日據時期》，國家圖書館 2003 年 12 月，頁 582。

58 《基隆市志‧文物篇》，基隆市文獻會，1958 年 9 月，頁 26、賴子清，《圓機活法古今詩粹》，文和印刷公司，1966 年 12 月，頁 40。唐羽編撰，《基隆顏氏家乘‧文徵篇》，基隆顏氏家乘纂修小組，1997 年 12 月，頁 1121。李進勇總纂，《重修基隆市志》卷七《人物志‧列傳篇》，基隆市政府，2001 年 7 月，頁 47。陶一經編，《基隆市志‧藝文篇》，基隆市政府，2003 年 4 月，頁 21。《重修基隆市志》、張端然一文，其名作「陳廷瑞」，亦見於基隆詩學會編輯，《雨港古今詩選》，基隆市立文化中心，1998 年 8 月，頁 23。張端然，《日治時期瀛社之研究》，中國文化大學中國文學研究所碩士在職專班碩士論文，2003 年，頁 197。惟其卒年莫衷一是，《基隆市志‧文教志‧藝文篇》、《雨港古今詩選》，黃鶴仁謂「昭和十四年(1939)1月 13 日，獨酌猝死於『拙拙草廬』自宅」，又據唐羽編撰，《基隆顏氏家乘‧文徵篇》，基隆顏氏家乘纂修小組，1997 年 12 月，頁 11211，則謂「光緒十一年生，昭和十三年卒」，三者不知孰是。

人，業中西藥鋪。割臺後以風節自勵，好爲詩、文、詞，天才踔厲，不拘繩尺，與高肇藩同爲奪標名手聞於騷壇。字好隸書，亦爲「瀛社」社員[59]。

陳復禮（克恭）

陳復禮（1880.07.14～1960.04.29），字克恭，生於臺北松山。父陳能記，爲錫口望族，日治時爲礦業鉅子。陳氏曾任株式會社 34 銀行臺北支店事務員，錫口公學校學務委員，松山庄協議會員，松山信用組合長，繼陳茂松氏爲松山區長，至 1929 年卸任。於財經事業則創復記產業合資會社、松山農會、舊埤炭礦等，對地方產業之發展卓有貢獻。於文化則與鄉紳陳茂松、蘇水木、張木、林錦銘、黃石勇等創辦「松社」，自創社伊始至 1960 年謝世，長「松社」32 年，所有資費，一概由其支付。並獨資捐獻松山圖書館等，對松山地區文化之推展與提升，有其不可磨滅之功。爲人敦厚篤實，人格高潔，嗜圍碁，富貲財、廣交際，平時熱心公益，於地方建設，莫不極力促成[60]。

李燦煌（碩卿）

李燦煌（1882.08.08～1944.06.29），字碩卿，亦字石鯨，號秋鱗，晚號退嬰，又號樸亭。樹林人，博聞強記，富民族思想。壯歲寄寓基津，任顏雲年記室，曾於《臺灣日日新報》主掌筆政，嗣受礦業巨擘顏雲年及基隆

---

59 見黃洪炎編，《瀛海詩集》，臺灣詩人名鑑刊行會發行，1940 年，頁 94。陳世慶，〈星社〉，《臺北文物》4 卷 4 期，1956 年 2 月 1 日，頁 55。《臺北市志》卷七《人物志》，臺北市文獻委員會，1960 年，頁 104、邱奕松，〈北臺詩苑〉，《臺北文獻》直字 82 期，1987 年 12 月，頁 257。唐羽編撰，《基隆顏氏家乘·文徵篇》，基隆顏氏家乘纂修小組，1997 年 12 月，頁 1085。黃美娥編，《日治時期臺北地區文學作品目錄》，臺北市文獻委員會，2003 年 2 月，頁 19、514-518。張端然，《日治時期瀛社之研究》，中國文化大學中國文學研究所碩士在職專班碩士論文，2003 年，頁 186。

60 陳氏之生卒年月，據其後人提供之戶籍資料所載。黃洪炎編，《瀛海詩集》，臺灣詩人名鑑刊行會發行，1940 年，頁 55。吳建民，〈松山探源尋根〉，《松友月刊》創刊號，1998 年 12 月 20 日，頁 74。

街長許梓桑之聘，赴基隆新興街設「保粹書房」以授生徒。著有《東臺吟草》1卷，1964年，門人李建興等集其遺作爲《李碩卿先生紀念集》[61]。

林清敦（崇禮）

　　林清敦（1882～1953），號崇禮，三重埔人，居新莊郡鷺州庄，少受業於關渡黃君修氏門下，潛修漢學頗有造詣，曾創「鷺洲吟社」，並參加「瀛社」，首見於昭和11年10月《臺灣日日新報》13118號改組名單。戰後當選北縣議員，1946年首倡纂修《臺北縣志》，是爲北縣修志之濫觴。公餘耽韻事，每當花辰月夕，鷗朋相契，樽酒論文，吟嘯于別墅「師元樓」，以娛心境也，曾任霞海城隍廟重修總董事海內會會長[62]。

郭廷俊

　　郭廷俊（1882.09～？），本籍士林，移居大稻埕日新街。學於臺灣總

---

61 見《基隆市志・文物篇》，基隆市文獻會，1958年9月，頁26、《基隆市志・人物篇》，基隆市文獻會，1959年2月，頁41。李建興，〈石鯨夫子傳〉，《李碩卿先生紀念集》，臺北蓬萊印務社，1964年8月，頁3-4。賴子清，《圓機活法古今詩粹》，文和印刷公司，1966年12月，頁28。廉永英、崔仁慧合著，《臺北市志》卷八《文化志・文學篇》，臺北市文獻委員會，1991年10月，頁79、唐羽編撰，《基隆顏氏家乘・文徵篇》，基隆顏氏家乘纂修小組，1997年12月，頁1030。基隆詩學會編輯，《雨港古今詩選》，基隆市立文化中心，1998年8月，頁15。李進勇總纂，《重修基隆市志》卷七《人物志・列傳篇》，基隆市政府，2001年7月，頁37。陶一經編，《基隆市志・藝文篇》，基隆市政府，2003年4月，頁19-20。張端然，《日治時期瀛社之研究》，中國文化大學中國文學研究所碩士在職專班碩士論文，2003年，頁196。林正三，《松山地區之古老詩社－松社》，文史哲出版社，2005年，頁17、24-26。

62 黃洪炎編，《瀛海詩集》，臺灣詩人名鑑刊行會發行，1940年，頁25，該書略歷提到「行年五十八」，故約可推知其生年在1882年左右。毛一波，〈臺北縣詩略〉，《北縣文獻》2期，1956年4月，頁422。廉永英、崔仁慧合著，《臺北市志》卷八《文化志・文學篇》，臺北市文獻委員會，1991年10月，頁139。黃美娥編，《日治時期臺北地區文學作品目錄》，臺北市文獻委員會，2003年2月，頁12、233-248。張端然，《日治時期瀛社之研究》，中國文化大學中國文學研究所碩士在職專班碩士論文，2003年，頁201。生年據《瀛海詩集》出版時年58，可推其爲1882年。

督府國語學校國語部，以第 1 回第 1 名畢業，嗣負笈東渡，入東京專修大
學經濟科。爲人率直硬骨，做事負責。學成返臺，歷任臺灣軌道會社董事、
臺北市、州協議會員、臺灣總督府評議會員、稻江信用組合長、稻江青年
團名譽團長等，日治後期卒[63]。

釋善慧（江清俊）

　　釋善慧（1882～1946.01.11），俗姓江，名清俊，基隆人，幼聰慧，年
16，隨母持齋。1900 年，鼓山僧妙密、善智二師來臺宣經，善慧往聽，遂
出家。1901 年，渡福洲，落髮湧泉寺，法號常覺，字善慧，別號露堂。明
年返臺，建「靈泉寺」。1916 年與日僧創辦「臺灣佛教青年會」，繼創「臺
灣佛教中學林」，1932 年與鼓山「虛雲禪寺」共同出刊《星燈集》，1933 年
掛錫南洋，1938 年赴滬杭，1943 年返臺，善慧亦能詩，與文人時有過從，
且爲「瀛社」社友，示寂於士林啓明堂，世壽 65，僧臘 42[64]。

吳昌才

　　吳昌才（1883.08.28～1928），生於艋舺頂新街，爲艋舺望族吳氏之後，
其先祖經營北郊「吳源昌行」。幼讀詩書，乙未割臺時，年甫 14，出役於
艋舺保良局，處事敏捷老成，頗受器重，旋被推爲副局長。及長，委身實
業，從事製糖，聲望益著。於賑濟救恤、公益義舉，極爲踊躍，鄉里及日
人重之。曾任艋舺區長、艋舺信用組合長、臺灣總督府評議員等，爲艋舺
出身第一聞人[65]。

63 劉龍岡，〈稻江人物小誌〉，《臺北文物》2 卷 3 期，1953 年 11 月，頁 105。

64 唐羽編撰，《基隆顏氏家乘·文徵篇》，基隆顏氏家乘纂修小組，1997 年 12 月，頁
　991。李進勇總纂，《重修基隆市志》卷七《人物志·列傳篇》，基隆市政府，2001
　年 7 月，頁 53。

65 唐羽編撰，《基隆顏氏家乘·文徵篇》，基隆顏氏家乘纂修小組，1997 年 12 月，頁
　1092。張端然，《日治時期瀛社之研究》，中國文化大學中國文學研究所碩士在職專
　班碩士論文，2003 年，頁 187，卒年據《臺灣日日新報》10010 號載。

林清月（林怒濤）

　　林清月（1883～1960），筆名林怒濤、林不老、訴心難（素心蘭諧音），臺灣臺南人。「瀛社」創社社員。生父鍾國棟爲清朝官吏，生有 5 男，清月居長，因相士指其八字須奉兩姓香火，乃出嗣爲林姓姑丈家爲養子。養父林汝聘爲秀才，清月自幼從之讀四書五經。12 歲時臺灣淪爲日本統治，14 歲入日語傳習所，學得一口流利日語，結業後任「總督府臺南醫院」翻譯，18 歲就讀臺灣總督府醫學校，1905 年畢業後在「赤十字社臺灣支部醫院」與「臺灣病院」服務，對鴉片成癮患者之戒除最有心得，嘗獨創方劑並發表論文。1919 年在大稻埕建昌街創「宏濟醫院」。又曾到大陸考察吸食鴉片狀況，歸著《地球上阿片之命運》一書，1923 年由商務印書館出版。其醫院生意越來越好，決定創建一所綜合醫院，爲此類醫院之濫觴。然因借款過多，產權歸第一銀行所有，後改名「臺北更生院」，爲戒鴉片癮中心。1945 年臺灣光復後擔任第 1 屆「臺北市醫師公會」和「臺灣省醫師公會」的理事長。林清月對歌謠的貢獻極大，人稱「歌人醫生」。將收集到歌謠印成小冊子在醫院販賣，1935 年「臺灣歌人協會」創立，擔任理事，所採歌謠多散逸，僅自費出版《仿詞體之流行歌》、《歌謠集粹》，合計約 1000 首。此外亦投身流行歌壇，與鄧雨賢合作譜寫〈老青春〉。1935 年「勝利」公司在張福興擔任文藝部長時，請他擔任選詞工作，當時一些作詞者，如李臨秋、陳達儒等因爲他的年紀與詩文背景，視他爲師。1951 年臺灣省文化協進會設歌謠委員會，擔任委員[66]。

黃水沛（春潮）

　　黃水沛（1884～1959），字桂舟，號春潮、春星、覆瓿、老蒼、醉嬾。「瀛社」創社社員。大龍峒人，幼時與三兄贊鈞皆從陳維英之婿黃覺民學，

---

66 林清月，〈嘴仔厎〉，《臺灣風物》2 卷 7 期，1952 年 10 月 20 日，頁 5、鄭喜夫，〈臺北著述志稿〉，《臺北文獻》直字 69 期，1984 年 9 月，頁 28。《臺灣歷史人物小傳——明清暨日據時期》，國家圖書館 2003 年 12 月，頁 258-259。

頗精經史。寓曰「黃村樓」，又曰「黃樓」。乙未後肄業日臺北國語學校，先執教，後轉任臺灣米穀同業公會常務理事 16 年，戰後被舉為理事長。素喜吟詠，早年與林湘沅、林述三、張純甫、駱香林、陳心南、吳夢周、李騰嶽諸人，組織「星社」。黃水沛於社務推展、鼓吹詩學，貢獻尤多，又參加「心社」。其詩以民生問題著眼，率多寫實，別具風格。1924 年，與「星社」同仁張純甫創《臺灣詩報》月刊，任編輯，該刊原為 16 開版 24 頁，第 5 號後改為 32 開版，約 40 頁，每月發行 1 次，詩文並載，兼刊各地詩社吟稿。發行人陳籙，主要執筆人有黃水沛、林述三、張純甫、駱香林。《臺灣詩報》與連橫的《臺灣詩薈》被視為等量齊觀的重要刊物。1948 年，任臺灣省通志館顧問委員會委員，翌年改組，改任臺灣省文獻會編纂，曾纂《臺灣省通志稿卷三政事志建置篇》，著有《黃樓詩鈔》2 卷，1938 年刊行，編有《庚寅端午詩人大會集》[67]。

王少濤（雲滄）

王少濤（1883.07.24～1948.04.21），幼名新海，字少濤、肖陶，別號蕉村、裝塗、笑陶、小維摩、海山郡人、小浪仙、雲滄、木瓜盦主人、一角樓主人、東海布衣雲滄生。原臺北土城人，光緒末移籍來北，居稻江，後轉北縣中和，18 歲自大稻埕公學校畢業後入稻江「劍樓」，師事趙一山，20 歲轉入臺灣總督府國語學校師範乙科就讀，畢業後本從教職，與王顯詔、連橫、林柏壽、楊仲佐、黃水沛交甚莫逆，為「瀛社」創社員，並與臺中

---

67 見黃洪炎編，《瀛海詩集》，臺灣詩人名鑑刊行會發行，1940 年，頁 73。陳世慶，〈星社〉，《臺北文物》4 卷 4 期，1956 年 2 月 1 日，頁 53。毛一波，〈臺北縣詩略〉，《北縣文獻》2 期，1956 年 4 月，頁 402。鄭喜夫，〈臺北著述志稿〉，《臺北文獻》直字 69 期，1984 年 9 月，頁 37。廉永英、崔仁慧合著，《臺北市志》卷八《文化志·文學篇》，臺北市文獻委員會，1991 年 10 月，頁 179、黃水沛，《黃樓詩》，龍文出版社，1992 年。黃美娥編，《日治時期臺北地區文學作品目錄》，臺北市文獻委員會，2003 年 2 月，頁 13-14、415-421。張端然，《日治時期瀛社之研究》，中國文化大學中國文學研究所碩士在職專班碩士論文，2003 年，頁 200。《臺灣歷史人物小傳--明清暨日據時期》，國家圖書館 2003 年 12 月，頁 594。惟《臺北市志》作「字春潮」

「櫟社」、臺南「南社」社員時有唱酬。工詩、善書、精繪，有「詩書畫三絕」之美名。1905 年與黃純青、王百祿、王希達、魏清德等人創立「詠霓詩社」。1910 年參與組「瀛東小社」，1911 年 8 月由臺北廳土城公學校訓導轉教於廈門旭瀛書院，至 1915 年 3 月卸職。1937 年 2 月，曾於臺北公會堂舉辦個人書畫展。少濤遺詩文若干卷，傳有《木瓜庵詩集》[68]。

林長耀（菊塘）

林長耀（1884.10.12～1962.06.08），字菊塘，原籍臺南，後遷臺北，因家焉。日治時任職《臺灣日日新報》，與黃菊如、王子鶴等吟友時相過從。精楷書，從事印刷。亦「鷺洲吟社」、「高山文社」社員[69]。

黃昆榮（石庵）

黃昆榮（1884～1946），字石庵，世居基隆市玉田里，博學能詩，好擊鉢吟，名震騷壇，民初參與創「小鳴吟社」，致力宏揚詩教，亦曾為「貊山吟社」社員。後於九份焿子寮、大武寮設帳授徒[70]。

---

68 見黃洪炎編，《瀛海詩集》，臺灣詩人名鑑刊行會發行，1940 年，頁 2。《臺北市志》卷七《人物志》，臺北市文獻委員會，1960 年，頁 111。劉篁村，〈倪希昶、王雲滄詩文選〉，《臺北文物》10 卷 2 期，1961 年 9 月 1 日，頁 44、毛一波，〈臺北縣詩略〉，《北縣文獻》2 期，1956 年 4 月，頁 412。邱秀堂輯，〈臺北七君子詩・王雲滄先生詩存〉，《鯤海粹編》，中華民國史蹟研究中心，1980 年 3 月，頁 263。廉永英、崔仁慧合著，《臺北市志》卷九《人物志・賢德篇》，臺北市文獻委員會，1991 年 10 月，頁 249、廉永英、崔仁慧合著，《臺北市志》卷八《文化志・文學篇》，臺北市文獻委員會，1991 年 10 月，頁 80。唐羽編撰，《基隆顏氏家乘・文徵篇》，基隆顏氏家乘纂修小組，1997 年 12 月，頁 1029。黃美娥編，《日治時期臺北地區文學作品目錄》，臺北市文獻委員會，2003 年 2 月，頁 12-13、77-106。張端然，《日治時期瀛社之研究》，中國文化大學中國文學研究所碩士在職專班碩士論文，2003 年，頁 185。王少濤，《王少濤全集》，臺北縣文化局，2004 年，頁 63-95。
69 曾今可，《臺灣詩選》，中國詩壇，1953 年 10 月，頁 1293。邱奕松，〈北臺詩苑〉，《臺北文獻》直字 81 期，1987 年 9 月，頁 362。唐羽編撰，《基隆顏氏家乘・文徵篇》，基隆顏氏家乘纂修小組，1997 年 12 月，頁 1054。
70 《基隆市志・文物篇》，基隆市文獻會，1958 年 9 月，頁 27、唐羽編撰，《基隆顏

劉克明（篁村）

劉克明（1884.01.03～1967），號篁村，新竹人。廩生劉廷璧季子。明治 36 年畢業於國語學校師範部，任教於臺北師範學校、臺北第三高女，並擔任公學校教員檢定試驗委員、文官普通考試委員、總督府翻譯官。戰後，任職臺北市大同高中校長，曾任文化學院臺灣研究所理事。畢生從事教育，50 年如一日。並致力於蒐集、整理地方文獻。曾於 1905 年與黃純青、王少濤、魏清德等人，創立「詠霓詩社」，社員來自北臺各地。1909 年，「瀛社」創立，加入其中。著有《臺語大成》、《廣東語集成》、《教科摘要－臺灣語速修》、《實業教材－臺灣語及書翰文》、《中和庄誌》、《臺灣古今談》等[71]。

李祖唐（逸樵）

李祖唐（1884～1946），字逸樵、翊業，別署雲香居士、雪香山房主人。新竹人，為清朝旌表孝子李錫金之後人。性恬淡風雅。飽讀諸經，喜收藏，能揮七絃，古調獨好。書法出入米芾，晚年作品酷似何紹基，閒繪蘭竹亦妙。黃瀛豹編《現代臺灣書畫大觀》，稱其「**書法出入晉唐各帖，參考米芾、張、董諸家**」。據逸樵哲嗣李維垣口述，李氏服膺顏魯公、張瑞圖、董其昌、

氏家乘‧文徵篇》，基隆顏氏家乘纂修小組，1997 年 12 月，頁 1089。基隆詩學會編輯，《雨港古今詩選》，基隆市立文化中心，1998 年 8 月，頁 41。黃鶴仁《貂山吟社史研究》，2000 年 12 月自印本。陶一經編，《基隆市志‧藝文篇》，基隆市政府，2003 年 4 月，頁 24。

71 黃洪炎編，《瀛海詩集》，臺灣詩人名鑑刊行會發行，1940 年，頁 96。鄭喜夫，〈臺北著述志稿〉，《臺北文獻》直字 69 期，1984 年 9 月，頁 10。邱奕松，〈北臺詩苑〉，《臺北文獻》直字 82 期，1987 年 12 月，頁 246。廉永英、崔仁慧合著，《臺北市志》卷八《文化志‧文學篇》，臺北市文獻委員會，1991 年 10 月，頁 225。惟鄭喜夫文作「號篁村，臺北市人」，唐羽編撰，《基隆顏氏家乘‧文徵篇》，基隆顏氏家乘纂修小組，1997 年 12 月，頁 1007。黃美娥編，《日治時期臺北地區文學作品目錄》，臺北市文獻委員會，2003 年 2 月，頁 20、490-499。張端然，《日治時期瀛社之研究》，中國文化大學中國文學研究所碩士在職專班碩士論文，2003 年，頁 198-199、268-287。

吳昌碩法度，或受彼等影響，故結體多變。逸樵部分墨蹟喜用偏鋒，運筆快速，極盡妍娟，曾倡設「奇峰吟社」，後亦參與「竹社」[72]。

王　溥（子清）

王溥（1885～1943），一作王薄，又名謀治，字子清，福建晉江人。少習舉子業，民初來臺，充大和行及雲泉商行記室，後設帳於牡丹坑、暖暖、侯硐等地，詩、書造詣甚深，本會第五任社長杜萬吉及名詩人周植夫即出自其門。首創「同勵吟社」於暖暖，後日人禁漢學，乃轉儒為醫，懸壺於基隆市，二次大戰時重回暖暖[73]。

陳槐澤（心南）

陳槐澤（1885.05～1963），字心南，後以字行，號翁菴，或作翁庵。新竹中港人[74]，清光緒中葉，隨父遷至錫口。及長，博洽善屬文，與魏清德結金蘭契，潤菴騷壇重鎮也，於是發憤為詩，工近體，律絕俱佳。因與林述三、黃水沛等人，同為「星社」社員，故亦號「秋星」，與同社駱香林相交最深，與黃水沛等亦多唱和。善書法，出入歐、蘇，晚年酷嗜劉石菴，遒勁中別饒柔潤之趣，與弟薰南（覺齋）同為士林所稱。在日治時期的臺灣書壇頗為活躍。駱香林評其書風「自顏、柳四家外，無不規模，暮年始自為體，細按之，四家之骨仍在也。」逮 1927 年「松社」成立後，與張純

---

72 參閱黃洪炎編，《瀛海詩集》，臺灣詩人名鑑刊行會發行，1940 年，頁 17-18。林金田、蕭富隆編，《臺灣早期書畫專輯》，國史館臺灣文獻館，2003 年，頁 238。黃美娥編，《日治時期臺北地區文學作品目錄》，臺北市文獻委員會，2003 年 2 月，頁 125-126。

73 《基隆市志・文物篇》，基隆市文獻會，1958 年 9 月，頁 26-27。唐羽編撰，《基隆顏氏家乘・文徵篇》，基隆顏氏家乘纂修小組，1997 年 12 月，頁 1089。基隆詩學會編輯，《雨港古今詩選》，基隆市立文化中心，1998 年 8 月，頁 17、李進勇總纂，《重修基隆市志》卷七《人物志・列傳篇》，基隆市政府，2001 年 7 月，頁 19-20、35-36。陶一經編，《基隆市志・藝文篇》，基隆市政府，2003 年 4 月，頁 17。

74 一作苗栗竹南人，《臺北市志卷八・文化志・文學篇》作臺北松山人，誤。

甫受聘任指導，參與各詩會擊缽之吟。1932 年東京大地震時，曾與張純甫義賣書法，救濟災民。遺有《翁菴詩集》。

另據林韓堂詞老云：「氏先於汐止某煤礦礦主蘇清氏邸中坐館，並曾引為礦區職員。純甫於松社散館後，另薦氏為代，遂徙家慈祐宮側。然因陳喜開講，上課且未準時，致學員日少」，林氏曾評其「於學則有成，於教則非上者。且陳素重閒詠而輕擊缽，致無法招攬學生」。戰後松山區長鄭水源薦為松山國民學校代用教員，據《松山國小創校九十周年紀念集·歷任教職員工一覽表》載：「陳氏於 35 年 1 日到職，至 45 年 12 月退休」[75]。

林佛國（石崖）

林佛國（1885.10.05～1969.03.05），字澤生、耘生，號石崖，又署野老、盛邨。臺北州文山郡人，幼承家學，長更奮發，文章得力於眉山、龍川。畢業於師範學校、日本法政大學。歷任公學校訓導、《臺灣日日新報》編輯、景尾同風會會長、臺北州協議會員，戰後任臺北縣參議員、第 1 屆縣議員、警民協會理事長、臺北縣文獻委員會副主委員，參與《臺北縣志》編修，為「瀛社」創社員中最後謝世者。平生頗事著作，撰有《臺灣今昔論》、《日本地方自治》、《林氏家譜》、《蓬萊吟草》、《環島考察吟草》、《長林山房吟草》行世[76]。

75 生年據《翁菴詩草》篇首「甲午夏五月作者七十華誕，松社同人錄謄以祝」一語逆推，應早於張純甫 3 年（1885）。黃洪炎編，《瀛海詩集》，臺灣詩人名鑑刊行會發行，1940 年，頁 52。陳世慶，〈星社〉，《臺北文物》4 卷 4 期，1956 年 2 月 1 日，頁 53-54。《臺北市志》卷七《人物志》，臺北市文獻委員會，1960 年，頁 112。廉永英、崔仁慧合著，《臺北市志》卷九《人物志·賢德篇》，臺北市文獻委員會，1991 年 10 月，頁 259。廉永英、崔仁慧合著，《臺北市志》卷八《文化志·文學篇》，臺北市文獻委員會，1991 年 10 月，頁 212。黃美娥編，《日治時期臺北地區文學作品目錄》，臺北市文獻委員會，2003 年 2 月，頁 19-20、386-392。張端然，《日治時期瀛社之研究》，中國文化大學中國文學研究所碩士在職專班碩士論文，2003 年，頁 205。《臺灣歷史人物小傳--明清暨日據時期》，國家圖書館，2003 年 12 月，頁 536-537。林正三，《松山地區之古老詩社－松社》，文史哲出版社，2005 年，頁 22-24。
76 見黃洪炎編，《瀛海詩集》，臺灣詩人名鑑刊行會發行，1940 年、毛一波，〈臺北縣詩

林嵩壽（絳秋）

　　林嵩壽（1885～1934.11.09），字絳秋，號玉鏘，板橋人，爲林本源家第 3 房後裔。1934 年 12 月 8 日《臺灣日日新報》上有「故林嵩壽氏の告別式」的日文報導。於 1934 年 11 月 9 日過世，卒年 49，故可推知其生卒年。至於報上刊載其詩作，均與上山蔗菴有關，分別是 1928 年 5 月 10 日及同年 7 月 9 日。至於 1902 年 5 月 20 日有「林嵩壽氏の東遊」，1910 年 7 月 29 日有「嵩壽回臺」的記載，不能確定其於 1902～1910 間是否不在臺灣？後於 1927 年 9 月 10 日報導其贊助成立「板橋幼稚園」，同年 9 月 28 日又有「籌設漢醫治療所」的記錄。性風雅，喜吟詠，書法亦秀麗可觀。昭和 3 年戊辰菊月，遍邀詩友於林家別墅宏開詩宴，對宏揚風教頗爲致力[77]。

蘇世昌

　　蘇世昌（1885～1923），瑞芳人，蘇源泉季弟。居九份，採金有成，後積貲遷基隆，改從坐賈，名「蘇捷泰行」，1923 年 5 月 23 日《臺灣日日新報》的「基隆特訊」有「蘇世昌氏逝……享年三十八歲」的訊息，故可推

略〉，《北縣文獻》2 期，1956 年 4 月，頁 414。瀛社編委會，《瀛社創立六十週年紀念集》，瀛社辦事處發行，1969 年，頁 9。鄭喜夫，〈臺北著述志稿〉，《臺北文獻》直字 69 期，1984 年 9 月，頁 12。邱奕松，〈北臺詩苑〉，《臺北文獻》直字 81 期，1987 年 9 月，頁 364。廉永英、崔仁慧合著，《臺北市志》卷九《人物志・賢德篇》，臺北市文獻委員會，1991 年 10 月，頁 186-187、廉永英、崔仁慧合著，《臺北市志》卷八《文化志・文學篇》，臺北市文獻委員會，1991 年 10 月，頁 155、201、唐羽編撰，《基隆顏氏家乘・文徵篇》，基隆顏氏家乘纂修小組，1997 年 12 月，頁1022。黃美娥編，《日治時期臺北地區文學作品目錄》，臺北市文獻委員會，2003 年2 月，頁 11、198-214。張端然，《日治時期瀛社之研究》，中國文化大學中國文學研究所碩士在職專班碩士論文，2003 年，頁 184、249-267。林佛國，《長林山房吟草》，龍文出版社，2006 年，頁 32。惟新舊《臺北市志》均作「民國五十二年卒」，邱奕松〈北臺詩苑〉作「民國五十九年卒」，均誤。
77 黃美娥編，《日治時期臺北地區文學作品目錄》，臺北市文獻委員會，2003 年 2 月，頁 254。

知其生卒年[78]。

吳如玉（仙槎）

　　吳如玉（1886～？），字仙槎，號海溪，別署梅州，初居三貂。原隸「萃英吟社」，1916 年遷臺北，建義塾於大橋町，爲「瑞芳鎮漢學研究會」主任。善詩文，工書法，能作各種分隸，隸書尤蒼勁[79]。

黃河清（菊如、蘭溪）

　　黃河清（1886～1935.03），字菊如，號澹廒生，福建南安蘭溪人。弱冠後渡臺，寄籍艋舺。先生博聞強記，工於詩，參與「瀛社」，每會必至。嗣就職《臺灣日日新報》，爲校正員，不久隨謝汝銓、王瑒銘應《公理報》之聘赴菲律賓，因生活不慣而歸返，乃設帳於大埔街，顏其館爲「薜蘿山房」，著有《薜蘿山房詩稿》[80]。

魏清德（潤庵）

---

78 唐羽編撰，《基隆顏氏家乘・文徵篇》，基隆顏氏家乘纂修小組，1997 年 12 月，頁971。

79 該位詩人生平資料由瀛社現任社員陳榮弡先生執筆。毛一波，〈臺北縣詩略〉，《北縣文獻》2 期，1956 年 4 月，頁 420。林金田、蕭富隆編，《臺灣早期書畫專輯》，國史館臺灣文獻館，2003 年，頁 243。

80 見吳逸生，〈王采甫、黃菊如二先生詩文選〉，《臺北文物》9 卷 4 期，1958 年 12 月，頁 69。《臺北市志》卷七《人物志》，臺北市文獻委員會，1960 年，頁 111、瀛社編委會，《瀛社創立六十週年紀念集》，瀛社辦事處發行，1969 年，頁 6。邱秀堂輯，〈臺北七君子詩・黃河清先生詩存〉，《鯤海粹編》，中華民國史蹟研究中心，1980 年 3 月，頁 273。廉永英、崔仁慧合著，《臺北市志》卷九《人物志・賢德篇》，臺北市文獻委員會，1991 年 10 月，頁 190、廉永英、崔仁慧合著，《臺北市志》卷八《文化志・文學篇》，臺北市文獻委員會，1991 年 10 月，頁 111、《臺灣歷史人物小傳--明清暨日據時期》，國家圖書館 2003 年 12 月，頁 602。《臺北市志》3 筆資料均提及「或謂先生之學，得自書肆，暇時遍覽肆中群書，潛研苦修，學遂大進」云云。張端然，《日治時期瀛社之研究》，中國文化大學中國文學研究所碩士在職專班碩士論文，2003 年，頁 188。

　　魏清德（1886～1964），字潤庵。新竹人。性誠樸，敦孝友，力學嗜古，朝夕吟詠不輟。日治時期畢業於新竹公學校與總督府國語學校師範部。隨即在中港地區公學校任教，並通過臺灣地區第 2 屆普通文官考試。漢學方面受其父紹吳啓迪，根基甚深，對詩文方面尤有興趣，1905 年就讀師範部時，即加入「詠霓吟社」。嗣受日本漢學家《臺灣日日新報》主編尾崎秀真之賞識，擢拔爲該報記者及漢文部主任。1910 年加入「瀛社」，後繼謝雪漁爲第 3 任「瀛社」社長，同時亦爲竹塹「竹社」重要幹部，與張純甫等切磋往還。1911 年，梁啓超訪臺時，魏氏即展現其採訪專才，頗受讚譽，連雅堂亦極爲推重。日本官方及民間學者欲學漢詩者，經常前來請益。「臺灣文化協會」創立時，擔任新竹州評議委員。至 1935 年，仍被推爲臺北州協議會員，參與州政。光復前夕，已自《臺灣日日新報》退休，改至臺北第二中學教漢文。戰後被任命爲「臺灣合會儲蓄公司」總經理。晚年輕微中風，行動較遲緩。潤庵之詩，深得東坡神髓。五言古詩神志飄逸，語氣清新。氏於燈謎興趣甚濃，常有匠心之作，與其弟清壬在謎壇中甚具才名。《臺灣日日新報》之出謎徵射，多由其主稿，著有《滿鮮吟草》、《潤庵吟草》、《尺寸園瓿稿》等作，前者於日昭和 10 年 9 月刊行，凡 14 頁。潤庵古近長短諸體俱佳，爲當時北臺之「大手筆」。其哲嗣魏火曜，曾任臺大醫學院院長[81]。

林　纘（述三）

81 黃洪炎編，《瀛海詩集》，臺灣詩人名鑑刊行會發行，1940 年，頁 114。許天奎，〈鐵峰詩話〉，收於《鯤海粹編》，中華民國史蹟研究中心，1980 年 3 月，頁 222-224。邱奕松，〈北臺詩苑〉，《臺北文獻》直字 82 期，1987 年 12 月，頁 259。廉永英、崔仁慧合著，《臺北市志》卷八《文化志‧文學篇》，臺北市文獻委員會，1991 年 10 月，頁 99。唐羽編撰，《基隆顏氏家乘‧文徵篇》，基隆顏氏家乘纂修小組，1997 年 12 月，頁 1080。黃美娥編，《日治時期臺北地區文學作品目錄》，臺北市文獻委員會，2003 年 2 月，頁 22-23、642-695。張端然，《日治時期瀛社之研究》，中國文化大學中國文學研究所碩士在職專班碩士論文，2003 年，頁 184-185、230-248。《臺灣歷史人物小傳--明清暨日據時期》，國家圖書館 2003 年 12 月，頁 795-796。

　　林纘（1877.06.15～1956.10.23），字述三，號怪癡，又號怪星、蓬萊一逸夫、唐山客、蓬瀛、蓬瀛一逸、苓草。祖籍福建同安。幼學於「玉屏書院」，其尊人林修於大稻埕中街設帳授徒，述三隻身來臺探父，遂留讀。舉凡經史百家，無不涉獵，年 18 即代父訓童蒙。26 歲時，父染疾謝世，遂承遺志，易國學研究室爲「礪心齋」書房。1914 年，與張純甫、歐劍窗、駱香林、李騰嶽等人創立「研社」，社址設於「礪心齋書房」，社員均以「癡」字爲別號。後於 1917 年與黃水沛、林馨蘭、高肇藩、歐劍窗、陳大琅、蔡癡雲、李騰嶽、杜天賜、吳夢周、林湘沅、張純甫、駱香林、陳心南諸人，再組「星社」，別號均以「星」代。1924 年，「星社」同仁創刊《臺灣詩報》月刊，每月發行 1 次，發行人陳籐，編輯人黃水沛，主要執筆人有黃水沛、林述三、張純甫、駱香林等。1921 年 3 月[82]，再集門人創立「天籟吟社」，社址爲今臺北市迪化街 1 段 154 號，每星期六於「礪心齋書房」舉行擊鉢吟會。其後社員又繼於 1927 年成立「劍潭吟社」，1931 年，「天籟吟社」社友創立「藻香文藝社」，發行《藻香文藝》雜誌，由林氏主稿，吳紉秋任編輯發行人，32 開版，每期約 40 頁，半月發行 1 次，惟僅發行 4 期即停刊，亦任《風月報》副主筆、「臺灣詩壇」顧問。所輯除二三雜文外，悉刊各地擊鉢吟稿。氏精研國學，不惟長於詩作，更通音韻，其以《天籟調》吟唱〈春將花月夜〉、〈清平調〉、〈滿江紅〉、〈落花〉等詩詞及〈少罍賦〉多篇，尤膾炙人口，至今仍傳唱不輟。又能寫小說、製燈謎，可謂多才多藝。1936 年設立「松鶴吟社」。有「詩壇通天教主」之稱。著有《礪心齋詩集》、《礪心齋詩話》、《玉壺冰》小說等[83]。

82　據現任社長張國裕所述爲 1920 年。

83　見黃洪炎編，《瀛海詩集》，臺灣詩人名鑑刊行會發行，1940 年，頁 25。陳世慶，〈星社〉，《臺北文物》4 卷 4 期，1956 年 2 月 1 日，頁 54。毛一波，〈臺北縣詩略〉，《北縣文獻》2 期，1956 年 4 月，頁 407。《臺北市志》卷七《人物志》，臺北市文獻委員會，1960 年，頁 98。邱秀堂輯，〈臺北七君子詩‧林述三先生詩存〉，《鯤海粹編》，中華民國史蹟研究中心，1980 年 3 月，頁 281。邱奕松，〈北臺詩苑〉，《臺北文獻》直字 81 期，1987 年 9 月，頁 364。然邱奕松〈北臺詩苑〉作「民國四年與張純甫、駱香林等經研社改組爲星社……」，在時間上有所出入。廉永英、崔仁慧合

陳嫣力（茂松）

　　陳嫣力（1887.11.17～1950.09.06），字茂松，以字行，號友鶴、誘鶴，人稱「俏區長」，淡水名儒宅仁之孫，贊添之子。嫣力生甫週歲，父歿。母杜氏[84]矢志守節，鞠育成人，並勉之讀書。年 24，從伯父錫九公遊，益知奮發，經史百家，無不淹貫。且心術端方，尤矜名節。乙未割臺，不獲內渡，閉戶謳吟，鮮與世接。1917 年，日人欽其品德，強徵爲錫口區長，1920年地方改制，繼任爲首屆錫口庄長，至 1924 年任滿。時日本臺灣總督兒玉，政尙懷柔，舉全臺學優而有地方令望者 40 人爲紳士，嫣力與焉。然其不卑不亢，但以維護臺胞權益爲要務，有苛擾輒力爭之，必得其平而後已。在任 8 年，深慮斯文湮沒，儀注廢弛，百計弘揚，使之不墜。某年，日人始政紀念，眾紳咸御洋裝赴會祝賀，陳氏獨服長袍、馬掛、黑布履。人勸更之，曰：「我祖我宗、皆服此也，何可易」。言者語塞。惟自後有會，均托病不出。錫口舊有慈祐宮，年久窳敗，眾議重修，公推其主事，耗資數萬元，泰半爲所捐輸。及宮成，家業蕩其半矣。生平博學嗜古，爲詩爲文，均出於性情志趣，著有《友鶴詩集》2 卷（民國間油印本）、《錫口區誌》、《魚樵漫錄》。《友鶴集》雖僅數十頁，然皆以幽巖邃谷，碧沼清流，草樹蒙蘢，禽魚飛鳥爲吟唱之對象，尋常酬應慶弔者悉予摒除，足見高介之懷[85]。

著，《臺北市志》卷九《人物志‧賢德篇》，臺北市文獻委員會，1991 年 10 月，頁 246-247、見廉永英、崔仁慧合著，《臺北市志》卷八《文化志‧文學篇》，臺北市文獻委員會，1991 年 10 月，頁 184、唐羽編撰，《基隆顏氏家乘‧文徵篇》，基隆顏氏家乘纂修小組，1997 年 12 月，頁 1030。林述三，《礪心齋詩集》，龍文出版社，2001 年。黃美娥編，《日治時期臺北地區文學作品目錄》，臺北市文獻委員會，2003 年 2 月，頁 12、218-227。張端然，《日治時期瀛社之研究》，中國文化大學中國文學研究所碩士在職專班碩士論文，2003 年，頁 185-186。潘玉蘭，《天籟吟社研究》，國立臺灣師範大學國文學系在職進修碩士班碩士論文，2004 年，頁 114、133-150。生卒年月據張國裕先生提供及口述，然《臺北市志》作「卒於民國三十五年(公元 1946 年)」

84　其母名杜鴛，《臺北市志稿》卷九有小傳。

85　黃洪炎編，《瀛海詩集》，臺灣詩人名鑑刊行會發行，1940 年，頁 56。《臺北市志》卷七《人物志》，臺北市文獻委員會，1960 年，頁 62。鄭喜夫，〈臺北著述志稿〉，

林熊徵（薇閣）

　　林熊徵（1888.12.07～1946），原名慶綸，字薇閣，號肇權，世居臺北大稻埕，原籍福建龍溪，為板橋林本源家族第 5 代傳嫡，林爾康長子，出嗣爾昌。6 歲時，尊翁爾康公辭世，母陳芷芳為福建侯官陳弢庵令妹，撫養有方，17 歲畢五經，年 19，應龍溪縣學試，首場名列前茅，竟不獲薦，乃渡海，嗣參與「同盟會」，與林森、方聲濤、蔡法平等致力革命。1911年「黃花崗」起義前夕，黃興電邀日本支部同志支援參加，惟經費難籌，林氏於臺灣聞悉之後，立即捐款達三千日元，充為起義、購買槍械之經費。此款成三二九黃花崗之役。同時著眼於振興實業，挽回利權，先後籌辦粵漢鐵路、漢冶萍公司、彰廈鐵路。又提倡男女平權之說，在榕廈各地，捐助女學，貢獻洋務等運動不鮮。清社既傾，遂轉經商，浸為臺灣財界鉅子。於日人統治下，力爭民族資本之發達，及臺民經濟地位之向上。1908 年 4月，任剛成立未久之「林本源製糖會社」副社長。3 年後林本源家族分產，乃於次年返臺繼承事業，先後被選為《臺灣日日新報》社、新高銀行、ボルネオ護謨株式會社、臺灣炭礦株式會社、臺灣紡織等各株式會社之監察役、東洋協會臺灣支部、南洋協會臺灣支部、臺灣礦業會等各評議員、漢冶萍鐵礦公司董事以及中日銀行、九州製鐵、臺灣製鹽、臺灣煉瓦、日本拓殖、南洋倉庫等各株式會社之取締役，更於 1919 年創立其主要事業華南銀行任總理，又任太永興株式會社社長、內外製糖株式會社取締役社長、林本源製糖株式會社社長等職。並在日本政府機構中擔任臺北廳參事、大稻埕區長、臺北州協議會員、臺灣總督府評議員等職，復被推為帝國在鄉軍人會臺灣支部名譽會員，獲頒愛國婦人會七寶金色有功章及總督府頒授

《臺北文獻》直字 69 期，1984 年 9 月，頁 12。廉永英、崔仁慧合著，《臺北市志》卷八《文化志・文學篇》，臺北市文獻委員會，1991 年 10 月，頁 89-90。吳建民，〈松山探源尋根〉，《松友月刊》創刊號、2 期，1998 年 12 月 20 日，頁 74、1988 年 8 月 20 日，頁 99。陳晼香口述、許英昌、周建春、李文卿採訪整理，〈日據時代松山庄長—陳茂松〉，《松友月刊》2 期，1999 年 8 月 20 日，頁 60-63。林正三，《松山地區之古老詩社－松社》，文史哲出版社，2005 年，頁 26-29。

之勳章。其事業遍及全島、南洋、華南和東北各地。1923 年日皇太子裕仁
來臺訪問，臨行之際曾單獨接見並賜贈尚勳四等瑞寶章。次年和辜顯榮等
共組「臺灣公益會」。可說是日治時期本省最著名之紳商和實業鉅子之一。
戰後，曾任臺灣省商業聯合會理事長、省黨部經濟事業委員會主委等職。
今日臺灣經濟界人士，多出於先生栽植之下。平生疏財仗義，對社會事業
尤多出力，曾協助紅十字社推行慈善，主持「林本源博愛醫院」，「基隆博
愛團」等，以恤孤救貧。又主辦「大觀書社」，致力保存國粹文化。復創「薇
風會」、臺中一中等，資助青年求學，臺閩兩省青年。顧其平生即有遺產興
學之志，卒後夫人林智惠等秉承遺志撥出遺產之一部充為社會事業費，成
立「林公熊徵學田」及「薇閣育幼院」，捐學田及該院之資產，計有 5200
市畝。林氏於詩學之鼓吹亦不遺餘力，民初即被推為「瀛社」名譽社長，
於「瀛社」之活動經費多所捐輸，對「瀛社」之發展，亦有卓越之貢獻。
1949 年，其遺族文訪、衡道偕生前摯友陳南都、吳夢周、賴子清、林嘯鯤、
黃純青、黃得時等，創「薇閣詩社」以紀念之[86]。

張純甫（筑客）

　　張漢（1888.07.13～1941.01.29[87]），名津梁，官章陳熙，字濤邨、純甫，
號興漢、漢，又號寄痴、筑客、客星、寄星、漁星、老鈍、寄民。新竹人。
乙未割臺，地方動蕩，曾隨父避居閩侯，居處與新竹詩人張息六為鄰，朝
夕受教，學藝大進。幼承父教，博覽群書，其家族乃竹塹巨賈，經營食品
與藥材，店號「金德美」與「金德隆」，後商店燬於祝融而船貨又淪入波臣，
家道遂致中落，乃舉家遷往臺北。1915 年與林湘沅、黃春潮、吳夢周、李

86 見《臺北市志》卷七《人物志》，臺北市文獻委員會，1960 年，頁 72-73。唐羽編
　　撰，《基隆顏氏家乘・文徵篇》，基隆顏氏家乘纂修小組，1997 年 12 月，頁 996。廉
　　永英、崔仁慧合著，《臺北市志》卷九《人物志・賢德篇》，臺北市文獻委員會，
　　1991 年 10 月，頁 236-237、《臺灣歷史人物小傳--明清暨日據時期》，國家圖書館 2003
　　年 12 月，頁 272-273。
87 《臺北市志》作民 34 年卒。

鷺村等人創「研社」，1917 年改組爲「星社」，時開雅集。與臺南洪鐵濤一南一北相頡頏，被譽爲最活躍之二大擊鉢健將。1919 年「臺灣文社」成立，受聘爲評議員，1924 年春與駱香林、歐劍窗、吳夢周、黃水沛、杜仰山、李鷺村、林述三合力創辦《臺灣詩報》。1926 年講學稻江，名其樓曰「守墨」。喜詩文，1930 年指導松山「松社」成立漢詩研究會。1931 年初於永樂町開一書肆，店名「興漢」，1933 年購屋於新竹後車路，取名「堅白屋」，以昭志節，更題署「三孝人家」，藉揚家風。1935 年成立「柏社」，曾至基隆任顏雲年記室。先生詩文著述頗豐，尤其重視儒學，戮力宣揚孔教，時人有「北臺大儒」之稱，亦曾以詩謁閩中石遺老人，博得「海外詩人」之譽。中年時後承接連橫之「雅堂書局」大部分古籍，庋藏愈富，爲日治時期與李逸樵並稱之竹塹兩大收藏家與鑑賞家。作品多半發表於《臺灣日日新報》、《臺灣文藝叢誌》、《臺灣詩報》、《詩報》……等。晚年整理其舊著，計得《守墨樓吟稿》、《守墨樓文稿》、《守墨樓課題詩稿》、《堅白屋課題詩稿》、《非墨十說》、《是左十說》、《漢族姓氏考》、《古今人物彙考》、《古陶漁村人四時閒話》、《守墨樓聯稿》、《陶村燈謎》、《陶村隨筆》等 20 餘種。1998 年新竹市文化中心委託黃美娥據此編輯出版《張純甫全集》6 冊[88]。

---

88 黃洪炎編，《瀛海詩集》，臺灣詩人名鑑刊行會發行，1940 年，頁 67。陳世慶，〈星社〉，《臺北文物》4 卷 4 期，1956 年 2 月 1 日，頁 48-50。《基隆市志·人物篇》，基隆市文獻會，1959 年 2 月，頁 41。廖毓文，〈張純甫及其作品〉，《臺北文物》8 卷 1 期，1959 年 4 月，頁 35-38。邱奕松，〈北臺詩苑〉，《臺北文獻》直字 81 期，1987 年 9 月，頁 376。基隆詩學會編輯，《雨港古今詩選》，基隆市立文化中心，1998 年 8 月，頁 13。廉永英、崔仁慧合著，《臺北市志》卷八《文化志·文學篇》，臺北市文獻委員會，1991 年 10 月，頁 84、唐羽編撰，《基隆顏氏家乘·文徵篇》，基隆顏氏家乘纂修小組，1997 年 12 月，頁 1044-1045。李進勇總纂，《重修基隆市志》卷七《人物志·列傳篇》，基隆市政府，2001 年 7 月，頁 37。黃美娥編，《日治時期臺北地區文學作品目錄》，臺北市文獻委員會，2003 年 2 月，頁 18-19、347-360。陶一經編，《基隆市志·藝文篇》，基隆市政府，2003 年 4 月，頁 18。林正三，《松山地區之古老詩社－松社》，文史哲出版社，2005 年，頁 18-21。然《重修基隆市志》及邱奕松〈北臺詩苑〉均作「字筑客」。張端然，《日治時期瀛社之研究》，中國文化大學中國文學研究所碩士在職專班碩士論文，2003 年，頁 197。林金田、蕭富隆編，《臺灣早期書畫專輯》，國史館臺灣文獻館，2003 年，頁 250。《臺灣歷史人物小傳--明清暨日據時期》，國家圖書館 2003 年 12 月，頁 411-412。

林　松（凌霜）

林松（1889.11.21～1970.6.26），字凌霜，又字節知，號海濱居士，晚號退藏居士，道號覺宇，「瀛社」創社員。原籍福建同安，世居臺北市。好研史學，1913 年因西來庵事件被波及而繫獄十餘年，獄平後深自養晦，設私塾以傳授漢文。著有《素主本紀》風行國內外，臺北大龍峒孔廟之籌建，林氏等發起募款，而卒有成。戰後執教臺灣大學，亦曾膺選臺北市第 1 屆參議員[89]。

李建興（紹唐）

李建興（1891.12.10～1981.09.24），字紹唐，祖籍福建單溪，遷臺居北縣平溪鄉十分寮，世代務農。稚齡因家境艱困，嘗赴外鄉為人牧牛，以輕家累。後入私塾「依仁軒」、「培德軒」就讀，從倪基元、李碩卿受業，因生性聰穎，過目成誦，年 18 時即設「成德軒書塾」於十分寮，1912 年與黃斯淑女士結婚。生活愈發艱難，遂轉行入礦業工作，於 1916 年進瑞芳福興炭礦公司任書記，翌年加入為股東，並升任總經理。1918 年日商三井財團成立「基隆炭礦株式會社」，從事臺灣北部煤礦之開採。次年兼併「福興公司」，乃轉任包商，承採日人煤礦。因不諳日語，常遭排擠。1921 年與日商小林交易，退回多計工資 3800 元，日人讚其誠實，尊重與信賴有加，其採煤業務亦得以擴展，經濟情況亦日益改善，並自營官真林（芊蓁林）、白石腳、同芳、大豐、德成、德和諸礦。1930 年乃舉家遷往礦業重鎮之瑞芳，其居屋取名「義方居」，創設「義方商行」，1934 年成立「瑞三礦業公司」，轉營礦業致富。時日政當局，嚴格控制臺人思想。因其拒習日文，且

---

89 參閱臺灣風物編輯社，〈林凌霜先生事略〉，《臺灣風物》20 卷 4 期，1970 年 11 月 16 日，頁 20。鄭喜夫，〈臺北著述志稿〉，《臺北文獻》直字 69 期，1984 年 9 月，頁 13。唐羽編撰，《基隆顏氏家乘‧文徵篇》，基隆顏氏家乘纂修小組，1997 年 12 月，頁 1019。張端然，《日治時期瀛社之研究》，中國文化大學中國文學研究所碩士在職專班碩士論文，2003 年，頁 192。

事業有成而妒嫉益甚，於 1940 年 5 月 27 日，將其昆仲及員工百餘人，以通諜祖國罪判刑入獄，史稱「五二七事件」，惟其一本忍辱負重精神，寧死不屈，戰後始獲釋出獄。1949 年二二八事變，時受命擔任瑞芳鎮長，乃不顧自身安危，挺身向群眾疾呼，破除省內省外之隔閡，使激動之民情得以緩和，並奉母命晉謁啣命來臺之白崇禧將軍，分析致亂之原因純出誤會，應從寬發落，以安民心。果獲白氏採納，禍亂乃告平息。李氏事親至孝，對其母白太夫人唯命是從。1950 年 2 月，當局曾有意命其出任臺北市長，李氏以才輕而謙辭，乃於同年 3 月獲聘為省府顧問。平素熱心公益，並曾捐獻陽明山土地三甲以闢公園。「瀛社」自臺灣光復 30 餘年來咸賴先生獨立支持，得以綿延弗替。擔任「瀛社」社長 10 餘年，著有《致敬紀要》、《歐美吟草》、《七渡扶桑紀遊詩》、《紹唐詩存》、《日本見聞錄》、《國是芻言》、《紹唐文集》、《治礦心得》、《冶礦五十年》、《臺煤管制實況》，編有《丘念臺先生紀念文集》等[90]。

林景仁（小眉）

林景仁（1893.01.02～1940.10），字小眉，又字健人，號蟬窟，又號蟬窟主人。林本源長子，從進士施士洁學，而母龔氏嚴督，年 15，畢諸經。

---

90 見黃洪炎編，《瀛海詩集》，臺灣詩人名鑑刊行會發行，1940 年，頁 126。毛一波，〈臺北縣詩略〉，《北縣文獻》2 期，1956 年 4 月，頁 416。賴子清，《圓機活法古今詩粹》，文和印刷公司，1966 年 12 月，頁 29-30。瀛社編委會，《瀛社創立六十週年紀念集》，瀛社辦事處發行，1969 年，頁 15。瀛社編委會，《瀛社創立七十週年紀念集》，瀛社辦事處發行，1979 年，頁 1。中華民國傳統詩學會編，《傳統詩集》1，中華民國傳統詩學會出版，1979 年，頁 65。鄭喜夫，〈臺北著述志稿〉，《臺北文獻》直字 69 期，1984 年 9 月，頁 12-13。邱奕松，〈北臺詩苑〉，《臺北文獻》直字 79 期，1987 年 3 月，頁 394。廉永英、崔仁慧合著，《臺北市志》卷九《人物志·賢德篇》，臺北市文獻委員會，1991 年 10 月，頁 244-246、李建興，《紹唐詩集》，龍文出版社，1992 年。基隆詩學會編輯，《雨港古今詩選》，基隆市立文化中心，1998 年 8 月，頁 25。惟《雨港古今詩選》作「民國七年秋謝世」，當為「七十年」之誤。陶一經編，《基隆市志·藝文篇》，基隆市政府，2003 年 4 月，頁 42。張端然，《日治時期瀛社之研究》，中國文化大學中國文學研究所碩士在職專班碩士論文，2003 年，頁 200。《臺灣歷史人物小傳--明清暨日據時期》，國家圖書館 2003 年 12 月，頁 170-172。

1911 年赴牛津大學就讀，精英、日、荷語。菽莊文酒之會，與當時文人墨客來往，唱和之樂，累月不息。娶荷印蘇門答臘橡膠大王張煜南之女馥瑛，於成婚之日，廈門、棉蘭兩地賀客眾多，投贈詩篇亦不計其數，林氏於新婚中逐一酬答，因成《摩達山漫草》，1920 年自廈返臺，任新高銀行董事、林本源製糖株式會社監事，主持「圳眉記」。後其季叔伯壽自香港歸、從弟熊祥自京華返，莊怡華、王貽瑄、蔡壽石、蘇菱槎亦先後東渡，鐘聲鉢韻，盛極一時，而景仁以「東海麻姑」自況，所作蒼涼，連橫收載於《臺灣詩薈》，久之裒為一集，即《東寧草》。1923 年復去，協助主持「菽莊吟社」，與施士洁、陳衍、許南英等人唱和，後與閩人梁眾異相約遊滬，得識海藏樓主鄭太夷，與曾風持、林曉拂、沈墨藻同稱詩弟子。後仕滿洲，終因不得志而卒於奉天。另著有《天池草》、《小眉臏稿》、《春日偕季叔及二弟眉生遊園酬唱稿》等，後二書收於《林氏家傳遺芬錄》。其詩以憂國傷時為主調，李漁叔頗為推崇[91]。

施教堂（錦簪）

　　施教堂（1892～？），字錦簪。臺北市人，乙未割臺時曾歸泉州，後復推臺習商，任職於辜顯榮鹽館，為求便利而入日籍，曾任臺灣省通志館協纂[92]。

---

91 見黃洪炎編，《瀛海詩集》，臺灣詩人名鑑刊行會發行，1940 年，頁 457。毛一波，〈臺北縣詩略〉，《北縣文獻》2 期，1956 年 4 月，頁 416。《臺北市志》卷七《人物志》，臺北市文獻委員會，1960 年，頁 109-110、鄭喜夫，〈臺北著述志稿〉，《臺北文獻》直字 69 期，1984 年 9 月，頁 13-14。廉永英、崔仁慧合著，《臺北市志》卷九《人物志·賢德篇》，臺北市文獻委員會，1991 年 10 月，頁 194-196、唐羽編撰，《基隆顏氏家乘·文徵篇》，基隆顏氏家乘纂修小組，1997 年 12 月，頁 1106。黃美娥編，《日治時期臺北地區文學作品目錄》，臺北市文獻委員會，2003 年 2 月，頁 11-12、180-182。張端然，《日治時期瀛社之研究》，中國文化大學中國文學研究所碩士在職專班碩士論文，2003 年，頁 193。《臺灣歷史人物小傳--明清暨日據時期》，國家圖書館，2003 年 12 月，頁 261-262。
92 黃洪炎編，《瀛海詩集》，臺灣詩人名鑑刊行會發行，1940 年，頁 40。曾今可，《臺灣詩選》，中國詩壇，1953 年 10 月，頁 144。張端然，《日治時期瀛社之研究》，中國文化大學中國文學研究所碩士在職專班碩士論文，2003 年，頁 204。

黃金水（樹銘）

黃金水（1892〜？），字樹銘，號愛廬，又號紫雲道人，以字行。原隸「高山文社」。昭和 3 年《臺灣日日新報》9949 號，〈元旦書懷〉有「虛擲光陰三十六」之句。逆推其生年約於 1892 年左右[93]。

卓周紐（夢庵）

卓周紐（1893〜1973），號夢庵、老櫻，臺北新店人。明治 43 年廈門思明中學畢業，返臺後初供職法曹，嗣應通訊手及普通文官考試合格，乃轉至郵運界 50 年。性恬淡，耽吟詠，原隸「天籟吟社」，亦曾參與「瀛社」、「櫻社」[94]。

林　榮（友笛）

林榮（1893.05.17〜1986），字友笛，因故鄉庭院僅容旋馬，故自稱「旋馬庭主人」，14 歲時完成朴子公學校教育，18 歲服務於嘉義廳衛生試驗室囑託，後轉調南勢竹區書記、庶務、財務等，又轉調布袋庄役場書記、庶務係主任、財務係主任，爾後自願調任雲林縣四湖鄉役場服務，前後近 50 年，早年常參與擊鉢吟會，1934 年《臺灣日日新報》刊載之輪值表有「林榮」，隸屬「文山組」，並曾參與「瀛社」擊鉢吟會，著有《林友笛詩草》、《林友笛文稿》[95]。

---

93 黃洪炎編，《瀛海詩集》，臺灣詩人名鑑刊行會發行，1940 年，頁 86。

94 黃洪炎編，《瀛海詩集》，臺灣詩人名鑑刊行會發行，1940 年，頁 39。瀛社編委會，《瀛社創立六十週年紀念集》，瀛社辦事處發行，1969 年，頁 18。邱奕松，〈北臺詩苑〉，《臺北文獻》直字 79 期，1987 年 3 月，頁 404。黃美娥編，《日治時期臺北地區文學作品目錄》，臺北市文獻委員會，2003 年 2 月，頁 17、172-180。潘玉蘭，《天籟吟社研究》，國立臺灣師範大學國文學系在職進修碩士班碩士論文，2004 年，頁 114。張端然，《日治時期瀛社之研究》，中國文化大學中國文學研究所碩士在職專班碩士論文，2003 年，頁 198。

95 鄭定國，〈四湖旋馬庭主人—林友笛的古典詩〉，收於鄭定國主編，《日治時期雲林縣

陳　屋（潤生）

陳屋（1893～1918），字潤生，基隆仙洞人，曾入「研社」。其祖父與臺北趙一山茂才爲故交，聘趙氏至基隆設學。時潤生方年青氣銳，先生每磨折之，期其大成也。時與諸吟侶於陌園詩酒唱和。後徙北市[96]。

吳朝綸（靜閣）

吳朝綸（1893～1979）字靜閣，新竹鄭省甫之甥，魏篤生夫子啓英軒之高足，自師範畢業，脫離教鞭後，1919年加入「瀛社」，1923年癸亥，在新竹大湖庄某服務處，創立「湖光吟社」，獎勵同事詩學。1936年2月，在臺北龍江信用組合主事任中，用其餘暇，倡設謎報，顏曰「的社」[97]。

李有泉（嘯庵）

李有泉（1893～？），字嘯庵，號雲林居士，臺北市人，「瀛社」社員，業醫，嘗開設「李保生藥行」，懸壺之餘，以吟詠自適。著作有《江天閣詩草》、《雲山曉翠樓聯輯》、《雪影齋詩話》等，未梓。其卒年未詳，惟從《瀛社創立六十週年紀念集》簡介來看，其至1969年尚存[98]。

的古典詩家》，里仁書局，2005年10月，頁1-49。

96　唐羽編撰，《基隆顏氏家乘·文徵篇》，基隆顏氏家乘纂修小組，1997年12月，頁1068。《雨港古今詩選》言陳氏於民國初年曾參加「小鳴吟社」，然《張純甫全集·年表》謂卒於民國7年，則是時「小鳴吟社」尚未成立。見黃美娥主編，詹雅能撰，《張純甫全集·年表》，新竹文化中心出版，1998年6月，頁217。基隆詩學會編輯，《雨港古今詩選》，基隆市立文化中心，1998年8月，頁27。陶一經編，《基隆市志·藝文篇》，基隆市政府，2003年4月，頁25。張端然，《日治時期瀛社之研究》，中國文化大學中國文學研究所碩士在職專班碩士論文，2003年，頁199。

97　黃洪炎編，《瀛海詩集》，臺灣詩人名鑑刊行會發行，1940年，頁112。張端然，《日治時期瀛社之研究》，中國文化大學中國文學研究所碩士在職專班碩士論文，2003年，頁205。

98　黃洪炎編，《瀛海詩集》，臺灣詩人名鑑刊行會發行，1940年，頁17。瀛社編委會，《瀛社創立六十週年紀念集》，瀛社辦事處發行，1969年，頁21。鄭喜夫，〈臺北著述志稿〉，《臺北文獻》直字69期，1984年9月，頁15。邱奕松，〈北臺詩苑〉，《臺

曹　容（秋圃）

曹容（1894〜1993），原名阿澹，後改名容，字秋圃，號老嫌，齋號澹廬、半庵道人、菊癡、海角耕夫，詩名水如。名、字、號皆取自詩句「莫嫌老圃秋容澹」。9 歲時入「正學書堂」，由何誥廷秀才啓蒙，復拜陳祚年爲師習書法，亦曾從張希袞、陳作淦學。少時在指南宮學詩，偶獲點撥，即能賦詩，爲早期「瀛社」成員。由於日治時全省性書法比賽，幾乎由臺南、嘉義、新竹以南文人所包辦，秋圃遂立志學書，早年練字，由入夜至天明，因此寫到出血成繭，緣家境不佳，只能用廢棄的壞筆頭，硯臺以平臺磚爲替。1905 年入大稻埕公學校，1912 年 18 歲時即在桃園龜崙嶺設帳授徒，1928 年入選書道會，1929 年成立「澹廬書會」，培育無數俊彥，並於臺北博物館舉辦個展，入選日本美術學會，1931 年花蓮個展，1934 年廈門臺灣公會個展，1935 年任廈門美術專科學校講師。1936 年任臺灣書道會審查員，1937 日本美術協會免審查資格。至 1937 年止，獲得日本書道會等獎賞數十次。其教授書法，不僅重視書藝，更要學生勤習國學，列經史、詩詞爲必讀科目。1934 年爲了振興臺灣美術，曾與楊三郎、呂鐵州、郭雪湖、陳敬輝、林錦濤等人組「六硯會」，爲郭雪湖口中「不易妥協」的人。前輩畫家陳澄波於二二八遇難後，身爲好友的他沉寂良久。戰後翌年任教建國中學。次年任臺灣省教育會編輯委員。1962 年中國書法協會成立，任常務理事。1974 年八十回顧展於歷史博物館，1983 年歷史博物館舉行九十回顧展，1992 年於省立美術館舉行百齡回顧展，並出版專輯。其書精擅四體而自成風貌。在技法上，創「回腕法」，並以此法提倡「書道禪」。平生致力於推廣書法藝術達七十餘年，對臺灣書法風氣的振興有很大的影響。今日書壇上眾多書家，多人出其門下。終其一生，淡泊名利，樂善好施，

北文獻》直字 79 期，1987 年 3 月，頁 392。惟邱奕松〈北臺詩苑〉一文作「號雲林逸士」。張端然，《日治時期瀛社之研究》，中國文化大學中國文學研究所碩士在職專班碩士論文，2003 年，頁 185。

每有筆潤，常捐給寺院和慈善機構。一生以儒生自期，以儒學教化[99]。

林金標（占鰲）

林金標（1894～1978），字占鰲，號竹庵，亦署不稀老人，原籍臺北汐止，嗣遷基隆市定居。學校畢業後，入「師古山房」受業於郭鏡蓉茂才及謝尊五，旋經營雜貨商、碳礦及竹材貿易、典當業等。性恬淡，樂山水，曾參加基隆「早起會」、「灘音吟社」、「瀛社」、「大同吟社」等，光復後，題名「春人」，遍歷瀛洲諸社，文采風流，詩譽遠播[100]。

賴子清（鶴洲）

賴子清（1894～1988），號鶴洲。嘉義人。賴世觀四子。博學強記，8歲習詩文。日治時期文官考試及格，擔任《臺灣日日新報》記者及編輯。曾駐香港辦報，戰後歷任臺北市中學國文教員、臺灣省編譯館幹事、臺灣醫學會編輯主任、《臺灣科學》雜誌編輯、臺灣省文獻委員會協纂、嘉義縣及嘉義市政府二文獻委員會顧問、中國文化學院臺灣研究所理事、第 2 屆

99　黃洪炎編，《瀛海詩集》，臺灣詩人名鑑刊行會發行，1940 年，頁 63。廉永英、崔仁慧合著，《臺北市志》卷八《文化志‧文學篇》，臺北市文獻委員會，1991 年 10 月，頁 215。邱奕松，〈北臺詩苑〉，《臺北文獻》直字 81 期，1987 年 9 月，頁 374。毛一波，〈臺北縣詩略〉，《北縣文獻》2 期，1956 年 4 月，頁 408。張端然，《日治時期瀛社之研究》，中國文化大學中國文學研究所碩士在職專班碩士論文，2003 年，頁 199。《臺灣歷史人物小傳--明清暨日據時期》，國家圖書館 2003 年 12 月，頁 440。黃美娥編，《日治時期臺北地區文學作品目錄》，臺北市文獻委員會，2003 年 2 月，頁 21-22、362-365。

100　曾今可，《臺灣詩選》，中國詩壇，1953 年 10 月，頁 123。毛一波，〈臺北縣詩略〉，《北縣文獻》2 期，1956 年 4 月，頁 418。賴子清，《圓機活法古今詩粹》，文和印刷公司，1966 年 12 月，頁 33。瀛社編委會，《瀛社創立六十週年紀念集》，瀛社辦事處發行，1969 年，頁 23。邱奕松，〈北臺詩苑〉，《臺北文獻》直字 81 期，1987 年 9 月，頁 362。基隆詩學會編輯，《雨港古今詩選》，基隆市立文化中心，1998 年 8 月，頁 78、陶一經編，《基隆市志‧藝文篇》，基隆市政府，2003 年 4 月，頁 29。張端然，《日治時期瀛社之研究》，中國文化大學中國文學研究所碩士在職專班碩士論文，2003 年，頁 199。

世界詩人大會顧問。編有《臺灣詩醇》、《臺灣詩海》、《中華詩典》、《古今詩粹》、《臺灣詩珠》、《臺灣詠物詩》、《臺灣寫景詩》、《古今臺灣詩文社》、《嘉義縣志》、《彰化縣文化誌》。著有《鶴州詩話》[101]。

李少菴

李少菴（1894～？），生平不詳，據昭和 8 年 8 月 8 日《臺灣日日新報》載謝汝銓〈瀛社友李少菴四十初度次韻〉詩，可推知其生年為約 1894 年。

李騰嶽（鷺村）

李騰嶽（1895.06.01～1970.04），號鷺村、夢星，筆名夢癡、攷園、木馬山人。臺北蘆洲人，性敏嗜學，幼時曾受業於蔡仁甫，年 14 從趙一山遊，經傳而外，旁及子史，頗得其旨。弱冠，入總督府醫學校，後復深造於日本帝國大學，獲博士學位。返臺居臺北太平町，於大稻埕開設宏仁小兒科醫院，暇時則以詩文為娛。1915 年與黃水沛、林述三等結「星社」。戰後又與黃純青、林熊祥組「心社」，曾任臺灣文獻會主任委員。晚年隱居於士林。著有博士論文《臺灣省諸種蛇毒對於含水炭素代謝之實驗研究》、《臺灣省通志稿卷三政事志·衛生篇》、《臺北市志稿卷三政制志·衛生篇》、《紅樓夢醫事》、《九畝園詩存》、《鷺村吟草》，後集為《李騰嶽鷺村翁詩存》，另集有《芝蘭同聲集》[102]。

---

101 賴子清，《圓機活法古今詩粹》，文和印刷公司，1966 年 12 月，頁 49。廉永英、崔仁慧合著，《臺北市志》卷八《文化志·文學篇》，臺北市文獻委員會，1991 年 10 月，頁 200、江寶釵《嘉義地區古典文學發展史》，嘉義市立文化中心，1998 年，頁 349-352。黃美娥編，《日治時期臺北地區文學作品目錄》，臺北市文獻委員會，2003 年 2 月，頁 526-533。張端然，《日治時期瀛社之研究》，中國文化大學中國文學研究所碩士在職專班碩士論文，2003 年，頁 198。

102 黃洪炎編，《瀛海詩集》，臺灣詩人名鑑刊行會發行，1940 年，頁 11。陳世慶，〈星社〉，《臺北文物》4 卷 4 期，1956 年 2 月 1 日，頁 56-57。毛一波，〈臺北縣詩略〉，《北縣文獻》2 期，1956 年 4 月，頁 405。《臺北市志》卷七《人物志》，臺北市文獻委員會，1960 年，頁 115。王詩琅〈李騰嶽先生事略〉則謂卒於 64 年 4 月 23 日，年 81，見《臺灣風物》25 卷 3 期，1975 年 9 月 30 日，頁 34-35。鄭喜

李　本（逐初）

李本（1895～1971），字逐初，號榕廬，桃園縣人[103]，住四腳亭。初供職法曹，後任李建興「瑞三礦業公司」記室，曾於暖暖置「庸廬」爲居。先後從劉育英茂才、李碩卿名儒遊，博學能詩。當二次世界大戰，詩人張鶴年舉家毀於盟機，妻兒俱罹難，張氏適外出，僅以身免。先生憐其苦況，以女妻之，騷壇傳爲佳話，曾爲「瀛社」、「桃社」社員[104]。

林熊祥（文訪）

林熊祥（1895.08.18～1973.03.28），字文訪，號宜齋，別署大屯山人。臺北縣板橋人。財經聞人林柏壽之侄、詩人林景仁之弟。自幼受舅氏陳寶琛研究國學。1917 年，赴日本東京學習院高等科深造，與裕仁天皇同學。歸臺後，主持林氏家族企業，愼握奇贏，無遜大賈。以志趣在文史，從事

夫，〈臺北著述志稿〉，《臺北文獻》直字 69 期，1984 年 9 月，頁 15。邱奕松，〈北臺詩苑〉，《臺北文獻》直字 79 期，1987 年 3 月，頁 399。又《臺北市志》稱其「號秋星」，誤，秋星係指陳心南。見廉永英、崔仁慧合著，《臺北市志》卷九《人物志·賢德篇》，臺北市文獻委員會，1991 年 10 月，頁 257、廉永英、崔仁慧合著，《臺北市志》卷八《文化志·文學篇》，臺北市文獻委員會，1991 年 10 月，頁 218、黃美娥編，《日治時期臺北地區文學作品目錄》，臺北市文獻委員會，2003 年 2 月，頁 15、160-163。張端然，《日治時期瀛社之研究》，中國文化大學中國文學研究所碩士在職專班碩士論文，2003 年，頁 204。

103 一作臺北人，《雨港古今詩選》又作「世居基隆市」，舊《基隆市志·文物篇》作「字榕廬」。

104 毛一波，〈臺北縣詩略〉，《北縣文獻》2 期，1956 年 4 月，頁 418。《基隆市志·文物篇》，基隆市文獻會，1958 年 9 月，頁 27、賴子清，《圓機活法古今詩粹》，文和印刷公司，1966 年 12 月，頁 28。瀛社編委會，《瀛社創立六十週年紀念集》，瀛社辦事處發行，1969 年，頁 26。邱奕松，〈北臺詩苑〉，《臺北文獻》直字 79 期，1987 年 3 月，頁 390。廉永英、崔仁慧合著，《臺北市志》卷八《文化志·文學篇》，臺北市文獻委員會，1991 年 10 月，頁 103、唐羽編撰，《基隆顏氏家乘·文徵篇》，基隆顏氏家乘纂修小組，1997 年 12 月，頁 1085。基隆詩學會編輯，《雨港古今詩選》，基隆市立文化中心，1998 年 8 月，頁 85。陶一經編，《基隆市志·藝文篇》，基隆市政府，2003 年 4 月，頁 23。張端然，《日治時期瀛社之研究》，中國文化大學中國文學研究所碩士在職專班碩士論文，2003 年，頁 199。

工商活動，乃是不得不爲之。日人提倡皇民化，漢語、漢文，悉禁流通傳播，熊祥遂潛取輕裝，自基隆泛海北行。陳寶琛應北大之邀而赴都講學，下榻陳衍下斜街小秀野堂中。熊祥至，立往謁，從陳寶琛之命在大學藏書樓爲助理。出入其間，俱積學士，日夕盤桓，學益精進。曾擔任國立北京圖書館助理研究員，1922 年「大有株式會社」成立，秉兄命爲社長，遂歸臺。不久又再渡海至福州。工詩文、書法，長於理學，宗陽明，中年以後研究佛教哲學，晚年傾向天臺宗。於 1926 年擔任「瀛社」名譽社長。戰後成立「臺灣省通志館」，簡林獻堂主其事，黃純青、林忠先後副之，1949年改通志館爲「臺灣省文獻委員會」，編纂《臺灣省通志》，任總編纂一職，其中《臺灣省通志稿卷首中史略》爲林氏所著，並與曾天從合著《臺灣省通志稿卷六學藝志哲學篇》。又與陳逢源、魏清德、吳夢周、黃景南籌立《臺灣詩壇》，發行詩刊，以宏揚詩教。1949 年創立「薇閣詩社」，被推崇爲詩壇領袖。1969 年任私立實踐家政專科學校董事長、臺灣水泥公司常務監察人、華南銀行常務董事等。1973 年 2 月所舉行之「第 2 屆世界詩人大會」，林氏於病榻中獲悉經費籌措不易，令長子衡道捐贈 20 萬，使大會順利召開。後手著《臺灣史略》、《哲學》、《蘭嶼入我國版圖之沿革》、《林文訪先生詩文集》、《殿版及各官局刻書目錄》等。先生書學王右軍而旁及米元章，曾擇生平所見真跡、名碑、法帖百餘種，條舉列出，綴以短評，輯成《書學原論》，其論書推崇晉、唐、宋之法度，尤其傾倒於米元章。美國國會圖書館欲得其書法，曾函臺北市長高玉樹，請轉致孺慕之忱，並謂酬千金不惜[105]。

---

105 見黃洪炎編，《瀛海詩集》，臺灣詩人名鑑刊行會發行，1940 年，頁 22，該書作「又號大遯山民」。毛一波，〈臺北縣詩略〉，《北縣文獻》2 期，1956 年 4 月，頁 415。《臺北市志》卷七《人物志》，臺北市文獻委員會，1960 年，頁 74-78、賴子清，《圓機活法古今詩粹》，文和印刷公司，1966 年 12 月，頁 34。瀛社編委會，《瀛社創立六十週年紀念集》，瀛社辦事處發行，1969 年，頁 12。鄭喜夫，〈臺北著述志稿〉，《臺北文獻》直字 69 期，1984 年 9 月，頁 16。邱奕松，〈北臺詩苑〉，《臺北文獻》直字 81 期，1987 年 9 月，頁 367。廉永英、崔仁慧合著，《臺北市志》卷九《人物志·賢德篇》，臺北市文獻委員會，1991 年 10 月，頁 238-244、見

黃洪炎（可軒）

黃洪炎（1896.08.13～1943），字可軒，南投郡名間庄人，居臺北下奎府町。1914 年畢業於臺灣總督府國語學校師範部，歷任各公學校訓導、南投廳日語通譯，南投郡中寮庄長。1917 年就莊太岳習漢文，研鑽不倦。1927 年 3 月為早稻田大學校外生，購其政治經濟科及文學科講義錄，埋頭獨學。1931 年 3 月當選草鞋墩信用購買組合理事，1932 年 4 月入《臺灣新民報》社任庶務部長兼文書課長，歷任學藝部長、通信部長、會計部長。編有《瀛海詩集》，著《夢華詩集》2 卷，未刊。亦為「星社」、「南陔吟社」社員[106]。

葉　田（蘊藍）

葉田（1896～1976），字蘊藍，臺北市人；少時從本省碩儒黃贊鈞、趙一山、連雅堂、林述三諸名賢遊，原隸「天籟吟社」，曾任中小學教員多年。《中國詩文之友》上刊載有其謹賀新年之名片資料[107]。

廉永英、崔仁慧合著，《臺北市志》卷八《文化志·文學篇》，臺北市文獻委員會，1991 年 10 月，頁 192、林金田、蕭富隆編，《臺灣早期書畫專輯》，國史館臺灣文獻館，2003 年，頁 284，惟該文生年作「1896 年」。惟新舊《臺北市志》作「號宣齋，別署大邂山民」，鄭喜夫一文則作「別署大屯山民」。黃美娥編，《日治時期臺北地區文學作品目錄》，臺北市文獻委員會，2003 年 2 月，頁 11、254-260。張端然，《日治時期瀛社之研究》，中國文化大學中國文學研究所碩士在職專班碩士論文，2003 年，頁 191。《臺灣歷史人物小傳--明清暨日據時期》，國家圖書館 2003 年 12 月，頁 271-272。

106 黃洪炎編，《瀛海詩集》，臺灣詩人名鑑刊行會發行，1940 年，頁 81。陳世慶，〈星社〉，《臺北文物》4 卷 4 期，1956 年 2 月 1 日，頁 50。廉永英、崔仁慧合著，《臺北市志》卷八《文化志·文學篇》，臺北市文獻委員會，1991 年 10 月，頁 88、黃美娥編，《日治時期臺北地區文學作品目錄》，臺北市文獻委員會，2003 年 2 月，頁 15、425-428。

107 見黃洪炎編，《瀛海詩集》，臺灣詩人名鑑刊行會發行，1940 年，頁 72。瀛社編委會，《瀛社創立六十週年紀念集》，瀛社辦事處發行，1969 年，頁 29。《中國詩文之友》41 卷第 2 期，中國詩文之友社，1975 年 1 月 1 日。《中國詩文之友》43 卷 2 期，1976 年 1 月 1 日。邱奕松，〈北臺詩苑〉，《臺北文獻》直字 82 期，1987 年 12 月，頁 245。黃美娥編，《日治時期臺北地區文學作品目錄》，臺北市文獻委員會，

黄石養（梅生）

黄石養（1896.02.20～1945.05.03），號梅生，以號行，福建省侯官縣閩安鎮人。幼年隨母來臺，曾任臺灣銀行公役。1912 年赴星嘉坡任該行出張所雇員。復轉渡婆羅洲任華僑學校教師。1918 年歸臺，服務基隆貿易商，1933 年入李建興義方商行任翻譯兼秘書。民初參加「小鳴吟社」，後亦加入「星社」，為該社年最輕者，乃號「少星」。參與創設「松社」，素精擊鉢，馳譽士林。另據林錦銘口述云：

> 氏與李建興（瑞三煤礦公司業主）、張一泓（前基市長張春熙尊翁）有同窗之誼（同受業李碩卿門下）。才學兼備，通五種語言（中、英、日、臺等）原任松山庄役場書記，李氏敦聘為瑞三煤礦秘書……

據日方〈五二七思想案豫審終決定書〉載，後死於獄中[108]。

李神義（澹庵）

李神義（1897.12.11～1971.05.22），字澹庵，臺北蘆洲人，弱冠師事林

2003 年 2 月，頁 487-490。張端然，《日治時期瀛社之研究》，中國文化大學中國文學研究所碩士在職專班碩士論文，2003 年，頁 201。潘玉蘭，《天籟吟社研究》，國立臺灣師範大學國文學系在職進修碩士班碩士論文，2004 年，頁 114。

108 黃洪炎編，《瀛海詩集》，臺灣詩人名鑑刊行會發行，1940 年，頁 74。日方〈五二七思想案豫審終決定書〉，收於《紹唐文集‧李建興先生蒙難記》，自刊本，生卒據同書〈本礦同人死難表〉、陳世慶，〈星社〉，《臺北文物》4 卷 4 期，1956 年 2 月 1 日，頁 52。《基隆市志‧文物篇》，基隆市文獻會，1958 年 9 月，頁 27、廉永英、崔仁慧合著，《臺北市志》卷八《文化志‧文學篇》，臺北市文獻委員會，1991 年 10 月，頁 90、基隆詩學會編輯，《雨港古今詩選》，基隆市立文化中心，1998 年 8 月，頁 21。建民，〈松山探源尋根〉，《松友月刊》創刊號，1998 年 12 月 20 日，頁 74。吳陶一經編，《基隆市志‧藝文篇》，基隆市政府，2003 年 4 月，頁 23。惟《基隆市志‧藝文篇》上題名為「黃斌」，不知為其名或其字？張端然，《日治時期瀛社之研究》，中國文化大學中國文學研究所碩士在職專班碩士論文，2003 年，頁 196。林正三，《松山地區之古老詩社－松社》，文史哲出版社，2005 年，頁 33。

述三、趙一山，致力於建築業與土地投資，性恬淡，鄙榮利，平居以吟詠自適，原隸「天籟吟社」，亦加入「瀛社」、「淡北吟社」，著有《襟天樓詩草》行世[109]。

吳清富（夢周）

吳清富（1898.04.14～1972.09.18），字夢周，號零星，臺北人。少穎悟，讀書數行齊下。趙一山及門，與駱香林、吳夢周、李騰嶽並稱四弟子。一山老病時，課務多委之。日人領臺，讀書益勤，暇則吟詩遣興，1915 年與張純甫、黃春潮、陳心南、歐劍窗、林述三、李騰嶽、蔡癡雲、李鷺村等結「星社」。1949 年，國府東遷，于右任、賈景德、林文訪、陳南都、黃景南等，為保存國脈，鼓吹中興，於稻江創《臺灣詩壇》。吳氏徜徉其間，有請益者不憚繁詞，從容置答，聲華意氣，籠罩三臺。1969 年秋，為二豎所禍，纏綿數月，孱弱難復，如是數年，或漸或痊，後疾轉厲，家人百計求治罔效，遂卒。清富秉禮讀書，為文根於經史，時豔所不屑也。詩得韓、蘇之長，著有《枕肱室詩草》[110]。

---

109 黃洪炎編，《瀛海詩集》，臺灣詩人名鑑刊行會發行，1940 年，頁 14。賴子清，《圓機活法古今詩粹》，文和印刷公司，1966 年 12 月，頁 29。瀛社編委會，《瀛社創立六十週年紀念集》，瀛社辦事處發行，1969 年，頁 43。鄭喜夫，〈臺北著述志稿〉，《臺北文獻》直字 69 期，1984 年 9 月，頁 20。邱奕松，〈北臺詩苑〉，《臺北文獻》直字 79 期，1987 年 3 月，頁 395。黃美娥編，《日治時期臺北地區文學作品目錄》，臺北市文獻委員會，2003 年 2 月，頁 16、126-132。張端然，《日治時期瀛社之研究》，中國文化大學中國文學研究所碩士在職專班碩士論文，2003 年，頁 204。潘玉蘭，《天籟吟社研究》，國立臺灣師範大學國文學系在職進修碩士班碩士論文，2004 年，頁 114、151-155。

110 見黃洪炎編，《瀛海詩集》，臺灣詩人名鑑刊行會發行，1940 年，頁 35。曾今可，《臺灣詩選》，中國詩壇，1953 年 10 月，頁 53。陳世慶，〈星社〉，《臺北文物》4 卷 4 期，1956 年 2 月 1 日，頁 58。《臺北市志》卷七《人物志》，臺北市文獻委員會，1960 年，頁 117-118。邱奕松，〈北臺詩苑〉，《臺北文獻》直字 79 期，1987 年 3 月，頁 388-389。廉永英、崔仁慧合著，《臺北市志》卷九《人物志‧賢德篇》，臺北市文獻委員會，1991 年 10 月，頁 255-257、廉永英、崔仁慧合著，《臺北市志》卷八《文化志‧文學篇》，臺北市文獻委員會，1991 年 10 月，頁 88。黃美娥編，《日治時期臺北地區文學作品目錄》，臺北市文獻委員會，2003 年 2 月，頁

張添進（一泓）

　　張添進（1898～1953.05.14），字一鴻，號一泓、秋客。世居基隆草店尾街，少孤，賴伯父達源教養成立。性灑落，具倜儻才，宜蘭陳茂才子經，妻以長女。初供職於臺灣銀行，於 1920 年渡日本，轉淞滬，泛瀟湘，謁黃興、蔡松坡墓，歸轡蘇杭，流連西湖，覽勝寄懷。後置「二酉草堂」於曲水巷，著《破浪吟草》1 卷付梓，任《詩報》編輯十餘年，晚境迍邅，杜門嘯臥，蕭然自得。子春熙，後任基隆市長[111]。

林恩卷（子惠）

　　林恩卷（1898～？），字恩應，號子惠，以號行。臺北市人，曾就讀紫林齋漢文書房，北京語講習會，省訓練團中師班。幼承庭訓，及長，從名宿劉育英茂才遊，而竿頭更近。曾主《昭和新報》漢文筆政。抗戰軍興，遭日人忌而繫獄，1945 年 1 月 31 日被捕，1952 年 4 月 17 日為內政部褒揚。執教成功中學。詩近元白，淺語而有深致，曾任「天籟吟社」幹事、《六六》雜誌臺灣總支社漢文編輯長、《新高新報》大稻埕支局長、「鷺洲吟社」總務、「種竹齋」漢文書房教師、臺灣廣播電臺演講員等。著有《種竹齋吟草》、《通俗醒世瑣談》[112]。

17、110-113。張端然，《日治時期瀛社之研究》，中國文化大學中國文學研究所碩士在職專班碩士論文，2003 年，頁 205。

111 唐羽編撰，《基隆顏氏家乘・文徵篇》，基隆顏氏家乘纂修小組，1997 年 12 月，頁1117。基隆詩學會編輯，《雨港古今詩選》，基隆市立文化中心，1998 年 8 月，頁 56 李進勇總纂，《重修基隆市志》卷七《人物志・列傳篇》，基隆市政府，2001年 7 月，頁 37。陶一經編，《基隆市志・藝文篇》，基隆市政府，2003 年 4 月，頁 31-32。惟陶一經一書作「字一泓」。張端然，《日治時期瀛社之研究》，中國文化大學中國文學研究所碩士在職專班碩士論文，2003 年，頁 197。

112 黃洪炎編，《瀛海詩集》，臺灣詩人名鑑刊行會發行，1940 年，頁 23。毛一波，〈臺北縣詩略〉，《北縣文獻》2 期，1956 年 4 月，頁 417。瀛社編委會，《瀛社創立六十週年紀念集》，瀛社辦事處發行，1969 年，頁 32。鄭喜夫，〈臺北著述志稿〉，《臺北文獻》直字 69 期，1984 年 9 月，頁 19。邱奕松，〈北臺詩苑〉，《臺北文獻》直字 79 期，1987 年 3 月，頁 408。黃美娥編，《日治時期臺北地區文學作品目錄》，

何亞季（木火）

何木火（1898～？），字亞季，以字行。原籍嘉義，國民學校畢業後，入嘉義「景初書院」就讀。少時遍遊大陸、菲律賓、日本等地。1928 年曾創立「淡交吟社」於嘉義，1943 年徙北市營商定居，而加入「瀛社」。1953 年，復自創「北鷗吟社」、主持「鷗社旅北同人吟會」，著有《亞季詩集》、編有《鷗社同人詩集》[113]。卒年未詳，然據《瀛社創立七十週年紀念集》所載簡歷，則其於 1979 年尚存。

黃啟棠（幼惠）

黃啓棠（1898～1969），字幼惠。原籍嘉義朴子，臺北醫科大學畢業，任醫院、衛生機關公職有年，旋去公職而自行開業，濟世之餘，輒以吟詠自適[114]。

倪登玉（韞山）

倪登玉（1898.08.26～1988），字韞山，號千乘客。臺北市人，嘗從陳進卿茂才及歐劍窗、林述三諸名宿遊，原隸「潛社」。1933 年 2 月 15 日與

臺北市文獻委員會，2003 年 2 月，頁 182-193。張端然，《日治時期瀛社之研究》，中國文化大學中國文學研究所碩士在職專班碩士論文，2003 年，頁 199。潘玉蘭，《天籟吟社研究》，國立臺灣師範大學國文學系在職進修碩士班碩士論文，2004 年，頁 114-115。

113 參考林子惠、張作梅、莊幼岳合著〈瀛社記事補遺〉，《臺北文物》5 卷 2、3 期，1957 年 1 月 15 日，頁 87。賴子清，《圓機活法古今詩粹》，文和印刷公司，1966 年 12 月，頁 31。瀛社編委會，《瀛社創立六十週年紀念集》，瀛社辦事處發行，1969 年，頁 34。瀛社編委會，《瀛社創立七十週年紀念集》，瀛社辦事處發行，1979 年，頁 4。中華民國傳統詩學會編，《傳統詩集》1，中華民國傳統詩學會出版，1979 年，頁 55。陳友梅序文，《亞季詩集》，大立出版社，1981 年、鄭喜夫，〈臺北著述志稿〉，《臺北文獻》直字 69 期，1984 年 9 月，頁 20。

114 曾今可，《臺灣詩選》，中國詩壇，1953 年 10 月，頁 231。瀛社編委會，《瀛社創立六十週年紀念集》，瀛社辦事處發行，1969 年，頁 37。邱奕松，〈北臺詩苑〉，《臺北文獻》直字 79 期，1987 年 3 月，頁 386。

歐劍窗、陳友梅組「北臺吟社」，曾任《中華詩苑》經理。亦曾參與「浪鷗室」顧問、《中國詩文之友》社編輯委員、中華民國傳統詩學會、中國詩經研究會、臺北市聯吟會、臺北市詩人聯吟會等。性耽風雅，嗣加入「瀛社」、「北鷗吟社」、「天籟吟社」等詩社[115]。

李登瀛（白鷗）

李登瀛（1899～1945），字白鷗，祖籍安溪，原居汐止保長坑，後徙基隆資仔寮，幼年失怙，賴族人撫養，始畢業於臺北師範，執教於公學校。1938 年，當選基隆市協會議員，嗣兼西町區長，好吟詠，參加「大同吟社」及「瀛社」[116]。

蘇水木（清林）

蘇水木（1899.05.08～2001.08.18），字清林，臺北市人，生於臺北市興雅庄，至 10 歲，遷臺北後車頭就伯氏祖厝，入書房讀漢文 1 年，又遷錫口而就公學校讀，時已 12 歲，接連跳級，後其師復欲其再跳級，竟謝之。1917

---

115 黃洪炎編，《瀛海詩集》，臺灣詩人名鑑刊行會發行，1940 年，頁 46。毛一波，〈臺北縣詩略〉，《北縣文獻》2 期，1956 年 4 月，頁 421。瀛社編委會，《瀛社創立六十週年紀念集》，瀛社辦事處發行，1969 年，頁 40。瀛社編委會，《瀛社創立七十週年紀念集》，瀛社辦事處發行，1979 年頁 7。中華民國傳統詩學會編，《傳統詩集》1，中華民國傳統詩學會出版，1979 年，頁 102。中華民國傳統詩學會編，《傳統詩集》2，中華民國傳統詩學會出版，1982 年，頁 140。中華民國傳統詩學會編，《傳統詩集》3，中華民國傳統詩學會出版，1985 年，頁 126。邱奕松，〈北臺詩苑〉，《臺北文獻》直字 81 期，1987 年 9 月，頁 371。廉永英、崔仁慧合著，《臺北市志》卷八《文化志·文學篇》，臺北市文獻委員會，1991 年 10月，頁 206。黃美娥編，《日治時期臺北地區文學作品目錄》，臺北市文獻委員會，2003 年 2 月，頁 18、303-310。潘玉蘭，《天籟吟社研究》，國立臺灣師範大學國文學系在職進修碩士班碩士論文，2004 年，頁 115-116。
116 基隆詩學會編輯，《雨港古今詩選》，基隆市立文化中心，1998 年 8 月，頁 30。惟《雨港古今詩選》作「字白鷗」。李進勇總纂，《重修基隆市志》卷七《人物志·列傳篇》，基隆市政府，2001 年 7 月，頁 41。陶一經編，《基隆市志·藝文篇》，基隆市政府，2003 年 4 月，頁 26-27。

年畢業後其師介往玻璃瓶廠，3 日而去，嗣區長陳媽力介紹往里辦公處任
里書記。同年 11 月，錫口公學校師詹定國薦之臺北市地方教員講習會，通
學往返凡 3 小時。1918 年，2 月 7 日結業，任錫口公學校教員。1920 年 5
月，校長景山薦讀臺北師範學校教員講習科帶職旁聽，翌年二月畢業，任
原校准訓導。1938 年以教育斐然，受勳 8 等正 8 位。1945 年 11 月，奉令
接收旭國民學校及旭青年學校。翌年，旭校改名「東門國民學校」，派為初
代校長，兼臺北市立東門中級補習學校校長，戮力修葺戰後黌舍，充實教
材，以樹校風，恆以育才為念。1948 年 8 月，轉臺北市立松山初級商業職
業學校分校教員、訓導、教務組長。1952 年，分校升格，校長汪乾文聘為
松山高級商業職校教員兼夜間部主任，1966 年入「瀛社」，至 1968 年孔誕，
以服務教界 50 年，參與總統賜宴，引為快事，以七旬之年退休。壯日素喜
運動，平居若無他好，惟參加「瀛社」、「松社」二社之會，著有《清林吟
草》行世[117]。

李添福（浩如）

　　李添福（1899～？），字浩如，號翠庵，臺北中崙人，善詩。初於學校
任教，嗣遊扶桑，入東京日本大學深造，學成歸臺，事進出口貿易，雖日

117 黃洪炎編，《瀛海詩集》，臺灣詩人名鑑刊行會發行，1940 年，頁 107。賴子清，《圓
　　機活法古今詩粹》，文和印刷公司，1966 年 12 月，頁 52。瀛社編委會，《瀛社
　　創立六十週年紀念集》，瀛社辦事處發行，1969 年，頁 49。瀛社編委會，《瀛社
　　創立七十週年紀念集》，瀛社辦事處發行，1979 年，頁 10。中華民國傳統詩學
　　會編，《傳統詩集》1，中華民國傳統詩學會出版，1979 年，頁 221。中華民國
　　傳統詩學會編，《傳統詩集》2，中華民國傳統詩學會出版，1982 年，頁 268。
　　邱奕松，〈北臺詩苑〉，《臺北文獻》直字 82 期，1987 年 12 月，頁 265。瀛社編委
　　會，《瀛社創立八十週年紀念集》，瀛社辦事處發行，1989 年，頁 1。中華民國
　　傳統詩學會編，《傳統詩集》5，中華民國傳統詩學會出版，1994 年，頁 242。
　　蘇水木口述、許英昌、林佳合採訪整理，〈松山的詩人、教育家—蘇水木校長〉，《松
　　友月刊》2 期，1999 年 8 月 20 日，頁 18-21。吳建民，〈松山探源尋根〉，收於《松
　　友月刊》4 期，2002 年 10 月 1 日，頁 56-58。黃美娥編，《日治時期臺北地區文學
　　作品目錄》，臺北市文獻委員會，2003 年 2 月，頁 695。林正三，《松山地區之古老
　　詩社—松社》，文史哲出版社，2005 年，頁 35-37。

與籌算為伍而不廢吟哦，曾入「瀛社」與「松社」，卒年不詳，然據《瀛社創立七十週年紀念集》所載簡歷，其於 1979 年尚存[118]。

周士衡（野鶴）

周士衡（1900～1932.08.12），本名自然，以字行，別署閒雲、野鶴、古亭村人。士人之後，原隸基隆「小鳴吟社」。亦善謎學，曾與艋津諸同志組「鶴社」，繼與基隆、平溪諸詩友組「鐘亭」，亦為「大同吟社」及「貂山吟社」社員。經營炭礦失敗，昭和 7 年 5 月中，自基隆遷回臺北古亭，為《詩報》編輯員。代《詩報》催收款項，徵輯詩稿，所到臨會賦詩，下筆矯健冠於儕輩，至者或舉為詞宗。後溺於家門前池中，年 33[119]。

劉明祿（以廉）

劉明祿（1900～1963），字以廉，號鶴軒。基隆人，少負才名，壇坫蜚聲。原隸「小鳴吟社」，1924 年入「瀛社」，為「大同吟社」創始人之一。因學優致仕，出任仁愛區長，政務冗繁，詩作無多，於任中過世[120]。

林　丞（杏蓀）

林丞（1900～？），一作「林承」，字伯聰、號杏蓀，福建福州人，法

---

118 賴子清，《圓機活法古今詩粹》，文和印刷公司，1966 年 12 月，頁 29。瀛社編委會，《瀛社創立六十週年紀念集》，瀛社辦事處發行，1969 年，頁 46。瀛社編委會，《瀛社創立七十週年紀念集》，瀛社辦事處發行，1979 年，頁 13。邱奕松，〈北臺詩苑〉，《臺北文獻》直字 79 期，1987 年 3 月，頁 396。廖永英、崔仁慧合著，《臺北市志》卷八《文化志·文學篇》，臺北市文獻委員會，1991 年 10 月，頁 66、潘玉蘭，《天籟吟社研究》，國立臺灣師範大學國文學系在職進修碩士班碩士論文，2004 年，頁 115。林正三，《松山地區之古老詩社－松社》，文史哲出版社，2005 年，頁 44-45。

119 參閱黃鶴仁著，《貂山吟社史研究》，自印本，2000 年 12 月，頁 26-27。據《詩報》4 號第 15 版，介紹「鐘亭」則謂平溪人，應較正確。

120 基隆詩學會編輯，《雨港古今詩選》，基隆市立文化中心，1998 年 8 月，頁 23。陶一經編，《基隆市志·藝文篇》，基隆市政府，2003 年 4 月，頁 31。

政專校本科畢業。來臺後任高中教員及專科學校講師。平生博覽群書，詩文並茂，其古體胎息魏、晉，頡頏庾、鮑。卒年未詳，惟於 1975 年社員名冊尚列其中[121]。

蘇茂杞（鴻飛）

蘇茂杞（1900.08.16～1991），字鴻飛，嘉義市人，任職第一銀行達 40 年之久。性風雅，工詩，嘗赴大陸，飽覽山川名勝，遊蹤所至，輒有題詠。著有《南京勝蹟考》、《鴻飛題詠鈔》、《鴻飛詩鈔》行世。1975、1976 年《中國詩文之友》上刊載有其謹賀新年之名片資料[122]。

李詩全（瑞春）

李詩全（1900～？），字瑞春，大溪人，師範學校畢業，初執教國校，嗣轉任大溪自動車株式會社、新竹州運輸會社專務理事、大溪街副長等，光復後移居臺北從事貿易，除加入「瀛社」外，並為「北鷗吟社」社員[123]。從《瀛社創立六十週年紀念集》收載其簡歷來看，其至 1969 年尚存。

---

121 見曾今可，《臺灣詩選》，中國詩壇，1953 年 10 月，頁 132。林子惠、張作梅、莊幼岳合著〈瀛社記事補遺〉，《臺北文物》5 卷 2、3 期，1957 年 1 月 15 日，頁 88。瀛社編委會，《瀛社創立六十週年紀念集》，瀛社辦事處發行，1969 年，頁 52。邱奕松，〈北臺詩苑〉，《臺北文獻》直字 79 期，1987 年 3 月，頁 406。廉永英、崔仁慧合著，《臺北市志》卷八《文化志・文學篇》，臺北市文獻委員會，1991 年 10 月，頁 194。瀛社辦事處，〈瀛社社員名冊〉1975 年 2 月改編。

122 林子惠、張作梅、莊幼岳合著〈瀛社記事補遺〉，《臺北文物》5 卷 2、3 期，1957 年 1 月 15 日，頁 92。賴子清，《圓機活法古今詩粹》，文和印刷公司，1966 年 12 月，頁 52。瀛社編委會，《瀛社創立六十週年紀念集》，瀛社辦事處發行，1969 年，頁 55。《中國詩文之友》41 卷第 2 期，中國詩文之友社，1975 年 1 月 1 日。《中國詩文之友》43 卷 2 期，1976 年 1 月 1 日。瀛社編委會，《瀛社創立七十週年紀念集》，瀛社辦事處發行，1979 年，頁 16。瀛社編委會，《瀛社創立八十週年紀念集》，瀛社辦事處發行，1989 年，頁 3。

123 賴子清，《圓機活法古今詩粹》，文和印刷公司，1966 年 12 月，頁 29。瀛社編委會，《瀛社創立六十週年紀念集》，瀛社辦事處發行，1969 年，頁 58。邱奕松，〈北臺詩苑〉，《臺北文獻》直字 79 期，1987 年 3 月，頁 396。

王子榮（華軒）

王子榮（1900.12.31～？），字華軒，生於臺北市中坡 145 番地，中坡里王厝。同胞姊妹各一而無昆弟。年 12 父親棄世，賴寡母林氏編織草鞋撫養成人。1910 年入松山公學校，與戰後第 1 任臺北市長游彌堅有同窗之誼。後考入臺灣總督府國語學校，畢業後分發南港國小任教，1921 年 4 月轉松山國小。1945 年臺灣光復，奉派為第 1 任松山國小校長，直至 1967 年退休。民國 1946 年 4 月，松山初商借用松山國小校舍上課，又兼任校長，前後達 5 年之久。1947 年 8 月，松山國小奉准開辦附設幼稚園，再兼任園長一職，1955 年 8 月五分埔分校成立，仍由王氏領導經營凡 2 年，始行交棒。1967 年 9 月 30 日退休，後移美國洛杉磯定居，卒年不詳[124]。

黃景岳（種人）

黃景岳（1901～1944），一作景嶽，字種人，福建上杭人。幼有異稟，負雋才。民初，閩西不靖，隨父盛富來臺，賃基津後井里，賣卜自給，榜曰「萍居」，亦飼豬成業。性磊落，以詩酒自娛，目擊時事日非，自傷不能報國，每劇飲大醉，慷慨悲歌，繼以痛哭。曾加入「大同吟社」，七七事起，日人忌在臺華僑，循僑望舉為「新民公會」總幹事以羈之，遂以職便潛通臺僑，伺機有為。未幾日警大搜，1944 年夏入獄。妻丘氏為奔走營救，眾咸憚於日威，莫敢援手，日降前死於獄中。1949 年，行政院頒「忠義成仁」，

---

124 參閱傳王遜雪口述、許英昌採訪整理，〈緬懷父親王作榮〉，《松友月刊》創刊號，1998 年 12 月 20 日，頁 12-13、陳裕安記錄，〈臨別訓話 —— 民國五十六年九月三十日早會時〉，收於《松山文苑》，後收於，《松友月刊》創刊號，1998 年 12 月 20 日，頁 9、林秀敏，〈綠樹成蔭子滿枝，桃李春風耀王家〉，《走過 100 —— 松山國小穿梭時空 100 年—百週年校慶活動專輯》，松山國小編印，1999 年 7 月 31 日，頁 50-52、王淑霞，〈爸爸是我的導師〉，《走過 100 —— 松山國小穿梭時空 100 年—百週年校慶活動專輯》，松山國小編印，1999 年 7 月 31 日，頁 54-55。林正三，《松山地區之古老詩社－松社》，文史哲出版社，2005 年，頁 37-38。

配祀基隆忠烈祠，著有《萍居集》[125]。

吳鴻爐（劍亭）

吳鴻爐（1901.09～2001？），字劍亭，出生於中壢。臺灣總督府立臺北國語學校師範部畢業，任公學校教員 4 年。嗣即辭職，負笈東京，考進日中央大學，取得經濟學士名銜。回臺後側身報界，應《昭和新報》之聘，出任總編輯。戰後，轉任中原理工學院教授並兼中臺醫專教職至於退休。劍亭本為中壢「以文吟社」社員，其加入「瀛社」，應在《昭和新報》任職期間。晚年多隱於鄉間，鮮出外地詩壇活動。卒於民國 80 年代[126]。

駱子珊（嘉村）

駱子珊（1901～1969），字網川、嘉村，號立庵，又號鐵花。網海書窩主人、定靜山主人。生年不詳，惟據民國 53 年《瀛社社員名冊》載「時年六十四」推估，應是出生於明治 34 年（1901），臺北萬華人，為名宿儒陳廷植、顏笏山高足，性恬默，篤厚老成，精古文詞，喜交遊，耽吟詠，尤嗜擊鉢催詩，有會必赴，曾任「高山文社」常務幹事、副社長。奉職臺灣倉庫株式會社，為松山出張所主任。常與文人詞客遊，又好集趣味品，與同志組織「東瀛雪鴻會」，每月定期開例會各展所藏。擅書法，所書楹聯題識，散見於龍山寺與學海書院[127]。

---

125 基隆詩學會編輯，《雨港古今詩選》，基隆市立文化中心，1998 年 8 月，頁 44、李進勇總纂，《重修基隆市志》卷七《人物志·列傳篇》，基隆市政府，2001 年 7 月，頁 21-22。陶一經編，《基隆市志·藝文篇》，基隆市政府，2003 年 4 月，頁 25-26。惟其卒年《重修基隆市志》作「卒於民國四十四年」，有誤，蓋黃景岳未及見到臺灣光復，因此當卒於 1945 之前為是。

126 該位詩人生平資料由瀛社現任社員陳榮弨先生執筆。

127 參考黃洪炎編，《瀛海詩集》，臺灣詩人名鑑刊行會發行，1940 年，頁 101-102。曾今可，《臺灣詩選》，中國詩壇，1953 年 10 月，頁 314。毛一波，〈臺北縣詩略〉，《北縣文獻》2 期，1956 年 4 月，頁 409。林子惠、張作梅、莊幼岳合著〈瀛社記事補遺〉，《臺北文物》5 卷 2、3 期，1957 年 1 月 15 日，頁 91。賴子清，《圓機活法古今詩粹》，文和印刷公司，1966 年 12 月，頁 49。瀛社編委會，《瀛社創立

張晴川（芳洲）

張晴川（1901～？），字芳洲、子澄、志澄，號漢秋。臺北市人，居臺北太平町。少時憤臺灣爲異族所據，乃遠赴上海，入東南醫科大學就讀，旋從事抗日運動。1922年創立「淡北吟社」，1923年加入「瀛社」、「天籟吟社」、「雙連吟社」等吟社，因曾參加臺灣革命運動，恐累吟友而脫社，戰後始再復社。歷任臺北市政府顧問、議員、商會常務理事兼總幹事、家畜公會理事長等。嗜讀工詩，著有《大陸漫游吟草》。卒年不詳，然據《瀛社創立七十週年紀念集》所載簡歷，其於1979年時尚存[128]。

陳春松（友梅）

陳春松（1901.01.01～1990），字友梅，號茂生。三峽人，早歲移居北市，爲稻江宿儒歐劍窗及門高弟，原隸「潛社」，1932年5月31日《臺灣日日新報》11545號「瀛社擊鉢吟例會盛況」提到「次由倪炳煌介紹新加入陳友梅、周水炎二氏」，可知其入「瀛社」時間，其後隨書法家曹秋圃遊，

六十週年紀念集》，瀛社辦事處發行，1969年，頁61。邱奕松，〈北臺詩苑〉，《臺北文獻》直字82期，1987年12月，頁248。廉永英、崔仁慧合著，《臺北市志》卷八《文化志·文學篇》，臺北市文獻委員會，1991年10月，頁106、黃美娥編，《日治時期臺北地區文學作品目錄》，臺北市文獻委員會，2003年2月，頁22、535-544。張端然，《日治時期瀛社之研究》，中國文化大學中國文學研究所碩士在職專班碩士論文，2003年，頁202。林正三，《松山地區之古老詩社－松社》，文史哲出版社，2005年，頁45-46。

128 黃洪炎編，《瀛海詩集》，臺灣詩人名鑑刊行會發行，1940年，頁69。林子惠、張作梅、莊幼岳合著〈瀛社記事補遺〉，《臺北文物》5卷2、3期，1957年1月15日，頁89。《臺北市志》卷七《人物志》，臺北市文獻委員會，1960年，頁64。瀛社編委會，《瀛社創立六十週年紀念集》，瀛社辦事處發行，1969年，頁64。瀛社編委會，《瀛社創立七十週年紀念集》，瀛社辦事處發行，1979年，頁22。鄭喜夫，〈臺北著述志稿〉，《臺北文獻》直字69期，1984年9月，頁20。邱奕松，〈北臺詩苑〉，《臺北文獻》直字81期，1987年9月，頁377。惟邱奕松〈北臺詩苑〉作「號漢澄」，恐有誤。黃美娥編，《日治時期臺北地區文學作品目錄》，臺北市文獻委員會，2003年2月，頁19、343-344。潘玉蘭，《天籟吟社研究》，國立臺灣師範大學國文學系在職進修碩士班碩士論文，2004年，頁116。

自是兼嫻八法，曾任北臺吟社副社長。平素染翰操觚外，喜垂釣[129]。

許寶亭（劍亭）

許寶亭（1901～1978.05.09），號劍亭，臺北市人，歷任《臺灣日日新報》記者、編輯、《自強日報》董事長、《自立晚報》常務董事、臺北旅遊公會理事長、照相公會理事長、許氏宗親會顧問等。原隸「天籟吟社」，雖身兼多職仍不廢吟哦[130]。

黃自修（阿古）

黃自修（1901～？），號阿古，字松根。臺北縣人，服務本省林務機關達 40 年。平生寄情山水，發為吟哦，深得自然之妙，亦「北鷗吟社」社員。卒年不詳，然據《瀛社創立七十週年紀念集》所載簡歷，其至 1979 年時尚存[131]。

---

129 林子惠、張作梅、莊幼岳合著〈瀛社記事補遺〉，《臺北文物》5 卷 2、3 期，1957年 1 月 15 日，頁 90。瀛社編委會，《瀛社創立六十週年紀念集》，瀛社辦事處發行，1969 年，頁 67。瀛社編委會，《瀛社創立七十週年紀念集》，瀛社辦事處發行，1979 年，頁 25。邱奕松，〈北臺詩苑〉，《臺北文獻》直字 82 期，1987 年 12月，頁 251。瀛社編委會，《瀛社創立八十週年紀念集》，瀛社辦事處發行，1989年，頁 7。

130 參閱黃洪炎編，《瀛海詩集》，臺灣詩人名鑑刊行會發行，1940 年，頁 62。毛一波，〈臺北縣詩略〉，《北縣文獻》2 期，1956 年 4 月，頁 406。林子惠、張作梅、莊幼岳合著〈瀛社記事補遺〉，《臺北文物》5 卷 2、3 期，1957 年 1 月 15 日，頁 90。瀛社編委會，《瀛社創立六十週年紀念集》，瀛社辦事處發行，1969 年，頁 70。邱奕松，〈北臺詩苑〉，《臺北文獻》直字 81 期，1987 年 9 月，頁 381-382。廉永英、崔仁慧合著，《臺北市志》卷八《文化志・文學篇》，臺北市文獻委員會，1991年 10 月，頁 214、黃美娥編，《日治時期臺北地區文學作品目錄》，臺北市文獻委員會，2003 年 2 月，頁 21、365-376。張端然，《日治時期瀛社之研究》，中國文化大學中國文學研究所碩士在職專班碩士論文，2003 年，頁 198。潘玉蘭，《天籟吟社研究》，國立臺灣師範大學國文學系在職進修碩士班碩士論文，2004 年，頁 116。卒年見《臺灣新生報》1978 年 5 月 11 日，第 8 版。

131 見瀛社編委會，《瀛社創立六十週年紀念集》，瀛社辦事處發行，1969 年，頁 73。《中國詩文之友》41 卷第 2 期，中國詩文之友社，1975 年 1 月 1 日。《中國詩文之

陳根泉（雪清）

陳根泉（1901～？），字江樹，號雪清，臺北市人。師範講習科畢業，普通文官考試及格，曾任中學導師、教務主任、小學校長等職。1975、1976年《中國詩文之友》上刊載有其謹賀新年之名片資料，卒年不詳，惟由《瀛社創立七十週年紀念集》判斷，其於 1979 年尚存[132]。

鄭品聰（劍侯）

鄭品聰（1902～1971.06.26），字劍侯，福建龍岩人。16 歲隨尊翁播遷花蓮，因憤日人橫行，加入中國國民黨，鼓吹革命。後赴臺東開設藥舖行醫，屢被捕繫獄。獲釋後潛回中國參加抗戰，勝利後隨國軍返臺。歷任省議員、國大代表、立法委員、臺北市紅十字會會長、臺東「寶桑吟社」社長及臺灣省區合會聯合會董事長，因肺炎併發症病逝[133]。

陳玉枝（友珊）

陳玉枝（1902～1985），字友珊。宜蘭人，業中醫，曾任宜蘭中醫師公會理事長、中華國藥製藥廠廠長、同安電子醫療院院長，後徙高市定居[134]。

友》43 卷 2 期，1976 年 1 月 1 日。瀛社編委會，《瀛社創立七十週年紀念集》，瀛社辦事處發行，1979 年，頁 28。邱奕松，〈北臺詩苑〉，《臺北文獻》直字 81 期，1987 年 9 月，頁 387。

132 見《中國詩文之友》41 卷第 2 期，中國詩文之友社，1975 年 1 月 1 日。《中國詩文之友》43 卷 2 期，1976 年 1 月 1 日。瀛社編委會，《瀛社創立七十週年紀念集》，瀛社辦事處發行，1979 年，頁 19。黃美娥編，《日治時期臺北地區文學作品目錄》，臺北市文獻委員會，2003 年 2 月，頁 379-380。

133 林子惠、張作梅、莊幼岳合著〈瀛社記事補遺〉，《臺北文物》5 卷 2、3 期，1957 年 1 月 15 日，頁 91。

134 賴子清，《圓機活法古今詩粹》，文和印刷公司，1966 年 12 月，頁 40。瀛社編委會，《瀛社創立七十週年紀念集》，瀛社辦事處發行，1979 年，頁 31。然中華民國傳統詩學會編，《傳統詩集》1，中華民國傳統詩學會出版，1979 年，頁 129 及同書頁 189 所載，不知是否同一人？

陳　寬（綽然）

陳寬（1902～？），字綽然，新竹人，初爲公務員，後轉營食品業，閒暇輒以吟詠自適[135]。

鄭晃炎（紫峰）

鄭晃炎（1902～1986），字紫峰，臺北市人，嗜墳籍，喜吟哦，所爲詩不尙藻飾，曾任中華民國傳統詩學會理事[136]。

周維明

周維明（1902～1971），臺北市人，早歲入「映竹齋」受業，其後服務臺灣合會公司，所爲詩淺語中有深致[137]。

陳榮枝（伯華）

陳榮枝（1902～？），字伯華、半慧，礪心齋門人，原「天籟吟社」社員，日治時詩名顯著，1932 年 12 月 7 日《臺灣日日新報》11734 號「瀛社例會」提到「席上介紹陳伯華氏入社」可知其入社時間，並於 1933 年、1934

---

135 瀛社編委會，《瀛社創立六十週年紀念集》，瀛社辦事處發行，1969 年，頁 76。吳建民，〈松山探源尋根〉，《松友月刊》創刊號，1998 年 12 月 20 日，頁 75。

136 瀛社編委會，《瀛社創立六十週年紀念集》，瀛社辦事處發行，1969 年，頁 79。瀛社編委會，《瀛社創立七十週年紀念集》，瀛社辦事處發行，1979 年，頁 34。中華民國傳統詩學會編，《傳統詩集》1，中華民國傳統詩學會出版，1979 年，頁 16。邱奕松，〈北臺詩苑〉，《臺北文獻》直字 82 期，1987 年 12 月，頁 261。潘玉蘭，《天籟吟社研究》，國立臺灣師範大學國文學系在職進修碩士班碩士論文，2004 年，頁 116。

137 見林子惠、張作梅、莊幼岳合著〈瀛社記事補遺〉，《臺北文物》5 卷 2、3 期，1957 年 1 月 15 日，頁 89。瀛社編委會，《瀛社創立六十週年紀念集》，瀛社辦事處發行，1969 年，頁 82。邱奕松，〈北臺詩苑〉，《臺北文獻》直字 79 期，1987 年 3 月，頁 405。

年《臺灣日日新報》上均有輪值記錄。戰後因公務繁忙，稀少詩作[138]。

何夢庵（夢酣）

何夢庵（1902～），一作夢酣，與鄭晃言同庚，1937 年 5 月 11 日《詩報》152 期「騷壇消息」有「臺北市北臺吟社及瀛社同意吟會，去十八日即日曜日午後正一時在北投新樂園祝賀淡北吟社李世昌、北臺吟社連林榮二氏全島聯吟大會掄元聯吟會……並推薦連林榮、何夢酣為首唱詞宗」，可知其亦參與過「瀛社」次級團體「同意吟會」活動[139]。

黃朝傳（文虎）

黃朝傳（1902～？），一作晁傳，字習之，號文虎、黃衫客、藝友齋主、元園客。萬華有名之漢學家，肆力岐黃，兼有詩名。平生著述頗多，有《詳注隨園詩選》、《謎學全史》、《中華三字經》、《增編醫學三字經》、《詩法提要》、《小學弦歌選本集注》、《棗園謎海》、《字謎鏡註》、《評註詩謎大觀》、《滄浪詩話註》、《藝文齋謎話》等書。1941 年在《南方》發表〈臺灣詩人的毛病〉一文，引爆第 3 期新舊文學論戰，亦為「高山文社」社員[140]。

張添壽（鶴年）

138　黃美娥編，《日治時期臺北地區文學作品目錄》，臺北市文獻委員會，2003 年 2 月，頁 385-386。潘玉蘭，《天籟吟社研究》，國立臺灣師範大學國文學系在職進修碩士班碩士論文，2004 年，頁 117。

139　該位詩人生平資料由瀛社現任社員陳榮弨先生執筆。見《詩文之友》34 卷 1 期，1971 年 9 月，〈花朝節為社友壽〉一題

140　黃洪炎編，《瀛海詩集》，臺灣詩人名鑑刊行會發行，1940 年，頁 79。鄭喜夫，〈臺北著述志稿〉，《臺北文獻》直字 69 期，1984 年 9 月，頁 20-21。吳建民，〈松山探源尋根〉，《松友月刊》創刊號，1998 年 12 月 20 日，頁 75。黃美娥編，《日治時期臺北地區文學作品目錄》，臺北市文獻委員會，2003 年 2 月，頁 13、411-415。張端然，《日治時期瀛社之研究》，中國文化大學中國文學研究所碩士在職專班碩士論文，2003 年，頁 201。惟張端然一文誤作「黃朝枝」。林正三，《松山地區之古老詩社－松社》，文史哲出版社，2005 年，頁 44。

張添壽（1903～1979），字鶴年，號香翰，亦署季眉，基隆人，少時遊於碩儒李石鯨之門，耽學好古，詩書俱佳，詩宗少陵，書擅真隸。嘗創「大同吟社」，嗣入「瀛社」，任總幹事及副社長多年，曾任「基隆市詩人聯合會」會長，著有《藹廬吟草》[141]。

鄭　秋（鴻音）

鄭秋（1903.07.26～1986），字鴻音，以字行，原居新竹，後遷臺北，其尊翁精嫻詞章，爲邑中名宿，家學淵源，故能詩，亦「瀛社」員[142]。

林錦堂（笑岩）

林錦堂（1903～1977.11.22），字笑岩，號逸齋。臺北縣人，少從林述三研習漢文，後受業於「礪心齋」，與笑園、笑雲合稱三笑，其後經營「元豐米行」及「久松商行」，隸「瀛社」及「天籟吟社」[143]。

---

141 見賴子清，《圓機活法古今詩粹》，文和印刷公司，1966 年 12 月，頁 39-40。瀛社編委會，《瀛社創立六十週年紀念集》，瀛社辦事處發行，1969 年，頁 85。瀛社編委會，《瀛社創立七十週年紀念集》，瀛社辦事處發行，1979 年，頁 37。中華民國傳統詩學會編，《傳統詩集》1，中華民國傳統詩學會出版，1979 年，頁 121。邱奕松，〈北臺詩苑〉，《臺北文獻》直字 81 期，1987 年 9 月，頁 380。廉永英、崔仁慧合著，《臺北市志》卷八《文化志‧文學篇》，臺北市文獻委員會，1991 年 10 月，頁 212、基隆詩學會編輯，《雨港古今詩選》，基隆市立文化中心，1998 年 8 月，頁 98。陶一經編，《基隆市志‧藝文篇》，基隆市政府，2003 年 4 月，頁 36。張端然，《日治時期瀛社之研究》，中國文化大學中國文學研究所碩士在職專班碩士論文，2003 年，頁 204。

142 瀛社編委會，《瀛社創立六十週年紀念集》，瀛社辦事處發行，1969 年，頁 88。瀛社編委會，《瀛社創立七十週年紀念集》，瀛社辦事處發行，1979 年，頁 40。邱奕松，〈北臺詩苑〉，《臺北文獻》直字 82 期，1987 年 12 月，頁 262。吳建民，〈松山探源尋根〉，《松友月刊》創刊號，1998 年 12 月 20 日，頁 75。林正三，《松山地區之古老詩社－松社》，文史哲出版社，2005 年，頁 46。

143 瀛社編委會，《瀛社創立六十週年紀念集》，瀛社辦事處發行，1969 年，頁 91。黃美娥編，《日治時期臺北地區文學作品目錄》，臺北市文獻委員會，2003 年 2 月，頁 269-270。潘玉蘭，《天籟吟社研究》，國立臺灣師範大學國文學系在職進修碩士班碩士論文，2004 年，頁 117。

簡阿淵（竹村）

簡阿淵（1903～？），又名景淵，字竹村、竹春，臺北板橋人。曾任省林產局技士。公職退休後，頤養林園，不廢吟哦。亦「北鷗吟社」社員。每值雅集，翩然蒞止，不爽約、不違時，居常以「若問老夫生計事，案頭墨水枕邊書」自嘲。1975、1976、1982、1984 年《中國詩文之友》上刊載有其謹賀新年之名片資料[144]。

吳紉秋

吳紉秋（1903～？），「興亞吟社」顧問，性高潔，工吟詠，嗜酒耽詩。昭和 6 年 12 月 8 日《臺灣日日新報》11372 號如是記載：「全島詩社聯吟大會，明春輪值北部，經由瀛社主唱，束集臺北州下各吟社代表選舉籌備委員，由其中再選出實行委員二十四名。實行委員等，……在臺北市下奎府町謝雪漁氏宅中，開第一回實行委員會，出席者約二十名……終推舉歐劍窗、林欽賜、吳紉秋三氏，代查全島各地詩社住址，以便發束，由是一同移入晚餐……」，可知其曾加入「全島詩社聯吟大會」工作團隊，並亦參加「瀛社」次級團體「同意吟會」，此外，其應當亦加入「天籟吟社」，並擔任《藻香文藝》編輯[145]。

---

144 參考毛一波，〈臺北縣詩略〉，《北縣文獻》2 期，1956 年 4 月，頁 417。林子惠、張作梅、莊幼岳合著〈瀛社記事補遺〉，《臺北文物》5 卷 2、3 期，1957 年 1 月 15 日，頁 91。賴子清，《圓機活法古今詩粹》，文和印刷公司，1966 年 12 月，頁 51。《中國詩文之友》41 卷第 2 期，中國詩文之友社，1975 年 1 月 1 日。《中國詩文之友》43 卷 2 期，1976 年 1 月 1 日。瀛社編委會，《瀛社創立七十週年紀念集》，瀛社辦事處發行，1979 年，頁 43。中華民國傳統詩學會編，《傳統詩集》1，中華民國傳統詩學會出版，1979 年，頁 17、《中國詩文之友》324 期，中國詩文之友社，1982 年 1 月 1 日。《中國詩文之友》348 期，中國詩文之友社，1984 年 1 月 1 日。

145 黃洪炎編，《瀛海詩集》，臺灣詩人名鑑刊行會發行，1940 年，頁 373。其生年據《瀛海詩集》載「盛年三十有七」推斷，可知其為 1903 年左右。

曾潮機（笑雲）

曾潮機（1904～1981[146]），又作晁機，字朝枝，號笑雲，礪心齋門人，「天籟吟社」社員，亦曾參與「和社」，1939年左右加入「登瀛吟社」。精於韻學，曾以平生所搜臺灣擊鉢吟詩，擇其尤者，彙爲巨冊，顏曰《東寧擊鉢吟集》共分前集、後集、三集，風行壇坫[147]。

陳鐵厚（硬璜）

陳鐵厚（1904～？），字硬璜，號毓癡，又號逸民、禮堂，別號壁角生，新庄更寮人，就學於礪心齋。1920年入臺灣總都府圖書館任職，因號「壁角生」。1942年4月爲日軍徵召，赴西貢、新加坡任日語教師，1943年7月因病回臺。戰後主編《新風》雜誌，1946年2月重入省圖書館任職。參加「天籟吟社」、「鷺洲吟社」，曾編《太古巢聯集》、《觀潮齋詩集》、著有《閑擊錄》、《臺灣俗語故事集》、《殉國花》、《儒學年考》、《清光緒乙未以降中日曆對照日表》、《中日西照歷代甲子考及年表》、《陳氏南院派金敦堂族譜初稿》等[148]。

---

146 卒年據《中國詩文之友》314期所刊輓聯推知，1981年3月1日，頁24。

147 黃洪炎編，《瀛海詩集》，臺灣詩人名鑑刊行會發行，1940年，頁116。中華民國傳統詩學會編，《傳統詩集》1，中華民國傳統詩學會出版，1979年，頁162。鄭喜夫，〈臺北著述志稿〉，《臺北文獻》直字69期，1984年9月，頁21。黃美娥編，《日治時期臺北地區文學作品目錄》，臺北市文獻委員會，2003年2月，頁409。張端然，《日治時期瀛社之研究》，中國文化大學中國文學研究所碩士在職專班碩士論文，2003年，頁202。潘玉蘭，《天籟吟社研究》，國立臺灣師範大學國文學系在職進修碩士班碩士論文，2004年，頁118。

148 黃洪炎編，《瀛海詩集》，臺灣詩人名鑑刊行會發行，1940年，頁56。毛一波，〈臺北縣詩略〉，《北縣文獻》2期，1956年4月，頁421。鄭喜夫，〈臺北著述志稿〉，《臺北文獻》直字69期，1984年9月，頁42。見潘玉蘭，《天籟吟社研究》，國立臺灣師範大學國文學系在職進修碩士班碩士論文，2004年，頁118。黃美娥編，《日治時期臺北地區文學作品目錄》，臺北市文獻委員會，2003年2月，頁20、403-404。張端然，《日治時期瀛社之研究》，中國文化大學中國文學研究所碩士在職專班碩士論文，2003年，頁194-195。

何志浩

　　何志浩（1904.12.04～2007.08.03），浙江省象山縣人。黃埔軍校4期、陸軍指揮參謀大學及國防大學畢業，曾任浙江綏靖總部副總司令及總統府參軍等職，及中國文化學院、國立藝專教授。獲世界十餘國著名大學文學、法學、史學、人文學、語文學、音樂美學、種族學、教育學等博士學位，1968年榮獲國際桂冠詩人協會於國際詩人節頒授桂冠及獎狀，曾任「瀛社」顧問、《詩文之友》社長，享壽104歲。著有《壯志凌雲》、《仰天長嘯》、《蓬萊唱和詩集》等及《民族舞蹈論集》、《中國舞蹈史》、《中國民歌組曲集》、《中華民族舞曲集》、《新樂府》、《中華樂府》等[149]。

杜萬吉（迺祥）

　　杜萬吉（1905.08.21～2002.03.31），號迺祥，臺北縣人，少從名宿王子清遊，嗣供職礦界。日治期間以詩句遭忌下獄，戰後始獲釋。先後投資瑞三、海山、日新、建成、中華電纜、第一產物保險等，並創立「吉承工業公司」。握算持籌，而不廢吟哦，1978年起接第5任社長，並曾任「和社」社長、「中華民國傳統詩學會」名譽理事長。平生挖揚風雅，不遺餘力[150]。

---

149 賴子清，《圓機活法古今詩粹》，文和印刷公司，1966年12月，頁32。中華民國傳統詩學會編，《傳統詩集》1，中華民國傳統詩學會出版，1979年，頁20。中華民國傳統詩學會編，《傳統詩集》2，中華民國傳統詩學會出版，1982年，頁85。廉永英、崔仁慧合著，《臺北市志》卷八《文化志‧文學篇》，臺北市文獻委員會，1991年10月，頁211。

150 毛一波，〈臺北縣詩略〉，《北縣文獻》2期，1956年4月，頁419。賴子清，《圓機活法古今詩粹》，文和印刷公司，1966年12月，頁31。瀛社編委會，《瀛社創立六十週年紀念集》，瀛社辦事處發行，1969年，頁94。瀛社編委會，《瀛社創立七十週年紀念集》，瀛社辦事處發行，1979年，頁46。中華民國傳統詩學會編，《傳統詩集》1，中華民國傳統詩學會出版，1979年，頁74。《中國詩文之友》300期，中國詩文之友社，1980年1月1日。《中國詩文之友》324期，中國詩文之友社，1982年1月1日。《中國詩文之友》348期，中國詩文之友社，1984年1月1日。邱奕松，〈北臺詩苑〉，《臺北文獻》直字79期，1987年3月，頁400。瀛社編委會，《瀛社創立八十週年紀念集》，瀛社辦事處發行，1989年，頁9。基隆

黃春亮（怡陶）

黃春亮（1905.03～1993）字怡陶。羅東人，早歲內渡，赴南京暨南大學附中及新智中學就讀。返臺後歷任五結鄉農會總幹事、羅東製糖公司董事長、東亞造紙廠總經理、宜蘭縣農會理事長等職，公餘不廢吟哦[151]。卒年據瀛社辦事處，〈瀛社社員名冊〉1993 年 3 月尙列名，而 1994 改編未見列推測，應介其間。

王省三（兩傳）

王兩傳（1905～？），字省三，號思庸。祖籍福建泉州，原居萬華，師事吳秀才傳經及顏笏山門下，素耽吟詠，原隸「高山文社」，後寓花蓮，歷任 3 屆「蓮社」社長，另組織「花蓮詩社」爲首任社長。居常往來於北花間及全省吟壇[152]。

鄭火傳（指薪）

鄭火傳（1905.09.18～2002.10.23），字指薪，以字行。新竹市人，原客稻江，臨光復因避空襲徙桃市遂定居焉，光復後一度從商，間承故周石輝丈荐進水利會任人事主任以至退休，著有《指薪吟草》[153]。

詩學會編輯，《雨港古今詩選》，基隆市立文化中心，1998 年 8 月，頁 131。然《雨港古今詩選》作「字迺祥」。瀛社編委會，《瀛社創立九十週年紀念集》，瀛社辦事處發行，1999 年，頁 1。陶一經編，《基隆市志・藝文篇》，基隆市政府，2003 年 4 月，頁 52。

151 瀛社編委會，《瀛社創立六十週年紀念集》，瀛社辦事處發行，1969 年，頁 97。瀛社編委會，《瀛社創立七十週年紀念集》，瀛社辦事處發行，1979 年，頁 49。中華民國傳統詩學會編，《傳統詩集》1，中華民國傳統詩學會出版，1979 年，頁 22。瀛社編委會，《瀛社創立八十週年紀念集》，瀛社辦事處發行，1989 年，頁 15。

152 瀛社編委會，《瀛社創立七十週年紀念集》，瀛社辦事處發行，1979 年，頁 52。

153 黃洪炎編，《瀛海詩集》，臺灣詩人名鑑刊行會發行，1940 年，頁 197。中華民國傳統詩學會編，《傳統詩集》1，中華民國傳統詩學會出版，1979 年，頁 208。中

高惠然（名來）

高名來（1905～？），字惠然，以字行。臺北縣人，曾任中學教員，「灘音吟社」社長，第一、二、三屆臺北縣議員，臺北縣文獻委員會委員等[154]。

賴獻瑞（書雲）

賴獻瑞（1905～1949.農 06.16），號書雲，「礪心齋」門人，原隸「天籟吟社」。少敏捷，精通經史，設帳啓迪後學，亦曾加入「巧社」，昭和 11 年 2 月花朝之日，聚其門下 20 餘人於其書塾「道南堂」成立「松鶴吟社」[155]。

林連榮

林連榮（1906～？），曾爲「天籟吟社」、「北臺吟社」社員，亦加入「瀛社」次級團體「同意吟會」，自少任職於臺北市役所，後任臺北市書記、勤務水道課，據黃洪炎編《瀛海詩集》刊載時年 34 推斷，則生年當在 1906 年左右[156]。

華民國傳統詩學會編，《傳統詩集》2，中華民國傳統詩學會出版，1982 年，頁 249。中華民國傳統詩學會編，《傳統詩集》3，中華民國傳統詩學會出版，1985 年，頁 205。瀛社編委會，《瀛社創立八十週年紀念集》，瀛社辦事處發行，1989 年，頁 19。林正三，《松山地區之古老詩社－松社》，文史哲出版社，2005 年，頁 46-47。

154 毛一波，〈臺北縣詩略〉，《北縣文獻》2 期，1956 年 4 月，頁 421。

155 據賴獻欽，《松鶴吟社擊鉢吟詩集》1962 年 3 月、廉永英、崔仁慧合著，《臺北市志》卷八《文化志・文學篇》，臺北市文獻委員會，1991 年 10 月，頁 127。黃美娥編，《日治時期臺北地區文學作品目錄》，臺北市文獻委員會，2003 年 2 月，頁 533-535。潘玉蘭，《天籟吟社研究》，國立臺灣師範大學國文學系在職進修碩士班碩士論文，2004 年，頁 117。

156 黃洪炎編，《瀛海詩集》，臺灣詩人名鑑刊行會發行，1940 年，頁 43。黃美娥編，《日治時期臺北地區文學作品目錄》，臺北市文獻委員會，2003 年 2 月，頁 248-250。

魏經龍（幸園）

魏經龍（1906.02～1998.01），號幸園，字淑潛，齋名崇軒。新竹人，商學士，其尊翁篤臣為邑中名貢生，外祖余子和則以書畫名家，魏氏涵濡有自，而敝屣功名，浮雲富貴。故大學畢業後，僅一任郡守即掛冠歸隱。詩、書、畫具有令名，曾任詩經會副理事長、傳統詩學會理事、文藝聯會召集人、國際會議代表、世界詩大會顧問、中鳥協會常監、書法學會常務理事、中日文化交流美展審查委員等。著有《幸園藝舟》、《竹塹文風》、《易經闡微》、《孝經千字文》、《書法千字文》、《楹聯匯典》、《瀛海藝舟》、《寰球遊記》、《吟藻彙集》等多種[157]。

高　源（文淵）

高源（1906～1987.02.18），字文淵，號石泉，以字行。生於文山景美，師事夢覺書齋顏笏山，為「高山文社」社員，旋參加「瀛社」、復與「培文書閣」、「仿蘭亭」、「龍文吟會」、「潛廬」諸吟友聚首敲詩，嗣於梓里創「文山吟社」。1943 年奉調高雄地方法院檢察處書記官，復與壽峰詩社諸君子相與切磋唱和。著有《勗未齋吟草》[158]。

---

157 賴子清，《圓機活法古今詩粹》，文和印刷公司，1966 年 12 月，頁 51。瀛社編委會，《瀛社創立六十週年紀念集》，瀛社辦事處發行，1969 年，頁 100。瀛社編委會，《瀛社創立七十週年紀念集》，瀛社辦事處發行，1979 年，頁 58。中華民國傳統詩學會編，《傳統詩集》1，中華民國傳統詩學會出版，1979 年，頁 25。中華民國傳統詩學會編，《傳統詩集》2，中華民國傳統詩學會出版，1982 年，頁 259。邱奕松，〈北臺詩苑〉，《臺北文獻》直字 82 期，1987 年 12 月，頁 260。

158 毛一波，〈臺北縣詩略〉，《北縣文獻》2 期，1956 年 4 月，頁 417。賴子清，《圓機活法古今詩粹》，文和印刷公司，1966 年 12 月，頁 36。鄭喜夫，〈臺北著述志稿〉，《臺北文獻》直字 69 期，1984 年 9 月，頁 27。黃美娥編，《日治時期臺北地區文學作品目錄》，臺北市文獻委員會，2003 年 2 月，頁 310-328。張端然，《日治時期瀛社之研究》，中國文化大學中國文學研究所碩士在職專班碩士論文，2003 年，頁 199-200。

詹鎮卿（吉辰）

詹鎮卿（1906～？），號吉辰，嘉義旅北，為腦科醫師，曾設國粹治腦中心，於軍中病患常免費施醫，嘗受好人好事表揚，創有「麗澤吟社」[159]。卒年不詳，然據《瀛社創立六十週年紀念集》所載簡歷，其於 1969 年尚存。

黃文生（笑園）

黃文生（1906～1958[160]），字笑園，號少頑、捲籟軒主人。居臺北大橋町，「礪心齋」門人，曾編輯《昭和新報》，1926 年創立「捲籟軒書房」，設帳授徒。參加「淡北吟社」、「天籟吟社」、「瀛社」、「捲籟軒吟社」等。曾奉職東陽護膜會社工務課[161]。

張振聲（鳴玉）

張振聲（1907～？），字鳴玉，號柏庵，臺北市人，少遊於新竹名儒張純甫之門，及長，受高等教育，初任公職，後轉商界，舉凡書法、繪畫皆有造詣，嘗編其尊人《匏庵詩集》問世，參加「瀛社」、「高山文社」、中國詩經會、中國書法學會、中國文藝界聯誼會等[162]。卒年不詳，然據瀛社辦

159 瀛社編委會，《瀛社創立六十週年紀念集》，瀛社辦事處發行，1969 年，頁 103。
160 據潘玉蘭，《天籟吟社研究》所推知，《中華詩苑》9 卷 1 期有〈黃笑園先生輓詞〉，見 1959 年 1 月，頁 58，另外「淡社秋季例會並開社友黃笑園先生逝世一週年紀念」擊鉢詩〈過捲籟軒〉，約 1959 年作，由此可知其逝世約於 1958 年。見潘玉蘭，《天籟吟社研究》，國立臺灣師範大學國文學系在職進修碩士班碩士論文，2004 年，頁 119。
161 黃洪炎編，《瀛海詩集》，臺灣詩人名鑑刊行會發行，1940 年，頁 77。黃美娥編，《日治時期臺北地區文學作品目錄》，臺北市文獻委員會，2003 年 2 月，頁 13、433-439。潘玉蘭，《天籟吟社研究》，國立臺灣師範大學國文學系在職進修碩士班碩士論文，2004 年，頁 119。
162 瀛社編委會，《瀛社創立六十週年紀念集》，瀛社辦事處發行，1969 年，頁 106。王國璠編，《中華民國詩人及其詩》，北市文獻委員會發行，1973 年 12 月，頁 224。瀛社編委會，《瀛社創立七十週年紀念集》，瀛社辦事處發行，1979 年，頁 61。邱奕松，〈北臺詩苑〉，《臺北文獻》直字 81 期，1987 年 9 月，頁 377。廉永英、

事處 1975 年 2 月改編之〈瀛社社員名冊〉尚見列名，則卒年應在其後。

林玉山（立軒）

　　林玉山（1907.04～2004.08.20）本名英貴，字立軒，號雲樵子、諸羅山人及桃城散人。19 歲負笈東瀛，留學東京川端畫學校。1 年後暑假返臺期間，參加第 1 回臺灣美術展覽會即獲入選，並與郭雪湖、陳進同被譽為「臺展三少年」，自此崛起畫壇。1935 年，2 度赴日深造，問學於悶紅老人，由寫生派參透文人畫之契機，而京都時期為摹古考古期，摹取的對象是中國宋人的畫作。另一方面，個人的漢學詩文修養，使其往後精神上融入傳統中國繪畫而得心應手。光復初期時，曾擔任省立嘉義中學美術教師，1951 年轉往師範大學美術系執教，直到退休，並兼全國美術展覽會及全省美術展覽會審查委員，隸「鷗社臺北分社」、「瀛社」，著有《玉山吟草》[163]。

曾慶豐（曉南）

　　曾慶豐（1907.08.09～1997），號曉南，嘉義市人，早年供職嘉義銀行，後改組成第一銀行，至 1962 年退休。性恬淡，喜吟哦，另參加「嘉義漢文研究會」、「北鷗吟社」、「壺仙花果園休養會」、「淡交吟社」等[164]。

崔仁慧合著，《臺北市志》卷八《文化志・文學篇》，臺北市文獻委員會，1991年 10 月，頁 99。

163　賴子清，《圓機活法古今詩粹》，文和印刷公司，1966 年 12 月，頁 32-33。瀛社編委會，《瀛社創立六十週年紀念集》，瀛社辦事處發行，1969 年，頁 109。瀛社編委會，《瀛社創立七十週年紀念集》，瀛社辦事處發行，1979 年，頁 67。邱奕松，〈北臺詩苑〉，《臺北文獻》直字 81 期，1987 年 9 月，頁 361。瀛社編委會，《瀛社創立八十週年紀念集》，瀛社辦事處發行，1989 年，頁 29。瀛社編委會，《瀛社創立九十週年紀念集》，瀛社辦事處發行，1999 年，頁 9。

164　瀛社編委會，《瀛社創立六十週年紀念集》，瀛社辦事處發行，1969 年，頁 112。中華民國傳統詩學會編，《傳統詩集》1，中華民國傳統詩學會出版，1979 年，頁 163。瀛社編委會，《瀛社創立七十週年紀念集》，瀛社辦事處發行，1979 年，頁 55。中華民國傳統詩學會編，《傳統詩集》2，中華民國傳統詩學會出版，1982年，頁 199。中華民國傳統詩學會編，《傳統詩集》3，中華民國傳統詩學會出版，

張世昌

張世昌（1907.10.24～1987），號蓮城皓叟，為張高懷令兄。福建惠安崇武人，善詩、書、畫、木雕、石雕，尤精竹雕，其創意溫潤自然，不落鍥鑿痕跡[165]。

余冠英（寶將）

余冠英（1907～？），字寶將，艋舺人，隸「高山文社」，卒年不詳，然據瀛社辦事處 1975 年 2 月改編之〈瀛社社員名冊〉尚見列名，則卒年應在其後。

劉萬傳（藜經）

劉萬傳（1907～？），字藜經，號老豹，臺北市大龍峒人。原隸「天籟吟社」，「礪心齋」門人，亦「北臺吟社」社員，嗜讀工詩。卒年不詳，然據瀛社辦事處 1975 年 2 月改編之〈瀛社社員名冊〉尚見列名，則卒年應在其後[166]。

劉永華（斌峰）

1985 年，頁 170。邱奕松，〈北臺詩苑〉，《臺北文獻》直字 81 期，1987 年 9 月，頁 386。瀛社編委會，《瀛社創立八十週年紀念集》，瀛社辦事處發行，1989 年，頁 25。

165 瀛社編委會，《瀛社創立七十週年紀念集》，瀛社辦事處發行，1979 年，頁 64。

166 見黃洪炎編，《瀛海詩集》，臺灣詩人名鑑刊行會發行，1940 年，頁 100。陳明，〈歐劍窗與北臺吟社〉，《臺北文物》5 卷 2、3 期，1957 年 1 月，頁 92-94。瀛社編委會，《瀛社創立六十週年紀念集》，瀛社辦事處發行，1969 年，頁 118。瀛社編委會，《瀛社創立七十週年紀念集》，瀛社辦事處發行，1979 年，頁 72。邱奕松，〈北臺詩苑〉，《臺北文獻》直字 82 期，1987 年 12 月，頁 247。廉永英、崔仁慧合著，《臺北市志》卷八《文化志・文學篇》，臺北市文獻委員會，1991 年 10 月，頁 186。潘玉蘭，《天籟吟社研究》，國立臺灣師範大學國文學系在職進修碩士班碩士論文，2004 年，頁 119。

劉永華（1908～1986.03.20），字斌峰，亦號淇園叟，臺北縣景美人，先世以儒醫馳譽一方，劉氏承其澤，於育士活人外，兼通青鳥太極拳之術，嗜吟哦。曾任「高山文社」社長、臺北市聯吟會會長、「大觀詩社」社長，「文華謎社」社長、「中華民國傳統詩學會」常務理事等。著有《三餘篇》[167]。

張作梅（一霞）

張作梅（1908～1973），字一霞，一字千哀，金門人。曾任《中華詩苑》、《中華藝苑》發行人兼編輯，著有《一霞瑣稿》、編訂《詩學叢論》、《詩鐘集粹》等[168]。

陳佳慶（彤雲）

陳佳慶（1908.07.30～1987），字彤雲，臺北縣林口鄉人，生平不詳，其曾於 1985 年任「光復組」輪值，1988 年出社。

李傳芳（文宏）

李傳芳（1908.10.24～2000.06.04），字文宏、號草笠仙。桃園蘆竹鄉大竹村人，國小畢業後，因嚮往漢學，先後就學於大竹圍書房黃鳳儀及新興書房張永成門下，並曾拜桃園前清秀才簡若川爲師。1941 年爲民選大竹圍第 2 保保正，戰後任大竹村村長，蘆竹鄉鄉民代表，蘆竹鄉農會第 1 屆理

167 毛一波，〈臺北縣詩略〉，《北縣文獻》2 期，1956 年 4 月，頁 419。瀛社編委會，《瀛社創立六十週年紀念集》，瀛社辦事處發行，1969 年，頁 115。瀛社編委會，《瀛社創立七十週年紀念集》，瀛社辦事處發行，1979 年，頁 70。中華民國傳統詩學會編，《傳統詩集》1，中華民國傳統詩學會出版，1979 年，頁 12。

168 見林子惠、張作梅、莊幼岳合著〈瀛社記事補遺〉，《臺北文物》5 卷 2、3 期，1957 年 1 月 15 日，頁 89、瀛社編委會，《瀛社創立六十週年紀念集》，瀛社辦事處發行，1969 年，頁 121。邱奕松，〈北臺詩苑〉，《臺北文獻》直字 81 期，1987 年 9 月，頁 375。廉永英、崔仁慧合著，《臺北市志》卷八《文化志·文學篇》，臺北市文獻委員會，1991 年 10 月，頁 212。

事長，1955年任桃園縣農會第1屆理事長，其後任桃園縣第3屆縣議員。並曾任「德林寺詩學研究會」指導老師兼社長，對地方教育尤為熱心，時為大竹初中籌建會主任委員，以私人不動產抵押，協助籌措建校資金，熱心奔走，參與擘劃，可見一般。曾參與「桃園吟社」、「澹竹蓮聯社」、「松社」，門人林鎮崧為輯《傳芳吟草》[169]。

林承郁（西河）

林承郁（1909.05.19～1993），字西河，號盟鷗、二樓，南投縣人，素好詩書畫，曾任南投「南陔吟社」社長，著有《盟鷗閣詩鈔》待梓[170]。

莊木火（龍光）

莊木火（1909.10.11～1995），字龍光，宜蘭人，曾受業於吳秀才「蔭培書房」。歷任宜蘭市役所書記，宜蘭稽徵處分處主任，宜蘭水利會財務課長，幸欣公司總經理，宜蘭「仰山吟社」社長等，曾入「瀛社」與「松社」[171]。

169 黃洪炎編，《瀛海詩集》，臺灣詩人名鑑刊行會發行，1940年，頁133。賴子清，《圓機活法古今詩粹》，文和印刷公司，1966年12月，頁28。中華民國傳統詩學會編，《傳統詩集》2，中華民國傳統詩學會出版，1982年，頁107。中華民國傳統詩學會編，《傳統詩集》3，中華民國傳統詩學會出版，1985年，頁93。瀛社編委會，《瀛社創立八十週年紀念集》，瀛社辦事處發行，1989年，頁31。林正三，《松山地區之古老詩社－松社》，文史哲出版社，2005年，頁47-48。

170 黃洪炎編，《瀛海詩集》，臺灣詩人名鑑刊行會發行，1940年，頁240。中華民國傳統詩學會編，《傳統詩集》1，中華民國傳統詩學會出版，1979年，頁91。中華民國傳統詩學會編，《傳統詩集》2，中華民國傳統詩學會出版，1982年，頁120。中華民國傳統詩學會編，《傳統詩集》3，中華民國傳統詩學會出版，1985年，頁103。中華民國傳統詩學會編，《傳統詩集》4，中華民國傳統詩學會出版，1988年，頁118。瀛社編委會，《瀛社創立八十週年紀念集》，瀛社辦事處發行，1989年，頁37。

171 中華民國傳統詩學會編，《傳統詩集》1，中華民國傳統詩學會出版，1979年，頁153。中華民國傳統詩學會編，《傳統詩集》1，中華民國傳統詩學會出版，1979年，頁165。瀛社編委會，《瀛社創立八十週年紀念集》，瀛社辦事處發行，1989

林義德（宜民）

　　林義德（1909.12.09～1987.06.13），字宜民，號黑石先生，臺北縣人，家以業茶名聞北臺。名宿柯步雲、連肖衿高弟，迨從曹昇遊，其學益進。後於羅東開設「泰發製材工廠」，經營木業，後又轉爲從事礦業。曾應陳進東之聘，於宜蘭、羅東、五結等地講學，曾參加「東明吟社」，並於 1982年接任「貂山吟社」社長，亦曾任「中華民國傳統詩學會」理事，著有《黑石集》[172]。

林錦銘（韓堂）

　　林錦銘（1909.03.17～2004.12.02），字韓堂，以字行，生於南港山豬窟，稚齡隨尊人神位公徙錫口街定居。早歲，除於公學校就讀外，並從本地名師張笑如遊，於故有漢學奠植深厚根基。1929 年[173]與鄉紳松山庄長陳復禮、陳茂松、張木欣、黃石養等，共同倡設「松社」，敦聘鄉中碩儒張笑如及竹塹名師張純甫、陳心南等先後宣講，啓迪詩學，日夕淬勵，挖雅揚風，迄今 70 餘年，松山詩脈延於不墜者，先生之力莫大焉！歷任松山庄役場任書記、市政府書記、科長等，嗣轉臺銀專員，掌基隆關保稅倉庫、臺銀印製廠等，以迄 1973 年退職。公餘之暇，輒沉潛於《神農本草》、《醫宗金鑑》、《金匱要略》等岐黃之學。退休後，旋即獲雋考試院中醫特考，而懸壺鄉梓以救人濟世。民國 1984 年秋任「松社」第 5 任社長，至 1998 年以高年

年，頁 39。林正三，《松山地區之古老詩社－松社》，文史哲出版社，2005 年，頁 48-49。

172　毛一波，〈臺北縣詩略〉，《北縣文獻》2 期，1956 年 4 月，頁 421。賴子清，《圓機活法古今詩粹》，文和印刷公司，1966 年 12 月，頁 32。賴子清一文作「號宜民」。瀛社編委會，《瀛社創立七十週年紀念集》，瀛社辦事處發行，1979 年，頁 78。中華民國傳統詩學會編，《傳統詩集》1，中華民國傳統詩學會出版，1979 年，頁 28。黃鶴仁著，《貂山吟社史研究》，自印本，2000 年 12 月，頁 11-15。

173　然據林錦銘自述，松社成立時間在 1928 年，見許英昌、王俊夫，〈承澤樓主人－林錦銘〉，《松友月刊》4 期，2001 年 10 月 1 日，頁 14。

辭。所爲詩，頗多有關松山地區人、地、事、物之鄉土作品，如今已屬珍貴之史料。著有《承澤樓詩草》[174]。

黄得時

黃得時（1909.11～1999.02.18），臺北樹林人，耕讀傳家，爲黃純青三子，6歲入私塾修習漢文，16歲入臺北州立第二中學。20歲負笈日本早稻田大學，因氣候無法適應束裝返臺，入臺北高等學校。畢業後，考入臺北帝國大學東洋文學科。在學期間，熱衷文藝運動，組成「臺灣文藝聯盟」，帝大畢業後，旋即擔任《臺灣新民報》中、日文副刊編輯主任，後並參與《臺灣文藝》、《臺灣新文學》之創刊及編輯。後與吳新榮、楊雲萍、龍瑛宗等人加入第1期「臺灣文藝家協會」前身「臺灣詩人協會」，曾以日文改寫《水滸傳》，並創辦《民俗臺灣》半月刊、《臺灣文學》季刊、《先發部隊》、《第一線》等文藝雜誌等，經常纂著有關臺灣風土、民俗、歌謠、諺語、戲曲等文章。戰後，《臺灣新民報》改名《臺灣新生報》，乃重任副總編輯一職，直至1947年，方結束報業主編生涯。戰後之初，協助首任校長接收臺北帝國大學，改名臺灣大學，並任教務主任。在臺大中文系任教凡38年。1983年，以75高齡榮退，曾兼任淡江、東吳、輔仁、文化等校，一生從事教職達40餘年，廣栽桃李。先後於《臺灣文化》雜誌上發表〈郁達夫評傳〉、〈趙甌北與臺灣〉等文。並著有〈關於臺灣歌謠的收集〉、〈臺灣歌謠

---

174 黃洪炎編，《瀛海詩集》，臺灣詩人名鑑刊行會發行，1940年，頁34。賴子清，《圓機活法古今詩粹》，文和印刷公司，1966年12月，頁33。瀛社編委會，《瀛社創立六十週年紀念集》，瀛社辦事處發行，1969年，頁124。瀛社編委會，《瀛社創立七十週年紀念集》，瀛社辦事處發行，1979年，頁75。邱奕松，〈北臺詩苑〉，《臺北文獻》直字81期，1987年9月，頁365。瀛社編委會，《瀛社創立八十週年紀念集》，瀛社辦事處發行，1989年，頁33。瀛社編委會，《瀛社創立九十週年紀念集》，瀛社辦事處發行，1999年，頁13。《臺北市志》作「號韓堂」，見廉永英、崔仁慧合著，《臺北市志》卷八《文化志·文學篇》，臺北市文獻委員會，1991年10月，頁91。許英昌、王俊夫，〈承澤樓主人——林錦銘〉，《松友月刊》4期，2001年10月1日，頁14-16。林正三，《松山地區之古老詩社－松社》，文史哲出版社，2005年，頁18、42-43。

之形成〉等。主張臺灣之鄉土文學，包括原住民之歌舞、臺灣人之歌曲、歌仔戲、俗文學之民間傳說、故事、戲曲等，都應由政府加以保護和扶持。此外，並致力於中土與臺灣文化關係、相關文人與文獻之研究，先後寫作〈梁任公遊臺考〉、〈胡承珙與東瀛集〉等文，於保存臺灣文獻之用心由此可見。文學創作兼新舊詩、小說、劇本等，間亦關懷兒童文學與翻譯事業，曾撰述〈編寫兒童讀物注意點〉、創辦《東方少年》雜誌。黃氏之文學評論可分臺灣研究、中國學術、雜論三方面。臺灣研究方面，以〈臺灣文學史序說〉、《民俗臺灣》和《臺灣文學史》殘卷為最著。又曾任考試院國家考試典試委員、教育部漢學研究中心指導委員、臺灣省文獻會及臺北市文獻會委員、本社副社長、臺灣新生報董事暨副總編輯、國語日報常務董事等職。對文化薪火傳承，貢獻卓著[175]。

江紫元（夢花）

江紫元（1909～？），號夢花。桃園大溪人，平生致力實業。創飛龍電機公司，以製造飛龍牌自來熱水器暢銷海內外。喜交遊，嗜吟詠，參加「崁津吟社」、「北鷗吟社」、「淡北吟社」、「逸社」等，並曾任本社總幹事、臺北市聯吟會副會長、第2屆世界詩人大會顧問、第3屆世界詩人大會中國代表、中華民國傳統詩學會秘書長，1978年辭職，曾獲國際桂冠詩人協會之「卓越詩人領袖獎」、3屆世界詩人大會之傑出詩人獎。著有《碎瓦集》未梓，逝後，其遺族不知寶重，流落於舊書肆中，2004年為林正三購得，

---

175 黃洪炎編，《瀛海詩集》，臺灣詩人名鑑刊行會發行，1940年，頁123。毛一波，〈臺北縣詩略〉，《北縣文獻》2期，1956年4月，頁413。瀛社編委會，《瀛社創立六十週年紀念集》，瀛社辦事處發行，1969年，頁133。瀛社編委會，《瀛社創立七十週年紀念集》，瀛社辦事處發行，1979年，頁87。邱奕松，〈北臺詩苑〉，《臺北文獻》直字81期，1987年9月，頁388。鄭喜夫，〈臺北著述志稿〉，《臺北文獻》直字69期，1984年9月，頁31-33。瀛社編委會，《瀛社創立八十週年紀念集》，瀛社辦事處發行，1989年，頁41。黃美娥編，《日治時期臺北地區文學作品目錄》，臺北市文獻委員會，2003年2月，頁30、740-749。潘玉蘭，《天籟吟社研究》，國立臺灣師範大學國文學系在職進修碩士班碩士論文，2004年，頁120-121。

因缺資，轉讓同門黃鶴仁，現存其處。卒年不詳，然據《傳統詩集》第 2
集所載簡歷，其於 1982 年尚存[176]。

陳聖鑄（鎔經）

陳聖鑄（1909～？），字鎔經，松山人，少時參加松山詩學研究會，承
張純甫、陳心南二位宿儒薰陶，旋加入「松社」。早歲從商從政，多年後任
臺灣區印刷工業同業公會總幹事。服務 27 年，因赴美探子申請退休。性淡
寡言，而喜吟詠，晚年曾於萬華祖師廟當廟祝[177]。

鍾淵木（海松）

鍾淵木（1910.04.14～1998），號海松，雲林縣西螺人，執刻印業，號
「文華居」，曾主持南天修文院懿德分院，平素喜吟詠[178]。

李劍梶（松蒲）

李劍梶（1910.06.07～1994），號松蒲，以號行。北縣樹林鎮人。臺北
工專建築科畢業，業建築師。季父碩卿為一代名儒，因受其薰陶，並先後

---

176 賴子清，《圓機活法古今詩粹》，文和印刷公司，1966 年 12 月，頁 27-28。瀛社
　　編委會，《瀛社創立六十週年紀念集》，瀛社辦事處發行，1969 年，頁 127。瀛
　　社編委會，《瀛社創立七十週年紀念集》，瀛社辦事處發行，1979 年，頁 81。中
　　華民國傳統詩學會編，《傳統詩集》1，中華民國傳統詩學會出版，1979 年，頁
　　30。中華民國傳統詩學會編，《傳統詩集》2，中華民國傳統詩學會出版，1982
　　年，頁 81。

177 黃洪炎編，《瀛海詩集》，臺灣詩人名鑑刊行會發行，1940 年，頁 55。中華民國傳
　　統詩學會編，《傳統詩集》1，中華民國傳統詩學會出版，1979 年，頁 140。廉
　　永英、崔仁慧合著，《臺北市志》卷八《文化志·文學篇》，臺北市文獻委員會，
　　1991 年 10 月，頁 92。林正三，《松山地區之古老詩社－松社》，文史哲出版社，
　　2005 年，頁 41。並據林韓堂口述。

178 瀛社編委會，《瀛社創立七十週年紀念集》，瀛社辦事處發行，1979 年，頁 93。
　　中華民國傳統詩學會編，《傳統詩集》1，中華民國傳統詩學會出版，1979 年，
　　頁 254。瀛社編委會，《瀛社創立八十週年紀念集》，瀛社辦事處發行，1989 年，
　　頁 45。

遊於顏笏山、林述三、杜仰山諸賢之門，故醉心詩道，雅好吟哦。隸「瀛社」、「高山文社」、「松社」。1975、1976 年《中國詩文之友》上刊載有其謹賀新年之名片資料[179]。

黃成春（湘屏）

黃成春（1910～1983），字湘屏，以字行，臺北萬華人，「瀛社」社員，曾任「謙德貿易行」董事長、《中華詩苑》經理、中華詩學研究所委員，著有《寒香室吟草》。1980、1982 年《中國詩文之友》上刊載有其謹賀新年之名片資料[180]。

吳　玉（蘊輝）

吳玉（1910.08.09～2004.10.24），字蘊輝，嘉義縣人。自幼愛好漢學，師事吳莫卿、黃傳心學詩。曾為「朴雅吟社」、「石社」、「瀛社」社員，「大觀詩社」總幹事，中華民國傳統詩學會常務理事[181]。

---

179 見賴子清，《圓機活法古今詩粹》，文和印刷公司，1966 年 12 月，頁 29。瀛社編委會，《瀛社創立六十週年紀念集》，瀛社辦事處發行，1969 年，頁 130。《中國詩文之友》41 卷第 2 期，中國詩文之友社，1975 年 1 月 1 日。《中國詩文之友》43 卷 2 期，1976 年 1 月 1 日。瀛社編委會，《瀛社創立七十週年紀念集》，瀛社辦事處發行，1979 年，頁 84。邱奕松，〈北臺詩苑〉，《臺北文獻》直字 79 期，1987 年 3 月，頁 393。

180 林子惠、張作梅、莊幼岳合著〈瀛社記事補遺〉，《臺北文物》5 卷 2、3 期，1957 年 1 月 15 日，頁 90。瀛社編委會，《瀛社創立六十週年紀念集》，瀛社辦事處發行，1969 年，頁 136。瀛社編委會，《瀛社創立七十週年紀念集》，瀛社辦事處發行，1979 年，頁 90。《中國詩文之友》300 期，中國詩文之友社，1980 年 1 月 1 日。《中國詩文之友》324 期，中國詩文之友社，1982 年 1 月 1 日。鄭喜夫，〈臺北著述志稿〉，《臺北文獻》直字 69 期，1984 年 9 月，頁 34。邱奕松，〈北臺詩苑〉，《臺北文獻》直字 81 期，1987 年 9 月，頁 389。潘玉蘭，《天籟吟社研究》，國立臺灣師範大學國文學系在職進修碩士班碩士論文，2004 年，頁 121。

181 中華民國傳統詩學會編，《傳統詩集》6，中華民國傳統詩學會出版，1997 年，頁 52。瀛社編委會，《瀛社創立九十週年紀念集》，瀛社辦事處發行，1999 年，頁 15。

林耀西（庚生）

　　林耀西（1911～2007），字乃眷、喬生，號庚生，亦署有喬、了然、獨具齋主。生於宜蘭農家。幼入鄉塾，勤攻四書古文，1933 年遷居基隆，服務警界。先後遊於張友琴、陳庭瑞、曹容、李石鯨、陳曉齋諸名宿之門，嗣又受益於李紹唐、李逯初、張鶴年、任博悟諸君子，故工詩，兼擅八法。除參加「瀛社」外，並隸「大同吟社」，基隆書道會，中國書法學會等，宏揚國粹，不遺餘力。晚年旅居美邦，猶自心縈故國文化，後於美過世[182]。

顏懋昌

　　顏懋昌（1912～？），生平不詳，唯據民國 53 年《瀛社社員名冊》載「時年五十四」推估，應是出生於明治 45 年，艋舺宿儒顏笏山之子，承其衣鉢，主持「高山文社」，由於「高山文社」與「淡北吟社」、「松社」時有擊鉢聯吟之會，故社友中亦常有跨社互為社友之情事[183]，卒年不詳，然據瀛社辦事處 1964 年 3 月改編之〈瀛社社員名冊〉尚見列名，則卒年應在其後。

林樹芳（文彬）

　　林樹芳（1911.01.11～1993），字文彬，又字征鴻，本籍塹城，精金石，以篆刻為業，曾任篆刻公會理事長，才華卓越，曾參加基隆「復旦吟社」，嗣遷北市改營婚紗禮服店，惟仍時與基津詩友賡詩唱酬，力倡「鼎社」復

---

182 瀛社編委會，《瀛社創立六十週年紀念集》，瀛社辦事處發行，1969 年，頁 139。瀛社編委會，《瀛社創立七十週年紀念集》，瀛社辦事處發行，1979 年，頁 96。邱奕松，〈北臺詩苑〉，《臺北文獻》直字 81 期，1987 年 9 月，頁 367。基隆詩學會編輯，《雨港古今詩選》，基隆市立文化中心，1998 年 8 月，頁 139。陶一經編，《基隆市志‧藝文篇》，基隆市政府，2003 年 4 月，頁 26。惟《雨港古今詩選》作「字有喬」。

183 賴子清，《圓機活法古今詩粹》，文和印刷公司，1966 年 12 月，頁 51。林正三，《松山地區之古老詩社－松社》，文史哲出版社，2005 年，頁 50。

會，爲我國主辦世詩大會籌備委員，兼出席世界詩人大會 2、3、4、5 屆中華民國代表，中國詩經研究會副會長，垂老遍遊大陸名山勝水，詞鋒益銳[184]。

鄭道隆（雲從）

鄭道隆（1911～1981），原名水龍、龍，字雲從，號逸超，臺北汐止人，經營棧木業。現居淡水，少從謝尊五攻讀漢學 9 載，嗣更拜陳翁庵、杜仰山二師研究詩學 3 載。隸「瀛社」、「灘音吟社」，1935 年 4 月於淡水清水街 8 號號創立「滬江吟社」，聘請謝尊五、陳心南、杜仰山及淡水林其美爲顧問，「滬江吟社」社員有丁滌凡、汪李如月等 6、7 位社員。每月有月課，由社員集會聯吟。晚年於淡水祖師廟，與淡水鄉親組織「大觀吟社」，可惜風氣不若「滬江吟社」時代。業商，以善盡孝道能博親歡爲鄉里所推尊，嗜吟詠，廣交遊，集有《淡江吟草》百數十首，1956 年因其母王太夫人七十壽誕，臺灣各界詩友群集淡水祝壽獻詩，而編有《彝倫堂酬詩集》一書[185]。

廖心育（鍾英）

廖心育（1911～？）字鍾英，桃園大溪人，早大高中部畢業，初營米肆，飼供職紡織廠，臺灣光復，乃措資從事貿易，握算之餘，以吟哦自怡，爲「崁津吟社」社員。卒年不詳，據《中國詩文之友》上刊載之賀正訊息，可知其於 1976 年尚存[186]。

---

184 中華民國傳統詩學會編，《傳統詩集》2，中華民國傳統詩學會出版，1982 年，頁 125。《傳統詩集》2 作「號征鴻」。瀛社編委會，《瀛社創立八十週年紀念集》，瀛社辦事處發行，1989 年，頁 47。基隆詩學會編輯，《雨港古今詩選》，基隆市立文化中心，1998 年 8 月，頁 103。陶一經編，《基隆市志・藝文篇》，基隆市政府，2003 年 4 月，頁 41-42。

185 黃美娥編，《日治時期臺北地區文學作品目錄》，臺北市文獻委員會，2003 年 2 月，頁 525。

186 見賴子清，《圓機活法古今詩粹》，文和印刷公司，1966 年 12 月，頁 45。瀛社編委會，《瀛社創立六十週年紀念集》，瀛社辦事處發行，1969 年，頁 143。《中國詩文之友》41 卷第 2 期，中國詩文之友社，1975 年 1 月 1 日。《中國詩文之友》43 卷 2 期，1976 年 1 月 1 日。邱奕松，〈北臺詩苑〉，《臺北文獻》直字 82 期，1987

林錫麟（爾祥）

　　林錫麟（1911.01.09～1990.農 05.25），字爾祥，號銅臭齋、尚睡軒夫子。畢生沉浸於漢學教育工作， 25 歲即代父林述三訓童蒙，1938 年起，主持「礪心齋」書房，至 1981 年時，高齡 70 始予停館，前後垂 40 餘年，教學期間每週 1 題，詩課從未間斷。之所以號「尚睡」者，蓋緣中日戰爭期間，日人嚴控書房之教學，常與巡察，林氏則高臥以避日人耳目，遂以爲號。1956 年任「天籟吟社」社長，至 1979 年，始交由其弟錫牙繼任之[187]。

吳漫沙

　　吳漫沙（1912.07.15～2004），本名吳丙丁。福建晉江石獅市人，曾任小學校長、聯保主任。日治時期主編《風月報》，後改《南方雜誌》，戰後歷任《臺灣新生報》記者及「臺灣廣播電臺」編輯，後轉任《民族晚報》、《聯合報》記者，1971 年退休。吳氏亦新文學作者，著有小說《韭菜花》、《桃花江》、《大地之春》、《黎明之歌》、《天明》、《香煙西施》、《七葉蓮》、《追昔集》等多種。亦「天籟吟社」、「網溪詩社」、「松社」社員[188]。

姚德昌（嶷峰）

　　姚德昌（1912.09.04～1995.09.27），字嶷峰，祖籍福建龍溪，世居桃園

年 12 月，頁 239。

187 生平資料由張國裕先生提供，黃美娥編，《日治時期臺北地區文學作品目錄》，臺北市文獻委員會，2003 年 2 月，頁 268-269。潘玉蘭，《天籟吟社研究》，國立臺灣師範大學國文學系在職進修碩士班碩士論文，2004 年，頁 121、157-158。

188 中華民國傳統詩學會編，《傳統詩集》2，中華民國傳統詩學會出版，1982 年，頁 91。中華民國傳統詩學會編，《傳統詩集》3，中華民國傳統詩學會出版，1985 年，頁 86。瀛社編委會，《瀛社創立八十週年紀念集》，瀛社辦事處發行，1989 年，頁 53。瀛社編委會，《瀛社創立九十週年紀念集》，瀛社辦事處發行，1999 年，頁 23。黃美娥編，《日治時期臺北地區文學作品目錄》，臺北市文獻委員會，2003 年 2 月，頁 2-、703-709。潘玉蘭，《天籟吟社研究》，國立臺灣師範大學國文學系在職進修碩士班碩士論文，2004 年，頁 121。

大溪，以農爲生，1935 年，遷臺北瑞芳九份，業採金，夜則於陳望遠宅就李碩卿習漢文，後因金礦景況欠佳，改入瑞三礦業爲李氏記室，1981 年任木柵指南宮顧問，1987 年任貂山吟社社長，1995 年任瑞芳鎮詩學研究會第 2 任理事長。曾參加「奎山吟社」，著有《笠雲齋詩集》，1993 年中秋出版[189]。

黃金樹（鐵松）

黃金樹（1912～？），與姚德昌同齡，字鐵松，彰化市人，好吟詠，戰後從事貿易，遂徙北市定居[190]。

張添財

張添財（1913.07.28～2004），世居臺北三芝。早歲服公，退休後嘯傲林泉，1984 年新春始學詩，蠖窟難進，只求徒撰北海浪煙、春櫻爛漫、徘徊其間，藉以忘世上功名足矣[191]。

林錫牙（爾崇）

林錫牙（1913.農 02.26～1996.01.21），字爾崇，林述三哲嗣，1979 年繼錫麟之後，任「天籟吟社」第 3 任社長，曾任中華民國傳統詩學會理事長，中華學術院詩學研究所顧問，中國文藝界聯誼會名譽副會長，詩文之友社顧問，臺北詩社聯合顧問、礪心齋書院同學會長、全國詩人聯吟大會顧問等，著有《讀父書樓詩集》[192]。

---

189 瀛社編委會，《瀛社創立七十週年紀念集》，瀛社辦事處發行，1979 年，頁 102。中華民國傳統詩學會編，《傳統詩集》1，中華民國傳統詩學會出版，1979 年，頁 98。瀛社編委會，《瀛社創立八十週年紀念集》，瀛社辦事處發行，1989 年，頁 57。黃鶴仁著，《貂山吟社史研究》，自印本，2000 年 12 月，頁 15-17。

190 瀛社編委會，《瀛社創立七十週年紀念集》，瀛社辦事處發行，1979 年，頁 105。

191 瀛社編委會，《瀛社創立九十週年紀念集》，瀛社辦事處發行，1999 年，頁 27。

192 黃洪炎編，《瀛海詩集》，臺灣詩人名鑑刊行會發行，1940 年，頁 120。中華民國傳統詩學會編，《傳統詩集》1，中華民國傳統詩學會出版，1979 年，頁 7。中華民國傳統詩學會編，《傳統詩集》2，中華民國傳統詩學會出版，1982 年，頁 1。

林春生（凌秋）

林春生（1914.04.26～1987），號凌秋，臺北縣人。16 歲拜吳如玉爲師，寒窗 10 載，仍覺學之未至，復入李石鯨夫子門下。曾任臺陽鑛業機構職員，復自營金鑛。38 歲返貢寮爲塾師，並加入宜蘭「仰山吟社」、雙溪「貂山吟社」[193]。

蔡　智（慧明）

蔡智（1914～1988），字慧明，嘉義人，初爲海產批發商，嗣從事進出口貿易，後轉至新聞界，任《公論報》社北區主任，兼基隆分社主任。嗜讀，於道藏、佛典尤具會心[194]。

李乾三（一白）

李乾三（1914.11.15～1987），字一白。湖北天門人。耽吟詠，尤嗜倚聲，著有《望嶽樓詞草》[195]。

鄭喜夫，〈臺北著述志稿〉，《臺北文獻》直字 69 期，1984 年 9 月，頁 39。中華民國傳統詩學會編，《傳統詩集》3，中華民國傳統詩學會出版，1985 年，頁 1。中華民國傳統詩學會編，《傳統詩集》4，中華民國傳統詩學會出版，1988 年，頁 3。黃美娥編，《日治時期臺北地區文學作品目錄》，臺北市文獻委員會，2003 年 2 月，頁 12、260-268。潘玉蘭，《天籟吟社研究》，國立臺灣師範大學國文學系在職進修碩士班碩士論文，2004 年，頁 121-122、158-160。

193 中華民國傳統詩學會編，《傳統詩集》1，中華民國傳統詩學會出版，1979 年，頁 95。

194 賴子清，《圓機活法古今詩粹》，文和印刷公司，1966 年 12 月，頁 47。瀛社編委會，《瀛社創立六十週年紀念集》，瀛社辦事處發行，1969 年，頁 149。瀛社編委會，《瀛社創立七十週年紀念集》，瀛社辦事處發行，1979 年，頁 111。邱奕松，〈北臺詩苑〉，《臺北文獻》直字 82 期，1987 年 12 月，頁 256。

195 瀛社編委會，《瀛社創立六十週年紀念集》，瀛社辦事處發行，1969 年，頁 152。瀛社編委會，《瀛社創立七十週年紀念集》，瀛社辦事處發行，1979 年，頁 121。邱奕松，〈北臺詩苑〉，《臺北文獻》直字 79 期，1987 年 3 月，頁 396。

王精波（怡庵）

王精波（1914.11.16～2005.02.28），號怡庵，北市萬華人，爲名儒黃菊如及門弟子。世習醫，以眼科馳譽一方，懸壺之餘，吟詠自適，由駱子珊介紹入「瀛社」，後亦入「松社」[196]。

任博悟（撥霧）

任博悟（1915～2000），字撥霧，號行簡，又號守中，晚年釋名入迂上人。河北趙縣人，本河上世家，家藏版本甚多，自幼浸淫書城，故詩文吐屬雋逸脫落。因其主張性靈，故能灝秀滿紙，迥邁俗流，其書篆、隸、行、草無不精絕，其畫每由書中悟得，故波磔之出，皆能骨肉停勻，非時下一班所可及。早年治印，更涉及京劇、騎獵、拳術等技藝，來臺後，均將時習蠲除矣。性狷介，尙獨往，山中索居讀書，與李漁叔交獨厚，李氏知氏獨深，嘗謂：「君風骨嶙峋，廉靖自守，今世人尙矜伐，君獨入山惟恐不深，袖手若忘其所能。」可謂極肯切之評語。任氏早年負笈北京大學，課餘從齊白石學刻印，從蕭謙中學山水。篤於佛理，早年皈依高僧弘一大師，曾評注《六祖壇經》，深契妙悟。又評注《大學》、《中庸》，蓋本儒學也。來臺後隨陳含光遊，所作詩文甚受重視，允推其古詩有盛唐氣韻，詩人李漁叔許爲「仙才」。「瀛社」社長李建興，聘請其爲祕書，佐理社務。先後曾短期任教基隆中學、復興商工、國立藝專，又擔任教育部美育委員會委員，晚年披緇衣，駐錫金山寺、海會寺等，偶亦設硯授藝，有弟子羅青、張穆希等人，1972 年出家，法名本慧[197]。

---

196 瀛社編委會，《瀛社創立六十週年紀念集》，瀛社辦事處發行，1969 年，頁 146。
瀛社編委會，《瀛社創立七十週年紀念集》，瀛社辦事處發行，1979 年，頁 108。
邱奕松，〈北臺詩苑〉，《臺北文獻》直字 79 期，1987 年 3 月，頁 383。瀛社編委會，
《瀛社創立八十週年紀念集》，瀛社辦事處發行，1989 年，頁 59。林正三，《松山地區之古老詩社－松社》，文史哲出版社，2005 年，頁 50。

197 本則簡歷由黃祖蔭撰，並參考陶一經編，《基隆市志·藝文篇》，基隆市政府，2003年 4 月，頁 56。

傅秋鏞（籟亭）

傅秋鏞（1915.03.15～19994.6.16），號籟亭，詩拜「礪心齋」門下，亦從林添福、杜冠文學，曾任職公務機關，貿易商會計等，老無所事，補讀養閒，曾任中華民國傳統詩學會常務理事，漢詩學會理事、《新生報》新生詩苑編審委員、「龍潭詩社」顧問、「網溪詩社」祕書、「天籟吟社」、「中國梅社」社員，著有《閩省擊鉢吟集》箋註[198]。

吳餘鑑（鏡村）

吳餘鑑（1915.11.28～1988），字鏡村。中壢人，曾於煤礦任職，戰後業商，在中壢經營義昌行糧商兼義隆碾米廠、三榮布行等。1965年遷北市，任王子冷氣工程經理，國本電氣有限公司董事長，平生嗜吟詠，參加「瀛社」、「以文吟社」、「高山文社」、「松社」、傳統詩學會等社團[199]。

周金土（劍魂）

周金土（1915.10.28～1991），字文彬，號劍魂，臺北市人，少時師事

198 中華民國傳統詩學會編，《傳統詩集》1，中華民國傳統詩學會出版，1979年，頁31。中華民國傳統詩學會編，《傳統詩集》2，中華民國傳統詩學會出版，1982年，頁29。中華民國傳統詩學會編，《傳統詩集》3，中華民國傳統詩學會出版，1985年，頁23。中華民國傳統詩學會編，《傳統詩集》4，中華民國傳統詩學會出版，1988年，頁20。中華民國傳統詩學會編，《傳統詩集》5，中華民國傳統詩學會出版，1994年，頁141。黃美娥編，《日治時期臺北地區文學作品目錄》，臺北市文獻委員會，2003年2月，頁406-409。潘玉蘭，《天籟吟社研究》，國立臺灣師範大學國文學系在職進修碩士班碩士論文，2004年，頁122。

199 賴子清，《圓機活法古今詩粹》，文和印刷公司，1966年12月，頁30。瀛社編委會，《瀛社創立七十週年紀念集》，瀛社辦事處發行，1979年，頁114。中華民國傳統詩學會編，《傳統詩集》1，中華民國傳統詩學會出版，1979年，頁61。中華民國傳統詩學會編，《傳統詩集》4，中華民國傳統詩學會出版，1988年，頁98。瀛社編委會，《瀛社創立八十週年紀念集》，瀛社辦事處發行，1989年，頁63。吳建民，〈松山探源尋根〉，《松友月刊》創刊號，1998年12月20日，頁75。林正三，《松山地區之古老詩社－松社》，文史哲出版社，2005年，頁53。

歐劍窗、趙騰蟠，原隸「潛社」。曾遊學東京，1936 年返臺設漢文私塾，戰後任高雄市府工商課長、機要秘書等職。旋經營建材、營造、戲院等業，客居南臺 37 年，後歸隱碧潭嗣轉徙木柵，著有《尋夢堂詩稿》，待梓[200]。

林德志（玉青）

林德志（1915～？），字玉青，佳里人，好書畫金石之學，佳里中學畢業，日本法政大學函授，戰後營商高市，參加「壽峰詩社」，曾入選第 4、第 6 屆全國書展，並獲中日書展全日本書道聯盟金牌獎，日本書道教育學會讀賣新聞社等獎，為中日書展鑑查員、高市書展審查員，有《玉青書畫集》行世。1975、1976、1980、1982、1984 等年《中國詩文之友》上刊載有其謹賀新年之名片資料[201]。

莊銘瑄（幼岳）

莊銘瑄（1916.02.22～2007.10.13），字幼岳，以字行。鹿港人。幼年即受家學薰陶，詩詞書法皆有造詣。1922 年入鹿港公學校，1931 年高等科畢業，同年 5 月入霧峰「一新義塾」接受漢文教育，「一新義塾」由林獻堂之子林攀龍任塾長，莊太岳任義塾教師。期間表現優異，1936 年畢業，奠下漢學基礎。後曾渡海之福州，因盧溝橋事變而返臺。戰爭期間生計艱難屢

200 曾今可，《臺灣詩選》，中國詩壇，1953 年 10 月，頁 109。瀛社編委會，《瀛社創立七十週年紀念集》，瀛社辦事處發行，1979 年，頁 117。中華民國傳統詩學會編，《傳統詩集》1，中華民國傳統詩學會出版，1979 年，頁 76。中華民國傳統詩學會編，《傳統詩集》2，中華民國傳統詩學會出版，1982 年，頁 109。瀛社編委會，《瀛社創立八十週年紀念集》，瀛社辦事處發行，1989 年，頁 61。林正三，《松山地區之古老詩社－松社》，文史哲出版社，2005 年，頁 53。

201 賴子清，《圓機活法古今詩粹》，文和印刷公司，1966 年 12 月，頁 32。《中國詩文之友》41 卷第 2 期，中國詩文之友社，1975 年 1 月 1 日。《中國詩文之友》43 卷 2 期，1976 年 1 月 1 日。瀛社編委會，《瀛社創立七十週年紀念集》，瀛社辦事處發行，1979 年，頁 120。《中國詩文之友》300 期，中國詩文之友社，1980 年 1 月 1 日。《中國詩文之友》324 期，中國詩文之友社，1982 年 1 月 1 日。《中國詩文之友》348 期，中國詩文之友社，1984 年 1 月 1 日。

易工作，但皆不出霧峰範圍，先後任霧峰信用組合、霧峰農場主任等職。1940 年曾與許一鷗等人於家鄉鹿港共創「洛江吟社」，1941 年加入「櫟社」。戰後曾任教霧峰初中為國文教員。1950 年後遷居臺北，任行政院人事室秘書等職。並曾任「瀛社」副社長，顧問、「中華詩學會」副社長及「中華學術院詩學研究所」委員、「中國書法學會」理事。亦曾擔任《中華詩學》月刊社、《中華詩學》雜誌社總編輯，弘揚詩學不遺餘力。有《冬心集》、《紅梅山館詩文集》行世。並與楊雪鵬抄輯林獻堂散軼詩篇，輯為《獻堂軼詩》[202]。

林光炯

林光炯（1916～？），別署衣，福建永春人。光復後來臺，任教臺北市成功中學，兼實踐家專、醒吾商專講師、副教授。曾獲甲午年全國詩人大會首選[203]。

林天賜（天駟）

林天賜（1917.08.07～1980.10），字天駟。臺北市人，5 歲失怙，嘗與姚德昌同師李碩卿，尊德昌為誼兄。以世局不靖輟學。1938 年赴上海營生，數十年不為文墨。1973 年臺北市主催東北 6 縣市聯吟，9 月 8 日籌辦於北市詩人聯誼會長劉斌峰宅，天駟與焉，姚德昌堅請參「瀛社」，並入「高山

---

202 黃洪炎編，《瀛海詩集》，臺灣詩人名鑑刊行會發行，1940 年，頁 265。林子惠、張作梅、莊幼岳合著〈瀛社記事補遺〉，《臺北文物》5 卷 2、3 期，1957 年 1 月 15 日，頁 89。瀛社編委會，《瀛社創立六十週年紀念集》，瀛社辦事處發行，1969 年，頁 158。瀛社編委會，《瀛社創立七十週年紀念集》，瀛社辦事處發行，1979 年，頁 124。瀛社編委會，《瀛社創立八十週年紀念集》，瀛社辦事處發行，1989 年，頁 65。瀛社編委會，《瀛社創立九十週年紀念集》，瀛社辦事處發行，1999 年，頁 29。

203 曾今可，《臺灣詩選》，中國詩壇，1953 年 10 月，頁 132-133。林子惠、張作梅、莊幼岳合著〈瀛社記事補遺〉，《臺北文物》5 卷 2、3 期，1957 年 1 月 15 日，頁 88。瀛社編委會，《瀛社創立六十週年紀念集》，瀛社辦事處發行，1969 年，頁 155。

文社」、「大觀詩社」、臺北詩人聯吟會。1980 年 12 月，子明雄敦請陳焙焜爲其編《天馭紀念詩集》[204]。

楊雲鵬（圖南）

楊雲鵬（1917.08.08～1989），字圖南，別號猿江釣叟，嘉義東石人，1968 年徙北市定居，曾任千瑞企業公司業務主任，並曾加入「石社」、「延平詩社」、「高山文社」、「瀛社」、「大觀詩社」爲社員，中華民國傳統詩學會會員[205]。

黃寬和（鷗波）

黃寬和（1917.04.04～2003.08.26），字鷗波，以字行，嘉義人。就讀嘉義工業學校時，利用課餘，拜名儒林植卿茂才習諸子與詩文。20 歲赴日入川端繪畫學校。戰後返臺，旅北任國立藝專教授。並歷任臺灣文協編委、民謠編審、全省美展評審委員、教育廳史博館評議委員、省美館、北美館、高美館典藏委員、傳統詩學會顧問、1999 年 2 月接「瀛社」第 6 任社長。曾創辦青雲美術會、長流畫會、綠水畫會、寶島文藝出版社、長流畫廊、新光美術班等，平生致力繪畫、書法、文意創作，爲臺灣著名膠彩畫家，著有《浮槎錄》，中日小說話劇歌謠等出版物[206]。

---

204 瀛社編委會，《瀛社創立七十週年紀念集》，瀛社辦事處發行，1979 年，頁 127。黃鶴仁著，《貂山吟社史研究》，自印本，2000 年 12 月，頁 28。

205 瀛社編委會，《瀛社創立七十週年紀念集》，瀛社辦事處發行，1979 年，頁 130。中華民國傳統詩學會編，《傳統詩集》1，中華民國傳統詩學會出版，1979 年，頁 185。中華民國傳統詩學會編，《傳統詩集》4，中華民國傳統詩學會出版，1988 年，頁 244。瀛社編委會，《瀛社創立八十週年紀念集》，瀛社辦事處發行，1989 年，頁 75。

206 黃洪炎編，《瀛海詩集》，臺灣詩人名鑑刊行會發行，1940 年，頁 348。瀛社編委會，《瀛社創立六十週年紀念集》，瀛社辦事處發行，1969 年，頁 161。瀛社編委會，《瀛社創立七十週年紀念集》，瀛社辦事處發行，1979 年，頁 133。中華民國傳統詩學會編，《傳統詩集》1，中華民國傳統詩學會出版，1979 年，頁 211。中華民國傳統詩學會編，《傳統詩集》3，中華民國傳統詩學會出版，1985 年，頁

施學樵（運斧）

施學樵（1918.09.15～1996）字運斧。福建泉州人，曾任「松鶴吟社」社長，中華民國傳統詩學會監事、中國詩經研究會候補理事等[207]。

周孫園（植夫）

周孫園（1918.12.25～1995.09.28），字植夫，以字行。基隆暖暖人，少孤，賴母氏鞠養長成，生有異稟，讀書過目不忘，為晉江通儒王子清及門，據云其師為礪其志行，曾著將整部《辭海》，逐條背誦，是以養就博聞強記之能。詩宗漁洋，獨究神韻，精擅擊鉢，飲譽士林，曾膺中華學術院詩學研究所研究員。又精北管，善胡琴，為暖暖「靈義郡樂團」團長。築室於暖暖溪邊，顏之曰「竹潭」。晚年聲譽鵲起，到處講學，薪傳詩教。晚年以腦中風猝逝。門人邱天來、陳兆康、王前、林正三、黃鶴仁等輯其舊稿為《竹潭詩稿》[208]。

184。邱奕松，〈北臺詩苑〉，《臺北文獻》直字 81 期，1987 年 9 月，頁 391。瀛社編委會，《瀛社創立八十週年紀念集》，瀛社辦事處發行，1989 年，頁 71。中華民國傳統詩學會編，《傳統詩集》6，中華民國傳統詩學會出版，1997 年，頁 133。江寶釵《嘉義地區古典文學發展史》，嘉義市立文化中心，1998 年，頁 353-354。瀛社編委會，《瀛社創立九十週年紀念集》，瀛社辦事處發行，1999 年，頁 39。林正三，《松山地區之古老詩社－松社》，文史哲出版社，2005 年，頁 53-54。

207 瀛社編委會，《瀛社創立八十週年紀念集》，瀛社辦事處發行，1989 年，頁 85。潘玉蘭，《天籟吟社研究》，國立臺灣師範大學國文學系在職進修碩士班碩士論文，2004 年，頁 123。林正三，《松山地區之古老詩社－松社》，文史哲出版社，2005 年，頁 55。

208 瀛社編委會，《瀛社創立六十週年紀念集》，瀛社辦事處發行，1969 年，頁 164。瀛社編委會，《瀛社創立七十週年紀念集》，瀛社辦事處發行，1979 年，頁 136。邱奕松，〈北臺詩苑〉，《臺北文獻》直字 79 期，1987 年 3 月，頁 405。瀛社編委會，《瀛社創立八十週年紀念集》，瀛社辦事處發行，1989 年，頁 91。基隆詩學會編輯，《雨港古今詩選》，基隆市立文化中心，1998 年 8 月，頁 116。李進勇總纂，《重修基隆市志》卷七《人物志·列傳篇》，基隆市政府，2001 年 7 月，頁 39。陶一經編，《基隆市志·藝文篇》，基隆市政府，2003 年 4 月，頁 28-29。

黃錠明（釗）

　　黃錠明（1918.02.17～2001.10.10），單字釗，福建省晉江縣羅溪鄉中溪保海頭村人。晉江中學畢業後返鄉任金谿小學教務主任。旋於 1938 年考進福建省幹部訓練團師資訓練所受訓。結業後奉派石獅鎮大崙小學校長。旋以望孚膺選鄉代會主席、鄉長。1949 年夏，毅然辭退鄉長職務，投入 325 師，擔任 974 團政戰室同上尉指導員。未幾調防金門。同年 10 月 25 日，古寧頭大捷，乃隨軍轉進臺灣本島。退役後秉筆墨生涯，設光明代書處。業餘潛心詩學，曾受推舉為中華學術院詩學研究所研究委員，當選中華民國傳統詩學會常務監事、《晉江會訊》總編輯，參與「瀛社」、「天籟吟社」、「松社」等。1980、1982、1984 年《中國詩文之友》上刊載有其謹賀新年之名片資料[209]。

李天慶（普同）

　　李天慶（1918.06.22～1998.01），字普同，號光前，以字行。桃園人，性聰穎，13 歲徙居基津。入「保粹書房」，從名儒李石鯨研習國學、詩文。自幼即喜書法，愛榜書，所作令人讚許。延平大學經濟系肄業。1958 年，正式師事于右任習標準草書 6 年，平生推動書法，不遺餘力，發起組織「基

---

209 見瀛社編委會，《瀛社創立七十週年紀念集》，瀛社辦事處發行，1979 年，頁 139。中華民國傳統詩學會編，《傳統詩集》1，中華民國傳統詩學會出版，1979 年，頁 178。《中國詩文之友》300 期，中國詩文之友社，1980 年 1 月 1 日。《中國詩文之友》324 期，中國詩文之友社，1982 年 1 月 1 日。中華民國傳統詩學會編，《傳統詩集》2，中華民國傳統詩學會出版，1982 年，頁 56。《中國詩文之友》348 期，中國詩文之友社，1984 年 1 月 1 日。中華民國傳統詩學會編，《傳統詩集》3，中華民國傳統詩學會出版，1985 年，頁 45。中華民國傳統詩學會編，《傳統詩集》4，中華民國傳統詩學會出版，1988 年，頁 15。瀛社編委會，《瀛社創立八十週年紀念集》，瀛社辦事處發行，1989 年，頁 77。瀛社編委會，《瀛社創立九十週年紀念集》，瀛社辦事處發行，1999 年，頁 47。潘玉蘭，《天籟吟社研究》，國立臺灣師範大學國文學系在職進修碩士班碩士論文，2004 年，頁 123。林正三，《松山地區之古老詩社－松社》，文史哲出版社，2005 年，頁 54-55。

隆書道會」。歷任銀行經理、副總等職。業餘兼任中華學術院研士、輔仁大學藝術學會教授、文化大學書學教授、中國書法學會副秘書長、中日書道聯盟常任理事、日本著名書道團體顧問及審查員等，國家文藝獎、中山文藝獎國展評審委員，齋署「心太平室」薪傳書道，桃李盈千，著有《中華書學講座》、《楷書書法千字文》、《草書書法千字文》、《李普同書法選集》、《標準草書》等[210]。

李　權（宏光）

李權（1918.04.30～1996），字宏光，臺北市人，私立成淵中學畢業，日治時應臺灣總督府普通文官考試及格，服務於臺北市役所學務課。光復後續任臺北市政府教育局科員、股長、秘書等，1972 年退休，轉任臺北市第 12 信用合作社。業餘獨自研讀名人詩作，頗具心得[211]。

陳　福

陳福（1919.11.01～1998），臺北市人，農家子弟，少學建築，壯年自營公司。學詩於暖江詩學大家周植夫，亦「瀛社」、「松社」社員，著有《福仙詩草》[212]。

---

210 賴子清，《圓機活法古今詩粹》，文和印刷公司，1966 年 12 月，頁 28。瀛社編委會，《瀛社創立六十週年紀念集》，瀛社辦事處發行，1969 年，頁 167。瀛社編委會，《瀛社創立七十週年紀念集》，瀛社辦事處發行，1979 年，頁 142。邱奕松，〈北臺詩苑〉，《臺北文獻》直字 79 期，1987 年 3 月，頁 391。惟邱奕松〈北臺詩苑〉一文作「號光明」。瀛社編委會，《瀛社創立八十週年紀念集》，瀛社辦事處發行，1989 年，頁 81。基隆詩學會編輯，《雨港古今詩選》，基隆市立文化中心，1998 年 8 月，頁 128。陶一經編，《基隆市志・藝文篇》，基隆市政府，2003 年 4 月，頁 58。《翰墨珠林 — 臺灣書法傳承展作品集》，淡江大學文錙藝術中心，2004 年 4 月，頁 177。

211 錄自王國璠編，《中華民國詩人及其詩》，北市文獻委員會發行，1973 年 12 月。

212 瀛社編委會，《瀛社創立八十週年紀念集》，瀛社辦事處發行，1989 年，頁 95。林正三，《松山地區之古老詩社－松社》，文史哲出版社，2005 年，頁 56、72。

詹聰義（青涯）

詹聰義（1920.02.12～1988），字青涯，號自虔、法號慧明居士，亦署愚園主人，北市稻江人，日本早稻田法律系畢業，國際文化學院大學節瑞士聯邦州立 Bern 大學法學博士。後赴大陸任軍法官、教授等職多年。返臺後業律師，並加入中國書法學會、詩經研究會，曾任中國書法學會常務理事、中國詩經研究會副理事長，國際書道協會名譽會長等，所任職務除律師外，多與書法或硬筆書道有關。於北投丹鳳山麓築有別墅[213]。

簡國俊（明水）

簡國俊（1921.10.10～1996），字明水，北縣雙溪鄉人，幼貧失學，迨隨雙親徙居九份，始入私塾，閱年復爲家計中輟經營礦業探金維生達 30 餘年，後轉業機械工作。晚年隨黃希泮、姚德昌等研讀詩文，漸有成就。先後入「貂山吟社」、「鼎社」、「瀛社」、「以文吟社」、「中華民國傳統詩學會」及「瑞芳鎮詩學研究會」等[214]。

黃德順（聖智）

黃德順（1922.05.16～1990），字聖智，日本高等鍼灸醫學校畢業，曾任陸軍醫院軍醫官、「臺中縣中醫師公會」常務理事、副主任委員、「臺中縣詩學研究會」理事、「中華民國傳統詩學會」監事[215]。

---

213 瀛社編委會，《瀛社創立六十週年紀念集》，瀛社辦事處發行，1969 年，頁 170。
　　瀛社編委會，《瀛社創立七十週年紀念集》，瀛社辦事處發行，1979 年，頁 148。
　　中華民國傳統詩學會編，《傳統詩集》1，中華民國傳統詩學會出版，1979 年，頁 193。邱奕松，〈北臺詩苑〉，《臺北文獻》直字 81 期，1987 年 9 月，頁 392。
214 中華民國傳統詩學會編，《傳統詩集》5，中華民國傳統詩學會出版，1994 年，頁 227。
215 中華民國傳統詩學會編，《傳統詩集》3，中華民國傳統詩學會出版，1985 年，頁 47。瀛社編委會，《瀛社創立八十週年紀念集》，瀛社辦事處發行，1989 年，頁 99。

王　勉（勉蓀）

　　王勉（1922.06.07～2000），字勉蓀，浙江黃岩人，業醫，渡臺後居臺北縣五股蓬萊路[216]。

魏壬貴（淡如）

　　魏壬貴（1922.10.25～2000.09.02），字淡如，生於臺北縣基隆郡七堵庄友蚋七分寮，先世務農，以求學不便，遷臺北市大稻埕下奎府町。壬貴公學校畢業，父坐保事，賣家以責契，遂失學。年15，杜迺祥荐就李建興之瑞三礦業公司爲工友，任事勤謹，2年而升會計助手，間自郵購日本早稻田函授講義研讀，又從三井駐基隆炭礦株式會社吳瀛輝習會計。戰後，曾於臺大選修經濟、會計學科。行能學優，遂爲公司所器，累遷會計主任、財務副理、秘書、商務經理諸職。1972年7月擢爲總經理，行制度化，添購洗煤設備，銳意改革，復以鉅資改善礦場安全與員工福利，煤產量創連12年逾20萬噸之新績而業冠三臺，乃議請捐資創「瑞三社會福利基金會」以濟困、恤孤、獎學達20餘年，有長者風，所屬見稱「魏老總」。曾應邀出任「臺灣區煤礦公會」、「礦工福利委員會礦工醫院」、「中華民國礦業協進會」等委員或理、監事。65歲堅辭總經理退休，任職瑞三半世紀，獲「中華民國礦業協進會」頒金質「礦業服務獎章」。壬貴一生恬淡，平實有遠略，乘時用世輒有建樹，亦頗耽吟詠，39年以岳父李建興之薦入「瀛社」，嘗從魏潤庵、張鶴年、莊幼岳、周植夫、李乾三等請益切磋，任「中華民國傳統詩學會」、「漢詩學會」、「民俗典故學會」之理、監事，「中華學術院詩學研究所」委員及「瀛社」總幹事等職，亦曾參加「寧社」，獲教育部頒「優秀詩人獎」。遺詩託社友林正三編輯《淡如吟草》行世[217]。

216　瀛社編委會，《瀛社創立八十週年紀念集》，瀛社辦事處發行，1989年，頁101。
217　摘自黃鶴仁〈魏壬貴先生傳〉，另按魏氏平素行事精細，於瀛社總幹事期間，籌措創社八十、九十週年慶之往來賬目、相片等，猶保存完整，本社史之編纂，於其遺眷處獲致史料頗多，謹此致謝。生平另見毛一波，〈臺北縣詩略〉，《北縣

陳焙焜（佩坤）

陳焙焜（1923.12.16～2004.11.24），字佩坤。原籍福建福州，幼從宿儒湯幼雪授業。後隨父渡臺，並曾負笈扶桑。回國後，先從政，再從商，執堪輿業。曾任「中華學術院詩學研究所」研究委員，「高山文社」、「大觀詩社」及「臺北市聯吟會」總幹事，「瀛社」副社長，「大觀詩社」社長。兩岸開放後，與陳子波聯袂返里，於福州等地舉辦數十次聯吟詩會，推動詩文交流，不遺餘力。2002 年 11 月接第 7 任「瀛社」社長，「傳統詩學會」理事長。著有《佩齋吟草》行世[218]。

文獻》2 期，1956 年 4 月，頁 419。賴子清，《圓機活法古今詩粹》，文和印刷公司，1966 年 12 月，頁 50-51。中華民國傳統詩學會編，《傳統詩集》1，中華民國傳統詩學會出版，1979 年，頁 35。《中國詩文之友》300 期，中國詩文之友社，1980 年 1 月 1 日。中華民國傳統詩學會編，《傳統詩集》2，中華民國傳統詩學會出版，1982 年，頁 47，惟該期誤為「魏任貴」。中華民國傳統詩學會編，《傳統詩集》3，中華民國傳統詩學會出版，1985 年，頁 220。邱奕松，〈北臺詩苑〉，《臺北文獻》直字 82 期，1987 年 12 月，頁 258。中華民國傳統詩學會編，《傳統詩集》4，中華民國傳統詩學會出版，1988 年，頁 298。瀛社編委會，《瀛社創立八十週年紀念集》，瀛社辦事處發行，1989 年，頁 107。瀛社編委會，《瀛社創立九十週年紀念集》，瀛社辦事處發行，1999 年，頁 57。

218 瀛社編委會，《瀛社創立六十週年紀念集》，瀛社辦事處發行，1969 年，頁 176。瀛社編委會，《瀛社創立七十週年紀念集》，瀛社辦事處發行，1979 年，頁 154。中華民國傳統詩學會編，《傳統詩集》1，中華民國傳統詩學會出版，1979 年，頁 37。《中國詩文之友》348 期，中國詩文之友社，1984 年 1 月 1 日。邱奕松，〈北臺詩苑〉，《臺北文獻》直字 82 期，1987 年 12 月，頁 251。中華民國傳統詩學會編，《傳統詩集》4，中華民國傳統詩學會出版，1988 年，頁 13。瀛社編委會，《瀛社創立八十週年紀念集》，瀛社辦事處發行，1989 年，頁 117。中華民國傳統詩學會編，《傳統詩集》5，中華民國傳統詩學會出版，1994 年，頁 248。中華民國傳統詩學會編，《傳統詩集》6，中華民國傳統詩學會出版，1997 年，頁 158。瀛社編委會，《瀛社創立九十週年紀念集》，瀛社辦事處發行，1999 年，頁 69。中華民國傳統詩學會編，《中華傳統詩集》7，中華民國傳統詩學會出版，2000 年，頁 160。中華民國傳統詩學會編，《中華傳統詩集》8，中華民國傳統詩學會出版，2004 年，頁 125。林正三，《松山地區之古老詩社－松社》，文史哲出版社，2005 年，頁 57。

羅　尚（戎庵）

羅尙（1923.11～2007.09.02），號戎庵，四川宜賓人，從軍來臺，任職於考試院 10 餘年，總統府參議退休。並曾任「臺北大專青年詩社」輔導員、《大華晚報》古典詩專欄「瀛海同聲」主編、《中外雜誌》中外詩壇主編，曾爲「瀛社」顧問，師大「停雲詩社」副社長，「中華詩學研究所」研究委員。著有《戎庵選集》、《滄海明珠集》、《龍定室詩》等書行世，後集結爲《戎庵詩存》[219]。

張福星（高懷）

張福星（1924.05.10～1987），字高懷，號海雲軒主，福建泉州崇武人，早歲營商，來臺後歷任國民大會專門委員、臺北縣監選委員、報社記者、總經理、行政院諮議等職。著有《古文新評》、《烟波行吟》2 卷[220]。

顏寶環（學敏）

顏寶環（1924.10.29～1996.03.09），字學敏，福建漳州海澄人，昔從宿儒黃邦俊習國學，1941 年曾任職海澄海滄區署、海澄縣府等，1947 年買舟來臺，居七堵，旋入基隆水產公司，後轉基隆港務局，由基層而至主管。1957 年全國高等考試及格。歷任基隆港務局人事室副主任、訓練所主任、祕書主任等。好廋辭，耽吟詠，曾任「基隆詩學會」常務理事，因心疾突發而卒[221]。

---

219 瀛社編委會，《瀛社創立八十週年紀念集》，瀛社辦事處發行，1989 年，頁 115。
　　潘玉蘭，《天籟吟社研究》，國立臺灣師範大學國文學系在職進修碩士班碩士論文，2004 年，頁 124。
220 瀛社編委會，《瀛社創立六十週年紀念集》，瀛社辦事處發行，1969 年，頁 179。
　　瀛社編委會，《瀛社創立七十週年紀念集》，瀛社辦事處發行，1979 年，頁 157。
221 中華民國傳統詩學會編，《傳統詩集》5，中華民國傳統詩學會出版，1994 年，頁 224。基隆詩學會編輯，《雨港古今詩選》，基隆市立文化中心，1998 年 8 月，頁 118。陶一經編，《基隆市志・藝文篇》，基隆市政府，2003 年 4 月，頁 47。

杜文祥（行知）

　　杜文祥（1924.05.31～1998.03.29），字行知，後龍人。臺北師專、師範大學物理系畢業。曾先後任教建國中學、基隆中學、北市高工、成淵中學、金華女中、世界新聞專科學校、華夏工專等 30 多年。退休後經高銘祿引導，初入「臺北俳句會」、短歌會，並加入「天籟吟社」、「瀛社」、「古典詩社」、「海鷗詩社」等，拜傅秋鏞爲師[222]。

蘇逢時

　　蘇逢時（1924.02.02～2008.04.22），祖籍泉州，生於臺北縣林口鄉小南灣，號南灣山人。自少入漢文私塾十餘年，承祖傳地理、擇日、命卜之業，設館林口鄉竹林山寺後。餘暇亦耽吟詠，曾加入中華民國傳統詩學會、「臺灣瀛社詩學會」、桃園「以文吟社」、「松社」、「天籟吟社」[223]。

王翼豐（君捷）

　　王翼豐（1925.07.31～1995），字君捷，彰化縣人，任公務員退休，雅擅聲詩[224]。

黃寶珠（問若）

　　黃寶珠（1925.08.15～2002），字問若。基隆市人，臺北市立女師專畢，旋任教職，作育人才。夙性聰慧，早年師事曹秋圃習八法，自成一家，頗

---

222 中華民國傳統詩學會編，《傳統詩集》5，中華民國傳統詩學會出版，1994 年，頁 28。

223 中華民國傳統詩學會編，《傳統詩集》3，中華民國傳統詩學會出版，1985 年，頁 223。中華民國傳統詩學會編，《傳統詩集》5，中華民國傳統詩學會出版，1994 年，頁 246。林正三，《松山地區之古老詩社－松社》，文史哲出版社，2005 年，頁 61-62。

224 瀛社編委會，《瀛社創立八十週年紀念集》，瀛社辦事處發行，1989 年，頁 123。

受各界讚譽，教授後進多有成就。少入「保粹書房」就碩儒李碩卿攻讀詩文，造詣頗深。基隆南榮國小教師退休。有「基隆才女」之稱，著有《黃寶珠書法選集》[225]。

陳兆康（天泉）

陳兆康（1928.04.09～2007.04.05），別名天泉，福建惠安人。弱冠來臺，初居高雄，後定居基隆，經營冷凍業。好古文、耽詩學，擅擊鉢，曾參加謎學會。1977 年與基津諸吟友創「基隆詩學研究會」，歷任該會常務理事及「中華民國傳統詩學會」理事，曾入「瀛社」，亦曾擔任「基隆詩學研究會」顧問[226]。

李清水（岳峰）

李清水（1930.03.16～1994.09.12），字岳峰、育賢，一字玉川，號星波，雲林縣口湖鄉人，師事名儒李西端，1958 年，任職中國紙廠，公餘不忘薪傳，設「育英書齋」私塾於口湖鄉水井村、施湖村、魚寮村等地，教授漢學達十餘年，並曾任「鄉勵吟社」總幹事、1967 年籌備「雲林縣詩人聯吟會」，任總幹事、東石「石社」講師。1976 年加入「中國傳統詩學會」為會員，1990 年於「中華民國古典詩學會」，參與編輯《古典詩刊》，又入「天

225 瀛社編委會，《瀛社創立八十週年紀念集》，瀛社辦事處發行，1989 年，頁 125。基隆詩學會編輯，《雨港古今詩選》，基隆市立文化中心，1998 年 8 月，頁 174。陶一經編，《基隆市志・藝文篇》，基隆市政府，2003 年 4 月，頁 53-54。惟陶一經一書作「號問若」

226 中華民國傳統詩學會編，《傳統詩集》1，中華民國傳統詩學會出版，1979 年，頁 176。瀛社編委會，《瀛社創立八十週年紀念集》，瀛社辦事處發行，1989 年，頁 129。中華民國傳統詩學會編，《傳統詩集》5，中華民國傳統詩學會出版，1994 年，頁 86。中華民國傳統詩學會編，《傳統詩集》6，中華民國傳統詩學會出版，1997 年，頁 150。基隆詩學會編輯，《雨港古今詩選》，基隆市立文化中心，1998 年 8 月，頁 176。中華民國傳統詩學會編，《中華傳統詩集》7，中華民國傳統詩學會出版，2000 年，頁 158。中華民國傳統詩學會編，《中華傳統詩集》8，中華民國傳統詩學會出版，2004 年，頁 129。

籟吟社」、「瀛社」等，1993 年任「中華民國漢詩學會」理事[227]。

施良英（秋耘）

施良英（1931.02～2004.07），字秋耘，福建晉江人。大學畢業，曾任教師，後在臺從事國際貿易。退休後任「臺北市晉江同鄉會」顧問，喜讀詩詞文學，閒暇則與諸詞人唱和[228]。

蔡秋金（醉佛）

蔡秋金（1933.11.02～2004.06.29），號醉佛。祖籍福建晉江東石，生於鹿港。幼承庭訓，並奉親命入碩儒歐陽日新門下攻讀漢學，稍長，其先祖復課以經史古籍，更督以岐黃之術，奠定深厚學基。2 次大戰，其先尊玉成公受日軍徵為軍伕，病逝於南洋。蔡氏承父業，事布莊生意，23 歲時，見鹿港市況蕭條，乃徙稻江發展。平素經營之暇，輒寄情於詩酒，以吟詠為樂。先後入「瀛社」、「天籟吟社」、「松社」，曾任「中華民國傳統詩學會」理事、「中華學術院詩學研究所」研究員，最值一提者，任臺北市詩人聯吟會長數十年，年必舉開北部詩人聯吟大會一次。於詩教之宏揚，可說不遺餘力。並與東南亞、日、韓、香江、大陸各地詩社團體，往還密切，履次組團互訪，推動詩學交流，與有功焉，著有《醉佛詩稿》[229]。

227　曾今可，《臺灣詩選》，中國詩壇，1953 年 10 月，頁 88。賴子清，《圓機活法古今詩粹》，文和印刷公司，1966 年 12 月，頁 29。中華民國傳統詩學會編，《傳統詩集》2，中華民國傳統詩學會出版，1982 年，頁 106。中華民國傳統詩學會編，《傳統詩集》4，中華民國傳統詩學會出版，1988 年，頁 77。中華民國傳統詩學會編，《傳統詩集》5，中華民國傳統詩學會出版，1994 年，頁 43。

228　瀛社編委會，《瀛社創立九十週年紀念集》，瀛社辦事處發行，1999 年，頁 87。

229　瀛社編委會，《瀛社創立七十週年紀念集》，瀛社辦事處發行，1979 年，頁 60。瀛社編委會，《瀛社創立八十週年紀念集》，瀛社辦事處發行，1989 年，頁 147。瀛社編委會，《瀛社創立九十週年紀念集》，瀛社辦事處發行，1999 年，頁 97。潘玉蘭，《天籟吟社研究》，國立臺灣師範大學國文學系在職進修碩士班碩士論文，2004 年，頁 125-126。

盧浴坤 (隨緣)

盧浴坤 (1934.11.24～2001.12.29)，一名盧坤，或署隨緣，以隨緣立齋名，北縣下柑人，弱冠已升師傅工以至服役，幼時遊於吳如玉之門，退役後，復從姚德昌學，後遷松山，「臺北縣瑞芳鎮詩學研究會」成立，嘗任第2屆理事。1995年獲「內政部優秀詩人獎」，平素好書籍，或留連古肆，舊冊在所必蒐。其書為陳針銅所藏，後移「瑞芳鎮詩學研究會」。一生參加「瀛社」、「松社」、「貂山吟社」、「瑞芳詩學會」等。晚自謄錄擊鉢詩稿，初意搦管寫定，會疾作，自忖非養生之道，遂罷事，有《隨緣詩草》未梓行[230]。

黃調森

黃調森 (1947.10.24～2004)，鄉貫及生平失考，居住在臺北市木柵一帶，1992年加入「瀛社」輪值，中雖短暫出社，但後又再加入。

沈連袍 (少青)

沈連袍 (？～1945)，字少青，沈相其 (藍田) 之子，世居基隆玉田街。曾與李碩卿、張純甫組「小鳴吟社」，父子同社傳為美談。大正年間嘗與顏雲年組「生日會」，月會一次，並參加「瀛社」，1945年卒，年50餘[231]。

林子益

---

230 中華民國傳統詩學會編，《傳統詩集》4，中華民國傳統詩學會出版，1988年，頁296。瀛社編委會，《瀛社創立八十週年紀念集》，瀛社辦事處發行，1989年，頁151。林正三，《松山地區之古老詩社－松社》，文史哲出版社，2005年，頁57-58，本則由黃鶴仁所撰。

231 唐羽編撰，《基隆顏氏家乘·文徵篇》，基隆顏氏家乘纂修小組，1997年12月，頁1016。基隆詩學會編輯，《雨港古今詩選》，基隆市立文化中心，1998年8月，頁28。曾子良主持，《基隆市文學類藝文資源調查》，基隆市文獻會委託，2002年12月，頁220。陶一經編，《基隆市志·藝文篇》，基隆市政府，2003年4月，頁19。

林子益（？～1911），1912 年 1 月 27 日《臺灣日日新報》4190 號〈編輯日錄〉提到：「接基隆顏雲年氏來翰，謂瀛社友林安邦君昨病故。基隆社友逝者，蔡鳳儀、林子益及君三人，不勝孤城落日之感也。」提到林子益爲「瀛社」基隆社友，再對照 1911 年 4 月 16 日〈哭社友林子益〉及 1911 年 4 月 22 日〈輓社友林子益君〉，可知其於 1911 年 4 月前過世，而從報上刊登詩作時間判斷，其於 1909～1911 年 3 月都仍參與「瀛社」活動。

林子楨（蒼崖）

林子楨（？～1941），號蒼崖，臺北人，「瀛社」創社員，「婆娑會」成員，業商。生平不詳。從其刊載於報刊詩作時間判斷，活動時間約集中在 1925～1940 年左右。卒年見《風月報》124 期謝雪漁〈瀛社老友子楨兄輓詩〉[232]。

林安邦

林安邦（？～1912.01.25），1912 年 1 月 27 日《臺灣日日新報》4190 號〈編輯日錄〉提到：「接基隆顏雲年氏來翰，謂瀛社友林安邦君昨病故。基隆社友逝者，蔡鳳儀、林子益及君三人，不勝孤城落日之感也。」「編輯日錄」一般爲前一天所作，因此其過世日期當在 1 月 25 日，並可知其爲基隆人士。1912 月 2 月 13 日的「瀛社詩壇」就有〈哭安邦社友〉。林安邦於詩壇活動時間，見諸於報上者約在 1909～1912 年左右，著有詩作〈櫻花限侵韻〉、〈松濤限陽韻〉、〈冰花〉、〈愛菊〉等。

郭鏡蓉（芙卿）

232 唐羽編撰，《基隆顏氏家乘·文徵篇》，基隆顏氏家乘纂修小組，1997 年 12 月，頁 1031。廉永英、崔仁慧合著，《臺北市志》卷八《文化志·文學篇》，臺北市文獻委員會，1991 年 10 月，頁 199。黃美娥編，《日治時期臺北地區文學作品目錄》，臺北市文獻委員會，2003 年 2 月，頁 193-198。張端然，《日治時期瀛社之研究》，中國文化大學中國文學研究所碩士在職專班碩士論文，2003 年，頁 198。

郭鏡蓉（？～1928），字芙卿，又字鶴汀。故里新竹，初居新莊，再徙大稻埕，光緒間生員。乙未滄桑後，窮於糊口，乃改業爲卜以爲生計，曾爲《臺灣日日新報》記者，亦「瀛社」創社員，善製燈謎，後爲潘成清西席[233]。

陳鎭印

陳鎭印（？～1914），興直堡頭前莊人，泉籍，1904 年任臺北辦務署第 19 區庄長。明年，任保甲局長，1910 年任臺北製糖公司總辦，1909 年 4 月 27 日《臺灣日日新報》載有其〈閨花朝限虞韻〉，可知其應爲「瀛社」初期社員[234]。

曾省三

曾省三（？～1912），生年不詳，惟據大正 1 年 8 月 26 日《臺灣日日新報》4397 號〈編輯賸錄〉載「瀛社友曾省三氏去世，同人為之哀悼」云云，約可推知其卒年在大正元年。其加入瀛社應是瀛社第一期例會，〈閨花朝〉一題中首見作品。

劉振傳（學三）

劉振傳（？～1942），字學三，新竹人。善謎學，丁卯元宵，曾在稻江懸謎。爲「小鳴吟社」及「貂山吟社」社員。其加入「瀛社」，首見於 1923

---

233 郭海鳴，〈稻江選士錄〉，《臺北文物》2 卷 3 期，1953 年 11 月 15 日，頁 102。賴子清〈北市科舉題名錄〉，《臺北文物》6 卷 1 期，1957 年 9 月 1 日，頁 37。唐羽編撰，《基隆顏氏家乘・文徵篇》，基隆顏氏家乘纂修小組，1997 年 12 月，頁 981。張端然，《日治時期瀛社之研究》，中國文化大學中國文學研究所碩士在職專班碩士論文，2003 年，頁 190。卒年依《臺灣日日新報》10062 號〈人事欄〉載。

234 參見唐羽編撰，《基隆顏氏家乘・文徵篇》，基隆顏氏家乘纂修小組，1997 年 12 月，頁 977。

年 10 月《臺灣日日新報》8401 號〈吟會輪番重編〉名單[235]。

歐劍窗（菴星）

　　歐劍窗（？～1945.02.19）大稻埕人，號菴星。父歐陽德，原籍廣東新
會，弱冠，商於南洋。同治光緒間，輾轉至臺，贅於陳氏，生劍窗，以承
雙祧，故冠兩家姓，名陳歐陽籐。稍長，師事劍樓趙一山，因字「劍窗」，
篤學敦品，不求聞達。業成，建帳長樂街「浪鷗小築」，身教端謹，有聲於
時，北地受其薰陶者頗不乏人，乙未割臺，日人為配合殖民政策，以警察
嚴控戶籍，普察時，忌陳歐陽籐與日人姓字有混淆處，強改為陳歐籐。劍
窗大忿，廢不用，久之，遂不為人知。1925 年，為助施乾創「愛愛寮」募
集資金，與謝春木、連橫、張維賢等，組織新劇「星光劇團」，後改為「鐘
聲劇團」。在稻江籌設「潛社」，集風雅之士於一堂，嗣改為「北臺吟社」
任社長，亦曾加入「星社」、「瀛社」，首見於 1923 年 10 月《臺灣日日新報》
8401 號〈吟會輪番重編〉名單。日侵華戰爭時，劍窗倡言反勞務奉公，日
人以違反治安警察法，逮捕入獄，後卒於獄中[236]，平生以詩名，所作饒有
高致，筆法流轉，託旨遙深[237]。

---

235 劉篁村，〈艋舺人物志〉，《臺北文物》2 卷 1 期，1953 年 8 月，頁 31-32。唐羽編撰，
　　《基隆顏氏家乘・文徵篇》，基隆顏氏家乘纂修小組，1997 年 12 月，頁 1103。黃美
　　娥編，《日治時期臺北地區文學作品目錄》，臺北市文獻委員會，2003 年 2 月，頁
　　499-500。張端然，《日治時期瀛社之研究》，中國文化大學中國文學研究所碩士在職
　　專班碩士論文，2003 年，頁 191。
236 莊永明〈歷史上今天〉云：「不幸於一九四五年二月二十四日卒於獄中」，然《臺
　　北市志卷七・人物志》謂卒於 2 月 19 日，不知孰是？
237 見黃洪炎編，《瀛海詩集》，臺灣詩人名鑑刊行會發行，1940 年，頁 102-103。陳世
　　慶，〈星社〉，《臺北文物》4 卷 4 期，1956 年 2 月 1 日，頁 51-52。邱秀堂輯，〈臺北
　　七君子詩・歐劍窗先生詩存〉，《鯤海粹編》，中華民國史蹟研究中心，1980 年 3
　　月，頁 285。廉永英、崔仁慧合著，《臺北市志》卷九《人物志・賢德篇》，臺北
　　市文獻委員會，1991 年 10 月，頁 172-173、廉永英、崔仁慧合著，《臺北市志》
　　卷八《文化志・文學篇》，臺北市文獻委員會，1991 年 10 月，頁 104、黃美娥編，
　　《日治時期臺北地區文學作品目錄》，臺北市文獻委員會，2003 年 2 月，頁 19、
　　512-514。張端然，《日治時期瀛社之研究》，中國文化大學中國文學研究所碩士在職

蔡振芳

蔡振芳（？～1921），1910 年 1 月 11 日《臺灣日日新報》3509 號〈編輯日錄〉提到：「編輯中同人接宜蘭蔡君振芳惠函，託介紹入瀛社，詩有同心德不孤，瀛社之發展，即此可見一斑也。」其加入「瀛社」之前早已活躍於詩壇，自 1906 年 7 月 31 日～1920 年 6 月 23 日有爲數眾多的詩作見報，創作量大。1921 年 4 月 4 日《臺灣日日新報》的「詩壇」有〈輓蔡振芳君〉詩作，約可知其卒於是年。

蔡敦輝

蔡敦輝（？～1936），原隸「萃英吟社」，生平不詳，然據《臺灣日日新報》所載，其輪值「瀛社」多回，如 1923、1925～1927、1929～1934 年《臺灣日日新報》上均有輪值記錄，1924 年 9 月 6 日之《臺灣日日新報》8733 號〈瀛社題名錄〉亦見其名，1936 年 11 月 7 日《臺灣日日新報》「詩壇」有〈輓蔡敦輝詞兄〉、1936 年 11 月 19 日亦有〈輓蔡敦輝詞友〉諸作，可知其卒年爲 1936 年 11 月之前。1933 月 3 月 16 日《臺灣日日新報》上有「蔡敦輝氏免訴」的新聞，內容爲「臺灣新聞海山郡駐在記者蔡敦輝氏，前以恐喝嫌疑被拘⋯⋯因證據不十分，遂決定免訴云」，可知其職業與居住地。其詩作創作自 1922～1936 年間，數量眾多。

山口透（東軒）

山口透（？～？），號東軒。日治初期來臺之漢學家。漢詩及和歌作品頗多，已散佚，留存無多。爲日人之詩社組織「南雅社」社員，任職臺灣神社社司。戰後被遣返，從《臺灣日日新報》所刊詩作判斷，其在臺時與籾山衣洲、館森袖海、石川柳城、中村伯實均有交遊，時間在加入「瀛社」

專班碩士論文，2003 年，頁 202。《臺灣歷史人物小傳--明清暨日據時期》，國家圖書館 2003 年 12 月，頁 689。

之前，之後又與上山蔗菴、淡水相原來往，由 1936 年 3 月 13 日參與「南雅社三月例會」記錄來看，有可能為「南雅會」成員。其活躍於日治臺灣詩壇時間頗長，約自 1903 年 4 月 19 日～1936 年 3 月 13 日，超過 30 年時間，數量亦豐[238]。

中瀬秀次郎（溫岳）

中瀬秀次郎（？～？），號溫岳，日治初期來臺文人，生平事蹟不詳，為「玉山吟社」社員。屬「南菜園派」之詩人，「南菜園」係兒玉總督別墅，受兒玉延聘來臺之文人墨客，常在「南菜園」雅聚，詩酒聯歡。人稱南菜園派，而與之劃清界限。惟從《臺灣日日新報》1898 年 7 月 2 日、1899 年 6 月 1 日及 6 月 15 日贈與岡本韋庵的詩作來看，二人互動密切，此外也可詩題中看出其與日人神谷泳山、入田霞山的交遊，曾於 1909 年 4 月 3 日「瀛社」創立初期參與課題，而由 1914 年 10 月 19 日「南瀛詞壇」所載，應也參與過「淡社」，其活躍於日治臺灣詩壇時間頗長，約自 1898 年 7 月 2 日～1918 年 8 月 25 日，至少 20 年時間，數量亦豐[239]。

尤子樵

尤子樵（？～？），臺北人，本居大稻埕，後遷艋舺歡慈市，初學儒，後跟臺灣著名中醫學家黃玉階攻讀岐黃之術，特別對慢性疑難病症頗多治驗，與當時名醫鹿港乾、葉鍊金齊名。尤以婦科、傷寒之病症，每因中西醫診治罔效者，經他施治多轉危為安，被譽為臺北首屈一指的中醫。

---

238 黃美娥編，《日治時期臺北地區文學作品目錄》，臺北市文獻委員會，2003 年 2 月，頁 36、821-823。

239 該位詩人生平資料由瀛社現任社員陳榮弨先生執筆。詩作另可見廉永英、崔仁慧合著，《臺北市志》卷八《文化志‧文學篇》，臺北市文獻委員會，1991 年 10 月，頁 121。黃美娥編，《日治時期臺北地區文學作品目錄》，臺北市文獻委員會，2003 年 2 月，頁 37、824-828。

王小嵐

　　王小嵐（？～？），臺北市人，「北臺吟社」社員，曾師事趙一山攻究日文，後從歐劍窗學，曾於昭和 12 年 2 月 2 日《詩報》146 號有詩，並加入「瀛社」次級團體「同意吟會」，據《瀛海詩集》出版時間，可知其於1940 年時尚存[240]。

王子鶴

　　王子鶴（？～？），爲「星社」社員，號「孤星」，生卒年月及里方不詳，然於明治 44 年 1 月 25 日《臺灣日日新報》3816 號「開擊鉢吟」提到：「瀛社中央部有志者，於去三日午前十時，在倪炳煌君巢睫別墅，開擊鉢吟會，左右詞宗以掣籤爲定，倪炳煌君得左，黃菊如君得右，首唱命題〈褒菊〉，拈十四寒韻，左右元均屬王子鶴君。」而明治 44 年 11 月 1 日《臺灣日日新報》4107 號「開擊鉢吟」則言及「瀛社中央擊鉢吟會，者番值東爲黃菊如、王子鶴二君」，可知王子鶴當爲「瀛社」次級團體「中央部擊鉢吟會」的重要成員[241]。

王少汀

　　王少汀（？～？），生平不詳。與其同時另有郭少汀，故單署名「少汀」的詩作，難以判斷爲誰所作。其詩作〈泥痕〉發表在《詩報》146 號，時間爲昭和 12 年 2 月 2 日，可知其活躍於詩壇時間約在此時。至於《詩報》144 號詩題〈牽牛花〉一詩，因署名僅有「少汀」，不確定是何人之作。

王文育

240 黃洪炎編，《瀛海詩集》，臺灣詩人名鑑刊行會發行，1940 年，頁 3。
241 參見唐羽編撰，《基隆顏氏家乘・文徵篇》，基隆顏氏家乘纂修小組，1997 年 12月，頁 1066。

王文育（？～？），生平不詳，其詩作見於 1979 年 8 月《詩文之友》295 期，時「瀛社」創立 70 週年紀念大會，詩題爲〈老松〉。

王天柱

王天柱（？～？），臺北人，生平不詳，惟由《臺灣日日新報》上刊載其詩作時間，可知其活躍於「瀛社」時間約在 1912～1913 年左右[242]。

王自新（湯銘）

王自新（？～？），字湯銘，艋舺人，世居祖師廟口。亦「瀛社」創社員，與倪炳煌同師泉州茂才粘冠文，爲人謙謹敦厚，亦善謎學。嘗任職《臺灣日日新報》[243]。

王在寬

王在寬（？～？），生平不詳，僅知其曾參與「瀛社」擊鉢吟會，就刊載詩作時間判斷，其活躍詩壇的時間當在 1925 年 2 月～1932 年 8 月左右。

王觀漁

王觀漁（？～？），福建金門人，曾任國大代表、《中華詩苑》副社長，《詩文之友》雜誌社副社長。

伊藤賢道（壺溪）

---

242 唐羽編撰，《基隆顏氏家乘・文徵篇》，基隆顏氏家乘纂修小組，1997 年 12 月，頁 1020。

243 唐羽編撰，《基隆顏氏家乘・文徵篇》，基隆顏氏家乘纂修小組，1997 年 12 月，頁 1003。黃美娥編，《日治時期臺北地區文學作品目錄》，臺北市文獻委員會，2003 年 2 月，頁 106-107。張端然，《日治時期瀛社之研究》，中國文化大學中國文學研究所碩士在職專班碩士論文，2003 年，頁 191。

伊藤賢道（？～？），筆名壺溪。大正、昭和年間旅臺詩人，曾任職《臺灣日日新報》社爲編輯長，久保天隨執教臺北帝大，組「南雅社」，壺溪與焉[244]。

安江五溪

安江五溪（？～？），日籍，里方失詳，明治間旅臺14年。平生以書法聞名，與此間學士文人甚款洽。所至以提倡風雅爲己任，居臺南時入「浪吟吟社」，後「瀛社」成立，亦加盟之。明治43年春將歸田，順遊蘇杭，北臺人士爲倡「千書會」以志之[245]。

朱四海

朱四海（？～？），生平不詳，惟從《臺灣日日新報》刊載詩作，可知其爲「瀛社」初期社員，活動時間約在1909年4月7日～1909年11月14日間，詩作有〈和瀛社即事二首〉、〈閏花朝限虞韻〉、〈松濤限陽韻〉等，均爲「瀛社」課題。其於1910年1月7日尚有〈勅題新年雪恭賦〉一詩。

朱俊英（三鶴）

朱俊英（？～？），字三鶴。清淡水縣人。少肄業於「登瀛書院」，以詩書聞名，爲「瀛社」中堅，亦參加「萃英吟社」。性好善舉，凡地方建設無不悉力以赴，1920年，大稻埕佛教青年會設於慈善宮北廂，男女學生200人，由朱氏教授習字。1921年，《臺灣日日新報》刊載新春紙上書畫展，展出其與鄭神寶、總督田健治郎等書跡。1923年義賣書畫，捐金參與東京

---

244 唐羽編撰，《基隆顏氏家乘・文徵篇》，基隆顏氏家乘纂修小組，1997年12月，頁1005。黃美娥編，《日治時期臺北地區文學作品目錄》，臺北市文獻委員會，2003年2月，頁40。

245 詩作可見廉永英、崔仁慧合著，《臺北市志》卷八《文化志・文學篇》，臺北市文獻委員會，1991年10月，頁124。唐羽編撰，《基隆顏氏家乘・文徵篇》，基隆顏氏家乘纂修小組，1997年12月，頁984，

震災。對臺北孔廟重修尤多貢獻[246]。

朱煥奎

朱煥奎（？～？），生卒年月及里方不詳，惟其詩作〈送雲年社兄東遊〉刊於大正 2 年 4 月 22 日漢文《臺灣日日新報》第 4626 號，並擔任大正 2 年 4 月 23 日漢文《臺灣日日新報》第 4628 號詩作〈漁翁〉詞宗，亦有詩作刊載於是期[247]。

江聯柱（耕雨）

江聯柱（？～？），字耕雨，1920 年 4 月 2 日《臺灣日日新報》刊有其日文短詩，1920 年 9 月 5 日有「打狗百菊吟社」的八月課題詩載於報上，顯示其除「瀛社」外，可能亦參與打狗的「百菊吟社」。

何秀山

何秀山（？～？），生平不詳，惟從 1909 年 3 月 19 日《臺灣日日新報》刊載詩作判斷，可知其為「瀛社」初期社員，其於報刊發表者，最早為 1899 年 8 月 13 日的俳句，而後發表者亦包含短詩，其活躍於日治臺灣詩壇時間頗長，約自 1899 年 8 月 13 日～1929 年 1 月 5 日，約 30 年時間。

何從寬

何從寬（？～？），原隸「潛社」，生平不詳，1924 年 9 月 6 日《臺灣日日新報》8733 號〈瀛社題名錄〉載新社員部分載有其名。1924 年、1926

---

246 廉永英、崔仁慧合著，《臺北市志》卷八《文化志·文學篇》，臺北市文獻委員會，1991 年 10 月，頁 99、《翰墨珠林 —— 臺灣書法傳承展作品集》，淡江大學文錙藝術中心，2004 年 4 月，頁 130。

247 唐羽編撰，《基隆顏氏家乘·文徵篇》，基隆顏氏家乘纂修小組，1997 年 12 月，頁 1015。

年《臺灣日日新報》上均有輪值記錄。

何榮峰

何榮峰（？～？），生平不詳，加入「瀛社」之前，即於 1903 年 7 月 25、30、31 日發表〈觀光日誌〉於《臺灣日日新報》上，並有詩作〈五月懷友渡鷺〉，爲「瀛社」早期社員，於 1909 年陸續參與課題，詩作有〈閩花朝限虞〉、〈櫻花限侵韻〉、〈松濤限陽韻〉等，其於詩壇活動時間約於 1903 年 7 月 25 日～1925 年 6 月 17 日左右。

吳成碧

吳成碧（？～？），生平不詳，1934 年《臺灣日日新報》上有其輪值記錄。

吳金土（懷淇）

吳金土（？～？），生平不詳，《臺灣日日新報》刊載其詩作時間約自 1930～1936 年左右，然據《臺灣日日新報》所載，其輪值「瀛社」多回，如 1929 年、1930 年、1931 年、1932、1933 年、1934 年、1935 年《臺灣日日新報》上均有輪值記錄，1937 年、1938 年、1939 年《風月報》亦有輪值消息。可知其於 1930～1939 年間均有活動紀錄。亦爲倪炳煌於昭和 5 年所創之「燈謎文社」成員[248]。

吳美輪

吳美輪（？～？），艋舺人，1919 年 5 月 14 日《臺灣日日新報》6791 號〈編輯日錄〉提到其入社「艋舺陳古漁、吳美輪兩氏，新加入瀛社，此

---

248 黃文虎，〈臺北謎學史〉，《臺北文物》4 卷 4 期，1956 年 6 月，頁 118。黃美娥編，《日治時期臺北地區文學作品目錄》，臺北市文獻委員會，2003 年 2 月，頁 109。

回來十五日春季聯合會，兩氏頗熱心籌備……」，可知其活動時間約與陳郁文同時[249]。

吳茂如

吳茂如（？～？），生卒年月及里方不詳，僅知曾爲「淡北吟社」成員，而「淡北吟社」至大正 12 年 10 月 15 日的「瀛社聯吟會會期」已正式成爲值東，故其若爲「瀛社」成員，當是此時加入[250]。

吳壽星

吳壽星（？～？），基隆人，居仙洞，從營建工事[251]。

吳鍾英（克明）

吳鍾英（？～？），字克明，性善詼諧，有曼倩之譽，器識文藝，亦卓爾不群，唯屢試不售，但遂捐貢之願，晚年於竹子寮老家舌耕以終其身，書房名「勿負齋」，聞故艋舺區長吳昌才與黃菊如前輩，均曾師事之[252]。

呂瑞珍（獻圖）

呂瑞珍（？～？），字獻圖，世居基隆市，民初參加「小鳴吟社」，常與吟侶雅契唱和，鴻藻高才，頗負時譽。亦「瀛社」社員[253]。

---

249 參閱大正 8 年 5 月 14 日《臺灣日日新報》6791 號「編輯賸錄」。

250 參見唐羽編撰，《基隆顏氏家乘・文徵篇》，基隆顏氏家乘纂修小組，1997 年 12 月，頁 1123。

251 唐羽編撰，《基隆顏氏家乘・文徵篇》，基隆顏氏家乘纂修小組，1997 年 12 月，頁 1086。

252 見黃文虎，〈艋舺舊文人回憶錄〉，《臺北文物》2 卷 1 期，1953 年 4 月 15 日，頁 38。

253 唐羽編撰，《基隆顏氏家乘・文徵篇》，基隆顏氏家乘纂修小組，1997 年 12 月，頁 1119。基隆詩學會編輯，《雨港古今詩選》，基隆市立文化中心，1998 年 8 月，頁 72、陶一經編，《基隆市志・藝文篇》，基隆市政府，2003 年 4 月，頁 48。

李天民（學樵）

李天民（？～？），字學樵，號鳴皋、詩瓢，以字行，臺北雙連埤人，約生於光緒年間（1875～1880），工詩、能書、善畫，為朱少敬得意門生，初習水彩，後棄之而專意於八大、石濤，以簡明疏放勝，尤善畫蟹、菊、竹，尤精百蟹圖，1915 年 2 月 27 日《臺灣日日新報》5277 號〈編輯日錄〉提到其入「瀛社」：「稻江杜冠文、李學樵兩君，願加入瀛社擊鉢吟會……」，著有《葛廬吟稿》、《浮海集》[254]。

李少麓

李少麓（？～？），生平不詳，其加入「瀛社」時間可見 1910 年 9 月 26 日《臺灣日日新報》3726 號〈編輯日錄〉：「瀛社設立……今又有泉郡張汝垣、張大藩、許孟搏、李少麓諸君遙賜朵雲，附〈網溪泛月〉及〈秋閨〉兩瀛社課題諸佳搆，望為社友。……」，1910 年 11 月 11 日報載其參與「瀛社」觀菊會並載有詩作，1910 年 11 月 11 日、1910 年 11 月 14 日、1911 年 1 月 16 日、1911 年 8 月 9 日、1915 年 8 月 8 日亦有詩作刊載，故約可推斷其在 1910～1915 年間有活動記錄。

李白水

李白水（？～？），1922 年，與張晴川、莊于喬、郭春城、劉育英等 40 餘人，組織「淡北吟社」。

---

254 黃洪炎編，《瀛海詩集》，臺灣詩人名鑑刊行會發行，1940 年，頁 18。毛一波，〈臺北縣詩略〉，《北縣文獻》2 期，1956 年 4 月，頁 417。廉永英、崔仁慧合著，《臺北市志》卷九《人物志·賢德篇》，臺北市文獻委員會，1991 年 10 月，頁 205、廉永英、崔仁慧合著，《臺北市志》卷八《文化志·文學篇》，臺北市文獻委員會，1991 年 10 月，頁 105、唐羽纂《基隆顏氏家乘·文徵篇》，基隆顏氏家乘纂修小組，1997 年 12 月，頁 1130。林金田、蕭富隆編，《臺灣早期書畫專輯》，國史館臺灣文獻館，2003 年，頁 198。黃美娥編，《日治時期臺北地區文學作品目錄》，臺北市文獻委員會，2003 年 2 月，頁 16、143-160。

李如圭（聯璧）

李如圭（？～？），字聯璧，1911 年 3 月 2 日《臺灣日日新報》上有「社友李聯璧君留學內地賦此誌送」的訊息，可知其曾於 1911 年到過日本，其詩作刊載於《臺灣日日新報》，1909 年 3 月 14 日《臺灣日日新報》日文版第 3259 號刊載〈花朝後一日瀛社初集席上聯句用柏梁體〉聯句及 1909 年 3 月 20 日有〈瀛社雅集即事得榮字〉、1909 年 4 月 24 日〈閏花朝限虞韻〉，可知其為「瀛社」創社及初期社員，1931 年 1 月 25 日有〈屯山積雪〉，可以確認 1909～1931 為其活動時間。1931 年、1932 年、1933 年、1934 年《臺灣日日新報》上均有輪值記錄。

李金燦（蒸業）

李金燦（？～？），字蒸業，號星樵，大稻埕人。營「然來商行」於該地，為糖、米、什穀批發價，亦「瀛社」創社員[255]。

李思齊

李思齊（？～？），生平不詳，1936 年 2 月 3 日《臺灣日日新報》刊有其詩作，可知其於此時尚存。

李悌欽

李悌欽（？～？），原隸「萃英吟社」，生平不詳，然據《臺灣日日新報》所載，其輪值「瀛社」許多回，如 1923 年、1925 年、1926 年、1927 年、1929 年、1930 年、1931 年、1932 年、1933 年、1934 年、1936 年《臺

---

255 黃洪炎編，《瀛海詩集》，臺灣詩人名鑑刊行會發行，1940 年，頁 15。唐羽編撰，《基隆顏氏家乘‧文徵篇》，基隆顏氏家乘纂修小組，1997 年 12 月，頁 981。張端然，《日治時期瀛社之研究》，中國文化大學中國文學研究所碩士在職專班碩士論文，2003 年，頁 205。

灣日日新報》上均有輪值記錄，1937 年、1938 年、1939 年《風月報》上亦有輪值消息，並可於 1924 年 9 月 6 日之《臺灣日日新報》8733 號〈瀛社題名錄〉見其名。若在對照其詩作刊載，可知其活躍詩壇時間當在 1918～1939 左右[256]。

李慶賢（思齊）

李慶賢（？～？），字思齊，臺北市人，生平不詳，1914 年 4 月 26 日《臺灣日日新報》上刊載其和短詩，此後要到 1935 年 8 月 27 日《臺灣日日新報》「瀛社例會來月欲改組」提到「林子惠氏報告經綸織襪廠李慶賢氏寄附襪二十雙，並欲入社」，可知其入社時間，而 1936 年 6 月 1 日及 1937 年 2 月 10 日才有漢詩作品，可推知其活動時間約在 1914～1937 年間[257]。

李曉山（毓淇）

李曉山（？～？），字毓淇，生平事蹟不詳，惟從《臺灣日日新報》曾於 1909 年、1909 年 7 月 25 日、1909 年 7 月 27 日「瀛社」創立初期參與課題，並早在「瀛社」創立之前就有詩作發表，1907 年 9 月 1 日有〈追輓黃先生植亭〉的詩作，其活躍於日治臺灣詩壇時間約自 1904 年 1 月 8 日～1915 年 11 月 10 日左右。

村田天民

村田天民（？～？），日人，曾任《臺灣日日新報》社副社長[258]。

---

256 黃美娥編，《日治時期臺北地區文學作品目錄》，臺北市文獻委員會，2003 年 2 月，頁 123-124。

257 黃洪炎編，《瀛海詩集》，臺灣詩人名鑑刊行會發行，1940 年，頁 20。黃美娥編，《日治時期臺北地區文學作品目錄》，臺北市文獻委員會，2003 年 2 月，頁 139-143。

258 見《臺灣日日新報》3324 號〈編輯日錄〉。

杜天賜（仰山）

杜天賜（？～？），字仰山，號劍星、爾瞻、去非、衡南、景軒，臺北大龍峒人，趙一山得意門生，與駱香林、吳夢周、李騰嶽並稱四弟子。日人領臺，讀書益勤，暇則吟詩遣興，嘗與張純甫，歐劍窗、林述三等結「星社」，按期集會，或擊鉢催詩，或擎杯聯句，黍離麥秀，體婉情深。後設帳授徒，桃李滿門，人以「杜夫子」尊之。詩學老杜，善用典故，古詩長篇，用字平仄拘謹，造句敦厚，音韻鏗鏘[259]。

杜冠文（寄山）

杜冠文（？～？），號寄山，在大稻埕設帳授徒多年，桃李滿門。1915年2月27日《臺灣日日新報》5277號〈編輯日錄〉提到其入社：「稻江杜冠文、李學樵兩君，願加入瀛社擊鉢吟會……」，1922年，與劉得三茂才倡組「淡北吟社」，任副社長，於宏揚詩教，貢獻頗多。其活躍於詩壇的時間，見諸《臺灣日日新報》者，約自1915～1928年左右，顯示其於1928年尚存。戰後過世，確實年月待考[260]。

沈桂村

沈桂村（？～？），世居基隆市，少讀書，有遠志，獨擅詩詞。1924年入「瀛社」，1931年，與顏受謙組「復旦吟社」，扢揚風雅，爲該社中堅

---

259 黃洪炎編，《瀛海詩集》，臺灣詩人名鑑刊行會發行，1940年，頁6。陳世慶，〈星社〉，《臺北文物》4卷4期，1956年2月1日，頁57-58。《臺北市志》卷七《人物志》，臺北市文獻委員會，1960年，頁108。廉永英、崔仁慧合著，《臺北市志》卷九《人物志·賢德篇》，臺北市文獻委員會，1991年10月，頁255、廉永英、崔仁慧合著，《臺北市志》卷八《文化志·文學篇》，臺北市文獻委員會，1991年10月，頁80、黃美娥編，《日治時期臺北地區文學作品目錄》，臺北市文獻委員會，2003年2月，頁16-17、163-171。張端然，《日治時期瀛社之研究》，中國文化大學中國文學研究所碩士在職專班碩士論文，2003年，頁205。
260 該位詩人生平資料由瀛社現任社員陳榮岠先生執筆。

沈景峰

　　沈景峰（？～？），生平不詳，1924 年 9 月 6 日之《臺灣日日新報》8733 號〈瀛社題名錄〉所載，其係「個人報名經銓選者」，僅有詩作見於 1924 年 11 月 19 日《臺灣日日新報》。1924 年、1925 年、1926 年《臺灣日日新報》上均有輪值記錄，從其被歸爲「基隆期外組」來看，可知其應爲基隆人士。

宋麗東

　　宋麗東（？～？），生平不詳，其詩作〈醉西施〉、〈嘴花〉、〈紹介狀〉分別見於《詩報》133、142、147 期，時間自昭和 11 年 7 月 16 日～昭和 12 年 2 月 19 日，其詩壇活動時間約在此時。

赤石定藏

　　赤石定藏（？～？），早稻田大學畢業，《臺灣日日新報》第 3 任社長，亦署何陋菴、何陋菴主人。大正 10 年，總督府評議會員，1924 年 4 月 11 日《臺灣日日新報》上有「赤石定藏氏來臺」的報導[262]。

周水炎（清流）

　　周水炎（？～？），原隸「潛社」，生平不詳，1924 年 9 月 6 日《臺灣日日新報》8733 號〈瀛社題名錄〉新社員部分載有其名。1932 年 5 月 31

261　基隆詩學會編輯，《雨港古今詩選》，基隆市立文化中心，1998 年 8 月，頁 83，
　　　陶一經編，《基隆市志・藝文篇》，基隆市政府，2003 年 4 月，頁 42。惟二書均
　　　作「沈桂川」。
262　參見王一剛，〈日籍紳商人物誌〉，《臺北文物》2 卷 4 期，1954 年 1 月，頁 92。唐
　　　羽編撰，《基隆顏氏家乘・文徵篇》，基隆顏氏家乘纂修小組，1997 年 12 月，頁 1047。

日《臺灣日日新報》11545 號「瀛社擊鉢吟例會盛況」提到「次由倪炳煌介紹新加入陳友梅、周水炎二氏」，周火炎於該號作周水炎，應即周清流，往後之輪值表，皆以周清流爲稱，更無周火炎其人。1924 年、1926 年、1932年、1933《臺灣日日新報》上均有輪值記錄。

周紹基（笏臣）

周紹基（？～？），字笏臣，生平不詳，1909 年 4 月 18 日《臺灣日日新報》載有其〈閨花朝限虞韻〉，可知其爲「瀛社」創社初期社員。明治43 年 10 月 14 日漢文《臺灣日日新報》第 3742 號「雜報・議逐出社」云：「僑寓大稻埕震和街羅秀惠，因貪圖故孝廉賴文安之寡妻蔡氏碧吟家資（氏守節已歷十數年），謀贅其家，與前妻王氏罔市離緣，其事舺舺周笏臣實左右之，凡有奸人來往交涉及音信，均送到周家，近惡事將成，市內士紳咸抱不平，激動公憤，瀛社同人有以二人爲該社員，有玷衣冠，且違犯該社章程，擬爲逐出，以昭公論……」。可知其因涉入羅秀惠與蔡碧吟、王香禪三角事件而遭除名。

周磐石

周磐石（？～？），生平不詳，僅知其爲「萃英吟社」社員，並見諸大正 13 年 9 月 6 日之《臺灣日日新報》8733 號〈瀛社題名錄〉，由於「瀛社」中另一社員盧子安，其字爲「磐石」，二人活動時間相近，故難以判定署名「磐石」者係何人之作？僅能確知 1926 年 8 月 14 日《臺灣日日新報》刊載〈吾人之花柳病觀〉爲其作。

周水郊（春坰）

周水郊（？～？），字春坰，一字宗輝，號隱侯。嗜酒。作謎工於著意。首見於昭和 6 年 10 月《臺灣日日新報》第 11302 號各月輪值名單。亦爲倪

炳煌於昭和 5 年所創之「燈謎文社」成員[263]。

林水汶（淇園）

林水汶（？～？），字淇園，居基隆獅球嶺，築「海濤齋」，設塾授課。曾執教鞭於臺北市立大同中學，信奉道教，爲「大同吟社」社員，詩才橫溢，翰苑馳名，著有《海濤齋隨筆》、《淇園吟草》[264]。

林江郁（蘭汀）

林江郁（？～？），號蘭汀，日治時曾更名牧原郁，臺北市人，畢業於國語學校師範部，并執教該校多年，獲授勳位。又從事督府文教局編纂，曾漫遊東粵。光復後出任臺北市政府科長等職。曾參與創設「松社」，1972年任第 3 任社長，《松社吟集》之刻板多出其手。並曾任「中華民國傳統詩學會」理事。所居士林有「尺園」，常集韻士吟詠爲樂[265]。

林希文

林希文（？～？），生平不詳，《臺灣日日新報》刊載其詩作有〈松濤限陽韻〉、〈冰花〉等，作品發表集中在 1909～1910 年，活動時間約是 1909～1916 左右。

---

263 黃文虎，〈臺北謎學史〉，《臺北文物》4 卷 4 期，1956 年 6 月，頁 119

264 林子惠、張作梅、莊幼岳合著〈瀛社記事補遺〉，《臺北文物》5 卷 2、3 期，1957年 1 月 15 日，頁 88。基隆詩學會編輯，《雨港古今詩選》，基隆市立文化中心，1998 年 8 月，頁 89、陶一經編，《基隆市志・藝文篇》，基隆市政府，2003 年 4月，頁 34-35。

265 黃洪炎編，《瀛海詩集》，臺灣詩人名鑑刊行會發行，1940 年，頁 35。中華民國傳統詩學會編，《傳統詩集》1，中華民國傳統詩學會出版，1979 年，頁 14。廉永英、崔仁慧合著，《臺北市志》卷八《文化志・文學篇》，臺北市文獻委員會，1991 年10 月，頁 92。吳建民，〈松山探源尋根〉，《松友月刊》創刊號，1998 年 12 月 20 日，頁 75。林正三，《松山地區之古老詩社－松社》，文史哲出版社，2005 年，頁 18、39-40。亦據 2003 年 8 月 23 日林韓堂口述資料。

林其美（青蓮）

林其美（？～？），字青蓮，淡水郡人。曾任鎮公所要職，後設帳授徒。參加「星社」、「瀛社」等，其詩作刊載於《臺灣日日新報》、《昭和新報》、《臺灣新民報》、《風月報》、《興南新聞》等，約自 1911～1943 年均有詩作發表[266]。

林衍三

林衍三（？～？），基隆人，業代書。曾爲「貂山吟社」社員[267]

林峨士

林峨士（？～？），生平不詳，曾創作〈閨花朝〉一詩，可知其爲「瀛社」早期社員，1909 年 8 月 22 日《臺灣日日新報》上刊有其詩作〈松濤限陽韻〉。

林益岳（聯五）

林益岳（？～？），字聯五，號養園，板橋人，清末童生，創社員，〈雅集即事〉一題有詩。著有《謎稿》[268]。

林清江（笑濤）

---

266 黃洪炎編，《瀛海詩集》，臺灣詩人名鑑刊行會發行，1940 年，頁 26。陳世慶，〈星社〉，《臺北文物》4 卷 4 期，1956 年 2 月 1 日，頁 54。毛一波，〈臺北縣詩略〉，《北縣文獻》2 期，1956 年 4 月，頁 420。

267 唐羽編撰，《基隆顏氏家乘·文徵篇》，基隆顏氏家乘纂修小組，1997 年 12 月，頁 1004。黃鶴仁著，《貂山吟社史研究》，自印本，2000 年 12 月。黃美娥編，《日治時期臺北地區文學作品目錄》，臺北市文獻委員會，2003 年 2 月，頁 12、214-218。

268 鄭喜夫，〈臺北著述志稿〉，《臺北文獻》直字 69 期，1984 年 9 月，頁 10。張端然，《日治時期瀛社之研究》，中國文化大學中國文學研究所碩士在職專班碩士論文，2003 年，頁 192。

　　林清江（？～？），字笑濤，1924 年 9 月 6 日之《臺灣日日新報》8733
號〈瀛社題名錄〉所載，其係「個人報名經銓選者」，其後於 1924 月 10 月
28~1930 月 1 月 3 日積極發表詩作，其活躍詩壇時間當在此時。

林清富

　　林清富（？～？），生平不詳，板橋人，然 1910 年 8 月 23 日《臺灣日
日新報》「瀛社例會會況」提到「去廿一日星期日開瀛社例會於枋橋林清富
君處，出席者二十有名，基隆顏許二社友亦到，課題為〈秋閨〉不拘體韻
也。」可知其為社員。

林欽賜

　　林欽賜（？～？），臺北市人，為「瀛社」社員，著有《瀛洲詩集》、《西
河林氏族譜》、《質樸公派世系圖》等[269]

林超英

　　林超英（？～？），生平不詳，1909 年 4 月 27 日《臺灣日日新報》刊
載其〈閨花朝限虞韻〉，可知其為「瀛社」早期社員，於詩壇活動時間見諸
於報上者，約在 1909～1910 年左右。

林夢仙

　　林夢仙（？～？），生平不詳，《臺灣日日新報》上註明其原隸「高山
文社」，並有詩作見於《臺灣日日新報》，從詩作發表時間約可確知其活動
時間至少在 1923 年 1 月 4 日～1924 年 8 月 21 日左右。

林夢梅

---

269 鄭喜夫，〈臺北著述志稿〉，《臺北文獻》直字 69 期，1984 年 9 月，頁 38。

林夢梅（？～？），嘗居臺北市日新町。生平不詳，然據《臺灣日日新報》所載，其輪值「瀛社」多回，如 1923 年、1925 年、1926 年、1927 年、1929 年、1931 年《臺灣日日新報》上均有輪值記錄，1937 年、1938 年、1939 年《風月報》亦有輪值消息，1924 年 9 月 6 日之《臺灣日日新報》8733 號〈瀛社題名錄〉亦有其名，其詩作數量極多，時間跨幅亦長，約自 1915 ～1939 年左右[270]。

林錦文

林錦文（？～？），原隸「潛社」，生平不詳，1924 年 9 月 6 日《臺灣日日新報》8733 號〈瀛社題名錄〉載新社員部分載有其名。1924 年《臺灣日日新報》上有其輪值記錄。

林靄人

林靄人（？～？），生平不詳，1937 年 11 月 1 日《風月報》51 號載有其名，擔任輪值。

邵福日

邵福日（？～？），生平不詳，《臺灣日日新報》刊載其詩作係自 1924 年 1 月 1 日始，其加入「瀛社」，當是參與擊鉢吟會之故，如 1928 年 3 月 12 日、1932 年 10 月 9 日均有詩作見諸報刊，1925 年、1926 年、1927 年、1929 年、1930 年、1931 年、1932 年《臺灣日日新報》上均有輪值記錄。活動於詩壇時間約為 1924 年 1 月~1932 年[271]。

---

[270]黃洪炎編，《瀛海詩集》，臺灣詩人名鑑刊行會發行，1940 年，頁 119。黃美娥編，《日治時期臺北地區文學作品目錄》，臺北市文獻委員會，2003 年 2 月，頁 250-254。

[271]唐羽編撰，《基隆顏氏家乘·文徵篇》，基隆顏氏家乘纂修小組，1997 年 12 月，頁 1123。

施逸樵

施逸樵（？～？），生平不詳，1923 年、1924 年、1925 年《臺灣日日新報》上均有輪值記錄。1924 年 9 月 6 日《臺灣日日新報》8733 號〈瀛社題名錄〉載新社員部分載有其名。

洪玉明

洪玉明（？～？），臺北艋舺人。於夢覺齋書塾修漢學，為「高山文社」創社社員，後復加入「瀛社」、「天籟吟社」等。據《臺灣日日新報》所刊訊息，其於 1923 年、1924 年、1925 年、1926 年、1931 年、1932 年、1933 年、1934 年、1936《臺灣日日新報》上有輪值記錄，1936 年、1938 年《風月報》亦有輪值消息，並曾出現 1924 年 9 月 6 日之《臺灣日日新報》8733 號〈瀛社題名錄〉，曾任職於《臺灣日日新報》社，戰後初期仍健在，其生卒年月待查，遺留詩作亦少[272]。

洪汝霖

洪汝霖（？～？），生平不詳，據《臺灣日日新報》所刊訊息，其於 1923 年《臺灣日日新報》上有輪值記錄，若對照其刊載詩作，活躍於詩壇的時間見諸報紙者，約在 1923～1925 年間。

洪陽生

洪陽生（？～？），生平不詳。其詩作集中發表在《詩報》，如〈詩派〉、〈酒債〉、〈醉西施〉、〈嘴花〉、〈牽牛花〉、〈泥痕〉、〈紹介狀〉、〈題雞籠〉、〈墨牡丹〉、〈病醫〉、〈秋痕〉、〈燭淚〉、〈雪山〉、〈水鏡〉、〈子曰店〉、〈過溝菜〉、〈虎尾蘭〉、分別刊於《詩報》123、130、133、142、144、146、151、

---

[272] 該位詩人生平資料由瀛社現任社員陳榮弮先生執筆。亦參見潘玉蘭，《天籟吟社研究》，國立臺灣師範大學國文學系在職進修碩士班碩士論文，2004 年，頁 118。

161、162、163、164、167、171、196、197、262 期，時間自昭和 11 年 2 月 15 日～昭和 16 年 12 月 17 日，可知其活躍於詩壇時間約在此時。

翁寶樹

翁寶樹（？～？），歐劍窗弟子，原隸「潛社」，後入「瀛社」。任「星光新劇團」編劇，偶亦參與演出。光復後居寧夏路，甚少於騷壇活動[273]。

高木火

高木火（？～？），生平不詳，1934 年《臺灣日日新報》上有輪值記錄。

高峻極

高峻極（？～？），生平不詳，惟從《臺灣日日新報》刊載詩作，可知其為「瀛社」初期社員，時間集中在 1909～1910 年，詩作有〈櫻花限侵韻〉、〈五月渡瀘限歌韻〉、〈七夕限麻韻〉、〈淡江初秋限微韻〉、〈冰花〉，至於其詩壇活動時間約至 1913 年，曾有「留別蘭陽仰山吟社詞友」詩作，只知其與仰山吟社有關，但不確定是否為社員。

高朝宗

高朝宗（？～？），生平不詳，《臺灣日日新報》1909 年 4 月 30 日刊載其詩〈閨花朝限虞韻〉，1909 年 9 月 24 日有〈江村首夏〉，1911 年 1 月 28 日有〈祝懇親會次朝宗同族瑤韻〉，可確知其於 1909～1911 活動。

高樹木（肇藩）

高樹木（？～？），字士穆，又名肇藩，號壁星、詩星、君屏，大稻埕

---

273 該位詩人生平資料由瀛社現任社員陳榮弡先生執筆。

人。少師林述三氏，後與吳夢周、杜仰山等結芝蘭契。參加「星社」，詩工近體，尤爲擊鉢能手，與蔡痴雲成左右將軍。曾任《臺灣新聞》漢文通訊記者。高氏賦性溫柔，惜壽不長，於抗戰中病卒，享年近 40[274]。

康菊人

康菊人（？～？），生平不詳，《臺灣日日新報》上註明其原隸「潛社」，曾參與「瀛社」擊鉢吟會，並有詩作見於 1924 年 10 月 25 日《臺灣日日新報》。1924 年、1926 年《臺灣日日新報》上均有輪值記錄。1924 年 9 月 6 日《臺灣日日新報》8733 號〈瀛社題名錄〉載新社員部分載有其名。

張大藩

張大藩（？～？），生平不詳，其加入「瀛社」，可見 1910 年 9 月 26 日《臺灣日日新報》3726 號〈編輯日錄〉：「瀛社設立……今又有泉郡張汝垣、張大藩、許孟搏、李少麓諸君遙賜朵雲，附〈網溪泛月〉及〈秋閨〉兩瀛社課題諸佳搆，望爲社友。足見斯文一脈，無論天南地北，自有聲相應，而氣相求也……」

張小山（振東）

張小山（？～？），字振東，生平不詳，但於「瀛社」創社初期，積極參與社中課題活動，《臺灣日日新報》上刊載其詩作如 1909 年 3 月 24 日〈瀛

---

274 黃洪炎編，《瀛海詩集》，臺灣詩人名鑑刊行會發行，1940 年，頁 47。陳世慶，〈星社〉，《臺北文物》4 卷 4 期，1956 年 2 月 1 日，頁 51。唐羽編撰，《基隆顏氏家乘・文徵篇》，基隆顏氏家乘纂修小組，1997 年 12 月，頁 1090。廉永英、崔仁慧合著，《臺北市志》卷八《文化志・文學篇》，臺北市文獻委員會，1991 年 10 月，頁 103。黃美娥編，《日治時期臺北地區文學作品目錄》，臺北市文獻委員會，2003 年 2 月，頁 18、328-343，惟該文將字號之一「君屏」誤爲「軍屏」。張端然，《日治時期瀛社之研究》，中國文化大學中國文學研究所碩士在職專班碩士論文，2003 年，頁 192。

社詩雅集即事得泓字〉、1909 年 4 月 25 日有〈閏花朝限虞韻〉等，後 1909
年 8 月 20 日、9 月 30 日、11 月 12 日、12 月 2 日、1910 年 10 月 27 日均
有詩作刊載，可知其活躍於「瀛社」時間約在 1909～1910 年左右。

張汝垣

張汝垣（？～？），1910 年 9 月 26 日《臺灣日日新報》3726 號〈編輯
日錄〉提到其入社：「瀛社設立……今又有泉郡張汝垣、張大藩、許孟搏、
李少麓諸君遙賜朵雲，附〈網溪泛月〉及〈秋閨〉兩瀛社課題諸佳搆，望
為社友。……」1910 年 11 月 11 日開始有詩作發表於報紙，並曾於 1917
年參與「瀛桃竹擊鉢吟會」。

張伯厚（家坤）

張伯厚（？～？），字家坤，臺北市人，工詩，為「瀛社」創社員[275]。

張清燕（雪舫）

張清燕（？～？），號雪舫，一號少舫，諸生。周覽經史，時稱雅博，
為張藏英之弟，擅岐黃之術，懸壺以濟世，與鹿港乾、尤子樵齊名，亦「瀛
社」創社員[276]。

---

275 邱奕松，〈北臺詩苑〉，《臺北文獻》直字 81 期，1987 年 9 月，頁 376。廉永英、崔
　　仁慧合著，《臺北市志》卷八《文化志‧文學篇》，臺北市文獻委員會，1991 年
　　10 月，頁 200。
276 見黃文虎〈艋舺舊文人回憶錄〉，《臺北文物》2 卷 1 期，1953 年 4 月 15 日，頁
　　38。劉篁村，〈艋舺人物志〉，《臺北文物》2 卷 1 期，1953 年 8 月，頁 29。賴子清
　　〈北市科舉題名錄〉，《臺北文物》6 卷 1 期，1957 年 9 月 1 日，頁 36。《臺北市志》
　　卷七《人物志》，臺北市文獻委員會，1960 年，頁 125。廉永英、崔仁慧合著，
　　《臺北市志》卷九《人物志‧賢德篇》，臺北市文獻委員會，1991 年 10 月，頁
　　53、張端然，《日治時期瀛社之研究》，中國文化大學中國文學研究所碩士在職專班
　　碩士論文，2003 年，頁 189。惟劉篁村及賴子清均有「張揚清，字少舫，廈新街人。
　　巨商張德寶派下，精醫道」，不知是否為同一人？

張鏡邨

張鏡邨（？～？），《臺灣日日新報》均作張鏡村，生平不詳。僅知其詩作〈管仲〉、〈新竹〉、〈良馬行〉、〈春燕〉、〈題蘭亭帖〉分別刊載於《臺灣日日新報》第 6066、6502、6690、6795、7819 號，時間自大正 6 年 5 月 8 日～大正 11 年 3 月 7 日，可以推知其活躍詩壇時間約在此時[277]。

張瀛洲

張瀛洲（？～？），臺北市景美人，中醫師，工詩[278]。

莊于喬

莊于喬（？～？），生平不詳，1922 年，與張晴川、郭春城、劉育英、李白水等 40 餘人，組織「淡北吟社」。亦曾爲「天籟吟社」社員，1923 年 10 月 10 日《臺灣日日新報》8401 號〈吟會輪番重編〉載有其名，擔任輪值。並曾與謝雪樵、曾笑雲、任雪崖等倡首，組織五社聯吟會。

莊玉波（櫻癡）

莊玉波（？～？），字櫻癡，亦署夢蝶莊主人。臺南人，幼年受業於黃克禮夫子，改隸後從商，19 歲東渡扶桑，開拓日臺貿易。後入「瀛社」，以雪漁爲問業師。年 50，與神戶中國領事館書記官孫翼雲等華僑唱酬，創「心聲吟社」，復至海南島任橫濱正金銀行支店買辦，曾加入「中國文藝協

277 唐羽編撰，《基隆顏氏家乘・文徵篇》，基隆顏氏家乘纂修小組，1997 年 12 月，頁 1067。

278 黃洪炎編，《瀛海詩集》，臺灣詩人名鑑刊行會發行，1940 年，頁 66。毛一波，〈臺北縣詩略〉，《北縣文獻》2 期，1956 年 4 月，頁 422。邱奕松，〈北臺詩苑〉，《臺北文獻》直字 81 期，1987 年 9 月，頁 380。黃美娥編，《日治時期臺北地區文學作品目錄》，臺北市文獻委員會，2003 年 2 月，頁 360-362。張端然，《日治時期瀛社之研究》，中國文化大學中國文學研究所碩士在職專班碩士論文，2003 年，頁 195。

會」[279]。

許永吉（子修）

許永吉（？～？），字子修，號淡園，隸基隆「小鳴吟社」。亦善謎學，謎宗張味鱸，頗能獨樹一幟，張純甫尤稱道之[280]。

許廷魁（對庵）

許廷魁（？～？），字駕鰲，號對庵，「猗蘭吟社」社員，曾經營「同文社活版社」，善吟詠，書道尤工。1939年《風月報》上有輪值記錄[281]。

許孟搏

許孟搏（？～？），生平不詳，其加入「瀛社」時間可見1910年9月26日《臺灣日日新報》3726號〈編輯日錄〉：「瀛社設立……今又有泉郡張汝垣、張大藩、許孟搏、李少麓諸君遙賜朵雲，附〈網溪泛月〉及〈秋闈〉兩瀛社課題諸佳搆，望為社友……」，1910年11月11日也記載其參與「瀛社」觀菊會並載有詩作，1911年1月18日及1911年8月9日亦有詩，故約可推斷其在1910～1911年間有活動記錄。

許招春

許招春（？～？），生平不詳，惟從《臺灣日日新報》刊載詩作，可知其為「瀛社」初期社員，活動時間約在1909年3月19日～1910年1月8日間，詩作有〈瀛社雅集即事得丁字〉、〈閏花朝限虞韻〉、〈櫻花限侵韻〉、

279　唐羽編撰，《基隆顏氏家乘・文徵篇》，基隆顏氏家乘纂修小組，1997年12月，頁1037。張端然，《日治時期瀛社之研究》，中國文化大學中國文學研究所碩士在職專班碩士論文，2003年，頁203。

280　黃文虎，〈臺北謎學史〉，《臺北文物》4卷4期，1956年6月，頁128

281　黃洪炎編，《瀛海詩集》，臺灣詩人名鑑刊行會發行，1940年，頁63。

等，均為「瀛社」課題。

許豫庭（雷地）

許豫庭（？～？），字雷地，又作自立，以字行，另署太瘦生。金門人，後旅居日本神戶。明治 43 年，與表弟陳可發，俱通訊入「瀛社」。1910 年 3 月 2 日《臺灣日日新報》3551 號〈編輯日錄〉提到：「編輯中接洪以南君來函，謂僑寓神戶許君雷地，及其表弟陳君可發，郵寄瀛社入社書。深喜該社又添兩詩人，且聲氣可通於內地也，又付資託購本社漢文報，亦為交代明白，從此千里良朋，可於紙上時通聲欬矣。」[282]

郭少汀

郭少汀（？～？），生平不詳。與其同時另有王少汀，故單署名「少汀」的詩作，難以判斷為誰所作。其詩作〈紹介狀〉、〈落花風〉分別發表在《詩報》147、175 號，時間為昭和 12 年 2 月 2 日及昭和 13 年 4 月 17 日，昭和 12 年 5 月 11 日《詩報》152 號「騷壇消息」提到其在「臺北市北臺吟社及瀛社同意吟會」與「賴獻瑞、陳友梅、歐少窗、林金壽、高賜義……共擬題首唱〈北投泉聲〉，……次唱〈出牆杏〉」，可知其活躍於詩壇時間約在此時。至於《詩報》144 號詩題〈牽牛花〉一詩，因署名僅有「少汀」，不確定是何人之作。

郭明安

郭明安（？～？），生平不詳，1939 年 10 月 16 日《風月報》96 號載有其名，擔任輪值。

陳大琅（福星）

---

282 見《臺灣日日新報》2267 號、唐羽編撰，《基隆顏氏家乘・文徵篇》，基隆顏氏家乘纂修小組，1997 年 12 月，頁 1076。

陳大琅（？～？），號福星，又號啞僧、雅僧。大龍峒人，爲陳迂谷裔。蓋其綺歲時，有一未婚妻，因故解約，氏憤而畢生未娶。又以疾嗓嗄，自據此二事稱是號。後一生不得志，竟以風疾去世[283]。

陳水井

陳水井（？～？），生平不詳，《臺灣日日新報》上註明其原隸潛社，1924 年《臺灣日日新報》上均有輪值記錄。1924 年 9 月 6 日《臺灣日日新報》8733 號〈瀛社題名錄〉載新社員部分載有其名。並有詩作見於 1936 年 7 月 31 日《臺灣日日新報》。

陳可發（曉凡）

陳可發（？～？），字曉凡[284]，生平不詳，惟 1910 年 11 月 22 日《臺灣日日新報》「藝苑」有「敬次瑤韻送陳可發之星嘉坡」的詩作，可知其曾於 1910 年到過新加坡。其加入「瀛社」可見 1910 年 3 月 2 日《臺灣日日新報》3551 號〈編輯日錄〉：「編輯中接洪以南君來函，謂僑寓神戶許君雷地，及其表弟陳君可發，郵寄瀛社入社書。深喜該社又添兩詩人，且聲氣可通於內地也……」

陳永錫

陳永錫（？～？），生平不詳，惟其參與「瀛社」活動時間，見諸《臺灣日日新報》者，多集中在 1909 年，如 3 月 17 日、4 月 20 日、7 月 28 日、7 月 30 日等，並與日人石川柳城及社友林知義有過交遊。1909 年 4 月 17 日有〈敬步柳成先生留別瑤韻〉，1915 年 12 月 3 日則有〈祝林知義君令堂七秩晉一〉詩作可證。

---

283 陳世慶，〈星社〉，《臺北文物》4 卷 4 期，1956 年 2 月 1 日，頁 52。
284 1910 年 9 月 26 日《臺灣日日新報》3726 號〈編輯日錄〉：「瀛社設立，一週年餘，前有許雷地、陳曉凡諸氏，遠自神戶入社……。」可知陳曉凡即陳可發，但不確定何爲名？何爲字？

陳　任

陳任（？～？），生平不詳，1909 年 4 月 2 日、4 月 25 日、7 月 13 日、8 月 14 日《臺灣日日新報》均刊有其詩作，可知其活躍時間在 1909 年，當爲「瀛社」早期社員。

陳式三

陳式三（？～？），生平不詳，但從 1925 年 9 月 21 日《臺灣日日新報》「華僑籌設基隆支部」記載提到：

> 華僑到處，都有會館，況基隆地方，華僑甚多，全無一統，凡有大小事件，每煩官廳處理，故當地僑民有力者陳式三、王子清、劉其淵諸氏，發起鼓吹，擬設會館基隆支部。

可知其爲僑民，來臺後居住基隆，並曾有過籌設華僑基隆支部的經歷。曾於 1925 年 10 月 26 及 28 日《臺灣日日新報》9148、9150 號「瀛社例會」輪值表第十、十一回中見其姓名。此外，1926 年 6 月 5 日《臺灣日日新報》「網珊吟社將重整旗鼓」提到：

> 基隆網珊吟生之鉢聲，久已絕響，此回欲重整旗鼓，本期例會值東，爲李碩卿、陳式三兩氏……

可知其亦曾參加「網珊吟社」活動。

陳尚輝

陳尙輝（？～？），原隸「潛社」，生平不詳，1924 年 9 月 6 日《臺灣日日新報》8733 號〈瀛社題名錄〉載新社員部分載有其名。1924 年、1927 年《臺灣日日新報》上均有輪值記錄。

陳明卿

陳明卿（？～？），原隸「天籟吟社」，生平不詳，然據《臺灣日日新報》所載，其輪值「瀛社」多回，如 1923 年、1925 年、1926 年《臺灣日日新報》上均有輪值記錄，亦可在 1924 年 9 月 6 日之《臺灣日日新報》8733號〈瀛社題名錄〉見其名，若再對照其刊載於報上詩作時間，約可推知其活躍詩壇時期，當在 1923～1928 年左右。

陳采臣（蕈軒）

陳采臣（？～？），字蕈軒，大稻埕中北街人，性仁厚，尚義氣，履行端正。乙未變革後，被推爲保良局評議員，1900 年授佩紳章，1904 年舉保正。後爲臺北地利炭礦總辦，聲譽甚著[285]。

陳金含（嘯秋）

陳金含（？～？），字嘯秋，生卒不詳，與蘇水木同爲松山國小第 14屆畢業學生。曾任松山公學校訓導，西松國小校長，晚年舉家移美定居[286]。

陳郁文（古漁）

陳郁文（？～？），字古漁，艋舺人，學詩於謝汝銓，精醫理，擅鑑書畫，1919 年 5 月 14 日《臺灣日日新報》6791 號〈編輯日錄〉提到其入社：「艋舺陳古漁、吳美輪兩氏，新加入瀛社，此回來十五日春季聯合會，兩氏頗熱心籌備……」[287]。

---

285 見《臺北市志》卷七《人物志》，臺北市文獻委員會，1960 年，頁 67。唐羽編撰，《基隆顏氏家乘‧文徵篇》，基隆顏氏家乘纂修小組，1997 年 12 月，頁 977。
286 林正三，《松山地區之古老詩社－松社》，文史哲出版社，2005 年，頁 39。據 2003年 8 月 23 日林韓堂口述資料。
287 參閱《臺灣日日新報》6791 號〈編輯賸錄〉、唐羽編撰，《基隆顏氏家乘‧文徵篇》，基隆顏氏家乘纂修小組，1997 年 12 月，頁 1086。黃美娥編，《日治時期臺北地區

陳培根

陳培根（？～？），大龍峒陳悅記族人，碩儒陳維英曾孫輩，家學淵緣，詩文俱佳。曾任保安宮管理人，臺北孔廟重建時與辜顯榮、黃贊鈞共主其事，捐款、獻地，出力甚多，其刊載於報上詩作，時間自 1911 年 7 月 31～1929 年 2 月左右，約可推知其活躍於詩壇時間當在此時。[288]。

陳望遠

陳望遠（？～？），瑞芳人。李碩卿門人[289]。

陳清秀（元芝）

陳清秀（？～？），字元芝。1935 月 3 月 3 日《臺灣日日新報》有「爪哇臺灣茶前途難　首為糖業大敗節用　錦記茶行陳清秀氏視察談」，內有「臺北錦記茶行陳清秀氏，既如所報，昨自爪哇歸來，氏渡南洋，于今約一年久，其間於所營茶業外，亦頗留心考察蘭印一般經濟……」，可知其經營「錦記茶行」，並有到南洋一帶的經驗，1932 年 7 月 19 日〈南洋舟中作〉及 1932 年 8 月 6 日〈爪哇三寶洞懷古〉，當是其經商經驗談。亦爲「天籟吟社」社員[290]。

陳湖龍

文學作品目錄》，臺北市文獻委員會，2003 年 2 月，頁 377-378。張端然，《日治時期瀛社之研究》，中國文化大學中國文學研究所碩士在職專班碩士論文，2003 年，頁 192。

288 該位詩人生平資料由瀛社現任社員陳榮亚先生執筆。

289 毛一波，〈臺北縣詩略〉，《北縣文獻》2 期，1956 年 4 月，頁 419。李遂初等蒐編，《李碩卿先生紀念集》，臺北蓬萊印務社，1964 年 8 月。

290 見黃洪炎編，《瀛海詩集》，臺灣詩人名鑑刊行會發行，1940 年，頁 60。廉永英、崔仁慧合著，《臺北市志》卷八《文化志．文學篇》，臺北市文獻委員會，1991 年 10 月，頁 183。黃美娥編，《日治時期臺北地區文學作品目錄》，臺北市文獻委員會，2003 年 2 月，頁 380。

　　陳湖龍（？～？），生平不詳，據《臺灣日日新報》所刊訊息，其於 1934 年《臺灣日日新報》上有輪值記錄，1934 年 3 月 14 日《臺灣日日新報》「創設吟社」記載「新店街諸吟友，為互相切磋詩文○關，籌設『碧潭文社』，按每週集會，來十五日假陳湖龍氏宅上，開磋商會，附議役員及顧問囑託等件，又決定十八日午後一時，於新店公會堂，舉行擊鉢吟會，並攝影紀念。」可知其為新店人士，亦為「碧潭文社」一員。

陳愷南

　　陳愷南（？～？），原隸「萃英吟社」，生平不詳，然據《臺灣日日新報》所載，其輪值「瀛社」多回，如 1923 年、1926 年、1927 年、1929 年、1930 年、1931 年、1932 年、1933 年、1934 年、1936 年《臺灣日日新報》上均有輪值記錄，1937 年、1939 年《風月報》亦有輪值消息，1924 年 9 月 6 日之《臺灣日日新報》8733 號〈瀛社題名錄〉亦見其名。若再對照詩作刊載時間，約可得知其活躍詩壇時間在 1917～1939 年左右。

陳新枝

　　陳新枝（？～？），李碩卿門人，原「小鳴吟社」社員[291]。

陳曉綠

　　陳曉綠（？～？），日治時曾加入「瀛社」，首見於大正 12 年 10 月《臺灣日日新報》8401 號〈吟會輪番重編〉名單，亦為「淡北吟社」社員[292]。

陳鑑昌

　　陳鑑昌（？～？），曾入「高山文社」，據《臺灣日日新報》所刊訊息，

---

291 李逐初等蒐編，《李碩卿先生紀念集》，臺北蓬萊印務社，1964 年 8 月。
292 廉永英、崔仁慧合著，《臺北市志》卷八《文化志‧文學篇》，臺北市文獻委員會，1991 年 10 月，頁 89。

其於 1933 年《臺灣日日新報》上均有輪值記錄，若對照其刊載詩作，活躍於詩壇的時間見諸報紙者，約在 1933～1935 年間。亦為倪炳煌於昭和 5 年所創之「燈謎文社」成員[293]。

黃坤生（競存）

黃坤生（？～？），字競存，艋舺人，黃福元（哲馨）之子，能世先人醫業，精擅八法，有《寄吾廬書至室吟稿》[294]。

黃坤維

黃坤維（？～？），艋舺人。業堪輿，號倦鶴。所作詩、謎，均別有雅緻。為謎學組織萬華「鶴社」成員[295]。

黃承順（夢槎）

黃承順（？～？），號夢槎，夢覺齋書塾弟子，亦「高山文社」員，據《臺灣日日新報》所刊訊息，其於 1932 年、1933 年《臺灣日日新報》上均有「瀛社」輪值記錄。居雙連車站附近，光復後歿[296]。

黃岫雲

黃岫雲（？～？），生平不詳。其詩作發表在《詩報》，如〈賦得艱危氣益增得忠字〉、〈題鄭成功受降荷人圖〉，分別刊於《詩報》308、315 期，時間自昭和 19 年 1 月 1 日～昭和 19 年 5 月 9 日，可知其活躍於詩壇時間

293 黃文虎，〈臺北謎學史〉，《臺北文物》4 卷 4 期，1956 年 6 月，頁 118

294 鄭喜夫，〈臺北著述志稿〉，《臺北文獻》直字 70 期，1984 年 12 月，頁 104。張端然，《日治時期瀛社之研究》，中國文化大學中國文學研究所碩士在職專班碩士論文，2003 年，頁 191。

295 該位詩人生平資料由瀛社現任社員陳榮弆先生執筆。

296 黃洪炎編，《瀛海詩集》，臺灣詩人名鑑刊行會發行，1940 年，頁 88。該位詩人生平資料由瀛社現任社員陳榮弆先生執筆。

約在此時。

黃栽培（葆青）

黃栽培（？～？），字葆青，臺北市人，生平不詳，其詩作刊載時間集中在 1932～1940 左右，據黃洪炎編《瀛海詩集》上標註「故」字可知，其於 1940 年之前已去世[297]。

黃福臨（古鶴）

黃福臨（？～？），又名福林，號古鶴，善謎學，隸萬華「鶴社」，亦為「巧社」社員[298]。

黃遠山

黃遠山（？～？），原隸「高山文社」，生平不詳，然據《臺灣日日新報》所載，其輪值「瀛社」多回，如 1925 年、1926 年《臺灣日日新報》上均有輪值記錄，1924 年 9 月 6 日之《臺灣日日新報》8733 號〈瀛社題名錄〉亦有其名，其刊載詩作數量亦夥，自 1924 月 1 月 1~1938 月 11 月 9 日均有作品見諸報紙。亦倪炳煌於昭和 5 年所創之「燈謎文社」成員[299]

黃論語

黃論語（？～？），生平不詳，《臺灣日日新報》1919 年 7 月 29 日刊有其詩〈遊凌雲寺〉，1935 年 5 月 8 日有詩〈鷺洲吟擊鉢錄湯島聖堂再建

---

297 黃洪炎編，《瀛海詩集》，臺灣詩人名鑑刊行會發行，1940 年，頁 89。黃美娥編，《日治時期臺北地區文學作品目錄》，臺北市文獻委員會，2003 年 2 月，頁 428-433。

298 廉永英、崔仁慧合著，《臺北市志》卷八《文化志·文學篇》，臺北市文獻委員會，1991 年 10 月，頁 126。黃美娥編，《日治時期臺北地區文學作品目錄》，臺北市文獻委員會，2003 年 2 月，頁 465-467。

299 黃文虎，〈臺北謎學史〉，《臺北文物》4 卷 4 期，1956 年 6 月，頁 118。黃美娥編，《日治時期臺北地區文學作品目錄》，臺北市文獻委員會，2003 年 2 月，頁 467。

落成遙賊漁三選移來湯島倡重修〉，約可確知其活動於 1919～1935 年左右。

楊四美

楊四美（？～？），生平不詳，1926 年 10 月 2 日《臺灣日日新報》第 9489 號及 1926 年 10 月 20 號《臺灣日日新報》9507 號記載其擔任「瀛社」翌年第三期輪值，1928 年 4 月 10 日《臺灣日日新報》亦載有其詩〈清秀閣〉，故知其約活動於此時。

楊文慶

楊文慶（？～？），據《臺灣日日新報》所刊訊息，其於 1930 年《臺灣日日新報》上有輪值記錄，若對照其刊載詩作，活躍於詩壇的時間見諸報紙者，約在 1909～1932 年間[300]。

楊石定

楊石定（？～？），原隸「高山吟社」，生平不詳，1924 年 9 月 6 日《臺灣日日新報》8733 號〈瀛社題名錄〉載新社員部分載有其名。

楊維巖

楊維巖（？～？），生平不詳，1924 年 9 月 6 日之《臺灣日日新報》8733 號〈瀛社題名錄〉所載，其係「個人報名經銓選者」，並參與之後第一回輪值。1925 年 5 月 10 日《臺灣日日新報》上載有其詩〈暮春驅車北投途次〉，約可知其活動於此時。

廖宗支（藏芝）

---

300 唐羽編撰，《基隆顏氏家乘・文徵篇》，基隆顏氏家乘纂修小組，1997 年 12 月，頁 1019。

廖宗支（？～？），字藏芝、藏支，以字行，民國初年，參加顏雲年記室所組織之「小鳴吟社」，1924 年入「瀛社」，1931 年再參加「復旦吟社」，詩才博逸，名噪一時，遺作無多，亦善謎學。終年未詳[301]。

劉文達（菊坡）

劉文達（？～？），字菊坡，福建泉州人，民初來臺，定居基隆市，任大德行記室，劉氏爲飽學之士，暇時好吟詠，頗負時望[302]。

劉希淵

劉希淵（？～？），生平不詳，1934 年《臺灣日日新報》上有輪值記錄。

劉問白

劉問白（？～？），生平不詳，1939 年 10 月 16 日《風月報》96 號載有其名，擔任輪值。

劉朝英

劉朝英（？～？），生平不詳，從 1909 年 4 月 28 日《臺灣日日新報》刊載其〈閨花朝限虞韻〉判斷，其當爲「瀛社」早期社員，並另有〈櫻花〉、〈五月渡瀘限歌韻〉、〈榴花限先韻〉等課題詩作，於詩壇活動時間見諸報上者，約於 1906 月 11 月～1909 月 7 月左右。

---

301 唐羽編撰，《基隆顏氏家乘・文徵篇》，基隆顏氏家乘纂修小組，1997 年 12 月，頁 1056。基隆詩學會編輯，《雨港古今詩選》，基隆市立文化中心，1998 年 8 月，頁 64。陶一經編，《基隆市志・藝文篇》，基隆市政府，2003 年 4 月，頁 49。

302 《基隆市志・文物篇》，基隆市文獻會，1958 年 9 月，頁 26、唐羽編撰，《基隆顏氏家乘・文徵篇》，基隆顏氏家乘纂修小組，1997 年 12 月，頁 1066。基隆詩學會編輯，《雨港古今詩選》，基隆市立文化中心，1998 年 8 月，頁 43。陶一經編，《基隆市志・藝文篇》，基隆市政府，2003 年 4 月，頁 22-23。

劉夢鷗（春木）

劉夢鷗（？～？），字春木，生平不詳，然據《臺灣日日新報》所載，其輪值「瀛社」多回，如 1925 年、1926 年、1927 年、1929 年、1930、1931 年《臺灣日日新報》上均有輪值記錄，並於 1924 年 9 月 6 日之《臺灣日日新報》8733 號〈瀛社題名錄〉見其名，若再對照詩作刊載時間，可確定其活躍於詩壇的時間，見諸報紙者，約於 1920～1931 年間。

劉劍秋

劉劍秋（？～？），生平不詳，《臺灣日日新報》刊載有遺詩作，跨幅極大，自 1916 年 7 月 3 日〈殉情夫〉一詩後，1924 年 6 月 2 日及 1936 年 9 月 28 日都有作品，1923 年《臺灣日日新報》上有輪值記錄。可知其活動時間約在 1916～1936 間。

劉鐵士

劉鐵士（？～？），生平不詳，詩作亦不多，惟從《臺灣日日新報》詩作刊載時間判斷，其至少於 1909 年 4 月 27 日～1910 年 1 月 11 日間尚活動於詩壇。

歐陽光扶

歐陽光扶（？～？），原隸「萃英吟社」，生平不詳，然據《臺灣日日新報》所載，其輪值「瀛社」多回，如 1923 年、1925 年臺灣日日新報》上均有輪值記錄，1924 年 9 月 6 日之《臺灣日日新報》8733 號〈瀛社題名錄〉亦見其名，若再對照詩作刊載時間，約可得知其活躍詩壇時間在 1923～1925 年左右。

潘炳灼

　　潘炳灼（？～？），一作潘炳燭，世居平溪，爲望族。日人治臺，任庄長，後轉石底區長。大正 5 年 6 月 27 日《臺灣日日新報》5746 號的「編輯賸錄（6/26）」提到：「瀛、桃兩社擊鉢吟會，如期於昨日午後二時半，齊集於水返腳周再恩君家……七時開宴於潘炳灼君家。」而大正 12 年 5 月 15 日《臺灣日日新報》8253 的「瀛社例會盛況」也提到「瀛社」開例會時，「席上值東顏德輝氏敘禮，並報告會務，謂顏國年、潘炳灼、何秀山、杜潭中、廖春祥諸氏，對於瀛社極表好意，聞此次例會，欲爲謝、魏、簡三氏祝受表彰，猶爲贊同，或寄附金錢，或寄附藝妓，或寄附酒其他，殊堪感激云云。」，或可推知潘炳灼當爲「瀛社」社友無誤，活動時間約在大正年左右[303]。

潘濟堂

　　潘濟堂（？～？），生平不詳。然據明治 43 年 1 月 11 日《臺灣日日新報》3509 號的「瀛社會況」所載：「瀛社第十一期例會，已如所報，於大昨星期日午後二時，開於大稻埕中街陳雕龍君家……嗣因社友莊鶴如君，談及該地潘君濟堂，搜集劍潭寺詩百餘首，寺僧將爲刊行，廣徵文人題詠，因加入〈劍潭寺〉一題，亦不拘體韻……」，或可推斷潘濟堂亦參與「瀛社」活動，但是否確爲「瀛社」社員？則尚待其他資料以供佐證[304]。

蔡火慶

　　蔡火慶（？～？），臺北人，曾從趙一山學，並爲「劍樓吟社」社員[305]。其於 1931 年、1932 年、1933 年、1934 年《臺灣日日新報》上均有「瀛社」

303 唐羽編撰，《基隆顏氏家乘・文徵篇》，基隆顏氏家乘纂修小組，1997 年 12 月，頁 1138。
304 唐羽編撰，《基隆顏氏家乘・文徵篇》，基隆顏氏家乘纂修小組，1997 年 12 月，頁 994。
305 見廉永英、崔仁慧合著，《臺北市志》卷八《文化志・文學篇》，臺北市文獻委員會，1991 年 10 月，頁 200。

輪值記錄。

蔡玉麟

蔡玉麟（？～？），生平不詳，1934 年《臺灣日日新報》上有輪值記錄。

蔡步蟾（桂村）

蔡步蟾（？～1923.06.19），字桂村，宜蘭人，秀才，光緒 20 年前移居基隆。先設塾於奠濟宮，後爲公學校漢文教師，至老不輟，大正 12 年 6 月 22 日《臺灣日日新報》8291 號上有「蔡桂村逝」的消息，記載其「卒於去十九日午前九時」。[306]

蔡珮香

蔡珮香（？～？），生平不詳，《臺灣日日新報》刊載其詩作數量眾多，時間約在 1903 年～1907 年間，與黃植亭有所交誼，所作詩作有許多與臺南名勝相關。

蔡清揚（子淘）

蔡清揚（？～？），字子淘，與父景福皆精於詩，時人譽爲書香世家，子淘風度翩翩，才學騁馳，曾任《詩報》發行人，功在騷壇[307]。

---

306 《基隆市志・人物篇》，基隆市文獻會，1959 年 2 月，頁 40。唐羽編撰，《基隆顏氏家乘・文徵篇》，基隆顏氏家乘纂修小組，1997 年 12 月，頁 1082。基隆詩學會編輯，《雨港古今詩選》，基隆市立文化中心，1998 年 8 月，頁 10。李進勇總纂，《重修基隆市志》卷七《人物志・列傳篇》，基隆市政府，2001 年 7 月，頁 37。陶一經編，《基隆市志・藝文篇》，基隆市政府，2003 年 4 月，頁 18。惟《重修基隆市志》作「字蘭人」，恐爲「宜蘭人」之誤。

307 基隆詩學會編輯，《雨港古今詩選》，基隆市立文化中心，1998 年 8 月，頁 32。黃鶴仁著，《貂山吟社史研究》，自印本，2000 年 12 月，頁 27。陶一經編，《基

蔡景福（愚谷）

蔡景福（？～？），字愚谷，父天培，居基隆市新興街。日治時任基隆保良局長。性嚴謹，以講學自給，設帳八斗子及九份 10 餘載，作育後進，尤好詩詞，1912 年 10 月 14 日《臺灣日日新報》有〈社友蔡景福往南洋〉之作，可知其於是年當至南洋[308]。

鄭如林（蔚雲）

鄭如林（？～？），字蔚雲、樹青。曾爲「星社」員，號曉星，亦曾加入基隆「小鳴吟社」，據《臺灣日日新報》所刊訊息，其於 1923 年、1925 年、1926 年《臺灣日日新報》上均有輪值記錄，並曾出現 1924 年 9 月 6 日之《臺灣日日新報》8733 號〈瀛社題名錄〉，若對照其刊載詩作，活躍於詩壇的時間見諸報紙者，約在 1910～1926 年間[309]。

鄭金柱（木村）

鄭金柱（？～？），號木村，鷺洲人。營布商，喜讀書，嗜吟詠，爲「鷺洲吟社」、「瀛社」社員。出版有《愛國詩選》、《臺灣震災詩集》等[310]。

鄭福緣（錫爾）

鄭福緣（？～？），字錫爾，號文治，亦別署蒲三。新莊人，後徙大稻

隆市志・藝文篇》，基隆市政府，2003 年 4 月，頁 27。

308　基隆詩學會編輯，《雨港古今詩選》，基隆市立文化中心，1998 年 8 月，頁 19。陶一經編，《基隆市志・藝文篇》，基隆市政府，2003 年 4 月，頁 29。

309　唐羽編撰，《基隆顏氏家乘・文徵篇》，基隆顏氏家乘纂修小組，1997 年 12 月，頁 1087。陳青松編，《基隆第一・藝文篇・小鳴吟社》基隆市立文化中心，2004 年 12 月。

310　黃洪炎編，《瀛海詩集》，臺灣詩人名鑑刊行會發行，1940 年，頁 93。毛一波，〈臺北縣詩略〉，《北縣文獻》2 期，1956 年 4 月，頁 422。黃美娥編，《日治時期臺北地區文學作品目錄》，臺北市文獻委員會，2003 年 2 月，頁 23、521-525。

埕，曾任職新莊區役場書記兼興直公學校學務委員、興學會評議員、臺北廳土地整理囑託。素精書法，老尤耽詩，亦好制謎，俗稱「狗治仙」，頗為著名，參與「鷺洲吟社」，1928 年自立「培文書閣」，每星期舉行擊鉢聯吟，其詩作見諸報紙者，時間約在 1929 月 1 月 6 日~1940 月 2 月 7 日，曾參與「瀛社」次級團體「同意吟會」[311]。

鄭麗生（金水）

鄭麗生（？～？），字金水，號文山。原隸「高山文社」，卒於民國 60 年前後，年近 80，「高山文社」社員[312]。

賴拱辰

賴拱辰（？～？），生平不詳，從 1909 年 4 月 18 日《臺灣日日新報》刊載其〈閨花朝限虞韻〉判斷，其當為「瀛社」早期社員，並另有〈櫻花限侵韻〉、〈松濤限陽韻〉、〈冰花〉等課題詩作，於詩壇活動時間見諸報上者，約於 1909 月 4 月 10～1913 月 9 月 30 左右。

駱友漁（火木）

駱友漁（？～？），字火木，生平不詳，《臺灣日日新報》刊載其詩作不多，從詩作發表時間，約可推知其於 1933～1938 年均有活動，1932 年、1934 年《臺灣日日新報》上均有輪值記錄。並曾於 1934 年參與「全島詩人大會」。亦為倪炳煌於昭和 5 年所創之「燈謎文社」成員[313]。

---

311 黃洪炎編，《瀛海詩集》，臺灣詩人名鑑刊行會發行，1940 年，頁 121。黃美娥編，《日治時期臺北地區文學作品目錄》，臺北市文獻委員會，2003 年 2 月，頁 519-520。潘玉蘭，《天籟吟社研究》，國立臺灣師範大學國文學系在職進修碩士班碩士論文，2004 年，頁 118。

312 該位詩人生平係據陳焙焜口述資料。黃美娥編，《日治時期臺北地區文學作品目錄》，臺北市文獻委員會，2003 年 2 月，頁 520-521。

313 黃文虎，〈臺北謎學史〉，《臺北文物》4 卷 4 期，1956 年 6 月，頁 118

盧懋青

盧懋青,(？～？),生平不詳,曾參與「天籟吟社」,其加入「瀛社」時間可見於昭和 7 年 10 月 25 日《臺灣日日新報》11691 號「瀛社例會出席約四十名」:「……又此回有天籟吟社友盧懋青氏新加入云。」

謝文達

謝文達(？～？),生平不詳,然從大正 15 年 10 月 23 日《臺灣日日新報》刊載所編訂之輪值表「第五期」輪值名單來看,其加入「瀛社」必不晚於 1926 年。

謝式潢

謝式潢(？～？),生平不詳,曾著有〈閏花朝〉一詩,可知其為「瀛社」早期社員,1909 年 6 月 8 日《臺灣日日新報》「湖海訪國」亦刊載有其消息。

謝秋涫

謝秋涫(？～？),生平不詳,《臺灣日日新報》1909 年 3 月 14 日第 3259 號日文版《臺灣日日新報》刊載〈花朝後一日瀛社初集席上聯句用柏梁體〉聯句有其作品,而 1909 年 3 月 18 日亦刊載有其〈瀛社雅集即事〉,1909 年 4 月 14 日亦有詩作,可知其為「瀛社」創社及初期社員。

謝雪樵

謝雪樵(？～？),《臺灣日日新報》,生平不詳,然據《臺灣日日新報》所載,其 1923 年曾輪值「瀛社」,詩作多刊載於《臺灣日日新報》「中部詩壇」或「桃園詩壇」,其活躍於詩壇時間,見諸報紙者,約於 1912～1932

年間。

謝　斌

謝斌（？～？），生平不詳，《臺灣日日新報》1909 年 3 月 14 日第 3259 號日文版《臺灣日日新報》刊載〈花朝後一日瀛社初集席上聯句用柏梁體〉聯句有其作品，1909 年 3 月 18 日有〈瀛社雅集即事得觥字〉，1909 年 4 月 28 日有〈閨花朝限虞韻〉，可知其為「瀛社」創社及初期社員。

簡清風（穆如）

簡清風（？～？），字穆如，李碩卿門人，世居基隆市安樂區，業建築，飽學多才，尤好吟詠，曾參加「小鳴吟社」及「大同吟社」，為詩瀟逸不羈，名噪騷壇，垂老隱居石牌[314]。

簡荷生（桃隱）

簡荷生（？～？），號桃隱，曾在臺中草屯等地經營米糧生意，昭和 12 年任《風月報》總經理，昭和 15 年任新興炭礦公司專務理事，臺灣林產株式會社常任監查役，好交遊，致力鼓吹風雅[315]。

顏德輝（景星）

顏德輝（？～？），基隆人，少讀詩書，才華雋拔，民初參加「小鳴吟社」，亦曾為「星社」社員，號景星，1924 年入「瀛社」。揚風扢雅，名重

---

314 基隆詩學會編輯，《雨港古今詩選》，基隆市立文化中心，1998 年 8 月，頁 76、陶一經編，《基隆市志・藝文篇》，基隆市政府，2003 年 4 月，頁 36-37。

315 黃洪炎編，《瀛海詩集》，臺灣詩人名鑑刊行會發行，1940 年，頁 120-121。黃美娥編，《日治時期臺北地區文學作品目錄》，臺北市文獻委員會，2003 年 2 月，頁 619-637。張端然，《日治時期瀛社之研究》，中國文化大學中國文學研究所碩士在職專班碩士論文，2003 年，頁 203。

於時[316]。

蘇青松

蘇青松（？～？），原隸松社，生平不詳， 1934 年《臺灣日日新報》上有輪值記錄。

蘇鏡潭（菱槎）

蘇鏡潭（？～？），字菱槎，福建晉江人。宿儒黃鶴（字師竹，一字儷琴）門人，光緒 16 年舉鄉試，次年上春闈不第，遂歸鄉，絕意宦途[317]。曾任《全閩日報》社長，以與林本源家有親戚之誼，數客板橋，爲季丞（柏壽）家庭教師。常參與臺北之詩社聯吟，與此間文士周旋壇坫，頗多佳構，與林小眉、連雅堂、蘇大山等相唱和。小眉作〈東寧雜詠〉一百首，菱槎和之，《東寧百詠》尤稱傑作，多屬臺灣史事地誌之作[318]。

以上爲本社先賢之生平略歷。此部之搜集最爲艱鉅，且其中生卒年月或鄉貫，各文獻輒常出現歧異之記載者，唯並存之，以待後考。

第三節　社友簡歷

---

316 唐羽編撰，《基隆顏氏家乘·文徵篇》，基隆顏氏家乘纂修小組，1997 年 12 月，頁 1053。基隆詩學會編輯，《雨港古今詩選》，基隆市立文化中心，1998 年 8 月，頁 71。陶一經編，《基隆市志·藝文篇》，基隆市政府，2003 年 4 月，頁 44。

317 此則記載又與《臺灣早期書畫專輯》有異，該文作「清光緒 17 年(1891)中舉人，曾署晉江知縣」，不知以何爲是？見林金田、蕭富隆編，《臺灣早期書畫專輯》，國史館臺灣文獻館，2003 年，頁 350。

318 《臺灣日日新報》有作「蘇鏡瀾」者，今從《臺北文物》4 卷 4 期，佩華〈客臺之內地詩人〉一文作「蘇鏡潭」。毛一波，〈臺北縣詩略〉，《北縣文獻》2 期，1956 年 4 月，頁 396。廉永英、崔仁慧合著，《臺北市志》卷八《文化志·文學篇》，臺北市文獻委員會，1991 年 10 月，頁 113。《臺灣歷史人物小傳--明清暨日據時期》，國家圖書館 2003 年 12 月，頁 815。

　　本節社友簡歷，後期部分主要由現任社友自行撰著，爲忠於原貌，筆者未在文字及語氣上加以更動，因此或有敘述立場不統一的情形，實因本節爲「集體創作」之故，在此先作說明。

王國璠（粹甫）

　　王國璠（1916～），字粹甫，安徽舒城人，詩文俱佳。來臺後任臺北市文獻委員會副主任委員兼執行秘書。退休後隱居新店。曾入「瀛社」，惟已離社。著有《臺海搜奇錄》、《臺灣史蹟源流掛圖》、《臺北市歲時記》等[319]。

李　木（春榮）

　　李木（1917～）字春榮，以字行，臺北汐止人。16 歲入「灘音吟社」，爲社中年紀最少，抗戰期間內渡上海，1939 冬，任通譯官，又曾自組吟社，任社長。戰後回臺，1953 年，南港鎮公所請爲中文教師，國民黨區黨部繼請爲民眾服務站主任，服務甚眾而有鄉譽。選務將至，同僚因譖之，遂辭去。教授凡 20 餘年，又善救貧術，晚歲遷北投。曾參加「瀛社」、「松社」，1998 年戊寅冬接任「松社」社長，素教於覺修宮，座生 30 餘。「灘音吟社」諸子，惟春榮見存，既心懷故社舊好，遂以灘音名社，再舉詩幟於上都，現爲「松社」名譽社長，「瀛社」顧問，著有《半曉齋詩草》[320]。

陳炳澤

　　陳炳澤（1918.09～），生於鶯歌，1943 年屏東農校畜牧獸醫科畢，曾任臺北州廳畜產技士，戰後任臺北縣政府民政局專員兼課長。退職後自創家畜藥廠、貿易公司。雅好文藝，曾入「松社」，亦曾任「瀛社」總幹事[321]。

319 廉永英、崔仁慧合著，《臺北市志》卷八《文化志・文學篇》，臺北市文獻委員會，1991 年 10 月，頁 204。

320 林正三，《松山地區之古老詩社 —— 松社》，文史哲出版社，2005 年，頁 18、59-60、72。本則係由黃鶴仁執筆。

321 瀛社編委會，《瀛社創立九十週年紀念集》，瀛社辦事處發行，1999 年，頁 53。

蘇心絃（抑覺）

蘇心絃（1919.08.17～），字抑覺，出生於福建寧德市，1946 年初應徵來臺任公職以迄退休。性好吟詠，由蔡秋金氏介紹入「瀛社」，繼由彭賡虞氏介紹入「春人詩社」。承趙衍文、陳冠甫文學博士譽爲詩家，分別徵和其演講及壽誕七律。並陸續參加「長安詩社」、「古典詩社」、「楚騷」各吟社、「高雄市詩人聯誼會」、「嚶鳴詩社」，曾獲自由時報市政徵文第 1 名、李杜杯詩詞大賽入選，並出席第 15、17 屆年會，著有《蘇心絃詩文集》[322]。

葛佑民

葛佑民（1920.03.13～），曾入私塾 14 年，高中肄業，師大附中技訓中心。曾任堪輿師、文書士、技術士、區分部常委等職。亦曾加入「瀛社」。

陳子波（荆園）

陳子波（1920～），字荆園，福建閩侯人。曾任「中華民國傳統詩學會」副理事長、「中華學術院詩學研究所」研究委員、「高雄縣文史學會」理事長、「鳳崗詩社」社長、「福建省詩詞學會」顧問、並獲教育部頒授「詩教獎」。曾參與纂修《高雄縣志》，著有《中國歷代中興英雄傳》、《臺灣古今談》、《荆園游草》、《荆園詩存》、《荆園文集》、《詩緣》、《百梅圖咏》等。名列中華民國書畫家名鑑及中華民國現代名人錄。先後旅遊世界 27 餘國考

中華民國傳統詩學會編，《中華傳統詩集》7，中華民國傳統詩學會出版，2000 年，頁 196。林正三，《松山地區之古老詩社 —— 松社》，文史哲出版社，2005 年，頁 60。

322 中華民國傳統詩學會編，《傳統詩集》5，中華民國傳統詩學會出版，1994 年，頁 238。中華民國傳統詩學會編，《傳統詩集》6，中華民國傳統詩學會出版，1997 年，頁 283。中華民國傳統詩學會編，《中華傳統詩集》7，中華民國傳統詩學會出版，2000 年，頁 313。中華民國傳統詩學會編，《中華傳統詩集》8，中華民國傳統詩學會出版，2004 年，頁 254。

察藝術文化，所至皆有詩文紀勝。曾入「瀛社」，惟已離社[323]。

陳榮弡（則仁）

陳榮弡（1921.12.03～），字則仁，以字行，號龍峒，又稱龍峒客。宜蘭人，詩學出於自修，弱冠即有作品見諸報端，又蒙當時《臺灣日日新報》漢文欄主編魏潤庵賞識而時獲教益。歷任臺北市財政局股長及臺北市和平醫院秘書室主任等職務。1980 年退休後，任「詩經研究會臺北市分會」常務監事，餘暇輒寄情詩酒，曾入臺北「瀛社」、「松社」、「高山文社」，詩作已逾千首，唯多未留稿，任其散佚。1993 年，曾湊集舊作 200 餘首自印出版，顏爲《龍峒詩草》，近年受臺北市文獻委員會之託，從事翻譯日治時代臺北廳總務課所編之《臺北廳志》，目前已有部份成果刊登於《臺北文獻》季刊，有利時人之閱讀與研究。詩作素以香山白傅爲宗，主張詩貴淡雅，不重雕飾[324]。

張埴爐

張埴爐（1923.12.18～），生於彰化市，日治州立臺中商專畢業，服務臺鳳、臺糖退休，1947 年師事南投吳醉蓮，1963 年入「基隆書法學會」，受林耀西、廖禎祥、許慶泉指導及推介，陸續加入日本「溫知會」、「書神會」、「正鋒書道會」等書法社團，1972 年入書法大師澹廬曹秋圃門下；詩學一道則於 1982 年入暖江周植夫夫子之門，1995 年入「瀛社」[325]。

黃義君

黃義君（1923.10.30～），福建南安人，弱冠來臺，先服公，後學賈，50 歲始學詩，恬淡自適，不計其他，亦「天籟吟社」、「松社」社員，著有

323 賴子清，《圓機活法古今詩粹》，文和印刷公司，1966 年 12 月，頁 40。
324 林正三，《松山地區之古老詩社－松社》，文史哲出版社，2005 年，頁 60-61。
325 瀛社編委會，《瀛社創立九十週年紀念集》，瀛社辦事處發行，1999 年，頁 79。

《志在人爲》、《農產與運銷》、《婚喪慶典範典》等，曾入「瀛社」，惟已離社[326]。

駱金榜 （師佛）

駱金榜（1924.07.01～），字師佛，號觀濤樓主，福建惠安人，福建省立福州工專機械工程科畢業，戰後旅臺，普考及格，入臺鐵臺北機廠服務，曾任工務員兼股長、幫工程司兼工場主任、副工程司兼工區主任、兼專業講師 28 年。退休後始從林正三、李春榮、許漢卿遊，學習詩詞創作及吟唱，亦「松社」社員[327]。

馮嘉格 （尚志）

馮嘉格（1926.08.20～），號尚志，原籍湖南衡陽，曾任無線電臺臺長，通訊軍官，電工電子教官，內湖區公所職員等，好吟哦，喜書法，曾入「瀛社」，惟已離社[328]。

史元欽 （久新）

史元欽（1928.10.01～），字久新，浙江四明人，從軍來臺。退休後致力於兩岸藝文交流活動，現任臺灣世界藝術交流會會長。於詩則從學於許

326 中華民國傳統詩學會編，《傳統詩集》3，中華民國傳統詩學會出版，1985 年，頁 40。瀛社編委會，《瀛社創立八十週年紀念集》，瀛社辦事處發行，1989 年，頁 113。瀛社編委會，《瀛社創立九十週年紀念集》，瀛社辦事處發行，1999 年，頁 65。潘玉蘭，《天籟吟社研究》，國立臺灣師範大學國文學系在職進修碩士班碩士論文，2004 年，頁 124。

327 瀛社編委會，《瀛社創立九十週年紀念集》，瀛社辦事處發行，1999 年，頁 81。林正三，《松山地區之古老詩社－松社》，文史哲出版社，2005 年，頁 62。

328 中華民國傳統詩學會編，《傳統詩集》1，中華民國傳統詩學會出版，1979 年，頁 106。中華民國傳統詩學會編，《傳統詩集》3，中華民國傳統詩學會出版，1985 年，頁 189。中華民國傳統詩學會編，《傳統詩集》4，中華民國傳統詩學會出版，1988 年，頁 230。

君武（筠廬）教授之門，曾入「瀛社」，惟已離社。

楊阿本（道生）

楊阿本（1928.05.20～），字道生，自號龍緣。臺北縣貢寮龍門人，瑞芳高等科畢業，從事採金 30 餘年，期間師事姚德昌 5 載，後營銀樓及眼鏡公司，曾入「貂山吟社」、「松社」，1989 年成立「瑞芳鎮詩學研究會」，為該會創立人，兼任「中華民國傳統詩學會」常務理事，「中國詩經研究會」常務理事，著有《道生吟草》、《奎山新詠》等，亦曾入「瀛社」，惟已離社[329]。

張開龍

張開龍（1928.04.28～），福建晉江人。林務局退休後，轉任福建同鄉會秘書長，曾入「瀛社」，惟已離社。

黃祖蔭（承吉）

黃祖蔭（1929～），字承吉，號師竹齋。江西樟樹市人。中興大學畢業，服務教育界。學詩於張孟豪舅及許君武師，喜繪畫，並作藝評。曾獲金爵獎及乾坤古典詩獎。著有《勞生草》及《問藝錄》等。

徐世澤

---

[329] 中華民國傳統詩學會編，《傳統詩集》4，中華民國傳統詩學會出版，1988 年，頁 240。瀛社編委會，《瀛社創立八十週年紀念集》，瀛社辦事處發行，1989 年，頁 133。中華民國傳統詩學會編，《傳統詩集》5，中華民國傳統詩學會出版，1994 年，頁 169。中華民國傳統詩學會編，《傳統詩集》6，中華民國傳統詩學會出版，1997 年，頁 227。中華民國傳統詩學會編，《中華傳統詩集》7，中華民國傳統詩學會出版，2000 年，頁 209。黃鶴仁著，《貂山吟社史研究》，自印本，2000 年 12 月，頁 29。中華民國傳統詩學會編，《中華傳統詩集》8，中華民國傳統詩學會出版，2004 年，頁 165。林正三，《松山地區之古老詩社－松社》，文史哲出版社，2005 年，頁 61。

徐世澤（1929～），江蘇東臺（興化）人。擁有醫學士、公共衛生學碩
士學位。足跡遍 64 國。曾任醫院主任、副院長、院長等職。著有《養生吟》、
《擁抱地球》、《思邈詩草》、《並蒂詩帖》、《健遊詠懷》等。曾獲教育部詩
教獎，現任「中國詩人文化會」副會長、《乾坤》詩刊社副社長，《源遠》
雜誌編輯委員等。

葉昌嶽

葉昌嶽（1929.08～），日本大阪拓殖中學畢業，漢學修習 4 年。現任
臺北市文獻會史蹟解說員。

蔡業成（清泓）

蔡業成（1930.05～），字清泓，號夢萱。浙江省臺州市人。幼隨親友
學步吟哦，1950 年避亂來臺，參加高等文官考試及格後，從此獻身公務，
案牘勞形，無暇旁及詩詞。從事行政工作。退休後暢遊國內外名勝古蹟，
觸景生情，難免故態復萌。嗣入士林社大漢詩班進修。荷蒙楊振福介紹參
加「瀛社」及「中華民國傳統詩學會」。

許文彬

許文彬（1930.08.27～），臺北人，成功大學建築系畢業，淡江大學日
研所畢。詩學入黃鷗波之門。曾任臺灣銀行營繕科副科長，味全公司工務
部副理，禾豐建設公司顧問，營造公司專任建築師。

王　前（祁民）

王前（1931.08.17～），字祁民，號古槐軒主，基隆市人，事親至孝，
少入靜寄書齋師事呂漢生（杏洲）研習國學，又從羅鶴泉遊，繼與同好於
1979 年創「基隆詩學研究會」，為創始會員之一。後隨暖江周植夫專修詩

學至 1995 年捐館。曾任「中國詩經學會」理事、「中華民國傳統詩學會」常務監事,「基隆詩學研究會」總幹事等[330]。

康保延（葆賢）

康保延（1932.02.01～），字葆賢。廣東南海人,康南海先生賢裔。曾任文書管理師、中學教師、大學助教、講師,性喜文史兼及詩聯,並曾入「瀛社」[331]。

楊振福（有基）

楊振福（1932.11.20～），成功大學外文系畢業,原任職於航運公司。於詩則入傅秋鏞之門。退休後轉任社區大學英、日文及傳統詩學講師[332]。

高丁貴

高丁貴（1932.05.05～），基隆市人。精勘輿,為長福擇日館負責人。性耽吟詠,師事碩儒周植夫研究詩學,曾入「瀛社」,惟已離社,現任「基隆詩學研究會」理事[333]。

---

330 瀛社編委會,《瀛社創立八十週年紀念集》,瀛社辦事處發行,1989 年,頁 137。中華民國傳統詩學會編,《傳統詩集》5,中華民國傳統詩學會出版,1994 年,頁 6。中華民國傳統詩學會編,《傳統詩集》6,中華民國傳統詩學會出版,1997 年,頁 3。基隆詩學會編輯,《雨港古今詩選》,基隆市立文化中心,1998 年 8 月,頁 182。瀛社編委會,《瀛社創立九十週年紀念集》,瀛社辦事處發行,1999 年,頁 93。中華民國傳統詩學會編,《中華傳統詩集》7,中華民國傳統詩學會出版,2000 年,頁 1。陶一經編,《基隆市志‧藝文篇》,基隆市政府,2003 年 4 月,頁 50-51。中華民國傳統詩學會編,《中華傳統詩集》8,中華民國傳統詩學會出版,2004 年,頁 1。

331 瀛社編委會,《瀛社創立八十週年紀念集》,瀛社辦事處發行,1989 年,頁 141。

332 中華民國傳統詩學會編,《傳統詩集》6,中華民國傳統詩學會出版,1997 年,頁 229。潘玉蘭,《天籟吟社研究》,國立臺灣師範大學國文學系在職進修碩士班碩士論文,2004 年,頁 125。

333 瀛社編委會,《瀛社創立八十週年紀念集》,瀛社辦事處發行,1989 年,頁 143。

林振盛

林振盛（1933.03.18～），號承缽居士，臺北內湖人，煙酒公賣局屆齡退休。曾任菸酒業產業常務理事、中國國民黨生產事業黨部、區黨部暨支黨部委員。素耽吟詠，於詩則師事莊根茁、李春榮。曾任「松社」總幹事，2005 年繼李春榮任「松社」第 7 任社長，現爲本會常務理事[334]。

李梅庵（智賢）

李梅庵（1931.11.21～），本名智賢，別署匠伯。廣東普寧人，特考及格。樂山水，遊娛樹石，自幼好道，築「夢秋山莊」於基隆仁三路，間或涉八法丹青，並好詩詞，形成三絕，造詣頗深。曾任天主教基隆聖母醫院院長，廣東同鄉會理事長，潮州同鄉會理事長、天臘書畫會會長，現任「基隆詩學研究會」顧問，曾入「瀛社」，惟已離社[335]。

唐 羽

唐羽（1933～），號蘭陽史氏，宜蘭人，長於金瓜石，爲本省有名之方志學家，著有《臺灣採金七百年史》、《臺陽公司八十年志》、《基隆魯國顏氏家乘》、《雙溪鄉志》、《貢寮鄉志》等多種志書。2005 年入「瀛社」爲會志顧問。

張耀仁

基隆詩學會編輯，《雨港古今詩選》，基隆市立文化中心，1998 年 8 月，頁 184。
334 中華民國傳統詩學會編，《傳統詩集》1，中華民國傳統詩學會出版，1979 年，頁 86。林正三，《松山地區之古老詩社－松社》，文史哲出版社，2005 年，頁 63。
335 中華民國傳統詩學會編，《傳統詩集》6，中華民國傳統詩學會出版，1997 年，頁 24。基隆詩學會編輯，《雨港古今詩選》，基隆市立文化中心，1998 年 8 月，頁 187。瀛社編委會，《瀛社創立九十週年紀念集》，瀛社辦事處發行，1999 年，頁 103。惟《傳統詩集》6 作「22 年 11 月 21 日生於泰國」。

張耀仁（1933.01.09～），臺北縣金山鄉人，出生於基隆市七堵郊區。國立臺灣大學法律系畢業。曾任軍法官、省政府科員，中學教師。30 年粉筆生涯退休後，始加入騷壇活動，師事林正三、李春榮。2000 年加入「天籟吟社」，現任「中華民國傳統詩學會」副理事長、「臺灣瀛社詩學會」常務監事、桃園「以文吟社」常務理事，臺北「松社」社員，及「臺北縣社區公民文化促進會」創會會長[336]。

趙松喬

趙松喬（1933.04.21～），臺北人，曾入「瀛社」，惟已離社。

李宗波（孟津）

李宗波（1934.03.18～），號孟津。臺北縣人。爲名儒蕭獻三及門。並從三芝楊潔如受業。業商，閒時吟詠自適，曾入「澹社」，後由魏壬貴介紹入「瀛社」，著有《環球旅遊吟草》。曾任獅子會會長、三〇〇區副財務長、副監督、諮議，臺北市煤炭公會理事長，臺北靈安社社長，現任「瀛社詩學會」理事，臺北市義消總隊顧問，九府仙師廟主任委員，廟寺聯誼會長，臺北縣體育會副主任委員，淡水李氏祖廟主任委員。曾任中國詩經研究會副會長、《詩文之友》社常務委員等[337]。

葉金全

葉金全（1934.01～），三重溪尾人氏，於臺北市營志文裝訂行。詩學啓蒙於周植夫。加入「中華民國傳統詩學會」、「瀛社」、「松社」。於「長安

---

336 潘玉蘭，《天籟吟社研究》，國立臺灣師範大學國文學系在職進修碩士班碩士論文，2004 年，頁 128。林正三，《松山地區之古老詩社－松社》，文史哲出版社，2005 年，頁 62。

337 瀛社編委會，《瀛社創立八十週年紀念集》，瀛社辦事處發行，1989 年，頁 149。瀛社編委會，《瀛社創立九十週年紀念集》，瀛社辦事處發行，1999 年，頁 105。

詩社」承黃天賜、姚孝彥指導詩詞寫作。現任「瀛社詩學會」理事[338]。

陳針銅

陳針銅（1934.06.21～），出生於九份礦山，曾任職礦工及基隆港碼頭，爲詩則師承姚德昌，曾入「瀛社」，惟已離社[339]。

高銘貴

高銘貴（1934～），臺灣臺北縣人，居新店碧潭之側。曾任職省政府教育廳及國史館臺灣文獻館，臺北市文獻委員會史蹟解說員。退休後仍本「活到老學到老，一輩子也學不了」之精神，參加各項進修，對文史工作、詩詞尤須感興趣，由葉昌嶽紹入「瀛社」。曾編製《渤海高氏族譜》、《呂盧高許紀五姓一家專輯》、〈高姓宗族臺北縣民史述〉等。

鄞　強（有功）

鄞強（1935.07.03～），字耀南、有功，道號光弱，號柳塘軒主，屏東潮州人。少時家貧而上進不懈，遂半工半讀。1955 年隻身旅北，學詩於李嘯庵、林錫麟、張高懷。事親以孝聞。曾加入「天籟吟社」、「高山文社」，亦「松社」社員。因欲促進全民愛國精神，曾於 1977 及 1979 年獨自於其故鄉潮州舉辦全國詩人聯吟大會，宏揚詩教不遺餘力，現任「中華民國傳統詩學會」理事。著有《鄞氏渡臺始祖保相公詩畫紀念集》行世[340]。

---

338 林正三，《松山地區之古老詩社－松社》，文史哲出版社，2005 年，頁 63。

339 黃鶴仁著，《貂山吟社史研究》，自印本，2000 年 12 月。瀛社辦事處編，《瀛社歷年名冊通訊錄》，社內文書未公開發行。

340 賴子清，《圓機活法古今詩粹》，文和印刷公司，1966 年 12 月，頁 46。瀛社編委會，《瀛社創立六十週年紀念集》，瀛社辦事處發行，1969 年，頁 182。瀛社編委會，《瀛社創立七十週年紀念集》，瀛社辦事處發行，1979 年，頁 161。中華民國傳統詩學會編，《傳統詩集》1，中華民國傳統詩學會出版，1979 年，頁 198。中華民國傳統詩學會編，《傳統詩集》2，中華民國傳統詩學會出版，1982 年，頁 36。中華民國傳統詩學會編，《傳統詩集》3，中華民國傳統詩學會出版，

歐陽開代

歐陽開代（1935.05～），臺北市人，臺灣大學經濟系肄業，外文系畢業。曾任伊藤忠商事臺北分公司金屬課課長、新加坡宇立電子公司總經理、華新麗華股份有限公司執行副總經理、現任華新電通股份有限公司董事長、印尼華新力寶公司總經理。數十年馳騁電子通訊界，頗有建樹。於詩則隨楊振福習創作與賞析，又隨黃冠人習吟唱，現爲「瀛社詩學會」監事，又參加「天籟吟社」[341]。

邱天來（健民）

邱天來（1936.03.11～），字健民，基隆人。少入靜寄書齋詩事呂傳溪（漢生）研讀古文，性聰惠，過目成誦，尤好吟詠，曾參與創立「基隆詩學研究會」，任首、次屆理事長，推廣詩學不遺餘力，開班授徒，造就英才，貢獻良多，曾入「瀛社」，惟已離社，曾任《民眾日報》廣告課長、拖網漁業協會總幹事兼日用器皿公會祕書，1978年獲傳統詩優秀青年詩人獎[342]。

1985年，頁27。中華民國傳統詩學會編，《傳統詩集》4，中華民國傳統詩學會出版，1988年，頁61。瀛社編委會，《瀛社創立八十週年紀念集》，瀛社辦事處發行，1989年，頁153。中華民國傳統詩學會編，《傳統詩集》5，中華民國傳統詩學會出版，1994年，頁178。中華民國傳統詩學會編，《傳統詩集》6，中華民國傳統詩學會出版，1997年，頁230。瀛社編委會，《瀛社創立九十週年紀念集》，瀛社辦事處發行，1999年，頁109。中華民國傳統詩學會編，《中華傳統詩集》7，中華民國傳統詩學會出版，2000年，頁249。中華民國傳統詩學會編，《中華傳統詩集》8，中華民國傳統詩學會出版，2004年，頁193。潘玉蘭，《天籟吟社研究》，國立臺灣師範大學國文學系在職進修碩士班碩士論文，2004年，頁126。林正三，《松山地區之古老詩社－松社》，文史哲出版社，2005年，頁63-64。

341 潘玉蘭，《天籟吟社研究》，國立臺灣師範大學國文學系在職進修碩士班碩士論文，2004年，頁128。

342 見中華民國傳統詩學會編，《傳統詩集》2，中華民國傳統詩學會出版，1982年，頁129。瀛社編委會，《瀛社創立八十週年紀念集》，瀛社辦事處發行，1989年，頁159。基隆詩學會編輯，《雨港古今詩選》，基隆市立文化中心，1998年8月，頁191。陶一經編，《基隆市志‧藝文篇》，基隆市政府，2003年4月，頁51。

蔣孟樑（夢龍）

蔣孟樑（1936.11.11～），字夢龍，號心廣齋主。生於基隆，原籍福建惠安。業石刻於南榮路。師承羅鶴泉，精研文史垂 10 載，書宗滄廬，爲曹秋圃得意門生，並追隨名詩人周植夫勤習詩學，凡 20 載，故工詩善書，爲當世所重。歷任「基隆詩學研究會」常務監事、理事長，「基隆書道會」理事長，「滄廬書會」副會長，「中華民國傳統詩學會」副理事長等，現爲「瀛社詩學會」理事[343]。

魏仁德

魏仁德（1937.08.02～），宜蘭籍，自幼移居基隆市，經營順裕漁具行，爲名儒呂漢生高足，曾任「基隆詩學研究會」理事長，及「宜蘭同鄉會」理事長等職，曾入「瀛社」，惟已離社[344]。

楊君潛（柳園）

楊君潛（1937～），字柳園，又字尙己，宜蘭縣人，爲詩人楊靜淵令侄。曾供職臺灣水泥公司，後從商，任天府工業公司常務董事間經理。所爲詩不尙敷飾，曾入「瀛社」，惟已離社[345]。

---

343 見瀛社編委會，《瀛社創立八十週年紀念集》，瀛社辦事處發行，1989 年，頁 163。中華民國傳統詩學會編，《傳統詩集》5，中華民國傳統詩學會出版，1994 年，頁 193。中華民國傳統詩學會編，《傳統詩集》6，中華民國傳統詩學會出版，1997 年，頁 257。基隆詩學會編輯，《雨港古今詩選》，基隆市立文化中心，1998 年 8 月，頁 193。瀛社編委會，《瀛社創立九十週年紀念集》，瀛社辦事處發行，1999 年，頁 115。中華民國傳統詩學會編，《中華傳統詩集》7，中華民國傳統詩學會出版，2000 年，頁 274。陶一經編，《基隆市志·藝文篇》，基隆市政府，2003 年 4 月，頁 50。中華民國傳統詩學會編，《中華傳統詩集》8，中華民國傳統詩學會出版，2004 年，頁 219。惟《傳統詩集》均作「號夢龍」

344 瀛社編委會，《瀛社創立八十週年紀念集》，瀛社辦事處發行，1989 年，頁 167。基隆詩學會編輯，《雨港古今詩選》，基隆市立文化中心，1998 年 8 月，頁 195。

345 瀛社編委會，《瀛社創立六十週年紀念集》，瀛社辦事處發行，1969 年，頁 185。

施勝隆（勝雄）

施勝隆（1937～），亦名勝雄，字學長，書齋號籟莊吟苑、恒心齋。原籍彰化鹿港，隨父北徙新莊，遂定居焉。經營食油業，設號「勝茂行」，並與友人合創「勝茂油廠」，任經理。嘗從林錫麟遊，承松雲堂陳彥希習國畫，合創「新莊彥群詩書畫同好會」，擅詩文、書法、燈謎，先後參加「天籟吟社」、「高山文社」、「淡北吟社」、「逸社」、「澹社」，曾入「瀛社」，惟已離社，並曾任「中華民國傳統詩學會」理事、「臺北市詩人聯吟會」總幹事等職，著有《籟莊書樓詩文書畫金石集》、《恒心謎存》等[346]。

莊德川

莊德川（1937.08.16～），福建壯武人，國家特種考試乙等及格，經商退休，喜愛詩詞吟詠，書法研習。「中華民國傳統詩學會」會員，曾入「瀛社」，惟已離社[347]。

許漢卿（涵青）

許漢卿（1937.07.14～），字涵青。彰化縣鹿港鎮人。國立政治大學教育系畢業。曾任國中輔導主任，高職教務主任，社區大學國文教師，「洄瀾

瀛社編委會，《瀛社創立七十週年紀念集》，瀛社辦事處發行，1979 年，頁 164。
中華民國傳統詩學會編，《傳統詩集》1，中華民國傳統詩學會出版，1979 年，頁 180。

346 瀛社編委會，《瀛社創立六十週年紀念集》，瀛社辦事處發行，1969 年，頁 188。
中華民國傳統詩學會編，《傳統詩集》1，中華民國傳統詩學會出版，1979 年，頁 40。邱奕松，〈北臺詩苑〉，《臺北文獻》直字 81 期，1987 年 9 月，頁 370。潘玉蘭，《天籟吟社研究》，國立臺灣師範大學國文學系在職進修碩士班碩士論文，2004 年，頁 126。

347 中華民國傳統詩學會編，《傳統詩集》6，中華民國傳統詩學會出版，1997 年，頁 184。瀛社編委會，《瀛社創立九十週年紀念集》，瀛社辦事處發行，1999 年，頁 129。中華民國傳統詩學會編，《中華傳統詩集》7，中華民國傳統詩學會出版，2000 年，頁 223。

詩社」指導教師[348]。

王武運（明堂）

王武運（1937.10.04～），字明堂，曾入「瀛社」，惟已離社。

林禎輝

林禎輝（1937～），臺南縣新營鎮後鎮里人。1963 年遷居臺北市。齡60 始由黃天賜介紹入「長安詩社」的前身—「唐詩社」學詩，受學於張國裕。後又隨緣參學於「灘音吟社」李春榮及「瀛社」林正三等。於一貫道經常受各位前輩、點傳師及講師指導，並決心專研三教經典。現爲「瀛社」、「松社」及「長安詩社」社員。

林青雲

林青雲（1938.01.29～），金瓜石人，臺灣師範大學國文系畢業，服務鱣壇 40 餘年，榮獲資深優良教師獎，1997 年教師節蒙總統款宴於陽明山中山樓，入「貂山吟社」、「鼎社」、「古典詩研究社」，並曾入「瀛社」，惟已離社[349]。

林正男

林正男（1938.04～），臺北科技大學電機工程系畢業，曾任職於太平洋電線電纜、華新麗華電纜、華新麗華股份有限公司等，現爲華新電通股份有限公司副董事長兼總經理，曾入「瀛社」。

---

348 林正三，《松山地區之古老詩社－松社》，文史哲出版社，2005 年，頁 64。

349 中華民國傳統詩學會編，《傳統詩集》4，中華民國傳統詩學會出版，1988 年，頁 119。中華民國傳統詩學會編，《傳統詩集》5，中華民國傳統詩學會出版，1994 年，頁 56。瀛社編委會，《瀛社創立九十週年紀念集》，瀛社辦事處發行，1999 年，頁 133。

陳彥宇

陳彥宇（1938～），生於基隆。國立臺灣師範大學國文系畢業，教育研究所結業。熱愛教育及鄉土文化，亦好傳統詩文。從事中小學教育工作 40 餘年。曾與鄉賢共創「基隆謎學研究會」及「基隆詩學研究會」，編著有《基隆市志・民俗志・語言篇》。

黃天賜

黃天賜（1939.12.01～），臺北市人，建國中學初中部畢業，少壯風月，幾毀家計，乃謀生於市井。平素好讀書，唯無師承，雖研佛理，不爲佛徒，嗜莊好易，脫略自矜，有歌詠而不喜斤斧，唯其所以自樂也，乃號「無悔翁」。亦「天籟吟社」、「瀛社」社員[350]。

洪龍溪

洪龍溪（1939～），臺灣彰化縣人。一生從事公務人員達 37 年之久，退休後即加入「中華民國傳統詩學會」，「彰化縣詩學研究協會」，彰化縣「興賢吟社」，「臺灣瀛社詩學會」，「中華楚騷研究會」，現爲「彰化縣國學研究協會」理事。

吳國風

吳國風（1939.11～），生於彰化和美鎮，和美國小、彰化商職、中興大學經濟系畢業。曾任安侯建業會計師事務所主席 5 年，於 2005 年以資深會計師職位退休。1995 年隨林正三研習傳統詩及漢文音韻，隨李春榮學習傳統詩吟唱。對傳統詩之格律及吟唱略有心得，可惜因工作忙碌，難以爲

---

350 潘玉蘭，《天籟吟社研究》，國立臺灣師範大學國文學系在職進修碩士班碩士論文，2004 年，頁 127。林正三，《松山地區之古老詩社－松社》，文史哲出版社，2005 年，頁 64。

繼。希望很快能卸下工作，重拾學習傳統詩的樂趣。

尤錫輝

尤錫輝（1939～），原籍鹿港。1958 年旅居臺中市，任職臺灣電力公司凡 45 年。退休後始勤於學習漢學、詩文、國畫、書法等藝術及地方文史，並投入志工服務。2006 年加入「瀛社」，現爲彰化「文開詩社」社員及「梅川傳統文化學會」理事。

廖茂松

廖茂松（1939.03～），臺北市人，淡江大學畢業。曾任臺北市稅捐處秘書、主任。現已退休。

林彥助（粲若）

林彥助（1940.07.17～），號粲若，臺北縣人，歷任省市地方美展評審委員。著有《茂齋文集》、《虛谷詩詞集》、《林彥助詩書畫集》、《絲路行旅》等，曾入「瀛社」，惟已離社[351]。

陳欽財

陳欽財（1940.12.01～），基隆人。淡江大學外文系畢業，曾任國光貿易公司英文秘書，固德信企業公司總經理，光隆家商英文教師，長青獅子會秘書長，基隆公益會創會會長，中國詩經會理事，「瀛社」副社長。現任「瀛社詩學會」常務理事、中國詩人文化會理事，基隆市詩學會理事長，基隆市長青學苑詩詞講師[352]。

---

351 瀛社編委會，《瀛社創立九十週年紀念集》，瀛社辦事處發行，1999 年，頁 135。
352 中華民國傳統詩學會編，《傳統詩集》6，中華民國傳統詩學會出版，1997 年，頁 172。瀛社編委會，《瀛社創立九十週年紀念集》，瀛社辦事處發行，1999 年，頁 143。中華民國傳統詩學會編，《中華傳統詩集》7，中華民國傳統詩學會出版，

許又匀（玄如）

許又匀（1940.08.11～），號玄如，臺南市人，早歲徙北市定居，畢業於臺北市立女子師專，曾任教職 20 餘載，因故轉職出版業，現爲「東穎出版社」負責人，師承廉永英、周植夫、李春榮、陳榮弨，現於「長安詩社」隨黃天賜、姚孝彥研讀清詩評註、易經、詩經等，平素以喜研佛學、文學，尤好詩詞、散文、傳記等，亦「松社」及「中華民國傳統詩學會」會員，現任「瀛社詩學會」理事。[353]。

王尙義

王尙義（1940～），臺北市人，東吳大學會計系畢業。公司財務會計，爲「瀛社」創社員王少濤嫡孫。

黃金陵

黃金陵（1940.08.06～），出生於鹿港。旅居臺北，爲名書法家，曾入「瀛社」，惟已離社。

朱自力

朱自力（1941～），江蘇漣水人。國立政治大學中文系、中文研究所畢業。受業高明、熊公哲、王夢鷗、成惕軒、盧元駿諸師。曾任教政大中文系、所教授兼主任。致理技術學院院長。現任德明財經科技大學講座教授。由許哲雄介紹入「瀛社」。著有《拜月亭考述》、《歷代曲選註（合著）》、《說詩晬語論歷代詩》等。

2000 年，頁 171。中華民國傳統詩學會編，《中華傳統詩集》8，中華民國傳統詩學會出版，2004 年，頁 157。

353 林正三，《松山地區之古老詩社－松社》，文史哲出版社，2005 年，頁 65。

李政村

李政村（1941.06～），臺北縣雙溪鄉人。17 歲入漢學名儒瑞芳地區記者公會理事長張長江之門，並承姚德昌指導，姚許爲關門弟子。1989 年參加「瑞芳詩學會」任總幹事，並主筆焿寮福龍宮廟聯。2004 年 8 月承翁正雄副社長介紹入「瀛社」。現任「瀛社詩學會」監事。

周福南（宜庵）

周福南（1941～），號宜庵。臺北古亭庄人。1964 年國立政治大學國際貿易學系畢業。經營紡織成品及整廠設備輸出入國際貿易多年，足跡遍及歐、美、亞、非各地。喜好文學、藝術、旅遊等。曾兼任專科學校講師，工作之餘，耕讀自娛，爲「國際扶輪社」資深社員，承林正三社長介紹加入「瀛社」。

林瑞龍

林瑞龍（1941～），彰化人。臺大法律系畢業，留學日美兩國，專攻國際法。外交特考及格，曾任外交部專員，經濟部科長，亞東關係協會副秘書長；輔仁大學及中央警官學校兼任講師。曾派駐日本代表處經濟組副組長，韓國代表處經濟組組長，美國亞特蘭大商務組組長。2006 年 1 月經濟參事退休，4 月加入「臺灣瀛社詩學會」。

許欽南（位北）

許欽南（1941.06～），字位北，師大國文系畢業，任教臺北中正高中27 年，退休後於 1995 年加入「基隆詩學研究會」，蒙邱天來、陳祖舜、陳兆康等指導，曾任「基隆詩學會理事」、「瀛社」副總幹事等[354]。

---

354 基隆詩學會編輯，《雨港古今詩選》，基隆市立文化中心，1998 年 8 月，頁 201。
　　瀛社編委會，《瀛社創立九十週年紀念集》，瀛社辦事處發行，1999 年，頁 151。

林麗珠（縈瑞）

林麗珠（1942～），字縈瑞，臺北市人，原服務於稅捐機關，現已退休。平素喜讀書寫字，早年於臺北同勵詩會，師事基隆周植夫，學書於黃篤生（厚庵），現師事廖禎祥（萃庵）。平素以羽球健身，並喜遊山玩水，曾為「基隆詩學會」會員，及「松社」社員[355]。

許哲雄

許哲雄（1942.01.21～），嘉義人，弱冠負笈北上，卒業於臺大法律系，旋習陶朱，嫻熟船務，曾任瑞三礦業公司副理、臺聯貨櫃公司總經理。業餘雅好吟詠，偶侍先泰岳淡如公唱酬，現任「瀛社詩學會」理事[356]。

吳福助

吳福助（1942～），臺灣南投縣竹山鎮人，中國文化學院文學碩士，東海大學中文系教授，國家臺灣文學館《全臺詩》編纂計畫研究員。專精於臺灣文學文獻學。著有《史漢關係》、《史記解題》、《漢書採錄西漢文章探討》、《秦始皇刻石考》、《睡虎地秦簡論考》、《臺灣漢語傳統文學書目》等書。

潘玉蘭，《天籟吟社研究》，國立臺灣師範大學國文學系在職進修碩士班碩士論文，2004 年，頁 128。

355 基隆詩學會編輯，《雨港古今詩選》，基隆市立文化中心，1998 年 8 月，頁 205。中華民國傳統詩學會編，《中華傳統詩集》7，中華民國傳統詩學會出版，2000 年，頁 101。中華民國傳統詩學會編，《中華傳統詩集》8，中華民國傳統詩學會出版，2004 年，頁 53。林正三，《松山地區之古老詩社－松社》，文史哲出版社，2005 年，頁 65。

356 瀛社編委會，《瀛社創立七十週年紀念集》，瀛社辦事處發行，1979 年，頁 167。瀛社編委會，《瀛社創立八十週年紀念集》，瀛社辦事處發行，1989 年，頁 171。瀛社編委會，《瀛社創立九十週年紀念集》，瀛社辦事處發行，1999 年，頁 155。

洪嘉惠

洪嘉惠（1942～），嘉義民雄人。淡江中文系畢業，師大研究所結業，高中教師退休。寫作逾 50 年，歷任《嘉義青年》主編、《商工日報副刊》主編、「民雄文教基金會」董事、「民雄詩社」創社社長、「嘉義縣詩學研究會」理事、「中華民國傳統詩學會」監事。著有《青少年啓發作文》、《小朋友理解作文》（華視出版）、《用語三書》（名人出版）、《我愛作文全集》（明統出版）、《民雄先賢小傳》、《民雄鄉賢小傳》、《民雄詩香》、《民雄雅風》、《民雄八景》（民雄文教叢書）等百餘書。

楊志堅（順全）

楊志堅（1942～），字順全。蒔、詩、書、繪幼承庭訓，引爲頤神養性雅趣。近年從黃冠人、林正三、張國裕等夫子遊。曾任中華民國牧師協會秘書、總幹事，中華民國基督教會協會執行長、秘書長。現任「挪威基金會」國際董事兼執行長，育幼院老人之家董事、督導。

翁正雄（守癡）

翁正雄（1943.05.05～），字守癡，輔大在臺復校首屆中文研究所畢業，1978 年中文副教授離職轉業，1985 年任傳統詩學會監事，「網溪詩社」創立發起人，1987 年獲行政院頒發優秀詩人獎，1997 年於臺北詩、書、畫個展。著有《曾國藩學術思想研究》、《問學齋詩文書畫集》、《問學齋印譜》及其他各類論著十多種，曾任輔大中文系校友會、新莊大專聯誼會首任總幹事。新莊國際青商會資深聯誼會一、二屆主席、新莊書畫會會長。現任「瀛社」常務理事、「松社」總幹事、「問學齋藝術中心」主任教授。亦曾加入「天籟吟社」、「網溪吟社」[357]。

357 瀛社編委會，《瀛社創立八十週年紀念集》，瀛社辦事處發行，1989 年，頁 175。

林正三（立夫）

　　林正三（1943.05.14～），字立夫，自署惜餘齋主人。原籍臺北縣。性恬淡、嗜文史。早歲全憑自修，中年始入竹潭植夫周夫子之門。業餘專攻古典詩文、閩南漢語聲韻及地方文史之研究。於松山慈惠堂、基隆仁愛國小社教班、臺北覺修宮任詩文及聲韻講席多年。曾參「中華詩學研究所」，又曾任「中華民國傳統詩學會」理事，「瀛社」總幹事、副社長、社長，彰化「鹿港社大」詩文聲韻講師。2001 年獲臺北市府表爲「推展社會教育有功人員」。現爲「臺灣瀛社詩學會」理事長，《乾坤》詩刊雜誌社古典詩詞主編。著有《詩學概要》、《閩南語聲韻學》、《松山地區之古老詩社－松社》、《歷代詩話精華》、《臺灣近百年詩話輯》（合輯）、《臺灣古典詩學》、《輯釋臺灣漢詩三百首》、《清詩話精華》、《千字文閩南語音讀》有聲書及〈瀛社社史之整理纂修與研究〉論文等[358]。

洪玉璋（達儒）

　　洪玉璋（1943.08.01～），字達儒、琢就，號柔遠、珪如、良器，別號

　　瀛社編委會，《瀛社創立九十週年紀念集》，瀛社辦事處發行，1999 年，頁 159。中華民國傳統詩學會編，《傳統詩集》1，中華民國傳統詩學會出版，1979 年，頁 112。中華民國傳統詩學會編，《傳統詩集》3，中華民國傳統詩學會出版，1985年，頁 137。中華民國傳統詩學會編，《傳統詩集》6，中華民國傳統詩學會出版，1997 年，頁 115。林正三，《松山地區之古老詩社－松社》，文史哲出版社，2005年，頁 65-66。

358 中華民國傳統詩學會編，《傳統詩集》4，中華民國傳統詩學會出版，1988 年，頁 142。瀛社編委會，《瀛社創立八十週年紀念集》，瀛社辦事處發行，1989 年，頁 177。中華民國傳統詩學會編，《傳統詩集》5，中華民國傳統詩學會出版，1994年，頁 44。中華民國傳統詩學會編，《傳統詩集》6，中華民國傳統詩學會出版，1997 年，頁 36。基隆詩學會編輯，《雨港古今詩選》，基隆市立文化中心，1998年 8 月，頁 207。瀛社編委會，《瀛社創立九十週年紀念集》，瀛社辦事處發行，1999 年，頁 167。中華民國傳統詩學會編，《中華傳統詩集》7，中華民國傳統詩學會出版，2000 年，頁 91。林正三，《松山地區之古老詩社－松社》，文史哲出版社，2005 年，頁 66-67。

書香樓主。雲林口湖鄉人，少時學於其先尊洪竹旺氏，家學淵源。平時以計程車為業，並曾開業洪家黃牛肉麵館，曾任「中華民國傳統詩學會」理、監事，「中國詩經會」理事等，亦「網溪吟社」、「貂山吟社」、「大觀詩社」、「天籟吟社」暨「松社」社員，並參與「風義師友會」、「八仙會」等[359]。

林惠如

林惠如（1943.06～），生於臺中市，實踐家專食品營養科畢業，家庭主婦。與夫婿吳國風同時在林正三及李春榮教導下學習傳統詩之格律及吟唱，可惜因根底較差，雖有樂趣，但進步有限。

黃國雄（海鶴）

黃國雄（1944.05.05～），字海鶴，世居基隆。酷嗜詩詞、書法、燈謎、圍棋，經營報關業。素孚名望，曾任「報關公會」理事長，「基隆市東區扶輪社」社長，公餘嘗涉獵古典詩，為詩工穩。1977年與基津諸詩友創「基隆詩學研究會」，為創始會員之一，任第7、8屆理事長，曾入「瀛社」，惟已離社[360]。

---

359 中華民國傳統詩學會編，《傳統詩集》1，中華民國傳統詩學會出版，1979年，頁96。中華民國傳統詩學會編，《傳統詩集》2，中華民國傳統詩學會出版，1982年，頁132。中華民國傳統詩學會編，《傳統詩集》3，中華民國傳統詩學會出版，1985年，頁114。中華民國傳統詩學會編，《傳統詩集》4，中華民國傳統詩學會出版，1988年，頁58。中華民國傳統詩學會編，《傳統詩集》6，中華民國傳統詩學會出版，1997年，頁83。瀛社編委會，《瀛社創立九十週年紀念集》，瀛社辦事處發行，1999年，頁175。潘玉蘭，《天籟吟社研究》，國立臺灣師範大學國文學系在職進修碩士班碩士論文，2004年，頁127。林正三，《松山地區之古老詩社－松社》，文史哲出版社，2005年，頁67。

360 瀛社編委會，《瀛社創立八十週年紀念集》，瀛社辦事處發行，1989年，頁189。基隆詩學會編輯，《雨港古今詩選》，基隆市立文化中心，1998年8月，頁209。瀛社編委會，《瀛社創立九十週年紀念集》，瀛社辦事處發行，1999年，頁183。

劉清河

劉清河（1944～），號笠雲生。出生於臺中市。少時即好詩詞，先後受業予黃聯章、郭茂松。性淡好靜，長年茹素，平時寄情於詩禪之中。詩好閑詠，主性靈重寫實。以清新、典雅、平淡、自然為創作原則。並主張以天地為心，以自然為法，以古人為師作日常之修身治學理念。10餘年來受聘為「臺中市財團法人鄭順娘文教公益基金會」漢詩講座講席，今又受聘予常春藤中學，為學生講授漢學及本土文化。著有《笠雲生詩選集》、《笠雲居閑吟集》、《綠川漢詩創作集》、《綠川漢詩班十周年師生選集》，合著《綠川文藝》1～6集[361]。

陳麗卿

陳麗卿（1945.06～），臺北市人，師大國文系畢業，臺北中正高中退休。雅愛詩學，從莊世光、李春榮、林正三、張國裕學習，2004年加入「天籟吟社」，亦參與「瀛社」現為本會出納[362]。

劉水稻

劉水稻（1946.05～），臺北市人，臺大機械系畢業，任職於華新公司，曾入「瀛社」，惟已離社。

姚啟甲

姚啟甲（1946.10～），臺北市人。曾任南亞塑膠公司課長，現職三千貿易股份有限公司總經理。於詩則師承楊振福、陳榮弨、黃冠人、張國裕，書法入吳大仁之門，曾參與「天籟吟社」、「瀛社」。現任「瀛社詩學會」常

361 賴子清，《圓機活法古今詩粹》，文和印刷公司，1966年12月，頁47。
362 潘玉蘭，《天籟吟社研究》，國立臺灣師範大學國文學系在職進修碩士班碩士論文，2004年，頁128。

務理事暨國際扶輪社臺灣 3490 地區 2008～2009 年度總監[363]。

林李玲玲

李玲玲（1946.10～），臺北市人，自小隨家君讀四書等經典，9 年來在臺北市孔子廟受教於黃冠人，學習河洛漢語正音，古文研讀及詩詞吟唱，從張國裕及陳祖舜學習詩詞及聯對習作，隨徐泉聲與陳淑美學習楚辭、詩經、詩詞賞析，至今從不間斷。現從事推廣河洛正音及詩詞吟唱教學工作，2004 年 8 月入「天籟吟社」、並參與「瀛社」[364]。

唐玹櫂

唐玹櫂（1946.07～），臺北市人。曾任偉吉工業有限公司負責人，現營大圓滿易經姓名堪輿館。

洪純義

洪純義（1946.02～），臺北淡水人，高商畢，服務於臺灣鐵路局退休。

陳妧姈

陳妧姈（1947.01～），國立師範大學生物系畢業，國中教職退休。學詩於楊振福、陳榮弨，曾入「瀛社」，惟已離社。

陳碧霞

陳碧霞（1947.06～），大學畢，曾任新埔工專講師，現職三千貿易股份有限公司董事長。詩學師承楊振福、陳榮弨、黃冠人，書法入吳大仁之

363 潘玉蘭，《天籟吟社研究》，國立臺灣師範大學國文學系在職進修碩士班碩士論文，2004 年，頁 129。

364 潘玉蘭，《天籟吟社研究》，國立臺灣師範大學國文學系在職進修碩士班碩士論文，2004 年，頁 129。

門，2004 年 10 月加入「天籟吟社」，亦參與「瀛社」及「中國傳統詩學會」，現任「瀛社詩學會」會計長[365]。

楊錦秀

楊錦秀（1947.07～），大專畢業，公職退休。亦「基隆詩學會」會員。

蕭煥彩

蕭煥彩（1947.11～），輔仁大學中文系畢業，擔任新莊國中教師 26 年退休，曾任「新莊國中文聯社」社長 2 年。期間常參加「天籟吟社」、「網溪吟社」、「大觀詩社」聯吟活動。1999 年退職，2004 年任「新莊國中退休教師聯誼會」會長。退休後專心投入詩書畫寫作，教學相長。2005 年任「新莊書畫會總幹事」。現為「瀛社」、「松社」社員、「臺北縣新莊書畫會」常務監事。

張明萊

張明萊（1948.08.26～），基隆人，文化大學中文系畢業，「基隆詩學研究會」會員，現從事書法藝術研究與教學。喜好文史、哲學、古典詩詞，為中國標準草書學會祕書長、新加坡新神州藝術院名譽院士、山東省曹州青年書畫院榮譽院長等，曾入「瀛社」，惟已離社[366]。

甄寶玉

---

365 潘玉蘭，《天籟吟社研究》，國立臺灣師範大學國文學系在職進修碩士班碩士論文，2004 年，頁 129。

366 基隆詩學會編輯，《雨港古今詩選》，基隆市立文化中心，1998 年 8 月，頁 213。中華民國傳統詩學會編，《中華傳統詩集》7，中華民國傳統詩學會出版，2000 年。中華民國傳統詩學會編，《中華傳統詩集》8，中華民國傳統詩學會出版，2004 年，頁 245。

甄寶玉（1948.01～），生於廣東臺山縣，幼年移居香港。畢業於臺灣師範大學，曾任中學教師。生性淡泊，常以琴書自娛。2000 年起，從簡明勇、洪澤南習詩詞吟唱，後隨黃天賜、姚孝彥、張國裕、林彥助、林正三習詩作，現爲「臺灣瀛社詩學會」理事，「松社」、「天籟吟社」及「中華民國傳統詩學會」會員[367]。

洪世諜

洪世諜（1948.04～），彰化芳苑鄉人。旅北營建築業，曾任「松社」總幹事，現爲「瀛社詩學會」理事[368]。

賴添雲

賴添雲（1948.11.14～），出生於苗栗。承黃鷗波習繪畫、漢文、詩詞，膠彩畫作典藏於國立臺灣美術館、高雄市立美術館、苗栗縣文化中心，行政院客委會等。於 1981 年共創臺灣膠彩畫協會，1990 共創北市膠彩綠水畫會，曾任高雄市立美術館典藏委員及全國性美展評審。1995 年推動客家文化共創公益性寶島客家廣播電臺。於 1999 年加入「瀛社」，現爲「瀛社詩學會」理事。

張慧民

張慧民（1948.06.11～），籍貫江蘇，出生於臺灣，淡江大學中文系畢業，服公退休，「松社」社員，曾入「瀛社」，惟已離社[369]。

---

367 潘玉蘭，《天籟吟社研究》，國立臺灣師範大學國文學系在職進修碩士班碩士論文，2004 年，頁 129。林正三，《松山地區之古老詩社－松社》，文史哲出版社，2005 年，頁 69。

368 林正三，《松山地區之古老詩社－松社》，文史哲出版社，2005 年，頁 69。

369 林正三，《松山地區之古老詩社－松社》，文史哲出版社，2005 年，頁 70。

黃明輝

黃明輝（1948～），成長於臺北艋舺，年過半百才勤習河洛漢學，并從名師研習古典近體詩之寫作及詩詞吟唱。10 年間，先後加入「天籟吟社」及臺灣「瀛社」接受薰陶，並廣結詩友互相砥礪。退休前後曾致力於臺語的教學及演講，期望更多臺灣島上的人民能夠傳承這優美的母語。

陳漢傑（俊儒）

陳漢傑（1949.10.01～），字俊儒，籍彰化，徙於竹南，幼承庭訓，素好詩文，平生以星相命卜為業，任「苗栗縣國學會」會長，「中華民國傳統詩學會」副理事長、「竹南詩學勵進會」負責人，曾入「竹社」、「栗社」，並曾入「瀛社」，惟已離社[370]。

許秉行

許秉行（1949.04～），嘉義市人，早歲移居永和。畢業於中國文化大學哲學系，師承彭楚衍教授。歷任電器公司門市經理、視聽教材製作人等，現任悅寶科技公司副總經理。詩學自高中時期就喜歡，長期自習為樂。2002年新莊社大遇林世澤所教授「河洛漢詩文課程」方開始鑽研。旋因投稿認識林正三，幸蒙教導方識得律詩入門格律與習作，此乃一生中最高興，最感恩的一件事。並由林正三介紹入詩會活動迄今。平素好佛，喜聆吟唱、國樂及詩詞欣賞。

370 中華民國傳統詩學會編，《傳統詩集》5，中華民國傳統詩學會出版，1994 年，頁 112。中華民國傳統詩學會編，《傳統詩集》6，中華民國傳統詩學會出版，1997 年，頁 176。中華民國傳統詩學會編，《中華傳統詩集》7，中華民國傳統詩學會出版，2000 年，頁 166。中華民國傳統詩學會編，《中華傳統詩集》8，中華民國傳統詩學會出版，2004 年，頁 131。

鄭水同（守一）

鄭水同（1950.06.13～），字守一，基隆人。師事周植夫與羅鶴泉。曾任「基隆詩學研究會」理事、總幹事，亦曾入「瀛社」，惟已離社，目前為港口事業股份有限公司文業部副理[371]。

廖碧華（雉子）

廖碧華（1950.06～），字雉子，臺中縣大雅鄉人，畢業於屏東農專，曾為國中生物科教師。早歲隨父母習作詩詞及吟詠，中年習古箏、古琴及國畫。退休後師承黃天賜、姚孝彥、林正三與林彥助習古文及詩詞創作。為「長安詩社」、「松社」、「瀛社」及「中華民國傳統詩學會」會員[372]。

胡其德

胡其德（1951.02～），臺南人。國立師範大學文學博士，法國高等研究院、德國波昂大學、荷蘭萊頓大學研究。現任國立師範大學歷史系教授，著有《蒙古帝國初期的政教關係》、《蒙古族騰格里觀念的演變》、《元代地方的兩元統治》、《翡冷翠的秋晨》（詩集）、《法國文學史》（譯）等，曾入「瀛社」，惟已離社。

張民選

張民選（1951.05～），臺北蘆洲人，早歲因嘗見王父於私塾授漢學，啟發對古典文學之興趣，求學階段專攻機械設計，後更繼續創業而忙碌，苦無機會學習。知命之年，偶經媒體引介，隨黃冠人啟蒙詩詞吟唱，更入

---

371 瀛社編委會，《瀛社創立八十週年紀念集》，瀛社辦事處發行，1989 年，頁 179。
　　基隆詩學會編輯，《雨港古今詩選》，基隆市立文化中心，1998 年 8 月，頁 215。
　　陶一經編，《基隆市志·藝文篇》，基隆市政府，2003 年 4 月，頁 53。
372 林正三，《松山地區之古老詩社－松社》，文史哲出版社，2005 年，頁 70。

林正三帳下，習閩南語聲韻與詩詞創作，同時蒙楊振福、張國裕指導，平
素經營製造機械工廠外，喜六禮研究、展卷操觚、高爾夫球運動。曾任「中
華民國傳統詩學會」副祕書長。現營機械五金公司，並任「蘆洲民眾服務
社」主任[373]。

陳保琳

陳保琳（1951～），臺南縣麻豆鎮人。經營農牧，性喜詩詞吟詠。現爲
合格臺語教師，刻在桃園建國小學任職，亦在社區大學指導古詩吟唱。早
期由施瑞樓指導吟詠，後加入「德林詩學會」、「以文吟社」、「瀛社」，有幸
得以親近李春榮、林正三、鍾常遂、吳子健諸師，隨時請益。

高清文（志誠）

高清文（1951～），字志誠，別號兩安居主人。臺北市人。東海大學工
學士，交通大學管理碩士。從事國際貿易多年，先後任職於美商施樂百、
寶成工業、亞洲光學等公司，目前擔任挺嘉國際公司董事長。年少時雖曾
耳濡目染，然至 56 歲方致力於學習詩作。爲詩喜創新風格，餘暇寄情山水，
閒詠自娛。

李珮玉（雙清）

李珮玉（1952.10～），字雙清，臺北市人，從事國際貿易。因緣得隨
學於莊世光耆儒，並得教於黃天賜、姚孝彥，習作詩詞。平素喜好音樂、
語文、佛學及踏青，亦「松社」及「中華民國傳統詩學會」會員[374]。

---

373 潘玉蘭，《天籟吟社研究》，國立臺灣師範大學國文學系在職進修碩士班碩士論文，
　　2004 年，頁 130。

374 林正三，《松山地區之古老詩社－松社》，文史哲出版社，2005 年，頁 70-71。

李龍騰

李龍騰（1952～），臺灣雲林人。臺灣大學醫學院醫學士，美國約翰霍普金斯大學公共衛生碩士，臺灣大學公共衛生博士。歷任臺北縣雙溪鄉衛生所主任，臺大醫院家庭醫學科主治醫師、講師，家庭醫學學會秘書長，臺大醫院家庭醫學科副教授、科主任，臺北市政府衛生局副局長，臺北縣政府衛生局局長。2003 年任行政院衛生署副署長並兼任中部辦公室主任，曾入「瀛社」，惟已離社。

余美瑛

余美瑛（1952～？），筆名余詠纓。在醫院從事肝炎防治工作。2001年從黃冠人學習河洛漢文朗讀吟唱。2003 年從張國裕、陳祖舜學古典詩與聯對。從徐泉聲楚辭賞析；2004 年入淡江大學中文系修習，目前仍在淡江大學中文系碩士在職專班進修，從陳文華進行詩詞研究，並隨王邦雄研讀中國哲學經典。2004 年 8 月加入「天籟吟社」，並參與「瀛社」，2006 年 7月出版個人詩歌吟唱專集《詠纓集》[375]。

王錫圳

王錫圳（1953.01.27～），任職房屋開發公司。詩學入黃鷗波之門。曾入「瀛社」，惟已離社。

吳裕仁

吳裕仁（1953.07.02～），詩學入黃鷗波之門，曾入「瀛社」，惟已離社。

---

375 潘玉蘭，《天籟吟社研究》，國立臺灣師範大學國文學系在職進修碩士班碩士論文，2004 年，頁 130。

洪啟宗

洪啓宗（1953.04～），臺北市人，爲本會首任社長洪以南先生賢裔。臺北醫學院醫學系畢業，曾任萬芳醫院副院長、神經科主任，現任臺灣礦工醫院院長。

黃仁虯

黃仁虯（1953.11～），南投縣埔里鎮人。臺中高工畢業，電信特考及格。中華電信局高級技師退休。

康濟時（端己）

康濟時（1953.07.25～），字端己，生於宜蘭縣頭城鎮，師承許君武教授、林義德宿儒，詩禮門風，以少校退伍，精鑑古董「德玉盧」。本爲「貂山吟社」弟子，經林文彬引介入「瀛社」，喜吟哦、善音律，有「端己古詩吟集」及「首屆蘭陽文學獎～傳統詩詞選集」吟唱二ＣＤ，曾任教雙溪貂山吟社研習班多年，宜蘭社區大學講師，現教於頭城詩詞吟唱習作班，爲本會理事[376]。

林春煌（景熙）

林春煌（1954.12.18～），字景熙，號啞山。宜蘭縣人，移寓基津，從商，性好詩書，師事名詩人周植夫暨名書法家鄭子謙門下，研習詩書，嘗自謂「茶餘閒談作賦，酒後信筆塗鴉」。曾任「基隆市詩學研究會」理事，「基隆市書法研究會」會員，「同勵書會」副會長，現爲松信報關股份有限公司經理，曾入「瀛社」，惟已離社[377]。

376 瀛社編委會，《瀛社創立八十週年紀念集》，瀛社辦事處發行，1989年，頁183。
　　瀛社編委會，《瀛社創立九十週年紀念集》，瀛社辦事處發行，1999年，頁187。
377 瀛社編委會，《瀛社創立八十週年紀念集》，瀛社辦事處發行，1989年，頁185。

林晏戎

林晏戎（1954.09～），南投埔里人。任職埔里鎮公所財政課。

游振鏗（正堅）

游振鏗（1953.06～），字正堅，號鏗石。北縣土城人。早歲移居北市大稻埕，隨勵心齋勤威鳳習古文，中年入「灘音吟社」李春榮之門，習詩詞吟唱，復隨林正三習聲韻，課餘從復興高中吳子健習書法，又喜篆刻，於銅印之刻法頗具心得。

簡炤堃

簡炤堃（1954.08.20～），瑞芳人，曾入「瀛社」，惟已離社。

陳麗華（蘆馨）

陳麗華（1954.10.24～），字蘆馨，臺北市人。詩詞由楊振福啟蒙，之後又跟隨張國裕、陳榮岠及林正三等學詩詞。並加入「天籟吟社」、「春人詩社」和「中華文藝界聯誼會」及「古典詩刊研究會」等[378]。

洪淑珍（璧如）

洪淑珍（1954.11.25～），字璧如，空大畢業，原任職於大同公司，後轉數學補教。先後從黃冠人、楊振福、李春榮、陳焙焜、林正三、張國裕學，2003 年加入「瀛社」任總幹事，2004 年加入「天籟吟社」，任「天籟

基隆詩學會編輯，《雨港古今詩選》，基隆市立文化中心，1998 年 8 月，頁 232。
瀛社編委會，《瀛社創立九十週年紀念集》，瀛社辦事處發行，1999 年，頁 189。
378 潘玉蘭，《天籟吟社研究》，國立臺灣師範大學國文學系在職進修碩士班碩士論文，2004 年，頁 131。

吟社」副總幹事，現任「瀛社詩學會」秘書長、中華民國傳統詩學會監事[379]。

張錦雲

張錦雲（1955～），世居臺南，長於臺北。自幼隨父朗吟經書啓蒙。因受教育環境暫拋漢韻 20 餘年後，逢機啓發悠遊於漢韻文學中。曾任「文山吟社」社長、廣播教育節目主持人。受邀至美邦漢詩吟唱教學。現任「瀛社詩學會」理事暨副秘書長、詩作指導老師、艋舺龍山寺國學班、松年大學、兒童吟詩班講師。龍巖人本禮儀師培訓班講師。著有《追尋》、《鍾情》、《臺灣鄉土教學集》、《臺灣兒童詩謠臺客英三語多元教學》上下冊、《西遊記講古韻文》等詩畫集。

楊東慶

楊東慶（1955～），彰化員林人。筆名如斯，號無用齋主，東吳大學中文系畢業，現服務於郵政局。2002 年入「德林寺詩學會」，承鍾常逡、吳子健、林鎭嵒傾囊相授，方得知詩學皮毛，公餘對散文、書法稍有涉獵，作品散見報章雜誌。

張建華

張建華（1956.08～），高中畢業，曾任貿易公司經理，現爲銳鴻貿易公司負責人。師承劉清河、林正三，詩觀但求其意、不求其華，恬淡樸拙貴性真。現任「瀛社詩學會」副秘書長。

王啟文

王啓文（1956～），號拾荒樵夫。彰化縣員林鎭人。自幼跟隨家父學中

---

379 潘玉蘭，《天籟吟社研究》，國立臺灣師範大學國文學系在職進修碩士班碩士論文，2004 年，頁 130。

藥，1973 年隨兩位兄長在板橋市開店維生。因家君於私塾教漢文，故而對詩書極感興趣，並在偶然的機會進入網路古典詩詞雅集、惜字閣、天下文壇、世界詩詞論壇認識諸位的詩詞前輩，才正式進入詩壇，並以寫詩爲樂趣，2006 年加入「瀛社」，書有千詩於網路詩壇分享網友。

陳錦雲

陳錦雲（1956.06～），生於宜蘭縣，原籍福建同安。文化大學中文研究所畢業，曾任新竹長青學院，新竹監獄講師，新竹生命線輔導員、季刊總編輯，現任「創見寫作班」老師。爲自由創作者，喜閱讀寫作、遊山玩水及民俗研究等，著有《水中烏仙子》新詩集（貝殼屋出版社）。

余雪敏（學敏）

余雪敏（1956～），字學敏，筆名汐之敏，臺北市人，現居北縣汐止市。輔仁大學畢業，歷任行政院新聞局廣電處輔導員、國小代課老師，扶輪社之幹事。工作生涯多擔任文字編輯、採訪、特約撰稿等，現已退休。曾編寫公共電視兒童節目劇本《民俗畫》。每因心中有感，則發而爲文；有新詩、臺語詩、散文、雜記等。投稿散見汐農月刊、北縣農會月刊、社區報、中國時報等。因李珮騏之引薦，得以加入臺灣瀛社成爲會員。受業於林正三老師學習古典詩，洪淑珍老師學習吟唱。自知資質愚魯，願困勉而學！

陳漢津（賢儒）

陳漢津（1957.09.11～）字賢儒，臺灣彰化縣人，移居北市。畢業於勤益工專，嗣留學麻里蘭州。世代書香耳濡目染、偏愛文墨、鷺鷗鬥句、閒詠自怡。後經蔡秋金介紹入「瀛社」。於成立「臺灣瀛社詩學會」第 1 次會員大會被選爲監事。同時獲劇作界朋友薦任爲「臺灣編劇藝術學會」常務監事。諸此美意，卻因壯年、尚在奔波、恐忽所託、擇而領命。

曾銘輝

曾銘輝（1957.10.11～），居三重市，大學畢業，原獻身工業製造，現爲萬里鄉昭靈宮總幹事。素好詩文、藝事，爲人敦厚，久仰「基隆詩學會」吟聲四溢，特地就學，現爲該會會員[380]。

陳　岸（善觀）

陳岸（1957.08～），字善觀。丁酉入籍臺灣，生爲宇宙游子，八方來去，客居鹿港。現任景觀公司長工，兼任建國科技大學講師。性喜佛老，逢山水竹石、風花雪月，則詩酒詩畫、逸興豪情，禪悅於大地之無盡藏也。50 學詩，如臨老近花叢，驚喜於武陵人入桃花源，終期於盡，何必太守、崔顥，日暮煙波，千古吁嘆誠多事矣。

李珮騏

李珮騏（1958～），臺北市人，高中畢業後服務於貿易公司，1993 成立宥璜企業有限公司。年少即醉心於中國文學，於平日生活中，自得其樂，隨意悠遊於詩詞曲中，未曾思及拜師學習，以入殿堂之中，得見文學之美。嗣於吳國風賢伉儷扶輪社年會中之古詩吟唱中聆受音韻之美，學詩之心悸動，亦因此因緣得受教於林正三。因工作繁忙，故求學之事屢屢中斷，實爲一大憾事。幸蒙夫子不棄，仍得就近請益書本中不解處。余爲課堂中之遊民，故不敢言學詩心得，詩之於我，仍爲清心樂事，雖得管窺文學之堂奧，然此時之作，仍難登大雅之堂。「少年讀書，如隙中窺月；中年讀書，如庭中望月。」時時拜讀先進詩作，得臥遊前輩胸中丘壑，實爲人生一大樂事。

---

380 基隆詩學會編輯，《雨港古今詩選》，基隆市立文化中心，1998 年 8 月，頁 238。

邱進丁（晴哲）

邱進丁（1959.06～），字晴哲。臺灣屏東人，1986 年移居新莊。幼即愛好古典文學及翰墨，自號爲意聖齋，詩學啓蒙於翁正雄，2004 年加入「瀛社」。素懷豪情壯志，尤欽古聖先賢之言行，期能一展鴻圖。現爲「臺北縣書法學會」常務監事，及「臺北縣新莊書畫學會」理事。

林文鏗

林文鏗（1959.08～），臺灣宜蘭人。曾任公車優良駕駛，擅長茶葉製造、泡茶、品茶。

吳錫昌

吳錫昌（1959.04～），彰化縣鹿港鎮人。高商畢業，自由業，擅書法、聲韻。

鄭中中

鄭中中（1959～），實踐大學服裝設計系畢業，畢業後學以致用從事內銷中國與臺灣的自創品牌的服裝經營至今 20 餘年。喜歡美的事物，更喜歡在工作忙碌之餘，沉浸在古典詩詞的懷抱裡！喜歡的話是認真的女人最美，勇敢的女人更美。只是，美與醜都是外在主觀的認定，內在心靈層次的提升，才是我們該追求的！詩詞欣賞是豐富心靈的一條捷徑！

武麗芳

武麗芳（1960.01～），臺灣新竹人。玄奘大學中文系碩士。曾任社會工作員，教師，秘書，現任新竹市東區區公所區長。

林劍鏢（棨）

林劍鏢（1960～），字棨，取次呆之意。詩學受教於陳木川、吳五龍及林正三，學畫於吳燈錫門下。「彰化縣愚人志願服務協會」理事長，「彰化縣湘江書畫會」理事長、「彰化縣國學研究會」理事、彰化縣「興賢吟社」監事、彰化縣「松柏書畫會」理事、彰化縣「甲骨文協會」理事。

吳秀真

吳秀真（1960.09～），臺灣省嘉義市人，畢業於臺灣大學法律系夜間部，曾擔任律師事務所助理及企業公司法務人員，目前從事法務工作。於林正三、洪淑珍的指導下，在詩詞寫作及吟唱之領域激發無限的興趣，日後期望能不斷的進步！

黃鶴仁（壽峰）

黃鶴仁（1961.11.24～），字壽峰，網路筆名南山子，臺灣彰化人，彰工鑄工科畢業即從警於北臺金瓜石，初從基隆書道會理事長鄭添益習書，以業師因緣，復從周植夫讀書。警官學校畢業，從梁乃予學印藝，曾為「基隆詩學研究會」理事，「中華民國篆刻學會」秘書長，「瀛社」九十週年慶於開南商工舉行，始入社。作品曾獲教育部文藝創作獎古典詩組 87 年第 3 名，88 年佳作，90 年第 3 名。素不喜擊缽詩，平時亦少作。由入出境管理局警正組員，晉移民署編審科長。2005 年秋，以同事介紹，往讀東吳中碩專，著有《李漁叔《花延年室詩》研究》[381]。

蔡柏棟

蔡柏棟（1962.05.02～），北縣金山人，現居北投。從事室內設計裝潢，

---

381 基隆詩學會編輯，《雨港古今詩選》，基隆市立文化中心，1998 年 8 月，頁 245。

喜吟詩、歌唱。至於詩作方面，正努力學習中。

吳茂盛（筠林）

吳茂盛（1963～），字筠林，雲林人，旅居臺北。師事石碇林正三研讀聲韻、詩學，復隨灘音李春榮習詩書吟詠。平生喜古文，尤嗜史，於閩南語之聲韻頗具心得與創見。

廖明輝

廖明輝（1964.04～），彰化縣竹塘鄉人。高中畢業，業商。

孫秀珠

孫秀珠（1964～），筆名璐西。祖籍浙江，出生於桃園。康寧護專畢，從事護理工作。具有專技高考資格、護士執照、護理師執照、第一種壓力容器執照。2000 年以極短篇〈生命的尊嚴〉，獲中華民國護理師護士公會全國聯合會藝文競賽佳作；2006 年響應行政院衛生署舉辦「新時代護理的精彩片刻－因為愛，所以我在」徵文競賽，以〈路〉一文獲得護理組寫作類金獎。詩詞文章散見於「網路古典詩詞雅集」、「瀛社詩詞交流園地」、「網韻天聲」、「華府詩友社」、「乾坤詩刊」等。2006 年 8 月間，隨文友進入「網路古典詩詞雅集」初探古典詩，期間幸獲劉清河贈書數本，因而愛不釋手，又逢徐世澤前輩指引前往林正三主持「臺灣瀛社詩學會」詩學研習初級班學習，於 2007 年 3 月正式開始學習古典詩詞。我思入我詩，期望以古典詩詞之美豐富我的人生。

陳美言

陳美言（1965～），臺灣花蓮人。臺中商專商業設計科畢。現職中部房地產廣告企劃執行總監。1998 年開始古典詩創作，以「歌女」為名發表詩

詞於網路，2005 年出版《難再笑春風》詞集。

鄭貴真

鄭貴真（1965.06～），臺北商專畢業，業商。

沈淑娟

沈淑娟（1966～），自 2004 年尾聲，一個偶然的機緣踏入了古典詩詞這塊園地，讓我這個說話喜歡咬文嚼字的現代人，有了歸屬感，終於不再感覺自己異於常人了。學詩三年餘，承蒙網路古典詩詞雅集幾位版主指導，又有幸聽聞林正三老師的授課，遂開了我的一點詩心。若今日的錦瑟稍有成績，全是他們的功勞，亦是我的僥倖。

林翠鳳

林翠鳳（1966～），國立高雄師範大學國文研究所碩士、中山大學中國文學系博士、臺中技術學院教授。著有《陳肇興及其陶村詩稿之研究》、《王國維對商周史之研究》、《鄭坤五全集及其評論》（第一集）等。

古自立

古自立（1967.03～），大學畢業，曾任苗栗縣衛生局行政人員，現自營建設公司，並任苗栗縣建築開發商業同業公會總幹事。

馮女珍

馮女珍（1968.12～），新竹縣新豐鄉人。中國文化大學中文研究所，曾任安親班老師，現職亞翔工程股份有限公司管理處行政專員。

吳契憲（建安）

吳契憲（1969～），字建安，自號印人吳。臺北縣土城人，幼承家業習篆刻，作品曾獲北縣美術家大展等獎項，於銅印、玉、晶、瑪瑙印，頗有心得。少年喜吟詩，苦無法，後入李春榮門下習詩吟詠，於是豁然開朗；復事林正三研讀聲韻、詩學。現經營印社專事篆刻、書法創作。

林智鴻（子樂）

林智鴻（1975～），筆名子樂，臺中縣霧峰鄉人，畢業於國立交通大學土木工程系，從事土木工程規劃設計工作。自幼喜好古典詩詞，但不得其門而入，舊有創作多為不合音律作品，卻自得其樂。也許是與詩詞有著不解之緣，2002年在網路上讓我結識一些詩友，也才得以一窺古典詩詞之堂奧，目前工作之餘仍偶有創作，作品多散見於網路。

吳東晟

吳東晟（1977～），號東城居士，南投名間人。成功大學中文系博士生。曾任國家臺灣文學館「全臺詩」計畫專任助理。創作領域包含現代詩及古典詩。2006年，「瀛社」登記為社團法人之時加入「瀛社」。著有現代詩集《上帝的香煙》，古典詩集《愛悔集》等。作品多發表於新聞臺「東城樂府」。網址：http://mypaper.pchome.com.tw/news/wdc2015/

陳旻鴻

陳旻鴻（1977.10～），臺中縣太平市人，高中畢業，從事雕塑。

陳建宗

陳建宗（1982.01～），臺中市人，國中畢業，從事餐飲業。

呂介夫

　　呂介夫（？～），生年不詳，約於 1940 年代。大溪人，營商，1975 年有輪值記錄，1989 年觀蓮組例會時曾回社作客，惜現任理事長林正三當期未與會，故而未曾謀面。曾入「瀛社」，惟已離社。據傳應仍存世。

戴麗美

　　戴麗美（？～），約生於 1950 年代。國立師範大學畢業，從事教職，臺北中正高中退休後潛心學佛。曾入「瀛社」，惟已離社。

第六章　結　論

林衡道，〈瀛社創刊七十週年感言〉提到：

> ⋯⋯這些詩社中，謝汝銓、黃純青、魏清德諸先賢主持之臺北瀛社，
> 聲勢最大，貢獻亦多，這一結社，歷日據末期「皇民化運動」之迫
> 害而不衰，如今已到達七十週年，這一組織的精神，實屬難能可貴[1]。

日治時期的三大詩社，經過數十年遞嬗變遷，南社至 1951 年併入「延
平詩社」，活動宣告終止。「櫟社」至 1949 年林獻堂赴日本之後活動逐漸式
微。其中唯獨「瀛社」自 1909 年創社至今，活動未曾稍戢。林衡道稱其「聲
勢最大，貢獻亦多，這一結社，歷日據末期『皇民化運動』之迫害而不衰」，
究其原因，約有以下幾點：

一、《臺灣日日新報》的推波助瀾

日治時期三大詩社中，以「瀛社」創立的時間最晚，就北臺地區詩社
創立的時間來看，亦晚於「詠霓吟社」，但卻能在短時間內成為北臺地區的
重要社團，必須歸功於《臺灣日日新報》的推波助瀾，明治 42 年 3 月 7 日
《臺灣日日新報》3253 號「編輯日錄」說：

> 明日瀛社將開初會，同人負有設計之責，頗為忙碌。雪漁曰：「從
> 茲詩債又不可賴矣。」湘沅曰：「詩債從來還不盡，且詩會之設，
> 君極力贊成，亦自討苦吃也。」

這裡的「同人」當指任職於《臺灣日日新報》中的社員，而「瀛社」

---

1 林衡道，〈瀛社創刊七十週年感言〉，《臺灣文獻》30 卷 2 期，1979 年 6 月，頁 123。

社員中，除謝汝銓、林湘沅之外，黃茂清、李逸濤、魏清德、許寶亭、劉維周等亦任職於該報，可知二者關係之密切，明治 43 年 9 月 13 日《臺灣日日新報》3716 號「編輯日錄」也提到「瀛社詩會，係我社同人所倡設，故同人全部為社員」，且《臺灣日日新報》的「村田副社長，伊藤編輯長」二位日人亦為「瀛社」成員，對詩社活動而言，無疑增添了一層保護傘。「瀛社」消息又多刊載於《臺灣日日新報》，如例會時間及地點、課題題目、題目釋疑，甚至於鼓吹社員參與詩社活動等等，皆是借助媒體的力量，使得「瀛社」在短時間內廣為人知，明治 42 年 10 月 12 日《臺灣日日新報》3437 號「雜報・告瀛社友」提到：

> 瀛社會章所載，每期例會吟稿，應於開會後一星期內，寄交本報，即自翌星期之第一日始，照其交卷次第逐日發刊。近者瀛社友，多有一題作數首，不憚推敲者，如不為照刊，恐其嘖有煩言，而篇幅有限，故每期後寄稿，恒為次期迫，不得不從割愛。乃聞社友有私議者，謂本報係嫌其詩之不佳，特接黜之，臆誤解亦甚矣。

幾位「瀛社」社員對於刊載作品的意見，能夠煩請《臺灣日日新報》的編輯群特地為此作出說明，乍看之下，會讓人有《臺灣日日新報》已成為「瀛社」機關報的錯覺，也可由此見出二者關係之緊密。詩社與報刊雜誌關係的密切，並不僅見於「瀛社」，明治 43 年 5 月 19 日《臺灣日日新報》3617 號「詩人雅集」就提到：「北有瀛社，中有櫟社，南有南社，此三社皆有報社諸友為之提倡，甚得好機。」可知日治時期三大詩社的活動，均仰賴報社的推波助瀾。可以說，如果沒有《臺灣日日新報》的大力鼓吹，「瀛社」也難以成為北臺甚至全臺詩社龍頭，該報是促使「瀛社」於日治時期挺立不墜的重要支柱。

二、「瀛社」自身的「開放性」性格

（一）組成社員身份的多樣化

前文提到，「瀛社」的組成份子除了任職於《臺灣日日新報》的成員與

一般社員外，還包含了日籍人士 7 名，這 7 名日人中甚至有《臺灣日日新報》的「村田副社長，伊藤編輯長」，也有遍及海外地區者如許雷地、陳可發，及大陸泉州地區如張汝垣、張大藩、許孟搏、李少麓等。

從月例會的輪值，也可看出其吸納其他詩社組織的開放性格，《臺灣日日新報》8470 號「瀛社納涼會」：「瀛社聯吟會，此次輪值萃英吟社…」、8488 號「瀛社聯吟會時間」：「瀛社聯吟會，此期輪值星社吟朋」、9079 號「瀛社月例會」：「瀛社月例會，此回輪值高山吟社……」，可以看出「萃英吟社」、「高山文社」、「星社」都曾以整個社團加入「瀛社」並參與輪值。

到了戰後，參與「瀛社」的成員亦跨越所謂的省籍之分，兼含本省籍與外省籍作家，藉由古典詩的切磋創作，超越了意識型態與認同問題，可以說「瀛社」不自我設限的開放性格，是促使社員不斷加入的重要誘因。

（二）「中央部擊鉢吟會」的重要轉折

這部分與黃美娥提到「由一社獨唱到多社聯吟」及「由課題詩到擊鉢吟」二點有關，而促使「瀛社」活動樣態做出這樣轉變的，是「中央部擊鉢吟會」的成立。「瀛社」原先的活動宗旨可於明治 42 年 10 月 12 日《臺灣日日新報》3437 號「雜報·告瀛社友」看出：

> 夫會章所載，原定不評甲乙，既無分甲乙，又何心為擇其佳不佳？而別其揭不揭者哉？其所以不揭者，全為寄稿落人後，非詩之落人後也，願社友之諒之也。

原先的活動形式以課題為主，對象為「瀛社」內部社友，屬於「一社獨唱」的階段，會章並規定「不評甲乙」，來稿依交稿順序全登，直到明治 43 年 10 月 19 日《臺灣日日新報》3745 號「雜報·瀛社觀菊會況」記載：

> 社員中以擊鉢吟會為有趣，且可資勉勵，將組織一瀛社中央部擊鉢吟會云。

　　往後《臺灣日日新報》上的記載，就不乏「擊鉢吟會」的相關記載，社員因熱衷競試，加上「中央部擊鉢吟會」成立，使得例會的形式有了根本上的變動，從原始的課題到「課題與擊鉢並存」，到最後課題形式逐漸為擊鉢吟會取代，並進一步形成定期擊鉢吟會，也因為是競試作品，因此刊登時不只有「瀛社」社員本身，也間雜及他詩社，未得名者也就無法列入刊載，不管是活動形式或是作品刊登，都是一個很重要的轉折，《臺灣日日新報》8288 號「瀛社擊鉢例會」標題就直接以「瀛社擊鉢例會」開頭，8324號「瀛社例會」記載亦然，原先屬於社內吟友間切磋的封閉性活動，因為擊鉢吟會的舉辦而轉為開放。前文也提到「『中央部擊鉢吟會』的成立，卻是直接促使『瀛社』由封閉走向開放性組織的重要轉捩點，除了社員本身參與之外，『瀛社』也多與『桃園吟社』共襄盛舉，並間有『竹社』的參與，並由此往後開啟『瀛竹桃三社聯吟』的契機」。然而，江寶釵於《臺灣古典詩面面觀》結論指出：

> 　　臺灣古典詩的創作，從初始的遺民詩形態，到乙未變後的抒情言志，漸朝遊戲的方向一路走。聯吟大會，舉行流於形式，有如節日團拜，特重宴集，忽略詩歌創作……最後使得詩作徒留軀殼，內容淺薄，缺乏內在生命，數千首如一首，這是何以日治時期許多臺灣古典詩，僅能具備文化意義，藝術價值不大的原因所在[2]。

　　擊鉢吟會與聯吟大會的舉行，因而蒙上了負面的色彩，不管擊鉢吟會最後是否「流於形式，有如節日團拜，特重宴集，忽略詩歌創作」，我們都不應該忽略，就「瀛社」本身而言，這一吟會的成立，使得社員更熱衷參與詩會活動，活絡了原本日益沉寂的詩壇，並因此促進詩社間的交流，形成更為緊密的文網，不只「瀛社」本身規模擴大，活動力增強，也帶動北臺詩社發展，並進一步達到維繫漢詩文的功能，貢獻不可謂不大。

---

2 江寶釵著，《臺灣古典詩面面觀》，巨流圖書公司，1999 年 12 月，頁 71。

三、師生關係的緊密結合

這是 80 年代之後，「瀛社」社員陸續加入的主要原因。以師生關係作爲詩社成立核心的，當以日治時期「天籟吟社」爲代表，該社社長林述三同時也是社員的詩學老師，因此社員關係較爲緊密。相較之下，戰前「瀛社」社員間的師生關係並不如「天籟吟社」，再加上其本身的開放且不設限的性格，因此對於社員並沒有太大約束力。這種情形在 80 年代之後開始轉變，由社員自述的簡歷來看，其開始創作古典詩，多半由於自身興趣，進而主動學習。學習管道或是自修，或是跟隨詩學老師，而這之後的許多「瀛社」社員加入，就多半和老師帶領有關，形成另一股維繫「瀛社」運作的主要力量，爲清楚呈現「瀛社」裡的師承關係，茲以表格陳列如下：

詩學老師	門下弟子
周植夫	林正三、黃鶴仁、高丁貴、鄭水同、林春煌、張埴爐、王前、葉金全、蔣孟樑、林麗珠、許㕛匀
林正三	吳契憲、吳茂盛、張耀仁、林禎輝、游振鏗、駱金榜、吳國風、楊志堅、林惠如、張民選、陳麗華、張建華、李珮騏、余雪敏、吳秀真、陳麗卿、廖碧華、甄寶玉、陳保琳、洪淑珍、林劍鏢、孫秀珠、沈淑娟 介紹入社：許秉行、周福南
曹　容	張埴爐、蔣孟樑
黃鷗波	許文彬、賴添雲、王錫圳、吳裕仁
李春榮	吳契憲、吳茂盛、張耀仁、林禎輝、吳國風、游振鏗、駱金榜、林振盛、林惠如、陳麗卿、許㕛匀、陳保琳、洪淑珍
姚德昌	楊阿本、陳針銅、李政村
傅秋鏞	楊振福
楊振福	歐陽開代、姚啓甲、陳妧妗、陳碧霞、張民選、陳麗華、洪淑珍 介紹入社：蔡業成
林錫麟	鄞強、施勝隆
陳榮珇	姚啓甲、陳妧妗、陳碧霞、陳麗華、許㕛匀
黃天賜	許㕛匀、廖碧華、甄寶玉、李珮玉
洪淑珍	余雪敏、吳秀真
林彥助	廖碧華、甄寶玉
許漢卿	駱金榜

李有泉	鄞強
陳焙焜	洪淑珍
劉清河	張建華
邱天來	許欽南
陳兆康	許欽南
林錫麟	鄞強
張高懷	鄞強
翁正雄	邱進丁 介紹入社：李政村
受吳國風夫婦影響	李珮騏
李珮騏引介	余雪敏
葉昌嶽引介	高銘貴
蔡秋金引介	蘇心絃
許哲雄引介	朱自立
魏壬貴引介	李宗波
林文彬引介	康濟時

　　上述表格係以第五章第三節〈社員簡歷〉為統計對象，我們可以看出新社員的加入，多半是受到其詩學老師的影響，形成由老師帶領學生入社的情形，甚至代代相傳。社中以周植夫、林正三、李春榮、楊振福、黃鷗波、陳榮弡、黃天賜、姚德昌等社友的門下學生人數較多。其中周植夫為林正三的老師、林正三為洪淑珍之師，洪淑珍又指導學生；此外，傅秋鏞為楊振福之師，陳榮弡受過魏清德指點，都是師生同入一社的情形。當然，由社員引介的也不少，這一點我們也不能忽視。如果說，社員的詩歌創作是一種興趣，屬於「主動」學習的話，老師的帶領就是入社的「被動」助力，在戰後至今「瀛社」的存續中，扮演著不可或缺的重要角色。

四、「瀛社」在臺灣文學中的定位

　　綜上所述，可知「瀛社」在臺灣文學所佔的地位如下：

（一）日治至今臺灣詩界的翹楚

張端然在《日治時期瀛社之研究》提到「瀛社」的地位與價值時，曾提出以下幾點：

一、臺灣詩社的龍頭老大：「其最重要的因素在於其背後有強大的政治力的支撐，總督府的介入，使瀛社更具號召力。…『全島詩社聯吟大會』成功的召開，造成全島詩社數目激增，與會的墨客騷人迭次增加，更促使愛慕風騷的年輕人，樂於競試推敲，彼此琢磨，由是漢學維持不墜。」

二、大力發展詩學，發揮「社學」的功能

三、是個具有「都會」性格的詩社─中產階級以上的高雅的娛樂社團

四、社員中頗多具有社經背景的名流，與殖民政府關係良好

五、吟會中之課題詩，常見與時事相關的題材，充分發揮「詩可以觀」之特色[3]

其中第一點「臺灣詩社的龍頭老大」是承繼黃美娥〈北臺第一大社─日治時代的瀛社及其活動〉中「全臺詩社的龍頭」說法而來，「瀛社」能夠維持百年於不墜，其開放不限制的特色，是主要原因，而社員本身的「使命感」，也是不能忽視的一環。張端然提到「瀛社」所具備的「社學」功能，並非只存在於日治時期，到了戰後，「瀛社」仍以「社區大學」的形式活動，藉由授課方式將詩學推廣給一般民眾，從而鼓勵民眾學詩與創作的風氣，因而形成另一種「社學」。陳祖舜在〈臺北詩社座談會紀錄〉提到：

現在追溯成立八十年以上的詩社者，有澎湖吟社、臺北瀛社、南縣

---

3 張端然，《日治時期瀛社之研究》，中國文化大學中國文學研究所碩士在職專班碩士論文，2003 年，頁 342-346。

鯤瀛吟社……其次是基隆大同吟社等[4]。

而目前臺灣成立百年以上的詩社,則僅「瀛社」而已,從日治時期至今,因為「瀛社」的存在,維繫了漢詩文於不墜,著實功不可沒。

(二) 促進北臺詩社結社風氣的重要推手

「瀛社」同時也是促進北臺詩社結社的重要推手,〈臺北市詩社座談會〉中廖漢臣的發言,點出「瀛社」這方面的重要性:

> 由於「瀛社」、「星社」二社社友的努力或鼓勵,後來詩社如雨後的春筍一樣,相繼而立。趙一山創立「劍樓吟社」,林述三創立「天籟吟社」,劉得三創立「淡北吟社」,陳廷植創立「聚奎吟社」,歐劍窗創立「潛社」,施學樵創立「松鶴吟社」,顏笏山創立「高山文社」,林述三和林錫麟合辦「礪心齋吟社」,歐劍窗和倪登玉合辦「北臺吟社」,以外又有「萃英吟社」、「心社」、「鶴社」、「鐘社」、「雙蓮吟社」、「芸香吟社」、「杏社」、「嘯洋吟社」等二十多社[5]。

而陶一經編,《基隆市志·藝文篇》也提到:

> ……臺北「瀛社」之成立,北部詩風大盛,時基隆詩人參加創社社員者有:顏雲年、李碩卿、張鶴年、許子(按:當為梓之誤)桑、張一泓、林金標等人。相繼激發桃園、新竹等北臺灣之結社風氣[6]。

潘玉蘭在《天籟吟社研究》也指出「瀛社」的特色:

---

4 〈臺北詩社座談會紀錄〉,《臺北文獻》直字 122 期,1997 年 12 月,頁 11。
5 見〈臺北市詩社座談會〉,《臺北文物》4 卷 4 期,1956 年 2 月 1 日,頁 10。劉遠智,〈臺灣詩社的淵源與流衍〉,一文大抵抄錄廖漢臣這一段文字,見《臺北文獻》直字 59-60 期,1982 年 6 月,頁 290-291。
6 陶一經編,《基隆市志·藝文篇》,基隆市政府,2003 年 4 月,頁 91。

林湘沅……於是年（1909 年 3 月 7 日）與謝汝銓、洪以南等創立瀛社，瀛社活動頻繁，且參與者甚多，1910 年復社的瀛東小社，及桃園吟社（1912）、研社（星社）（1915）、鶴社（1917）、小鳴吟社（1921）乃至天籟吟社（1922）的創立，其活動多與瀛社關係密切，此期有「瀛桃聯吟會」、「瀛桃竹三社聯吟會」、「瀛星聯吟會」、「五社聯吟會」等，豐富了詩壇的活動，也促使詩社相繼成立[7]。

　　幾位研究者都指出「瀛社」的創立，帶動了北臺詩社相繼成立，並進一步藉由全島詩人大會的舉辦，串連臺灣各地詩社，將原先侷限於一隅的詩社活動，推而擴充為全民寫作運動，對於日治到戰後古典詩歌的創作，「瀛社」有其不可抹滅之功。

五、林氏就「百年瀛社」之反思

　　最後，我們以「瀛社詩學會」現任理事長林正三在《瀛社社史之整理纂修與研究》一文的反思，作為本文的總結，林氏在該文中曾對「瀛社」發展與傳統詩現況分四個部分進行反思，茲全引如下：

（一）對親日現象之解讀

　　「瀛社」創社之初，其組成分子中之骨幹，大部分是《臺灣日日新報》漢文部之編輯群及記者群，此可於以下訊息中，見出端倪：

　　明治 42 年 2 月 18 日，《臺灣日日新報》3238 號〈編輯日錄〉：

　　湘沅頻謂北部詩人頗多，而竟無一詩社，未免使北部減卻風雅，海沫曰「君如倡之，當必有和之者」。

---

7 潘玉蘭，《天籟吟社研究》，國立臺灣師範大學國文學系在職進修碩士班碩士論文，2004 年，頁 38。

其中湘沅即林馨蘭，海沫爲李書（字翊業，號逸濤），時皆任該報記者。
其他謝汝銓（雪漁）、楊仲佐（嘯霞）、黃贊鈞（原號石崚，後改石衡）、林
佛國（石崖）等，或任主筆，或任編校，或任記者等，莫不是該報之一員。
甚至日文版之同人如伊藤壺溪、尾崎秀真、日下峰蓮、村田天民，及後來
任名譽社長之赤石定藏等，亦時常與會或參加聯吟。

又明治 43 年 9 月 13 日，《臺灣日日新報》3716 號〈編輯日錄〉云：

> 瀛社詩會，係我社同人所倡設，故同人全部爲社員，而每屆春秋大
> 會，同人尤與協力籌備，本屆秋季大會因兼欲爲社友黃丹五區長祝
> 嘏，準備尤忙⋯⋯

更是明確點出「瀛社」成立之背景，而《臺灣日日新報》乃日人據臺
後發行量最大之報紙，又屬半官方之質性，在異政之主導與控制下，其言
論之親日，固有其無法避免之因素。而任其職者，更是身不由己。

對外界所認定之親日現象，黃美娥於〈北臺第一大社－日治時期的瀛
社及其活動〉一文中，曾試爲分析其原因，歸納出兩點，爲「社中重要幹
部行爲的表現」及「吟會的創作趨向」。黃氏於該文〈瀛社重要幹部行爲的
表現〉一節述及：

> 瀛社之設，是因《臺灣日日新報》漢文部同人之提議，也因爲有此
> 淵源，《臺灣日日新報》才會大量刊登瀛社的消息與其創作⋯⋯甚
> 至還獲得當時的總督的面允[8]。

又云：

> 瀛社組織龐大，若干重要幹部成爲社務的決策者或活動的推廣者，
> 因此這些少數而重要人士的表現極有可能影響了全社的總體形象[9]。

8　黃美娥，〈北臺第一大社 —— 日治時代的瀛社及其活動〉，《古典臺灣 —— 文學史 · 詩
社 · 作家論》，國立編譯館，2007 年 7 月，頁 263。
9　黃美娥，〈北臺第一大社 —— 日治時代的瀛社及其活動〉，《古典臺灣 —— 文學史 · 詩

另於〈瀛社吟會的創作趨向〉一節中亦云：

> 除了一般詠物、詠史、寫景或常見的制式詩題外……似乎更多了一
> 些宣揚日本國威、政策或文化的相關問題……[10]

這些原因實亦與創社背景及主導社務運作之領導人有極大關係，當時
「瀛社」之主導者，大都屬於《臺灣日日新報》社成員，而該社當時半官
方色彩，及社中成員具日人身分者亦所在多有，如成立之初，第三期值東
伊藤壺溪等，即屬日籍，且亦是該報社之編輯長。及後來成爲「瀛社」第
二、三任社長之謝雪漁、魏潤庵等，亦爲該報社漢文部的成員。在異政之
主控下，其言論之立場，自有其不得已之苦衷。誠如江寶釵於《臺灣古典
詩面面觀》所述：

> 即使是親日的臺北瀛社部分詩人，也存故國之思[11]。

又黃美娥於前文中亦云：

> 不過，瀛社固然在創社之時受到日本官方的支持，但是社員眾多，
> 成員複雜，個人的意識型態或有不同，其間亦不乏如張純甫、歐劍
> 窗……等具有民族意識者……[12]

其中，歐劍窗於日治時，因倡言反勞務奉公，爲日人以違反治安警察
法，逮捕入獄，不幸於 1945 年 2 月 24 日，卒於獄中。後來任第 4 任社長
之李建興，即以其拒習日文，且事業有成而遭忌，而於昭和 15 年 5 月 27
日，將其昆仲及員工百餘人，以通諜祖國罪判刑入獄。本社員黃梅生氏亦
係受此一事件株連而繫獄，於昭和 20 年（1945）死於獄中。而黃景岳亦是

　　社·作家論》，國立編譯館，2007 年 7 月，頁 264。

10 黃美娥，〈北臺第一大社 —— 日治時代的瀛社及其活動〉，《古典臺灣 —— 文學史·詩
　　社·作家論》，國立編譯館，2007 年 7 月，頁 267。

11 江寶釵著，《臺灣古典詩面面觀》，巨流圖書公司，1999 年 12 月，頁 71。

12 黃美娥，〈北臺第一大社 —— 日治時代的瀛社及其活動〉，《古典臺灣 —— 文學史·詩
　　社·作家論》，國立編譯館，2007 年 7 月，頁 264。

因抗日被補而卒於獄中，戰後獲行政院頒「忠義成仁」表揚，並配祀基隆忠烈祠[13]。又第 5 任社長杜萬吉氏亦因李建興事件及詩句遭忌下獄，戰後始獲釋。

　　平心而論，古人所謂「在人屋簷下，不得不低頭」，於當時之時空環境下，只要不過於諂俗媚主，其深恐誤觸文網之心態，作為社中晚輩，實亦不忍苛責。反之，處此自由開放之時代，詩人之天職，詩人之椽筆，原是用以反映時代，針砭時政，為廣大社會群眾，代其言人所不能言者。去此，則詩之精神即不存在，如仍一味於以諂詞諛句，做為歌功頌德，弋名求利之工具，則應鳴鼓而攻之。

（二）專家學者善意的批評

　　近年來，許多研究者對目前臺灣古典詩的擊缽詩活動，或本社的部分弊病，提出檢討與批評。如江寶釵教授於《臺灣古典詩面面觀》一書中指出日治以來，臺灣古典詩之質變的幾個重點，如「官方力量介入」、「作者階層擴大，題材擴大」、「文體本身簡易化」等。及於結論所述：

> 日治時期臺灣古典詩的問題，不在於遊戲詩，而在於以遊戲詩為創作主流，不在於以遊戲詩為創作主流，而在於創作活動沾染了逢迎贅緣的意圖，功利性的介入，美質感的消失……是故，古典詩在日本人實施皇民化時成為僅存的古典文寫作形式。……臺灣古典詩的創作，從初始的遺民詩形態，到乙未變後的抒情言志，漸朝遊戲的方向一路走。聯吟大會，舉行流於形式，有如節日團拜，特重宴集，忽略詩歌創作……最後使得詩作徒留軀殼，內容淺薄，缺乏內在生命，數千首如一首，這是何以日治時期許多臺灣古典詩，僅能具備文化意義，藝術價值不大的原因所在[14]。

13　見第五章第二節〈先賢社友小傳〉。
14　江寶釵著，《臺灣古典詩面面觀》，巨流圖書公司，1999 年 12 月，頁 71。

江寶釵又引葉榮鐘於《南音》第六號〈卷頭語〉所述：

> 對於詩歌創作活動，他們[15]也有「山歌或可成詩，但是現在的擊鉢吟則斷不是詩」[16]的正確體認。

而黃美娥於〈北臺第一大社－日治時期的瀛社及其活動〉一文亦云：

> 值得吾人深思的是，在戰爭期間，日人禁用漢文創作，當時已成全臺詩社龍頭的瀛社能夠持續活動，自然對於保存漢學有其重要的象徵意義，貢獻自不可忽視。不過，在頌揚其能延續漢文化於不輟的同時，卻也不能不面對瀛社曾經以漢詩創作「皇民化文學」的矛盾現象，畢竟這也是臺灣文學發展史上的事實[17]。

此外，程玉凰於〈臺灣漢詩的源流與發展初探〉一文亦提出：

> 但是加入詩社的人數越多，難免在參加動機與創作態度上各有不同，宛如聯誼交際社團，數「量」雖多，品「質」卻有下墜、庸俗化的趨勢，如北部的瀛社，與明清時代的質高量少不能相比[18]。

對於專家學者善意的批評，凡為社中一分子，對於前述「庸俗化的趨勢」、「在於創作活動沾染了逢迎夤緣的意圖」、「詩作徒留軀殼，內容淺薄，缺乏內在生命，數千首如一首」、「以漢詩創作『皇民化文學』的矛盾現象」等，及其他流弊，皆應虛心檢討努力改進改進，而不是像鬥雞或刺蝟之予反駁與論戰。冀望我社成員，能由遊戲性質之擊鉢詩，提昇為藝術性質之

---

15 按據文意應是指賴和、洪棄生、楊雲鵬諸人。

16 按同一論點亦見於文山遺胤，〈臺北詩社之概觀〉，《臺北文物》4 卷 4 期，1956 年 2 月，頁 4。略謂「素以提攜後進為己任，復以敦厚而見稱的林幼春先生，也曾說幾句啟示而帶諷刺的話『擊鉢吟不是詩，粗夫俗子所唱的歌謠，聾者是詩』……」見江寶釵著，《臺灣古典詩面面觀》，巨流圖書公司，1999 年 12 月，頁 71。

17 黃美娥，〈北臺第一大社—日治時代的瀛社及其活動〉，《古典臺灣 ── 文學史·詩社·作家論》，國立編譯館，2007 年 7 月，頁 273。

18 文載《臺灣傳統漢詩發展與教學研討會論文集》，中市國語文研究學會主辦，2004 年 10 月，頁 120。

創作。擊鉢詩偶一爲之,固無不可,然需避免本末倒置的專以擊鉢詩爲務。更應培養自我反思的能力,檢討過去,策勵將來,以開創古典詩發展之契機。

(三)前人詩作試論

日治時代,設使沒有民間書房及詩社來維繫漢文教育,則當時皇民化的成效將遠甚於此。而漢族文化之淪喪,將等同於現在原住民文化之程度。然而緣於本島孤處海外,研究及參考之工具書籍,極端缺乏,這可於《臺灣日日新報》3784 號〈編輯日錄〉的一則消息:

> 稻江書坊(按即今之書局),現雖有數軒,然除宜新齋外,大半皆販賣說部,以外有益於學者開廣知識,振起精神之書籍,皆寥寥無幾,而宜新齋雖有辦到些少適切今日實用之書,亦種類無多,不足以供學者之購求,昨石崖由該店閱回,頗深感慨,以為書坊如此,漢學期將衰乎!

見出概略。此外,1966 年 7 月出刊之《中華藝苑》23 卷 1 期載張作梅〈重刊洪洞董文渙《聲調四譜圖說》弁言〉云:

> 清世自新城王文簡漁洋以各體詩之聲調教弟子,而斳其傳。趙執信秋谷為文簡姻家後輩,求授其法,不許,後竟輾轉竊得之,遂有《談龍錄》及《聲調譜》之作,於是論聲調者益多,如翁覃谿、翟儀仲、董研樵為尤者。研樵名文渙,晉之洪洞人,清同治時,官翰林。曾撰《聲調四譜圖說》,略本秋谷所傳而發揮之,市所稱為董譜是也。梅既彙刊王、趙、翁、翟諸賢所著,都為一集,顧無從得董譜,乃遍徵之海內外書林,久無應者。日本藍亭老人,家藏此書,聞梅謀之亟,竟慨然相贈。昔年所為日夕蘄求,形諸寤寐之物,一旦赫然而落吾手,其快意可知。曾賦詩以謝老人,略抒胸臆,今又十歲矣。此書於吾國古近體詩,大而長篇鉅製,小而一句一字之微,以及高

下抑揚吞吐之節，析之至精，言之不足，又製為圖明示，其嘉惠來
學之功，詎不懋歟[19]！

在參考資料缺乏之情況下，造成許多錯誤之觀念，諸如所謂「一三五不
論」等詩學格律問題，雖詩壇大家亦不可免。如黃贊鈞〈謁臺北聖廟〉：

嚴肅參新殿，敬恭禮素王；春秋隆俎豆，家國整綱常

宏壯三臺冠，經營五載忙；成功猶一簣，翼贊望諸方[20]。

一詩中「敬恭禮素王」一句，即因而造成孤平現象。所述「孤平」，在歷
代詩作中，絕少用之者，有清諸大家更懸為厲禁。此在王漁洋《律詩定體》
論之甚詳，王氏另於口授《燃鐙紀聞》亦云「俗云『一三五不論』怪誕之
極……」又其《師友詩傳錄》亦云「彼俗所謂『一三五不論』不惟不可以
言近體，而亦不可以言古體也」。然民初之作者，即不知避，亦不知救。其
他尚有許多例子，如：

屠蘇酒[21]　　　　　　　　　　　　　黃贊鈞
乞靈藥餌亦加頑，修短詎從一醉間。如果斯方足延壽，人生百歲盡
朱顏。

接　花[22]　　　　　　　　　　　　　黃石衡
裁枝剪幹細繩加，雨露滋時欲放葩。異種尚能為一體，忍教憔悴到
荊家。

---

19 其詩原題為〈董文煥撰聲調四譜圖說求之屢年不獲擔風老人自日本寄贈一部喜極
　賦謝〉：「娵嫫籍久祕，雞林勤訪求；奇書讀易盡，那惜兼金投；稱詩重聲調，董
　譜勞冥搜；學者推其書，陳義精且周；久久繫夢魂，渾如憶良儔、擔風百歲翁，
　績學尊儒修；苔岑篤同契，出谷鳴相酬；夙藏董氏作，插架珍琳璆；聞余有深嗜，
　遠贈勞置郵；一朝落吾手，驚喜揩兩眸；長跪發趙璧，含笑看吳鉤；安得寫萬本，
　雒誦傳遐陬；吾聞儒俠人，一諾同山邱；或寶明月珠，或服千金裘；當其心許時，
　割棄如贅疣；古誼翁再敦，今世誰與侔；感此發高詠，永以相綢繆。」
20 見劉篁村〈北臺詩話小談〉，《臺北文物》5卷2、3期，1957年1月15日，頁100。
21 見明治45年1月5日《臺灣日日新報》4168號。
22 見大正11年4月5日《臺灣日日新報》7848號。

花朝賞雨[23]　　　　　　　　　　　　卓夢菴

風信今朝信不差，瀟瀟瑟瑟入窗紗。半床好夢留香枕，滿腹春情惜落花。坐對蕉心愁卷綠，相看梨面失鉛華。東皇有意沾詩草，管卻踏青婦女家。

影響所及，造成本省許多作者，不知孤平是病，遇有質疑，輒以前人亦且如此為之塞則。此外，民初詩人，於文字、音韻之學，似不甚措意，造成許多用字錯誤的情況。如昭和 12 年 2 月 2 日《詩報》146 號載〈泥痕〉一題。

右元左臚　　　　　　　　　　　　林連榮

燕子啣殘跡未收，踏春鞋重著偏稠；看來黏膩含花氣，拭去糊塗染指頭；鴻爪浪言和雪印，馬蹄空嘆為人留；阿儂門外濘多少，盡藉郎踪上小樓。

左花右六　　　　　　　　　　　　王小嵐

香塵經雨化濘稠，屐齒重重跡遍留；黏膩沾花拈不脫，糊塗憑指拭難收；稚恭盤馬猶嫌滑，西子艷粧更遜油；莫使踏春鞋上染，芳蹤怕印小樓頭。

右花左八　　　　　　　　　　　　黃笑園

函關難拭一丸投，舊態濘濘為雨愁；大塊無心鴻爪印，征途有跡馬蹄留；含來故壘多情燕，染去新田帶喘牛；又憶花村花徑滑，未乾香土滿鞋頭。

詩中「濘」字雖有「囊丁切」一讀，然其意義不同。於此應作仄讀「乃定切」或「乃挺切」，前人未經細考，而引為平仄同義，實誤。又如大正 14 年 3 月 10 日《臺灣日日新報》8918 號李騰嶽之〈鵬遊〉：

扶搖摶擊入雲衢，九萬前程孰與俱；多少人間蜩鶯輩，榆枋嗤笑亦

何愚。

「蝈」字雖有去讀一音，然而其意義不同，該詩於此作仄聲，亦屬誤用。又大正 7 年 6 月 7 日《臺灣日日新報》6450 號載黎里耕夫之〈趙普讀魯論〉：

泰伯夷齊皆讓國，書中此事見非 鮮 ；間人骨肉圖私寵，辜負煌煌二十篇。

「鮮」字訓爲「稀少」時應作仄讀，該詩於此作平聲押，亦屬是誤用。此種情況極爲普遍，這可能是當時詩人們不大重視聲韻、訓詁等小學的緣故，以至誤用而不自知。

又如張純甫於指導「松社」漢詩研究會之擬作〈雞卵〉一詩：

漫云密密一 縫 無，殼破形成事豈殊；彼自解開生路出，吾人休笑小雛愚。

詩中「縫」字於此當作仄讀，張老一時疏忽，將其誤作平聲字來用。又如：

得　子　　　　　　　　　　　　黃梅生
老松石隙伸根日，意似人間得子時；莫復風塵 傳 舍感，吾軀七尺古人垂。

就中「傳」字，據《集韻》作「株戀」切，《釋名》引《史記・酈食其傳》「高陽傳舍」句，釋爲「轉也，人所止息，而去後人復來，轉相傳無常主也」，則於此應讀去聲爲是，而黃氏以平聲用，亦一失也。

此外，民初之作者，其用字與時下有所差異者，如「爛漫」作「爛熳」、「模糊」作「糢糊」、「橡皮」作「象皮」等等，迺是用字之習慣，實無法一一列舉。

至於論到詩作之意境、情趣、格調與造句、修辭方面，因早期文人，

學既富贍，意亦篤厚，迥非時下所可比擬，隨舉數首如下：

　　　　　古　琴（《臺灣日日新報》3784 號）　　　黃菊如

至理無言象大羅，貞淫能辨暢春和；朱絃玉軫餘今日，為問君經幾
世過？

　　　　　蟹　菊（《臺灣日日新報》4508 號）　　　林摶秋

玉爪金螯品自仙，無腸新樣占籬邊；此花堪擬經綸飽，被甲拳丁戰
雪天。

　　　　　苔　錢（《臺灣日日新報》4618 號）　　　李石鯨

琴絲青蚨滿地看，松陰古徑影團團；屐痕莫漫輕相踏，珍重東皇鼓
鑄難。

　　　　　張　良（《臺灣日日新報》4712 號）　　　蔡清揚

東宮未定漢家憂，四皓招來國本謀；一事先生應抱恨，辟疆諸呂幾
傾劉。

　　　　　秋　帆（《臺灣日日新報》4775 號）　　　林子楨

蒹葭白露達觀樓，檻外舴艋任去留；人倚碧梧看落葉，我從滄海望
歸舟；片帆隱現波光闊，一葦蒼茫月影浮；長幅迢迢天外挂，乘風
破浪五湖秋。

　　1949 年國府遷臺，許多精於此道之專家學者大老，帶來正確之詩學概
念及參考書籍，故民國四、五十年代，造成另一次之詩學勃興。然而降至
今日，本島傳統詩社成員，根基既已淺薄，又不求讀書勩學，以擊缽詩的
遊戲心態行走於詩壇，故而充斥者許多不正確的觀念。且單務於近體詩之
競試，而對近體詩平仄格律之認知，卻僅是一知半解，識見頗為分歧。如：

　　一、但知按譜（平仄譜）填詩，一字不敢移易者。

　　二、執「一、三、五不論，二、四、六分明」以為圭臬，不知孤平之
應避者。

　　三、視三平頭三仄頭為違式者。

就前三類之見解，稍有詩學常識者，皆知其非，然彼等卻不自知，如由此類詞人以司衡文之責，不知要虛耗多少詞人之心血。而此等作者，爾後縱稍有進境，而知前論之非，卻又囿於無法自圓其說，而憚於改過。更為嚴重者，為此輩一旦為人師表，從事古典詩學之傳薪工作，持此謬誤觀念，將不知要戕害多少從學者，實在值得浩歎。

詩社成員於緬懷前此對漢文化卓越貢獻之餘，並不表示可以鑽在象牙塔裡而不求進步。擊鉢之詩，偶一為之無妨，然不可數，時下詩壇，卻將其引為常態，殊失詩學正道。且時代在變、環境在變，變進步、變沒落，全在詩壇所有成員一念之間。

（四）兼論古典詩往後發展之方向

最後再論及古典詩往後發展之方向，近人朱光潛於《詩論》云：

> 有些人根本反對讀舊詩，或以為舊詩不值得讀。或是以為舊詩變成一種桎梏，阻礙自由創造，我的看法卻不如此。我以為中國文學只有詩還可以同西方抗衡，它的範圍固然比較窄狹，它的精鍊深永卻往往非西方詩所可及。至於舊詩能成桎梏的話，這要看作者是否善學，善學則到處可以討經驗，不善學則任何模範都可以成桎梏[24]。

又云：

> 詩和其他藝術一樣，必有創造性和探險性，老是在踏得稀爛的路軌上盤旋，決無多大出息[25]。

闡而言之，詩亦屬藝術創作之一，藝術所講求者為「原創性、獨創性、稀有性、無可替代性」等特質，即所謂「道前人之所未道」之創新精神，無論在遣詞、造語、命意等各方面，皆脫不出此一意涵。且詩人須以觀察

---

24 朱光潛，《詩論》，國文天地雜誌社，1990 年 3 月，頁 338。
25 朱光潛，《詩論》，國文天地雜誌社，1990 年 3 月，頁 337。

入微之敏銳眼光，獨到之見地，傑出之筆調，來表現對人際、鄉土、家國、社會、政經、文化，乃至天地間整個生存環境中，萬事萬物的關懷。誠如林獻堂先生所云：

> 言人人所欲言而又不能言；見人人所習見而又若無所見[26]。

至於詩是否具有時代精神，試看大正 2 年「瀛社」秋季例會次唱〈無線電〉一題中戴還浦之作：

> 天際陰陽自往回，一絲不掛水雲隈；如何色相虛無裡，訴得幽情縷縷來[27]。

又大正 3 年 6 月「瀛社」例會之〈飛行機〉一題，魏潤庵之作：

> 滑走排虛上九霄，玉京金闕望非遙；人天從此還多事，苦憶乘鸞逐紫簫[28]。

又如 1973 年 9 月出版之《中國詩文之友》38 卷 5 期載臺南「延平詩社」之課題詩，即有〈電腦〉一題，其中朴子詹昭華之作品：

> 電子聰明造物奇，專家研究費多時；個中計算誇精確，絕勝人間會計師。

何嘗不是在古典詩格律架構下，吟詠出合乎時代事物之作品，何嘗不能切合時代精神，唯望豪傑之士，能自樹立耳！

臺灣傳統詩壇於日據時代，對於保存漢民族之固有文化，實有其不可磨滅之功勞。然並非執此即可自外於時代潮流而不必「與時俱進」。處此科技進步一日千里之數位化資訊時代，如再不自求進步，恐久而久之，必將為時勢所淘汰。推行之初，或免不了會遭受到阻力，然時代潮流，總是無

---

26 林朝崧《無悶草堂詩存》〈林獻堂序文〉，龍文出版社，1993 年，頁 5。
27 見大正 2 年 10 月 7 日《臺日新報》4790 號。
28 見大正 3 年 6 月 13 日《臺日新報》5029 號。

可避免之事，是則有賴我輩詩壇中人，能自奮起耳！在此新舊交替之時代裡，如何自原有形式中，創造出新時代精神之作品，仍能保有古典詩之雅緻意趣，乃是當前古典詩創作者，所應積極追尋之目標。所謂「文勝質則史，質勝文則野」，如何在文質相權中，尋求最佳之藝術創作，則是傳統詩壇全體成員，亟應共同嚴肅思考之主題。

古人云「詩教爲一切政教之母」，《禮記經解篇》亦云：

> 入其國而其教可知也，其爲人也溫柔敦厚詩教也……[29]

於此物質文明掛帥，功利主義擡頭之際，由於主政當局不注重人文教育，至造成風氣澆漓，道德淪喪，社會上姦殺擄掠之亂象，層出不窮。正本之道，原有賴上位者之登高一呼，藉詩教之弘揚，導民心於正軌。然當政者，似乎見不及此，唯有賴詩壇上領導人物肩此重任。致力於詩風鼓吹，詩道之弘揚，鼓勵人人讀詩、作詩、吟詩，以陶冶性情，淨化身心。而詩壇碩學之士，亦能多任其事，時時以詩道之傳承爲重，多多獎掖後進，鼓勵新人出頭，使人人能讀、能作、能吟，則流風所及，溫柔敦厚之社會可立而待也。

處此資訊昌明時代，社會上休閒事物日趨多元，於有關淨化吾人心靈之藝文活動，因其學習過程，往往須花費較長時間之沉浸薰陶，故非有極大之毅力與決心，率不爲功，迥非世俗聲色之娛易於引人流連。古典詩詞更因其聲韻與格律之要求嚴苛，而使有志於此者望其門而卻步，造成所謂「曲高和寡」之窘境。加以目前政府當局之短視，祇注重淺碟式之文化，對深層之傳統詩之扶植，反不若掌中戲、歌仔戲、車鼓陣等致力，實在引人憂心。

由於邇來科技之進步一日千里，尤以資訊業之蓬勃發展，無遠弗屆之傳播領域，瞬息萬里之速度，和龐大之資料庫，及便捷之搜尋功能，帶動另一次數位革命。處此資訊科技極端發達之時代，更爲藝文交流及資訊之

---

29 見《文淵閣四庫全書》126 卷，《禮類‧經部》120，臺灣商務印書館，頁 97。

取得，提供快捷管道，因而產生了許多網路古典詩網站與社群，毋寧是給與古典詩壇一個再生契機，惜乎致力於法緒傳承之古典詩學領導者，及社團中堅幹部，似尚未及注意到此一趨勢，亟待有心人士之挖揚鼓吹。

　　而目前網路上諸多有關古典詩詞之網站，正是應乎此一時代潮流而產生。網站內容涵蓋以傳統詩詞為主之古典文學，提供網友作為觀摩、切磋、研討、交流、品評、競作之園地，對於打開古典詩創作者之視野，並與全球同好接軌，袪除地域限制，而為傳統文學拓一境界，誠所謂開風氣之先者也。時下網際網路中有關傳統詩詞之網站，當不下數十，架站之站長及參與成員中，固不乏於古典詩學有極深之素養與造詣者，然亦有部分主其事者，囿於古典詩詞格律認知不足，致產生許多仿古詩詞，對於傳統文學未嘗不是另一種傷害。而當前古典詩學專家，大部分年齒偏高，對於電腦網路運用，普遍存有「未入其門，已先卻步」心態，以致無法與現代資訊科計整合，上網進行學識交流。而造成傳統文學傳承障礙，年青者無法於網路上得到前輩之點撥，及創作經驗之傳承，容易造成斷層效應。無形中減低傳統詩發展之動力，誠然是一件極為可惜之憾事。如能克此障礙，積極參與網路古典詩詞之討論，正可將寶貴之詩學經驗相互交流，以為承先啟後之資。並為傳統詩壇之網路化起導引作用，此乃關心古典詩未來前途者，共同之厚望也。

　　此外，當前政府當局，正在積極推動鄉土母語之教學，如閩南語、客語與粵語等南方語系之母語，因保有平、上、去、入四聲分明之中古音聲調，以之來創作、吟誦古典詩詞，自無難以辨別平仄之困擾，極易入門，未嘗不是古典詩再次發展之契機，讓我等有志之士，共同來努力，以締造出古典詩再次蓬勃發展之新機。

參 考 書 目

一、專　書

瀛社編委會，《瀛社創立六十週年紀念集》，瀛社辦事處發行，1969 年。

瀛社編委會，《瀛社創立七十週年紀念集》，瀛社辦事處發行，1979 年。

瀛社編委會，《瀛社創立八十週年紀念集》，瀛社辦事處發行，1989 年。

瀛社編委會，《瀛社創立九十週年紀念集》，瀛社辦事處發行，1999 年。

瀛社辦事處編，《瀛社歷年名冊通訊錄》，社內文書未公開發行

瀛社編委會，《瀛社癸未年擊缽集》，瀛社辦事處發行

瀛社編委會，《甲申風義錄》，瀛社辦事處發行

瀛社編委會，《乙酉題襟集》，瀛社辦事處發行

瀛社編委會，《丙戌年題襟集》，瀛社辦事處發行

中華民國傳統詩學會編，《傳統詩集》1，中華民國傳統詩學會出版，1979年。

中華民國傳統詩學會編，《傳統詩集》2，中華民國傳統詩學會出版，1982年。

中華民國傳統詩學會編，《傳統詩集》3，中華民國傳統詩學會出版，1985年。

中華民國傳統詩學會編，《傳統詩集》4，中華民國傳統詩學會出版，1988年。

中華民國傳統詩學會編，《傳統詩集》5，中華民國傳統詩學會出版，1994年。

中華民國傳統詩學會編，《傳統詩集》6，中華民國傳統詩學會出版，1997年。

中華民國傳統詩學會編，《中華傳統詩集》7，中華民國傳統詩學會出版，2000 年。

中華民國傳統詩學會編，《中華傳統詩集》8，中華民國傳統詩學會出版，2004 年。

黃洪炎編，《瀛海詩集》，臺灣詩人名鑑刊行會發行，1940 年。

（以下依作者筆畫順序排列）

王少濤，《王少濤全集》，臺北縣文化局，2004 年。

李建興，《紹唐詩集》，龍文出版社，1992 年。

李遂初等蒐編，《李碩卿先生紀念集》，臺北蓬萊印務社，1964 年 8 月。

林述三，《勵心齋詩集》，龍文出版社，2001 年。

林佛國，《長林山房吟草》，龍文出版社，2006 年。

林景仁，《林小眉三草》，龍文出版社，1992 年。

林錦銘著，《承澤樓詩草》，1998 年 5 月印行。

高文淵，《勗末齋吟草》，龍文出版社，2006 年。

陳維英、陳宗賦，《太古巢聯集、篇竹遺藝》，龍文出版社，2006 年。

黃水沛，《黃樓詩》，龍文出版社，1992 年。

黃美娥輯，《張純甫全集》，新竹市立文化中心出版，1998 年 6 月。

黃純青，《晴園詩草》、謝汝銓，《雪漁詩集》，龍文出版社，1992 年。

謝雪漁，《奎府樓詩草》，昭和六年發行。

謝雪漁，《奎府樓詩草》、《蓬萊角樓詩存》，龍文出版社，2001 年。

謝尊五，《夢春吟草》，龍文出版社，2001 年。

賴獻欽，《松鶴吟社擊鉢吟詩集》1962 年 3 月。

顏雲年等，《環鏡樓唱和集》，顏國年發行，大正 9 年 6 月。

二、報刊雜誌

吳建民等主編，《松友月刊（1-4 期）》，臺北市松山國小校友會發行。

吳錦順等編，《古典詩》雙月刊，臺灣古典詩雙月刊雜誌社

李漁叔、張作梅等主編，《中華詩苑》，中華詩苑雜誌社

李漁叔、張作梅等主編，《中華藝苑》，中華藝苑雜誌社

周石輝等發行，《詩報》半月刊，發行期間自昭和五～十九年

林荆南等編，《中國詩文之友》，王友芬發行

洪寶昆等編，《詩文之友》，詩文之友雜誌社發行—目前有 1-20 卷，但缺 10-14 卷。

臺灣日日新報編輯部，《臺灣日日新報》，臺灣日日新報社發行

簡荷生等，《風月報》半月刊，風月報雜誌社發行

簡荷生等，《南方雜誌》，南方雜誌社發行

三、方　志

《基隆市志‧文物篇》，基隆市文獻會，1958 年 9 月。

《基隆市志‧人物篇》，基隆市文獻會，1959 年 2 月。

《臺北市志》卷七《人物志》，臺北市文獻委員會，1960 年。

李進勇總纂，《重修基隆市志》卷七《人物志‧列傳篇》，基隆市政府，2001 年 7 月。

陳曉齋等編，《基隆市志‧文教志‧藝文篇》，基隆市政府，2003 年 4 月。

廉永英、崔仁慧合著，《臺北市志》卷九《人物志‧賢德篇》，臺北市文獻委員會，1991 年 10 月。

廉永英、崔仁慧合著，《臺北市志》卷八《文化志‧文學篇》，臺北市文獻委員會，1991 年 10 月。

曾子良主持,《基隆市文學類藝文資源調查》,基隆市文獻會委託,2002
年 12 月。

四、學位論文

吳淑娟《臺灣基隆地區古典詩歌研究》

孫吉志,《羅尙戎庵詩存研究》,中山大學中國文學系博士論文,2006 年。

張端然,《日治時期瀛社之研究》,中國文化大學中國文學研究所碩士在
職專班碩士論文,2003 年。

潘玉蘭,《天籟吟社研究》,國立臺灣師範大學國文學系在職進修碩士班
碩士論文,2004 年。

五、其 他

王國璠編,《中華民國詩人及其詩》,北市文獻委員會發行,1973 年 12
月。

江寶釵著,《臺灣古典詩面面觀》,巨流圖書公司,1999 年 12 月。

朱光潛,《詩論》,國文天地雜誌社,1990 年 3 月。

林正三,《松山地區之古老詩社－松社》,文史哲出版社,2005 年。

林金田、蕭富隆編,《臺灣早期書畫專集》,國史館臺灣文獻館,2003 年。

林欽賜輯錄,《瀛洲詩集》,臺日新報社,昭和七年。

邱秀堂編撰,《鯤海粹編》,中華民國史蹟研究中心,1980 年 3 月。

唐羽編撰,《基隆顏氏家乘・文徵篇》,基隆顏氏家乘纂修小組,1997 年
12 月。

唐羽編著,《基隆顏家發展史》,國史館臺灣文獻館,2003 年 7 月。

基隆詩學會編輯,《雨港古今詩選》,基隆市立文化中心,1998 年 8 月。

連雅堂編,《臺灣詩薈》,臺北市文獻委員會發行,1977 年 6 月。

陳鐵厚編，《天籟吟集》，芸香齋手鈔本影印，1951 年 8 月。

曾今可，《臺灣詩選》，中國詩壇，1953 年 10 月。

黃美娥編，《日治時期臺北地區文學作品目錄》，臺北市文獻委員會，2003
　　年 2 月。

黃鶴仁著，《貂山吟社史研究》，自印本，2000 年 12 月。

廖一瑾著，《臺灣詩史》，文史哲出版社，1999 年 3 月。

賴子清，《中華詩典》，文和印刷公司，1965 年 7 月。

賴子清，《古今詩粹》，文和印刷公司，1966 年 12 月。

賴子清，《臺灣詩海》，臺灣印刷公司，1954 年 3 月。

鷹取田一郎輯，《臺灣列紳傳》，臺灣總督府囑託發行，大正 5 年。

《紹唐文集》，自刊本。

《翰墨珠林－臺灣書法傳承展作品集》，淡江大學文錙藝術中心，2004
　　年 4 月。

六、期刊論文

〈史料蒐集與編纂〉，《臺灣文獻》13 卷 1 期，1962 年 3 月 27 日，頁
　　146-153。

〈郭鏡蓉神奇折字〉，《新竹文獻》15 期，1954 年 6 月，頁 25。

〈傳統詩社的現況與發展〉，《文訊》18 期，1985 年 6 月，頁 11-31。

〈臺北市詩社座談會〉，《臺北文物》4 卷 4 期，1956 年 2 月 1 日，頁 5-14。

〈臺北詩社座談會紀錄〉，《臺北文獻》直字 122 期，1997 年 12 月，頁
　　1-35。

〈稻江茂才陳篇竹對聯選錄〉，《臺灣文獻》6 卷 4 期，1955 年 12 月，頁
　　92。

心禪、心印，〈劉銘傳的門生陳廷植先生訪問記〉，《文獻專刊》4 卷 1、2
　　期，1953 年 8 月，頁 135-136。

文山遺胤,〈臺北詩社之概觀〉,《臺北文物》4卷4期,1956年2月,頁 1~4。

毛一波,〈臺北縣詩略〉,《北縣文獻》2期,1956年4月,頁389- 422。

王一剛,〈日籍紳商人物誌〉,《臺北文物》2卷4期,1954年1月,頁 83-86。

王一剛,〈黃玉階的生平〉,《臺北文物》5卷2、3期,1957年1月,頁 74-76。

王一剛,〈顏雲年、顏國年〉,《臺北文物》8卷3期,1959年10月。

王國璠,〈淡北詩論〉,《臺灣文獻》直字11-12、13-14期,1970年6月、 1970年12月,頁205~228、129~133。

王國璠,〈臺北藝苑〉,《臺北文獻》7、8、9、10-12期,1964年10月、 1965年2月、1965年5月、1965年12月,頁36-77、108-110、83-85、 165-170。

王詩琅〈李騰嶽先生事略〉,《臺灣風物》25卷3期,1975年9月30日, 頁34-35。

古月,〈日據時期北臺列紳傳〉,《臺北文物》4卷1期、5卷2、3期,1955 年5月、1957年1月,頁74-77、66-70。

江夏生,〈晴園老人黃純青先生略傳〉,《臺灣文獻》10卷2期,1959年 9月,頁201-202。

羽青,〈高選鋒的「鄉試硃卷」及其他〉,《臺北文物》4卷1期,1955年 5月,頁63-65。

吳逸生,〈王采甫、黃菊如二先生詩文選〉,《臺北文物》9卷4期,1958 年12月,頁65-72。

吳逸生,〈劉得三、黃贊鈞詩文選〉,《臺北文物》10卷1期,1961年3 月1日,頁46-52。

李騰嶽,〈趙一山先生與劍樓吟社〉,《臺北文物》4卷4期,1956年2月, 頁61-66。

林子惠、張作梅、莊幼岳，〈瀛社記述補遺〉，《臺北文物》5 卷 2、3 期，1957 年 1 月，頁 86-92。

林佛國，〈補刊高黃連李四先生詩文序〉，《臺北文物》7 卷 3 期，1958 年 10 月，頁 89-96。

林連銘，〈松社與松山吟詠〉，《臺北文物》3 卷 1 期，1954 年 5 月，頁 53-54。

林衡道，〈瀛社創刊七十週年感言〉，《臺灣文獻》30 卷 2 期，1979 年 6 月，頁 123。

邱奕松，〈北臺詩苑〉，《臺北文獻》直字 79、81、82 期，1987 年 3 月、1987 年 9 月、1987 年 12 月，頁 379-408、361-394、235-267。

邱麟翔，〈墨學傳人－黃純青〉，《臺北文獻》直字 86 期，1988 年 12 月，頁 61-62。

春暉，〈婆娑會〉，《臺北文物》4 卷 4 期，1956 年 2 月，頁 23。

師古，〈洪以南遊大窟湖詩〉，《臺北文物》5 卷 1 期，1956 年 4 月，頁 15。

問樵，〈守墨樓詩屑〉，《臺北文物》5 卷 1 期，1956 年 4 月，頁 111。

曹介逸，〈日據時期的臺北文藝雜誌〉，《臺北文物》3 卷 2 期，1954 年 8 月 20 日，頁 38-47。

郭海鳴，〈稻江選士錄〉，《臺北文物》2 卷 3 期，1953 年 11 月 15 日。

盛清沂，〈趙一山傳稿〉，《北縣文獻》1 期，1953 年 9 月，頁 99-100。

連曉青，〈黃贊鈞其人其事其詩〉，《臺北文物》3 卷 1 期，1954 年 5 月，頁 101-106。

陳世慶，〈星社〉，《臺北文物》4 卷 4 期，1956 年 2 月 1 日，頁 43-59。

陳明，〈歐劍窗與北臺吟社〉，《臺北文物》5 卷 2、3 期，1957 年 1 月，頁 92-94。

陳夢痕，〈臺灣詩報與臺灣詩薈〉，《臺灣文獻》6 卷 3 期，1955 年 9 月 27 日，頁 65-74。

陳驚癡，〈天籟吟社與林述三〉，《臺北文物》2 卷 3 期，1953 年 11 月 15 日，頁 74-77。

程玉凰，〈臺灣漢詩的源流與發展初探〉，中市國語文研究學會主辦，2004 年 10 月。

黃文虎，〈艋舺舊文人回憶錄〉，《臺北文物》2 卷 1 期，1953 年 4 月 15 日，頁 35-39。

黃式杰，〈耆宿故陳廷植事略〉，《臺北文物》5 卷 4 期，1957 年 6 月，頁 47。

黃美娥，〈日治時代臺灣詩社林立的社會考察〉，《古典臺灣－文學史·詩社·作家論》，國立編譯館，2007 年 7 月，頁 183-227。

黃美娥，〈北臺第一大社－日治時代的瀛社及其活動〉，《古典臺灣－文學史·詩社·作家論》，國立編譯館，2007 年 7 月，頁 229-273。

黃師樵，〈陳祚年遺藝彙編〉，《臺北文獻》直字 29 期，1974 年 9 月，頁 23-58。

黃師樵，〈聚奎吟社〉，《臺北文物》4 卷 4 期，1956 年 2 月，頁 69-72。

廖毓文，〈張純甫及其作品〉，《臺北文物》8 卷 1 期，1959 年 4 月，頁 35-38。

廖漢臣，〈臺灣文學年表〉，《臺灣文獻》15 卷 1 期，1964 年 3 月，頁 228-244。

臺灣風物編輯社，〈林凌霜先生事略〉，《臺灣風物》20 卷 4 期，1970 年 11 月 16 日，頁 20。

劉克明，〈詠霓詩社〉，《臺北文物》4 卷 4 期，1956 年 2 月 1 日，頁 31-33。

劉遠智，〈臺灣詩社的淵源與流衍〉，《臺北文獻》直字 59-60 期，1982 年 6 月，頁 281-296。

劉篁村，〈北臺詩話小談〉5 卷 2、3 期，1957 年 1 月，頁 98-110。

劉篁村，〈倪希昶、王雲滄詩文選〉，《臺北文物》10 卷 2 期，1961 年 9 月 1 日，頁 42-47。

劉篁村，〈斯文界之回顧〉，《臺北文物》1 卷 1 期，1952 年 12 月，頁 92。

劉筼村，〈艋舺人物志〉，《臺北文物》2 卷 1 期，1953 年 8 月，頁 28-34。

劉筼村，〈龍峒片鱗〉，《臺北文物》2 卷 2 期，1953 年 8 月 15 日，頁 52-53。

劉龍岡，〈稻江人物小誌〉，《臺北文物》2 卷 3 期，1953 年 11 月，頁 103-106。

鄭定國，〈四湖旋馬庭主人－林友笛的古典詩〉，收於鄭定國主編，《日治時期雲林縣的古典詩家》，里仁書局，2005 年 10 月。

鄭喜夫，〈黃冥華先生年譜初稿〉，《臺灣文獻》28 卷 4 期，1977 年 12 月，頁 52-60。

鄭喜夫，〈臺北著述志稿〉，《臺北文獻》直字 69、70 期，1984 年 9 月、1984 年 12 月，頁 5-54、103-160。

盧嘉興，〈日據時期為臺灣倡設詩社的林湘沅〉，收於《臺灣古典文學作家論集（中）》，臺南市立藝術中心，2000 年 11 月，頁 617-680。

賴子清，〈北市科舉題名錄〉，《臺北文物》6 卷 1 期，1957 年 9 月 1 日，頁 29-37。

賴子清，〈古今北臺詩社〉，《臺北文獻》74 期，1985 年 12 月 25 日，頁 171-188。

賴子清，〈古今臺灣詩文社〉，《臺灣文獻》10 卷 3 期、11 卷 3 期，1959 年 9 月、1960 年 9 月，頁 79-110、74-100。

賴子清，〈臺灣科甲藝文集（北臺篇）〉，《臺北文物》6 卷 3、4 期、7 卷 1 期，1958 年 3 月、1958 年 6 月，頁 66-76、119-129、73-80。

賴子清，〈瀛社〉，《臺北文物》4 卷 4 期，1956 年 2 月 1 日，頁 33-43。

賴鶴洲，〈斐亭吟會・牡丹詩社〉，《臺北文物》6 卷 4 期，1958 年 6 月 20 日，頁 90-107。

賴鶴洲，〈臺灣古代詩文社〉，《臺北文物》8 卷 2、3、4 期、9 卷 1、2-3、4 期，1959 年 6 月 30 日、1959 年 10 月 15 日、1960 年 2 月 15 日、1960 年 3 月 31 日、1960 年 11 月 15 日、1960 年 12 月 31 日，頁 80-87、140-145、140-147、129-135、137-144、137-142。

駱子珊，〈顏笏山先生與高山文社〉，《臺北文物》5 卷 2、3 期，1957 年

1月，頁94-97。

龍岡老人、駱子珊，〈高山文社〉，《臺北文物》4卷4期，1956年2月，
　　頁59-60。

醴若，〈淡北吟社〉，《臺北文物》4卷4期，1956年2月，頁66-68。

國家圖書館出版品預行編目資料

瀛社會志 / 林正三總編纂;許惠玟執行編輯.
--初版.-- 臺北市：文史哲，民 97.10.
　頁：　公分(臺灣瀛社詩學會叢書;特1)
ISBN 978-957-549-809-2(平裝)

1.臺灣瀛社詩學會 2.臺灣詩 3.中國詩 4.
機關團體

863.064　　　　　　　　　97019352

臺灣瀛社詩學會叢書　1

瀛　社　會　志

總 編 纂：林　　　正　　　三
執 行 編 輯：許　　　惠　　　玟
出 版 者：文　史　哲　出　版　社
　　　　　　http://www.lapen.com.tw
　　　　　　E-mail:lapen@ms74.hinet.net
登記證字號：行政院新聞局版臺業字 五三三七號
發 行 人：彭　　　正　　　雄
印 刷 者：文　史　哲　出　版　社
發 行 所：文　史　哲　出　版　社
　　　　臺北市羅斯福路一段七十二巷四號
　　　　郵政劃撥帳號：一六一八○一七五
　　　　電話886-2-23511028・傳真886-2-23965656

實價新臺幣六○○元

中華民國九十七年(2008)十月初版